高梨素子 編

古今集古注釈書集成

後水尾院講釈聞書

笠間書院

目次

古今集聞書（明暦聞書）（東山御文庫蔵）

明暦聞書凡例

一、漢字・仮名の区別は原文通り。漢字は通行字体、畳字は通行用法とする。

（例）哥↓歌、躰↓体、講尺↓講釈、證歌↓証歌、道〻↓道々　野〻↓野の　紅葉〻↓紅葉ば

一、原文はひらがなカタカナの混淆文であるのを、原則的にひらがな書きに統一した。ただし、固有名詞などに一部カタカナを残したところがある。また、句読点を付し合字は仮名に開き衍字は省略した。声点を省略した。

一、清濁、仮名遣い、送りがな、振り仮名、訓点、合点は底本通り。なお、訓点の一・二点の一方の欠如は補った。

一、原文が細字であるものは、原則的に細字とした。割注は細字一行書きとした。講釈進行に関する記事は明暦聞書では細字に統一した。

一、促音表記と思われる場合は小文字で示した。（例）もつはら↓もっはら

一、宛字また誤字も原則として底本のままとし、正しいと思われる字をカッコに入れて傍記した。

（例）賢《（顕）》注密勘、延《（遠）》慮。

（ママ）を付した場合もある。ただし、通行の字に訂正した場合もある。

（例）照宣公↓昭宣公　三貌院↓三藐院　顕照↓顕昭　嘉録本↓嘉禄本。蛩↓蛬　吊↓弔　婬↓淫。

一、見せ消ちは訂正に従い、行を移動する印は断り無く、それに従った。

一、該当箇所を指示しての補入は断りなく文中に入れた。

一、集付けや「後日仰」の註記は細字だが字を大きくし、また傍記でも本文に入れた。

一、振り仮名以外の傍記は、原則的には該当箇所直後に（傍記「　」）として記した。（被傍記の字がわかりにくいものは明示した）（例）「藤原のことなお」（「なお」傍記「のう」）

一、振り仮名のみあり、漢字が空白の個所は、振り仮名を本文として挿入した。（例）三八八、カウナヒ

一、行間書入は、該当箇所が明確な場合は、文中に書入れ、（書入「　」）とした。それ以外は、項目末に（行間書入）「　」として記した。文末書入は（文末書入）「　」とした。頭注の場合（一四八）は（頭注「　」）と、貼り紙による補入（二七四）は（貼り紙「　」）とした。

一、傍記・書入などが朱字と思われる場合は、「朱」とした。ただし、原本は閲覧不能のため写真版で判定した。

一、私意による注記はカッコを付した。（例）露霜（霜ニ濁点アリ）、たいてん《（退転）》、行孝《（堯カ）》

一、項目頭、引用歌、引用文、わかりづらい箇所に「　」を付した。

一、項目頭に古今集の歌番号を新編国歌大観により付した。また、歌・作者名・両序を岩波文庫本（底本は梅沢彦太郎氏蔵、貞応二年本）により（　）を付して補った。清濁および振り仮名は同本による。その場合、作者名は実名により姓は省略した。詞書・作者の項目も同様である。「よみ人しらず」はこの表記に統一した。

一、奥書は岩波書店新日本古典文学大系『古今和歌集』（底本は今治市河野美術館蔵『詁訓和歌集』）所収、貞応二年七月定家奥書に拠って、カッコを付して補った。

一、作者無記の場合、前歌作者名と同一と見た。ただし、三五八〜三六三と八〇三は岩波文庫本は無記だが、小学館日本古典文学全集『古今和歌集』底本は高松宮旧蔵。貞応元年十一月定家本）には、作者名がある。第四次本の雅俗山庄本等による校訂という。これに拠り、作者名にかっこを付して補入した。

一、出典を付さない引用歌には新編国歌大観により出典（複数ある場合は勅撰集など著名なものに絞った）、作者（よみ人しらずは不記）などを補った。（歌句の小異は原則として不記）。歌句の一部引用箇所は、歌全文を（　）を付して傍記した（適宜漢字をあてた）。古今集歌は歌番号を付した。

古今集聞書上（明暦聞書）（東山御文庫蔵　勅封六二、九、一、二、一）

明暦三年正月廿三日御講釈初

古今和歌集巻第一

古今二字に付、重々の子細を沙汰候。第一、文武天皇と当代延喜御門とを二字にあつる也。文武は人丸を師範とし、延喜御門は貫之を師範として道をおこさるゝ也。此故、二代の御門を古今二字にあつる也。

貫之は人丸をしたひて道を学ふ。遙に世をへたてたる人丸、貫之を師弟と云へき子細なき事なれとも、道をしたひて人丸の跡を学ふ故、師弟の心也。

漢の古事
　孟子序
　原道の編、文武周公伝於孔子、
　　孔子伝於孟軻。孔子も文武周公に不逢、孟軻も孔子に不逢也。
　台家の事
　龍猛の事

又の義、天地未分の処を古の字、国常立尊より今日迄を今の字にあつる也。

正直《セイチョク》（「正」傍記「清歟。猶可尋」）の二字をあつる。セイの字を古の字にあて、直の字を今の字にあつる。曲《マケテ》不《ルヲ》レ曲《ラ》、今と云。天照太神の御心、セイの字にあて、其御心をまなふを、直の字にあつる也。正直の二字なくては何の道も不レ立。此集は殊に正直を立。歌道は正直を本とす。万事の上に古今の二字ある事也。前念去る処古、当念を今の字とす。刹那の内にも古今の二字はある事也。

「和」、和国の和にて此国の名也。又は和《クワ》する心也。礼之用は和を為《ス》レ貴《シト》と云て万事の上、和を以てもっはらとする也。人の心もやわらいて、和する時ならでは真《マコト》の歌は出来かたき事也。

松竹と云は、本来にて屈曲の節を見事と見る処を異風と云。歌道も異風になりたかる事也。

「集」はあつむる義也。

「巻第一」は、第一第二と次第を立、法度を定る義也。是又肝要也。法を守る心也。邪路にいかぬ様に法を守る所、専なると也。

春歌上

春の季を上・中・下と三つにわかつ時は正・二・三月の心也。此集の如く上下に分る時は、正月より二月半《ナカハ》過迄を上とし、其末を下とわかつ也。

一（年の内に春はきにけりひととせをこぞとやいはんことしとやいはん、元方）

「年のうちに―」、歌は別の義なし。聞えたる分也。此集巻頭に立春の歌は不《シテ》レ入、年内の歌を入たる事、いかなる事そと云に、年内の立春に陽気を発、聖徳の発するに比して、年内立春を巻頭に置く。またきに発する心也。

元方集には、「こそとも思ふことしとも思ふ」とあるを改て入たる事、撰者の名誉也。

二（袖ひちてむすびし水のこほれるを春立つけふの風やとくらん、貫之）

「袖ひちて―」、元日立春也。貫之か歌を第一にも被入度、主上も思召たる故、此歌御所望にて入る也。年の内にの歌は序分に見て、此歌を第一と見る也。ひちてはひたす也。ひちてと云詞は子細有て、今はよまぬ事也。他流の心は四季を詠すと云、一圓不用事也。袖ひちてむすひし水のと云は夏の事也。氷れるをとは冬にうつりたる心也。夏むすひし水の、冬になりて氷たるを面白く思ひたるに、又春立ておもしろきと云心也。古今歌には必、表裏の説あり。歌ことに有に非す。されとも大方はあり。裏の説は聖人の交は淡して如水、少人の交は甘如レ醴とあり。むつましき人の隔りたるか、又むつましく成たるに比して也。貫之・人丸に比して。

三詞書（題しらず）

「題しらす」、種々の心あり。当座の景気に望てよみたる歌。又さしたる所にてもなき所にての歌。又題に不合歌。又、事多て何の題とも定かたき歌。又実に題不知、勿論。

三作者（よみ人しらず）

「読人不知」、是も種々の心あり。当代御門の御製。高家の人の歌。勅勘の人の歌。凡下の人の歌。古人の歌。後々の集には初て集に入作者を読人不知と書、不謂事也。

三（春霞たてるやいづこみ吉野の吉野の山に雪はふりつゝ、よみ人しらず）

「春霞―」、霞の字、清。朝霞、夕霞は濁る。此歌貫之女《ムスメ》の内侍歌なり。其時勅勘の人也。貫之心には少も私無く歌の可然を入る也。守覚法親王へ俊成書て進する時、我かたらひたる女の贈答の歌を書載たる心同しき也。此集には「題しらす、読人不知」と書。後撰集には「題しらす、よみ人も」とあり。拾遺集には「題・読人しらす」とあり。定家卿、三代集を書て備叡覧時、同しやうに「題しらす、読人不知」と書改て進上。奏覧に略する不可然との義也。歌の心は、霞の立かと見れはよしの山は高山ゆへ雪ふりたる也。霞の立はいつこもとそと也。つゝは余情の詞也。心を残す也。万葉にも筒の字、乍の字と二あり。是は乍也。たてるをたゝるとある本あり、同心也。たてるとある可然と也。

四詞書（二条のきさきの春のはじめの御うた）

「二条の后の―」、長良卿女。高子也。

四（雪のうちに春はきにけり鶯のこほれる涙いまやとくらん、藤原高子）

「雪のうちに―」、鶯の氷れる涙とはまだなかぬ心也。異説、年の内の歌とあれとも定家は不㆓同心㆒。氷て頓て解るは余寒の心也。やう／＼鳴へき時分と也。涙の字に鳴と云心あり。なくとあれは涙の心ある也。（行間書入「旧年の雪はいまたきえぬに日数ははや春に成也」）（文末書入「抄、一封書寄数行啼とあるは、鶯啼の字の用斗《（バカリ）》也」）

五（梅がえにきゐる鶯春かけて鳴けどもいまだ雪はふりつゝ、よみ人しらず）

「梅かえに―」、きゐるを木に居ると云説、不用。来ゐる也。顕昭は鶯はなけともいまた冬のやうに雪かふると注してあれ共、定家はおぼつかなし、たゝ冬から春かけてなけともの心なると也。此歌、隔句に見るへし。其心は梅かえには鶯なけともいまた雪はふりつゝと見るへしと也。

六（春たてば花とや見らむ白雪のかゝれる枝にうぐひすの鳴く、素性）

「春たては―」、見えんを、見らんと書誤《アヤマリ》たる歟と云説、不用。みるらんの略也。白雪を花と我見るから、鶯に道理をつけて雪を花とやみるらんと云心也。裏の説は、人の心を我心から見ると云心也。

七（心ざし深くそめてしをりければ消えあへぬ雪の花と見ゆらん、よみ人しらず）

「心さし―」、おりけれは、居の字説不用、折の字の心也。歌の心は雪と見たらは折まじきが、心さしをふかく染て花と治定して折たると云心也。（書入「折て後に、雪と知たる也」）。此歌の花は雪をそへたる程に、梅なるへし。裏の説、万事我心を信ずる事なかれと云をしへ也。見あやまりある物なる程にとの教也。

七左注（ある人のいはく、さきのおほきおほいまうちぎみの歌なり）

左注「ある人のいはく―」、題号より此左注迄先御文字読御講釈。作者を本走の時、如此左注に書。さきのおほいまうちきみとあれは前官のやうなれとも、是は非ス二前官一。其時まて忠仁公・昭宣公二人、太政大臣也。忠仁公を前のと云、昭宣公を後のと云也。忠仁公（傍記「良房」）は天安二年二月十九日任太政大臣。清和御代也。昭宣公（傍記「基経」）は元慶四年十二月四日任太政大臣。陽成・光孝・宇多三代につかへられたる人也。

八詞書（二条のきさきの東宮の御息所ときこえける時、正月三日おまへにめして、仰せ言あるあひだに、日はてり

ながら雪の頭にふりかゝりけるをよませ給ひける）
「二条のきさきのとう宮の―」、此詞より「鶯の笠にぬふてふ」の歌迄、御文字読、御講談。
みやす所のすの字、少、はぬるやうによむ習也。正月三日《シヤウクワチミカ》、東の常縁（傍記「野州」）はむ月とよむ。行孝（堯カ）は正《シヤウ》月とよみたると也。とう宮は春宮、東宮と書。何も陽気の心也。康秀は東宮のめくみをかうむりたる者也。二条后は春宮の母義たる也。
八（春の日の光にあたる我なれどかしらの雪となるぞわびしき、康秀）
「春の日の―」、かやうにめくみにあつかりたれ共、末遠くはつかへかたきとなけく心也。「大かたの（新古今）秋のねさめのなかき夜も君をそいのる身を思ふとて」家隆歌も此歌に叶たると也。（文末書入「此能あひたると云事、難心得」）
九（霞たちこのめも春の雪ふれば花なきさとも花ぞちりける、貫之）
「霞たち―」、木のめも春と云を、木の目（芽）ぐむと云は、他流の説也。不用之。雪の内、木の目くむ事なし。たゝ春と云序に、このめと、をきたると見るへき也。薫徳《クントク》（「薫」傍記「君勲」）のあまねき心也。花なき里も花のちると云、いつくにも花のちることく、あまねきの心也。
一〇作者（ふじはらのことなほ）
「藤原のことなお」（「なお」傍記「のう」）、言直。
一〇（春やとき花やおそきときゝわかん鶯だにも鳴かずもあるかな、言直）
「春やとき―」、初春の歌也。早春は初春よりも早きを云と、三光院は被レ申シと也。龍山も同前に被仰上ルと也。題の次第、初春を初にあり。（書入「千首なと立春初春早春とあり」）。いかなる事なると也。立春は一日の事を云。花やをそき春やとく来ると鶯に此ひはんはさせんと思へは、鶯もまだ不レ鳴時節なると也。

一一作者（みぶのたゞみね）
「壬生（「生」傍記「清」）たゝみね」、和泉大将定国の随身。
一一（春きぬと人はいへども鶯の鳴かぬかぎりはあらじとぞ思ふ、忠岑）
「はるきぬと―」、鶯を愛したる歌也。春きぬとは云へとも、鶯の不《ル》ㇾ鳴に、春の来る事はあるまじと也。裏の説、徳のある人に一言の事をも、尋てをくへき事なり。さなくては信なき物也。此歌、鶯の部の歌に非す。初春の歌に鶯をよみ入たる歌也。此集部立をきびしく堺をかけたるやうにしたる也。
一二詞書（寛平の御時きさいの宮の歌合のうた）
「きさいの宮―」、此きさいの宮と云は二条后高子也。宗祇は七条后と云、誤也。
一二作者（源まさずみ）
「まさずみ」、當純、近（「近」ニ濁点アリ）院右大臣男。近院の近の字濁てよみつけたる也。陽成院の時分の者也。
一二（谷風にとくる氷のひまごとに打ち出づるなみや春のはつ花、当純）
「谷風に―」、谷風を春風と云説、不ㇾ用。深谷《シンコク》の底までも春の光のいたりたる心也。裏の説、仏法世法そへたる歌也。花厳経の「日照高山、次平地をてらし、次照幽谷」の心也。上《カミ》たる人は一切の者を不被撰、肝用也。深谷まて光のいたるごとく、めくみあるとの義也。
一三（花の香を風のたよりにたぐへてぞ鶯さそふしるべには遣る、友則）
「花の香を―」、此花は梅也。鶯を待心の切なるから、よみたる歌也。鶯を可《ヘキ》ㇾ呼《ヨブ》、引手には、梅にましたる物あるましと也。しるへにそやると云を、こなたからやりたると云説は悪し。風のざっとふきやりたるを、よきしるへなると見て、よみたる也。（書入「風のさっとふきたるを、鶯さそふしるべには、やりてこそあるらうと也」）。
此歌より鶯の部也。「春きぬと」の歌と此歌との間に谷風の歌ある事、鶯を不㆓読入㆒歌を間に置事、部立のきひしき事をあらはす。おもしろきと也。定家卿歌に湖辺梅花と云題にて、（拾遺愚草）「けふそとふしかつのあまの住里を鶯さそふ花のしるへに」

一四（鶯の谷よりいづるこゑなくは春くることをたれか知らまし、千里）
「うくひすの―」、春とも思ひわかぬ時節、鶯の鳴にて春と知たるとあり。

一五（春たてど花もにほはぬ山ざとはものうかるねに鶯ぞなく、棟梁）
「春たてと―」、此山里の春は、都のやうにもなく、にきやかになき春なるほとに、鶯不満足と也。鶯のねにものうきやうに聞ゆるとあるは、山里のさひしき春は不満足との心なり。裏説、花もにほはぬ山里と云は、在原氏繁昌せぬに比して也。物うかるねは作者棟梁か心也。

一六（野辺ちかく家居しせれば鶯のなくなるこゑは朝な朝なきく、よみ人しらず）
「野へちかく―」、鶯を深切に思ふ歌也。野へ近く家居せれは、あさましき家居也。されともとりえあり。鶯の声を朝な〳〵きく程にと也。鶯は山林にこそ鳴へきに、野には不審なると云事あり。されとも万葉の歌に、「くたら（万葉、赤人、五句「鳴きにけむかも」）野の萩の古枝に春待とおりし鶯今や来鳴ん」

一七（春日野はけふはな焼きそ若草のつまもこもれり我もこもれり、よみ人しらず）
「かすか野は―」、野遊歌也。伊勢物語にては恋の歌也。わか草のつまとは草の下もえしたるを云、正説也。妻を若草と云もあり。五文字、此集に改て入也。伊勢物語に、五文字を改て入たると云説あり。作物語なる程に、撰集のやうには有まし。此集に改めて入たると云、可然。けふはの、はの字、大方に可ㇾ見。今日よりさきはと云心也。

野遊眺望に青々とある、見事なる若草おしき事なるほとに、今よりはなやきそと云心也。野を焼事は草を生ぜさせん為なると也。此歌野遊となくて題しらすとある事、伊勢物語等の心ある故也。

一九（み山には松の雪だに消えなくに宮こはのべの若菜つみけり、よみ人しらず）

「み山には―」、太山と万葉にかけり。まつの雪たにと云、先の雪と先の字に見る事、不用。松の木の雪はよそへよく見ゆる物也。平地の雪よりも早く消る物也。此歌にて六百番歌合の時、定家卿、（続拾遺）「きえなくも又や深山をうつむらんわかなつむ野もあは雪そふる」

一八（春日野のとぶひの野守いでてみよ今いくかありて若菜つみてん、よみ人しらず）

「春日野の―」、飛火は放火也。〽但馬、〽隠岐、〽筑前三ケ国に（余白）。野守に出てみよと云はかり、定家卿の心也。古事等六ケ敷事也。裏の説、其道々の者に物をとひて知れとの教也。若なつむ時節は、野守か可レ為二案内者一との義也。

二〇（梓弓おして春雨けふふりぬあすさへふらば若菜つみてむ、よみ人しらず）

「梓弓―」、おしてを、おさへてと云、他流の説也。俳諧めく、不用。をして、しいての心歟。たゝ、おして也。あすふらは、若な生ぜんと雨を祝たる心也。

二一詞書（仁和のみかど、親王におましましける時に、人に若菜たまひける御うた）

「仁和のみかと―」、光孝天皇也。おまし／＼―、おはしましとよむ習也。若な給とは賀を給也。（書入「賀の祝義を御沙汰ある事也」）。誰ともなし。

二一（きみがため春の野にいでてわかなつむ我が衣手に雪はふりつゝ、光孝天皇）

「君かため―」、有心体の歌也。詞に云あらはさずして、心をこめたるを、有心体と云。君かためと云より、上一人より下万民にいたる也。

二二詞書（歌たてまつれと仰られし時、よみてたてまつれる）

「歌たてまつれと仰られし時―」、延喜の仰也。あたらしく詠進せよと也。勿論読をきたるも也。歌たてまつれとあるは何時も当代の事也と云、習也。

二二（春日野の若菜つみにやしろたへの袖ふりはへて人のゆくらん、貫之）

「春日野の―」、一段たけ高く秀逸の歌也。一かどある歌は地歌也。何のふしもなきは秀逸也。袖ふりはへてとは袖を引もちきらぬ体也。人多く行也。白き物は、遠く見ゆる心也。遠望の心也。何としたる事に、袖ふりはへて行そといへは、春日野へ若菜つみに行人なると云心也。

二三（春のきる霞の衣ぬきをうすみ山かぜにこそみだるべらなれ、行平）

「春のきる―」、雲霞を衣と云は、山のすかたにかゝる心也。此歌の春のきるとは、着《キ》てか、春也。へらなれは、べしと云心也。みたるげなると云心也。後撰の「身のしろ衣うちきつゝ春きにけり」（降る雪のみのしろ衣うちきつゝ春きにけりと驚かれぬる、敏行）と云歌も、着手が春也。ぬきをうすみは春のあさき心也。

二四作者（源むねゆきの朝臣）

「源むねゆきの朝臣《アソン》」、惟喬二男。光孝天皇御孫と云へり。不審なる事あり。

二四（ときはなる松のみどりも春くれば今ひとしほの色まさりけり、宗于）

「ときはなる―」、他流には、常磐の松も春来りては緑もまさると云、不用。他流とは冷泉家、六条家を云。当流（傍記「二条家」）の心は春来て面白き人の心から見れは、常磐なる松も色まさりたるやうなると也。けい（勁）松は年の寒によつて顕。十八公栄霜後露。

二五（わがせこが衣はるさめふるごとに野辺のみどりぞ色まさりける、貫之）

「わかせこか―」、せことは、女の方より男をも云。男の方より女をも云。又いもせと云は、女をいもと云ひ、男をせと云。又せこと云は、互に云也。歌は昔の序歌の体也。衣と云はんために、わかせこと云。春雨といはんために、衣と云たる也。晴《ハレ》の歌の体也。色にとりて云はゝ、白き歌と云へきと也。雨の後青々とあるは、衣をあらひたるやうなると也。毛詩、クワンタクの衣の事、可考。

二六（あをやぎの糸よりかくる春しもぞみだれて花のほころびにける、貫之）

「あをやきの―」、青柳を常に云。声はなまり也。馬のあをと云声に云が能けれとも、かへって悪き也。常のなまりの声よきと也、三光院説。みたれて花の、此花何の花ともなし。柳一切の木に先立ゆへに、柳より花の咲と也。糸と云に、ほころふるは態に非す。自然、えんとなるへし。

二七詞書（西大寺の辺の柳をよめる）

「西大寺」、他流、にしのおほてらとよむ、不用之。さいたいじとよむ。此寺、七大寺の内也。

二七作者（僧正遍昭）

「僧正遍昭」、仁明に仕たる者也。

二七（浅緑いとよりかけて白露を珠にもぬける春の柳か、遍昭）

「浅緑―」、朝の字の心なし。浅の字斗《バカリ》也。此作者は一手したる也。柳かは哉也。露のちらぬは、糸かつらぬきたるかと也。

二八（もゝちどりさへづる春は物ごとにあらたまれども我ぞふりゆく、よみ人しらず）

「もゝちとり―」、種々の説あり。鶯と云、又色々の鳥の事と云。定家卿は百千の鳥と云。百千の鳥の内に鶯は入。

鶯に百千の鳥は入ましきと也。部立も隔たりたる也。非鶯と也。歌の心は、百千鳥のさへつる時節、物ことにあらたまる春なれとも、我のみふり行と也。

二九（をちこちのたづきも知らぬ山中におぼつかなくも喚子鳥かな、よみ人しらず）

「をちこちの―」、相伝の歌也。おもての一義は、此鳥か人をよふやうになきて、まよはする也。此鳥はやこ〳〵と鳴也。春の旅行に山中をたとり〳〵行に、此鳥の声を聞てよふかと思ひて其方へ行けは、旅人をよふには非すして行まよはする也。遠近のたよりもなき山中の体也。裏の説、さしもなきこなたかなたへかゝりて、物さまたけになる心也。歌は猿丸歌也。

三〇詞書（雁のこゑをきゝて、越にまかりける人を思ひてよめる）

「かりの声をきゝて―」、此詞書に帰の字不書、面白き也。春の部なる程に、帰雁無レ紛也。

三〇（春くればかりかへるなり白雲の道行きぶりに言やつてまし、躬恒）

「春くれは―」、道行ぶりは触也。道の行て也。かりは越《コシ》へ行物なる程によき言伝物也。ことやつてましは、言の字也。

三一（春霞たつを見すててゆくかりは花なき里に住みやならへる、伊勢）

「春霞たつを―」、此歌の詞書は短き故、帰の字入たる、是も面白き也。伊勢は小町にもをとらざる程のかどある歌よみ也。歌の心は、花やかて咲へきと思ふ心から、霞立て花の咲へき時節を見すてゝ行雁は、花のなき里にすみならへるかと也。

三二（折りつれば袖こそにほへ梅の花ありとやこゝに鶯の鳴く、よみ人しらず）

「折つれは―」、鶯の我かたへ来んと云は冷泉家の義也。不用之。野梅を折て帰りたれは、軒ちかく鶯の来て鳴は、我袖の香をしたひて鳴かと也。新古今歌、藤原有家朝臣「ちりぬれはにほひはかりを梅花ありとやこゝに春風のふく」

三三（色よりも香こそあはれとおもほゆれたが袖ふれしやどの梅ぞも、よみ人しらず）

「色よりもかー」、紅梅也。色のうつくしきを賞すれは、それよりも香の最上なるあり。是は花の匂にはあらじ。昔の人の袖ふれたる香なるへしと也。此やとは人の宿也。梅そもの、もの字はやすめ字也。そもを他流には抑と云字と也。留りに抑の字置事なし。又始に置事もなし。中程に置字なり。裏の説、容儀は第二にて、徳義肝要なると也。

三四（やど近く梅の花うゑじあぢきなくまつ人の香にあやまたれけり、よみ人しらず）

「やとちかくー」、此宿は我やと也。待人は恋に非す。朋友也。

三五（梅の花立ちよるばかりありしより人のとがむる香にぞしみぬる、よみ人しらず）

「梅花たちよるはかりー」、作者兼輔。根本、恋の歌也。それにては義、能なしとて春の歌になをして、貫之入たる也。暫時と思たるに時をうつしたる心也。西行か、（新古今）「道のへの清水なかるゝ柳かけしはしとてこそ立とまりつれ」の歌も此歌を思てよみたると也。

三六作者（東三条の左のおほいまうちぎみ）

「東《トウ》三条のー」（以下余白）

三六（鶯の笠にぬふてふ《とい》梅の花折りてかざさむ老かくるやと、常）

「鶯の笠にぬふー」、てふは、と云と云詞也。もとありたる事を云詞也。笠にぬふてふとは催馬楽の歌の事也。笠と云ものは物がかくるゝものなるほとに、老をかくしたきと也。鶯のあなたこなた枝うつりするを笠にぬふと云。

鶯さ（楼）と云て是を笠にぬふと云は不用。梅はこんもりと咲物なる故に笠と云也。

三七作者（素性法師）

「素性法師」、遍昭か子也。

三七（よそにのみあはれとぞみし梅の花あかぬ色かは折りてなりけり、素性）

「よそにのみ―」、あはれとそみしとは愛する心也。よそに見たる時も愛したれとも、折ては近まさりしたる也。裏の説、人の上をよそから見るは大方にて、はだへ入てならでは不被知物なると也。

三八（きみならで誰にか見せん梅の花色をも香をも知る人ぞ知る、友則）

「君ならて―」、折てやる人を賞翫して也。知己《キ》は真実の朋友也。知人ならてはいかてみせんと也。裏の説、世上の人は心、見定めかたし。よく見定てから大事小事の事を云へきとの教也。

三九（梅の花にほふ春べはくらぶ山やみに越ゆれど著《しる》くぞありける、貫之）

「梅の花―」、くらふ山は鞍馬なり。たくらぶる時は、ふの字濁。行孝（堯カ）は何時も濁りたると也。夜の梅也。春へを定家は春の山への山の字を中略と被申也。顕昭は（以下空白）。定家の義に順して心得る、二条家の心也。梅花をしるへにして、くらふ山を分明に越しと也。闇の心也。

四〇（月夜にはそれとも見えず梅の花香をたづねてぞ知るべかりける、躬恒）

「月夜には―」、梅花をおしむ心ある歟。所望を無心なると云心ある也。月に我はまかはんほとに、所望の人に来ておれと也。定家卿歌（拾遺愚草、五句「夜はの木のもと」）「中々に四方に匂へる梅のはなたつねそわふる春の木の本」

四一（春の夜のやみはあやなし梅の花色こそ見えぬ香やはかくるゝ、躬恒）

「春の夜の―」、あやなしは、かひなき、あちきなきなと云心也。あやめもみえぬなと云心也。あやめもみえぬと云はあやの紋のみえぬと云心也。体《タイ》の不レ分心也。こゝの心はあちきなしと云か能也。やみには色のみえぬをなけきて、香かにほふならは色をもみせよと也。色みえぬ（以下空白）。裏の説、世上の人のむつかしけなるか悪也。心みせぬやうにて、又少はみせなとして、何共知かたき人か悪きと云教也。

四二詞書（初瀬にまうづるごとに、やどりける人の家に、久しくやどらで、程へて後にいたれりければ、かの家のあるじ、「かくさだかになんやどりはある」と、言ひいだして侍りければ、そこにたてりける梅の花を折りてよめる）「はつせに―」、紀長谷雄と云者は貫之前祖也。長谷観音りしやう（利生）あるによって名とす。切々参詣する宿坊あり。此宿に久しく不行、其後やとりたる時にあるしの、やとりはかくさたかにあるといひたる也。やとりはの、は文字にあたりて可心得也。そこにたてりたるとは、のきちかき梅又は立花なと也。

四二（人はいさ心も知らずふるさとは花ぞ昔の香ににほひける、貫之）

「人はいさ―」、いさは必不知と云心也。宗長なとは連歌に、とまりにはいかゝと申たると也。前の詞書ををさへて、さあるへき事にてはなきが、そなたの心かく云出さるゝ程に、おほつかなしと也。故郷とはもとやとりたる宿の故也。

四三詞書（水の辺《ほとり》に梅の花さけりけるをよめる）

「水のほとりに―」、川の水に梅のうつりたるを真実の花と見て也。

四三（春ごとに流るゝ河を花とみて折られぬ水に袖やぬれなん、伊勢）

「春ことに―」、よく見定すして折たらは、ぬれんと也。なかるゝ水と云はん所を、河とけなげにいひたる也。春ことになかるゝ川を花とみてとは、年々花を翫に、花にじゃうして去年を忘れたる心也。裏の説は、世間は皆おられぬ水をねかふやうなる、しわさなると也。

四四（年をへて花の鏡となる水はちりかゝるをやくもるといふらむ、伊勢）
「年をへて―」、花のちりかゝりておほふを見て、曇るといふらんと也。年をへては年々歳々也。水と花との間おく底もなくみゆるを、ちりかゝるにてくもると也。くもるより外には水と花とは云分はなしと也。
四五（暮ると明くと目かれぬものを梅の花いつの人まにうつろひぬらん、貫之）
「くるとあくと―」、暮と明と也。詞書に家にあるとあるは面白し。目がれぬと云、山野の梅にてなき心也。盛久しかれと思ふから、めかれぬに、いつの人まにうつろふらんと也。
四六（梅が香を袖にうつしてとゞめてば春はすぐともかたみならまし、よみ人しらず）
「梅かゝを―」、花に執着《シウジヤク》の深き歌也。梅か香は袖にうつして久しくは不レ残物なるが、若、とゝまらは能《ヨキ》形見なるへしと也。暮春の歌と見ては無レ曲。二月辺の歌と見て可然。二月以後春の花は種々あれとも、梅にましたる花はなしと云心也。
四七（ちるとみてあるべきものを梅の花うたてにほひの袖にとまれる、素性）
「ちるとみて―」、うたてはうたゝ也。歌によりてかはる也。此集には一也。おしめともちるほとに、中々、にほひのとまるはうらめしきと也。うちふてゝ也。下句、煩脳の湿気にたとへたる也。
四八（ちりぬとも香をだに残せ梅の花恋しき時の思ひいでにせん、よみ人しらず）
「ちりぬとも―」、思いてにせん、此句おもいてにせんと、ひの字を不云事習也。されとも又ひの字、少はあるやうにと也。花はちるとも匂ひ残らはと也。
四九詞書（人の家にうゑたりける桜の、花さきはじめたりけるをみてよめる）
「人の家に―」、人の家を作りてうへたる桜也。新宅を祝したる心也。

四九（ことしより春知りそむる桜花ちるといふ事はならはざらなん、貫之）

「ことしより—」、尋常の花は年々散ならひたるか、咲はしめたる花はちると云事をならはすしてあれと也。

五〇（山たかみ人もすさめぬさくら花いたくなわびそ我みはやさむ、よみ人しらず）

「山高み—」、処もそびえて花も能もなき、其花我に似合たる程に、我見はやさんと云心也。常の車馬のつとふ所のは、我は見はやさぬ也。すさめぬ（「すさ」傍記「荒」）は愛せぬ心也。春ハ作二花ノ荒《スサメ》一、秋作月ノ荒ヲ、楊。勿二内作レ荒フレ色ニ、外莫レ荒フレ禽ニ。

五〇左注（又は、さととほみ人もすさめぬ山ざくら）

「又はさとゝをみ—」、定家書入たる也。

五一（山ざくら我が見にくればはるがすみ峯にもをにも立ち隠しつゝ、よみ人しらず）

「山桜—」、峯はそびえたる所を云。尾は裾《スソ》、尾上は高み也。我ために霞の立かくすやうなれは、心なく立かくす事哉と云たる心也。まださかぬ花を霞におほせたる也。裏の説、我心程に人をも見る物也。心なき霞に心をつけたると云心也。

五二詞書（染殿のきさきのお前に花がめに桜の花をさゝせたまへるを見てよめる）

「そめとのゝきさき—」、清和院染殿の旧跡也。花がめは花をさすかめ也。

五二作者（さきのおほきおほいまうちぎみ）

「さきのおほき—」、前には左注に書、こゝには作者をあらはす事、心あり。（書入「摂政になられたる後の歌なる故、作者を顕すと云事也」）。天安元年、忠仁公盛の時節なる程に、それをあらはさん為に如此作者を書たる也。忠仁公は死号也。死号は十号とて日本には十人あり。十人の後、国家のついえとて被停止也。天皇号の類也。

五二（年ふれば齢は老いぬ然はあれど花をし見れば物思ひもなし、良房）

「年ふれと―」、此歌六十一の時の作也。一甲子を過ての初也。老はてたるは苦しけれとも、老すは如此の盛は見間敷と云心也。是は雑部に入さうなるか、花を賞して春に入たる也。

五三（世の中にたえてさくらのなかりせば春の心はのどけからまし、業平）

「世中に―」、花にふかく心を染たる歌也。待、おしみ、三春の間、花ゆへに心をくだく。花と云物なくは中々に春の心は長閑にあるへきと執着深き心から云たる也。裏の説、能事も悪事もとんぢゃくすれは病になる物なると也。

五四（いしばしるたきなくもがな桜花たをりてもこん見ぬ人のため、よみ人しらず）

「いしはしる―」、猿丸歌也。関東にキド、持為弟子也（以下空白）。花の滝と見たる、部立相違也。此集きびしく部立したる故、花の滝と見る不用之。滝を隔てゝ見たる花なると也。又の義、滝の景気無キレ類故、此滝なくは手折て帰んと也。

五五（見てのみや人にかたらむ桜花手ごとに折りて家づとにせん、素性）

「みてのみや―」、山の桜を見てと云詞書にて、能きこえたるなり。三体和歌にたけ高しとあり。人のかたるはかりにて我見ぬは、大方に思物なると也。裏の説（傍記「自調自度、度―量」）、何事も我ひとりたのしむは小人のたのしみ、衆人たのしまではと也。是、君子のたのしみ也。

五六（見わたせば柳桜をこきまぜて宮こぞ春の錦なりける、素性）

「みわたせは―」、此五文字斟酌する也。詞悪に非す。をのつから、中々にの類也。錦は、山の花、秋の野の外は無物かと思へは都にあるよと也。その字つよくあたりて、都こそ錦と見立たる也。此歌花・柳いつれ正なるへき。往来の袖の錦か花にそわりて錦と見る、両義也。

五七（色も香もおなじ昔にさくらめど年ふる人ぞあらたまりける、友則）
「色も香も—」、さくらめどとは桜を入て読と云説、不用。たゝさくらめとは詞也。然らは何の花と云事不知。桜不用と云は秀句を嫌故也。年々歳々花相似、歳々年々人不同の心也。
五八（たれしかもとめて折りつる春霞立ち隠すらん山のさくらを、貫之）
「たれしかも—」、顕昭は然の字と云。定家は然の字ならは、たれかしかと云へきに、たれしかもはたれかと云はかり也。「し」と「も」とやすめ字也。とめてはもとむるの心也。近所には不見花なるを、とめて折と也。深山の花なるへし。定家卿（拾遺愚草）「たれしかも初音きくらん時鳥またぬ山路に心つくさて」
五九（桜花さきにけらしもあしひきの山の峡《かひ》より見ゆるしら雲、貫之）
「桜花—」、歌たてまつれと仰られし時とあるは、（書入「五十首百首には非す」）。手本になるやうなる歌をと云心也。けらしもの、もの字面白きと也。山のかひは、かう也。水のあるを云。されともたゝ山の間也。
六〇（み吉野の山べにさけるさくら花雪かとのみぞあやまたれける、友則）
「みよしのゝ—」、山への への字、やすめ字也。山にと云心也。よし野は雪のふる所なる程に、前かどの雪をふと思ひ出して也。花にてあるを雪かとあやまたれたると、上句を下句にて納得したる心也。
六一（さくら花春くはゝれる年だにも人の心にあかれやはせぬ、伊勢）
「さくら花—」、桜花さきにけらしもの歌の五文字と、此五文字とはちかひたる也。是は下知したる心也。桜花とよひ出して、春九旬の間見てもあかぬにやは、花よ人にあかれよと花をよひかけて也。三月末に云ては不面白。末に閏月ある時、花にいひたる心也。結句あかれはせぬやと云心也。常のやはにには非す。
六二（あだなりと名にこそたてれ桜花年にまれなる人もまちけり、よみ人しらず）

「あたなりと―」、伊勢物語にては恋の歌也。こゝにては花一へん也。花ほとあたなる物はなしと思たれは、まれ人をも待つけたる、たのもしきと云心也。待けりは待つけたれと云心也。

六三（けふこずはあすは雪とぞふりなまし消えずは有りとも花と見ましや、業平）

「けふこすは―」、返しの心は、ちりかたの花なるほとに、けふこずは枝に有まじ、然らは雪も見るへし。我来たれはこそと也。

六四（ちりぬれば恋ふれど験《しるし》なきものをけふこそ桜折らば折りてめ、よみ人しらず）

「ちりぬれは―」、先咲初たる時分はおしみ、盛の時分は折かたき也。散方《チリ》なる程に、折らは只今おるへき能時節なると也。

六五（折りとらば惜しげにもあるか桜花いざやど借りてちるまでは見ん、よみ人しらず）

「おりとらは―」、落花也。主なき花也。おしむ人なき程に折て我物にして見れはおしくなる。折たらはそのまゝちらんほとに、花の下ふしをして見んと也。

六六作者（きのありとも）

「紀のありとも」、友則父也。

六六（さくら色に衣はふかくそめてきん花のちりなん後のかたみに、有朋）

「さくら色に―」、匂ひはしたひてもとまらぬ物なるほとに、せめて桜色に衣を染て着せんと執着したる歌也。

六七（我がやどの花みがてらにくる人はちりなむ後ぞこひしかるべき、躬恒）

「我やとの―」、落花をおしみたる也。有心体也。花見かてらは花みるついて也。我宿に人かけのあるは花故也。花ちらは此友にさへ遠さからんと也。花以前さひしき事を思ひ出て、花故問人も、散なは遠さからんとの心也。

六八詞書（亭子院歌合の時よめる）
「亭子院―」、寛平也。
六八（見る人もなき山ざとのさくら花外のちりなん後ぞさかまし、伊勢）
「みる人も―」、五句卅一字、心のあまりたる歌也。底に述懐の心ある也。外のちりたる後に（以下空白アリ）。
法皇の御在位の時伊勢に御心かゝりたる事ありし。それを思ひて也。
明暦三年正月廿三日是まて御講釈。

明暦三年正月廿四日
春の歌の下　上巻は正月、二月の末までの歌あり。下巻には二月廿五、六日比よりの歌也。
六九（春霞たなびく山のさくら花うつろはむとや色かはり行く、よみ人しらず）
「春霞―」、一説、一・二句をすてゝみよと也。山の桜花と云所はかり下へつゝけて見よと也。序歌ならは左様にも有へきが、是は非ス二序歌一。春霞を、せんとしたる歌也。うつろはんと色かはり行と同しやうなる事也。されとも浅深あり。うつろふは盛の色のつく也。色かはり行は霞の色のかはる也。「時鳥鳴やさ月」（古今四六九、郭公鳴くや五月のあやめ草あやめも知らぬ恋もするかな）、「鶉鳴まのゝ入江」（金葉、うづら鳴くまのの入江の浜風に尾花波寄る秋の夕暮れ、俊頼）などのやうに心得て見よとあり。此両首はあやめもしらぬと云、をはななみよると云はん為に景気はかりそへたる歌也。如此景気はかりと云もいはれたる説なると也。
七〇（待てといふにちらでしとまるものならばなにを桜に思ひまさまし、よみ人しらず）
「まてといふに―」、ちらいてとまる物ならは、桜に思ひます花はあるましきと、他流の説也。当流、ちるをほめて云たる也。まてといふにちらぬ物ならは、一年も花はあるへきか、ちるによりて思ひまさると也。ちらてとまる物ならは、桜に思ひます事はあるましと、桜はかりの上に見るへしと也。裏説は、人の一生涯も、如此あまり生過たるは悪と也。

（行間書入）「後日仰云、ちらてとまる物ならは、桜に思ます事はあるましと云。他の説もさもあるへし。此歌にはちらずはよからん事を云ひ、又次の歌には散のよき事を云、此心にて次第のやうす可然歟。他流をうつて当流の深き事を云はん為なるへき歟。但、抄の分先可然と也」

七一（残りなくちるぞめでたき桜花有りて世の中はての憂ければ、よみ人しらず）

「のこりなく―」、前の歌の贈答に似たれとも非二贈答一。前の歌よく見せんと也。めてたきは愛する也。勝る也。常目出とは違也。さつとちるか、弥、愛をそゆる心也。世の末には、はてか、うい物なるほとに、散かめてたきと也。（空白アリ）令《シム》レ寿《イノチナカラ》　。堯曰、寿《イノチナカキ時ハ》　多《シ》レ恥《ハチ》の心也。

七二（この里にたびねしぬべし桜花ちりのまがひに家路わすれて、よみ人しらず）

「此里に―」、ちりのまかひは、ちるまかひ也。かへるさを忘れて花の下ふしをせんと也。此里は志賀の里と云、不用。他流説也。

七三（うつせみの世にも似たるか花桜さくと見しまにかつちりにけり、よみ人しらず）

「うつせみの―」、（書入「かつちりにけりは、かつ〳〵也」）空蟬に種々あり。一には空の字にてうつろなるを云。一つにはうつくしき、一つには打也。似たるかは似たる哉也。花さくらと云、別にあるやうに云へとも、不用。世にも似たるかな花とつゝけん為也。程も経すして散を、空蟬のはかなきにたとへたる也。

七四作者（これたかのみこ）

「これたかのみこ」、惟喬、文徳第一皇子、御母静子、定家勘物に静子を種子とあり。誤也。此集の奥書に「以書生之失錯、称有識之秘事、可謂道之魔性、不可用之」如此あるもかやうの事也。縦、定家勘物にてもあれ、誤は其分にしてをくへきと也。

七四（桜花ちらばちらなむちらずとてふるさと人のきても見なくに、惟喬親王）

「桜花―」、古来風体には俊成褒美したる也。故郷人とは遍昭をさす。親王の遍昭を被ㇾ待は過分也。ちらはちらなんとは、花を花と思ふも、むつましき友を待えて愛すへきに、不来は何せんと花をふかく愛して也。独ゐては曲なき也。惟喬は文徳第一皇子なれとも、清和にこされて静にしてゐられたると也。

七五詞書（雲林院にて桜の花のちりけるを見てよめる）

「雲林院《ウリンヰン》」、清和、常の御所に非す。時にわたらせらるゝ所也。

七五作者（そうくほうし）

「そうく―」、承均は貫之親類也。

七五（さくらちる花の所は春ながら雪ぞふりつゝ消えがてにする、承均）

「さくらちる―」、所はうりんいん也。こゝは花はなき歟。極寒の雪の消ぬやうに時節を忘れて也。

七六（花ちらす風のやどりはたれか知る我に教へよ行きてうらみむ、素性）

「花ちらす―」、花のちるは風の所行也。されとも風の居所は不知、若、知人あらはおしへよ。天下の花の意恨を云はんと也。

七七（いざ桜我もちりなむひとさかり有りなば人にうきめ見えなん、承均）

「いささくら―」、いさはさそふ詞也。歌の心は、我は世にありとも不被知物也。人のをしむへき花さへちるに、我はおしけもなし、いさもろともにちらんと也。ひとさかりを顕昭はいとさかりと云。最の字の心也。貫之筆にいとさかりとありしと云也。定家は書損したるへしと也。漢の書に広才の人も書損る文字等もある類なるへしと也。

七八（一目見し君もやくると桜花けふは待ちみてちらばちらなん、貫之）

「ひとめみしー」、ちらと来りたる人の立かへりたるに、やる也。初の五文字、其心也。ちりがたの花の色を見て、立かへりたる人なるほとに、立かへらぬ事はあるまし。ちらてかなはぬ事ならは、今日を待てちれと也。

七九（春霞なにかくすらんさくら花ちるまをだにも見るべきものを、貫之）

「春霞ー」、遠望の歌也。霞つゝまれて見も分れぬ花也。ちるまをの「ま」は、ちるをも、みやするの心也。

八〇詞書（心地そこなひてわづらひける時に、風にあたらじとて、おろしこめてのみ侍りけるあひだに、折れる桜のちりがたになれりけるを見てよめる）

「心ちそこなひてー」、病脳也。おろしこめてのみー、簾かうしなとの類。

八〇作者（藤原よるかの朝臣）

藤原のよるか（「か」傍記「スム」）の朝臣《アソン》。女也（傍記「女も四位になれは朝臣と云」）。誰人の女《ムスメ》とも不知。

清和、宇多、三代につかへたる者也。

八〇（たれこめて春のゆくへも知らぬまに待ちし桜もうつろひにけり、因香）

「たれこめてー」、おろしこめてとある程に也。風にあたりて散かと思へは、をろしこめたる内の風にあたらぬ花も、時節をは不遁、散方（「方」ニ濁点アリ）に成たると也。我病脳を観して如レ花ノ我身もなりたると也。余情ある歌也。病人の体に叶たる歌也。

（行間書入）「折たる花のちるを見て、世間の花の待しもいつしかうつろふ時節に成たると云心也」

八一詞書（東宮の雅院にて桜の花のみかは水にちりてながれけるを見てよめる）

「東宮の雅院《ガヰン》」、東宮雅院と云所より、雅院は待賢門境の内、朱雀院の東。みかは（傍記「溝也」）水を顕昭はあくた川と云。当流にはたゝ、みかは水とみるへしと也。みかは水、あくた川同し物也。

八一（枝よりもあだにちりにし花なればおちても水の泡とこそなれ、高世）

「枝よりも―」、此歌は延喜御門崩御之後、書入たると也。風流すぐれたる歌、第一なる故に加へ入たると也。一義には崩御の後、是程面白歌此集にもれたるかとて、御とふらひに入たると也。又は歎の切なる時節、落ても水のあはと成たる所を、世間の無常に思よそへて入たると也。枝を別れ散程の花なる故に、落てもあわとなると也。生死を切断するはわるし。道理をよく知へし。よりもは、よりして也。三光院は従の字と自の字と心かはると申されし。何としたる心やらん。

八二（ことならばさかずやはあらぬ桜花みる我さへにしづ心なし、貫之）

「ことならは―」、顕昭同しくはと云。定家は如此ならはと云。（顕）賢註密勘、花を切に思たる歌也。不咲時は花を待、盛には色々に心をそめ、散時はおしみする、切なる心也。如此あだならは、さかずにもなくて、見る我さへしつ心なきと恨たる也。さかすやはあらぬと云は、曲もなきやうなれとあまり深切に思て也。

八三（桜花とくちりぬともおもほえず人の心ぞ風もふきあへぬ、貫之）

「桜花―」、百花の中に桜ほと早く散物はなし。されとも二世、三世を契りたる夫婦、朋友の中も片時にかはる物なる。それを思へは、桜はとくちるともおもはれぬと也。

八四（久方のひかりのどけき春の日にしづ心なく花のちるらむ、友則）

「久かたの―」、久かたは空の事也。月日とつゝくる事、常の事也。是も光にとある、日をもたせたる也。風雨に散は無是非。此長閑なる時分に、いそかはしくちるは何としたる事そと也。日にの「に」の字に力を入て見へし。

此にの字にて、はねたる也。「春の日に」の次へ、何としてと云詞を入て見へし。しつ心なしと云を、人の心か花の心かと為世に問たれは、両共によし、花の心にて猶可然と也。裏の説、長閑なるに散道理はなきに、時節到来ののかれぬ子細なると也。

八五詞書（春宮のたちはきの陣にて、桜の花のちるをよめる）

「春宮のたちは（「は」傍記「わ」）き―」、春宮に召つかはるゝ也。人也。帯刀也。

八五作者（ふぢはらのよしかぜ）

「よしかせ」、好風、系図不慥者也。

八五（春風は花のあたりをよぎてふけ心づからやうつろふと見ん、好風）

「春風は―」、花は風の所行と思へとも、花も風におほせて散やうなり。然らは花のあたりを風によきて吹て見よ、風のとが歟、花のとが歟を決せんと也。

八六（雪とのみふるだにあるを桜花いかにちれとか風のふくらん、躬恒）

「雪とのみ―」、是は世間の、万あやにくなる事を風《フウ》してよみたる也。ちる花の上に、又風ふきたる也。善の上には善、悪の上には悪が重なる物なる事、世間にある事也。

八七（山たかみ見つゝわがこしさくら花風は心にまかすべらなり、貫之）

「山高み―」、詞書に「ひえにのほりて」とある、五文字によく聞えたる也。道の遠き心ある也。みつゝと云にて程へたる心ある也。一説、花をみて帰あとにて、心のまゝに花をちらさんと云不用とあり、如何。風は花の心にまかせんと也。又我は花をみすてゝ帰りたるに、風は我心に花をまかすると、はの字にあたりて也。

（行間書入）「山高み見つゝ、初五文字、ことに比えにのほりてと云るによく叶へり。見つゝと読る詞に、心有て見えたり。山の花を思をきて帰たるさま也。風は心にとは、我心にもまかせす、花を見すてゝ来たる心にてよめり、古聞抄。山たかみと云に、道遠き心あり。見つゝ我こしと云に程をへたる心もあり。風は心にと云に、我心にまかせぬ心も有」

八八作者（一本大伴黒主）

「一本大伴黒主」、「一本」とあるは貞応の比、定家諸本をあつめて校合して作者を書入たる歟。定家、心に此歌貫之申には非す、黒主と見たる故也。多き本の内、黒主とある本ありし故、如此一本に入たる也。

八八（春さめのふるは涙かさくら花ちるををしまぬ人しなければ、一本黒主）

「春さめの―」、かは、哉にても、疑のかにても也。一字にても疑也。ふるは涙かと云、色々の説あり。人の花をおしむ涙と云、又雨ふれは花かちるほとに涙を催す。又ふる雨を天下の涙によそへらるゝ、此説可然と也。同しやうなる事也。

八九（さくら花ちりぬる風のなごりには水なきそらに浪ぞたちける、貫之）

「さくら花―」、嵐の、花を吹たてゝかきたてたるを見て、水なき空に波の立やうなると也。水なき空は波の縁に云心也。なこりとは余波と書。その波の心をもたせたる歟と也。

九〇詞書（ならのみかどの御うた）

「ならのみかとの―」、平城は大同の天子。桓武の御子。顕昭は聖武と書。「ならの宮この八重桜」（金葉・詞花、いにしへの奈良の都の八重桜今日九重ににほひぬるかな、伊勢大輔）と云にて云也。奈良に皇居の御門、七代ある也。序に「ならの御時よりそひろまりにける」とあり。ならの御時と云は文武也。古来風体を俊成作に非すと定家申（以下余白）。

九〇（故郷と成りにしならの宮こにも色はかはらず花はさきけり、平城天皇）

「故郷と―」、四年御在位、其後御隠居ありて、万物のかはりはてたる処を御述懐の心也。故郷とは帝都を去れて（ママ）奈良を云とあり、如何。旧都と云たき也。「水なき空に波そたちける」の歌までは落花の歌也。此「奈良の宮古にも」の歌より雑の歌也。奥に又落花の歌あり。其心は、初のは先咲花の落花、後のは諸木の散心也。

九一（花の色は霞にこめて見せずとも香をだにぬすめ春の山かぜ、宗貞）

「花の色は―」、此作者、むねさたと書事、遍昭俗名勿論。前に遍昭とありて、こゝに俗名書事、俗の時の歌と出家以後の歌とのかはり也。仁明天皇の御葬場より出家したる也。又かをたにぬすめと云は破戒の心ある故に俗名を書と也。歌の心は、霞かくすとも匂ひなりともさそひこいと也。ぬすめはひそかにをくれと也。此やうなる詞、当時可延（違）慮。

九二（花の木も今はほりうゑじ春たてばうつろふ色に人ならひけり、素性）

「花の木も―」、うつろふ色に人ならひけりと云を恋の心と云説、一かう、さうでなし。春立ばは立春の事に非す。春に成て花の比と云心也。花はあたなる物にて真実になき物也。世間の人の心うつりやすき程に、そこを今はほりうへじと也。今は花の木もうへまし、人の心うつりやすき程にと也。今はと云を三光院、もとはさうなかりしかとも、今は左様にあると云。上古の人はうつりやすからぬか、当時の人はうつりやすきと云心歟。たゝ人の心のうつりやすきから、ことくさに云たると云也。春たてばを春の過る心に、三光院義也。「秋はきぬ紅葉はやとにふりしきぬ」（古今二八七、秋はきぬ紅葉はやどにふりしきぬ道ふみわけてとふ人はなし）と云は、秋過る心也。月日の立と俗に云心歟。裏の説、世間の体、見る事にうつりやすくて、善にはうつらす悪にはうつりやすきをいさめて也。

九三（春の色の至りいたらぬ里はあらじさけるさかざる花の見ゆらん、よみ人しらず）

「春の色の―」、里わきて春のいたりいたらぬ事はあるまじ、花の咲不咲は何としたる事そと、花の遅速あるを云也。ついにはいたりいたらぬ事は有間敷と云義也。尚書「無ク㆑偏無シ㆑党《トウ》モ」。いやがる所もなく、くみする所もなき事也。裏の説、君子の道はいたりいたらぬと云処はなし。されともその恩徳にあつかる事のあまねくなきは、愚なる物の恩をうけぬあり。又賢者の不幸にしてうけぬもあり。我からなる也。うらむる事あるましといさめたる心也。

九四（みわ山をしかもかくすか春霞人に知られぬ花やさくらむ、貫之）

「みわ山を―」、霞をいとふから云たる歌也。しかもとは、さしもかくすか也。かくすかの「か」は哉也。あやにくに人にかくれて花かさくか、霞のとかにては有間敷と也。万葉に「みわ山をしかもかくすか雲たにも」（万葉、反歌、三輪山をしかも隠すか雲だにも心あらなも隠さふべしや）長歌歟。

九五詞書（雲林院の親王のもとに、花みに、北山の辺《ほとり》にまかれりける時によめる）

「うりんいんのみこ―」、常康親王。ほとりにとは、此「に」の字むかしの字也。今はほとりへと云所也。

九五（いざけふは春の山辺にまじりなん暮れなばなげの花の陰かは、素性）

「いさけふは―」、家ち遠からぬほとに暮たりとも花の下ふしをせんと也。なけ、他流げ文字濁、当流は清也。なけは、なかるへきかと云心也。

九六（いつまでか野辺に心のあくがれむ花しちらずは千世もへぬべし、素性）

「いつまてか―」、是はくさりの面白き歌也。花にとんぢやくするをひるかへして、我をいさめて也。はてしもなき事にてあらんと也。

九七（春ごとに花のさかりはありなめどあひみん事はいのちなりけり、よみ人しらず）

「春ことに―」、ありなめどとは、あらんずらめどと云心也。定家は、人の世は定なき物なる程に、年々の春の花なれと可見事は不知。若、心にまかする物ならは、千年万年も見るへきと也。

九八（花のごと世のつねならばすぐしてし昔は又もかへりきなまし、よみ人しらず）
「花のごと―」、花の如くと云詞也。散と見れとも真実の非二落花一。咲と見も真実に非す。此花の如くならは、昔もかへり来り、老も少年になるにてあらんと也。咲に常住、散に常住の心也。（拾遺愚草）「花のこと人の心もつねならはうつろふ後もかけはみてまし」。（行間朱書入）「過してしは、すくして来し昔はかへりこんの心也」
九九（吹く風にあつらへつくるものならばこのひともとはよぎよといはまし、よみ人しらず）
「吹風に―」、あつらへつくる、他、つくる（傍記「付の」）字の心、当流告《ツグ》るの心也。吹風はどこもとにあるぞ、この一本はよぎよと云たきと也。花の多も無き所歟。此一本とある也。他流の風に付ると云は、たか所へと云事なしと二条家よりの難也。
一〇〇（まつ人もこぬものゆゑに鶯のなきつる花を折りてけるかな、よみ人しらず）
「まつ人も―」、客来の為、折たれとも、不レ来は鶯のために曲もなき事をしたると也。鳴つる花を折てける哉と云にて鶯の惜と云説、利口げにてわろし。客不レ来は用にも立《タヽ》ぬ花を折て、後悔なると也。花を折て後、鶯の不レ来と云説不用。
是まて御文字読、御講釈。是より春の下の分皆御文字読。
一〇一（さく花はちぐさながらにあだなれど誰かは春を怨みはてたる、興風）
「さく花は―」、心は聞えたる也。千種なからにあたなれどとは、花と云花は皆あた也、されとも誰か春を恨はてたるぞと也。恨はてゝ、又愛はなき物也。恨はてねはこそ又花なとをも愛すれの心也。
一〇二（春霞色のちぐさに見えつるはたなびく山の花のかげかも、興風）
「春霞―」、霞を千種と云、花のさかぬ時は霞うすく、散方にはふかくなる、花のしわざ也。霞の色々には非すと也。此歌の風体、建保・建仁の比はやりたる也。遠望也。

一〇三（霞立つ春の山辺はとほけれど吹きくる風は花の香ぞする、元方）

「霞立―」、是も遠望也。古今の内の面白き歌は此等也。只今花か匂ふは、風かちらするかと也。又或抄に、おほつかなく霞籠たる中より薫り来りたる体也。面白し。

一〇四詞書（うつろへる花をみてよめる）

「うつろへる―」、是より又落花の歌也。

一〇四（花みれば心さへにぞうつりける色にはいでじ人もこそ知れ、躬恒）

「花みれは―」、花は愛着する故、心さへうつると也。大丈夫の心はゆるがぬ物なるに、花故にうつるを恥て人もこそしれと也。はかなき色に心をうはゝれてうつるを恥て也。「花の木も今はほりうへし」（古今九二、花の木も今は堀り植ゑじ春立てば移ろふ色に人ならひけり、素性）の歌と同し心也。裏の説、あまりはなはたしくほめたらんは心あさくみゆる、用捨すへしと也。

一〇五（鶯のなくのべごとにきて見ればうつろふ花に風ぞ吹きける、よみ人しらず）

「うくひすの―」、鶯の鳴に来て見れは花のちると云説、不用。鶯の鳴は花をおしむやうなると也。

一〇六（吹く風をなきてうらみよ鶯は我やは花に手だにふれたる、よみ人しらず）

「吹風を―」、花のちるは風のとが也。うつろひ方（「方」ニ濁点アリ）の花なる程にあやうく思ひて手をもふれぬ也。鶯は鳴て吹風を恨みよと也。上へかへりて心得る也。我は手をもふれぬ程に、人には恨所もなしと也。

一〇七作者（典侍洽子《アマネイコ》朝臣）

「典侍《テンシ》洽子の朝臣」、勘物の如し。よしなはか女也。

一〇七（ちる花のなくにしとまるものならば我鶯におとらましやは、洽子）

「ちる花の―」、鶯の鳴を聞て、鳴によってとまる物ならは、我は鶯にまさりてなく也。我涙はおしむましき物をと逍遥院申。

一〇八詞書（仁和の中将の御息所の家に、歌合せんとてしける時によみける）

「仁和の中将のみやすん所―」、此詞、昔は六ケ敷と云たる也。仁和御門の中将にてましまます時と云、他流の説不用。当官中将の息のみやすん所也。業平と云説、時代相違也。みやす所、昔は身の字を書。御の字はあかむる心也。すんと、「ん」此字書は悪し。すむと「む」の字書可然也。休《ヤスム》と云心也。

一〇八（花のちることやわびしき春がすみたつたの山の鶯のこゑ、後蔭）

「花のちる―」、わひしきと云詞、難心得やうなる也。かなしきと云は、つよ過る故、わひしきと云也。思ひすてられぬ心也。立田とつゝけん為の春霞と置たる也。面白き歌也。理をつけずに見よと也。立田は霞ふかくて不見。鶯鳴程にさてては花かちる歟と也。

一〇九（木伝へばおのが羽風にちる花をたれにおほせてこゝらなくらん、素性）

「こつたへは―」、こゝらは巨の字、又、そこばく也。鶯が散さうなるあやうき花と知〳〵、木伝ひて散したるを、誰におほせて鳴そと也。はふく（傍記「翥《ハフク》」）他流、鶯の羽風と云、当流。下句うらむる心こもる也。此歌鶯の字無。かやうの歌を題詠の歌と云。おほせては課役《クワヤク》の課《クワ》の字の心也。裏の説、我悪き事をは忘れて、人のとがを云に比しての教と也。

一一〇（しるしなきねをもなくかな鶯のことしのみちる花ならなくに、躬恒）

「しるしなき―」、鶯のと云、「の」の字古き字也。鶯がと云心也。鶯の鳴にも花は不ルレ留に、しるしなき音を鳴と也。ことしのみ、ちる花ならなくにと云は、今は不レ初心也。心をつくへし。しるしなき音を鳴鶯にひかれて、我もしるしなき花をおしむと云心あるへし。

一一一（駒並めていざ見にゆかむふるさとは雪とのみこそ花はちるらめ、よみ人しらず）

「こまなへて―」、駒ならへて也。花のちるへき程に、駒にていそき行てみんとおしみて也。道もなきまて散んと也。

一一二（ちる花をなにか恨みん世の中にわが身もともにあらんものかは、よみ人しらず）

「ちる花を―」、なにかうらみんとは、風のちらし月日の過るにてちるを恨て、立かへりて見れは、あたなる人間かなと、その所を思ひとりて何か恨みんと也。此五文字を当いの散に見ては味ひすくなし。ちる時恨れは留る物のやうに恨て、後に云たる心と也。

一一三（花の色はうつりにけりないたづらに我が身世にふるながめせしまに、小町）

「花の色は―」、古今集に六首の秀逸ある、其内の歌也。一義には、花咲たらは花に身をなして翫んと思しに、事しげくて見ぬ花なるをうつりにけりと也。又一義、我身のおとろへを我とは不知物なれは、花のおとろへを見て、我身もかくこそと察したる心也。詠せしまに、なかむる心也。為家は詠に雨をもたせたると也。にの字四あれとも耳に不立。上手のしわざなると也。

一一四（惜しと思ふ心は糸によられなんちる花ごとにぬきてとゞめん、素性）

「おしと思ふ―」、詞書前にありし如し。御息所の里、中将なる也。歌合せんとは、あらまし也。素性歌は何もたくみなる也。此歌は当時不用体也。聊、誹諧の心ある故也。心を糸になして散花をとゝめたきと、花を切に思ふから、ならぬ事をいひたる誹諧めいたる也。心緒と云字あり。人の心の色々さま〳〵に糸道のおほきやうなる也。緒はよらぬを云。糸はよくよりたるを云也。

一一五詞書（志賀の山ごえに女のおほくあへりけるによみてつかはしける）
「志賀の山こえ―」、今ある今道より、南の方へよりたる道也。今道は、都へ湖を堀付んとしたる道也。されとも近江国ひきくて不成と也。
一一五（梓弓春の山辺をこえくれば道もさりあへず花ぞちりける、貫之）
「あつさ弓―」、女を弓にたとふと云は不用。当流春といはん為、梓弓とをきたる也。さりあへすはあへてさらず也。女の事也。花に女をそへて也。
一一六（春の野に若菜つまんとこしものをちりかふ花に道はまどひぬ、貫之）
「春の野に―」、わかなつまむとこし物をとは初春の事を云たる也。若なつまむと思ひて雪を分たるに、光陰うつりて花の雪に道をまとふと也。
一一七（やどりして春の山辺にねたる夜は夢の内にも花ぞちりける、貫之）
「やどりして―」、山寺に一宿してよみたる歌也。花をみる者は花に身をなして見る程に、夢の内にも花を見る事也。うつろひ方（「方」ニ濁点アリ）に見る程に、夢の内にも散と見る也。心にかゝる事を夢にも見る也。橘もろえ公の歌をとりて読たる歌也。万葉引可考（以下余白）。
一一八（吹く風と谷の水としなかりせばみ山がくれの花を見ましや、貫之）
「吹風と―」、花のためには、かたきの風水也。されども、とくしつあり。風水故、深山かくれの花を見ると也。
裏の説、旧悪を忘れて当いをそだてよと也。
一一九詞書（志賀よりかへりける女どもの、花山にいりて藤の花のもとにたちよりて、かへりけるによみておくりける）

「しかよりかへりける―」、前のありし詞書に志賀の山越とある、それさうなると也。
一一九（よそに見てかへらむ人に藤の花はひまつはれよ枝は折るとも、遍昭）
「よそに見て―」、詞書にかゝりて藤の花をよみたる也。はひまつはれよ枝はおるともと云を、口舌などあるともとあり。入過たれとも、師説なるほとに力《チカラ》なしと也。大方の出家はよみ出しにくし。遍昭なる程に如此よむ也。
一二〇詞書（家に藤の花さけりけるを、人のたちとまりて見けるをよめる）
「家に藤の花の―」、常には不来人の、藤の花を見て立とまりて、問ひはせざる人也。
一二〇（わがやどにさける藤波たちかへりすぎがてにのみ人の見るらん、躬恒）
「わかやとに―」、我をとはんとする人には非す。藤故に立とまる人也。此やうなる我宿と云五文字は、四位以上の人ならては読がたし。数ならぬと云も勿論、数ならぬ人は不レ読事也。
一二一（今もかも咲きにほふらむたち花のこじまのさきの山吹の花、よみ人しらず）
「いまもかも―」、此五文字、心得かたきとて色も香もと云たる本あり、不用。猿丸歌也。猿丸集には色も香もとあり。今もかもは今かと云心也。もは、二つながらそへ字也。さき／＼も見たる処なるを、今か咲らんと也。橘は匂ふ物なれは、弥々匂はんと也。
一二二（春雨ににほへる色もあかなくに香さへなつかし山吹の花、よみ人しらず）
「春雨に―」、是も猿丸歌也。春雨におもけにゆら／＼としたる也。にほへる色とは花の体の匂也。香さへなつかしは常の匂ひの義也。
一二三（山吹はあやなな咲きそ花見んとうゑけん君がこよひこなくに、よみ人しらず）
「山ふきは―」、花をうへたる主《アルジ》は他行の、留守の処へ行て也。あやなはかひなひ也。今夜《コヨヒ》とは今日《ケフ》の心也。うへたる人を待かねてこよひも〳〵と云義もあり。
一二四（吉野河岸の山吹ふく風にそこの影さへうつろひにけり、貫之）
「吉野川―」、此歌は水底の影を真の花かと思ひて、風の至る間敷と思たるに、峯の山吹の散時に散たれは、さては影にてありたると知たると也。
一二五（かはづ鳴くゐでの山吹ちりにけり花のさかりにあはましものを、よみ人しらず）
「かはつなく―」、ゐてを云はん為に蛙鳴と云たる事也。声と色との二つか、耳目をたのしましむる物也。声色の二色にて感ををこす。山吹は散て蛙はかり鳴、盛に来たらは弥々との心也。
一二五左注（この歌はある人のいはく、たち花のきよともが歌なり）
「この歌はある人のいはく、たちはなのきよとも―」、左註は賞翫の心也。清友は嵯峨天皇母后の父也。
一二六（おもふどち春の山辺に打ちむれてそこともいはぬ旅寝してしが、素性）
「おもふとち―」、思ふどうしと云、他流。当流は思ふ友也。そこと遊山の処を定たるは窮屈なる物なるほとに、処を不ㇾ定して行、面白きと也。してしか（「か」傍記「スム」）は、ねがふ心也。
一二七（梓弓春たちしより年月のいるがごとくもおもほゆるかな、躬恒）
「梓弓―」、春九旬の間の事を、立春より云。いるかことくと云はん為、梓弓と云也。月日と云はん所を年月と云。春はかりの事に非すと也。こゝにて一年もくるゝやうに末の事を思ふと也。他流には春の半の歌のやうに云、不用。
三月晦日歌也。
一二八（なきとむる花しなければ鶯もはてはものうくなりぬべらなり、貫之）
「なきとむる―」、他流には、年々鳴《ナケ》とも花は散ほとに、鶯の不ㇾ鳴して居ると也。当流には、一昨日も昨日も今日も鳴《ナケ》とも〳〵花は散程に、末よはになる心也。鶯ものもの字、人も惜む心也。不《シ》レ如《シカ》閉《テ》レ口《ヲ》送《ランニハ》二残春《ヲ》一の心也。

一二九作者（ふかやふ）

「ふかやふ」、備前守房則子也。

一二九（花ちれる水のまにまにとめくれば山には春もなくなりにけり、深養父）

「花ちれる―」、晦日方は、晦日近き心也。山を越て次第々々に春は行に非す。花はちりて水にはかり流るゝを、三月晦日かたなれは、山には春もなく成にけると云也。まに〳〵は随意也。

一三〇（惜しめどもとゞまらなくに春霞帰る道にしたちぬとおもへば、元方）

「おしめとも―」、とゝまらなくに春と句を切て、霞帰道と他流の心也、如何。立ぬと思へはと云、常の霞の立と云には、かはる。春と同道して、春の帰る道に霞も発足の心也。思へはと云ひて、したひ恨る心を残したる也。此心を不レ残しては思へはとは不留やう也。

（行間書入）「とゝまらなくにとは、とゝまる事なくに也」

一三一（こゑたえず鳴けや鶯一年にふたたびとだに来べき春かは、興風）

「声たえすー」、縦、二度来る春なりとも名残はつきまじきに、春のうちには声不レ絶鳴《ナケ》と也。

一三二詞書（やよひのつごもりの日、花つみより帰りける女どもを見てよめる）

「花つみより帰りける女とも―」、草花をつみたる事と也。むかしは花つみとて、野に出て草花をつみ、石なとをつみて人を弔ふあり。此事を見物の女也と定家被申候也。聚沙為仏塔、釈―。

一三二（とゞむべきものとはなしにはかなくもちる花ごとにたぐふ心か、躬恒）

「と〻むへき―」、と〻めらる〻物にてもなきに、詮なしと也。たくふ心かのたくふは相供《グ》する心也。心かは哉也。誰もとまらぬうき世と、懐旧の心もあらんと也。

一三三（ぬれつ〻そしひて折りつる年のうちに春はいくかもあらじと思へば、業平）

「ぬれつ〻そ―」、大方は伊勢物語の如し。今一重の義あり。春の物は春愛したるこそ能けれ。残し置て詮なしと也。藤をあらはさぬ題詠の歌也。

一三四詞書（亭子院の歌合のはるのはてのうた）

「亭子院の―」、宇多院也。をりゐの御門の御座所を、惣別に亭子院と云。

一三四（けふのみと春をおもはぬ時だにも立つことやすき花のかげかは、躬恒）

「けふのみと―」、花をしたふ心はいつともなけれとも、た〻の時は花をおしむはかり、今日は暮春の名残をとりそへておしむ也。春を今日のみと思はぬ時さへあるにと也。たけたかく面白き也。今日の日はみじかくて春のやうにも不」覚と也。

明暦三年正月廿五日、夏の部の分御文字読、さて御講談。

夏の歌

夏の部には道具すくなき故に、部立少、たぢろくやう也。それにつきて猶面白也。郭公の部立に付、卯花の歌の末にあるやうの事なる歟。

一三五（わがやどの池の藤なみさきにけり山郭公いつかきなかむ、よみ人しらず）

「わかやとの―」、我宿の花咲たらは、郭公を聞そへんと読たきか、それにては巻頭の歌に非す。とく咲し藤也。

時鳥なく時分に成たると、光陰のうつりたるを感して也。

一三五左注（この歌ある人のいはく、かきのもとの人まろがなり）

「この歌は―」、左註は、賞翫、又は不慥も也。

一三六（あはれてふことをあまたにやらじとや春におくれてひとりさくらん、利貞）

「あはれてふ―」、是も「ぬれつゝそ」（古今一三三）の歌のやうに花をあらはさぬ也。詞書におほせて也。独咲らんと云に桜を立入たるに非す。春の間は花の類多きに、春にをくれて咲けは、一人愛せらるゝと也。我独り賞せられん為に独咲歟と也。あはれてふは当流にはあはれおもしろやの心也。勿論あはれむ也。憐《レン》の字の心相応也。

一三七（さ月まつ山郭公うちはぶき今も鳴かなんこぞのふるごゑ、よみ人しらず）

「さ月まつ―」、うちはふきは鳴へき時に羽つくろひする也。翥の字也。五月待は先、卯月の郭公也。をのか五月を待て、いたつらにゐんよりは、今なけがしと也。去年のふる声とは、去年聞て忘れかたかりし音を今もなけと也。なかなんはなけがし也。

（行間書入「うちはぶき、うちは、ひたと云心あり。あまねくはふきてなけの心なり。はふくは飛心也」）

一三八（五月こば鳴きもふりなん郭公まだしき程のこゑをきかばや、伊勢）

「五月こは―」、世上にあまねき比は聞ても詮なし。まだ世になれぬ声を聞たきと也。

一三九（さつきまつ花たちばなの香をかげば昔の人の袖の香ぞする、よみ人しらず）

「五月待―」、此五文字、「山時鳥うちはふき」（古今一三七）の歌の五文字とは相違也。是は五月の橘也。五月に鳴時鳥をも五月待とも可キレ読也。小町、大江是秋《コレアキ》か妻になりて他国へ行たるに、宇佐の使にかはらけとりたる時の事、伊勢物語にあり。此集に不入事也。橘に昔を読事、垂仁天皇の御脳（ママ）の時、たぢま守、常世へ行て、崩御の後、取て帰りたる古事よりをこる也。猶考て可ㇾ記也。

（行間書入）「むかしの人の袖の香は多治間守の袖の香の事也」

一四〇（いつのまにさ月きぬらんあしひきの山郭公今ぞ鳴くなる、よみ人しらず）

「いつのまに―」、五月に郭公を聞て、光陰のうつりたる事をおどろきて也。此集に光陰のうつりたる事多し。

一四一（けさ来鳴きいまだ旅なる郭公花たちばなにやどは借らなん、よみ人しらず）

「けさきなき―」、時鳥山を出てまだ里なれで、うい〳〵しき程に、幸、橘は似合敷所なるほどに、橘に宿をかれがしとをしへたる心也。時鳥をやすらはせまほしく思ひて也。

一四二（音羽山けさこえくれば郭公こずゑはるかに今ぞ鳴くなる、友則）

「をとは山―」、さき〳〵も越たれとも、珍敷思ふは時鳥の鳴故也。音羽山に音をもたせたる也。又音羽山にてさへ、はるかにきくに、都に不聞は尤と也。

一四三（ほとゝぎす初声きけばあぢきなくぬしさだまらぬ恋せらるはた、素性）

「ほとゝきす―」、はたは、すはと云心と他流（「他流」朱傍記「家隆と抄にあり」）には申。当流は将の字、たすけ字也。思ひをもよほす鳥なれは、ぬし定らぬ恋する也。下句を、心ある友か来てきけかしと、友を恋て読たると也。

一四四（石上ふるき宮この郭公こゑばかりこそ昔なりけれ、素性）

「いそのかみ―」、詞書の「ならのいそのかみ」と云、難㆓心得㆒。山辺郡也。定家了見に、奈良を過て礒の上へ行故歟と也。五文字は故きと云、枕詞也。奈良の都の事也。礒上寺は元興《クワンコウ》寺を云とも云へり。万には飛鳥寺也。いは発語、そのかみ也。顕昭、孝安天皇・仁賢天皇と云。それはせばし。只、奈良の都いつれにてもふるき事を云也。

一四五（夏山になくほとゝぎす心あらば物思ふわれにこゑな聞かせそ、よみ人しらず）
「夏山に―」、是は我か物思ひのある時に、時鳥を聞て読たる也。声不聞してさへ、物思ひのあるに、弥々もよほす也。思ひなくてこそ聞たけれと也。中々、きゝたくもなきと、感する心から読たる也。妻を思ふ心ふかき鳥なれは思ひをそゆる也。

一四六（郭公なく声きけば別れにしふるさとさへぞ恋しかりける、よみ人しらず）
「郭公なく声きけは―」、不如帰と鳴やうなる故也。故郷さへそと云、少聞にくし。別にし故郷さへそ恋しかりけるとは、思ひきって別にし故郷なれとも、不如帰と鳴声をきけは、帰たきと思ふ心也。さへの字よく聞えたる也。

一四七（郭公汝が鳴く里のあまたあればなほうとまれぬ思ふものから、よみ人しらず）
「郭公なかなく―」、汝かなく也。うとまれぬの「ぬ」は矣《イ》の字、をき字の文字也。うとまれぬの「ぬ」の字はをはんぬ也。あまたあれはと方々にてなけは、少うらむる心ある也。（古今八八〇、貫之）「かつみれとうとくもあるかな月影のいたらぬ里もあらしと思へは」此歌にて可心得と也。

一四八（思ひいづるときはの山の郭公唐紅のふりいでてぞなく、よみ人しらず）
「思ひ出る―」、出る時とつゝけたる也。唐紅とは皿《(血カ)》に鳴也。皿《(血カ)》に鳴は猿、郭公にかきる也。（頭注「楚魂、よくさけふ猿の名也。蜀魄、郭公名也」）。ふりいてゝ鳴とは紅は物に染付てをきて、ふり出し／＼染る物なり。万葉に此詞あり。常磐山（以下空白）。時鳥の鳴声の内に我涙の心ある也。親雅僧正の歌、業平童の時、寺を出る時、読たる歌とあり。或抄、唐紅とははなやかなる声の色をそへて鳴心也。我思ふ人を思出たる折節、時鳥の鳴たる声にて、思ひの一入まさる心也。

一四九（こゑはして涙は見えぬ郭公わが衣手のひつを借らなん、よみ人しらず）

「声はして―」、我にも物思ひかあるに、時鳥は涙なくて声あり。我は声なくて涙あり。我袖を、かれかしと下知して也。

一五〇（あしひきの山郭公をりはへて誰かまさるとねをのみぞ鳴く、よみ人しらず）

「あしひきの―」、おりはへても、うちはへても、同事也。おりはへては、物ををる時に、あなたこなたへ糸をはゆるを云。うちはへては、一はいに引はへて也。時鳥に我思ひをくらへんと也。たれかまさるそと時鳥をあひてにして也。「里はあれて（新古今、良経）月やあらぬとかこちてもたれあさちふに衣うつらん」此たれと同しと也。今少、吟未了なると也。（行間書入）「時鳥の鳴を、思ひのあるにして、時鳥、勢、我には誰かまさる者はあらしと、音をなくと云心歟、飛義」

一五一（いまさらに山へかへるな郭公こゑのかぎりは我がやどに鳴け、よみ人しらず）

「今さらに―」、常の今さらはつゞけて云。此歌にては今と切て、さらにと云とあり。何としたる事やらん。声のかきりを我やとになけとは、自しやうしたるやうなれとも、一声も賞する所にてなけ、山の奥の聞人もなき所にては詮なしと也。宗祇此歌にて発句、「山や今かへりて初音時鳥」

一五二作者（みくにのまち）

「みくにのまち」、仁明天皇の更衣、さだののほるか母也。

一五二（やよや待て山郭公ことづてんわれ世の中にすみわびぬとよ、三国町）

「やよやまて―」、よびかけたる五文字也。やよやと云は、生のある物にいひつけたる也。慈鎮の「やよ時雨」（新古今、やよ時雨物思ふ袖のなかりせば木の葉の後に何を染めまし）とよみ出されたる也。世間に住わひたると、しての山に言伝せんと也。

一五三（五月雨に物思ひをれば郭公夜ふかく鳴きていづちゆくらむ、友則）

「五月雨に―」、五月雨のかきくらしたるに濛々としたる時節、物思ひもまさる時分、夜ふかくなきて行はいつくへ行そ、此夜ふかく残りたる夜をは、何とせよと也。我身の行ゑなく物思ふ時分、郭公はどちへ行そとうらむる心ある也。

一五四（夜や暗き道やまどへる郭公わがやどをしも過ぎがてに鳴く、友則）

「夜やくらき―」、夜かくらきか（「きか」傍記「くて」）道をまよひたるか、玉楼金殿に待人あるへきに、我宿を過かてに鳴は道をまよふかと也。我やとをしもの、しもの字面白きと也。

一五五作者（大江千里）

「大江千里」、音人《ヲトンド》か子也。

一五五（やどりせし花橘も枯れなくになど郭公こゑたえぬらん、千里）

「やとりせし―」、時鳥と橘と、昔を忍ふとは不用。いつれも時節同事とよみつけたる也。時鳥のやとり所には橘可然と思に、さはなき也。千里か、女の方へ読てやりたると也。さもあるへき也。

一五六（夏の夜の臥すかとすれば郭公鳴く一こゑにあくるしのゝめ、貫之）

「夏の夜の―」、（朱書入「夏の夜をと置へき所を夏の夜のと」）。惣別の夏の夜と云、面白し。宵から待て暁鳴と云は、不用。一声鳴て、今一声きかまほしくて待あかす、しのめゝに成たる心也。しのゝめとは篠垣《サヽガキ》のひまから、夜の明る時分を云也。

一五七（暮るゝかとみればあけぬる夏の夜をあかずとやなく山郭公、忠岑）

「くるゝかと―」、此歌は上に詞を入て見よと也。此比の夏の夜は、くるゝかとみれは明ぬると入て見よと也。しきりに鳴を聞て、夜をおしみて鳴かと也。

一五八（夏山に恋しき人やいりにけんこゑふりたててなくほとゝぎす、秋岑）
「夏山に―」、時鳥の恋しき人が、山に入たる歟。人近き所には不《シテ》レ鳴、山に鳴はと也。声ふりたてゝとはしきりに鳴也。夏山は茂りて深き故に、遠き心をそへたり。
一五九（こぞの夏なきふるしてし郭公それかあらぬかこゑのかはらぬ、よみ人しらず）
「こその夏―」、去年の夏の声と慥に聞定て、此めつらしき声はそれか、それにてはなき歟と也。年々の花なとかやうなる物也。声のかはると云へきを、かわらぬと云、面白し。かはらで珍敷と也。
一六〇（五月雨の空もとゞろに郭公なにをうしとか夜たゞ鳴くらん、貫之）
「五月雨の―」、とゝろは僻安《（ママ）》抄に空も動くやうなると也。我思ひのあるをさしをきて、時鳥空も動く程に何をうしとなくそ、我思ひをは休しもせでと也。（行間書入）「夜たゝは、夜さわぐ也。さはかしく、なくと云心也」
一六一詞書（さぶらひにて、をのこどもの酒たうべけるに、めして「郭公まつうたよめ」とありければよめる）
「さふらひにて―」、殿上にて也。おのこともは殿上人也。六位以上四位、殿上に伺公する也。
一六一（郭公こゑもきこえず山彦は外になく音をこたへやはせぬ、躬恒）
「時鳥声もきこえす―」、爰には不鳴郭公也。外になく音をこたへやはせぬと云は、外に鳴声を山ひこのこたへぬ事はあるまし、それを爰へ伝へよと也。勅命には心なき物もしたかはではと也。時鳥を待程に、初夏の歌と見るへき事なれとも、稀になりて也。宗祇会所奉行請取たる時、「あらぬ名をかるや山ひこ時鳥」
一六二（郭公人まつ山になくなれば我うちつけに恋ひまさりけり、貫之）
「時鳥人まつ山に―」、松山非ニ名所一。人待山とつゝけうするやう也。たゝ松の有山也。時鳥は妻を恋て鳴心あり。是も底は恋の歌の様也。古今には恋の歌にあらぬ所に入たる事あり。我れ独物思はで、人の物思ひをさそふ心也。

山のかた陰に住者は人のとへかしと思ひて也。

一六三（むかしべや今も恋しき時鳥ふるさとにしも鳴きてきつらむ、忠岑）

「むかしべや—」、むかしなとゝと云説不レ能。僻案抄、べはやすめ字也。野へ、山への心也。むかしはいにしへの心に非す、往事也。時鳥の心に過にし方を思ひて、故郷にしも忍ひて鳴かと也。故郷にしもの、にしもの字、一段案して読たると也。

一六四（郭公我とはなしに卯の花のうき世の中に鳴きわたるらん、躬恒）

「郭公—」、我とはなしに合点しにくき事也。卯花は郭公の鳴所也。卯花のうき世とはういと云事を重たる心也。初夏に入へきを、それによりて奥に入たる也。我はねをなくへき物なるが、何故に郭公はなくぞと也。我とはなしにを、なじにと濁て云て、なぜにと云心とあり。すてぬ義とあれとも、是もいかゝ。我と友にはなかぬぞと或抄にあり。是もきこえがたし。我こそあらうずれ、時鳥は何故にうき世中に鳴ぞと也。此義よしとあれとも、又いかゝ。我にてはなしと云やうなり。我ことくにてはなしにと云やう也。

（行間書入）「うき世の中に鳴わたるへきものは我也。その我にてはなきに、なとうき世の中に鳴わたるそと也。われとはなしとは、我たくひにてはなしと云心也。我たくひにてはなし、然るにと云心也。なしにの、に文字、然けにと云心にてきこえんと也。又、ないにと云心にても可然歟」

一六五（蓮葉のにごりにしまぬ心もてなにかは露をたまとあざむく、遍昭）

「はちすはの—」、あさむくは愛する方、一説あざける也。心もては心もって也。露は露、玉は玉なるに露を玉と見るはあやまりなると也。あさけるも愛するも同し道理と也。噺《ゴ》（左傍記「あざむく」）瞞《マン》。清潔《セイケツ》の水にも不レ生して泥中に生するか、無明即明、煩悩即菩提の心也。あさむくは欺の字、偽りはかる心也。たれかは秋のくるかたにあさむきいてゝなとも同し心也。

（行間書入）「潔白の蓮を、心を以て露を玉とは、何として人をあさむくそと也。たらす也。」

一六六（夏の夜はまだよひながら明けぬるを雲のいづこに月やどるらん、深養父）

「夏の夜は―」、月を愛する心から云たる也。月はまだかたふきもせまじと思ふに、西の空にもみえぬ程に、雲のいつこに月のやとりたるぞと也。よとゝもに月の入たる也。夏の夜に面白し。

一六七（ちりをだにすゑじとぞ思ふ咲きしより妹とわが寝《ぬ》るとこなつの花、躬恒）

「ちりをたに―」、いもと我ぬる床と見るはわろし。いもと我ぬる床のやうに思ふと見るがよき也。愛し見る心也。いもと我ぬる床なれとも、とはねは塵のつもるものなると也。

一六八（夏と秋と行きかふそらの通路はかたへすゞしき風やふくらん、躬恒）

「夏と秋と―」、行かふは行きちがふ也。かたへとはかた〳〵也。半の心也。半は涼しく半は暑気の残りたる也。かたへ涼しき也。裏の説、人の善悪はわかれて半分々々なれは、あしき方へつよき物也。悪はつよき故、善無くなる也。悪ををそるゝ道理也。

先、是まて御文字読、御講釈畢て、同日又、秋の上「白雲（古今一九一）にはねうちかはし」の歌まて御文字読、御講談也。

廿五日又是より御文字読

秋の歌の上

上・下の心は春の部に同し。秋の歌は数多く入たるは、秋は陰気の初にて人の性《セイ》物に感する也。春は陽にて発性《セイ》也。秋は春にたいらげられて物を感する心ある故、多く入也。

一六九作者（藤原敏行朝臣）
「藤原の敏行の朝臣《アソン》」、ふち丸と云者の子也。親は一圓歌不読者也。普代の歌人にもよらぬ所を感して巻頭に入。
一六九（秋きぬと目にはさやかに見えねども風の音にぞおどろかれぬる、敏行）
「秋きぬと―」、目には不レ見、音に聞と云、他流説不用。顕昭なとも左様に見る、如何。「さやか」は、シツホツ（朱傍記「倏忽《シュクコツ》、たちまちはやき心也」）の字、あざやかなと云。セン（傍記「鮮」）の字を用。秋の来る事は目には慥に不レ見とも、昨日より今日は物冷《スサマジキ》音する程に、目に慥に不レ見して覚へたると也。
一七〇詞書（秋立つ日、うへのをのこども、賀茂の河原に川逍遙しけるともにまかりてよめる）
「うへのおのことも」殿上人共也。「川せうえう―」、川の辺にて遊山翫《グワン》水也。他流の説には鮎をとる事と云、如何。何事とも不レ指、遊楽の体也。逍遥の字は毛詩より出る。「ともにまかりて―」、供奉也。
一七〇（河風のすゞしくもあるかうちよする浪とともにや秋はたつらん、貫之）
「河風の―」、下句から云時は、げにもかな、川波に乗して秋か来りたるよと也。上句から云時は、波とともに秋は立らんと也。
一七一（わがせこが衣のすそを吹き返しうらめづらしき秋のはつかぜ、よみ人しらず）
「わかせこか―」、我せことは女の男を云詞、わきもこは男の女を云詞也。されとも通して、いづかたへも云が口伝也。うらめつらしきは何ともなく珍敷也。つめたてゝ穿鑿《センサク》せは、初の心ある也。極暑の時分、風ふけがしの時さへ不レ吹風か、秋の衣を吹かへす心也。
一七二（昨日こそ早苗とりしかいつのまに稲葉そよぎて秋風のふく、よみ人しらず）
「きのふこそ―」、光陰のうつりたるを読たる心也。過る物は過き、来る物は来る道理を読たる心也。きのふこそは実の昨日には非す。昨日の如くに思ふと云心也。昨日少年、今日白頭の心也。

一七三（秋風の吹きにし日より久方のあまのかはらにたゝぬ日はなし、よみ人しらず）

「秋風の—」、此歌より七夕の歌也。去年の七月八日別来てより、不レ待日はなけれども、秋風吹てから心みじかく成て、天川にたゝぬ日はなしと、七夕になりて也。又作者になりてみる時は、天川にたゝぬ日はあるまじと云心也。

一七四（久方のあまのかはらの渡守きみ渡りなばかぢ隠してよ、よみ人しらず）

「久かたのあまのがわら—」、梶は船をやる物也。七夕を抑留せんほとに、七夕のわたりてあらは、渡守に梶をかくせと也。

一七五（天の河もみぢを橋にわたせばやたなばたつめの秋をしもまつ、よみ人しらず）

「天川紅葉をはしに—」、紅葉の橋と云事、此歌より初る。紅葉の橋と云物あるに非す。朱雀（朱傍記「崇徳顕注密勘」）院御本には橋の字を船となをしてありしを、定家、舟ともあるべきと也。づめはつま也。「め」と「ま」と相通也。「天川(新古今)くたすうきゝにことゝはん紅葉の橋はちるやちらすや」実方。張騫《ケン》か浮木に乗て天川へ行たる事あり。

一七六（恋ひ恋ひてあふ夜はこよひ天の川霧立ちわたりあけずもあらなん、よみ人しらず）

「恋〳〵て—」、逢夜の今夜を不明やうにする事も、天上の事なる程になるべき事なれとも、無二是非一事也。霧に立こめて不明やうにせよと下知して也。

一七七（天の河あさせしら浪たどりつゝ渡りはてねばあけぞしにける、友則）

「天河—」、顕昭は此歌不二心得一、伊勢大輔本には「わたりはつれは」とあり。はてねはとあれは不レ逢やうなると也。「あはぬひこほし」（天の川せを早みかもぬばたまの夜はふけにつつ逢はぬ彦星）と云万葉歌を引て不逢心と也。当流には、陸地さへあるに、天河をあなたこなたへたどりて逢へは、頓て夜も明ると也。不逢にては無しと也。あさせしらぬと云心と、又浅瀬と白波と二つにしたる心もある也。明そしにける、此やうなる、しにけると云詞、俗難あるによつて当時は不ㇾ読也。

一七八（契りけん心ぞつらき織女《たなばた》の年にひとたびあふはあふかは、興風）

「契りけんー」、七夕の契りを人間の上からもどかしく思て読たる歌也。一年に一度の契りに、契約のそのかみ後悔ならんと也。

一七九（年ごとにあふとはすれど織女の寝《ぬ》るよの数ぞすくなかりける、躬恒）

「年ことにー」、七夕の契りは年久しきと云へとも、五年、十年の逢夜も数はすくなきと也。

一八〇（織女にかしつる糸のうちはへて年の緒ながく恋ひやわたらん、躬恒）

「七夕にかしつるいとのー」、かしつる糸と云は、左へ捻たる糸七筋、右へ捻たる糸七筋、七夕に手向る事あり。是を願の糸と云て、思ふ事、祈誓する也。手向の糸が思ひの緒となりて恋わたらんと也。

一八一（こよひこむ人にはあはじ七夕の久しき程にまちもこそすれ、素性）

「こよひこんー」、我かあひてに成て云には非す。公界の人に成て也。今夜は人に逢まじき事といむ心ある也。思はしくもなき七夕の契りなる程に、あやからぬやうにと云心也。七夕は陰陽配耦《グ》（「耦」傍記「和合の義也」）をせいきんすれは、其を底に持て読也。

一八二（今はとてわかるゝ時は天の川わたらぬさきに袖ぞひちぬる、宗于）

「今はとてー」、袖そひちぬるは「袖ひちてむすし水」（古今二、袖ひちてむすびし（ママ）水のこほれるを春立つ今日の風やとくらん、貫之）の歌のひちてと同し事也。今はとてと云今の字、情を入て見よと也。明たれは、えとゝまらぬ程に袖のぬるゝと也。川わたりてこそ袖のぬるへきに、わたらぬさきにぬれた

ると也。歌「明けぬとて今はの心つくからになといひしらぬ思ひそふらん」（古今六三八、国経）

一八三（けふよりは今こむ年の昨日をぞいつしかとのみまちわたるべき、忠岑）

「けふよりはー」、いつしかはいつか也。七日をさしていつかと待也。あまりかんがへ過たる歌なれとも、いつしかと云、命になりたる歌也。日をさしたる七夕の契りをいつか〳〵と待、面白し。

一八四（このまよりもりくる月のかげ見れば心づくしの秋はきにけり、よみ人しらず）

「木のまよりー」、木の間の月のもりかねたるを、心つくしと云、悪し。初秋の時節やう〳〵と月のもるかもらぬかの時分、月のもるを見て心つくしの秋の初なると云心也。落来《ク》る月のと云本あり。定家は不㆑被㆑云と也。月の落るとは山の外にはいはぬ事也。「森のくち葉の霜のうへに落たる月の影のさやけさ」（定家八代抄他、清輔、初句「冬枯れの」）と云歌は落やうを一手したる也。「人影《ンエイ》有リ㆑地ニ仰テ見㆓明月ヲ㆒」、東坡か賦也。人のかけの地にあるを見て木の葉の散たるを知る心也。

一八五（おほかたの秋くるからに我が身こそ悲しきものと思ひ知りぬれ、よみ人しらず）

「おほかたのー」、秋の大すう也。秋のかなしみのおほえらるゝは、我身の思ひのあるから也。やう〳〵秋か来る程にと、世界の秋を以て、我思ひをしりたる也。

一八六（わがためにくる秋にしもあらなくに虫の音きけばまづぞ悲しき、よみ人しらず）

「わかためにー」、歌に読かたの習と云物あり。かなしき、さひしきと云へは、さあらさる物也。此歌、上の歌と同やうなれとも、此歌たけをとりたる也。まつぞがなしきの、（濁点ママ）まつの字、見処也。今は初秋なるか後には何程の秋のかなしみにならんと也。あなかち物思ひさせん為ならねと感情からなると也。

一八七（物ごとに秋ぞかなしきもみぢつゝうつろひゆくを限りと思へば、よみ人しらず）

「物ことにー」、紅葉つゝは色こく紅葉したるには非す。夏にかはりて少色付たる心也。草木ともにやう〳〵色かはりて、みとりうるはしきも、かしけたる冬木にならん初也。秋の初の部に、末の秋の事を云。早秋の心にはや色のかはり初《ソメ》たると暮秋の事を云。顕昭は生死菩提の心を云といへり。それまてもあるまし。大かたの身の上もかきり有物なれとも、少色付たるを見て思ひやりて驚く心なると也。

(行間書入)「紅葉は、をとろふる事のかきりなれは、紅葉の秋になりたれは物ことにかなしきと云心也」

一八八(ひとり寝る床は草葉にあらねども秋くるよひは露けかりけり、よみ人しらず)

「ひとりぬる—」、独寝《ヌル》によつて露けきと也。秋も初め、夜も宵の事也。秋の夜を長く覚ゆる末の夜の長き事の被レ知たると也。それはいかなる事そと云に独寝の心也。八月九月正長夜と云をはや覚えて也。

一八九詞書(これさだのみこの家の歌合のうた)

「これさたのみこ—」、光孝天皇第二の皇子、宇多御門御一腹也。

一八九(いつはとは時はわかねど秋の夜ぞ物思ふことのかぎりなりける、よみ人しらず)

「いつはとは—」、いつとはわかぬ也。いつはとはの、はの字、例の添字也。生をうけて心のつきてより此方、物思はぬ者はなき事、分々にある物也。物思ふ至極は秋也。又夜也。「大底四時心惣苦、就中腸断是秋天」此詩ノ心也。知足人ハ雖レ臥地ノ上ニ為レ足、不知足人ハ雖レ処ト二天上一猶未足。

一九〇詞書(かむなりのつぼに人々あつまりて秋の夜惜しむうたよみけるついでによめる)

「かんなりのつほに—」、五舎の一つ也。しうはう(傍記「襲芳」)舎也。梅壺、梨壺、桐壺、藤壺也。秋の夜をおしむは暮秋に非す。秋のなかき夜もおしむ心也。

一九〇(かくばかり惜しと思ふ夜をいたづらに寝であかすらん人さへぞうき、躬恒)

「かくはかり—」、何としておしむそと云へは、風も冷《ヒヤヽカ》に吹、残暑も散《サン》して、虫の音鹿の音を聞。是をも不レ聞して寝人《ヌル》は、心なきと也。月を云たると云もあれとも、月はかりとは不ㇾ被ㇾ云。されとも月も其中にあらん歟。なれとも月はかりには非すと也。秋の夜の色々の可ㇾ惜事ある事也。我あかぬ心から公界の人をも云たる也。

明暦三年正月廿六日

「白雲に」(古今一九一)の歌より「萩か花ちるらん小野」(古今二一四)の歌迄、先御文字読、御講談。次、「是貞のみこ」とある詞書より秋上の分、皆御文字読、御講談、今日の分也。

一九一（白雲にはねうちかはし飛ぶかりのかずさへ見ゆる秋の夜の月、よみ人しらず）

「白雲に―」、一本には数さへみゆるを、影さへみゆるとあり。顕昭なとは是を用。定家は「白雲に雁の飛て影の見るへき事不慥。両義ならは影さへもけづるへきに非す。基俊本には、かすさへとあり。明月のいたる時は物に影なし」と也。数の見えんと云こそ、月のくまなきは立へき也。影さへは不用と也。雲は月より上にあるは白し。月より下のは黒き物也。心を付へきと也。

一九二（さ夜なかと夜はふけぬらしかりが音の聞ゆる空に月わたる見ゆ、よみ人しらず）

「さ夜中と―」、夜半の事には非す。やう〳〵夜半に成時分也。更過たるには非すと也。初雁を聞て、それにひかれて月を見て、更るまて此月を不見事よと也。一説には雁の音と月とを以て、夜の更たる程を知たりとあり、不用。あまり嫌へき説にも非すと也。此歌人丸歌也。前の「白雲にはねうちかはし」の歌より月の歌也。雁をよみ入れたれとも月を本とす。

一九三（月みればちゞにものこそかなしけれわが身ひとつの秋にはあらねど、千里）

「月みれは―」、千々は文選、且千《サセントチヾハカリ》と形読也。此所も其れ也。日は陽にて人心和、月は陰にてうれいしむる也。

天下のうれへ我身一のやうなると也。秋来ては為二只一人ノ一長。裏の説、天下をすくう物は万民のうれへを一身のやうに思と也。

一九四（久方の月の桂も秋はなほもみぢすればやてりまさるらむ、忠岑）

「久方の―」、尋常の花・紅葉に順すと顕昭なとは云へり。桂花秋白しとこそいへ、紅葉すと云には不叶。但、桂花は月の名也。桂の花のいつ咲と云に非す。必秋咲には非す。月の光ます心也。月の桂も紅葉するらん月の光ます程にと也。紅葉の橋の類也。後撰には此歌貫之とあり。（朱書入「春霞(後撰、貫之)たなひきにけり久方の月の桂も花や咲らん、此歌の事歟」）

一九五（秋の夜の月の光しあかければくらぶの山もこえぬべらなり、元方）

「秋の夜の―」、昼のごとくにあかし。然れはくらふの山も越よしと也。くらふ山と云名にかゝりて也。此体、一の法也。（朱書入「六条家には」）古今集にはやすき事をあらはし、かたき事をかくしたる也。万葉にはやすき事をかくし、かたき事をあらはすと也。

一九六（きりぎりすいたくな鳴きそ秋の夜のながき思ひは我ぞまされる、忠房）

「きり〳〵す―」、いたくはいたむ（「いたむ」傍記「痛」）と云、つうの字也。事外と云心と同、つよくの心也。詞書に「人のもとにまかれる夜」とあり。吟味せよと也。他所へ行ては旅のやうにあるへし。一人切なる心也。我は思あれ共、声に立ぬと也。きり〳〵すよりもまさりたれ共、声に不立に、いたくなわひそと也。一説きり〳〵すは秋の夜寒のかなしみはかり也。我は千万の事あり。きり〳〵すよりは、かなしみのまさると也。又の義、女のもとへ行てと見て、人に逢そめたる恋の心也。其時蛬を聞て、末のなかき思ひとならんと云心と也。

一九七（秋の夜のあくるも知らずなく虫はわがごと物やかなしかるらん、敏行）

「秋の夜の―」、此虫は蛬也。前後蛬の歌也。部立きびしくある故、此歌も蛬と見るへきと也。秋の夜の明るも不知は我思ひの事也。つねには、あくるもしらすと云は寝て不知やうに世俗に云へとも、是はねもせで也。わかごと物やと云より虫の事を察して也。
一九八（秋萩も色づきぬればきりぎりすわがねぬごとや夜はかなしき、よみ人しらず）
「秋はきも―」、秋萩の色付時節、一人、秋の感もそひて物かなしからんと也。ねぬごとやとは一かうにねぬには非す。いねかてになる時分也。そのごとく蛬もかなしきかと一義也。萩は葉二つ合てぬる物也。うつろふ時分はねぬ物也。蛬鳴我思ひある時分いねかてなると也。萩の葉、合寝事、抄の義也。何事ぞ。
一九九（秋の夜は露こそことに寒からしくさむらごとに虫のわぶれば、よみ人しらず）
「秋の夜は―」、ことにはことさら也。朝夕より夜はことさらに露深き物也。虫の為に寒からんと也。むしのわふるとは虫の鳴心也。一義には一しきり〳〵なくと云、当流不用。
（行間書入）「秋の夜は露こそことにさむからしとしられたふしは、草むらことに虫のわふれはと云心也」
二〇〇（君しのぶ草にやつるゝふるさとは松虫の音ぞかなしかりける、よみ人しらず）
「君しのふ―」、しのふ草とつゝけては不見。君しのふと切て、草にやつるゝと可見。忍ふ草とみまじき用也。忍ふと切て也。せわしなき事なれとも其分也。故郷人はなくて我独り残りて也。松虫の松の字、待の字に用る也。人を待心也。此歌上句は可然。下句は此集には不足なる歌と也。
二〇一（秋の野に道もまどひぬまつむしのこゑする方にやどやからまし、よみ人しらず）
「秋のゝに道はまとひぬ―」、是は旅に非す。野遊の歌也。松虫にとんぢゃくして也。秋の野に松虫を分入て、帰るさを、ぼうして、松虫能あるじなり、宿をからんと也。是も松の字、待の字に用。家隆卿の「思ふとちそこともしらす行暮ぬ花の宿かせ野への鶯」此歌も此「秋のゝに道はまかひぬ」の歌より読たる也。
二〇二（秋の野に人まつ虫のこゑすなり我かとゆきていざとぶらはん、よみ人しらず）
「秋のゝに人まつ虫の―」、是も待の字の心也。大方松虫は待の字の心ある也。待と云を、我かと行て問んと也。訪の字の心也。広く人を問ふ方也。忘魂をとふろうは弔《テウ》の字也。秋の野の花をも見よと云やう也。我を待歟、不レ待歟、いさ行て問んと也。
二〇三（もみぢばのちりてつもれる我がやどにたれをまつむしこゝら鳴くらん、よみ人しらず）
「もみち葉の―」、暮秋の歌のやう也。暮秋の歌なれとも虫の部をあつめたる程に爰に入たる也。たゝの時さへあるに、紅葉ばの散つもりたれは道無。まして人の問事あるまし。誰を待て鳴ぞと也。こゝらは多き心也。
二〇四（ひぐらしの鳴きつるなへに日はくれぬと思ふは山のかげにぞありける、よみ人しらず）
「ひくらしの―」、なへ（「へ」傍記「エ」）と先あそはして、なべと抄にあると仰也。なへは色々に云、当流には濁て読とあり、聞よからず。なへは、から也、からを度也、則也と註にあり。畢竟《ヒツキヨウ》、当意《イ》の心也。此歌も当意也。日の暮るゝやうに思へは山の陰故也。此歌は風体能もあらず。雨中吟十七首も此歌より読たる也。うちおほふて蒙々としたる不好体と也。
二〇五（ひぐらしの鳴く山ざとの夕ぐれは風よりほかにとふ人もなし、よみ人しらず）
「ひくらしのなく山里の―」、是は幽玄に理《リ》よく聞えて面白し。日の有内さへ山里はさひしからんに、暮かゝりては風より外に問人無と也。ひくらしの歌二首、共に猿丸歌也。（新古今、俊頼）「日くるれは逢人もなしまさきちる峯のあらしの音はかりして」も此歌より出ると也。
二〇六（まつ人にあらぬものから初雁のけさ鳴くこゑのめづらしきかな、元方）

「待人に―」、此待人は恋に非す。大やうに可レ見と也。雁なとのやうに遙に隔たりたる人に逢はゝ、一段珍敷からん。待人にはあらねとも、初雁の珍敷と也。春帰りし雁か、秋来は、朋友のやうなると也。

二〇七（秋風に初雁がねぞきこゆなるたがたまづさをかけてきつらん、友則）

「秋風に―」、雁の玉章の事、ことふりたる古事也。蘇武か古事也。初雁かねとある初の字に心を付へし。初雁の声を聞て此伝を待人あらん、いかさま、たゞは来るましきと也。

二〇八（わがかどにいなおほせどりの鳴くなへにけさ吹く風に雁はきにけり、よみ人しらず）

「我かとに―」、是は説々のある歌也。口伝ある、勿論也。伝受の歌也。一往、表の義は顕昭、心は秋来れは来る鳥と也。「さ夜ふけていなおほせ鳥の鳴けるを君かたゝくと思ひけるかな」（大和物語、俊子）此歌にてまかひありて種々に沙汰する事也。山鳥とも云、馬とも云、雀とも云、何も不用。「逢事をいなおほせ鳥の教すは人は恋ちにまとはさらまし」（俊頼髄脳）此歌、定家・先人説同之。愚意は庭たゝきとあり。鶺鴒《セキレイ》の事也。秋のいなはのうちそよく時分、いなおほせ鳥のなく時分に、雁可レ来と思ふに如レ案来ると也。物の口伝を秘ル事にするは説々多をするもあり。此等は何の秘事ならねとも、説多故、秘事にする事也。

二〇九（いとはやも鳴きぬる雁か白露の色どる木々ももみぢあへなくに、よみ人しらず）

「いとはやも―」、いとは最《モットモ》也。尤早く也。何時もいとは、尤也。雁かの「か」は哉也。雁の早く渡りたるを聞て、色とる木々もしか〳〵紅葉も染あへぬに、雁は早く来りたると也。

二一〇（春霞かすみていにしかりがねは今ぞなくなる秋ぎりのうへに、よみ人しらず）

「春霞―」、春秋の雁の去て来る、程なきを、驚て云たる也。春霞の内に帰りたるか、又秋霧の内に思出されたる。春から連々したひたる心也。

二一一（夜をさむみ衣かりがね鳴くなへにはぎの下葉もうつろひにけり、よみ人しらず）
「夜をさむみ―」、萩は鹿・雁に縁あり。衣をかると云からつゝくる也。こなたの衣を雁がかる心也。雁の衣をかるに非す。夜寒になる時分、雁も萩も相応と也。人丸歌也。貫之か風体也。先師柿本と序に書も、此人丸歌、貫之か風体なるからの心也。遥に時代隔たれとも、風体習ひ伝へたるを、人丸を師とすと云也。萩の下葉もの「も」の字、肝心也。

二一二（秋風にこゑをほにあげてくる舟は天の門《と》わたる雁にぞありける、菅根）
「秋風に―」、五文字奇特と也。雁を船にたとへたる也。曇もなき空に雁の鳴は舟の櫓に似たる也。ほにあけてとはあらはに也。あまのとわたるに、渡りの字の心をふくめり。嘉禄本には、「くる雁はあまのとわたる舟にそ有ける」とあり。

二一三（うきことを思ひつらねてかりがねのなきこそわたれ秋の夜な夜な、躬恒）
「うきことを―」、是は序にある六義の内の、なすらへ歌也。雁金のあまたつらねて来るを見て、思ひのあれはこそ鳴てわたるらめと也。是もわか思ひのあるから見とかめたる也。秋の夜な〳〵の所我心に引かけて也。裏の説、我胸中程に物をは、きやうりやうする、其理と也。

二一四（山里は秋こそことにわびしけれ鹿の鳴くねに目をさましつゝ、忠岑）
「山里は―」、わひしきは大とかにかろき。かなしきはふかくかなしむ心也。山里はへいぜいわひしき中にも、秋かわひしき。何としたる事そと云に、鹿の音に目をさまし〳〵する程に也。都の内さへあらんに、山里は別してと也。

二一五（奥山に紅葉ふみわけ鳴く鹿のこゑきく時ぞ秋はかなしき、よみ人しらず）

「おく山に―」、おく山の紅葉ふみ分る声を何として聞へきと云に、山里に居て聞と云、他流説也。当流には時ぞと云にて聞へたる也。誰にてもあれ、おく山の秋の何時かかなしきと云時、おく山の紅葉散時分、鹿のふみ分鳴時分なると也。端山はちりて奥山の散時分、鹿鳴と云説、誤也。紅葉は奥山は早く端山は遅き物也。花にかはる物也。宗祇（「祇」朱傍記「長歟」）発句に「おそ紅葉は山は雪の下葉哉」。此歌にて仕たる発句也。此歌猿丸歌と云説、如何。惟（朱傍記「是」）貞のみこの歌合とある程に、猿丸は元明の時分の者也、時代相違也。猿丸か歌を後人読合たる事ある歟と也。不審也。

二一六（秋萩にうらびれをればあしひきの山したとよみ鹿の鳴くらん、よみ人しらず）

「秋はきに―」、うらひれは、なづみ物思ふ体也と云、能也。色々の義あれとも也。とよみはどよみと、生《シャウ》とくは濁れとも、おそろしげに聞ゆる故、清也。「万雁（上葉）もきぬ萩もちりぬとさをしかのなくなる声もうらふれにけり」。歌は、我物思ふ折ふし、鹿も鳴と也。秋萩にの「に」の字聞えにくき也。萩に対しての心歟と或抄にあり。萩に対してなづみ物思ふ時分、山とよむまて鳴也。とよむは動するまての心也。庭の萩に非す、野への萩也。うらひれは初の心もあらん歟。うらめつらしきなとの類ならん。ひれは袖の事、萩の中へ袖をまじへ、鹿を聞、萩をおしむ心歟とあり。何とあらん、されとも抄の義也。色々の義ある故、聞えにくきやうなる也。下葉うつろひはちりがたに物かなしき時分、鹿のなくを、ことはりに思ひたると云義もあり。

二一七（秋萩をしがらみふせて鳴く鹿の目には見えずて音のさやけさ、よみ人しらず）

「秋萩を―」、萩を押ふせ〳〵鹿の行か、しからみふせたるやうなると也。音のさやけさを鹿の音と云、如何。鹿の遥なる声近く成て、した〳〵と踏体也。鹿は不レ見して音の聞ゆる也。

二一八（秋萩の花さきにけり高砂のをのへの鹿は今やなくらん、敏行）

「秋はきの―」、萩か咲たらは鹿の鳴《ナカ》んと云は、萩を鹿鳴草と云から也。此高砂は非ス二名所ニ一、山の高き処也。鹿の声を不レ聞とも、萩咲たる程に定て鹿鳴《ナカ》んと也。(壬二集)「高砂の尾上の鹿のなかぬ日もつもりはてたる松の白雪」家隆の歌も此歌より読たる也。

二一九（秋萩の古枝にさける花みれば本《もと》の心はわすれざりけり、躬恒）

「秋はきの―」、躬恒か備前守になりて下りたる時、播磨守に逢て也。詞書には誰ともあらはさず。顕昭は萩は榛の字をはぎと云。萩の字のはきには、草にて古枝はあるまじと也。漢字に榛薄と云字あり。いかさま草の類さうなる也。薄もすゝきに非す。但此榛薄の字にて和漢なとには季、持へき事也。此二字のつゝきは、すゝきには非す。むさと草の茂りたるを云。草のはぎも不レ刈にをけは、古枝より若目(芽)立て花咲物也。朋友に行逢て、たゝの時さへあるに萩の咲時なる程に、むかし物語する也。久しく不逢人に又逢て、もとの心を不忘と也。人と人とはかりに非す。めも、もと見たる物を見ては、草木の上にても不忘と也。

二二〇（秋萩の下葉いろづく今よりやひとりある人のいねがてにする、よみ人しらず）

「秋はきのしたは―」、下葉の色付やう、色々に沙汰あれとも、初秋の心也。序にもあり。秋の感の目の付所也。今よりやと云所、肝心也。今は初秋也。頓て、いねかてにならんと也。我かひとりねのねられぬまゝに、人のことをも察して也。

二二一（鳴きわたるかりの涙やおちつらん物思ふやどの萩のうへの露、よみ人しらず）

「鳴わたる―」、別の事なく聞えたる也。誰か庭に見てもさひしからんに、物思ふ宿には露はかりにてはあらじ、雁の涙もそへたるかと也。鳴と云から、涙はあるへしと也。

二二二（萩の露たまにぬかんととればけぬよし見ん人は枝ながら見よ、よみ人しらず）

「はきの露―」、露のしげくをきたる萩を愛して折たれは、露の消たる也。けぬは消る也。玉につらぬかんと取たれは消たる程に、人にも枝なから見よといさめたる心也。誰も愛するは萩なる也。

二二二左注（ある人のいはく、この歌はならのみかどの御うたなりと）

「左注、ならのみかと―」、聖武天皇大同の天子也。ならのみかとと云は大方は聖武也。序のは子細あつて也。ならのと書事、此集に三所あり。此歌此集にてはおもはしくもなき程の歌なれとも、我賞する所を人にもゆづられたる、天子のに面白しとて入たる也。

二二三（折りてみば落ちぞしぬべき秋萩の枝もたわゝ《とをゝ》におけるしら露、よみ人しらず）

「おりてみは―」、たはゝ、とをゝ同し事也。相通也。萩のうつろはん時分、露のたぶ〳〵とをきたるほとに、露にてうつろはんほどに、花のためをしきと也。又花の事不㆑思は、露かをしきと也。

二二四（萩が花ちるらむ小野の露霜にぬれてをゆかんさ夜はふくとも、よみ人しらず）

「萩か花―」、顕昭、露霜（「霜」ニ濁点アリ）と霜を濁、露結て霜と成故なると云。定家は「他門には濁とまゝよ。庭訓には露と霜と二つ」と也。露結へは霜となりても二つ也。ぬれてをの「を」の字、例のやすめ字也。歌は猿丸也。女のもとへと家集にあり。ぬれて行てこそ我心さしはみえんと也。露のかきり霜のかきり夜は更たりとも行んと也。小野は非㆓名所㆒。

同日、是より又秋の上の分、御文字読御講談、今日の分也。廿七日。

二二五作者（文屋あさやす）

「あさやす」、康秀か子也。

二二五（秋の野におく白露はたまなれやつらぬきかくるくもの糸すぢ、朝康）

「秋のゝに―」、蛛の糸筋には露がをく物也。露を玉と見たらは、たゝなりともつらぬきとめたからんに、蛛の糸、幸の事なる玉にぬかんと思ひてよみたる歌也。

二二六（名にめでて折れるばかりぞ女郎花我おちにきと人にかたるな、遍昭）

「名にめてゝ―」、仮名序こ《（古）》注に「馬よりおちて」とあり。こゝにては「題しらす」とかけり。貫之か心也。女郎花と云、女にたとへて也。名にめてゝは遍昭には不相応なる程に、人に訴《ウツタヘ》なと（「と」傍記「スム」）也。序にては「馬より落て」と云を立る（「る」傍記「て云也」）也。それは誹諧めく故に、こゝには題しらす也。女郎花を感する心一へん也。面白し。

二二七作者（ふるのいまみち）

「ふるのいまみち」、遠江守忠通か子也。清和の時分まて居たる也。

二二七（をみなへしうしと見つゝぞ行きすぐる男山にしたてりと思へば、今道）

「をみなへしうしとみつゝそ―」、後世菩提の心専にあるへき事なると見ねは、詞書無レ詮也。遍昭、妻を捨て出家したる物也。遍昭かもとへ行道の事なれは、男山の女郎花を見とがめたる心也。女は五障三執を境界としたる程に、男山をはなれぬと云心也。此心をもって見れは、詞書おもしろし。男山にはなれぬ所をうしとみつゝもと云、此所面白し。

二二八（秋の野に宿りはすべしをみなへし名をむつまじみ旅ならなくに、敏行）

「秋の野に―」、旅ならなくにとは、さしにさして行旅に非す。野遊の歌也。宿に幸、能女郎花ある程に幾《イク》日もやとりせんと也。花を女に比して也。秋のゝにやとるは旅の心也。名がむつましき程に、やとをからんと也。旅てはなけれとも宿をからんと也。旅ならなくにを旅にてはなけれどもと聞えんかと也。

二二九作者（をののよし木）
「小野のよしき」、篁か孫也。
二二九（女郎花おほかる野べに宿りせばあやなくあだの名をやたちなん、美材）
「をみなへしおほかるのへに―」、おほかる野へと云、詮也。女にたとへたる勿論、一本《モト》に心をうつすさへなるに、おほき野へにあなたこなたへ心をうつさは、あだの名たゝんと也。あやなくは、かいなく又あちきなく也。
二三〇詞書（朱雀院のをみなへしあはせによみてたてまつりける）
「朱雀院女郎花合―」、女郎花合両度ありし。是は、後の合也。初は十二番、後は三番也。朱雀院、寛平の御時と同し事也。御たつし《（脱屣）》の後のは朱雀院、御在位の時は寛平也。朱雀・冷泉はをり居の御門の御所居を云。
二三〇（女郎花秋の野風にうちなびき心ひとつをたれによすらん、時平）
「女郎花秋のゝ風に―」、摂政関白の歌に（朱書入「似合たる風体也。野風といふ詞おもはしからねとも惣の歌よき也。此歌に二義あり」）。女郎花を女と見て、心もをかす、たれになひきたると云義一つ。又心一つを誰にかはしてなひくそと云義もあり。心ひとつをと云は専といふ義也。
二三一作者（藤原定方朝臣）
「定方朝臣」、延喜御門の御母方の叔父也。
二三一（秋ならであふことかたき女郎花天のかはらに生ひぬものゆゑ、定方）
「秋ならて―」、おひぬは生せぬ物ゆへ也。秋の時分に咲物也。女郎の字から七夕に思ひよそへて、天河原には生せぬ物から逢ことかたきと也。
二三二（たが秋にあらぬものゆゑをみなへしなぞ色にいでてまだきうつろふ、貫之）

「たか秋に―」、此歌、抄の義、たか秋ぞ。女郎花の秋でこそあれ、なぜに早くうつろふぞ。秋をわかまゝにせば、盛久しかるへきに、なぜに色に出て早くうつろふぞと也。思ひの色に出たるをとかめて也。或抄にはたが秋にと云を飽心にして、たがあきたる事もなきに早くうつろふぞと也。此歌は裏の説、わざわひも能尋れは、心から出来する物なるを、能穿鑿もせて人を恨むる心なると教訓也。

二三三（つまこふる鹿ぞなくなる女郎花おのがすむ野の花と知らずや、躬恒）

「つま恋ふる―」、女郎花の咲たるに鹿の鳴を聞て、花を女に比して幸の事なるを、妻とは不レ思して、つま恋ふる鹿はなとなくそと也。

二三四（女郎花吹きすぎてくる秋風は目にはみえねど香こそしるけれ、躬恒）

「女郎花吹過てくる―」、女のおくふかくゐるにしなして、作りたてたる歌也。秋の千種の内にまじりてあるは、目には不レ見とも匂ひを風のさそふと思ふ心也。窓の内なる程と云やうの心也。裏の説、女の体《ティ》は人に不見しておくふかく居るが心にくしと教訓して也。

二三五（人の見ることや苦しきをみなへし秋ぎりにのみたち隠るらん、忠岑）

「人のみることやくるしき―」、秋のゝを霧の立へたてたるを見て、心なき霧を女郎花の心に見たてゝ也。秋霧にのみとは朝夕霧也。

二三六（ひとりのみながむるよりは女郎花わがすむやどにうゑて見ましを、忠岑）

「ひとりのみ―」、色々の義あり。一義、ひとりのみなかむると云を、女郎花の独にして、野へに独なかめてあらんよりは我庭へうつして、なくさめんと云、不用。一義、詠むるを人のなかむるにして、我かやとになかめかちにして居んよりは、女郎花と云名がむつましき程に、我やとにうつして見んと也。又秋の野へ行てひとり見んよりは、我やとにうつして我も人もみんと也。又独と云を女郎花も我も独りながめんよりは、我も花もたかひになくさみたきと云義、中にも面白し。

二三七作者（兼覧王）

「兼覧王」、コレタヾノ親王の御子

二三七（をみなへしうしろめたくも見ゆるかなあれたるやどにひとり立てれば、兼覧王）

「をみなへし—」、物へまかりける道にと云心也。人の家に咲たるを見て、この荒たる宿に独りあるは、いかさまたゝはあるまじ。誰ぞ心をかはしたる歟。それをうしろめたきと也。「人の家」と云詞書にかゝりて也。人の家と云をねたみて也。

二三八（花にあかでなに帰るらん女郎花おほかる野べにねなましものを、貞文）

「花にあかて—」、詞書に蔵人所《クラウドドコロ》と書、肝要也。蔵人所は前にもありし殿上の事也。禁中に伺公する隙無衆の事也。花には飽時も無けれとも、禁中伺公にて隙もなき程にかへると也。平のさだふんは好色人なる程に、女郎花をしたひて也。若きんだちを同道したる程に、めん〳〵に主づきて寝ん物をと也。裏の義、奉公を専《セン》にせよ、花に不飽てもかへる程にとの教也。

二三九（なに人かきてぬぎかけし藤袴くる秋ごとに野べをにほはす、敏行）

「なに人か—」、きてぬきかけしは、来の字、着《スル》の字とを兼て也。何人かと云は少《チト》きぶきやうに聞ゆる也。歌は（古今三三、色よりも香こそあはれとおもほゆれたが袖ふれし宿の梅ぞも）「たか袖ふれしやとの梅そも」と云歌の法也。蘭と云から、たかぬきかけしと也。大方の人のうつり香にてはあらじ。一端《イッタン》匂ふはかりさへあるに、年々匂ふ程に、大方の人の野遊にぬぎ捨たるにては、かくはあらじと也。

二四〇（やどりせし人のかたみか藤袴わすられがたき香ににほひつつ、貫之）

「やとりせし―」、人か我所へ来てやとりたると、我が人の所へ行てのと二義也。我人の所へ行たるとの理は、此家にやとりたる人の形見歟と云たる義歟と也。（「歟と也」傍記「抄にも無義也」）。我か所へ人の来りたると云は、聞えたる也。つゝは、乍つゝ也。何時も乍つゝは心を残して也。

二四一（主しらぬ香こそにほへれ秋の野にたがぬぎかけし藤袴ぞも、素性）

「ぬししらぬ―」、此前の「やとりせし」の歌の前の、「何人かきてぬきかけし」の歌と同やうなる趣向也。歌ざままさりたる也。野遊の人のぬきかけたるにてあらんすれとも、誰かぬきかけたるそと也。終のそもは、ぞと云心也。もの字は添字也。

二四二（今よりはうゑてだにみじ花すゝきほにいづる秋はわびしかりけり、貞文）

「今よりは―」、自今以後也。花薄の穂《ホ》に出たるがわひしきと云、薄の上に云には非す。此比の時節のかなしきに、薄をうへまじきと也。薄に愛のふかきあまり也。比《コロ》と云字を入て見よと也。ほに出る比と云心也。

二四三（秋の野の草の袂か花すゝきほにいでて招く袖と見ゆらん、棟梁）

「秋の野の―」、下句から上句を訓釈（「釈」ニ濁点アリ）したる歌也。花すゝきが秋の野の草の袂かと、不審したる心也。薄の、人をもまねくやうなる也。草の内に、袂と云さうなるは薄也。袂と袖と上句・下句にをく事、古き歌の体也。今は如何、成ましき也。

二四四（我のみやあはれと思はんきりぎりす鳴く夕かげの大和撫子、素性）

「我のみや―」、撫子はうつくしき物也。あはれと思はんとは愛する心也。面白く思ふ心也。れんみんの心也。我独り愛して見んはおしきと也。撫子は夏咲物也。蛬の鳴時分に成たる程に、もはや盛久しからじ、我独見んは、おしきと也。

二四五（みどりなるひとつ草とぞ春はみし秋は色々の花にぞありける、よみ人しらず）
「みとりなる―」、春の草の、みとりにもえ（「もえ」傍記「萌」）渡りたる時は、如此なるさま〳〵の花に咲へきとは不リレ思しが、色々の花に咲たる事哉と見たる、当意に云たる也。秋花さかぬ草もあれとも、色々に咲たる草花を見たる、当意也。韓退之《カンタイシ》語、学文すれとも賢愚の別るゝ事を龍と豕との如くと云。裏の説、日本紀あしがひの如く、まろかれたる物ありと云。天地未分の事、一念、百八の煩悩となると云、如此と也。

二四六（もゝくさの花のひもとく秋の野に思ひたはれむ人なとがめそ、よみ人しらず）
「もゝ草の―」、千種と云よりも同し事なから、詞、をとりたる也。たはれんはたはぶれん也。風流の字をも読。百草何れ〳〵と一つ取分て愛せん。甲乙はなき也。花の紐とくとは隔心なき心也。我心のまゝにたはぶれんと也。主ある処に非す、人なとかめそと也。人も我も也。

二四七（月草に衣はすらむあさ露にぬれてののちはうつろひぬとも、よみ人しらず）
「月草に―」、露草也。鴨頭草《ツキクサ》と書。露草と読たるもあれとも月草よりをとりたる也。月草にて衣を染んと也。露少かゝりてもうつろふ物也。されとも、月草おもしろき花なる程に衣をすらんと也。露にぬれてうつるとも染んと也。下句に念をつぐなと云教、歌人の心也。

二四八詞書（仁和のみかど、みこにおはしましける時、布留のたき御覧ぜむとておはしましけるみちに、遍昭が母の家にやどりたまへりける時に、庭を秋の野につくりて、おほむものがたりのついでによみてたてまつりける）
「仁和のみかと―」、前にもありし光孝天皇也。大和のふるの滝―、光孝天皇五十八（「八」右傍記「通村、私五歟」左傍記「五十七崩歟」）歳にて御即位也。それ以前の事なるへし。

二四八（里はあれて人はふりにしやどなれや庭もまがきも秋の野らなる、遍昭）

「里はあれて―」、こまやかな体なる歌と也。人はふりにしと云は母の事也。籬はまへの垣を中のへの字を略して也。四方に垣ありて前には又一重垣ある也。野らは藪《ソウ》（左傍記「ヤブ」）の字、又野の字に羅の字をそへたる也。又野原の中略也。是《コレ》可然と也。光孝の御座《オハシマシ》ありしを忝く思ひて也。やとなれやは母の所を云。上句、秋の部にとりては秋の末の事を云たる也。

明暦三年正月廿七日

秋下より「立田川紅葉はなかる」（古今二八四）の歌迄、御文字読、御講談。「恋しくは」（古今二八五）の歌より秋の分、皆御文字読、御講釈、今日の分也。秋下上・下の心は春に無相違。

二四九（吹くからに秋の草木のしをるればむべ山風をあらしといふらむ、康秀）

「吹からに―」、説々多歌也。「木ことに花そ咲にける」（古今三三七、雪ふれば木ごとに花ぞ咲きにけるいづれを梅とわきてをらまし、友則）の歌を木へんに毎の字を梅と云心に、よみたると云に同く、山風を嵐と云字の心に云とある説、不用。たゝあらき風の心也。むへは宜《ギ》の字の心也。心はけにもなと云心也。康秀家集には「野への草木」とあり。昔は嵐を秋の季に用る故に野へとよむを、貫之、此巻頭に入さまに、猶慥にと思て改て入たる也。木の葉の有間は風に力ありしが、冬枯に成ては風に力なし。吹からには、吹当意に也。秋風に一あたり、あてられては一かう色も別の物になる也。むへと切て山風と可二心得一也。むへなるかなと云心也。けにもの心、了解したる心也。後京極の時、山嵐と云題を出されたるに、各雑の歌をよみたるに後京極は秋の歌を被詠て、後日被改しと也。

二五〇（草も木も色かはれどもわたつうみの浪の花にぞ秋なかりける、康秀）

「草も木も―」、わたづ海の時は、つの字濁。わたの底の時は、たの字濁。わたつみと波、花に似たると也。紅葉せぬ波の花には秋もなき也。こと方へは目もうつらて、一色に白く波の見えたる也。人のもとへ行て機嫌悪して、禁中へ参したれは、よろこび、はかりなき体を見て、蒼海如此なると思ひて読たると家の集にありとあり。此義不用、又不捨と也。

二五一（もみぢせぬときはの山は吹く風の音にや秋をきゝわたるらん、淑望）

「もみちせぬ―」、詞書に「秋の歌合」とは何としたる事そと云に、秋の時分にしたる歌合と他流に云、不用。当流には我歌はかり合たるを云（書入「我か秋の歌はかりを合たる時と云心也」）と幽斎抄にあり、難心得。いつれの抄にも無。書誤歟。歌の心は、常盤の里に住する人は紅葉も見まじき程に、風の音にて秋をしらんと也。陰《（隠）》者の体、思ひやりて可見と也。

二五二（霧立ちて雁ぞなくなる片岡の朝の原はもみぢしぬらん、よみ人しらず）

「霧たちて―」、此歌結句まけたる也。古今の歌とても一々手本に不成。下句まけて、しりびなるとてきらふ也。霧も立、雁なけは、片岡の朝の原も紅葉しつらんと也。

二五三（神な月時雨もいまだふらなくにかねてうつろふ神なびのもり、よみ人しらず）

「神な月―」、時雨の時節をも不待してうつろふと也。神なひならは神な月を待ん事なると也。抄に昔は神なみと云、今は神なびとひの字濁て読とあり。実条公に、仙洞御尋の時、びとも、みとも無やうにと也。さもあるへきと也。裏の説、人の行ゑは不知物也。悪き事を兼て可レ知ならは覚悟あるへき事なる也。必、末に降へき時雨を知て、兼てあらかじめうつろふと也。

二五四（ちはやぶる神なび山のもみぢばに思ひはかけじうつろふものを、よみ人しらず）

「ちはやふる―」、ちはやふるは神の枕詞也。やかてうつろふ紅葉の末のとげぬ物に、心をかけてもせん（「せん」

傍記「詮」）なきと思ひかへして也。神は不反なるほとに、神なひ山のならはうつろふましと思へは、はやうつろふ、如此ならは、心はそめまじと也。又の説、あの紅葉のことく、あさはかにうつろふ色に我心もならはんかと思ひて、思ひかけじと也。又、物に着する心を思ひかへして、あのうつくしき紅葉も終《ツイ》にはうつろふと観して也。裏の説、境《キャウ》に心をうつせは、我本心を失ふ物なると教へて也。

二五五詞書（貞観の御時綾綺殿の前に梅の木ありけり。西のかたにさせりける枝のもみぢはじめたりけるを、うへにさぶらふをのこどものよみけるついでによめる）

「貞観（「貞」「観」ニ濁点アリ）の御時《ヲヽシ》、綾綺殿《リヤウキテン》—」、綾綺殿は殿の名也。貞観は清和の年号也。紅葉はしめたると云は詞悪き也。歌なとには読ましき詞と也。

二五五（おなじ枝をわきて木の葉のうつろふは西こそ秋のはじめなりけれ、勝臣）

「おなしえを—」、西こそ秋のとは、時こそあれ、秋は西から来る也。その秋の来る方から紅葉そめたると了解して也。

二五六詞書（石山にまうでける時、音羽山のもみぢを見てよめる）

「いし山に—」、前にもありし、貫之は別《ベッシ》て観音を信したる也。ことに歌道に子細ありとて、此本尊を信する也。住吉の本地と也。

二五六（秋風の吹きにし日より音羽山みねのこずゑも色づきにけり、貫之）

「秋風の—」、音羽山、音と云字、用に立。秋の来るより一日々々と思ふに、はや紅葉したると也。光陰のうつりたるを云。貫之、歌には案したる也。昔の人の歌に、其処のけい物を読たるを本歌にする也。当時の人も、其処にて、時に当ては詠する事也。証歌には難成と也。

二五七（しら露の色はひとつをいかにして秋のこのはをちゞにそむらん、敏行）
「しら露の―」、一色の露を以て、楓・柞なとさま／＼の色を、めん／＼に染分る。千草万木、同し白露にて色々に染出す、不審なると也。裏の説、君たる人はひいきへんば《偏頗》ありては如何と、其処のやうしん《用心》肝要と也。
二五八（秋の夜の露をばつゆとおきながらかりの涙や野べをそむらん、忠岑）
「秋の夜の―」、是は秋の夜のと云処によくあたりて見よと也。朝夕も露をけとも、夜はとり分つよくをく也。露はたぶ／＼とをけとも、染おほせぬに、雁鳴て染る。しょせん雁の涙て染るかと也。一説、上句それはそれでをけ、露をは露にてをけ、物思ふ人の雁の涙を以てそめたるかと也。我涙と雁の涙とにて也。
二五九（秋の露いろいろことにおけばこそ山のこのはのちぐさなるらめ、よみ人しらず）
「秋の露―」、毎の字也。ことにの説は不用。されとも人の前にてはことにと聞ゆるやうに読《ヨ》めと也。歌の道理はよく聞えたり。露は各《カク》々にをけは、千々にみゆらんと也。ことにと云も、つめたてゝ云へは、ひとつに成と也。さもありさうなる也。ことに、こ文字桂光院殿は清て也。心は毎の字、ことにのやうに聞ゆるやうに読《ヨ》めと也。先毎にと濁て被遊、後にことにともと仰也。聞にくきかとの仰也。
二六〇（しら露も時雨もいたくもる山は下葉のこらずいろづきにけり、貫之）
「しら露は―」、今程、世俗に守《モリ》山と云処也。一段たゝしき歌也。露も時雨ももる山ならは、下葉のこるへきやうなしと也。いたくはつよく也。下葉まて紅葉せんと也。
二六一（雨ふれど露ももらじを笠取の山はいかでかもみじそめけん、元方）
「雨ふれと―」、露ももらしをは、露にてはなし、雨が露ほとももらじをの心也。雨の降時は露はなき物也。雨か降ほとに笠をとると云はわろし。笠がある程に、雨は露ほともらしを、何としてかく紅葉したるそと也。

二六二（ちはやぶる神の齋垣にはふ葛も秋にはあへずうつろひにけり、貫之）

「ちはやぶる―」、神をよくそだてたる也。神は不変の物也。その垣にかゝりたるは、うつろふまじき事なるがと也。あへずは不堪也。行孝（堯カ）説、貫之、歌の妙《メウ》ジョ（妙所）と云物はつくりたてねとも、自然に此下句出来と也。裏の説、或抄、神のいかきの紅葉なれとも、時至りたる葛はうつろふと也。何も時いたりては、のかれぬ物なると也。

二六三（あめふれば笠取山のもみぢばは行きかふ人の袖さへぞてる、忠岑）

「雨ふれは―」、是は笠をとる心也。紅葉を見る人も見ぬ人も、時雨の時分に行人をみれは、一入、袖の色かますと也。笠とり山二首の間へ、神のいかきの歌を置事、「山はいかてか紅葉そめけん」（古今二六一）と云と、「秋にはあへすうつろひにけり」（古今二六二）と云と同じやうなる、なみなるほとに如此入たると也。然らは「神のいかき」（古今二六二）の次へ、「露もらしを」（古今二六一）の歌を入れさうなる事なるが、「白露も時雨もいたく」（古今二六〇）の歌と、「露もらしを」の歌と同じやうなる故、如此の次第なると也。部立きひしく不乱と云、かやうの事也。

二六四（ちらねどもかねてぞ惜しきもみぢばは今は限りの色と見つれば、よみ人しらず）

「ちらねとも―」、紅葉の色ふかく染たるは満足なれとも、頓て散程に、兼ておしきと也。散時分おしむは勿論、散《チラ》ぬ以前からおしむ、おもしろし。結句、逍遥院なとは面白きと被申し也。裏説、万事十分なれは、必、かくる物也。用心肝要也。

二六五（たがための錦なればか秋ぎりの佐保の山べをたちかくすらむ、友則）

「たかための―」、此山の錦を領する主はあるまじきに、なぜに霧かかくすぞと也。そう云内に、霧のかゝりたるを愛して也。他流には、霧りんぢやく（悋惜）くしておしむと云、不用。裏の説、物にはすんぜんしやくま（寸善尺魔）と云物あり。紅葉を霧のかくし、花に風の吹等也。

二六六（秋ぎりはけさはな立ちそ佐保山の柞のもみぢよそにても見ん、よみ人しらず）

「秋霧は―」、なたちそは心なき霧にいひかけて制する也。よそにても見んは、爰からも見ん、行ても見んと也。もの字にて行てもみんの心也。むかしの歌は一字も用に立事也。

二六七（佐保山の柞の色はうすけれど秋はふかくもなりにけるかな、是則）

「さほ山の―」、柞は時雨か幾度しても色うすし。ふかく染んと思ふうちに秋か暮る也。うすけれとと云に対して秋はふかくもと云と云は不善也。それは後拾遺の体也。

二六八（うゑしうゑば秋なき時やさかざらん花こそちらめねさへかれめや、業平）

「うへしうへは―」、天地あらんする間は、春夏秋冬のつくる事あるまし。うへしうへたらは、花はちるとも根はかれしと也。秋菊ノ淩二落英ヲ一、離騒経にあり。

二六九（久方の雲のうへにてみる菊は天つほしとぞあやまたれける、敏行）

「久かたの―」、左注の「めしあけられて」は昇殿也。よろこびて清雲、殿上の菊は常のに非す、天つ星かと思ふと也。上《ジヤウ》（傍記「つかへたてまつる也とよむ」）日上《ニチジヤウ》夜奉公、官もすゝみ、めしあけらるゝ也。

二七〇（露ながら折りてかざさむ菊の花おいせぬ秋のひさしかるべく、友則）

「露なから―」、仙境《キヤウ》の体をよむ。暁の露をうけて不老不死の薬を練《ネル》古事あり。其露の事也。以菊、延齢事あり。古事にも不及也。

二七一（うゑし時花まちどほにありしきくうつろふ秋にあはむとや見し、千里）

「うへし時―」、菊は花のうちの晩達也。遅く達する、時節にをくれたる物を晩達と云。うへそめたる時は、花の咲事を遠く思ひたるに、はやうつろふ時になりたると観して也。光陰のうつる心也。此歌に過去のし文字三あり。

作者の妙也。
二七二詞書（おなじ御時せられける菊合に、洲浜をつくりて菊の花うゑたりけるにくはへたりける歌、吹上の浜のかたに菊うゑたりけるをよめる）
「おなし御時」、寛平の事也。すはまをつくりては、州浜形《カタ》也。台也。
二七二作者（すがはらの朝臣）「すかはらの朝臣」、かんけとよむ。此撰集の時分、罪にあたりたる人也。さる故、官も不書。今よむ時はかんけとよむ也。
二七二（秋風のふきあげにたてるしらぎくは花かあらぬか浪のよするか、道真）
「秋風の―」、かの字うたかふは重る習也。三あり、花かあらぬか波のよするか。色々の物によそへて菊をほめたる也。此作者は、歌かすゞしめにあり。それによつて左遷なともありたる也。
（行間書入）「すゞしめにありとは、風体不可然、申分のある事也。風体不可然故、左遷あると云心也。すゝしめなるとは、なまみのなきの過たる心歟。遠《トヲシロナル》　白と云は、ほめたる風体也」
二七三詞書（仙宮に菊をわけて人のいたれるかたをよめる）
「仙宮《キウ》―」、宮の字、ぐうはあしゝ。絵を見てと絵になりてと読事也。此れは、絵に成て也。
二七三（ぬれてほす山路のきくの露のまにいつか千年を我はへにけん、素性）
「ぬれてほす―」、上句おもしろし。よく案したる歌也。古来風体にもほめてあり。我はへにけるか絵に成てよみたる也。（行間書入）「ぬれてほすは、何にてもあれ露にぬれて、ひる間は少の間の事也」。
二七四（花みつゝ人まつ時は白妙の袖かとのみぞあやまたれける、友則）
「花見つゝ―」、菊に白衣《ハクエ》の古事、事ふりたる事也。心に人を待故に、ふと袖かと思ひよりたる心也。白は色の根本にて衣服の本也。（貼り紙「陶潜《タウサン》、五柳先生と云者、九月九日に酒なくして、籬の菊を愛し侍るを、王弘と云者の方より酒をもたせてをくれり。其使、白き衣を着けり」）。

二七五（ひともとと思ひし花をおほさはの池のそこにもたれかうゑけん、友則）

「一もとゝ―」、水へうつりたるを、影とはもとより見たれども、ちらと花かと思ひたる一念を読たる也。

二七六（秋の菊にほふかぎりはかざしてん花よりさきと知らぬわが身を、貫之）

「秋の菊―」、菊は盛久しき物也。されども終《ツイ》にはかぎりあり。人は猶あだなる物也。匂ふかきりは折てかざゝんと也。花よりさき心得がたしとあり。たゞ後とも前ともしらぬと心得よと也。花よりさきとも不思に、はや花には逢たると也。花のちらぬさきに我身しなんやら、我身より花かさきにちらんやら、しらぬ程に花の匂ふかきり、かさゝんと也。

二七七（心あてに折らばや折らん初霜のおきまどはせるしらぎくの花、躬恒）

「心あてに―」、おらは、おりこそはせめと也。菊をも霜をも共に愛したる也。初霜の初の字、力を入て見よと也。いまた霜を見なれぬ時なる程に見まかひたる也。

二七八（いろかはる秋の菊をば一年にふたたびにほふ花とこそ見れ、よみ人しらず）

「色かはる―」、一本の菊から二様の花咲たる心也。うつろはぬさきにすくれたる花と思しに、又うつろひて猶面白しと也。是を二度匂ふと云也。

二七九詞書（仁和寺に菊の花めしける時に「うたそへてたてまつれ」と仰せられければ、よみてたてまつりける）

「仁和寺《ニナジ》に―」、（以下余白）

二七九（秋をおきて時こそ有りけれ菊の花移ろふからに色のまされば、貞文）

「秋をゝきて―」、秋をゝきては聞にくし。菊の盛の秋ををきての心也。菊の盛の感をさしをきて、うつろふ時分面白し。然れは別に時あるやう也。下の心は、御在位の時よりも此仙境《キャウ》へ被レ移てまさりたると御隠遁をほめて也。

二八〇（さきそめしやどしかはれば菊の花色さへにこそ移ろひにけれ、貫之）

「さきそめし―」、別のやとへうつしうへたれは、花も心をしりて色のかはるかと也。これまで菊の歌十三首入。万葉には菊の歌無。めつらしき故、数多入歟。菊は声也。読に非す。蟬も同し。

二八一（佐保山の柞のもみぢちりぬべみよるさへ見よとてらす月かげ、よみ人しらず）

「さを山の―」、ちりぬへみは、ちりぬへし也。是は今はよむましき也。前に紅葉の歌ありて、又こゝに紅葉の歌あり。ちる紅葉の歌也。月をも紅葉をも愛して也。月をみよと云て、散と云説、不用。紅葉をめがれす、よるまてみよと也。此説、順徳院へ定家相伝の説也。

二八二作者（藤原関雄）

「藤原ノ関雄《セキヲ》」、日野家の者、東山辺にちっ居したる者也。

二八二（奥山のいはかきもみぢちりぬべしてる日の光みる時なくて、関雄）

「奥山の―」、いわかきは垣のやうにめくりたるを云。岩垣は陽気すくなし。然間、地のかはく時なし。しっけ故也。然れは紅葉はやく散也。残涯《ザンカイ》のいく程なきをなげく心也。

二八三（竜田河もみぢ乱れてながるめりわたらば錦中やたえなむ、よみ人しらず）

「立田川―」、是は仮名序の時、沙汰ある歌也。上の三句を古の字にあて、下二句を今の字にあつる。此歌より千《チウ》歌《タ》廿《ハタ》巻も出る。しかれは此集悉皆、御門の御製也。なかるめりはあれみよ、なかるゝはと云心也。下句より云たる歌也。

二八四（竜田川もみぢばながる神なびのみむろの山に時雨ふるらし、よみ人しらず）
「立田川―」、是も序にて沙汰ある也。只今降時雨を見てには非す。時雨てこそながるらめと云心也。此歌を家隆、あらし吹らしと云たきと云たれは、定家、事外無興して、時雨つくしてこそなかるらめと也。人丸歌と注せず。他本に、さあるとやらん。人丸・奈良御門合体《カッタイ》をしらしめん為、こゝに両首入たる也。

是まて御文字読、御講釈。次に此「恋しくはみてをわたらん」の歌より又、御文字読、御講談。今日の分、悉皆也。

二八五（恋しくは見てもしのばんもみぢばを吹きなちらしそ山おろしの風、よみ人しらず）
「こひしくは―」、人の恋しきに非す。紅葉の恋しき也。嵐が我物のやうに吹ちらすを見て云。梢にをきて見たきことは大望《ボウ》なれとも、せめて散たるをなりとも、吹ちらしそと也。

二八六（秋風にあへずちりぬるもみぢばのゆくへさだめぬ我ぞかなしき、よみ人しらず）
「秋風に―」、あへすは不ㇾ堪《タヘ》也。木の葉のことく、行ゑ定めぬ我そかなしきと也。紅葉ばと句を切て行ゑ定めぬと云義あり。其心は木の葉は落着《ラクジャク》もあるか、我行ゑ定めぬと也。我その、その字にあたりて也。秋風にちる紅葉の時節を云義もあり。

二八七（秋はきぬ紅葉はやどにふりしきぬ道ふみわけてとふ人はなし、よみ人しらず）
「秋はきぬ―」、秋は行ぬ也。来に非す。来の字を行心にも、来る心にもつかふ。秋か過去て行事也。歌の心は紅葉の有時こそ問人もあれ、今は人跡絶たると也。

二八八（ふみわけて更にやとはむもみぢばのふり隠してし道と見ながら、よみ人しらず）
「ふみ分て―」、更にやとはんとは態《ワザト》と云心也。木の葉のつもりたるは、踏分るをいとひてこそあるらめ。されとも行過がたき程に態とはんと也。定家、（拾遺愚草）「尋ねこし花のあるしも道絶ぬさらにやとはん春の山里」（朱書入「道絶ぬる花のあるしをも、さらにやとはんと云心也。錯《サク》［左傍記、まちはる］綜体と詩にあるやうの心也。碧梧栖老鳳凰枝の詩、さくそうてい也。」）此歌にておしむ心聞えたると也。

二八九（秋の月山辺さやかにてらせるはおつるもみぢの数を見よとか、よみ人しらず）

「秋の月―」、山への、べの字心あり。山陰の心也。義をつぶ〳〵と云たる歌也。こまやかなる也。月も紅葉をおしむ歟。一葉々々散を見よと也。

二九〇（吹く風の色のちぐさに見えつるは秋のこのはのちればなりけり、よみ人しらず）

「吹風の―」、風の色を千種と云。春の歌の内にある、霞を「色の千種に見へつるはたなひく山の」（古今一〇二、春霞色のちぐさに見えつるはたなびく山の花のかげかも、興風）とあり。

二九一（霜のたて露のぬきこそよわからし山の錦の織ればかつちる、関雄）

「霜のたて―」、山の紅葉を錦と見て、是は誰《タ》かわさなれば、もろく散事そと思へは、露霜のわさ也。とても織出すならは、竪横つよくも不レ織と也。

二九二詞書―（雲林院の木のかげにたゝずみてよみける）

「うりんいん―」、たゝすみて、此詞たゝずんでとよむ人もあり。いづくへも不付やうに可レ読と也

二九二（わび人のわきてたちよる木《こ》のもとは頼むかげなく紅葉ちりけり、遍昭）

「わひ人の―」、たのむかけなくと云か、中々、力なる也。先、立よりて紅葉を見るは、なくさまん為也。然れはとんぢやく《頓着》する也。とんぢやくするからは、たのむかけなく散を、世はみな如此なりと観したる。是か力になる也。わひ人なる程に、世間に執《シウ》をとめぬかよきと也。たのむ陰なく散を、我をいさむるやうなると也。

二九三詞書（二条の后の、春宮のみやす所と申しける時に、御屏風に竜田川にもみぢ流れたるかたをかけりけるを題にてよめる）

「二条の后―」、陽成院春宮の時也。陽成院の母后也。
二九三（もみぢ葉のながれてとまるみなとには紅深き浪やたつらん、素性）
「もみちはの―」、水の流るゝ末には、みなとと云物ある也。みなとを御息所にたとふ。此浪、常の波に非す。紅深きと云はけっかうなる波なると也。又人の心さし深きと云義もあり。両義也。
二九四（ちはやぶる神世もきかずたつた川から紅に水くゝるとは、業平）
「ちはやふる―」、から紅は日本のよりも色ふかき也。是も母后をほめて、歌の義はたび／＼出る歌なり。常の如く也。
二九五（わがきつる方もしられずくらぶ山木々のこのはのちるとまがふに、敏行）
「我きつる―」、散るとまかうにと云より、我来つる方もしられすと云も出たり。紅葉のおしさに前後を忘《バウ》したる也。ちるとの「と」の字は、添字也。
二九六（神なびのみむろの山を秋ゆけば錦たちきる心地こそすれ、忠岑）
「神なひ（「ひ」傍記「み」）の―」、錦きる古事（傍記「朱買臣か古事」）の事は、事古《フリ》たる事也。心ちこそすれと云詞、当時不読詞也。散時分、分行は、錦きるやうなると也。
二九七（見る人もなくてちりぬる奥山のもみぢはよるの錦なりけり、貫之）
「みる人も―」、夜る（ママ）の錦の事、古事、前のと同し。一義には、北山のおく山を思やりて、人近《チカ》ならは折者もあれとも、おく山のは折人もなき程に、よるの錦の如なると也。又見る人もなき程におしけもなし。折《ヲ》らてはと也。
二九八（竜田姫たむくる神のあればこそ秋のこのはのぬさとちるらめ、兼覧王）
「立田姫（姫ニ濁点アリ）―」、立田姫（姫ニ濁点アリ）は秋のせいこん（傍記「性魂」）也。立田姫は此山の主かと思へは、又余の神に紅葉をぬさと手向るかと也。「からの―」、抄の分（以下余白）。
二九九（秋の山もみぢをぬさとたむくればすむわれさへぞ旅心地する、貫之）
「秋の山―」、たひ心ちする、此心の字、桂光院殿は清て被遊也。濁さうなる也。ぬさと手向るとは旅行の物にぬさをくる事あり。其故は、道そ神に手向て無為無事を祈《イノル》事也。紅葉をぬさと手向れは、住居の我さへ旅のやうなると也。
三〇〇（神なびの山をすぎ行く秋なればたつた川にぞぬさはたむくる、深養父）
「神なひ（「ひ」傍記「み」）の―」、秋か紅葉をぬさと手向て過行歟と云心也。秋の手向なる程に立田川に手向かと也。
三〇一（白浪に秋のこのはの浮かべるをあまの流せる舟かとぞ見る、興風）
「白波に―」、白きは波の荒き心也。風無時は白くなき物也。海士の大せつに思ひたる舟を流したるかと見たる也。
三〇二（もみぢばの流れざりせばたつた川水の秋をばたれか知らまし、是則）
「紅葉ばの―」、水と云物なくは、水のほとりの紅葉は、え見まじきと也。水に流て出たればこそ見たれと也。水には紅葉なくは、秋を染出す事は有まじ。紅葉ある故、秋をしりたると也。水は不変の物なれは、紅葉にて秋を知る也。流行をおしみて也。
三〇三（山がはに風のかけたるしがらみは流れもあへぬもみぢなりけり、列樹）
「山川に―」、木の葉の、流にせき留《トメ》てあるを云に非す。けんだん《（間断）》もなく流るを云。常の義の如し。
三〇四（風ふけば落つるもみぢば水きよみちらぬ影さへ底に見えつゝ、躬恒）
「風ふけは―」、ちらぬかけさへとは、枝に残りたるを云也。散たるもあり。梢に残りたるもあり。水清き故、うつりたる也。
三〇五詞書（亭子院の御屛風の為に、河わたらむとする人の、もみぢのちる木のもとに、馬をひかへて立てるをよませたまひければ、つかうまつりける）
「亭子院の―」、御門御製をあそはして人々によませ給ふ時、躬恒も読たると也。
三〇五（立ちとまり見てを渡らんもみぢばは雨とふるとも水はまさらじ、躬恒）
「立とまり―」、みてをの「を」の字、やすめ字也。馬をひかへたる人に成てよみたる也。紅葉の雨にて、水のまさる事はあるまし。散を見てわたらんと也。愛したる心也。
三〇六（山田もる秋のかりいほにおく露はいなおほせどりの涙なりけり、忠岑）
「山田もる―」、いなおほせ鳥、此時分渡る鳥也。かり庵の露けきは、いなおほせ鳥の涙ならんと也。いねと云から、かり庵の露を云たる也。
三〇七（穂にもいでぬ山田をもると藤衣いなばの露にぬれぬ日はなし、よみ人しらず）
「ほに出ぬ―」、藤衣、当時ぶり衣のやうにいへとも、たゞ麻衣也。田夫、野人の衣也。今穂に出畢にてはなり。ほに出ぬさきから云たる也。耕《カウ》作の間とて座敷の絵なとにも書て、民の苦労をしらしめんと也。
三〇八（刈れる田におふるひづちの穂にいでぬは世を今更にあきはてぬとか、よみ人しらず）
「かれる田に―」、ひつち、ちの字、清も濁もある也。ひつちとは刈たる跡に生したる也。ほに出ぬ物歟。我身の用られぬに比して也。
三〇九（もみぢばは袖にこき入れてもていでなん秋は限りと見ん人のため、素性）
「もみちはゝ―」、紅葉の歌の中へ、田の歌三首入て、又紅葉の歌あり。是より暮秋の歌也。紅葉の歌に非す。袖にこき入てと云を、たけがりの事と他流に云、不用。たゝ北山へ行道すがらの紅葉の事と云、当流也。

三一〇（み山よりおちくる水の色みてぞ秋はかぎりと思ひしりぬる、興風）

「みやまより―」、詞書に「ふるき歌たてまつれ」とあるは集に入られん為也。立田川の歌に此歌をそへて奉りし也。立田川の歌とつゝけて入へき事なれとも、此歌は暮秋の心なる故に、爰に入たる也。竜田川の歌に合て見よと也。俊成は上句を下句にて釈《シャク》してと也。色みてそを、定家は紅葉ばなかるに合て見たると也。おちくる水の色みてそと云は紅葉ばの流れつくして也。それにて暮秋也。

三一一（年ごとにもみぢばながす竜田川みなとや秋のとまりなるらん、貫之）

「年ことに―」、みなとの事、如前。毎年紅葉をなかすほとに、みなとは秋のとまりならんと也。

三一二（夕づくよ小倉の山になく鹿のこゑのうちにや秋はくるらん、貫之）

「ゆふ月夜―」、七日より以前の月を夕月夜と云。九月尽の歌に夕月夜不審也。されとも夕月夜の時分、鹿の声聞そめて、はや暮秋になりたる也。「夏の夜のふすかとすれは時鳥鳴一こえに明るしのゝめ」（古今一五六、貫之）此歌の類也。

三一三詞書（おなじつごもりの日よめる）

「おなしつこもりの日―」、前段と同し時也。

三一三（道しらば尋ねもゆかんもみぢばをぬさとたむけて秋はいにけり、躬恒）

「みちしらは―」、人の別は道を送る物也。秋の別れは行衛を不ㇾ知程に、道しらは尋行んと也。秋の別は紅葉をぬさと手向て行程に、その心はしられたれとも、秋の暮行道はしらぬ程に、道しらはたつねもゆかんと也。

明暦三年正月廿八日

冬部の分、先、御文字読御講釈、次、賀の部、御文字読御講釈、今日の分悉皆。

冬の歌

部立の心は四季六巻、春上下、夏、秋上下、冬を六義に表す。拾遺、後拾遺は四季八巻也。是は八雲にあてゝの部立也。此集の心六根六シキにあてたる心也。天地人三才、陰陽和合して一切万物生成する。天地人三才から也。恋の五巻は五形也。五形闕《カク》れは哀傷に成也。古今はたゝ五巻也。残は并也。春の一・二は并、夏一、秋一・二は并、冬一、恋五巻か一也。其外は并也。題不知、読人不知は前にもありし。かくし名、又子細ある人等也。

（行間書入）「賀の歌、春秋の心にありとは、春秋の中に賀の歌はせっしたる心也。風雅、又一年も春秋にをさまる也。春秋といへは一年はあると云心也。」

三一四（竜田川錦おりかく神な月しぐれの雨をたてぬきにして、よみ人しらず）

「竜田川―」、延喜の御歌。延喜・貫之と君臣合体の歌也。人丸と文武と竜田川の歌の処にありし也。「竜田川紅葉はなかる」（古今・二八四、竜田川紅葉ば流る神名備の三室の山に時雨ふるらし）を古の字にあて、此歌を今の字にあてゝこゝに入たる事也。嘉禄本には竜田山とあり。錦おりかくとは山にては不レ被レ云。貞応の比、川と定家なをすと也。（書入「散もみち故、川ならては不被云とある事なる歟と也」）。定家は貫之後生とも云つへし。歌の心は、時雨をたてにもぬきにもしたるとほめたる心也。神な月時雨の雨とつゝけたると也。又時雨の雨と二説也。此歌貫之歌と云説非也。貫之歌ならは一ふしあるへきか、さも見えぬ也。川に錦おりかけたるは、何としたる事そと云に、時雨の所為《ショヰ》也。そむるもちらすも時雨也。春夏は陽気にて、心がうきたつやう也。秋冬は草木も根に帰る、是真実の体也。寂寞《セキハク》と静なる也。方にとれは北也。静なる方也。

三一五（山ざとは冬ぞさびしさまさりける人めも草もかれぬと思へば、宗于）

「山里は―」、かれぬとの「ぬ」の字、畢《ヲハン》ぬにてはなし。枯すましたるにては初冬に入かたし。畢《ヲハン》ぬにては無也。

歌の心は春は花のため、夏は時鳥のため、秋は菊・紅葉のために、往来のよすがあり。冬はさやうの事も絶て無時節の事也。冬ぞの「ぞ」の字に心を付へし。かれぬと思へはとは、兼て枯ん事を思ふと也。かれぬらんと思へはの心歟。「いく夜ねさめぬ」(金葉、淡路島通ふ千鳥の鳴く声に幾夜寝覚めぬ須磨の関守、兼昌)の「ぬ」の心にても有へしと也。

三一六(大空の月のひかりしきよければ影みし水ぞまづこほりける、よみ人しらず)

「おほそらの―」、月の影のうつりたる水也。清潔の体也。月と水とが英(ママ)して氷たるやうに見ゆる也。水月一体に成て氷を見るやうなる也。月が水を氷らせうともせず、水か月を氷らせうともせねとも、一体になりて氷と見る也。此歌まて三首は土台也(「土台」傍記「此事不レ知事」)。錦をりかく神無月、山里の冬さひしき、水の氷、土台也。古今集二百七十首根本也。玄々集にあり。其外のは歌数すくなくて入たるには非す。そう(物)のよくもなきにて、もちたてたる也。此集道具すくなし。

三一七(ゆうされば衣手さむしみよしのの吉野の山にみ雪ふるらし、よみ人しらず)

「夕されは―」、夕也。万葉には夕去と書。夕に成る心也。去字、行さきと云訓あり。吉野を思やりたる心也。此歌を読たる在所と吉野と程遠き処を思やりて、袖の上いつものけしきにかはる程に、よし野の山に雪降かと也。夕されはと云が肝要也。

三一八(今よりはつぎてふらなんわがやどのすゝきおしなみふれる白雪、よみ人しらず)

「今よりは―」、つきては相続して也。是は少降たる雪の、薄の上の靡歟、不靡歟の体也。雪深く降て、押靡かしたると云はわろし。興して也。又もふれ〳〵と也。源氏物語にも松竹のけちめわかるゝ程の雪を、おもしろしと書たる也。

三一九(ふる雪はかつぞけぬらしあしひきの山のたぎつせ音まさるなり、よみ人しらず)

「ふる雪は―」、雪の消る、連歌には定て春になる也。是は眼前、冬も消る事あるを云也。他流には初雪の時分は早く消る事ある也、不用。風吹やみて、ふる也。風の音にて滝の音不聞が、風やみて滝の音まさると也。

（文末書入）「建保・建仁の比の歌の体こまやかなる体也。能風体也。」

三二〇（この川にもみじばながる奥山の雪げの水ぞ今まさるらし、よみ人しらず）

「この河に―」、雪けの水は、雪消の水也。落葉が雪にとぢられたるが、雪げの水にさそはれて出たる心也。只今の落葉に非す。

三二一（ふるさとは吉野の山し近ければ一日《ひとひ》もみ雪ふらぬ日はなし、よみ人しらず）

「ふるさとは―」、よしのは天智の宮あるゆへに、故郷と云。さひしき心也。山近き程に也。毎日あながち降にてはあるまし。心にはれぬ也。又高山なる程にさひ〳〵ふる也。み雪、み山のみの字にてあらんと也。深と云と顕昭は申し也。

三二二（わがやどは雪ふりしきて道もなしふみわけてとふ人しなければ、よみ人しらず）

「わかやとは―」、降かくさぬ程の浅き雪也。人の往来なき程に道もなしと也。面白き也。是まて七首、古風の体也。

三二三（雪ふれば冬ごもりせる草も木も春に知られぬ花ぞさきける、貫之）

「雪ふれは―」、雪によりて冬ごもりしたると見るに非す。雪ふれはと句を切て、冬こもりせる草も木も春にしられぬ花さくと也。千草万木ともに花さくと也。

三二四作者（紀あきみね）

「あきみね」は是則か親也。

三二四（白雪のところもわかずふりしけばいはほにもさく花とこそ見れ、秋岑）

「白雪の―」、志賀山越は歌の題にては、必、春に成、冬にも入へき也。冬の季大切なる也。白雪のところもわかすふりしけはとは、ふりうつみたるには非す。うす雪の処々にあるを花と見る也。志賀の山越は花の処なる程に也。裏の説、恩和の和する心也。

三二五（み吉野の山の白雪つもるらしふるさとさむくなりまさるなり、是則）

「みよしの〻―」、前の「よし野」の歌は、此歌とは相違の事ある故、爰に入る也。前の歌は吉野の近辺近所にて読也。此歌は故郷さむくとならの京を云たる。其かはりめにて爰に入たる也。歌の心は、故郷は常にさひしくさむきやうなる物也。別而さむく覚ゆる也。建保・建仁の風、定家なと此作者を心さしたる也。俊成・定家も新しきを読に非す。古今の歌より皆出る也。

三二六（浦ちかくふりくる雪は白波の末のまつ山こすかとぞ見る、興風）

「浦ちかく―」、末の松山にてよみたるにては無。末の松山を波の越と云は、如此の事を云歟。金玉集に、公任は此歌を人丸歌と入。定家はあやまりなると也。

三二七（み吉野の山の白雪ふみわけて入りにし人のおとづれもせぬ、忠岑）

「みよしの〻―」、此歌子細古事なとありさうなる也。たゞの時さへあるに、雪の時分、うき世は山と遥に隔たりたるを云たる也。よし野の山に、かう住したる人もあらん。人体を定たきと云説あれとも、当流には誰ともなし。

三二八（白雪のふりてつもれる山ざとはすむ人さへや思ひきゆらん、忠岑）

「白雪の―」、雪はふれは消る物也。雪にいよ／＼人跡絶て、うき世の事は思やみたる歟と、思やりたる心也。きゆらんは休《キウ》する心也。思絶たる事を思やむと云、休する心也。

三二九（雪ふりて人もかよはぬ道なれやあとはかなくも思ひきゆらん、躬恒）

「雪ふりて―」、世間の事、万事跡もなき物也。年来思来りたる事も跡もなき物也。諸相はこと〳〵く跡なき物と観して、是を思へは、雪降て人もかよはぬ道なれやの心也。雪のふるを見て比量《ヒリヤウ》したる心也。六義の内、比の歌也。たとへ歌也。常住壊空の中の空ごう（劫）の心也。

三三〇（冬ながら空より花のちりくるは雲のあなたは春にやあるらむ、深養父）

「冬なから―」、詞書に「雪のふりけるを」とあり。雪のふりたる当意を読たる心也。爰は冬なるが、天上は春に成たる歟。雪のふるは花のやうなると也。

三三一（冬ごもり思ひかけぬをこのまより花とみるまで雪ぞふりける、貫之）

「冬こもり―」、是は又、人の冬こもり也。木の冬こもりには非す。さし籠りて居るに、木高き木間より降は、花のやうなると見て、おしかへして雪そふりけると也。治定したる、肝要也。

三三二（あさぼらけありあけの月と見るまでに吉野のさとにふれる白雪、是則）

「あさほらけ―」、夜の明る時分也。朝旦、明旦、朝朗也。里といはでは不《ザル》レ被《レ》レ云《イハ》也。有明の月はなくて影かある程に、雪ならんと也。

三三三（けぬがうへに又もふりしけ春霞たちなばみ雪まれにこそ見め、よみ人しらず）

「けぬかうへに―」、消ぬかうえに也。又も降しけは、重てふれと所望したる事也。冬の日は幾《イクバク》もなし。春霞立たらは雪もふるまし。又、よし消残りたりとも、さたかにはみるましと也。

三三四（梅の花それとも見えず久方のあまぎる雪のなべてふれれば、よみ人しらず）

「梅花―」、雪の内、諸木ともにうつもるゝ程に、いづれを梅とも分ぬと也。又梅一つの事に云て、雪の降たるも花なるほとに、花をそれとも見わかぬ也。をくの（傍記「次の」）歌に雪を花と見たる程に、此歌は諸木と見て可然也。くさり過たる歌は不二面白一。是は久方のあまきるはかり、くさり也。

三三五（花の色は雪にまじりて見えずとも香をだににほへ人の知るべく、篁）

「花の色は―」、詞書をよく見よと也。歌には義なし。されとも義の無処に義ある物也。梅不レ匂、いづれ雪いづれ梅と分へきやうなし。然間、香をたに匂へと也。香にたにと云さうなる処なるが「に」と「を」と通ふ也。いもに恋、いもを恋。人にわかれ、人をわかれなとの類也。此歌にて、前のあまきるを心えよ。あまきるは天霧也。前のは諸木、是は梅はかり也。花と梅（「梅」傍記「雪歟」）とわかるゝやうに匂へと也。

三三六（梅の香のふりおける雪にまがひせばたれかことごとわきて折らまし、貫之）

「梅の香の―」、こと〴〵（傍記「又、すむ」）、濁と清と両やう也。先濁、次清。毎々各々に誰かわくへきそと也。こと〳〵と清て云へは、毎の字のやうには不聞。清も濁もある也。それは梅、それは雪と、各々に誰がわかんぞと也。人丸（古今三三四）「それともみえず」は不レ開也。篁（古今三三五）「雪にましりて」は、かつ咲たる也。此貫之か「ふりをける雪」には早梅也。

三三七（雪ふれば木ごとに花ぞさきにけるいづれを梅とわきて折らまし、友則）

「雪ふれは―」、雪ふりて、さて雪の晴ての後の歌也。木ごとにと云て、梅と云を分たると見る、不用。諸木ともに雪降たる面白き程に、梅第二に成る也。

三三八（わがまたぬ年はきぬれど冬草のかれにし人はおとづれもせず、躬恒）

「わかまたぬ―」、詞書の「物へまかりける」は他行したる也。冬草のかれにしは、枕《ク》詞なから歌のにほひにならんと也。年は来ぬれどとは新年の事也。しはすの晦日なる程に、明日春来る也。只今来る春也。

三三九（あらたまの年の終わりになるごとに雪もわが身もふりまさりつゝ、元方）

「あらたまの―」、詞書は歳暮の事也。あら玉の年、久方の空なとは、さのみ心を不付。当流の心也。歌の心は新年にはさのみ不驚、歳暮に驚也。新年には、又年来りたるとは不驚物也。あら玉の年とは、あらたまる心をそへたる也。

三四〇（雪ふりて年のくれぬる時にこそつひにもみぢぬ松も見えけれ、よみ人しらず）

「雪ふりて―」、貞松顕歳寒、一千年色雪中深、松柏のみさをも露霜をへて色のかはらぬにて知事也。晩節はたもちかたしと也。

三四一（昨日といひけふとくらしてあすか川流れて速き月日なりけり、列樹）

「昨日といひ―」、表《ヲモテ》は歳暮の歌とは不見。心か歳暮也。今時の歌には、かやうには成ましき也。建保の歌、此やうなる体似せたる也。千年万年を経るとも、きのふとくらし、けふとくらして、ざっと月日をくらんと也。今年不学有来年、今日不学有事ヲ二明日一の心也。

三四二（ゆく年の惜しくもあるかなます鏡みる影さへにくれぬと思へば、貫之）

「行としの―」、真十鏡《マス》、十寸―、一清―、犬馬―、いつれもます鏡とよむ也。歌の心は、我鏡の影の次第々々におとろへて、又一年をそへてみれはかはる也。人の目には何とかあらん、我かひいき目にさへ如此みゆる。然る間、行年のおしくもあるかなと也。巻頭、御門御製、軸は我歌を入る。是も古今二字の心也。

賀の歌

賀の分、又御文字読御講釈。賀は祝の心也。慶賀也。

題しらす、読人しらす、如前。

三四三（わが君は千世にやちよにさゞれ石の巌となりて苔のむすまで、よみ人しらず）

「わか君は―」、他流、延喜御門御即位の時と云、不用。当流には祝の歌也。他流、千世に八千世と云。当流、千世々々と重たる也。我君と云は惣体にて都なと云心也。さゝれ石、万には小石、又礫の字、いつれにてもあれ少き石也。小石の盤石《バンシャク》となりて苔のむすまて万劫《マンゴウ》をふる事を云。巌《カン》の字を書。此文字の字注には石の有て嶮岨《ケンソ》なるを云とあり。惣別は磐石《ハンジャク》の磐の字也。巌の字書付たる程に不レ及二是非一事也。

三四四（わたつうみの浜の真砂を数へつゝ君が千歳のありかずにせん、よみ人しらず）

「わたつうみの―」、わたづ海、わだの原、清濁相違の事如前。わたつ海は四海の惣名也。四海の真砂を取て数にせんと也。真砂一つを千年にかそへて也。

三四五（しほの山さしでの磯にすむ千鳥君がみ代をばやちよとぞ鳴く、よみ人しらず）

「しほの山―」、甲斐の国の名所也。甲斐は海のなき国也。しほの山とあるほとにさしての礒と云歟。もとより不審あり。伊勢か歌也。家の集に屏風の歌とあり。絵に合て礒とよむ歟。千鳥か千世と鳴へき事にはなけれとも、君か御代を千世万代と心に思ふから、千鳥の声をも千世々々と聞なす也。八千世とは、八は数のかきり也。

三四六（わが齢君がやちよにとりそへてとゞめおきてば思ひいでにせよ、よみ人しらず）

「わかよはひ―」、とりそへては君臣合体の心也。帝王の臣下に賀を給ふ時の歌也。我御身の御事を、君とあそばすは何とあらん、なれども我御身ながら、りやうじにはあそばさぬ心也。わかよはひは臣下の齢也。それに君か八千世をとりそへて、とゝめをきて思出にせよと也。

三四七詞書「仁和の―」、光孝天皇也。

三四七（かくしつゝとにもかくにもながらへて君がやちよにあふよしもがな、光孝天皇）
「かくしつゝー」、俊成に後鳥羽の九十賀給しも、此例にて也。七十の賀なる程に行末遠からぬを、兎にも角にもなからへて、君か八千世に逢へと也。君と云を、行（傍記「堯」）孝も惜に御身の上の事と云つたへたる也。此五文字も此歌に能当りたる也。大方にては此五文字読まじと也。とにもかくにもは、左様右様にと書也。
三四八詞書（仁和のみかどのみこにおはしましける時に、御をばのやそぢの賀に、しろがねを杖につくれりけるを見て、かの御をばにかはりてよみける）
「仁和ー」、御をばは、うは也。
三四八（ちはやぶる神やきりけんつくからに千歳の坂もこえぬべらなり、遍昭）
「ちはやふるー」、賀には必、杖入物也。杖の歌なれとも、杖の字無。題詠也。夏の部の「春にをくれてひとり咲らん」（古今一三六、哀れてふことをあまたにやらじとや春に遅れてひとり咲らん）と云、余花の歌の心と同し。普通の杖にはあらじ。神通の切たる杖なる程に千年の坂も越んと也。
三四九（桜花ちりかひくもれ老いらくの来むといふなる道まがふがに、業平）
「さくら花ー」、ほり川のおとゝは昭宣公。花の散はおしけれと、老らくの可レ来道をまかふはかりに散《チ》れと也。かには、はかり也。老らくは老等也。くは添字也。
三五〇詞書（さだときのみこのをばのよそぢの賀を、大井にてしける日よめる）
「さたときのー」、勘物のことく仰也。
三五〇（かめのをの山の岩根をとめておつる滝のしら玉千世のかずかも、紀惟岳《きのこれをか》）
「かめの尾のー」、亀の上也。久しからん山也。岩ねも不動物なれは久しき物をそろへて云たる也。とめて落るはもとめて落る也。認《ニン》の字を用。白玉一つを千世にあてゝ也。

三五一（いたづらにすぐす月日はおもほえで花みてくらす春ぞすくなき、興風）

「いたつらに―」、六条家顕昭なとはおもほえての、て文字清。此心はいたつらに過る時は月日の行をも覚へて、花見る時はおもしろくて、月日の行をも不レ覚と也。当流には、て文字濁。其時は、いたつらに過る時は月日の行を程なきとも不思が、花の時は程なく月日の行やうなると也。

三五二詞書（もとやすのみこの七十の賀のうしろの屛風によみてかきける）

「もとやすの―」、勘物のことく仰也。

三五二（春くればやどにまづさく梅の花きみが千歳のかざしとぞ見る、貫之）

「春くれは―」、まつさくとは、諸木より梅はやく咲と云義と、梅の内にてはやく咲と云と二色也。もとやすの親王の在所を、やと〻よむ。此やうの事気を付よと也。君を賞して、先咲梅を以て、行末の千世の事はしられたると也。此歌、行《（堯カ）》孝不審して、梅の千年に成事いか〻と云て、千年と思ふ心から、目前の梅を千年と云と、行孝か自問自答也。

三五三（いにしへにありきあらずは知らねども千歳のためし君に始めむ、素性）

「いにしへに―」、素性か歌には一首に六義そなはりたる也。（朱書入「此歌の事に非す。惣別の事也」）神代から人代にいたりて、千年のためしは不《ザレ》レ知《シラ》とも、此君にはしめんと也。

三五四（ふして思ひおきてかぞふる万代は神ぞ知るらんわが君のため、素性）

「ふして思ひ―」、我君のためと云結句よりおこりたる也。家隆は「大《（新古今）》かたの秋のねさめのなかき夜も君をそいのる身を思ふとて」。此歌も此心なれとも、道下《クダ》りて巨細になりたると也。

三五五詞書（藤原の三善が六十の賀によみける）

「藤原三善《ミヨシ》か六十賀―」、三善、みよしとよむ歟。別に読やうあらは、古抄に書落すましきが、何の抄にも無。此字をみよしとよむ事は、姓にはあり。実名にもみよしとよむ歟と也。

三五五（鶴亀も千歳ののちは知らなくにあかぬ心にまかせはててん、滋春）

「鶴亀も―」、人の心に齢は六十になれは、七十を願ふ。七十になれば、又八十を願やうにある物也。鶴亀のやうに千年万年とかきりあらは、それも願ひは不レ尽。たゝあかぬ心にまかせたきと也。左注「ときはるか」とあるは、等類を嫌ひたる故なると云。何としたる事やらん。等類の事、俊成は公界へ出ぬ私の歌にありし。等類は不苦と也。定家はそれをも嫌はれしと也。

三五六詞書（よしみねのつねなりがよそぢの賀に、むすめに代りてよみ侍りける）

「よしみねのつねなり―」、つねなりは素性一姓の物也。むすめの名代によむ也。

三五六（万世をまつにぞきみをいはひつる千歳のかげにすまんと思へば、素性）

「万代を―」、松にそ君をとは待の字の心によせて也。いはひつると云心は過去の心也。鶴の字によせて也。相伝の本には、鶴の字をかけり。上に万世とありて、下に千年とあり、如何。但、万世は惣名也。

三五七詞書（内侍のかみの、右大将藤原朝臣の四十の賀しける時に、四季のゑかけるうしろの屏風にかきたりけるうた）

「内侍のかみ―」、如二勘物一。高藤二女也。妹は延喜母后。右大将定国は高藤か兄也。

三五七（春日野にわかなつみつゝよろづよをいはふ心は神ぞ知るらん、素性）

「かすか野に―」、藤氏なる程に春日野を読。若菜は万草にさきたちて生する物也。此歌は家の集よりもとめ出すならは、作者を書付べきが、屏風の歌なる故、作者無と也。他流には素性か歌と也。此前の万代の歌、素性歌なる故に、こゝには作者不レ書とあり、不用。六義の中の頌の歌也。祝歌《イハヒ》也。
三五八（山たかみくもゐに見ゆる桜花心の行きて折らぬ日ぞなき）（躬恒）
「山たかみ―」、躬恒が歌也。高山に桜の咲たるを見て、一枝所望の心ある故、心の行てをらぬ日はなしと也。表《オモテ》には賀の心なし。おられぬ所《トコロ》、賀の心也。作者の心は諸人のあかむる心也。
三五九（めづらしき声ならなくに郭公こゝらの年をあかずもあるかな）（友則）
「めつらしき―」、貫之か歌也。こゝらは莫太《バクタイ》の字也。年々に鳴、時鳥なれは飽ん事なれとも、被レ待は、何程珍敷声ぞと也。永縁が「聞たひにめつらしけれはほとゝきすいつも初音の心ちこそすれ」（金葉）も此歌より出たり。此歌より末には夏秋冬の字ありて、春ばかりに春の字無。詞書に四季の絵かける屛風にとある故、夏より題の字を書也。
三六〇（住江のまつを秋風吹くからにこゑうちそふる沖つしらなみ）（躬恒）
「住のえの―」、躬恒か歌也。秀逸の体也。浪も松も常住の物なるに、秋風の吹からに声をそふると也。経信《ケイシン》の「あらふ白波」とよむ、次第に吟おとりたると也。（書入）後拾雑四、おきつ風吹にけらしな住吉の松のしつ枝をあらふ白波、経信
三六一（千鳥なく佐保の河ぎり立ちぬらし山のこのはも色まさりゆく）（忠岑）
「千鳥鳴―」、忠岑か歌也。繁昌《ハンシャウ》の歌（「歌」傍記「風」）と云事あり。此歌を似するとなり。体を立うするならは、遠白体と云なり。千鳥なくは只今鳴に非す。つゝけたる詞也。千鳥もなくへし。木の葉も色付と也。
三六二（秋くれど色もかはらぬときは山よそのもみぢを風ぞかしける）（是則）
「秋くれと―」、忠岑か歌也。常磐山は不変の山にて紅葉せぬほどに、よその紅葉を風か吹て来て、此山にみすると云はあさき（傍記「浅」）義也。四方の紅葉を染々たる時節、常磐山の色もかはらぬ木々を吹風は、紅葉を吹景

気なるほとに、風か秋の景気をかしたると云心也。
三六三（白雪のふりしく時はみ吉野の山した風に花ぞちりける）（貫之）
「白雪の―」、貫之か歌也。ふりしく時はとは、ふりつもりてふりしきたるには非す。山下風に雪の降、当意を読《ヨム》。ふりしくの、しくの字に力を入ずして見よと也。敷はつもりてのやうなれは、力を不入してみよと也。此春日野の歌からおくへ七首は、右大将四十賀の歌也。素性か歌ばかり作者ありて残りは無。いかなる事ぞと云に、屛風の歌いまた数多、可在之を、皆不書故、又は素性奉行故、皆素性か歌と見せてと也。延喜の時は何事も奉行したる也。此集の千首、皆延喜の御歌と云心也。春日野の歌を素性歌と云、不用と云て、又素性歌一つに作者付る事の子細を云。何とも不聞事也。惣別、同作者、同読人不知等のつゝく時は作者等を書付ず。
三六四詞書（春宮のむまれたまへりける時にまゐりてよめる）
「春宮のむまれ―」、保明親王、文彦《ブンケン》太子と云、延喜第一皇子（傍記「母昭宣公女」）。即位なくてかくれられたる也。
三六四作者（典侍藤原よるかの朝臣）
「典侍《テンシ》藤原のよるか（「か」傍記「スム」）の朝臣」
三六四（峯たかき春日の山にいづる日はくもる時なくてらすべらなり、因香）
「峯たかき―」、くもる時なくてらすへらなりとは、聖道たゝしき事を天下掌に入られんとの祝義也。

明暦三年正月廿九日
離別部皆御文字読、御講釈。次羇旅部、御文字読御講釈。今日の分皆也。

離別《リベツ》ノ歌

りへつと清《スン》てよむが能とあり。されどもこと〳〵しく聞えぬやうによみたるよしと也。此義三光院云出したる事なるへし。別の字、濁声無字也。されども清《スム》は聞にくし。もとより云つけたる事なれは、縦ひ濁声なしとても濁てよかるへし。別当なとも清ては云はす、濁る也。離別とは心ならず、はなるゝ事也。大やけごと又は左遷等也。

三六五（立ち別れいなばの山の峯におふるまつとし聞けば今かへりこむ、行平）

「立わかれ―」、因幡国、丹後国、武蔵国等にあり。五代集歌枕には美濃国とあり。八雲にも濃州也。建保のは因幡国。松としきかは今かへりこんとは此処の人を賞して、只今かへり来んと也。待人あるまじと治定して、若、待人あらは帰りこんと也。此歌くさり過たるなれとも、末の結句面白し。俊成は此歌十分なるとは不見。定家は面白しとて百人一首にも入たる也。

三六六（すがる鳴く秋のはぎはら朝たちて旅行く人をいつとか待たん、よみ人しらず）

「すかるなく―」、顕昭は鹿と云、万葉螺蠃《ルイレイ》（左傍記「サヽラバチ」）と云。似我蜂のやうなる物なると也。万葉に「春されはすかるなく野の郭公ほと〳〵いもとあはすきにけり」（六華集に万葉とアリ）此歌鹿には不叶。俊成、定家に伝授の時、鹿の別名なると也。わかれは常さへあるに、鹿の鳴時分、萩の咲時分、一入かなしからんと也。鹿も入、萩も散、猶々なくさみもなき時分、旅行をおしむ也。

三六七（かぎりなき雲ゐのよそにわかるとも人を心におくらさむやは、よみ人しらず）

「かきりなき―」、雲井のよそに別るともは、遠くわかるゝともと也。此歌太和物語にあり。かきりなくとは千里万里隔てたる所也。人を心にをくらさんやは聞にくし。別れ行人の読たる也。千里万里別行共、我は心を跡に残し置んと也。源氏物語に、紫上の事をうはの「をくらす露そきえん空なき」（源氏、おひ立たむありかも知らぬ若草をおくらす露ぞ消えんそらなき）と被レ読たる、をくらすも此歌の心と同し。源氏のも此歌にて読たる也。旅行に残る人を、我行心にをくらさんやは、心をとめて行へきと也。とまる物は、をくるゝ心也。

三六八詞書（小野の千古が陸奥の介にまかりける時に、母のよめる）

「をのゝちふるが―」、ちふる、先祖不慥者也。

三六八（たらちねの親のまもりとあひそふる心ばかりはせきなとゞめそ、千古母）

「たらちねの―」、たらちねのおやは父母共に通《カヨハ》して云。たらちめなと読分られうずれとも、通《カヨハ》してよむ也。歌の心は、公役なれは、とゝむる事ならず。然らは我そひて行たき事なれとも、それも不叶、せめて心をそへてやる。其心を関なとゝめそと也。下に関の心ある也。此歌に魚母念子《ギョボネンシ》と云事あり。魚は親死すれは、そだゝす。死せずあれは、岸根水石の魚そたつと也。

三六九（けふ別れあすはあふみと思へども夜やふけぬらん袖の露けき、利貞）

「けふわかれ―」、遥の遠国にもあらす。近江国は近所なる程に、別るゝとも頓而逢へき事なれとも、袖ぬるゝ也。それは夜や深たる歟と思へは、都をはなるゝ袖の露なりと云義也。

三七〇（かへる山ありとはきけど春霞たちわかれなば恋しかるべし、利貞）

「帰る山―」、こしは越中、越前、越後にあり。是を三越路と云。三国とは云へとも、いつれへも帰山は行道にて通る也。春霞は、立別なはと云はん為也。されとも霞へたつる心もあらんと也。帰山ある程に、帰事は必定なれとも、帰山用に立さうもなし。下りては帰りさうもなき人なると也。

三七一（惜しむから恋しきものを白雲のたちなむのちはなに心地せむ、貫之）

「おしむから―」、からは当意也。即座の心也。おしむ心から恋しき也。爰にゐる時さへ恋しきに、別て後には何心ちせんと也。白雲のたち別は、遠き心也。

三七二（別れてはほどをへだつと思へばやかつ見ながらにかねて恋しき、滋春）

「わかれては―」、かつみなからは、かくみながら也。此歌は、そこつには帰るまじき人なれは、かくみなから恋しきと也。

三七三作者（いかごのあつゆき）

「いかご」、この字、濁さうもなけれども、濁つけたる也。

三七三（思へども身をしわけねばめに見えぬ心を君にたぐへてぞやる、淳行）

「おもへとも―」、此五文字、大方にては不レ置。思へとも〳〵とつゝけて云事、度々沙汰ある事也。身をしわけねはとは、おやのまもりと云たるとは違ふ、他人の事也。遥に東へ下る人なる程に、不飽名残を思へは、とゝめたくはあれとも不叶。奉公無隙ゆへ、供してゆかれはせず。せめて心をたくへてはやれとも、人の目には不レ見程に、心さしあさきやうなると也。

三七四（逢坂の関しまさしきものならばあかずわかるゝ君をとゞめよ、万雄）

「逢坂の―」、任国の人も国にをもむく時は、必、奉輩《（ママ）》の者、逢坂までをくる事也。逢の字にすがらぬ歌也。関の心はかり也。関まさしくは此人を留めよと也。

三七五（唐衣たつ日はきかじ朝露のおきてしゆけばけぬべきものを、よみ人しらず）

「から衣―」、左注は、惣して一かどある奇莫《キボ》なる事なれ共、是は詞書多くて長き故に、左注にしるす也。おきてしは起て行と、我を置て行と也。いつ立たると不レ知は、思ひもあるまじ。立日をきけは、消かへる程かなしきと也。不便なる歌也。

三七六詞（常陸へまかりける時に、ふじはらのきみとしによみてつかはしける）
「ひたちへ―」、（以下余白）
三七六作者（寵）
「寵《テウ》」、色々の読あれ共、相伝の分はてう也。延喜御門御寵愛にて、寵の御局と云たる人也。
三七六（あさなけに見べききみとし頼まねば思ひ立ちぬる草まくらなり、寵）
「あさなけに―」、顕昭はあさけ夕けと見る也。心は朝夕の事と也。朝夕と云はいつもの事也。あさけのけの字は食の字を書。万葉に「いかならん日の時にもかわきもこかもひきのすかたあさなけにみん」。此詞より也。みへき君とし は、公俊をたち入たる也。爰にありても相そふ事無と思ひて、遠くありても同前とて常陸へ下る也。
三七七詞書（紀のむねさだがあづまへまかりける時に、人の家にやどりて、暁いでたつとて、まかり申ししければ、女のよみていだせりける）
「きのむねさた、人の家に―」、人の家にやとりてとは、門出なと云事の類也。まかり申はいとまごひ也。
三七七（えぞしらぬ今心みよ命あらば我やわするゝ人やとはぬと、よみ人しらず）
「えそしらぬ―」、一の句の歌、二の句の歌、三の句、四の句、五の句の歌と云。此歌は一の句の歌也。一の句を注したるやうなる也。今心みよとは人のわすれんほとに、今心みよと也。当意の、たった今と云には非す。人は忘れんほとに我命あらはみよと也。人は忘るとも我は忘れしと也。
三七八（雲ゐにもかよふ心のおくれねばわかると人に見ゆばかりなり、深養父）
「雲井にも―」、詞書か「あひしりて」は友たち也。雲井にもはいつもの遥なる心。只今遥なる東へ下向する人に、我心はそひて下らんほとに、人の目にはわかるとみゆるとも、実にはわかれましと也。

三七九（白雲のこなたかなたにたちわかれ心のぬさとくだくたびかな、秀崇）
「白雲の―」、こなたかなたは此方《コナタ》彼方《カナタ》也。天の一方にあり。詩にある事、「美人在天一方」。遠く隔てある心也。雲のよそになと云同心也。遥にへたてゝある心也。心をぬさとと云は幣帛也。幣の手をは、くだ〳〵に色々に切る物也。其ことく心もくた〳〵になりたると云心也。旅立人にぬさを手向る事は、道そ神に手向る事也。道そ神は、旅の道にて死たる物を神にいはひて、旅人を守る神也。
三八〇（白雲のやへにかさなるをちにても思はん人に心へだつな、貫之）
「白雲のやへに―」、又遠き心也。八重にかさなるは猶かきりなくはるかなる心也。八は数の極り也。をちにても は、遠の字。外の字をも、をちとよむと也。思はん人とは我也。大やうに人にと云、大やうの所おもしろし。
三八一（わかれてふ事は色にもあらなくに心にしみてわびしかるらむ、貫之）
「わかれてふ―」、別と云物は色ではないと思ひたれは、色にてある也。心にしみて思ふ也。しむとは心にとをる心也。別てふはと云也。
三八二詞書（あひ知れりける人の越の国にまかりて、年へて京にまうできて、又かへりける時によめる）
「あひしれる人―」、友也。重任、延任也。重任は重て申うくる事、延引はそのまゝ延てゐる事也。此等にてあるへし。先《（マツ）》は一任四ケ年、太宰フなと遠国は五ケ年也。
三八二（かへる山なにぞはありてあるかひは来てもとまらぬ名にこそありけれ、躬恒）
「かへる山―」、歌一首の内に問答の心ある也。かへる山をかこつ心也。都へかへりたる程に、こなたにとまらんかと思ひたるに、又下向する程に、あなたの為に帰山なると也。きてもとまらぬと山をかこちて也。
三八三（よそにのみ恋ひやわたらん白山のゆきみるべくもあらぬわが身は、躬恒）

「よそにのみ―」、雪の字、行の字に用。此集に雪を行に用る心おほし。後撰、拾遺等に猶多き也。老後の事なれは心にも不叶。したひてもゆかれざる程に、白山にへたてられて恋しからんと也。

三八四（音羽山こだかくなきて郭公きみがわかれををしむべらなり、貫之）

「をとは山―」、木高く鳴て、木と云よう《用》はなけれとも、時鳥の高く鳴といはん為也。遥に別るゝに、叶たる也。おしむへらなりとは、おしみそすらんの心也。賀の部の梅を「君か千年のかさし」（古今三五二、貫之）と読たるやうに、有生（「生」濁点）非生に付て心を付る事、歌よむならひ也。郭公の鳴時分別るゝ故、時鳥も君か別れをおしみそすらんと也。

三八五詞書（藤原ののちかげが、唐物の使になが月のつごもりがたにまかりけるに、うへのをのこども酒たうびけるついでによめる）

「からものゝつかひ―」、先、遣唐使の事。爰は帰朝の人を迎に行たる。大唐より進献の物を請取なとに行たる也。

三八五（もろともになきてとゞめよきりぎりす秋のわかれはをしくやはあらぬ、兼茂）

「もろともに―」、蛬と蛬ともろともにと云心也。蛬と蛬と鳴て暮秋の別をとゝめよと也。此の暮秋の別をとめよと云内に、人の別の心あり。人と蛬と見れはとゝめんと読さうなるが、とゝめよとある程に蛬と蛬と也。とはあれとも、人と蛬とのやうに聞ゆると也。

三八六（秋霧のともにたちいでて別れなばはれぬ思ひに恋ひやわたらん、元規）

「秋きりの―」、秋霧のの、の文字は、「と」と云所也。「が」と云もあれとも也。霧は自然に散《サン》ずる事あらんが、我は別て後はるゝ事あるまじと也。是もから物の使の時よみたる也。

三八七詞書（源のさねが筑紫へ湯あみむとてまかりける時に、山崎にて別れをしみける所にてよめる）

「源のさねか―」、さねは、のぶると云ものゝ子也。ゆあみむとては湯治也。

三八七作者（しろめ）
「しろめ」、遊女也。寛平法皇の御目をかけられたる者也。倶舎を能覚えたる人也。普賢の再誕と云ひし也。
三八七（いのちだに心にかなふものならばなにか別れのかなしからまし、白女）
「命たに―」、誰も心にまかせぬ物は命也。人はなからへたりとも、我は命をしらぬと也。北州の千年も定たる事也。此世界は不定なる程にかなしきと也。重て逢へきたのみなしと、なけきたる也。女の歌にて猶あはれふかしと也。
三八八（人やりの道ならなくにおほかたはいきうしといひていざかへりなん、実）
「人やりの―」、前の詞書の「さねか、つくしへゆあみむ」と云し時の事也。神なひは大和国の名所也。つくしへ行人、やまとへ行へき子細なし。但、同し名あり。やまさきのあなたにカウナヒの杜と云あり。人やりの道とは我心から行には非す。これは我心から行也。人やりの道には非《アラ》ざるほどに、いきうしといひて、いさかへらんと也。裏の説、何事も人にまかする事大事也。我心からなれは、やめんと思へはやむると也。
三八九（したはれて来にし心の身にしあれば帰るさまには道も知られず、兼茂）
「したはれて―」、是も同し時の事也。こゝまてはさねか別、おなしやうに其心にひかれて来りたれとも、帰るさまには道もしられぬと也。
三九〇詞書（藤原のこれをかが武蔵の介にまかりける時に、送りに逢坂をこゆとてよみける）
「これをかゝ―」、国経の大納言、子也。
三九〇（かつこえて別れも行くか逢坂は人だのめなる名にこそありけれ、貫之）
「かつこえて―」、かつこえてはかくこえて也。逢と云字の心を頼みて、人たのめなる山の名哉と也。

三九一詞書（大江のちふるが越へまかりけるむまのはなむけによめる）
「おほえのちふる―」、千古也。
三九一（きみがゆく越の白山知らねどもゆきのまにまにあとは尋ねん、兼輔）
「君か行―」、行孝《(堯カ)》は此やうの歌には義なしと云ひし也。まに／＼は随意也。随の字一字も読。間の字の心も自然にある。此歌も間の字の心少あらんと也。心は、只今跡をしたひて、ゆかうすれとも不レ知。いかさま雪に跡あらん。それをしるへに尋ゆかんと也。
三九二詞書（人の花山にまうできて、ゆふさりつがたかへりなんとしける時によめる）
「人の花山《ハナヤマ》―」、ゆふさりづかた―、づの字濁。
三九二（夕ぐれのまがきは山と見えななむ夜はこえじとやどりとるべく、遍昭）
「夕暮の―」、みえなゝんは下知の心也。嶮岨の山と籬にみえたらは、人がとまる事あらんと也。人をふかく留度《タク》思ひてわりなき事を思ふ也。夕暮の字肝要也。夕暮は物のさたかならぬゆへに見えわかぬ也。わりなき事をねかふは風ぜいの入ほかと云事あれ共、此歌なとは左様の事に非すと也。
三九三詞書（山にのぼりてかへりまうできて、人々別れけるついでによめる）
「山にのほりて―」、此詞書聞えにくし。忠仁と山へのほりて中堂なと入道して都の人なとかへりける時によめる也。
三九三（別れをば山の桜にまかせてんとめむとめじは花のまにまに、幽仙）
「別をは―」、苔の岩屋なとに留ん事はえ不レ云ほどに、花にまかする也。花か留めたらは、我とがには成まじと也。さ云うちに、此花を見すてゝはえ帰るまじと也。

三九四詞書（雲林院のみこの舎利会に山にのぼりてかへりけるに、桜の花のもとにてよめる）

「うりんゐんー」、つねやす也。舎利会は必、涅槃にある事也。いつにも有へき歟。

三九四（山かぜに桜ふきまきみだれなん花のまぎれに君《立》とまるべく、遍昭）

「山風にー」、花は袖をおほふはかりに秘蔵に思ふ物なれとも、此花をちらして成共、そのまきれに成共、立とまられはちれと花の本意を忘れて也。

三九五（ことならば君とまるべく匂はなん帰すは花の憂きにやはあらぬ、幽仙）

「ことならはー」、遍昭は亭主方なる故、ちれとよむ也。ことならはは如此ならはは也。如此珍客のあるを知て咲たる程に、留る程に匂へと也。若、かへしたらは、花のうきにてあらんと也。此幽仙、（古今三九二、幽仙）「別をは山の桜にまかせてむー」の歌の所へ入さうなる事なるが如此、別にのけて入るは、離別の歌は年号の次第に書ほとに如此と也。

三九六作者（兼芸法師）

「兼芸《ケンゲイ》法師」、大江千里か兄弟也。

三九六（あかずしてわかるゝ涙たきにそふ水まさるとや下は見ゆらん、兼芸）

「あかすしてー」、滝にそふとは、定めて涙か滝にそはんと也。末の物は、定て水まさりたると見んと也。

三九七（秋はぎの花をば雨にぬらせども君をばましてをしとこそ思へ、貫之）

「秋萩のー」、神鳴壺は凝花舎の北也。伊勢物語の時、沙汰のことし。萩は雨にうつろふ物なれとも、それよりも君をまして思ふほとに、萩は雨にちれと也。ましての字は、勝の字心也。此歌は貫之歌にしては麁《ソ》そうなる也。されとも盃をもちなからよみたる所を見せん為に、そゝうなる歌を入たる也。

三九八（をしむらん人の心を知らぬまに秋のしぐれと身ぞふりにける、兼覧王）

「おしむらん―」、是程に我事を思ふとは不知也。身そふりにけるとは、然らは老となるを、おしまうする物をと也。此歌秀逸也。此返歌は読にくき処をおもしろくよまれたる。此歌にひかれて前の歌も入たる也。
三九九（わかるれどうれしくもあるかこよひよりあひ見ぬさきになにを恋ひまし、躬恒）
「わかるれと―」、うれしくもあるかは哉也。わかるれとうれしくもあるかとは、逢たる故にこそわかれはあれ、一度逢たるうれしき也。下句は、逢見ぬさきには、恋しきと云道理なき也。
四〇〇（あかずしてわかるゝ袖の白玉を君がかたみとつゝみてぞゆく、よみ人しらず）
「あかすして―」、旅行の人の歌也。涙はいつもかはらぬ我涙なれとも、けふの涙は例にかはりて、そなたの形見とみる也。
四〇一（限りなくおもふ涙にそぼちぬる袖はかわかじあはん日までに、よみ人しらず）
「限なく―」、そほ（「ほ」傍記「ヲ」）ぢぬるを、顕昭かぬれたる事と注したる。定家、無不審とあり。かへり逢日迄は、此袖はかはかしと也。
四〇二（かきくらしことは降らなん春雨にぬれぎぬきせて君をとゞめん、よみ人しらず）
「かきくらし―」、ことはふらなんは如此也。春雨の長々しくふるは、旅行の人の為よからね共、此雨故とゝまらは、ぬれきぬきせてとゝめんと也。ぬれ衣の本説にかゝりて云には非す。
四〇三（しひて行く人をとゞめむさくら花いづれを道とまどふまでちれ、よみ人しらず）
「しゐて行―」、我とめかねたる人を、とゝめたきあまりに、花にたのみたる心也。
四〇四詞書（志賀の山ごえにて、石井のもとにて物いひける人の別れけるをりによめる）
「しかの山こえにて―」、にてと云事、せはしなく詞書に二つある也。「人の別ける―」、我行時は人にわかるゝ、人の行時は人のわかるゝと云へき也。人のと人にと心ちかう也。

四〇四（むすぶ手のしづくににごる山の井のあかでも人に別れぬるかな、貫之）

「むすふ手の―」、山の井あさき心也。くみあくれはやかてにこる故、重てはくまれぬやうなる也。あかても、人には不二満足一也。人も如此あさき契りと也。あさきといはん為、詞書に「いし井のもと」ゝあり。俊成はしっしたる歌と也。定家は貫之はぶんさいには余せいなきが、此歌においては不足なしと也。

四〇五詞書（道にあへりける人の車に物をいひつきて、わかれける所にてよめる）

「車にいひつぎ（「ぎ」右傍記「先」、左傍記「スムモアリ」）て」、清濁両様也。先濁。清もあり。つき（「き」傍記「スム」）て、清時はかたらひつ（「つ」傍記「付」）く心也。濁時は次心也。

四〇五（下の帯の道はかたがたわかるともゆきめぐりてもあはんとぞ思ふ、友則）

「したのおひの―」、道はかた／＼わかるとも、車の輪だちに似せたる也。下の帯は内衣の帯也。上のは石のおひ也。おひ行めくりて又逢物なれは、それに比して也。車の跡が帯に似たると云也。退之か雪の詩に、「随車翻縞《カウ》（「縞」左傍記「白也」）帯、逐馬散銀盃」。

羇旅歌

是より羇旅の分、皆御文字読、御講談、今日の分也。

旅の歌也。旅は旅の惣名也。旅行、旅泊、旅宿、此等の題は、百首の題なとに羇旅と出れは何も無也。馬をつなきて、をっ立る心あり。然間、革ある字を書。

四〇六作者（安倍仲麿）

「安倍仲麿」、嫡子は安家、天もん道を伝ふ。庶流は暦道を伝ふ。
四〇六（あまの原ふりさけみれば春日なるみかさの山にいでし月かも、仲麿）
「天の原―」、ふりさけは、ひっさぐる心もあり。左注にて聞えたる也。かの国の人は唐の人也。此月をもろこしにて各々見ると思へとも、天照太神、天岩戸をとち給しとき、春日の戸をひらかれたる程に、大唐まて皆春日の神徳也。それをあをきて見れは、みかさ山の月なると也。その心をあをき信じて也。ひっさげて見るとは手にとるはかり見る心也。万里の外に澄わたりたるを仰《アヲキ》て見れは、奈良の京にての月を手裏にひっさけたるやうなると也。
四〇七（わたの原八十島かけてこぎいでぬと人にはつげよあまの釣舟、篁）
「わたの原―」、篁、流罪の説。遣唐使の時、一、二のあらそひ故と云説。又無悪善と書たるを、さかなきとよみたる時の事等也。百人一首の時、度々出る事也。人にはつけよと、海士にいひかけたる也。たゝの人にいふは、流人のをそれある故也。あはれなると也。
四〇八（宮こいでてけふみかのはらいづみ川川かぜさむし衣かせ山、よみ人しらず）
「都出て―」、みかの原まては日数いくばくもせぬに、はや面かはりたる寒さに、衣をかせと也。衣かせ山に衣をそへたるは是が初也。
四〇九（ほのぼのとあかしの浦の朝霧に島がくれゆく舟をしぞ思ふ、よみ人しらず）
「ほの〳〵とあかしの浦―」、経信説なと長々とあり。不用事共也。当流には、勿論羇旅、親句の中の親句也。ひゝきの親句と云事あり。此歌は、幽玄にたけたかき歌と見る所、肝要也。ほの〳〵とあかしは枕詞也。下四句はほの〳〵の注也。時はいつぞと云へは、秋の朝霧の時分、言語道断面白き時分、舟出をして也。我思ふ人の舟出を見をくりて也。朝霧のまぎれに行舟なる程に、ある時は幽になり、ある時はほのかに見えたる舟が、嶋かくれはてたるをいかやうにか成つらんとしたふよし也。大方の旅の舟を見をくるさへあらんに、思ふ人を見をくるほとに、別てかなしからんと也。畢竟《ヒツキヨウ》、それまてもなく余情ある、たけたかき歌也。歌道の大切、是に過ずと見てをくへし。此歌おくにて口伝ある事也。

四一〇詞書（東の方へ、友とする人ひとりふたりいざなひていきけり。三河の国八橋といふ所にいたれりけるに、その河のほとりに、かきつばたいとおもしろくさけりけるを見て、木のかげにおりゐて、かきつばたといふ五文字を句のかしらにすゑて、旅の心をよまんとてよめる）

「あつまのかたへ―」、友、誰ともなし。遠国へおもむく心、推量して見へし。伊勢物語には沢とあるを川と書かへたる、おもしろし。

四一〇（唐衣きつゝなれにしつましあればはるばるきぬる旅をしぞ思ふ、業平）

「唐衣―」、きつゝはなれにしを云はん為也。衣のえん過たる也。えん過て、能はなけれとも、折句の歌にて尤と也。

四一一詞書（武蔵の国と下総の国との中にある、隅田川のほとりにいたりて、都のいとこひしうおぼえければ、しばし河のほとりにおりゐて、思ひやればかぎりなく遠くもきにけるかなと思ひわびて、ながめをるに、わたしもり、「はや舟にのれ。日くれぬ」といひければ、舟にのりてわたらんとするに、みな人ものわびしくて、京に思ふ人なくしもあらず、さるをりに、白き鳥の、嘴と脚とあかき、川のほとりにあそびけり。京には見えぬ鳥なりければ、みな人みしらず、わたしもりに、「これはなにどりぞ」ととひければ、「これなん宮こどり」といひけるをきゝてよめる）

「むさしの国と―」、伊勢物語と同し事也。詞は少つゝかはれとも、心無相違。日くれぬと云所、禁中にては、ぬきてよむ事、習也。
四一一（名にしおはばいざ言とはむ都鳥わが思ふ人は有りやなしやと、業平）
「名にしおはゝー」、我心に都の事を思ふ故、鳥の名につきて云たる也。
四一二（北へゆくかりぞなくなるつれてこし数は足らでぞ帰るべらなる、よみ人しらず）
「北へ行ー」、雁は帰る時には、数かすくなくなる物也。左注の詞、雁の数すくなくなる、其ていの如くによく似たる、帰京のさまなると也。へらなるは、かへりこそするらうと云心也。可の字にてもす（「す」傍記「済」）みさうなる也。
四一三作者（おと）
「おと」、壬生よしなりかむすめ、業平子の滋春《シゲハル》と云者の妻也。甲斐守に成て下りて、そこにて死て、女か上洛の時、よみたると也。前の「北へ行」も、此段と同時の事と也。
四一三（山かくす春の霞ぞうらめしきいづれ宮このさかひなるらん、おと）
「山かくすー」、都のさかいをかくす霞がうらめしきとは、便のなき心也。都へ近くなりて、男とつれたちてかへらは、さもあるましきと也。為重歌に（未詳）「めにかくるあはちしま山よりかねてかたほあやうきせとのしほ風」。今少と成てあやうき、同し心也。此古今の歌にて、為重歌もよみたる也。
四一四（きえはつる時しなければ越路なるしら山の名は雪にぞありける、躬恒）
「きえはつるー」、此歌には旅の心なきと也。されとも詞書にて旅の心あり。白山とは雪常にある故に云也。此事を聞て来て見れは、所詮白山と云名は雪なると也。
四一五（糸による物ならなくにわかれぢの心ぼそくもおもほゆるかな、貫之）

「いとによる―」、古今一部の内、此歌はよりくづ也。百首なとの歌、百首なから能事はなき物なるを、しらしめん為に入たる也。貫之我歌のあしきを入たる事、奇特也。歌の心は聞えたる也。似せ間敷体也。

四一六（夜をさむみおく初霜をはらひつゝ草の枕にあまたたびねぬ、躬恒）

「夜をさむみ―」、一段能歌也。前の歌をわろく見せん為に此勝《スグレ》たるを次に入たる也。あまたゝひは度の字の心也。一段久しき旅の心也。初霜をはらふと云所を心を付て見よと也。

四一七（夕づくよおぼつかなきを玉櫛笥ふたみの浦はあけてこそ見め、兼輔）

「ゆふつく夜―」、是は昼は去て夕に成たる也。夕月夜はまださだかにも無程に、在所の体おぼつかなし。さだかに見たき程に、此おもしろき所は明て見んと也。夕月夜は、おぼつかなきの枕詞はかりに非す。用に立也。

四一八（かりくらし織女《たなばたつめ》にやどからんあまのかはらに我はきにけり、業平）

「かりくらし―」、七夕づめはつま也。相通也。織女はたなばた、彦星は牽牛也。歌は聞えたる也。

四一九（一年にひとたびきます君まてばやどかす人もあらじとぞ思ふ、有常）

「ひとゝせに―」、一年一度の星期《セイキ》を待ほとに宿はかすまじきと也。伊勢物語に沙汰ありし事共あれ共、親王《ミコ》、若、沈酔にてもある歟。

四二〇詞書（朱雀院の奈良におはしましたりける時に、たむけ山にてよみける）

「朱雀院―」、宇多天皇也。代々おりゐの御門の御住所を朱雀院と云。承平《シヤウヘイ》より院号になりたる也。承平を朱雀院と云。

四二〇作者（すがはらの朝臣）

「すかはらの朝臣―」、かんけとよむ。書損に非す。

四二〇（このたびは幣もとりあへずたむけ山もみじの錦神のまにまに、道真）

「このたびは—」、此たひはぬさもとりあへすとは、私の幣帛をもさゝげ度事《タキ》なれとも、色々の捧物をさゝげらるゝ程に、少々の幣帛は不叶、私のをかへりみる心也。されとも紅葉を手向る也。神にうけられよと也。

四二一（たむけにはつゞりの袖もきるべきにもみぢにあける神や返さん、素性）

「たむけには—」、つゝりの袖は袈裟也。こゝは不思議の袖を切てなりとも手向にしたけれとも、種々の物の手向ある故、けっかうなる捧物《サヽケモノ》の中へは神もかへされんほとにと也。紅葉にあけるとは、紅葉の錦とけっかうなる事に云たる也。

明暦三年正月晦日

恋一「唐衣日も夕くれ」（古今五一五）の歌迄、先御文字読、御講釈、次「夜ゐ／＼に枕さためん」（古今五一六）の歌より恋一終まて、御文字読、御講釈、今日の分皆也。

恋の歌の一

恋部は此集には詮にする。陰陽会合の道より此世界は建立也。恋五巻は五大にあつる也。人は五大をうけて生する者也。天地の内、有性、非性、皆陰陽和合の道から生する。春の雉、秋の鹿、いつれも妻を恋。淫乱はいましめ、又はうちたゆる事も子孫を断ほとに、過不及を守らん事第一なると也。

四六九（ほとゝぎす鳴くやさ月のあやめ草あやめも知らぬ恋もするかな、よみ人しらず）

「ほとゝきす—」、あやめもしらぬと云を、顕昭又六条家、其外諸家に種々の説を論する。定家は人を恋る時、ほれ／＼しく成て物をわかぬ事と也。あやめは物のあや、紋也。貝、亀甲なとにも紋あり。黒白もわかぬ時の心也。

此歌初恋也。あやめ草といはん為、五月と云。又五月と云はん為に時鳥とをく。例の序歌《ジョウタ》也。其内、時鳥は物思ふ鳥也。思ひをそゆる也。五月雨も物思ふ時節、あやめも乱れやすき物也。あやめもしらぬを何ゆへ乱れたると、初の恋なる程に也。

四七〇（音にのみきくのしら露夜はおきて昼は思ひにあへずけぬべし、素性）
「をとにのみ―」、菊を聞の字の心也。あへすはたへず也。露はひる（傍記「昼」）は消る、夜《（ママ）》るはをく物也。其如く我身も消さうなると也。敢《アヘテ》（左傍記「ウケガウ」）、あへすは不《ズ》レ敢《ウケカハ》。孟子序、不レ肯《ガヘンセ》ニ枉《マケ》レ尺ヲ直《ナ》ニ一レ尋ヲ。
（行間書入）「あへすけぬへしは、消あへすあるへしの心也。消うするとは云やうなれとも消はてぬと云心也」

四七一（吉野川いはなみたかく行く水のはやくぞ人を思ひそめてし、貫之）
「よし野川―」、我思ひのたきりたる事を吉野川にたくらべて也。是は只今人を思ひそめたれ共、若、人やうはひとらんずるかと我領じたる心也。

四七二（白浪のあとなき方に行く舟も風ぞたよりのしるべなりける、勝臣）
「白波の―」、是は六義の内のなそらへ歌也。序の時、六義の沙汰ある事也。清輔説、万里の波の上をしのぐ時は、風をたよりにするが、我恋の道にはたよりなしと也。定家は我たよりもがなと思ふ所へ、たよりの出来したるは、波の上の舟の風にまかする如く、つてにまかすれは、如此、能便を聞出したると也。

四七三（音羽山おとにきゝつゝ逢坂の関のこなたに年をふるかな、元方）
「をとは山―」、逢事をへたてゝ居たる心也。聞恋也。相坂の逢の字にすがりたるはわろし。いつれの関にても也。但、逢坂の心も、をのつからある也。いかなりとも〳〵と思へとも、不逢して年をふると也。

四七四（立かへりあはれとぞ思ふよそにても人に心をおきつしらなみ、元方）

「立かへり―」、思へとも／＼人は遠ざかる程に、よそにても人に心をかくる也。よそ／＼にしても契りなると我心をいさめたる也。

四七五（世の中はかくこそありけれ吹く風の目に見ぬ人も恋しかりけり、貫之）

「世中は―」、一義、世上を引かけて也。又恋の初と云物は、吹風のことく目にみぬを恋る事はあるましきか、聞及て心をつくすが恋の心也。いつれも可然。風は目に不見、目に不見レ風と云義あり、当流不用。

四七六詞書（右近のむまばのひをりの日、むかひにたてたりける車の下簾より、女の顔のほのかに見えければ、よむでつかはしける）

「右近の馬場の―」、北野あたり馬場より右近、それより東か左近也。ひおりの事、あらてづかひ、まてつがひの事、装束の尻を折事なと、何にも有事也。「したすたれ―」、車にすたれ無と云説あり、不用。下すたれのひまから、それかあらぬかと見る也。

四七六（見ずもあらず見もせぬ人の恋しくはあやなくけふやながめくらさん、業平）

「みすもあらす―」、何人とも行衛もしらぬ程に、尋ぬへきやうもなしと也。

四七七（知る知らぬなにかあやなくわきていはん思ひのみこそしるべなりけれ、よみ人しらず）

「しるしらぬ―」、伊勢物語とは別也。しるしらぬとは、了解せうと云ても、せまいと云ても、いらず。そなたの思ひがしるへなるへし。世俗に、思かゝらぬ程こそあれ、思かゝりては成就せでは不叶と云心也。願として不成と云事、無の心也。

四七八（春日野の雪間をわけて生ひいでくる草のはつかにみえし君はも、忠岑）

「かすかのゝ―」、結句君は（「は」傍記「わ」）も、わと読。二月残雪の比、そと萌出たる草のやうに珍敷、車の下簾の隙より見たる心也。君はもの「も」はそへ字也。君はもと云に尋たる心こもる也。

四七九（山ざくら霞のまよりほのかにも見てし人こそ恋しかりけれ、貫之）

「山さくら―」、我ながらはかなき心なると云心也。霞のふかく立かくしたる隙から、花かあらぬかと見初たる人を恋しきははかなきと也。東の常縁説、花かあらぬかと見初たる人の、うつろひかせうと云心ありと也。行（堯カ）孝、金言なると褒美したる也。

四八〇（たよりにもあらぬ思ひのあやしきは心を人につくるなりけり、元方）

「たよりにも―」、あやしきは奇怪也。つく（「く」傍記「スム」）るは、かくる也。心をかくる心也。我身を我ととかめて、不見聞人を心にかくるは、我心から我にては無、いつもの我にては無と也。なりけりと云詞、よく立たる也。

四八一（初雁のはつかに声をきゝしよりなかぞらにのみ物を思ふかな、躬恒）

「はつ雁の―」、此あたりは、皆、見聞恋也。中々に不見、不聞はよからんに、見初、聞初て、いつかたへも不レ付して中空になりたると也。なましいに心はかゝる、逢迄は遥なる程に、中空なる也。初雁の声はたよりあり。

四八二（あふことは雲ゐはるかに鳴る神の音にきゝつゝ恋ひわたるかな、貫之）

「逢ことは―」、なる神のなるの字を、成の字の心に見るは以外あしゝ。逢事の遠き也。なる神は何事ぞと云に、より付かたき心也。

四八三（片糸をこなたかなたによりかけてあはずは何をたまのをにせん、よみ人しらず）

「かたいとを―」、こなたは我かたの思ひの心、かなたは我か思ふ人の方也。思ふ人と我とを糸にして、糸によるともより合ずは、何を玉のをにせんと也。命の心も有さうなる也。坂上是則か歌也。

四八四（夕ぐれは雲のはたてに物ぞ思ふあまつそらなる人を恋ふとて、よみ人しらず）

「夕暮は―」、雲のはたては日の入時節、山に雲のすじありて、如クレ幡《ハタ》ノなるを云。重之か「雲のはたてのさはくかな」（俊頼髄脳、ささがにの雲のはたての騒ぐかな風こそくもの命なりけれ）と蛛の事によみたる。こゝには不入事なれとも、かやうの事もある也。夕恋也。内証はおもはぬ人に心をかけたる也。雲のはたてはさして用なけれとも、跡も不定、つきぬ物也。夕は恋の切なる時分也。

四八五（刈りごもの思ひ乱れてわれ恋ふと妹しるらめや人しつげずは、よみ人しらず）

「かりこもの―」、いもは夫婦共に通して云。昔は女の事にかきる也。こもは乱れやすき物也。かりたるは猶一入乱れやすかるへし。我恋のみたれやすきをも、人の告《ツゲ》る事あるまじき程に人はしるまじ。いたつらにくちはてん。かりこもにおとりたると也。延喜の母后の歌と云。当流さして用に立説に非す。

四八六（つれもなき人をやねたく白露のおくとはなげき寝《ぬ》とはしのばん、よみ人しらず）

「つれもなき―」、夜昼《ヨルヒル》人を思ひて身をくだきて忍へとも、人は不ルレ知程に、さても無念なるとねたく腹立したる心也。おくとは昼、ぬとは夜の心也。後悔の心と也。

四八七（ちはやぶる賀茂の社のゆふだすき一日も君をかけぬ日はなし、よみ人しらず）

「ちはやふる―」、賀茂は大社をよび出す。都近くて奉幣の絶る間もなき心也。一日も君に心のしめをかけぬ日はなしと也。かく云て、祈る恋の心ある。

四八八（わが恋はむなしき空にみちぬらし思ひやれども行くかたもなし、よみ人しらず）

「わか恋は―」、此五文字、今は斟酌して不読事也。むなしき空に我恋の満々たる也。思ひか行方もなき心也。大虚空にみちたる也。

四八九（駿河なるたごの浦浪たゝぬ日はあれども君を恋ひぬ日はなし、よみ人しらず）

「するかなる―」、六義の内のたとへ歌也。たこの浦は富士颪に波のいつもたつ所也。するかなると、をく事は同名の所ある故、まきれぬやうにと也。此浦の波には、ひまのある事もあるへきが、我思ひはひまなきと也。

四九〇（夕月夜さすやをかべの松の葉のいつともわかぬ恋もするかな、よみ人しらず）

「夕月夜―」、いつともわかぬは、人はつれなく、みさほに少もうちゆるく事もなし。それを猶しゐて思ひわひてうちなけく心也。同しやうの事なれとも、松の葉のごとくにいつともわかぬ思ひを我すると也。

四九一（あしひきの山した水の木隠れてたぎつ心をせきぞかねつる、よみ人しらず）

「あしひきの―」、あしひきの山は一段ふかき山と心得よと也。是より忍恋也。山にある万木に、水は木かくれてみえぬ也。流出たき心あれとも、せかれて出ぬは我恋の心也。山下水のたぎりて落るごとく、我恋も切也。木かくれては人に不レ被レ知心也。せきそかねつるはたぎりたる思ひゆへ、せきとめかたき心也。

四九二（吉野河いはきりとほし行く水の音には立てじ恋ひは死ぬとも、よみ人しらず）

「よし野川―」、心に立かへり教訓したる心也。岩をも、とをすほとの水なりとも、音にたてじと也。よし野河は音にたつるとも、我はたてじと也。

四九三（たぎつ瀬のなかにも淀はありてふをなどわが恋の淵瀬ともなき、よみ人しらず）

「たきつせの―」、たぎる川にもよとむ処はある物也。我恋はさやうにも無也。ふちせともなしは浅深なき也。ありてふは常のありといふ也。

四九四（山高み下ゆく水のしたにのみなかれてこひん恋ひは死ぬとも、よみ人しらず）

「山高み―」、前の「山下水」（古今四九一）に似たれども、似ぬやうに見るよし。是は水とも見えぬ也。されとも末は流れ出て逢物也。如レ其、逢んと也。流ては、下に月日の行心也。一段深く忍心也。

四九五（思ひいづるときはの山のいはつゝじ言はねばこそあれ恋しきものを、よみ人しらず）
「思ひ出る―」、真雅《シンガ》僧正の、業平元服の時をくる歌（古今一四八、思ひいづるときはの山の郭公唐紅にふりいでて鳴く）と也。前の「思ひ出る」も真雅《シンガ》僧正と云。思ひ出ると云事を多く読たる歟。思ひ出るときはとつゝけたるは、一段恋しく思ふ時也。つぶ〳〵とのべこそやらね、恋しきと也。
つゝじは羊が食すれは死。然間、躑躅《テキチョク》と書。てきちょくと、をどりて死する故、此字を書也。

四九六（人しれず思へばくるし紅のすゑつむ花の色にいでなん、よみ人しらず）
「人しれず―」、是からは言に出すやうの心也。心にこめてくるしき程に、言に出さんと也。万葉「よそにのみみつゝや恋んくれなゐの末つむ花の色に出ぬへし」。末つむ花は末から咲て、末からつむ物也。俗にべにの花と云物也。次第に思ひの深くならんと也。べにをは物に染てをきて、ふりたて〳〵してそむる也。次第色ふかくなる物也。人丸歌也。

四九七（秋の野の尾花にまじりさく花の色にやこひんあふよしをなみ、よみ人しらず）
「秋の野の―」、をはなにましるとは、思ひ草也。定家はりんどうなると也。顕昭は色々の花と云。思ひ草はりんどう也。色にや恋んとは、りんどうは紫色の花也。ゆかりの色ある歟。ゆかりも有やうなれ共、用に不立と云心也。

四九八（わがそのの梅のほつ《はつ》えに鶯のねになきぬべき恋もするかな、よみ人しらず）
「わかそのゝ―」、はつ（「つ」傍記「スム」）え、ほづえ両様也。はつ（「つ」傍記「スム」）えは、末の枝の心、すわいのやうの心。つぼむを云と云、両説也。柳にも読たる。冬の柳也。顕昭は舟の先へ行をほ舟と云ひ、をくれたるをしば舟と云。先へ咲を云と也、不用。万葉「いも（万葉）かためほつえの梅を手折とてしつえの露にぬれにけるかも」。たゝ早き梅也。我身を鶯にたとへ、人を梅にたとふ。また、さかぬをうちとけぬ心に用て也。咲けかし〳〵と鶯の思ひて鳴やうに、我も啼さうなると也。梅かやう〳〵咲に、鶯が来て鳴が、我も其ごとく恋故に、音に鳴にてあらんと也。

四九九（あしひきの山郭公わがごとや君に恋ひつゝいねがてにする、よみ人しらず）

「あしひきの―」、君に恋つゝの、にの字面白也。君をと云へき処也。時鳥、妻恋をする鳥故、こゝに出すと云は悪し。物思ふ時分、鳴を我ことく思ひのあるかと也。鳥に気を付て也。

五〇〇（夏なれば宿にふすぶる蚊遣火のいつまでわが身したもえをせん、よみ人しらず）

「夏なれは―」、かやり火、勿論夏なる程に云に不及事なれとも、我思ひの比度《（クラベタキナリ）》也。もえはてぬ也。もゆるやうに有て下にくゆる物也。其ことくに下もえんならは、もえはつる事もあらんすれとも、目に見えてはもえぬ事也。

五〇一（恋せじと御手洗河にせしみそぎ神はうけずぞなりにけらしも、よみ人しらず）

「恋せしと―」、幣帛に我思ふ事をそへて流す事也。万「御禊《ケイ》」の禊字多く書く。伊勢物語にては逢て後の心、此集にては不逢以前の心也。何とそして逢やうにと祈来れとも、不レ逢程に、神のめくみもなきと思ひて、恋のやむ祈りをすれとも、それもしるしなしと也。

五〇二（あはれてふ言だになくは何をかは恋のみだれの束ね緒にせん、よみ人しらず）

「あはれてふ―」、是は向《ムカヒ》の事と、我《ワガ》事とに見る両説也。むかひ事に我心をつくす事、一言なりとも憐愍《レンミン》あらは、それをたのみにせん物と也。憐愍《レンミン》なくは何をみたれのつかね緒にせんと也。つかね緒とは命のかゝりにせん物をと也。我身の方に見る時は、ことたにと云を、事の字と見る也。（行間書入）「我事に見る時は、あはれ、かくはかりの物を思ふへき事にてこそあるらめと云心也。是がやりは也。」

五〇三（思ふには忍ぶることぞ負けにける色にはいでじと思ひしものを、よみ人しらず）

「思ふには―」、是は、思ひは次第に深く成、堪忍情《ゼイ》はよはくなる。思ひにまけたる心也。敵対しての勝まけに非す。親句の歌也。疎句の内の親句とは、一句々々は非親句、されとも一首に成時、心か親句也。

五〇四（わが恋を人しるらめやしきたへの枕のみこそ知らば知るらめ、よみ人しらず）

「わか恋を―」、人の身にしたしく馴る物は枕也。我心の内を能知ん物は枕也。（古今六帖）「しるといへは枕たにせてねしものを塵ならぬ名の空に立らん」此歌もこれから出たる心也。しるらめやの詞聞えにくき様なれとも、よもしらしの心也。人かしろうか、よもしらじの心也。

五〇五（浅茅生の小野の篠原しのぶとも人しるらめやいふ人なしに、よみ人しらず）

「あさちふの―」、をの、非二名所一。さゝなとの生したる所には、草の根かれてすくなき物也。それをあさちふと云。人は我思ひのほとを、それ程になきやうに思ふへし。道理かな。根本ふかくあれとも、さゝにうばはれて見えぬ心也。

五〇六（人しれぬ思ひやなぞと葦垣のまぢかけれどもあふよしのなき、よみ人しらず）

「人しれぬ―」、なそとはなんぞ也。あしかきのまちかきとは常の事也。あしにてくみたる。蘆と蘆との近きを云。忍ふ故に、程近けれとも不逢也。なそとの、との字をすてゝ、人しれぬ思ひは、何としたる事なれは、まちかけれとも逢よしのなきと云義と、忍ふと云事を何としたる事そと、問人もなしと云。是は、との字は立やう也。されとも一首の心聞えにくきやうなる歟。忍心を何としたる物ぞととはぬと云は、聞えにくし。との字、そへ字と云は聞えよき也。（行間書入）「此なそとの、との字は、そうあったと、かうあったとなと云、との字の心にて、心のなきとの字なるへし」

五〇七（思ふとも恋ふともあはんものなれやゆふ手もたゆく解くる下紐、よみ人しらず）

「おもふとも―」、此歌両義あり。一義は女の心ふかき心也。女の方の歌也。下帯の解るは、恋らるゝしるし也。

ゆふ手もたゆくとくる程に人に恋らるゝは、実定なる。さありとても、人にうちとけうずる事にてもなしと也。又一義は、女の心は人にしたがはんずる物なれとも、身を心にまかせぬ物なると云心也。人の思ふ心の程は見えたれとも、それを感しながらも、心にまかせぬ也。

五〇八（いでわれを人なとがめそおほ舟のゆたのたゆたに物思ふころぞ、よみ人しらず）

「いて我を―」、此歌、本歌あり。「我心ゆたにたゆたにうきぬなわへにもをきにもよりやかねまし」万葉也。ゆだのたゆだは、波にゆらるゝ心也。猶豫《ユヨ》の字也。おほ舟（「舟」傍記「スム」）、舟の字清て読。ちいさき舟は頓てしづまる物也。大舟はしつめかたし。一義、ゆたのたゆた、舟に入あかを、かゆる手のたゆきを云、不用。ゆだのたゆだはおきへもゆかす、礒へもよらぬ波にゆられたる也。（行間書入）「ともかくも人に云ひ給そ。我はおほ舟の如くに、物思ふ比なる身体なる程にと云義也」

五〇九（伊勢の海につりするあまのうけなれや心ひとつを定めかねつる、よみ人しらず）

「いせの海に―」、六義の内のたとへ歌也。海士のうけは不定の物にて、我思ひの心を、とやかくやせんと思ふたとへにうけを引出す。伊勢は別而釣する所也。逢見まほしく、心の定かたき事をたとへて云。

五一〇（伊勢の海のあまのつりなはうちはへてくるしとのみや思ひわたらん、よみ人しらず）

「いせの海の―」、うちはへ、おりはへ同し事也。うちはへてはあまのつり縄引か、大義なる物也。縄はくる物なる故、くるしきとつゝくる、常の事也。あまのしわざ、いつ、ひまあけたるともみえす。我思ひによきたとへ物也。思ひわたらんとは、行末を思心あり。

五一一（涙川なに水上をたづねけん物思ふ時のわが身なりけり、よみ人しらず）

「涙河―」、水上を尋行たるに非す。人のつらきから涙川なかるゝと思へは、我思ひから流れ出る。我身水上なると也。

五一二（種しあれば岩にも松はおひにけり恋をしこひばあはざらめやも、よみ人しらず）

「たねしあれは―」、思ひもかけぬ岩の上にも種あれは、松生する物也。我思ひか種となりて、逢事あらんと思ふ也。我を松、人を岩にたとふ。恋をし恋ば、恋をせば也。

五一三（朝な朝な立つ川霧のそらにのみうきて思ひのある世なりけり、よみ人しらず）

「朝な〳〵―」、朝時分に非す。常住の心也。川霧は晴やらぬ物也。人の了解せぬ心也。

五一四（わすらるゝ時しなければあしたづの思ひ乱れてねをのみぞなく、よみ人しらず）

「わすらるゝ―」、六義の内のなすらへ歌也。連歌にはあしたつ、あし鴨、蘆に心なし。植物に不レ嫌。歌にはそのあしらいある也。是もあしをそだてゝ、乱るとそへたる也。ねをのみそ鳴は田鶴の事也。

五一五（唐衣日も夕ぐれになる時は返す返すぞ人は恋しき、よみ人しらず）

「唐衣―」、切なる恋也。日も夕暮にと時節を云、返す〳〵は二六時中を云に、夕暮はひもを解《トク》へき時分なるに、猶紐《ヒモ》をすると也。（新古今、清輔）「をのつから涼しくもあるか夏衣日も夕暮の雨の名残に」。此歌も「から衣日も夕暮」の歌より出る也。から衣は女の着用する物也。但男女通して用。（行間書入）「から衣は衣の惣名也」

五一六（よひよひに枕さだめん方もなしいかにねしよかゆめに見えけん、よみ人しらず）

「夜ゐ〳〵に―」いをねぬは思ひの切なる時の事也。又あまりつもれは労《ロウ》して、中々にぬる事ある物也。只今は何とぬれとも、夢に見えこぬ也。もと〳〵の夢に見えたるを思ひて也。何とがなして夢を（「を」傍記「に」）見んと思ひて、あなたこなたへ枕をかゆれとも、夢にみすと也。それを枕さためんかたもなしと也。

五一七（恋しきに命をかふるものならば死《しに》はやすくぞあるべかりける、よみ人しらず）

「こひしきに—」、身を捨る恋の歌也。逢みたき心也。とても死ぬるならは、一度の逢事にかへたらは、本意なるへしと也。命にかへて逢道あらは、死ぬる事はやすからん、不逢して死たらは、猶、はれかたからんと也。

五一八（人の身もならはしものをあはずしていざ心みん恋ひや死ぬると、よみ人しらず）

「人の身も—」、逢恋に非す。逢度《アヒタキ》と思ふ心をひるかへして、我心をためしたきと也。人と云物はならはし物なる程にと也。小町歌也。手枕のすきまの風も此歌より出。（行間書入）「（順徳院百首、三句「心みに」）消やらぬならはし物のとはかりに玉のをはかりいく世へぬらん、順徳院。手枕（拾遺）のすきまの風もさむかりき身はならはしの物にそ有ける。世間の習、逢へはいよ〳〵逢たき程に、我はあはすして心みん、世中はならはし物なる程にと云心也。」

五一九（忍ぶればくるしきものを人しれず思ふてふことたれに語らむ、よみ人しらず）

「忍ぶれは—」、我《ワガ》やる方もなき苦しき思ひを、他言する事なき人あらは、語りたきと也。又我心ひとつに忍ふ、苦しきと也。又何程の人にもかたらじ。誰にもかたるまじと也。これは忍ぶれはと云、ちがふやう也。（行間書入）「又義は、忍ふれはくるし（マヽ）物を誰にそかたり度なり。されとも人しれす思ふ事は、誰にかたらんぞ、かたるへきやうはなきと云心也」

五二〇（こむ世にもはやなりななんめの前につれなき人を昔と思はん、よみ人しらず）

「こむ世にも—」、来世也。我か生をかへて、つれなき人をむかしと思ひたきと也。隔生即忘とて、生をかへては不覚物なる程にと也。

五二一（つれもなき人を恋ふとて山彦のこたへするまで嘆きつるかな、よみ人しらず）

「つれもなき—」、山ひこのこたへするまてとは山も動揺《トウヤウ》するまて歎く也。山びこは形もなき物なれとも、答へする。我思ふ人は答せぬと也。

五二二（行く水にかずかくよりもはかなきは思はぬ人を思ふなりけり、よみ人しらず）
「行水に―」、我思ふ事の跡なきを、水に絵書事にたとへて也。三教《ガウ》指帰ニ弘法大師作「譬ハ如二鏤《チリハメ》レ氷ニ画テレ水ニ有テレ労無カ一レ益」

五二三（人を思ふ心は我にあらねばや身のまどふだに知られざるらむ、よみ人しらず）
「人を思ふ―」、我身をは誰も大切に思ふ物なるに、我は我にても無しと也。

五二四（思ひやるさかひはるかになりやするまどふ夢路にあふ人のなき、よみ人しらず）
「思ひやる―」、寄夢恋也。我と人との間に国、里を隔たるやうに夢も不《ヌ》レ通《カヨ》やうに成たると也。はるかにの所に心を付へし。

五二五（夢のうちにあひ見ん事を頼つゝくらせるよひは寝んかたもなし、よみ人しらず）
「夢のうちに―」、日くれたらは、せめて夢に成とも見んと思たるに、又ねられぬ事を歎きて也。

五二六（恋ひ死ねとするわざならしむばたまのよるはすがらに夢にみえつゝ、よみ人しらず）
「恋しねと―」、夢に不レ見は、忘るゝ事もあらんに、夜もすから夢に見ゆるは、恋死ねとするわさにてあらんと也。一説、ならじと濁て、夢に見ゆるはたのみ出来する程に、恋死ねとにはあらじと也、不用。

五二七（なみだ河枕ながるゝうきねには夢もさだかに見えずぞ有りける、よみ人しらず）
「なみた河―」、大なる歌也。うきねの枕には、ともなふへきやうなし。夢もかよはんやうなしと也。

五二八（恋すれば我が身は影となりにけりさりとて人にそはぬものゆゑ、よみ人しらず）
「恋すれは―」、恋をすれはをとろへて、影・まぼろしのやうに成たる也。然れはとて、思人のかたちに添もせす。影となるほどならは、人の形にせめて添はゝ、能くあらんと也。「（新古今、良経、五句「人のかげは見ねども」）我泪もとめて袖にやとれ月さりとて人にそはぬ物から」と云、後京極の歌も、此歌より出たる也。
五二九（篝火にあらぬわが身のなぞもかく涙の河にうきてもゆらん、よみ人しらず）
「かゝり火に―」、鵜舟の、心底にある也。我思ひの涙川にうきたるを云也。
五三〇（篝火の影となる身のわびしきはなかれてしたにもゆるなりけり、よみ人しらず）
「かゝり火の―」、かけとなる身は水のそこにもゆる心也。かゝり火の水の底にもゆるは、我思ひによく似たり。
流てと云に、年を経たる心あり。
五三一（はやき瀬にみるめおひせば我が袖の涙の河にうゑましものを、よみ人しらず）
「はやき瀬に―」、みるめは早き瀬には生せぬ物也。みるめとは逢事を云。
五三二（おきへにも寄らぬ玉藻の浪のうへに乱れてのみや恋ひわたりなん、よみ人しらず）
「おきべにも―」、おきにも、みきはにもよらぬ也。べとはみきは也。中空の体也。波にゆられたる玉藻の、おきへもべへもよらぬ心也。恋わたりなんと云に、年を経たる心ある也。
五三三（あしがものさわぐ入江の白浪の知らずや人をかく恋ひんとは、よみ人しらず）
「あしかもの―」、大切の心をせめて云たる也。波のさはく時は、入江までもさはく也。然れはあしかものさはく也。入江は礒のやうには無物なれとも、入江も波かさはく也。いたつらに思ひつくさせうすると云義也。切なる思ひは胸中のさはく事あり。それを白波にたとへて也。かく恋んとはしらなんだを、我となげきて、たんじたるの心也。
五三四（人しれぬ思ひをつねにするがなる富士の山こそわが身なりけれ、よみ人しらず）
「人しれぬ―」、序に、ふし山も煙たゝすとあるを、二条家には不《ス》ㇾ断《タヽ》と云、冷泉家には不立と云。此歌にてよくきこえけり。煙不絶也。

五三五（とぶ鳥のこゑもきこえぬ奥山のふかき心を人は知らなん、よみ人しらず）
「とふ鳥の―」、いたりて切なる心也。鳥の声さへ不レ聞所は、山人も不レ知物也。我思ひをしらせたく思へとも、道しるへするやうなしと也。
五三六（逢坂のゆふつけどりもわがごとく人や恋しきねのみなくらむ、よみ人しらず）
「相坂の―」、逢の字の心に非す。夕つけ鳥は八声の鳥也。八声つゝ八度鳴也。一しきり〳〵我なくによく似たりと也。鈴鹿、逢坂、小幡なとに木綿《ユフ》を此鳥に付て放つ事あり。依レ其にゆふつけとりと云。
五三七（逢坂の関にながるゝ岩清水いはで心におもひこそすれ、よみ人しらず）
「逢さかの―」、逢の字にすがらす、関に流るゝと云はん為の相坂也。岩清水の湧《ワク》如く、我思ひのむせかへりたる体也。不《ズシテ》レ云《イハ》むせふ心也。
五三八（うき草のうへはしげれるふちなれやふかき心を知る人のなき、よみ人しらず）
「うき草の―」、底は千尋あれ共、上は浮草茂りたるほとに不レ見。公界へは不知とも、思ふ人にしられたきと也。渕じゃと云事を知りたらは、深き心を知らんと也。
五三九（打ちわびてよばはんこゑに山彦のこたへぬ山はあらじとぞ思ふ、よみ人しらず）
「うちわひて―」、深切の恋也。我言にあらわさで居る間は、無是非。うち出て云はゞ、こたへぬ事はあるまじと、人に山ひこをたとへて也。
五四〇（心がへするものにもが片恋はくるしきものと人に知らせむ、よみ人しらず）
「心かへ―」、物にもかは、物にもかな也。我と人と心をかゆる事の、なる物にもがな。我思ひのくるしさを、人にしらせんと也。

五四一（よそにして恋ふればくるし入紐のおなじ心にいざむすびてん、よみ人しらず）
「よそにして―」、いれひもは装束、狩衣にある紐《ヒモ》の事也。よきねがひ物也。此両首共にねがふ心ある也。
五四二（春たてばきゆる氷ののこりなく君が心はわれにとけなむ、よみ人しらず）
「春たては―」、水と氷とは同し物也。結へは氷、解れはもとの水也。春を待て氷解れは、一つ水になる物也。其ごとくに心も解《トケ》よかしとたのみたる也。「雪は（未詳）雪氷は氷そのまゝにとくれはおなし谷川の水」
五四三（あけたてば蟬のをりはへなきくらし夜は蛍のもえこそわたれ、よみ人しらず）
「あけたては―」、明れは蟬、夜は蛍と也。能たとへ物也。うちかへして見よ。よるはもえ、なきあかし、昼ももえ、なきくらす心也。卅一字かきりあれは如此云也。影略互見して見よと也。
五四四（夏虫の身をいたづらになす事もひとつ思ひによりてなりけり、よみ人しらず）
「夏むしの―」、火を取虫也。蛍を夏虫と云事悪しと、為家いさめたる也。火を取虫は、ぐちなる事に云。火はやかんとは思はねども、をのれと来てやくる物也。其虫の体也。東坡詩（以下空白）。
五四五（夕さればいとゞひがたきわが袖に秋の露さへおきそはりつゝ、よみ人しらず）
「夕されは―」、つゝは乍也。末に心を残す也。夕は思ひのまさる時分なる程に、秋の露さへをきそはる也。秋を感するはかりに非す。
五四六（いつとても恋しからずはあらねども秋の夕げはあやしかりけり、よみ人しらず）
「いつとても―」、四季共に恋しさのやむ時はなけれども、秋は一入思ひか添ふ。夕は又一入添ふと也。
五四七（秋の田のほにこそ人を恋ひざらめなどか心にわすれしもせん、よみ人しらず）
「秋の田の―」、ほにこそはあらはに也。秋の田はほにとつゝけん為也。別に一首の惣に入事に非す。顕れてこそ恋ずとも、心に何として忘れんと也。人の為なる程に、顕れては恋すとも也。

五四八（秋の田のほのうへをてらすいなづまの光のまにも我やわする〻、よみ人しらず）

「秋の田の―」、電光、朝露は短き事のたとへ也。髪筋を切る間の事也。其間程も不ルレ忘に、人はしらぬと、恨たる心ある也。

五四九（人目もる我かはあやな花すゝきなどかほにいでて恋ひずしもあらん、よみ人しらず）

「人めもる―」、是より顕る〻恋也。あやなはせんなき心也。人の、目を付て見あらはさんとする、我にてもなき程に、なをさりの程こそあれ、打出て恋んと也。花薄はほにといはん為也。恋すしもあらんと云、ふとは聞にくし。なとかほに出て恋ずはあらん、ほに出て恋ではと云心也。「恋すしもあらぬ」と云本もあり。可然本にては無けれとも、あらぬと云本もあり。あらぬにてはきこえよき也。されとも、あらんまさりたるやう也。

五五〇（淡雪のたまればかてにくだけつ〻わが物思ひのしげきころかな、よみ人しらず）

「あは雪の―」、木の枝に雪はふかくはつもらぬ物也と也。あは雪はたいてん（退転）もなく降《フル》物なるが、枝にはたまらぬ也。がてにとはかたき也。あは雪のたいてんもなく降ごとく、我物思ひのしけき也。

五五一（奥山の菅の根しのぎふる雪のけぬとかいはん恋のしげきに、よみ人しらず）

「おく山の―」、すがのねは人にみえぬ物也。雪の下のすがのね、猶みえまじき也。けぬとかいはん恋のしけきにとは、雪のしけきと云て、我身の事を思ひによりて消たりと云て見ん、然らはあはれをかくる事もあらんと也。「おく山のまきのはしのきふる雪のふりはしけとも土におちめやは」（万葉、橘奈良麻呂）。しのきとは雪にうつもる〻体也。気凌千里蝿附驥山谷つよき物によわき物のあてらる〻か、しのく心也。

（第一冊了）

古今集聞書中（明暦聞書）（東山御文庫蔵　勅封六二、九、一、二、二）

（一丁裏）

短歌の事の切紙、常縁状、
廿四首の歌、六首の歌

（二丁表）

明暦三年二月朔日　恋二の分、先御文字読、次御講談

恋の歌の二

五五二（思ひつゝぬればや人の見えつらん夢と知りせばさめざらましを、小町）
「思ひつゝ―」、次第に恋のふかくなりたる歌を二の巻に入る。思ひの切に成たる心也。あまり思ひの切に成て、まどろむ事もならざりしが、つかれてまどろむ也。思ひねの夢に非す。つかれてみる夢也。夢の内には夢とは不思物なる程に、さめてかく思ふ也。思ひつゝ、そのまゝ寝たるとはあしゝ。以前に思ひつゝ也。つかれて少まどろみてこそ有つらんと也。

五五三（うたゝねに恋しき人を見てしより夢てふ物はたのみそめてき、小町）
「うたゝねに―」、かりねの心也。ひる、うつゝに逢事はなき程に、夢ははかなき物なれ共、うつゝに逢事なき程に、夢てふ（「てふ」傍記「ト云」）物をたのみそめたる也。たのもしき夢哉と也。おくに、はかなき事かなと云心ある也。

五五四（いとせめて恋しき時はむばたまの夜の衣をかへしてぞきる、小町）

「いとせめて—」、衣をかへすと云事、本説不レ慥と、何の抄にも書たれとも、南無妙どう《(幢)》菩薩ととなへて、家のすみ木（「木」ニ濁点アリ）ある所にすみ木なりに双六盤を枕として寝れは夢見ると云事、陰陽道にある事也。それを思て云歟と也。いとは尤也。されとも春の歌に、「いとさかり」と顕昭云時、「此集いとの字不可有」と定家云し故、「是もいとは尤に非す」と云てをく二条家の心、定家の説にしたがふ故也。されとも尤也。夢を頼むと也。是まて三首、小町歌也。小町は初瀬の観音の化身故、夢の歌を多く読たると也。

五五五（秋風の身にさむければつれもなき人をぞ頼む暮るゝ夜ごとに、素性）

「秋風の—」、秋風やう／＼身にしむ時分には誰もかなしみある物也。人も定てかなしみあらん程にあはれと思はんとたのむ心也。人丸歌に、「身にさむく《(愚秘抄・桐火桶)》秋のさ夜風吹なへにふりにし人の夢にみえつゝ」。「我恋は庭のむらは《(新古今、慈円、四句「人をも身をも」)》きうらかれて人を《(マヽ)》も秋の夕暮」も此歌より出たる也。又説に、さりとも此秋のかんぜい《(感情カ)》は人もしらん程に問ひかせうずると也。

五五六詞書（下つ出雲寺に人のわざしける日、真静法師の導師にていへりけることばをうたによみて、小野小町がもとにつかはせりける）

「しもついつもてら—」、下御霊の辺にある寺也。いつも寺《ジ》の事と也。いつも寺《ジ》と云つけたる也。下野の国の者の立たる寺なる故也。爰にて人の追善したる時、しんせい法師の導師也。柿本の、き僧正也。いへりける詞とは衣の玉の事也。

五五六（つゝめども袖にたまらぬ白玉は人を見ぬ目のなみだなりけり、清行）

「つゝめとも—」、衣のうらの玉を何ぞと思たれは、人をみぬめの涙なると也。仏法に立入て也。我心からの玉と也。

五五七（おろかなる涙ぞ袖に玉はなす我はせきあへずたぎつ瀬なれば、小町）
「をろかなる―」、玉にみゆるはすくなきやうなり。我は滝のやうなると也。人をみぬめの涙と随分に云やうなれともと也。そなたのは釈教の心、人間なれは如此と也。表には取あへす、底の心は人間と也。返歌には一段すくれたるとなり。一重上を云たる也。
五五八（恋ひわびてうち寝《ぬ》るなかに行き通ふ夢の直路《たゞち》はうつゝならなむ、敏行）
「こひわひて―」、夢のたゝちは直路也。たゝぢと濁て云衆もあれと清てよし。夢のたゝちは夢のさむるきはを云。うつゝに不逢事は了見もなし。たのむ物は夢より外はなし。さむるきはを、そのまゝうつゝになしたきと也。
五五九（住江《すみのえ》のきしによる浪よるさへやゆめのかよひぢ人目よくらん、敏行）
「すみの江の―」、夢にさへ逢事のなき心也。波のあらき所は不レ云して南海を云たる。それにても我夢は見えこぬ也。世に忍ふならひなるか、人しれぬ夢にさへ障礙《シヤウゲ》あるとうるはしき歌也。
五六〇（わが恋はみ山がくれの草なれやしげさまされど知る人のなき、美材）
「我恋は―」、忍恋の歌に非す。部立違故也。数ならぬ身の事をみ山かくれと云。木ならは人にしられんが、草なる程に人にしられんやうなし。我恋のしけきにたとへて也。
五六一（よひのまもはかなく見ゆる夏虫にまどひまされる恋もするかな、友則）
「よゐのまも―」、夏虫四色あり。蛾《ガ》火をとる虫也、蚊、蟬、蛍也。こゝにては蛍也。かなたこなたへ飛まはるをはかなき物と思たれは、それよりまさりたる我体也。まとひに火をもたせたる也。「八重葎（後撰）しけれるやとは夏虫の声より外に問人もなし」と云家隆歌は蟬也。
五六二（夕されば蛍よりけにもゆれどもひかり見ねばや人のつれなき、友則）

「夕されは—」、春され、秋され、定家は此心也。夕されに去と云字を書て、行さきとよむ也。律家に沙汰する事也。夕に、なりもて行心也。け（「け」傍記「スム」）には勝の字也。蛍と我思ひとを、くらべてならは、我思ひはまさらんと也。これを見ては、いかなりとも人もあはれと思はんか。見ぬ物ならん。何とそして見せたきと也。

五六三（笹の葉におく霜よりもひとりぬる我が衣手ぞさえまさりける、友則）

「さゝの葉に—」、上四首はたとへ歌也。此歌は独寝のなけきを云。さゝの葉は広くて霜たぶ〳〵とをく物也。

五六四（わがやどの菊の垣根におく霜のきえかへりてぞ恋しかりける、友則）

「わかやとの—」、消かへりと云は、消ると思へは、蘇生し〳〵して消もはてぬやうの事也。消かへるを云はん為の上二句也。智度論を引て、地獄の罪人を獄卒か活々《クワツ〳〵》（「活々」左傍記「よみかへるとよむ」）の文をとなへてよみかへらする事あり。

五六五（河の瀬になびく玉藻のみがくれて人に知られぬ恋もするかな、友則）

「河のせに—」、みかくれて、水にかくるゝ也。定家はみかくれ、みこもりなとは水辺によらすはさら〳〵詠ずへからす、（続古今、俊頼）「とへかしな玉くしのはにみかくれてもすのくさくきめちならすとも」は俊頼さきにはよも侍らしと也。此みかくれては、身の字をよせたる也。かすならぬ故、思ひをえいひつたへで、人にもしられぬと也。

五六六（かきくらしふる白雪の下消えにきえて物思ふころにもあるかな、忠岑）

「かきくらし—」、是は切に思ひてきえ入やうなる心也。下から雪はきゆるもの也。雪のことく人のめにはみえすしてきえんと也。

五六七（君こふる涙の床《とこ》にみちぬればみをつくしとぞ我はなりける、興風）

「きみこふる—」、みをつくし、色々の字あり。顕昭はみをつくしを、みをしるしと云は見くるしきと云たれは、定家はそれよりみくるしき事あると也。身をつくすと云心也。床かふかき河と成たれは、身をつくしに我か成たると也。

五六八（死ぬる命いきもやすると心みに玉の緒ばかりあはんと言はなん、興風）

「しぬるいのちー」、いのちのかきりに成たる時、若、蘇生する事もあらん、玉のをはかりあはんと云てくればと也。玉のをはかりは少の間の事也。念珠の玉を一《ヒト》くりくる間の事也。

五六九（わびぬればしひて忘れんと思へども夢といふ物ぞ人頼めなる、興風）

「わひぬれはー」、人は次第につれなくなる、我身はよはく成体也。忘れはてんと思へは夢にみゆる。これが人たのめに夢にたらされて、え思ひきらぬと也。「おほあらき（新古今、俊成女、五句「秋の夜の月」）の森の木のまをもりかねて人たのめなる」此やうなる心也。「すみ（未詳）のえの松の木のまをもりかねて人たのめなる秋のよの月」（文末書入「わひぬれは、一かたならぬと見る也」）

五七〇（わりなくも寝てもさめても恋しきか心をいづちやらば忘れん、よみ人しらず）

「わりなくもー」、恋し（マヽ）かは恋しき物哉也。何と心をもちて忘るゝと云事あらん。その心もちしりたきと也。一ばう（「ばう」傍記「方」）づきに何方へやりたきと云よりも、何方へやりたらはと云がまさりたる也。

五七一（恋しきにわびて魂《たましひ》まどひなばむなしき骸《から》の名にやのこらん、よみ人しらず）

「恋しきにー」、是は我恋のせまりたる所也。我思ひの切に至極の時也。我心かあなたへ行たらは、こなたはむなしきからならん、心が身にそひてうつかとした時、云たる歌也。又説、たましゐと云に付て、からとつゝけたる、むなしき物から名にたゝんと也。せんない物から、かいない物からなと云やうの心也。又、思ふ所の心は、ねかひはかなはて、無世まて名に立んと云心也。

五七二（君こふる涙しなくは唐衣むねのあたりは色もえなまし、貫之）
「君こふる―」、一切の事には徳失ある物也。涙の水なくは思ひの火はしめされまじ。火と涙とに、なからつきぬ也。その火を涙にてしめすと也。から衣は、むねを云はん為也。色もえなましは、たゝもえなまし也。色の字無子細。
五七三（世とともに流れてぞゆく涙河冬もこほらぬみなわなりけり、貫之）
「世とゝもに―」、常住也。夜の事に云は嫌也。於此歌、みなわは水のたぎる脇に深みある、そこにたまる物也。我思ひによせて也。
五七四（夢路にも露やおくらん夜もすがら通へる袖のひちてかわかぬ、貫之）
「夢ちにも―」、夢ちにも露かをく歟。夢にかよひたる袖もかはかぬと也。
五七五（はかなくて夢にも人を見つる夜は朝《あした》のとこぞおきうかりける、素性）
「はかなくて―」、夢のはかなきには非す。心のはかなき也。夢をうつゝと思てたのむ心也。したふやうに思ふて、おきうきをはかなき事哉と也。
五七六（いつはりの涙なりせば唐衣しのびに袖はしぼらざらまし、忠房）
「いつはりの―」、名聞がましき涙ならは、へいぢう（傍記「平仲文《マヽ》」）がやうにしても見せんか、我は真実と也。
五七七（ねに泣きてひちにしかども春雨にぬれにし袖と問はば答へん、千里）
「ねになきて―」、やう〳〵欲顕恋也。思ふさまになきぬらしたれとも、春雨と云はんと也。
五七八（わがごとく物やかなしき郭公時ぞともなくよたゞなくらん、敏行）
「わかことく―」、時そともなくは、よな〳〵なく也。我思ひのしつまらぬから時鳥の事をおしはかりて也。夜たゝ

（「ゝ」傍記「スム」）なくらんは、つきもなく夜ルさはかしく鳴心也。
五七九（さ月山こずゑをたかみほとゝぎすなくねそらなる恋もするかな、貫之）
「五月山—」、是は人の少も領解《リヤウゲ》せぬ心也。なくね空なるはむなしき心也。いたつらなる心也。そら／＼しきと云やうなると云説ある。梢を高みは人に遠き心也。
五八〇（秋霧のはるゝ時なき心にはたちゐのそらも思ほえなくに、躬恒）
「秋霧の—」、世俗にうっかと立てゐるとも居てゐるともなきと云心也。身体忘《ボウ》したる心也。
五八一（虫のごと声にたてゝはなかねども涙のみこそしたにながるれ、深養父）
「むしのこと—」、むしをうらやむ心也。虫はなけとも涙なし。我は涙流るゝと也。虫のことく涙なくは、我もねにたてゝなかん物をと也。我は涙あれとも声を忍ふほとに、虫よりもふかきと也。
五八二（秋なれば山とよむまでなく鹿に我おとらめやひとりぬる夜は、よみ人しらず）
「秋なれは—」、契りをきたる人のこぬ心也。逢て後の事に非す。鹿の妻恋は逢事のまれなる、それをよその事に思たれは、我身の事に成たるよと也。物思ふ時分は秋也。一入秋は思ひまさりたるに、鹿のなくをうらやむ心也。鹿は思ひのまゝになくが、我はおとらねとも、ねにはえたてぬと也。
五八三（秋の野に乱れてさける花の色のちぐさに物を思ふころかな、貫之）
「秋の野に—」、千種のいつれの花とも見わかれぬことくに、我思ひもふかくてみたれたると也。一かたならぬ思ひのてい《（体）》也。
五八四（ひとりして物を思へば秋のよの稲葉のそよといふ人のなき、躬恒）
「ひとりして—」、秋田可然。為明本には秋の夜とあり。これにより先両説也。そよとは、まづはそよく心、又はそうと云心也。それよと云心の事也。公界へかけて、物を思ふをことはりてのなきと云心也。ひとりして物をは人かしらぬ程に也。
五八五（人を思ふ心は雁にあらねども雲ゐにのみもなきわたるかな、深養父）
「人を思ふ―」、我思ふ人と我との間の遠きを云たるなり。雁金の雲井を鳴わたるやうに心が空に成と也。
五八六（秋風にかきなす琴のこゑにさへはかなく人の恋しかるらむ、忠岑）
「秋風に―」、かきなすはかきならすを中略して也。秋風閑の心と云、あしゝ。何も思ひのある時かなしき心也。「秋露梧桐葉落時」此詩も花の開日も梧落時も、其物にかなしき事はなけれとも、思ひのある故かなしき也。是もそのことく我思ひのある故、秋風の身にしむ比、かきなす琴に猶人の恋しきと也。
五八七（まこもかる淀のさは水雨ふればつねよりことにまさるわが恋、貫之）
「まこもかる―」、まさるわか恋と云結句、古体の歌也。貫之歌にても似せましき体也。上句は「あしへよりみちくる塩」（新古今、あしべよりみちくる潮のいやましにおもふか君がわすれかねつる、山口女王）「うつらなくまのゝ入江」（金葉、うつらなくまのゝ入江の浜風に尾花波よる秋の夕暮、俊頼）なとの体也。つねよりことにいはん為也。雨に水もまさり、まこもの乱れまさる心也。沢水は変する事なく深き物也。山水のやうに非す。山水は淵瀬出来して、時の間に変する也。
五八八（越えぬまは吉野の山のさくら花人づてにのみきゝわたるかな、貫之）
「こえぬまは―」、不逢恋の心也。桜を人に比して、よみたる歌也。近つきよりたる人の遠く成たる心也。越ぬまは不逢心也。国をかへて人和へ行たる程に猶遠くなりたる也。是等は初の恋の歌のやうに聞ゆれとも、終に不逢して遠さかりたる也。
五八九（露ならぬ心を花におきそめて風ふくごとに物おもひぞつく、貫之）
「つゆならぬ―」、風を別の人に比して云たる。伊勢物語に「我ゐる山の風はやみなり」（上句、天雲のよそにのみしてふることは）と云やうの心也。他人に障礙《シヤウゲ》せらるゝをあやうく思ひて也。よしなき花の上に心ををきて物思のつくと云也。おもしろき歌也。

五九〇（わが恋にくらぶの山のさくら花まなくちるともかずはまさらじ、是則）

「我恋に―」、くらふ、初清て後に濁てあそはす。此やうにくらぶる時は濁也三光院。惣別も堯孝なとは濁。まなくちるともかすはまさらしとは、花のちる一葉々々にくらへたりとも、我思はまさらんと也。

五九一（冬河のうへはこほれる我なれやしたにながれて恋ひわたるらん、大頼）

「冬河（「河」ニ濁点アリ。右傍記「桂光院殿濁」左傍記「スム。光広卿なとは清て也」）の―」、忍恋に似たれ共不然。身のふしやうなるを恨たる也。冬川の上はこほれる（「こほれる」傍記「つれなき事也」）は人、下になかるゝは我也。えいひ出さぬ也。

五九二（たぎつ瀬に根ざしとゞめぬうき草のうきたる恋も我はするかな、忠岑）

「たきつせに―」、うき草は水のよとみにも根をとめぬ也。まして滝つ瀬にはねをとめじと也。根を上へつけて可心得。下へつけては根ざしと濁。是はさ（「さ」傍記「スム」）しとゝめぬを云。清て読へし。

五九三（よひよひにぬぎて我がぬる狩衣かけて思はぬ時のまもなし、友則）

「よゐ／＼に―」、俗な歌也。寝る時衣をぬきて、衣かに《イ（衣架）》かけてをく、此心野卑《ヤヒ》也。かけておもはぬ時のまもなし、時のまも忘れぬ心也。かり衣は狩衣也。かけてとはかりは、大かたは心をかけて也。

五九四（東路のさやのなか山なかなかになにしか人を思ひそめけん、友則）

「あつまちの―」、中山中々に何しかもと云に、人のつらきも我かなしきもこもる也。山をよひ出すは、人のへだつる心あらん。其義何とあらん。たゝ見てをけと也。賢《（顕）》注密勘に定家、さよと、よみたれは、夜のやうのなき時は、さやとよめと、俊成申されしと也。あさなき、あさなけ、あかとき、あかつき相通也。

五九五（しきたへの枕の下に海はあれど人をみるめは生ひずぞありける、友則）
「しきたへの―」、一切の事、物に劫をつめは大になる、涙つもりて海と成て、人を見るめ生せよと也。人とわれは生せぬと也。
五九六（年をへて消えぬ思ひはありながら夜の袂はなほこほりけり、友則）
「としをへて―」、きえぬ思ひは火の事也。然らは氷もむすふましき事なるが、ひとりねは、さえとをりて氷か結ふと也。
五九七（わが恋は知らぬ山路にあらなくに迷ふ心ぞわびしかりける、貫之）
「わか恋は―」、恋の山ちは人もおしへす。通例《ツウレイ》に人のふみみぬ道也。我恋の道は人のふみみぬ道にてはなきに、しらぬ道のやうにまよふ也。
五九八（紅のふりいでつゝなく涙には袂のみこそ色まさりけれ、貫之）
「紅の―」、紅はふり出してそむる物也。その心也。次第に色こくなる。其如く袖の色ふかく成は、べにのやうなる也。人の心にはそめつかで、せんもなく袖をのみ染ると云心あらん。
五九九（白玉と見えし涙もとしふればからくれなゐにうつろひにけり、貫之）
「白玉と―」、白玉と見えん涙さへあらんに、年をへて紅の玉になりたると也。卞和《ヘンクワ》が玉は玉と云へとも、不見知して三代まて奉る。後には足を被レ切たる古事あり。後には見しりたる人もありしか。
六〇〇（夏むしをなにかいひけん心から我も思ひにもえぬべらなり、躬恒）
「夏むしを―」、是は蛍也。蛍を愚痴《グチ》なる物と思たれは、我も蛍の如くに成たる也。是は色に出さんと思恋の歌也。
六〇一（風ふけば峯にわかるゝ白雲のたえてつれなき君が心か、忠岑）

「風吹は―」、云かくる心を雲にたとへ、君を山にたとへたる也。動せぬ君か心に、風のまへの雲の如くにはかなき我心と也。

六〇二（月かげにわが身をかふるものならばつれなき人もあはれとや見ん、忠岑）

「月影に―」、色々さま／＼の事を思ふて、あられぬ事を思ふたる也。我身を月になしたらは、月をめでゝあはれと思ふ事もあらんかと也。さま／＼に逢へき事を思ひめくらさんよりは、月に我身をなし度《タキ》とねかふ也。

六〇三（恋ひ死なばたが名はたゝじ世の中の常なき物といひはなすとも、深養父）

「恋しなは―」、此分にあらは、命がついには絶るにてあらん。世のつねの事にいひなすとも、そなたの名は立んと云、公事《クジ》の能いひかけ也。

六〇四（津の国の難波のあしのめもはるにしげき我が恋人しるらめや、貫之）

「つの国の―」、人しるらめやは、いもしるらめやと同心也。目もはるには、目のはるか也。蘆のめのはる也。しるらめやの内に、ふかくはしるまいと云心ある也。恋の心をくらへていへは、蘆のやうなる也。忍恋に非す。めのはると云は、顕る心ある也

六〇五（手もふれで月日へにける白まゆみおきふし夜はいこそねられね、貫之）

「てもふれで―」、人のつれなきをたとへてしらま弓を取出たる也。しら木の弓のそりのたかきはひとのするまゝにならぬ物也。てもふれては、人になれすして年月をへたる也。下句は、よるは起つ臥つ、ねられぬ心也。

六〇六（人知れぬ思ひのみこそわびしけれわが嘆きをば我のみぞ知る、貫之）

「人しれぬ―」、我思ひのほとを人かしりたらは、いかなりともあはれと思はぬ事はあらし、我心はかりに思ひて也。非忍恋。人にしられたきと也。

六〇七（言にいでていはぬばかりぞみなせ川したにかよひて恋しきものを、友則）
「ことにいでてゝー」、水無瀬川は小き川なれとも水のすぢ不絶物也。公界はゞかる心也。
六〇八（君をのみ思ひねにねし夢なれば我が心から見つるなりけり、躬恒）
「君をのみー」、人の心がかよふて夢も見えたらは、うれしからんが、我心のきよから見たる程に詮なし。是にてはなくさみかたしと也。
六〇九（命にもまさりて惜しくある物は見はてぬ夢のさむるなりけり、忠岑）
「命にもー」、忠岑が集には、詞書に「我物いひける女のなく成て暁方の夢にみえて残多さめける時読り」とあり。哀傷部に入さうなれとも、思へともあはぬ人を夢に見て行衛をみはてん物をとの心也。
六一〇（梓弓ひけばもとする我が方によるこそまされこひの心は、列樹）
「あつさ弓ー」、眼前の弓の体、をす所は遠けれとも、もとはず、うらはずは我方へよる物也。弓の如く我かってへ引つけたきと也。よるに成て思ひます物也。
六一一（わが恋はゆくへも知らずはてもなしあふを限りと思ふばかりぞ、躬恒）
「我恋はー」、恋と云物にははてなき物也。いつこをはてにせんと思へは、逢より外にかきりなし。今年不逢は来年、今世に不逢は来世に逢んと思ふ。逢をかきりと思ふ也。
六一二（我のみぞかなしかりける彦星もあはですぐせる年しなければ、躬恒）
「我のみそー」、契りのとをき事には、七夕を云。星も一年一度は逢物也。我は一度も不逢、七夕にはをとりたると也。
六一三（今ははや恋ひ死なましをあひ見んと頼めしことぞ命なりける、深養父）

「今はゝや―」、命のかゝるを恨たる歌也。必と云詞をたのみてかゝりてゐる也。その一言か我身のあだと成たる也。さらは逢には非すして、なくさめ詞をたのみて、かゝる命うらめしき也。

六一四（頼めつゝあはで年ふるいつはりにこりぬ心を人は知らなむ、躬恒）

「たのめつゝ―」、人かいかさま〳〵と云てのばし〳〵する時、我をくたびらかさうと思ふか、我はすこしもくたひれぬ、そなたのくたひれ出来して、人の心ゆるふ事かあらんかの義也。

六一五（命やは何ぞは露のあだものをあふにしかへば惜しからなくに、友則）

「命やは―」、五文字心得かたし。命やはおしからん歟。何のおしからんの心也。是は命をかろんして云たる詞也。心に命やはと、うちふてゝ云たる也。露と命とを別にしたると、露の命とひとつにしたると両義也。露のあた物よりもやすき命を、逢にかへんはやすき事なると也。つゝけてみる時は千年万年の命なりとも、逢にかへんはおしからぬに、まして露の命は何としておしからんと也。

恋の歌の三　二月朔日、恋二と同日

「かきくらす」(古今六四六)の歌迄、先御文字読、次御講談、畢て「むはたまのやみのうつゝは」(古今六四七)の歌より恋の三の分、先づ御文字読、御講釈、今日の分皆也。

六一六詞書（やよひのついたちより、忍びに人に物らいひてのちに、雨のそぼふりけるによみてつかはしける）

「やよひの―」、いせ物かたりには逢後恋、於此集不逢也。そほふるは、そ（傍記「添」）ひふる心也。

六一六（起きもせずねもせで夜をあかしては春の物とてながめくらしつ、業平）

「おきもせす―」ものなとはいひて実事なき心也。伊勢物語にては、ながめくらしつと云に、なか雨の心あり。心は切なる恋の歌也。おきてもゐす、ねてもゐられぬ体也。思ひの切なる時、心うか〳〵となりて詠かちなる物也。

六一七（つれづれのながめにまさる涙川袖のみぬれてあふよしもなし、敏行）

「つれ〳〵の―」、思ひが深切の体、ぼうぜんとしたる時の事也。思ひのことわざは何ぞなれは、袖のぬるゝはかり也。是もなかめ、雨の事にてなし。

六一八（浅みこそ袖はひつらめ涙河身さへながると聞かばたのまん、業平）

「あさみこそ―」、涙は人の心さし次第なる物也。袖のみぬれてはすくなし。我は身もなかるゝほとなると也。贈答の本にすへき歌也。

六一九（よるべなみ身をこそ遠くへだてつれ心は君が影となりにき、よみ人しらず）

「よるへなみ―」、不逢恋の歌也。身をこそ遠くへたてつれは、人にさしはなれたる心也。人の許容《キョヨウ》なしと也。されとも心は人にそふてある也。身にしたかふ影のことくにそふと也。

六二〇（いたづらに行きてはきぬるものゆゑに見まくほしさにいざなはれつゝ、よみ人しらず）

「いたつらに―」、みまくほしさにいさなはれつゝは、いかやうにして成共、あはんと思心かさそふて、つれて行たれとも、いたつらに不逢と也。

六二一（あはぬ夜のふる白雪とつもりなば我さへともにけぬべきものを、よみ人しらず）

「あはぬ夜の―」、雪のことくに我あらんならは、身は雪のことく消んと也。あはぬ夜のふる白雪と云を、雪のことくまとをにあらはと也。雪のふりしくことくに、へだてられたらばと也。さやうに聞ゆべき事歟と也。畢竟《（ヒツキョウ）》不逢夜つもりたらは我もきえんとの心也。あはぬ夜のの、「の」の字は夜がと云心也。此三首人丸歌と也。此左注にあり。

六二二（秋の野に笹わけし朝の袖よりもあはでこし夜ぞひちまさりける、業平）

「秋のゝに―」、あはてぬる夜と伊勢物語にあり。三年篠を分てかよふたると云古事あり。其心をふくみて読たる也。秋の野、朝、篠原、露の深き処也。門より帰恋、是より出たる也。為家歌に「ふかき夜の別といひて真木の戸のあけぬにかへる身とはしられし」（新続古今、為定、従門帰恋といふ事を）

六二三（みるめなきわが身をうらと知らねばやかれなであまの足たゆくくる、小町）

「みるめなき―」、伊勢物語に沙汰ありし事也。我身と云を、小町に見ると、業平に見ると両様也。業平に見る時は、世中は縁次第なる程に縁のなきをしらぬかと也。小町と見る時はそなたのあた〳〵しき故にま見えぬ、それは業平のとがにてこそあれ、我身のうらめしきとしらて、足たゆきまてくるかと也。

六二四（あはずしてこよひあけなば春の日の長くや人をつらしと思はん、宗于）

「あはすして―」、十三の巻の内の秀逸と也。歌の心は人のもとへ行て、いたつらに、こよひか明たらは、長き世の恨とならん。今宵か限ならんと也。

六二五（有明のつれなくみえし別れより暁ばかりうきものはなし、忠岑）

「晨明の―」、名誉の歌也。逢無実恋の歌也。扶桑葉林《フソウヤウリン》集とやらん百帖ある物也。嵯峨天皇以来、歌を集たるもの也。それには不逢帰恋とあり。定家は題をは不信。歌の心は不逢切恋也。あかつきはかりは量の字の心也。たゝ暁とはかり也。其分にても心得かたき程に、あかつき程と程の字をも少はゆるすと也。暁に比量する物はなしと云心也。逢て帰るさへにてあらんに、本意をとけすして帰程に、暁はかりうきはなしと也。（書入「此別故、別がうき物に成たる也」）。後鳥羽院御時、古今第一の歌はと御尋ありし時、定家、家隆は此の歌を書て奉る。俊成は此歌に「むすふ手の雫にゝこる」（古今四〇四、むすぶてのしづくに濁る山の井のあかでも人に別れぬるかな、貫之）の歌を書加て奉ると也。俊成は金葉・詞花歌さまあしき故、やはらかにうつくしきをこのむ。定家は建保之比つよき所なしとてつよき所を好、よく〳〵心を付へしと也。
六二六（逢ふ事の渚にし寄る浪なればうらみてのみぞたちかへりける、元方）
「あふことの―」、是より上七首、不逢恋、波なれはを涙の事と云、不用。歌の心は行て帰心也。行たれとも不逢程に、逢事のなき所へ行て恨出来する也。なきさは用もなき所へ行て後悔したる心也。
六二七（かねてより風に先立つ波なれやあふことなきにまだき立つらん、よみ人しらず）
「かねてより―」、名立部也。不逢先から立也。なみなれやと云に名をもたせたる也。名をあらはに不云所面白し。
六二八（陸奥にありといふなる名取川なき名とりてはくるしかりけり、忠岑）
「みちのくに―」、序歌也。名とり川をよび出して、なき名とりてはくるしかりけりと也。なき名は人に不逢処に名の立也。思ひもかけぬに名の立に非す。一かうになき名ならは、くるしかりけりとは云かたし。少、末をかゝへたる心ある也。
六二九（あやなくてまだきなき名のたつた川わたらでやまんものならなくに、有助）
「あやなくて―」、わたらてやまん物ならなくには、わたらひではかなふましと也。あやなくは歌によるへきが、是はあちきなき也。ついにあはんと也。是も不逢先に名の立たる心也。此ありすけは河内の者也。
六三〇（人はいさ我はなき名の惜しければ昔も今も知らずとをいはむ、元方）
「人はいさ―」、世上の人は不知也。人の事はさもあらはあれ、我は名の立事いかゝなれは、むかしも今もしらぬと云はんと也。後撰には贈答あり。逢た心也。作者も相違、伊勢か家集にも此歌あり。何としたる事そと也。
六三一（こりずまに又もなき名は立ちぬべし人にくからぬ世にしすまへば、よみ人しらず）
「こりすまに―」、これはこと〳〵しく名立て、両方からあい引に引たる後の歌也。されとも人にくからぬ世にすむ程は、又も名立んと也。又説、人ひとりになき名たてられて、又別の人に名たてらるゝ事もあらんと也。

六三二詞書（ひんがしの五条わたりに、人を知りおきてまかり通ひけり。しのびなる所なりければ、門よりしもえいらで、かきのくづれより通ひけるを、たびかさなりければ、あるじきゝつけてかの道に夜ごとに人をふせてまもらすれば、いきけれどえあはでのみかへりて、よみてやりける）

「ひんかしの五条わたりに―」、伊勢物語ついちとあり、かきと改。ついちと云は、少ふつゝかにきこゆる故也。

六三二（人しれぬわが通ひぢの関守はよひよひごとにうちも寝ななん、業平）

「ひとしれぬ―」、人しれぬはしのふ心也。此関は我為にたてたる関なるほとに、よひ〳〵ことにうちもねさせうと也。公界のに非すと也。（文末書入「伊勢物かたりにては逢恋の心もあれと、こゝには不逢にして入也」）

六三三（忍ぶれど恋しき時はあしひきの山より月のいでてこそくれ、貫之）

「しのふれと―」、顕るゝ恋也。次第にあらはるゝを、山のはの月にたとへて也。月の次第にあらはれ出るに我恋の顕るゝをたとふ。山より月の出るやうにあらはるゝは、しやうやうもなき（傍記「可レ仕様もなき也」）と也。

六三四（恋ひ恋ひてまれにこよひぞあふ坂の木綿《ゆふ》つけ鳥はなかずもあらなん、よみ人しらず）

「恋々て―」、此歌より逢恋の初也。伊勢物語に「人しれぬ我かよひち」（古今六三二）の歌は逢恋の心あるを、不逢恋して此集には入て、是より逢恋の初也。恋々てとは文をかよはし、さま〳〵に心をつくしてまれに逢也。心をつくしたる上の事なる程に、暁鳥の鳴はならひなれとも、今宵はなかずしてあれと也。

六三五（秋の夜も名のみなりけりあふといへば事ぞともなく明けぬるものを、小町）

「秋のよも―」、家集詞書ありと也。秋の夜は八月、九月、正長夜と云へとも、それも偽にて、ことそともなく明る也。何のゆへもなく明る也。

六三六（長しとも思ひぞはてぬむかしよりあふ人からの秋のよなれば、躬恒）
「長しとも―」、逢人がら、濁もあれと、こと〳〵しくきやう也。すむへし。前の歌の「秋の夜も」の歌の返歌也。こゝには返しとは不書。心は我ひとりの事に非す。むかしからの人の事なる程に、こゝには返しと不書と也。逢恋の歌は大事也。よみにくき物也。
六三七（しのゝめのほがらほがらと明けゆけば己が衣々なるぞかなしき、よみ人しらず）
「しのゝめの―」、是より別れの歌に成たる也。ほから〳〵は朗の字也。此歌は延喜の御製といひならはしたる也。衣々と云は、我衣をは我か着し、人の衣は人のきて、わかるゝ心也。心の正直なる歌也。ありていの事にて、しかもおもしろしと也。
六三八（明ぬとて今はの心つくからになど言ひ知らぬ思ひそふらむ、国経）
「明ぬとて―」、今はの心とは、別るゝきはの事也。顕注密勘、いひもならはぬ、思ひもならはぬほとに、おしうかなしき心とぞ。いひもならはす、思ひもならはぬ心也。初て逢ての別の歌也。今はとては「（新古今、寂蓮）今はとてたのむの雁もうちわひぬおほろ月夜の曙の空」、此今はとてと同心也。
六三九（明けぬとてかへる道にはこきたれて雨も涙もふりそぼちつゝ、敏行）
「あけぬとて―」、こきたれ、かきたれ同心也。そほ（「ほ」傍記「ヲ」）ぢは、雨も涙もかきくるゝやうにふると也。或抄に、歌の心は、かきくらしふる雨にもとまらうするにてはなき程に、今はとて帰道に涙も雨もふる也。
六四〇（しののめの別れを惜しみ我ぞまづ鳥よりさきになきはじめつる、寵）
「しのゝめの―」、鳥がなきかせうずらうと思ふ心から、我が先鳴初る也。
六四一（ほとゝぎす夢かうつゝか朝露のおきてわかれし暁のこゑ、よみ人しらず）

「ほとゝきすー」、醍醐の僧に定海法印と云者あり。それが歌也。別るゝ時分、時鳥の鳴を聞て、時鳥はいつもの声と聞て、逢たるは時鳥の声にさめたる夢かと也。又は時鳥に問よしなると也。夢かうつゝかを時鳥にして、ほのかに、わかるゝ人を思ひなすらへたる心也。

六四二（玉くしげあけば君が名たちぬべみ夜深くこしを人みけんかも、よみ人しらず）

「玉くしけー」、公界はゝかりて、夜ふかく別《ワカレ》たる也。さあれど、人が見たか、猶人の名をおしみたる也。

六四三（けさはしもおきけん方も知らざりつ思ひいづるぞ消えて悲しき、千里）

「けさはしもー」、しもは、てにはにて、霜の心ある也。別るゝきはゝ心まとひにて何事も不ㇾ覚。帰来て別のきはを思ひ出して也。

六四四（ねぬる夜の夢をはかなみまどろめばいやはかなにもなりまさるかな、業平）

「ねぬる夜のー」、後朝の恋也。逢事は実の夢かとうたかふ心也。逢た事は夢のやうなる程に、又、夢を見るかと頼む心、いよ〳〵はかなき心哉と也。夢よりはかなき心をいやはかなゝると也。

六四五（君やこし我やゆきけんおもほえず夢かうつゝかねてかさめてか、よみ人しらず）

「君やこしー」、伊勢物語にて出たる事也。斎宮、文徳天皇皇女恬子《テンシ》内親王也。こゝに読人不知と書は、伊勢太神宮へは天子の直につかへられうずる事を、御代官に皇女をまいらせらるゝ事也。さやうの人の如此のふるまひあるを、貫之はゝかりて、読人不知書心也。歌の心は、逢事の程もなきを、君やこし我や行けんと也。我なしたる事歟、我人のなしたる事歟。夢歟、うつゝ歟。少もわきまへぬと也。一切の人と我との事也。人か来て我をあらはす歟、我か人をあらはす歟と也。人界は無常なる物也。恋部には表裏の説なきが、これはその心也。一切衆生、人は我を知らす、我は人をしらぬ心也。

六四六（かきくらす心のやみにまどひにきゆめうつゝとは世人さだめよ、業平）
「かきくらす―」、逢夜はかなき心のやみにかきくらされて不サル二分別セ一ほどに、世人に定めよと也。此世は生あるかと思へは無、無かと思へはある心也。空、仮、中の三諦の道理也。かやうの事は表に云は嫌ふ也。経文の歌なとにさへ、たえなる法と云なとは嫌ふ也。

此歌より恋の三の分、先御文字読、次御講談。

六四七（むばたまの闇のうつゝはさだかなる夢に幾らもまさらざりけり、よみ人しらず）
「むは玉の―」、やみのうつゝとは、夜ふかく逢て互にかたちなと不見体也。慥に逢て、さたかに無程に、やみのうつゝと云。さたかなる夢におとりたると也。実義なき程にかく云也。一切世間は皆やみのうつゝなると也。

六四八（さ夜ふけて天の門わたる月かげにあかずも君をあひ見つるかな、よみ人しらず）
「さ夜更て―」、あまの戸は空の事也。渡るの字に非す。月のかたふく時分、人に逢て也。月を取出すは、あかすも君をと云はん為也。人がおきかせうずらうと、名残をしき時分也。

六四九（君が名もわが名もたてじ難波なるみつともいふなあひきともいはじ、よみ人しらず）
「君か名も―」、みつと云はん為に難波を取出す。顕昭かあひきともと云を、網引《アビキ》とあみの事まて云。あまりに了見過たると定家申されし也。「よしの川岩なみたかく行水のはやく」（古今四七一、吉野川岩波高く行く水の早くぞ人を思ひそめてし、貫之）と云やうの例にてかさねて云たる也。下句は世間をはゝかりて云たる也。詞そろはでは如何なる程に人もみつとないひそ、我もあい（ママ）きともいはしと也。

六五〇（名取川せゞのむもれ木顕《あら》ればいかにせんとかあひ見そめけん、よみ人しらず）
「名とり川―」、逢て後、名の立也。埋木は一たんかくれても又顕る物也。あらはれぬさきと後と云、両義也。あらはれはとある程に、あらはれぬさきと也。詠歌大概にてはあらはれたる心と也。後日仰、顕れたらは何とせん事と思ひて逢たるそと、顕れて後にも云へき事也。

六五一（吉野河水の心ははやくとも滝の音にはたてじとぞおもふ、よみ人しらず）

「よしの川―」、前の歌は不逢して忍恋、こゝは逢て忍ふ恋也。我思ひは、たきりて切なりとも、音にはたてじと也。二条后の歌と云。

六五二（恋しくはしたにをおもへ紫のねずりの衣色にいづなゆめ、よみ人しらず）

「こひしくは―」、紫は物を染る物也。ねすりを寝て摺と云、他流説不用。根をもつて染る也。ゆめはゆめ〳〵也。紫の根すりのやうに色に出なと也。「紫の根はふ、よこのゝ」（新続古今、紫のねはふよこののつぼすみれま袖につまん色もむつまじ、俊成）と云て横にはふ物也。

六五三（花薄ほにいでて恋ひば名を惜しみ下結ふ紐のむすぼほれつゝ、春風）

「花すゝき―」、下ひものふとむすほゝれたるは、思ふ人にとかする事あり。それを下心にこめて也。逢後忍恋也。ほに出てとは、あらはれては名がおしき程に、下にむすほゝるゝ也。後日仰、下句、下ひものむすほゝるゝことく、思ひもしたにむすほゝるゝと也。

六五四（思ふどちひとりひとりが恋ひ死なばたれによそへて藤衣きん、よみ人しらず）

「おもふとち―」、ひとり〳〵（「〳〵」ニ濁点アリ）（傍記「濁。桂光院殿さこそあるらん」）。もろともに偕《カイ》老《ロウ》同（洞）穴とは思へとも、それも是非なく独々（ヒトリヒトリ）がをくれさきだって死せは、誰故とて藤衣をきんと也。藤衣を着したらは顕れんと忍恋の心也。

六五五（泣き恋ふる涙に袖のそぼちなばぬぎかへがてら夜こそはきめ、清樹）

「なきこふる―」、ひるの衣をぬぎかふる体にて夜藤衣を着んと也。涙にはしるしなき物なる程に人もとがめじ。

ぬれたる衣は何故ともいはれん。服衣は夜着んと也。「誰によそへて」の返歌也。

六五六（うつゝにはさもこそあらめ夢にさへ人めをもると見るがわびしさ、小町）

「うつゝには―」、せめて夢になりとも人目のきづかひをせて見たきと也。ひる心をせっして寝れは夢にも人目を忍ふと也。

六五七（限りなき思ひのまゝによるもこむ夢路をさへに人はとがめじ、小町）

「かきりなき―」、人めを忍ふ心也。ゆめにみゆる事をせく事はあらじ。然らは思ひのまゝに夜もこんと也。夢路には人もとかめしと也。

六五八（夢路には足もやすめず通へどもうつゝに一目見しごとはあらず、小町）

「夢路には―」、夢はゆきかへり〳〵する物なれとも、何程行かへりても、うつゝに一目見しやうにもなし。ごとは如く也。三首小町歌。夢の歌多読たる人也。

六五九（思へども人めつゝみの高ければかはと見ながらえこそわたらね、よみ人しらず）

「思へとも―」、山は越る、川は渡ると云か詞のやくそくにて、逢心也。へたつるものは人目つゝみ也。

六六〇（たぎつ瀬のはやき心をなにしかも人めつゝみのせきとゞむらん、よみ人しらず）

「たきつせの―」、人目つゝみに不審をかけたる心也。あのはやき心をは人めつゝみの何としてせきとむるそと也。

六六一（紅の色にはいでじ隠れ沼《ぬ》のしたにかよひて恋ひは死ぬとも、友則）

「紅の―」、ぬとは、ぬま也。みこもりのぬま也。紅の色には出しは涙也。ぬまは人には不レ被レ知して深き物也。ぬまの心と我心とが通して也。紅の、かくれぬのなと云事、えんなき也。何やかや取合て也。かやうのを疎句の歌と云。

六六二（冬の池にすむにほどりのつれもなくそこに通ふと人に知らすな、躬恒）

「冬の池に―」、冬の池と云、肝要也。氷る心也。鳰は浮巣をくふ物也。巣へ直にゆけ（「ゆけ」傍記「行」）は人が知程に、わき道を行能《（ヨキ）》たとへ也。

六六三（さゝの葉におく初霜の夜をさむみしみはつくとも色にいでめや、躬恒）

「さゝのはに―」、初霜とは今から初まる心也。さゝは葉広くして霜のをく所也。はらへとも霜のをく所也。連々重て、しみはつくとも色には出すまじと也。

六六四（山科の音羽の山のおとにだに人の知るべくわが恋ひめかも、よみ人しらず）

「山しなの―」、近江の采女の天智天皇へ奉る歌也。音羽の山をひにみたる歌也。

六六五（みつ潮の流れひるまをあひがたみみるめの浦によるをこそ待て、深養父）

「みつしほの―」、是は古き歌のくせ也。二所にて昼と夜とを云。塩のひるを昼と云。みるめのよるを夜にそへたる也。夕塩がみちてみるめよらんと也。

六六六（白川の知らずともいはじ底きよみ流れて世々にすまんと思へば、貞文）

「白河の―」、人は何と云とも堅固に不知と云はんと也。さりなから底に疵《キズ》がある程に不知ともいはじと也。末にも又逢事あらんと也。偽て能事もあれとも正直に云はんと也。私すまんと思へはと云は、伊勢物語に男すますなりにけりと云詞の心歟。

六六七（したにのみ恋ふればくるし玉のをのたえてみだれん人なとがめそ、友則）

「したにのみ―」、玉をつらぬきたる緒がきれたらは乱れん。忍がくるしき程に玉のおが切れたる如くに乱れん。それを人なとかめそと也。

六六八（我が恋を忍びかねてはあしひきの山橘の色にいでぬべし、友則）

「我恋を―」、赤き実のなる、山橘也。牡丹と云、薫衣香なとに入《イル》ほたんの根と云。山たちはなのは色に出ぬへしと云はかり也。

六六九（おほかたは我が名もみなとこぎいでなん世をうみべたにみるめすくなし、よみ人しらず）

「大かたは―」、我名をさへ思ひけちてこき出ん。うみべに、うきと云事をもたせたる也。みるめのある所へうみべへこき出さんと也。

六七〇（枕より又しる人もなき恋を涙せきあへずもらしつるかな、貞文）

「枕より―」、心をゆるすは枕也。それより外に気をゆるす物はなし。それもかきりあるか。枕より外に又ゆるす事のなき恋を人のしると云也。我涙をせきあへすもらす我をせいして、堪忍情のなきと也。

六七一（風ふけば浪打つ岸の松なれやねにあらはれて泣きぬべらなり、よみ人しらず）

「風ふけは―」、風の吹時は浪あらき物也。浪のあらきにて松の根あらはるゝ物也。日比忍ひ来たるも、かやうに成物かと也。

六七二（池にすむ名ををし鳥の水をあさみ隠るとすれどあらはれにけり、よみ人しらず）

「池にすむ―」、鴛鳥は契ふかき物也。すむをし鳥とつゝけさうなるを名と云字を中へ入たる。かやうの作例ある事也。我心ふかくは、顕れましき物をと也。

六七三（あふ事は玉のをばかり名の立つは吉野の川のたぎつせのごと、よみ人しらず）

「あふ事は―」、何も物は心に不叶物也。逢事は少にて、名の立事はよし野の滝の如くなると也。玉の緒ばかりは少の事也。たきつせのことは世にひゝく事也。

六七四（群鳥のたちにし我が名今更に事なしぶともしるしあらめや、よみ人しらず）

「むら鳥の―」、むら鳥はさはき立物なる故也。今からなりとも、とりかへしたき物なれ共、何程無事にと思てもしるしあらし。取かへされぬ心也。後日仰、ことなしふともとは、ことなしにせうとするともと云心也。

六七五（きみにより我が名は花に春霞野にも山にもたちみちにけり、よみ人しらず）

「君により―」、五文字、肝要也。あた〳〵しき君ゆへに也。人の心うちつきたらはかくはあらじ物をと也。

六七六（知るといへば枕だにせでねしものを塵ならぬ名のそらに立つらむ、伊勢）

「しるといへは―」、枕のしると云事、本説なし。枕は身に近き物なる故に思ひをも知る也。心をもゆるす程に也。此比は、そのやうじん（用心）までをして枕をもせて寝し物を何として塵ほこりの如く名は立たぞと也。

恋の歌の四　明暦三年二月二日

明暦三年二月二日「たえす行あすかの川（古今七一〇）」の歌の左注まて先御文字読、次御講釈、又「よと川（古今七一一）」の歌より恋四の分御文字読み、次御講釈、又恋五の初より「ひとりのみなかめふるや（古今七六九）」の歌まて先御文字読、次御講釈、今日の分也。

六七七（陸奥の安積の沼の花かつみかつ見る人に恋ひやわたらん、よみ人しらず）

「みちのくの―」、是より見恋の歌也。花かつみはかつみの事也。かつみとは、こも也。いつかたにてもあるへき事なれとも、此あさかのぬまをよひ出す事は能世に聞えたる所なる故也。心は、そと見て恋やわたらんと云心也。実方中将は禁中にて行成と口論の罪により「歌枕を見て参れ」とて関東へつかはされ、ついに関東にて果《ハテ》たる者也。其の実方か説に、あさかのぬまのあたりには、五月五日にあやめにては、やねをふかすして、まこもにてふく。あやめなきによりてと云たる事あり。其後其国へ任にをもむきたる者あやめおほ（「おほ」傍記「多」）しと云、何としたる事ぞ。室八嶋はいつも煙立と云へとも、今は煙一圓不立、名所も時により、かはりある歟と定家申と也。
六七八（あひ見ずは恋しき事もなからまし音にぞ人をきくべかりける、よみ人しらず）
「あひみすは―」、平せい見かよふたる中も、したしく枕ならふる程に成たる時はかはる事あらん。我物になりては中々音に聞てをかん物をと思ふ事あらんと也。
六七九（石上布留の中道なかなかに見ずは恋しと思はましやは、貫之）
「いそのかみ―」、上道、中道、下道とて三あり。中道は、まっすぐにおもひ入たると云心也。中々に逢見る事があひなたのみに成て、ほのかに逢た後に我物に不㆑成してくやしきと也。やはは、やはやの心也。又の義、たゝほのかに逢見て不満足時、一度もあひみはやと思た時はくやしき事哉と云心也。
六八〇（君といへば見まれ見ずまれ富士の嶺《ね》のめづらしげなくもゆる我がこひ、忠行）
「君といへは―」、古今にあれはとて、もゆる我恋と云結句はあしゝ。似せまじき也。されともみまれみすまれなと、古き詞をきて下に手をつけす。富士煙、不立と冷泉家の説如何と云事、此歌なとにてあらはれたり。不断と云二条家説、可然事也。
六八一（夢にだに見ゆとは見えじ朝な朝な我が面影にはづる身なれば、伊勢）
「夢にたに―」、女の歌なる程に、朝な〳〵我面影とは、かゝみの影なるへし。おとろへ行をなけく也。いなかへ行人なと、いよ〳〵出立て、人にみゆる物也。わかるゝ時の面影そのまゝ残る物也と人の云つたへたる事也。人の心か通して夢にみゆる物なるが、我さへ面影にははづる時分と也。
六八二（石間ゆく水の白波立ち返りかくこそは見めあかずもあるかな、よみ人しらず）
「いしま行―」、石のひま〳〵をわりなく行水也。石間行水のやうに人にしられずして見たきと也。岩にせかれて、すなをにもなく行を云。立かへり〳〵見たきと云心也。

六八三（伊勢のあまの朝な夕なに潜《かづ》くてふみるめに人をあくよしもがな、よみ人しらず）

「いせのあまの―」、伊勢にみるめ、海士、常に読つけたる事也。みるめに人をあくよしもかなとは、みるめすくなきと也。伊勢の海士のかづくみるめのやうに見たきと也。海士をうらやむ心也。

六八四（春霞たなびく山の桜花見れどもあかぬ君にもあるかな、友則）

「春霞―」、恋一に「山桜霞のまよりほのかにも」（古今四七九、山桜霞の間よりほのかにも見てし人こそ恋しかりけれ、貫之）の歌は初の恋の心也。これは逢て後に、見れとも〳〵あかぬ心也。「桜さくとを山とりのしたりお」（新古今、桜咲く遠山鳥のしだりをの長々し日もあかぬ色かな、後鳥羽院）の御歌も此歌よりの心也。詞は人丸の「なか〳〵し夜を独かもねん」（人丸集、足引きの山鳥の尾のしだりをの長々し夜を一人かもねん）の歌にて也。

六八五（心をそわりなき物と思ひぬる見るものからや恋しかるべき、深養父）

「心をそ―」、いまた実のなき心也。不逢して我心は何としたるわりなき物ぞと也。みる物ことに千草万木しやべ（差別）つなく恋しくはくるしからしを、差別のあるはうたてい事かなと也。

六八六（かれはてん後《のち》をば知らで夏草のふかくも人の思ほゆるかな、躬恒）

「かれはてん―」、変恋の歌也。初甚しき事は必変ずる物也。其道理をは不知也。夏草のしけきは必ず変せんと也。をはりをつゝしめとの教也。

六八七（飛鳥川ふちはせになる世なりとも思ひそめてん人はわすれじ、よみ人しらず）

「あすか川―」、八幡の源清法印の女の歌也。あすか川のくせにて必かはる也。人はともあれ、我はかはらしの心也。世中は思ふやうにもなき物哉。人はかはれとも、我はわすれぬと云義也。

六八八（思ふてふ言の葉のみや秋をへて色もかはらぬ物にはあるらん、よみ人しらず）

「おもふてふ―」、我ことのはのやうに見る一説。我いふことのはゝ秋をへても色のかはる事あらし。もし人がかはらは我もかはりもせいでと也。又の義、人のかはりて、詞にはいつもかはらぬやうにいへと、心かはりたると也。此心ましたると也。尤の事也。

六八九（さむしろに衣かたしきこよひもや我をまつらん宇治の橋姫、よみ人しらず）

「さむしろに―」、さむしろは、せはきむしろ也。はしびめの物語と云物ありし。俊成は初見て後に不見を残りおほきと云し也。此集にては神詠ともみすとも也。橋姫明神、宇治の離宮のはしびめにかよはれたる時の歌也。神詠にもせよ何にもせよ、歌の心は、いかなりともと思ひて、今宵も〳〵と幾夜も待たる心也。立わかれたるふるき女を橋姫によせて也。待恋といへは、待てに成てはかりよめとも、古き歌には待らんと云やうにもあり。玉姫、橋姫、同し事なれとも玉びめ聞がおとりたる也。玉のやうに立時は如此可用歟。橋姫、棹姫・立田姫の類也。

六九〇（君やこむ我やゆかんのいさよひにまきの板戸もさゝずねにけり、よみ人しらず）

「きみやこん―」、いさよひはやすらふ心也。いさよひの月のやうなと他流説不用。たゝやすろふ心也。人丸、「八（新古今、もののふの八十氏川の網代木にいさよふ波のゆくへしらずも）十氏川のあしろ木にいさよふ波」とよみたり。同心也。人を待《マテ》とも時過たる程に、こなたから行んかと思ふうちに又待心ある、そこがいさよふ也。更る程に不行。されとも可ㇾ来歟と待故に槙の板戸をさゝずと也。

六九一（今こんといひしばかりに長月の有明の月を待ちいでつるかな、素性）

「今こんと―」、余情あり。一部の秀逸也。顕昭は夜一夜の事と見る。定家は何とあらんと也。人を待々て長月になり、長月も有明に成たる事也。つれなくて有明の月を待出たると也。

六九二（月夜よし夜よしと人につげやらばこてふににたり待たずしもあらず、よみ人しらず）

「月よよし―」、よしは好の字也。詩なとにも好の字多つかふ。月よゝしとつげやりたらは、いかなりとも人もとはんと也。よき案内なると也。うたかはしくもなく、来んと也。又の義、月はおもしろきなと、つげやりたらは来れと云に似たるへし。こいと云に似たり。されとも待ぬにてはなしと也。こてうに似たりとは、来れとは斟酌すれとも、されとも待ぬにてもなしと也。

六九三（君こずはねやへもいらじ濃紫《こむらさき》我がもとゆひに霜はおくとも、よみ人しらず）

「君こすは―」、夜は何程更たりとも我は約束はたがへず待ん。自然、とはるゝ我か大屈《（退屈）》して不待はと也。こむらさきはもとゆいにむらさきの糸にてする物也。ぢせいが梁下《リヤウカ》（「梁下」傍記「橋の義也」）の約をたがへぬやうに我は待んと也。

六九四（宮城野のもとあらの小萩露を重み風を待つごと君をこそまて、よみ人しらず）

「みやき野の―」、萩は露かよくをく物也。萩か心に、露のをきあまりたるは、はらはんやうなき故、風を待やう也。露か風を待には非す。萩か風を待心也。又の義、此おもしろき萩の露を風か吹ちらしさうなるほとに、あやうく人を待か、その人も何とあらんずるそとあやうき心を、萩の露の風を待ことく、人を待と也。こはき、小と古との内、小の字可然。もとあらの萩は、もとのあらき萩也。

六九五（あな恋し今も見てしが山がつのかきほにさける大和撫子、よみ人しらず）

「あな恋し―」、みてしか（「か」傍記「スム」）は、みてしがな也。今もみてしかは当意の切なる心也。逢後の恋也。あなはあゝ也。山かつは賎の字、常にも書事也。かきほはふりたれ共、人はふりぬと云心なれとも、たゝ花を人にそへて也。やまとなでしこのやうに人を恋しう思ふと云心也。

六九六（津の国のなには思はず山城のとはにあひ見んことをのみこそ、よみ人しらず）

「つのくにの―」、名にはと云はん為に津の国を取出す。とばは常住の心。名にはおもはすとは、逢と云事は名はかりにては無レ曲。下の逢字、上へ引あげて見るへし。常不止《トコトハ》。
六九七（敷島の大和にはあらぬ唐衣ころもへずしてあふよしもがな、貫之）
「しきしまの―」、山とにしきしまと云所あり。から衣を云はん為也。序歌《ジョウタ》也。逢てのち、頓而あひ／＼したきと也。から衣はもとめかたきの心也。
六九八（恋しとはたが名づけけん言ならん死ぬとぞたゞにいふべかりける、深養父）
「恋しとは―」、恋しゆかしと云名は誰がつけたぞ、不審なる。たゞ死ぬるとつけたき物也。然らは人があはれと思はん物をと也。
六九九（み吉野の大川のべのふぢなみのなみに思はばわが恋ひめやは、よみ人しらず）
「みよし野の―」、人か我を無《（ナキ）》がことくにあいしろう、口惜く思ふ心也。我は人なみにはなき物を、不肖《フシャウ》の身なる故不知也。是も序歌也。
七〇〇（かく恋ひんものとは我も思ひにき心の占《うら》ぞまさしかりける、よみ人しらず）
「かくこひん―」、心のうらとは心のゑんりょ（「ゑんりょ」傍記「延慮」）也。必卜筮《ボクゼイ》には非す。思ひそめたらは身もいたつらにならんと思ひたるか、案の如くと也。
七〇一（天の原ふみとゞろかしなる神も思ふなかをばさくるものかは、よみ人しらず）
「あまのはら―」、陽成院の御乳母《メノト》の悪きふるまひのありし時、君の御気色《ミケシキ》あしかりし時よみし也。なる神とは威勢あるを云。さくるは離別の二字の内、別の字の心を用。（「離別」傍記「放・去・離・別四字の内、離の字を用、抄」）。心からにてなくはなるゝ也。とゝろくは動の字、車のは轟の字也。夕とゝろき―。思ふなかによこさまのさはりの出来を、思ふ中はなる神もさくる物かとなけきたる心也。

七〇二（梓弓ひき野のつゞらすゑつひにわが思ふ人に言《こと》のしげけん、よみ人しらず）
「あつさ弓―」、ひきのは名所也。あつさ弓はひきのと云はん為の五文字也。何とあらんと思たるに口せつの出来したる心也。末ついに何とかあらんの心也。（後撰集、嵯峨后）「ことしけし、しはしはたてれ、よひのまにをくらん露はいてゝはらはん」。此ことしけしは、口せつの出来の事也。左注「あめのみかと」は天智天皇也。近江のうねめとは、国々より采女は奉る内の近江から奉る采女也。

七〇三（夏びきのてびきの糸をくりかへし言しげくとも絶えむと思ふな、よみ人しらず）
「夏引の―」、返歌也。糸を手にかけて分て御覧せよ。よくすちを立れは乱れぬ物也。前の歌をもどきて也。又の義、手びきのいとをくり返しとは、くぜちはくり返して、ことしけく成共たえんとおぼしめすなと也。左注に「返しによみて奉りける」とあり。

七〇四（さと人の言は夏野のしげくともかれゆく君にあはざらめやは、よみ人しらず）
「さと人の―」、ことのしけきとは口せち《ク》の事也。くせちの多世上にとり合て、やうもなし。汝は汝をせよ。我は我をせんと也。くせちをかこつけて遠さかる人を恨て、我はさあらし、かこつけする人も、しゐて頼む心あり。

七〇五詞書（藤原敏行の朝臣の、業平の朝臣の家なりける女をあひしりて、ふみつかはせりけることばに、「いままうでく。雨のふりけるをなむ見わづらひ侍る」といへりけるをきゝて、かの女にかはりてよめりける）
「ならひら（ママ）の家―」、初草の女也。「今まうてく―」、只今それへ参らん也。

七〇五（かずかずに思ひ思はず問ひがたみ身を知る雨はふりぞまされる、業平）
「かす〳〵に―」、身をしる雨を於二此歌一、涙に用るは嫌。我か幸なくて、ふるましき雨ふると也。銀山鉄壁《テツヘキ》もとをる程の心さしならは雨にさへられうずる事にてはなしと也。

七〇六（大幣《おほぬさ》のひく手あまたになりぬれば思へどえこそ頼まざりけれ、よみ人しらず）

「おほぬさの―」、所さだめず、業平は好色遊宴にして心もとめずありく事也。ぬさは幣《ヘイ》はく也。大勢の手にかゝりて、いつれにもとまらぬ物也。

七〇七（大幣と名にこそ立てれ流れてもつひに寄る瀬はありてふものを、業平）

「おほぬさと―」、ぬさは一色の紙にても切、五色の紙にても切、絹《キヌ》にても切。白《シラ》にぎて青《アヲ》にぎて、にぎては幣の名也。ぬさと云は麻のおにてもする也。へいはく（幣帛）をあたなと御覧するか、ついには瀬による物をと也。

七〇八（須磨のあまの塩やく煙風をいたみ思はぬ方にたなびきにけり、よみ人しらず）

「すまのあまの―」、所は須磨の浦、海士の塩屋也。煙は直《スグ》に立物也。風か吹はなひく物也。心ならす風のしわざによる。されとも思はぬ方へなひきて、こなたへはなひかずと也。

七〇九（玉かづらはふ木あまたになりぬれば絶えぬ心のうれしげもなし、よみ人しらず）

「玉かつら―」、草のかつら也。玉はほめたる也。かつらはひとりはたゝず。木にとりつかては、こんりう（建立カ）のならぬ物也。一の木にはまとはすして、あの木この木へ手をとりうつす物也。さる程にたえぬとてもうれしけもなしと也。こゝもとから別るゝ心あり。

七一〇（たが里によがれをしてか郭公たゞこゝにしも寝たるこゑする、よみ人しらず）

「たか里に―」、女の歌也。心さしのある男が又隣へ通ふと云事を聞てよむ也。我をうとむ人がそこにあると聞て也。隣、単なるほとにたゝこゝにしもと云也。よかれは夜離《ハナルヽ》也。たゝこゝにしも、遠き所にも非すして也。

七一一（いで人は言のみぞよき月草のうつし心は色ことにして、よみ人しらず）

「いて人は―」、月草、露草也。いては発言也。露か一雫落ても色がかはりて、うつりやすき物也。言のみそよきは巧言令色の人也。あらはにうつる心はいちしるくは不見。ことはに人をはかって、あらはにうつると也。

七一二（偽りのなき世なりせばいかばかり人の言の葉うれしからまし、よみ人しらず）

「偽の―」、人のことはの念比なるは満足なれとも、偽のみ也。此あたり偽恋也。千万の事も、たのみ少もなし。世上は偽のみなる物なるほとに人のことはは誰とても真《マコト》しくなき程に、たのまれぬ也。偽のなき世にして、如此の事きゝたきと也。又の義、我も偽かあれはこそ、かくは知たれと云義もあり。

七一三（いつはりと思ふものから今更にたがまことをか我はたのまむ、よみ人しらず）

「偽と―」、是はむかひの人をみかぎりつめて云たる心也。されとも左様に云ても何とせん。思ふ人の一言ならては、たのむへき方なし。不思人のは金言も不頼と也。人の心は偽と思から、たのまれず。されともたかまことをかたのまん。偽にてなき人と思ふも又偽ならん程に、誰がを頼んと也。

七一四（秋風に山のこの葉のうつろへば人のこゝろもいかゞとぞ思ふ、素性）

「秋風に―」、こゝもとから、そろ〳〵疑恋也。世間の変化《ヘンクワ》するを見て人をうたかふ也。世中と云物、山の木の葉のうつろふことくに頼かたき物也。人の心も何とあらんと也。素性か歌一段余情あり。心を付て見よと也。

七一五（蟬のこゑきけばかなしな夏衣うすくや人のならんと思へば、友則）

「せみの声―」、我身の思ひある時、其物々に気がつきて、さやうに思ふ物也。蟬は五月に鳴。夏衣の時分、蟬鳴也。又蟬の羽衣の心もあらん。心さしうと〳〵しく、うとくならんと也。蟬の羽のことくうすくなりてはと、かなしき也。

七一六（うつせみの世の人言《ひとごと》のしげければ忘れぬもののかれぬべらなり、よみ人しらず）

「うつせみの―」、世の人ことゝは、物いひたけく、口せちを云出す事也。うつせみの世のはかなきにてはなくて、物さはかしく口ぜち沢山《タクサン》なる心也。我忘れたるにてはなけれとも、人の物いひ、さはくにさはかれて遠さかる心也。

七一七（あかでこそ思はんなかは離れなめそをだに後《のち》の忘れがたみに、よみ人しらず）

「あかてこそ―」、是は世間の一切の事、十分にせんとすれは、惣《（いそがしき）》事出来する物也。我も人もあかぬ間にははなれたき物なると也。あかぬ心を後の忘れかたみにして也。新古今、春下「ちる花の忘れかたみのみねの雲そをたにのこせ春の山風」良平。続古今春下「よしさらはちるまてはみし山桜花のさかりを面影にして」為家。此等の歌も此歌より出たり。

七一八（忘れなんと思ふ心のつくからにありしよりけにまづぞ恋しき、よみ人しらず）

「わすれなんと―」、人も忘れんと思ふほとに、我も忘れ度《（タキ）》と也。物思ひかくるしき程に忘れ度と云は部立相違也。人かわすれ度と思心、物かなしき。我は何としても忘れられぬ也。いよ〳〵恋しき也。

七一九（忘れなん我をうらむな郭公人のあきにはあはんともせず、よみ人しらず）

「忘れなん―」、時鳥は秋に成てはなかぬ物也。人の秋にあふてから我心をあらたむるは口惜き、我も忘れ度と也。我は秋には逢まじと也。

七二〇（絶えず行く飛鳥の川のよどみなば心あるとや人のおもはん、よみ人しらず）

「たえす行―」、よかれもせぬ心也。よかれせぬ中也。よとむは、と絶也。ならひあしくすれは人かうたかふ物なると也。左注あつま人（「人」傍記「ド」「〽ウド」）、春日の神人《ジンニン》と古き抄にあり。

七二一（淀川のよどむと人は見るらめど流れてふかき心あるものを、よみ人しらず）

「よと川の―」、前の、たえす行の歌と心ひっちかひたる歌也。よとむと人はみるらめと、とは夜かれの心也。末を長久にとは思へとも、又わりなき夜がれもある物なるほとに、わさとそのやうじんに夜がれする也。人は心かはるかと思ふへけれど心かはりてには非す。ふかく思ふ子細ありてと也。

七二二（そこひなきふちやは騒ぐ山河のあさきせにこそあだ浪はたて、素性）

「そこひなき―」、ひの字を添たるは、ふかく云はん為也。ひの字そゆるは、何時もふかき心をもつて、ひの字を添る、そのやくそく也。ふちやはさはく山川のあさきせにこそあた波はたてとは、あさきせにあた波のたつを、詞をかざりて、そなたを思ふやうに人にみするは、かへりてあさき物也。思ふやら思はぬやらのやうに深きふちのやうなるこそふかき物なれと也。

七二三（紅のはつ花ぞめの色ふかく思ひしこゝろわれわすれめや、よみ人しらず）

「紅の―」、べに染也。ふかく紅に染たるはうつろはぬ物也。うすきこそ色のかへると云事あれ、そのことく我はあると也。

七二四（陸奥のしのぶもぢずりたれゆゑに乱れんと思ふ我ならなくに、融）

「みちのくの―」、しのふすりの事は錦木からことおこる。奥州の山あひにてするを云。三四句をからけてみる歟。下句二句をつゝけて見る。誰ゆへに乱れたるぞ、そなた故にてこそあれと也。

七二五（思ふよりいかにせよとか秋風になびく浅茅の色ことになる、よみ人しらず）

「おもふより―」、女のかたから、我は思へともそなたからしか〳〵思はれそうもなきと恨たる時、よみたる歌也。ごとに《ママ》、「こ」の字桂光院殿、濁あそばしそこなひ歟と也。いかにせよとかは、今思ふより猶なにとせよとてかと云心也。秋風になひくあさちは色かはる物なる程にそれを云はんため也。何としたる事に色かはるそと也。この歌、真雅僧正歌と也。

七二六（ちゞの色にうつろふらめど知らなくに心し秋のもみぢならねば、よみ人しらず）

「ちゝの秋に（ママ）—」、うつろふは人の心の事也。人のことくに我心もうつろふならは、案内をしらんか、我は定心にて程らひをもしられましと也。我心は秋の紅葉ならぬ程に、人のうつろふもしらぬ也。我定心をも人もしらしと也。人の心も我心もともに紅葉ならねはと也。しらなくには、しる事なくに也。あかなくに又もみまほしと云も、あくことなくにと云心也。

七二七（あまのすむ里のしるべにあらなくにうらみんとのみ人のいふらん、小町）

「あまのすむ—」、里のしるへはうらみの事のやうに今は歌によむも、これからの事さうなる也。うらみんとのみ人のいふらんは、心のかはらうずるかこつけにうらむる物也。とがもなき我をうらむるは、そなたの心かはらんとてかと也。後日仰、あまのすむ里のしるへする我にてはなきに、人がうらみんと云と也。

七二八（くもり日の影としなれる我なればめにこそ見えね身をばはなれず、雄宗）

「くもり日の—」、天気のよき時はかけぼうしみゆる、くもる時はみえぬ。そのことくに我心は人にそふてあると也。

七二九（色もなき心を人にそめしよりうつろはむとは思ほえなくに、貫之）

「色もなき—」、心は五色の色に落たる物ならはうつろはんが、色をはなれたる物なるほとに、うつろふと云事はしらぬと也。

七三〇（めづらしき人を見んとやしかもせぬ我が下紐のとけわたるらん、よみ人しらず）

「めつらしき—」、めつらしき人を見んとては、下紐のとくると云事あり。其心也。はしめて逢人に非す。逢て久しくへたてたる人也。しかもせぬはとけさうにもせぬと云心也。とくるやうにもせぬ下ひものとくると也。

七三一（かげろふのそれかあらぬか春雨のふるひとなれば袖ぞぬれぬる、よみ人しらず）

「かけろふの―」、先は蜻蛉《トンボウ》の事也。日の影の、ちら〳〵と動くやうの事をも云、陽焔《ヤウエン》の事也。又、草をも云、夕の異名とも云也。旧恋の歌也。ふるひとは古人と云心也。久しく不逢人なる程に、それかあらぬかとうたかふ也。表《ヲモテ》は雨のふる日と云て、古人《フルヒト》也。年へて逢へは袖かぬるゝ也。

七三二（堀江こぐ棚無し小舟こぎかへりおなじ人にや恋ひわたりなん、よみ人しらず）

「ほりえこく―」、たなゝし小舟は舟ばりなき、ちいさき舟也。いつもおなしやうに、べちの事なく恋わたる也。序歌也。

七三三（わたつみとあれにし床《とこ》を今さらに払はば袖やあわとうきなん、伊勢）

「わたつみと―」、わたづうみと云やうによむへし。時平公兄、枇杷の左大臣仲平公に伊勢かわすられて、其後又逢んとありし時、読し歌也。久しくとはれずして荒たる床の塵を今さらはらはゝ、水のあはのやうにはかなからんと也。今さら荒たる床をはらはゝ、はかなき仕《シ》わさにてあらんと也。水の泡とははかなき事によそへて也。

七三四（いにしへになほ立ちかへる心かな恋しきことにものわすれせで、貫之）

「いにしへに―」、いく度も初へ立かへり〳〵する心也。人を切におもふこゝろ、もとへ立かへり〳〵して恋しき也。恋しきことにはたひ〳〵の心也。恋しき度ことに也。

七三五詞書（人を忍びにあひ知りて、あひがたくありければ、その家のあたりをまかりありきけるをりに、かりのなくをきゝてよみてつかはしける）

「その家のあたり」とは家の内へはえいらで也。逢かたく成たる子細こそあるらん。

七三五（思ひいでて恋しき時は初雁のなきてわたると人知るらめや、黒主）

「思ひいてゝ―」、くろぬし、歌はいやしとあれとも、この歌は左様にも不聞。貫之添削して入たる歟。さもなきと也。初雁のことく鳴て渡と人はしるましと也。人にしられ度《タキ》と也。
七三六（たのめこし言の葉今は返してむ我が身ふるればおき所なし、因香）
「たのめこし―」、たのめこしことのはゝ、文也。如此証跡のあってもいらぬ物なる程に、只今返してんと也。我身ふるれはをきところなしとは、身のをき所もなき心もありさう也。
七三七作者（近院の右のおほいまうちぎみ）
「近院」、（「近」ニ濁点アリ）近の字濁也。烏丸通かすがの通也。能有、文徳源氏也。
七三七（今はとて返す言の葉ひろひおきて己《おの》が物からかたみとや見ん、能有）
「今はとて―」、をのか物からかたみとは、此程手をふれられたる程に形見とせんと也。おもしろき返歌也。
七三八（玉桙の道はつねにもまどはなん人をとふとも我かとおもはむ、因香）
「玉ほこの―」、我思ふ人がよそへ行をみて、せめて道をふみまよへかし、若、これへ立寄事あらん歟也。又の義、久しくとたえたる人のたまかさに立寄たるを、よそへの時にふみまよひたるか、それも心さしとうけんと也。つねにふみまよへかしと也。又の義、よそへ行文をもちて所をたかへて持て来るかと也。
七三九（待てといはばねてもゆかなんしひてゆく駒のあし折れ前の棚橋、よみ人しらず）
「まてといはゝ―」、歌はよくもなきか、深切の所を勘して此集に入也。人の馬にのりて行をとめんやうなき程に、まへのたなはしにて駒の足をくぢけかし、其間なりともとめんと也。
七四〇（逢坂の木綿つけ鳥にあらばこそ君がゆききをなくなくも見め、閑院）（詞書「中納言源ののぼるの朝臣の近江の介に侍りけるとき、よみてやれりける」）
「相坂の―」、昇《ノボル》は融公子、嵯峨源氏也。相坂は近江へ越道也。我レゆふつけとりならは、なく〳〵も君か往来を見ん物と也。逢の字の心なし。

七四一（ふるさとにあらぬものから我がために人の心の荒れて見ゆらむ、伊勢）
「ふるさとに―」、人にふるされて也。人の心のあらぬ世界のやうに成たるを、故郷にたとへて也。
七四二（山がつのかきほにはへるあをつゞら人はくれども言づてもなし、寵）
「山かつの―」、あをつゝら、あをきに力を入てみるへし。たえぬ心あり。つゝらは、くりとる物なる程に、人はくれともとよそへたり。たよりはあれ共、ことつてもなしと也。
七四三（大空は恋しき人のかたみかは物思ふごとにながめらるらむ、人真）
「おほ空は―」、何としたる事に空をうか／＼となかむるそ、人の形見にてもなきになかめらるゝそと也。夕顔巻に「きのふもそらをのみなかめ給し物を」とあり。心ほそく物思はしき時、必空をなかむる物也。これらは恋のかたみの歌と也。
七四四（あふまでのかたみも我はなにせんに見ても心のなぐさまなくに、よみ人しらず）
「あふまでの―」、逢て後、又逢まで也。別の形見は却而物思ひのつまと成程に、我は何せんと也。人はかたみにせよと思てこそあるらめ。我は却て思ひのつまと成て心のなくさむ事なき程に、何せんと也。
七四五詞書（親のまもりける人のむすめに、いとしのびにあひてものらいひけるあひだに、親のよぶといひければ、いそぎかへるとて、裳をなんぬぎおきて入りにける。そののち裳をかへすとてよめる）
「おやのまもりける―」、親のれうぢ《(聊爾)》にせぬ心也。
七四五（あふまでの形見とてこそとゞめけめ涙にうかぶもくづなりけり、興風）
「あふまでの―」、かさねて逢までの形見にこそ、とゝめけめ、形見にてはなくて涙のもくづと也。
七四六（形見こそ今はあたなれこれなくは忘るゝ時もあらましものを、よみ人しらず）

「かたみこそ―」、俊成があた（「た」傍記「スム」）とすんと読《(でカ)》たるを、女房か簾中より笑たるを、口借《(ママ)》く思ひて、それより基俊弟子に成たると也。定家はあだと、あた（「た」傍記「スム」）と両説也。人の心をあたなる物に定てをきて、それより形見はあたなると也。清んてよむ能《(ヨキ)》也。

恋の歌の五

是より又「ひとり《(古今七六九)》のみなかめふるや」の歌迄、先御文字読、次御講談、今日の分也。

恋の五巻には雑の恋の心にて部立なし。されとも初の恋はなし。聞恋、見恋、忍恋、逢恋、別恋、五つか柱にして入る也。心は五形《ギャウ》をあてたる心、恋五巻にする也。

七四七詞書（五条のきさいの宮の西の対にすみける人に、ほいにはあらでものいひわたりけるを、む月の十日あまりになん、ほかへかくれにける。あり所はきゝけれど、えものもいはで又の年の春、むめの花さかりに、月のおもしろかりける夜、こぞを恋ひて、かの西の対にいきて、月のかたぶくまで、あばらなる板敷にふせりてよめる）

「五条の―」、ほいにはとは、あらはにはあらて也。詞書を長々と書たる、歌の余情を見せん為也。

七四七（月やあらぬ春や昔の春ならぬ我が身ひとつはもとの身にして、業平）

「月やあらぬ―」、こぞを思ひ出てと云所肝要也。月ももとの月にてはなし。春ももとのにては無。我身ももとのにてはなしと云たけれとも、卅一字かきりあれは、我身ひとつはと云たる也。歌の心、伊勢物語と同し。畢竟《ヒッキョウ》、月・春は昔のやうにも無なれとも、我はもとの業平也。さなくては見とがめてなき程に也。我はもとの身なると也。伊勢物語にては歌に力を不入。こゝにては歌を肝要に見る也。本来真如の仏性ははたらかぬ物なれとも、色相にからまされてまがう也。人ひとり無故、あらぬさまに思ふと也。花も昔の花にてはなしと也。

七四八（花すゝき我こそしたに思ひしかほにいでて人にむすばれにけり、仲平）
「花すゝき―」、仲平、本院のおとゝ時平公兄也。伊勢か忘られたる事、前にありし人也。仲平と伊勢と契りある事を不知して時平公、伊勢に物いはれたるをうらみたる也。仲平は人の為を思ひて忍ひたるに、あらはにむすはれたるを曲もなく思ひたる也。ほに出てはあらはに也。
七四九（よそにのみ聞かましものを音羽川渡るとなしにみなれそめけん、兼輔）
「よそにのみ―」、来《レトモ》無実恋也。みなれは水なるゝ也。人を見馴る心也。音羽川をよび出すは音にきこえたると云義也。中々音にはかりきかうずる物をと也。わたるとなしには、何とて見なれそめけんと也。此歌はねにくき歌也。聊あしらいたる歌也。何とてと云心をもちて也。何とてみなれそめたるそと也。
七五〇（わがごとく我を思はむ人もがなさてもやうきと世を心みむ、躬恒）
「我ごとく―」、我を思ふ友かほしき也。然は思ふ事をいひ、道理をひはんさせん物をと也。我思ふあいては我思ひもしらぬ程にと也。後日仰、我人を思ふかうき也。我ことく我を思ふ人かあらは、思はれてになりても、世はうきか心えたきと也。
七五一（久方の天つそらにもすまなくに人はよそにぞ思ふべらなる、元方）
「久かたの―」、被厭恋也。同し下界にすむとて、天地懸隔《ケンキヤウ》に思はるゝは何としたる事そと也。
七五二（見ても又またも見まくのほしければなるゝを人は厭ふべらなり、よみ人しらず）
「見ても又―」、したふにつけて厭心也。向の人ひとりにさしあてゝ云と、公界の人へ云と也。あまりしたへはかならすいとはるゝ物と、むかひの人に道理をつけて也。必ずかやうにある事也。
七五三（雲もなくなぎたる朝の我なれやいとはれてのみ世をばへぬらん、友則）

「雲もなく―」、いとわれて（傍記「被厭」）とよめとも、晴ての心也。最晴《イトハレ》て也。なきたる朝は海辺雲もなき物也。そのごとく我はいとはれて、ふ（傍記「経」）ると也。

七五四（花がたみめならぶ人のあまたあれば忘られぬらんかずならぬ身は、よみ人しらず）

「花かたみ―」、籠《カゴ》也。めならぶはかごは目がならぶ物也。かごの目によせて、あまたならふ中に我やうな人には、あた人は心もうつるましきと也。あれを見てもすてかたく思ひ、これを見ても心をとむる心也。花かたみは玉のやうにうつくしき籠也。

七五五（うきめのみおひてながるゝ浦なればかりにのみこそあまは寄るらめ、よみ人しらず）

「うきめのみ―」、うい心也。浦なれはとは、我かたへよる心也。あまをは、むかひの人にして、我なきさにはうきめか生する程に、かりにあまがくるかと也。

七五六（あひにあひて物思ふころの我が袖にやどる月さへぬるゝかほなる、伊勢）

「あひにあひて―」、色々の義あれとも、たゝ折にあひて也。比《（コロ）》の字肝要也。物思ふ比の袖のうへにはやとる月さへぬるゝやうなると也。治世音安以楽、乱世音怨以怒。如此やうの心也。

七五七（秋ならでおくしら露はねざめするわが手枕のしづくなりけり、よみ人しらず）

「秋ならて―」、秋の季の歌也。秋の露にて秋のしらてをく露を見れは涙也。春夏の露にてはおもしろからす。秋の季の内にて秋にしられぬ露と見たるおもしろし。其所に心を付て見よと也。表は恋の歌とも不見。思ひのせまりたる歌也。

七五八（須磨のあまの塩焼衣をさをあらみ間遠にあれや君がきまさぬ、よみ人しらず）

「すまのあまの―」、塩やき衣は、そさ《（粗 相）》うなる衣也。すきまのあるおさのあらき衣也。あれやと云は、まとをにありての心也。まとをにありて君かきまさぬと也。（新古今、百敷の大宮人はいとまあれや桜かざして今日も暮らしつ、赤人）「百敷の大宮人はいとまあれや」是はいとまこそあるらんの心也。又の義、君か心のまとをにこそあるらめ也。まとをなれはこそあるらめ、きまさぬ也。此義も尤也。まとをとは人の心のおろそかなる心也。

七五九（山城の淀のわかごもかりにだにこぬ人たのむ我ぞはかなき、よみ人しらず）

「山しろの―」、わかこもは生《(オヒ)》そろはぬこも也。生そろはぬこものゆへ、刈人なしと也。「秀句は歌の源なれとも宗《ムネ》とするは見ぐるし」と八雲御抄にあそはしたる。わかこもかりになとは不苦と也。淀には平性《(平生)》こもを見る所なる程に苅《カリ》に来《コ》ん歟と待心也。わかこもとは我わかきと云には非す。人が見かけぬ心也。

七六〇（あひ見ねば恋こそまされみなせ川なにに深めて思ひそめけむ、よみ人しらず）

「あひみねは―」、みなせ川、水無にかゝりて何にふかめてと云也。なぜにふかく思ひて思ひそめたるそ、人の心はあさき物ゆへにと云心也。

七六一（暁のしぎのはねがきもゝはがき君がこぬ夜は我ぞかずかく、よみ人しらず）

「あかつきの―」、しきのはねかきと、しちのはしかきと両説也。しちのはしかきは書誤也。以誤、付誤道理にて、両説にしてある也。君か来る夜はさもおもはぬか、君か来ぬ夜はかなしく思ふほとに、しきにかはりて、恨のかすは我かかくと云心也。恨の数を思ひつゝくる心を数かくと云也。裏の説、明闇《アン》のさかひにて是非善悪をわきまへぬは世間のならひ也。明とも暗とも不知所心か本心也。釈迦も出世せねは仏法をも不知、孔子も不出、聖道も不知が如しと也。（拾遺愚草、定家）「鴫の立秋の山田のかりまくらたかすることそ心ならては」一心法を読たる歌也。

七六二（たまかづら今はたゆとや吹く風の音にも人のきこえざるらん、よみ人しらず）

「玉かつら―」、玉かづらは女の事也。今はたゆとは、かづらのえんにて云たる也。又草のかづらに見て峯まではひひろごるかつらと也。峯まてもはひひろごる物なれとも、たゆる物なる程に今はたゆとやと也。松なとにこそ風の音はあれ草かづらには風の音なし。それゆへふく風の音にはたてじと也。

七六三（わが袖にまだき時雨のふりぬるは君が心にあきやきぬらむ、よみ人しらず）

「わか袖に―」、これはふらうずる時分の時雨にてはなきに、ふるは君か心に秋が来たる歟。公界の秋に非す。君か心の秋かと也。

七六四（山の井のあさき心も思はぬをかげばかりのみ人の見ゆらん、よみ人しらず）

「山の井の―」、あさか山には非す。いつくにてもあるへし。是は延喜の皇女の歌也。我身を山の井にして、つねの人のふと影かうつらす、くむ人のなき故也。又の義、我心にはふかく思ふに、人はなましいたまさかに影はかりのやうにに《（てカ）》、人を恨ての心と也。この分きこえたる也。

七六五（忘れ草たねとらましをあふことのいとかく難《かた》きものと知りせば、よみ人しらず）

「忘れ草―」、忘草、人のかたには生して我かたには生せぬ也。あなたの種を所望してうへたきと也。

七六六（恋ふれどもあふ夜のなきは忘れ草夢路にさへやおひしげるらむ、よみ人しらず）

「こふれとも―」、絶はてたる人を恋しく思ふて、夢になりとも逢んと思ふに、夢ちにさへ茂るかと也。

七六七（夢にだにあふことかたくなり行くは我やいをねぬ人や忘るゝ、よみ人しらず）

「ゆめにたに―」、衣通姫の歌也。まへ〳〵は夢にみえたる事ありしが、今は夢にもみえぬ。我寝ぬ故歟、人が忘るゝかゆへかと也。下句面白と古来しやうび《（賞美）》する也。

七六八（もろこしも夢に見しかば近かりき思はぬなかぞはるけかりける、兼芸）

「もろこしも―」、三千八百里をへたてたる波の上も夢に見れは近し。思はぬ中は万里のやうなる也。清少納言枕さうしに「近くて遠き物、あい思はぬ男女の中。遠くてちかき物、極楽」とあり。

七六九作者（さだののぼる）

「さたののほる」、仁明天皇御子、さた（傍記「貞」））は性《（姓）》、のほる（傍記「登」））は実名也。

七六九（一人のみながめふるやのつまなれば人を忍ぶの草ぞおひける、登）

「ひとりのみ―」、疎遠になりたる人を思ひてなかむる軒のつま也。なかめふるやとは雨に非す。経の字也。古き心也。いく年もふる心也。詠て年をふる也。つまなれやは軒のつま也。角木入たるをつま屋と云なり。忘草は不生して、忍ふ草生すると也。人をしのふ心也。

明暦三年二月三日此歌より恋の五の分、先御文字読、次御講談。又哀傷の部の分、先御文字読、次御講談、今日の分也。

七七〇（わが宿は道もなきまで荒れにけりつれなき人を待つとせしまに、遍昭）

「わかやとは―」、久しく人のかよはぬ故に道もうつもれたる也。いかなりとももと待間に、よもき、むくらにうつもれたる也。遍昭歌には無為なると也。

七七一（今こんといひて別れし朝《あした》より思ひくらしのねをのみぞなく、遍昭）

「いまこんと―」、偽と思ひなからも待程に、思ひくらしのねをなく也。ひくらしを立入て也。

七七二（こめやとは思ふものから蜩《ひぐらし》のなく夕ぐれは立ち待たれつゝ、よみ人しらず）

「こめやとは―」、たのめもをかぬ人を待心也。心かはりの人を待也。可レ問とは思はぬうちに、自然にも来るへきかと思ふ心ある也。来るか来るましき歟しらぬと也。日くらしにもよほされて鳴夕暮一しほ待るゝと也。

七七三（いましはとわびにしものをさゝがにの衣にかゝり我をたのむる、よみ人しらず）

「いましは（「は」傍記「わ」）と―」、しは、やすめ字、今はの心也。さゝかにの衣にかゝるを見て、蜘が手をすぼめてさがるは患《ウレヘ》、ひろげてさがるは祝《ヨロコビ》也。今は人も問ましとわひたる物を、さゝかにが衣にかゝりて、うちもをかれず、またるゝ也。

七七四（今はこじと思ふものからわすれつゝ待たるゝ事のまだもやまぬか、よみ人しらず）

「今はこじと―」、やまぬかは哉也。是は身をせめて也。人の問まじと思ひ定めてをきて、又心のひく方にて待るゝと也。寂蓮（新古今）「うらみわひまたし今はの身なれとも思ひなれにし夕くれの空」、此歌も此歌より出る。

七七五（月夜にはこぬ人またるかき曇り雨もふらなんわびつゝもねん、よみ人しらず）

「月夜には―」、月夜には人かまたるゝほとに、夜ことに雨もふりてくれよ、さらはわひて寝んと也。つゝは程をへてなけく心也。

七七六（うゑていにし秋田刈るまで見えこねばけさ初雁のねにぞなきぬる、よみ人しらず）

「うへていにし―」、月日のうつりて、秋もはや半に成たるに雁の鳴を聞ておとろきたる心也。うへていにしは其時節を云たる也。五月時分から必といひし人が田をかるまでとはなんだ心也。

七七七（こぬ人をまつ夕ぐれの秋風はいかに吹けばかわびしかるらむ、よみ人しらず）

「こぬ人を―」、いかにふけばかの所に力を入たる歌也。（新勅撰、来ぬ人をまつほの浦のゆふなぎにやくや藻塩の身も焦がれつつ、定家）「こぬ人を待ほのうらの夕なきに」も此歌をとりて也。必こまい人をえ思ひきらて、待夕くれの秋風身にしむやうなると也。伏見院御製（風雅）「恋しさに成たつ中のなかめには面影ならぬ草も木もなし」是も此歌より出たり。

七七八（久しくもなりにけるかな住江のまつは苦しきものにぞありける、よみ人しらず）

「ひさしくも―」、是は大かたに待たるに非す。かきりなく待々てと云心也。住江の松を待の字に心得よと也。

七七九（住江のまつほど久《ひさ》になりぬればあしたづのねになかぬ日はなし、兼覧王）
「住の江の―」、あしたつを我心にしたる心也。田鶴の鳴も我ごとく待事のあるかと也。
七八〇詞書（なかひらの朝臣あひ知りて侍りけるを、かれがたになりにければ、父が大和の守に侍りけるもとへまかるとて、よみてつかはしける）
「仲平事」、前にもあり。
七八〇（三輪の山いかに待ちみん年ふともたづぬる人もあらじと思へば、伊勢）
「みわの山―」、歌は「三輪の山もと恋しくはとぶらひきませ」（古今九八二、わが庵は三輪の山もと恋しくはとぶらひ来ませ杉立てる門）か本歌也。此歌は本歌にすかりて也。捨てもをかれぬ心から読たる心也。尋ねう人もあるまいと思から、いかに待みんと也。
七八一（吹きまよふ野風をさむみ秋はぎのうつりもゆくか人の心の、常康親王）
「吹まよふ―」、吹まよふをあらく吹方にしてはわろし。まよふと云心たゝぬ也。やう／＼あらく成時分の心也。是もその心也。うつりも行か人の心のとは、人の心は色にもみえぬか、萩かうつるを見れは、人の心か眼前に見るやう也。人の心のうつりもゆくかと下を上へして見るへし。かは哉にてもあり。疑にしても無子細。但、哉と云がましたる也。
七八二（今はとてわが身時雨にふりぬれば言の葉さへに移ろひにけり、小町）
「今はとて―」、云たる詞がかはると、人に恨られて読たる也。そなたの時雨にふるされて我詞もうつりはてたる也。むかひの人の詞に見る心もある也。その時は心も詞も共にそろひて、うつろひたる心也。我をふるす人の事也。
七八三（人を思ふ心この葉にあらばこそ風のまにまにちりもみだれめ、貞樹）
「人を思ふ―」、思ふ心と切て也。心が木の葉にあらはこそ也。あさはかには思はぬ程にかろくちりもみたるまじきと也。貞応本に「心の木の葉に」と、心の下に、の文字あり。其沙汰無仰。
七八四（天雲のよそにも人のなりゆくかさすがに目には見ゆるものから、有常女）
「あま雲の―」、あま雲は昼は空にうかひて夜は山に入物也。なり行かは哉也。遠けれとも雲は目に見ゆる物なる程に如此云也。
七八五（ゆきかへりそらにのみしてふる事はわがゐる山の風はやみなり、業平）
「行かへり―」、雲は朝には出、夕に山へかへる物也。雲の定らぬはそなたの心かさたまらぬ故と也。我ゐる山は大うち山と云。清和の御密通の事あると云事を聞て業平手をきたる心也。
七八六（唐衣なれば身にこそまつはれめかけてのみやは恋ひんと思ひし、景式王）
「から衣―」、なれ衣はなへたる衣の事也。なへたる、きなれた衣は身にまつはるゝ物也。さやうになれ行は、さりともむつましからんと思たれは、なれたるはかりにて、近つく事はなきほどに、中々の思ひとなる。なましいにかけしろうたるは悔しきと也。馴たらは、さりともむつましく成へきと思たる人の、結句、逢かたく成たる程に、よそに恋んとは思はさりしか、よそに恋ふると也。
七八七（秋風は身をわけてしも吹かなくに人の心のそらになるらむ、友則）
「秋風は―」、人の心は身の内にある物なれは、身と心との間を風はふかぬものなるを、身と心とを風か吹分るやうに心か空に成と也。
七八八（つれもなくなり行く人の言の葉ぞ秋よりさきのもみぢなりける、宗于）
「つれもなく―」、人の心詞が秋をも待つけてうつり行所を、秋よりさきの紅葉成けりと也。つれもなくは、つれなく見た事もない人のやうにかはりはてたる也。かはるましとやくそくしたる人のかはりたる心さうなる也。

七八九作者（兵衛）

「兵衛」、藤原高経朝臣女、陽成院母后の兄弟とあり、如何。御乳母の兄弟かと也。

七八九（死出の山ふもとを見てぞ帰りにしつらき人よりまづこえじとて、兵衛）

「しての山―」、病後に人にとはれて読たる歌と也。本腹（復）して後に音信をえて、しての山ふもとを見てかへりにしとは蘇《ヨミカヘリ》たると云心也。つらき人よりまつこえしとてとは、人をさきへやらうと云は、以外あしゝ。つらき人の心をみはてゞ行ん歟と也。又の義、人はつらく思へとも、我先に立んは、さすかにかなしくて帰りたると云心也。

七九〇詞書（あひ知れりける人のやうやくかれがたになりけるあひだに、焼けたる茅の葉にふみをさしてつかはせりける）

「やけたるちの―」、野火に逢たるちの葉也。

七九〇（時すぎてかれ行く小野の浅茅には今は思ひぞたえずもえける、小町が姉）

「時過て―」、此ちの葉を御覧せよ、身をこかしたる体をと也。時過てと云を人の心ざしも時過てへんずる時節の心也。

七九一（冬がれの野べとわが身を思ひせばもえても春を待たましものを、伊勢）

「冬かれの―」、またまし物を、仲平にすてられたる物也。その心也。野火か冬枯の草にもえ付たるを見て、猶春もえ出ん物なり。草は春をも待んか、我身はそれにもおとりたると也。

七九二（水のあわの消えでうき身といひながら流れてなほもたのまるゝかな、友則）

「水のあはの―」、きえてうき身とは、浮の字の心ある。消てはかなきうき世のならひなから、もしや／＼と思ひたるよし也。又の義、思ひきえ／＼するは水のあはのやう也。流ては行末をたのむ心あると也。

七九三（みなせ川ありてゆく水なくはこそつひにわがみをたえぬとおもはめ、よみ人しらず）

「みなせ川―」、水無瀬川は下に水かたえぬ川也。その下行水の如く我身の思ひをとげんと也。この水たえはてたらはじやが、此水のたえぬことくに我身もたのみがあると云心也。もしたえぬ事もあらんかと猶行末をたのむ心也。

七九四（吉野川よしや人こそつらからめはやく言ひてしことは忘れじ、躬恒）

「よしの川―」、はやくいひてしとは、もと云し事也。当位の遠さかる事はありとも昔のなさけは忘れましと也。

よしやと云はん為よし野川也。又はやくはよしの川のえん也。両方へわたして云たる也。

七九五（世の中の人の心は花ぞめのうつろひやすき色にぞありける、よみ人しらず）

「世の中の―」、花染は露草を以て染たる也。露が少かゝりてもうつろふ物也。人の心はそれよりもうつろひやすきと也。

七九六（心こそうたてにくけれそめざらば移ろふ事も惜しからましや、よみ人しらず）

「心こそ―」、我心を後悔して也。うたては此集にては大方は、うたゝと云。轉《テン》（左傍記「ウタゝ」）字の心也。

此歌はうたていの心にてもくるしからじ、我身の心を人に染たるがうたていと云心也。

七九七（色みえでうつろふものは世の中の人の心の花にぞありける、小町）

「色みえて―」、ての字、清は他流。花と云物はうつろふは目に見ゆる。人の心の花は目に不見してうつろふと也。

七九八（我のみや世をうぐひすとなきわびん人の心の花とちりなば、よみ人しらず）

「我のみや―」、かきりもなくふかく思ひたる人がうつろひたらは何とあらん。人の心が花とちらうずるならは、我は鶯となかん。花鶯したしき物なる也。

七九九（思ふともかれなむ人をいかゞせむあかずちりぬる花とこそ見め、素性）

「思ふとも―」、思ふともとは花のうへを、いつか咲んと待来て心をつくしたる花也。其ごとく人にも心をつくす事也。人はしたへとも花がちる也。人の心も花のことく、したへともかはりはつる也。したはれてちれども花にはうらみ残事なし。此事を人も思はんと也。此所、肝要也。人はかはりはつるとも、うらみは残さじとの心ことはりをよく思うと也。人の心は又かはりてからさかず。花ははる来れは又さく、そこをわひたる心也。

八〇〇（今はとて君がかれなば我がやどの花をばひとり見てやしのばん、よみ人しらず）

「今はとて―」、あひなれてもろともに見た花也。君がかれはてたらは花をは我独見ん。独見ては堪忍ならずと也。此歌は清和天皇の御出家の後、二条の后の歌也。

八〇一（忘れ草かれもやするとつれもなき人の心に霜はおかなむ、宗于）

「忘草―」、此歌の作者「むねゆきのあをむ」と貞応本には何の本にも有。基綱抄に在子細、別にしるすとあり。あをむの事、何とも仰無。後日に何事やらん子細重而可被勘由、仰之。歌の心は、人の心の忘草に霜がをけがし、かれたらは、もとのことくの心にならんと也。

八〇二（忘れ草なにをかたねと思ひしはつれなき人のこゝろなりけり、素性）

「忘草―」、中々に今は忘れたきと思ひて種をもとむるに、よく〳〵思へば種はつれなき人の心なると也。此つれないと云は、つらきと云心さうなる也。

八〇三（秋の田のいねてふ言《こと》もかけなくになにをうしとか人のかるらん）（兼芸）

「秋の田の―」、いねはいやと云事也。いやと云事もないに、なぜに人はかるゝぞと云、一説。又いねを御帰りあれと云心、又、寝と云心也。後日仰、御帰りあれといはぬ物をと云説、可然と也。何をうしと云を、顕昭は牛の事と云。定家は牛馬事かって不知也。かる、田の方へして云はゝ、刈也。人の方へして云はゝ、枯るゝ也。

八〇四（はつかりのなきこそわたれ世の中の人のこゝろの秋しうければ、貫之）
「初雁の—」、世中の人と大やうに云たれと、心は我思ふ人の事也。世中のとは世間に人の心の秋が来てつらきに、我は初雁のごとくになくと也。人の心の秋は色のかはる心也。

八〇五（あはれともうしとも物を思ふときなどか涙のいとなかるらむ、よみ人しらず）
「あはれとも—」、いとながるらんと顕昭は最流と也。定家はいとまなかるらんと也。まの字略して也。あはれともはあいする心也。うき時涙の落るは尤也。愛する時落るは何としたる事そと也。

八〇六（身をうしと思ふに消えぬ物なればかくても経《へ》ぬる世にこそ有りけれ、よみ人しらず）
「身をうしと—」、かなしきとても、つらきとても、命のなからへてゐるは何としたる事ぞ、うきのつらきのと云ても命はたえぬ物かなと也。惟喬の親王の歌也。

八〇七（あまの刈る藻にすむ虫の我からとねをこそ泣かめ世をばうらみじ、直子）
「あまのかる—」、此歌は二条后歌也。此集に作者をかへて入。こゝには直子と入る事、子細あり。前には二条后と作者あらはす所あるに、爰に名をかくすは何としたる事そと云に口伝ある事也。文徳天皇御孫に、惟彦と《（マヽ）》申、斎院にてをはしたる。それを直子と申せし也。それには非す。是は作たる名也。二条后よろしくなき事ありし。先非を悔《クヒ》られたる也。あやまりをしるは聖のはしめにてある也。此一首にても得心《トクシン》せは身をさむる事也。一部の大意也。藻にすむ虫は藻に取付てある虫也。後には火にこかるゝ物也。善事悪事も皆我からなると也。奥《オク》に沙汰ある事也。

八〇八（あひ見ぬもうきも我が身のからころも思ひ知らずもとくるひもかな、因幡）
「あいみぬも—」、我身からと云、同心の歌をならへて入たる也。うき事も逢事のなきも、人のとがに非す。皆我心から也。ゑんのなくて不逢也。紐がとくれは人に逢と云事あり。みな我から一切の事が世間になす事也。結句は、はかないしるしなとたのまうする事にてなしと也。

八〇九作者（すがののたゞおむ）

「たゝをん」、忠臣、忠すけ孫なり。

八〇九（つれなきを今は恋ひじと思へどもこゝろよわくもおつる涙か、忠臣）

「つれなきを―」、是は変して後の恋也。人の心かはりて、もと見た人ともせぬやうの心也。人の心を見てから見るへきやうもなきうへに心よはくもおつる涙かなと也。裏の説、何としてもなるまい事に心詞をつくすはおろかなるとの教也。

八一〇（人知れず絶えなましかばわびつゝもなき名ぞとだに言はましものを、伊勢）

「人しれす―」、人のたえはてたる後したふ心からよみたる也。人の思ふずる所がはづかしき程に、人しれすたえ（「たえ」傍記「絶」）たらは無名といはまし物をと也。いはまし物とは、いはふずる物をと云心也。

八一一（それをだに思ふ事とて我が宿を見きとないひそ人の聞かくに、よみ人しらず）

「それをたに―」、絶たる恋也。つく／＼と思出すに人のなさけはなし。せめてこなたののそみ《（望み）》には、我宿を見たとも云てくれなと也。公界はつかしき也。きかくにとは、人の聞かに也。聞にと云心也。かの字略して也。

八一二（あふことのもはら絶えぬる時にこそ人の恋しき事も知りけれ、よみ人しらず）

「逢ことの―」、もばら（「ば」右傍記「桂光院殿濁」、左傍記「清て聞よし」）いつも恋しき事は恋しけれとも、もっはらたえたる時、恋しきと也。染殿后の歌と云也。

八一三（わびはつる時さへもののかなしきはいづこをしのぶ涙なるらん、よみ人しらず）

「わひはつる―」、人のたえはてゝ後、わひたる心也。絶はてたる後にはどこを忍ふと云事もあるましきに、どこを忍ふて落る涙ぞと我心をせめて云たる也。

八一四（怨みても泣きてもいはむ方ぞなき鏡に見ゆるかげならずして、興風）

「怨ても―」、絶たる恋也。ひとり身に成て、誰にたいして恨云はんぞ、我に向ふ物は鏡ならてはなしと也。

八一五（夕されば人なき床をうちはらひ嘆かんためとなれるわが身か、よみ人しらず）

「夕されは―」、人にしたしまぬさきは床の塵をはらひ〳〵してゐたる也。其後は人にとはれ枕ならへたるに、其後絶て、又如本なりたる也。なれるは生する也。かくなけきせうずる身にて生れたるかと也。我身かの、「か」の字は、疑のか也。

八一六（わたつみのわが身越す浪立ち返りあまのすむてふうらみつるかな、よみ人しらず）

「わたつみの―」、わか身こす波は、松山の古事からいひ出したる也。我をきて人に思ひうつりたる心也。立かへりあまのすむてふうらみつる哉とは、これ程の人を思きらて、立かへり〳〵思事哉と身をせめて也。祇注可加。

八一七（荒小田をあらすきかへしかへしても人の心を見てこそやまめ、よみ人しらず）

「あら小田を―」、新ひらきと云事をして也。去年少すきてをきて、今年又すく事也。人の心のきはゝ見えたる事なるを又思かへし〳〵するは、あらすきかへし〳〵ても也。やまめは、止の字の心也。

八一八（荒磯海の浜のまさごと頼めしは忘るゝ事のかずにぞありける、よみ人しらず）

「ありそ海の―」、海の惣名也。名前にては越中の浜、有磯の浜也。はまの真砂とさま〳〵の事を契りをきたるは、みな忘るゝ事を数に成たると也。

八一九（葦辺より雲ゐをさして行くかりのいや遠ざかる我が身かなしも、よみ人しらず）

「あしへより―」、蘆辺より雲井をさしては、遠心也。雁の雲井はるかに成たるは目にも不見程也。我中にたとへて見れは此体也。いやとをさかるは、いよ〳〵遠さかる也。

八二〇（しぐれつゝもみづるよりも言の葉の心の秋にあふぞわびしき、よみ人しらず）

「時雨つゝ―」、世上の秋よりも人の心かはやくかはりたるは、我涙の色を以て染たるかと也。世上の秋よりも早きと也。

八二一（秋風のふきとふきぬる武蔵野はなべて草葉の色かはりけり、よみ人しらず）

「秋風の―」、其人一人の秋風がふけは、其親類までの心もかはる也。ふきとふきぬるとは、吹うへに吹と云心也。つよく吹心也。武蔵野をとり出す事はゆかりの事也。

八二二（秋風にあふたのみこそかなしけれわが身空《むな》しくなりぬと思へば、小町）

「秋風に―」、悉皆心がかはりたる也。たのみは田の心あり。我身を田の実の心にして也。田に実のなる時分、風かふけは実のらず。それによそへて也。

八二三（秋風のふき裏がへすくずの葉のうらみてもなほうらめしきかな、貞文）

「秋風の―」、がへすと濁て青蓮院の慶康は声をよむ。清て読也。一度はうらかへして後は吹しかるゝ物也。うらみての上にもうらめしきと也。

八二四（秋といへばよそにぞきゝしあだ人の我をふるせる名にこそありけれ、よみ人しらず）

「秋といへは―」、世間の秋と云物はたゞ大方に聞たるが、たのもしげもなき人を（「を」傍記「の」）我をふるす名也。

八二五（わすらるゝ身を宇治橋の中たえて人も通はぬ年ぞへにける、よみ人しらず）

「わすらるゝ—」、宇治橋は嵯峨天皇の御再興、その以前は絶てありし也。是も人もかよはぬ我中にたとへて也。又は「こなたかなたに人もかよはす」此下句は少をとりたれは左に書。

八二六（あふ事を長柄の橋の長らへて恋ひわたるまに年ぞへにける、是則）

「あふことを—」、逢事もないと云かけたる也。いかなりとも／＼と思ふうちに年へたる也。

八二七（浮きながらけぬる泡とも成りななむながれてとだに頼まれぬ身は、友則）

「うきながら—」、行末とてもたのみなき身なる程に、うきたるあわのことく消よかしと也。流てとたにたのみなき身はとは、行末頼みなき心也。

八二八（流れては妹背の山のなかにおつる吉野の河のよしや世の中、よみ人しらず）

「なかれては—」、いもの山、せの山と云、山の中をよしの川は落る事也。二の山の中を落ると云、へたつる心に非す。夫婦の中の絶ぬ心也。此歌一首は恋の五巻の心をかねたる也。むつましきかきりは夫婦に越たる事なし。それもなからへて行けは衰《スイ》老になりて、何事もはかなき世の習ひなるを、よしのゝ川のよしや世中と也。天地の間、陰陽の気をうけて、一切の事ありとあらゆる事、皆如此と也。夫婦の中さへ障礙《シヤウゲ》ありて、はなるゝ事もあり。それをよしや世中と云也。恋の一巻に（古今四六九、恋一巻頭、ほとゝぎす鳴くやさ月のあやめ草あやめも知らぬ恋もするかな）「時鳥鳴や五月」といひてから、初の恋の心から逢・別・頼・恨なと千変万化《ベンバンクワ》にして此歌にとまりたる、いたり／＼てからよしや世中也。恋路と云物もついに邪正一如の理に帰する也。一部の理は此歌にこもらんと也。古今一部こゝに極たる也。

哀傷歌　明暦三年二月三日

哀傷部、悉皆御文字読。次御講談。今日の分也。禁中にては哀傷部は不読事也。所望なとなれは後日重而講談ある事なると也。

此巻には部立無、恋五にも部立無とあれとも大方はあり。此巻は一圓無。其心は老少不定、貴賤共に、死の道隔ざる道理にて部立無。

八二九詞書（いもうとの身まかりにける時よみける）
「みまかる―」、遠行の事也。生死の別と云物は二度逢事無とさとり得《エ》たる仏弟子も、仏の別の時涙あり。まして人間なるほとに也。

八二九（泣く涙雨とふらなんわたりがは水まさりなばかへりくるがに、篁）
「なく涙―」、三づの水まさりたらはかへり来《ク》る事あらん。せめて涙も雨とふりて水まされがなと也。地蔵十王経、三所に川あるによりて、三途《ツ》と云とあり。くるかにとは、（古今三四九、業平）「桜花ちりかひくもれ老らくのこんといふなる道まかふかに」、此かにと同事也。

八三〇詞書（さきのおほきいまうちぎみを、白川のあたりに送りける夜よめる）
「さきの―」、前にもありし事也。忠仁公也。前官の義に非す。延喜の比、太政大臣二人ありし。前後をあらはさん為也。

八三〇（血の涙おちてぞたぎつ白川は君が世までの名にこそ有りけれ、素性）
「ちのなみた―」、血涙の事、礼記壇弓《ダングウ》に「泣血しのひね三年」とあり。白川と云に付て、白川を血の涙にて染かへてと也。君か世とはをくりたる忠仁公をさして云。白川と云も君か在世の間の事也。只今染かへたると也。

八三一詞書（堀川のおほきおほいまうちぎみ、身まかりにける時に、深草の山にをさめてける後によみける、勝延）
「ほりかはの―」、昭宣公也。「勝延」、東大寺僧也。

八三一（空蝉はからを見つゝもなぐさめつ深草の山けぶりだにたて、勝延）

「空せみは―」、煙たにの、たに肝要の字也。空蝉はもぬけてもからが残る。せめて後まて残らずとも煙たにたてと也。火さうに非さる心也。
八三二作者（かんつけのみねを）
「かんつけのみねお」、峯雄、昭宣公の随身也。
八三二（深草の野辺の桜し心あらばことしばかりはすみぞめに咲け、峯雄）
「深草の―」、花に必服衣をきよと云には非す。花にいつもにかはりて墨染にさけかしと也。うす雲の巻に、ことしはかりはと源氏の願ふ、此心也。
八三三（寝てもみゆ寝でも見えけりおほかたはうつせみの世ぞ夢にはありける、友則）
「ねてもみゆ―」、ねてもみゆは常の夢の事。ねでもみゆるは世間の無常の事也。唯識論に、「未レハ得レ真覚、恒ニ処ス二夢中ニ一、故ニ仏説《トイテ》為ス二生死長夜ト一」。世間と云物は夢なると也。
八三四詞書（あひ知れりける人の身まかりにければよめる）
「あいしれりける―」、親類敷、知音敷なるへし。
八三四（夢とこそいふべかりけれ世の中にうつゝある物と思ひけるかな、貫之）
「夢とこそ―」、思ひける哉とある所、肝要也。やゝともすればいつもあるやうに思ふ。生ある物は死あり。色ある物はうつろふならひ也。其道を忘れてうつゝある物と思と也。
八三五（寝《ぬ》るがうちに見るをのみやは夢といはんはかなき世をもうつゝとはみず、忠岑）
「ぬるかうちに―」、心はまへの歌と同物也。ぬるがうちに見るはかりを夢といはんか、皆夢也、うつゝと云物なしと也。源氏物かたりの「世かたり（（源氏物語、世語りに人や伝へんたぐひなくうき身を醒めぬ夢になしても、藤壺中宮）「世かたり」傍記「薄雲、女院歌也」）に人やつたへんたくひなく」の歌も此歌より出たり。

八三六（瀬をせけば淵となりてもよどみけり別れをとむる柵《しがらみ》ぞなき、忠岑）

「せをせけは―」、此歌、家集には「あね」とは不出して「あいしれる人」と云也。瀬はたぎる所也。たぎる所なれとも、せか（堰）はせかれん。生死の道にはしがらみはなしと也。

八三七（さきだたぬ悔いの八千《やち》たびかなしきは流るゝ水の帰りこぬなり、閑院）

「さきたゝぬ―」、悔に水をせく、くゐをもたせたり。流水不帰、後悔不立先と云がごとし。後日仰、存生の内に、とせん、かくせん物をと思ふ事を今悔る心也。

八三八（あす知らぬ我が身と思へど暮れぬまのけふは人こそかなしかりけれ、貫之）

「あすしらぬ―」、友則此集の撰者にて終らぬうちに死たるを、貫之ふかくなけきて也。あす我身のうへも不知とも、先今日は人がかなしきと也。

八三九（時しもあれ秋やは人の別るべきあるを見るだに恋しきものを、忠岑）

「時しもあれ―」、せめて秋にてなき時節わかれよかし、現存の時さへ恋しきにと也。

八四〇（神な月しぐれにぬるゝもみぢばはたゞわび人の袂なりけり、躬恒）

「神な月―」、「母がおもひにて」（詞書「母が思ひにてよめる」）は、喪《モ》にゐるうちのかなしみの時也。神な月の時分をよく思へ、四方《ヨモ》の紅葉と思たるはみな我袖と也。わひ人とは我事也。

八四一（藤衣はつるゝ糸はわび人の涙の玉の緒とぞなりける、忠岑）

「ふち衣―」、藤衣はあらき衣《イ》也。喪《モ》にゐる間はあらき衣をきて身をやついてゐる也。今たふ（太布）と云物あり。其やうなる物の事歟と也。此次第に母の後に父を入る（八四一詞書「父が思ひにてよめる」）心は、四恩の云時、母の恩をもき事に云故、母を前にをく。又は生死には前後を不論故也。

八四二（朝露のおくての山田かりそめにうき世の中を思ひぬるかな、貫之）

「あさ露の―」、「思ひに侍ける」（詞書「思ひに侍りける年の秋」云々）とは喪《モ》の事也。粟津から石山へ参る時の事也。貫之か妻にわかれての時也。山田と云物は種をおろしそめてさま〳〵のざうさある物也。人間も人の身をうけてより色々さま〳〵の作法のある物也。其体山田に似たり。我身に比して、かりそめをうき世と思ふははかなし、かりそめ常住なると云心也。又は山田の種おろして程久しきやうなるが、やがて秋に成る。露は程（「程」傍記「はか」）なき物なれとも久しきもはかなきもおなしことと観じて也。貫之は白髪大明神と云。大津大明神と云も同事也。

八四三詞書（思ひに侍りける人をとぶらひにまかりてよめる）

「おもひに侍ける人をとふらひに」、たゝ人をとふらふは訪の字、哀傷の時とふらふは弔《チャウ》の字也。

八四三（すみぞめのきみが袂は雲なれやたえず涙の雨とのみふる、忠岑）

「すみそめの―」、問人もとはるゝ人も同し涙也。墨染は着服の事也。墨染の袂から涙の雨はふる。黒き雲を袖にたとへたる也。

八四四（あしひきの山べに今はすみぞめの衣の袖のひる時もなし、よみ人しらず）

「あしひきの―」、男の身にてさへ山林のすまいはかなしからんに、まして女の身にてはかなしからんに、孝の道いたりたる心と也。あしひきの山とは山ふかく居たる心也。

八四五詞書（諒闇の年、池のほとりの花を見てよめる）

「諒闇のとし―」、天子の崩御の時の事也。以テレ日ヲ易《カフ》レ月《ツキ》ニ（左傍記「イ、ニチ、ヤク、ケツ」）。一年の諒闇を十二日にかへて倚盧《イロ》に御座ある事也。倚盧の事は色々の事あり。板敷を切さけて土たちに御座ある事也。

八四五（水の面《おも》にしづく花の色さやかにも君がみかげの思ほゆるかな、篁）

「水のおもに―」、しづくとは、みゆるかとみれは不レ見、不レ見かと思へはみゆる事也。水にしつみはてぬ事也。色々の事あれとも花はみえつかくれつすれとも君がかけはみえすと也。後日仰、花の見えつかくれつすれとも花はたしかにあり。君か御影は無けれとも、あの花の如くさたかにあるとの義也。

八四六詞書（深草のみかどの御国忌の日よめる）

「深草のみかとの―」、仁明天皇。崩御の時、国忌也。此歌御一周忌さうなる也。

八四六（草ふかき霞の谷にかげかくしてる日のくれしけふにやはあらぬ、康秀）

「草ふかき―」、深草をもたせたる也。昇霞《セウカ》とは崩御の事を云。何時も日を天子にたとふ。けふにやはあらぬは、一周忌の心さうなる也。去年の今日、きのふのやうなるが、はや今日と成たる也。康秀はたくみなる歌よみ也。此歌もさやうに聞ゆる也。万民何と思ふそと、結句云ひかけたる心也。

八四七詞書（深草のみかどの御時に、蔵人頭にてよるひるなれつかうまつりけるを、諒闇になりにければ、さらに世にもまじらずして、比叡の山にのぼりて、かしらおろしてけり。その又の年、みな人御ぶくぬぎて、あるはかうぶりたまはりなど、よろこびけるをきゝてよめる）

「深草の―」、遍昭は仁明の御時、したしくめしつかはれたる物也。御葬場にてかしらをろし慈覚大師の弟子に成て行ひきりたる者也。「あるはかうふり―」、文徳の御代に成て、くわんしやく《（官爵）》をみな給はる心也。

八四七（みな人は花の衣になりぬなりこけのたもとよかわきだにせよ、遍昭）

「みな人は―」、月卿雲客共、あたらしき御代に成て祝心、せめて我袖はかはきたにせよと也。賢臣二君につかへすの心を思ひとりたる也。

八四八詞書（河原のおほいまうちぎみの身まかりての秋、かの家の辺をまかりけるに、もみぢの色まだふかくもならざりけるを見て、かの家によみていれたりける）
「河原のおほいまうちき―」、融公也。かの家の留守の人なとに読てをくる歟。
八四八（うちつけに寂しくもあるかもみぢばも主なき宿は色なかりけり、能有）
「うちつけに―」、うちつけは頓而也。さひしくもあるかは哉也。紅葉ばもの、もの字にて万事の事聞えたる也。主ひとりなければ面かはりする物也。
八四九詞書（ふぢはらのたかつねの朝臣の身まかりての又の年の夏、ほとゝぎすの鳴きけるをきゝてよめる）
「ふちはらのたかつねの朝臣―」、たかつねは、ながらの卿の子息也。
八四九（ほとゝぎすけさ鳴く声におどろけば君に別れし時にぞありける、貫之）
「ほとゝきす―」、時鳥の声を聞て君にわかれたる時分に成たると也。程なく一周忌に成と、をとろきたる心也。
八五〇（花よりも人こそあだになりにけれいづれを先に恋ひんとか見し、茂行）
「花よりも―」、花よりも人こそあたにと云は、花をうへてみんとこそ思つらめ、花よりもさきにあたになりたると也。花をこそおしまんと思しが、花よりさきにあたに成て人におしまるゝと也。うへてはつねまさ也。
八五一（色も香も昔のこさににほへどもうゑけん人のかげぞ恋しき、貫之）
「色も香も―」、花の色も匂ひもむかしにかはらぬが、うへたる人のかけが恋しきゆへ、一つ物たらぬやうなると也。うへけん人の影と云を面影と見る説あり。
八五二（君まさで煙たえにししほがまのうらさびしくも見えわたるかな、貫之）
「きみまさて―」、うらさひしくとは何となくさひしき也。又つよくさひしき心あり。玉楼金殿も人一人なければ変する也。塩竈をうつされたる事は事古《フ》りたる事也。

八五三詞書（藤原としもとの朝臣の右近の中将にてすみ侍りける曹司の、身まかりて後、人もすまずなりにけるに、秋の夜ふけてものよりまうできけるついでに見入れければ、もとありし前栽もいとしげく荒れたりけるを見て、はやくそこに侍りければ、昔を思ひやりてよみける）

「藤原のとしもとの―」、としもと（傍記「利基」）、高藤公の兄也。曹子《サウジ》（傍記「此集にては上清下濁」）、曹《ザウ》子《シ》（傍記「源氏にては上濁下清」）。はやうそこに侍けれはとは、もとありたると云心也。此作者の有助は出入したる者也。

八五三（君がうゑしひとむらすゝき虫のねのしげき野べともなりにけるかな、有助）

「君かうへし―」、虫は人の前栽なとに放せとも住つかぬ物なるが、只今は虫の音のしげき野へと成たると也。一むらすゝきと切て、虫のねのから下へつゝけて也。

八五四詞書（これたかのみこの、父の侍りけん時によめりけんうたどもとこひければ、かきておくりける奥によみてかけりける）

「これたかのみこの、ちゝの侍けん―」、友則か父也。

八五四（ことならば言の葉さへも消えななむ見れば涙のたきまさりけり、友則）

「ことならは―」、ちゝの存生のうちにめされたらはと云心あり。孝のある歌也。惟喬へゆかりありたるか、歌めされたるとあるはと也。

八五五（なき人の宿に通はば郭公かけてねにのみなくと告げなん、よみ人しらず）

「なき人の―」、冥途に通ふ鳥なるほとに、かやうに云。時鳥は鳴時分がありて鳴、我はいつともなく鳴也。魂魄のありかを知らはつげよと也。

八五六（たれ見よと花さけるらん白雲のたつ野とはやくなりにしものを、よみ人しらず）

「たれみよと―」、白雲のとは、かならす煙のおはりに立。その事にはあらじ。荒《アレ》たる処なるへし。ぼう〳〵とおく山のやうに成たると也。

八五七詞書（式部卿のみこ、閑院の五のみこにすみわたりけるを、いくばくもあらで女みこの身まかりにける時に、かのみこ、すみける帳のかたびらの紐に文をゆひつけたりけるをとりて見れば、昔の手にてこのうたをなんかきつけたりける）

「式部卿のみこ―」、敦慶は宇多御門御子、伊勢か腹也。閑院五のみことは天武天皇の末の御子孫也。廣井女王と云。

八五七（かずかずに我をわすれぬものならば山の霞をあはれとは見よ、閑院の五のみこ）

「かす〳〵に―」、我行末をわすれぬならは雲霞をそれと見よと也。春の比、うせられたる歟と也。

八五八詞書（男の人の国にまかれりけるまに、女にはかにやまひをしていと弱くなりにける時、よみおきて身まかりにける）

「おとこ、人のくにゝ―」、此男人の国にまかりけるとは、しげはるが甲斐国へくたりたる時の事也。女の親をは清原の春元也。はるおかと云物也。

八五八（声をだにきかで別るゝたまよりもなき床《とこ》にねん君ぞかなしき、よみ人しらず）

「声をたに―」、しげはるが声をたにきが（ママ）て也。上洛したらは枕ならへんと思たるに、名残の声を不聞して、わかるゝ玉よりも男のひとり寝ならんがかなしきと也。思合たる間の心さうなる也。

八五九（もみぢ葉を風にまかせて見るよりもはかなきものは命なりけり、千里）
「もみち葉を―」、風の前の木の葉はもろき物也。それよりも人の身はもろき也。風ふかねは木の葉は不ㇾ散事あれとも、人の命はあたなると也。
八六〇（露をなどあだなる物と思ひけんわが身も草におかぬばかりを、惟幹）
「露をなと―」、草にをかぬはかりをとあるを、当時ならは、をかぬはかりそと読へきが、をと云たる。ゆうありておもしろし。雷《デン》光・朝露とはかなきたとへに云たるが、只今は我身がそのことくに成たる也。一しほあだなる露をおもはるゝと也。これもとは太郎国経三番めの子とあり。何時も太郎とは第一のそうりゃうを云。太郎国経の子と云事相なると也。
八六一（つひにゆく道とはかねてきゝしかど昨日今日とは思はざりしを、業平）
「ついに行―」、下句、きのふは、けふとは不思と云説、不用。ついに行へき道とは誰も思へとも昨日今日とは思はざる物をと也。歩々《ブヽ》近シ二死地ニ一。贄《ニエ》にそなはる羊かあゆみ行の道理也。
八六二詞書（甲斐の国にあひ知りて侍りける人とぶらはんとてまかりけるを、みちなかにてにはかに病をしていまいまとなりにければ、よみて「京にもてまかりて、母に見せよ」といひて人につけて侍りけるうた）
「かいのくにゝ―」、いま〳〵は今か〳〵の心也。
八六二（かりそめのゆきかひぢとぞ思ひこし今は限りの門出なりけり、滋春）
「かりそめの―」、是は孝々《ママ》の心の歌也。それによりて軸にをく也。行かひぢと云にて、甲斐をもたせたる也。前の甲斐におもむくとありし。其時の事なるへし。世間の事と云物は、玉楼金殿も不入、終には生死の根源へ立かへる。其処を思へとの教也。玉楼金殿の事少も不合事也。たゝ甲斐国へ立時は、かりそめの行かひぢと思たるが、それがかきりの門出なりしと云心也。其心、抄に少もなし。

雑歌《ザツカノ》上　明暦三年二月四日

「おいぬとてなとかわか身を」（古今九〇三）の歌迄先御文字読、次御講談、又「ちはやふるうちのはしもり」（古今九〇四）の歌より雑上の分、先御文字読、次御講談、又雑下の初より「わか身からうき世中と」（古今九六〇）の歌迄、先御文字読、次御講談、今日の分也。

雑はまじはると読字にて、四季・述懐・恋がましき歌なともある故に雑と云。種々のましはりたる故に云也。然間此部には部立無。末々の集には雑を上下に分て上には四季を入、下には四季・祝・何へも不入を入る。雑部はかり歌の字をか（「か」傍記「スム」）と声《コエ》に云へき事、合点いかぬ事也。何も抄とも此声也。桂光院殿も同し。幽斎聞書にも、「ざつか」とかなを付たり。声《コエ》にならは、賀・羇旅皆声也。雑体と云から、か也。

八六三（わがうへに露ぞおくなる天の川とわたる舟のかいのしづくか、よみ人しらず）

「わかうへにー」、「此夕ふりくる雨はひこほしのとわたる舟のかひのちるかも」（万葉、このゆふべ降り来る雨は彦星のはや漕ぐ舟の櫂のちりかも）此歌より出たり。伊勢物語にはかはりて、露そをくなるは、天上からのめくみの露を以て生するほとに、人間の露にてはなし。天上の露と云。それはいはゝ、天河のとわたる舟のかいのしつくかと云義也。裏の説、我は主人に対しての我に非す。人間世界に生る我也。本分の我也。色もかたちもなき物也。伊弉諾、伊弉冉尊、天のさかほこを以てさくり給其しづく也。是一身の根本也。とわたる舟とは陰陽和合の事也。かひのしつくは一滴《テキ》の露也。経の如是我聞と云、此心に叶と行孝（堯カ）なとは云なると也。

八六四（思ふどちまとゐせる夜は唐錦たゝまく惜しき物にぞありける、よみ人しらず）

「思ふとちー」、朋友の事をあぐる。前のは帝王の徳をあげたる程に、次に朋友を云。類をあつむる也。部をは不立。から錦は外国のにしき也。東京錦《トウギヤウキ（ママ）》、重宝の故、如此たゝまくをしきと云。左傳ニ「子有ニ美錦《ヒキン》一、不レ令《ス》テ人ヲ学カテラニ製《タヽ》」とあり。錦たつ事おしきと云語也。同し心の友のまじはりはたつ事おしきと也。

八六五（うれしきを何につゝまん唐衣たもとゆたかにたてといはましを、よみ人しらず）

「うれしさを《（ママ）》―」、袖につゝむは常の事也。袖には寸方ありて、つゝむ事なるまじ、常の袖よりもひろくたてと也。舞踏《ブタウ》の時の左右左もよろこびを袖につゝむ心也。

八六六（限りなき君がためにと折る花は時しもわかぬ物にぞありける、よみ人しらず）

「かきりなき―」、是は業平歌也。左注忠仁公の歌にしてある事名誉也。又業平の不運歟。忠仁公の家集にありしと云説あり。五文字業平歌と相違、なをしたる歟。然らは業平歌を知て歟と也。我たのむと云五文字は忠仁公歌にはちいさくて不似合故なをしたると也。伊勢物語に沙汰ありし事也。

八六七（紫のひともとゆゑに武蔵野の草はみながらあはれとぞ見る、よみ人しらず）

「むらさきの―」、人と云物は人一人からなる物也。一人をおもへは部類眷属《ケンゾク》をも思ふ物也。たとへは紫一本あれは万草みなあはれと思也。丈人屋《ヲク》上ノ烏《ア》、人好ケレハ烏モ亦好《ヨシ》（「丈」ニ濁点アリ）の心也。紫は女の異名也。定家難題百首、忍親昵恋《シンシツニ》の歌に「（拾遺愚草）めもはるにもえてはみえし紫の色こきのへの草木成とも」。論語「好知其悪、悪知其美者天下少」此心也。

八六八（むらさきの色こき時は目もはるに野なる草木ぞわかれざりける、業平）

「紫の―」、寵愛のはなはだしき時の歌也。前の歌と同心也。めもはると云を他流には草木の目のはる事と云。当流はる〳〵の心也。

八六九（色なしと人や見るらん昔よりふかき心にそめてしものを、能有）

「色なしと―」、そめぬきぬをくる程に色なしと云たる也。むかしより心さしを染たるはしられまじと也。此国経（詞書「大納言ふじはらのくにつねの朝臣」云々）が、昭宣公の子、太郎国経也。此時分まではきぬの色に着別なかりしと也。三位以上までは次第に染上〳〵して紫の色次第に黒くなる事なると也。

八七〇詞書（いそのかみのなんまつが、宮づかへもせで、石上といふ所にこもり侍りけるを、にはかにかうぶりたまはりければ、よろこびいひつかはすとて、よみてつかはしける）

「いそのかみのなんまつ―」、成松、浪松、両義あり。童名さうなる也。いそのかみは姓さうなる也。又はいそのかみと云所に居たる故歟とも也。

八七〇（日の光やぶしわかねば石上ふりにし里に花もさきけり、今道）

「日の光―」、やふはやぶ原也。叢《サウ》の字也。草木のあつまり生たる心也。日の光のもり相なる所にてなし。天道為一人不枉《マゲ》光、王者為一人不枉法。かやうの所まで日の光もらさぬ物也。やふしわかぬは不読詞也。行孝（堯カ）が後ノ称名院に相伝。逍遥院親也。

八七一（大原やをしほの山もけふこそは神世のことも思ひいづらめ、業平）

「おほはらや―」、神代の事もとは、天照大神と春日との、我は君となりなんちは臣と成て此国を守護せんと契約にて、あまくたらしめ給事也。此両神はいづくにてもはなれられぬ事也。伊勢にては春日が合殿、春日にては伊勢が合殿也。只今春宮の宮す所なる程の行啓なる程に、定て神代の事思出されんと也。

八七二（天つ風雲のかよひぢ吹きとぢよをとめの姿しばしとゞめん、宗貞）

「あまつ風―」、清見原天皇（傍記「天武也」）、吉野にて琴あそはしたる時天人あまくたりたる事あり。それをうつして五節の舞姫を諸国より奉る事もあり。五節舞妓を見て昔の天人なりと思ひて天上へかへらん程に、あまり面白に、とても此世に住はつまじきならは、しはしなりともとゝめんと也。

八七三（主やたれ問へどしら玉いはなくにさらばなべてやあはれと思はん、融）

「ぬしやたれ―」、（詞書「かんざしの玉の」云々）かざしの玉はかんざしの玉、心ばの玉也心ばとはかざりの事也。日かけの糸と云物そひたる物あり。さかり苔をひやうしたる物也。糸を冠にさげたる也。五節の明る日、玉の落たる程に、その玉にとへども不ㇾ云。さらは、なへてあはれと思はんと也。此歌は恋部に入へき事なるが、あはれむ心なる故、雑部に入也。

八七四詞書（寛平の御時に、上のさぶらひに侍りけるをのこども、かめをもたせて、きさいの宮の御方に大御酒《おほみき》のおろしときこえにたてまつりたりけるを、蔵人ども笑ひて、かめをお前にもていでて、ともかくもいはずなりにければ、つかひのかへりきて、さなんありつるといひければ、蔵人のなかにおくりける）

「うへのさふらひ―」、殿上のさふらひ也。おのこともは殿上人也。「おほみきの―」、おほみきのおろしとは主上へまいりたる御酒のおろし也。それを申うけたきと也。蔵人ともは何とも申にくき事と云て返事せぬ也。

八七四（玉だれのこがめやいづらこよろぎの磯の波わけ沖にいでにけり、敏行）

「たまたれの―」、こよろきのいそは相模国名所也。此磯に緑毛の亀浮《ウカヒ》たる事あるを以てかくよむ。玉たれに必こすがある物也。それゆへにこかめとつゝくる也。催馬楽風俗歌に「〽玉たれのこかめを中におきて、あるしはもや、さかなもりに、さかなもとめに、こゆるきの磯に若めかりあけに」。きさいの宮に御まへに出たるを、是程のはれはあるまじ、沖《ヲキ》に出にけりとその所を云也。

八七五（かたちこそみ山がくれの朽木なれ心は花になさばなりなん、兼芸）

「かたちこそ―」、けんげい法師か木食草衣の体をわらひたる也。後日仰、わらふうちにほむる心ある也。笑内に殊勝なると云心あり。それはほむる心也。心ははなになさはなりなんとは、仏花の心にて云たる也。かたちの何共なをされぬ事をは能やうにと願ひ、心のいかやうにも成へき事をは、なをすへきとも不思との教にも成へき事也。

八七六（蟬の羽のよるの衣はうすけれど移り香こくもにほひぬるかな、友則）

「蟬のはの―」、源氏の空蟬の巻も此歌から書出したる也。（詞書「方違へに人の家にまかれりける時に」云々）かたゝかへなる程に、あさき契りなれとも、うつり香こくも匂ひぬる哉と也。方違は時宜《ジギ》はかりにて、やかて立かへる程に也。

八七七（おそくいづる月にもあるかなあしひきの山のあなたも惜しむべらなり、よみ人しらず）

「おそく出る―」、しゐて月を待心から人の心をさっして也。あなたにも惜人《ヲシム》もあらん歟。さあらは不《ジ》レ待《マタ》と也。

八七八（わが心なぐさめかねつ更級や姨捨山にてる月を見て、よみ人しらず）

「わか心―」、太和（ママ）物語の説不用。名所の心也。源氏に「おばすて山の月さしのほる」とあるもおばの心なし。

八七九（おほかたは月をもめでじこれぞこの積《つも》れば人の老《おい》となるもの、業平）

「大かたは―」、大かたは大よそ也。大かたと云に四季をもたせたる心あり。花・時鳥・雪の心もあらん。月はかりにては無と也。物にじゃくすれは老のかなしみとならいでは不叶也。家隆卿の（続古今）「つもりそふ老となるともいかてかは雪のうへなる月は（「は」傍記「ヲ」）みさらん」、此歌より出たり。

八八〇（かつ見れどうとくもあるかな月かげのいたらぬ里もあらじと思へば、貫之）

「かつみれと―」、かつみれどはかくみれど也。（詞書「月おもしろしとて、凡河内躬恒がまうできたりけるによめる」）躬恒をしたしくは不レ思、月にさそはれて来たる程に貫之に心さしは浅き也。（古今一四七、ほととぎす汝が鳴く里のあまたあれば猶うとまれぬ思ふものから）「郭公なかなく里の―」、此歌の心也。

八八一（ふたつなき物と思ひしを水底に山のはならでいづる月かげ、貫之）

「ふたつなき―」、余情なき歌也。撰集（「集」ニ濁点アリ）なとには入がたき歌也。されとも物をもらさぬ、めぐみの心、勅撰の体也。（八雲御抄、雲間ゆくかたわれ月のかたわれはおちても水に有りけるものを）「雲間行かたわれ月のかたわれは」と云やうになりたがる物なる程に此やうの歌なとは似せましきと也。

八八二（天のかは雲のみをにてはやければ光とゞめず月ぞながるゝ、よみ人しらず）

「天河―」、月のはやくうつり行をしたふて也。雲のみを(水脈)は根本なき物なれとも、天河にしなして云出したる也。雲のみおか、はやきほとに、月のなかるゝは尤かな、はやくなかるゝと也。後日仰、雲のみおにてはやければとは、水の早き事はかり也。

八八三（あかずして月の隠るゝ山もとはあなたおもてぞ恋しかりける、よみ人しらず）

「あかすして―」、此山本は西の方の山本也。「富士の山おなしすかたにみゆるかな」(井蛙抄、富士の山同じ姿の見ゆるかなあなたおもてもこなたおもても) 此歌にてよみ出す。かやうのをわろく似すれはかやうに成たがる物也。

八八四詞書（これたかのみこの狩しけるともにまかりて、やどりにかへりて、夜一夜酒をのみ、ものがたりをしけるに、十一日の月も隠れなんとしけるをりに、みこゑひて内へ入りなんとしければ、よみ侍りける）

「これたかのみこの―」、やとりに帰りてとは親王の御所也。

八八四（あかなくにまだきも月のかくるゝか山の端にげて入れずもあらなん、業平）

「あかなくに―」、かくるゝか（「か」傍記「スム」）。山のはにけては散々《サンザン》の詞也。月をとゝめたきと思ふあまりにあられぬ事をねがふた事也。あるましき事をねかふ也。

八八五詞書（田むらのみかどの御時に、斎院に侍りけるあきらけいこのみこを、母あやまちありといひて、斎院をかへられんとしけるを、そのことやみにければよめる）

「田村のみかとの御時に―」、文徳。斎院に侍ける、此斎院は嵯峨天皇の時也。あきらけいこは慧《ケイ》字也。何とそあやまちこそあるらん。後日仰、みこのあやまちあると母のいひたる心也。

八八五（大空をてり行く月し清ければ雲かくせども光けなくに、尼敬信）
「大空を―」、人の上の事をは色々にいふ物なれとも、実の無事は必はるゝ物也。賢女に無私と云心也。
八八六（石上ふるから小野のもとかしは本の心はわすられなくに、よみ人しらず）
「いその神―」、此歌はもと知たる人を思ふ心也。ふるから小野は大和国の名所也。年老ては万事忘却する物なれとも不忘。柏は冬まて残てある物也。後日仰、ふるから小野、たゝ枯野にいへる也。冬野にはなへて木の葉草の色も残らぬに、柏は枯たる葉の枝に付て春まて落ぬものなれは、独もとの心忘れぬ物とて読るとぞ。
八八七（いにしへの野中の清水ぬるけれどもとの心を知る人ぞくむ、よみ人しらず）
「いにしへの―」、久敷くまぬ水は底がぬるき物也。そこぬる物也。されとも、それをも又く（「く」傍記「汲」）めは本の如く能成物也。人の上も其如く、もとの心を知たる人と通すれは、もとのことく成也。
八八八（いにしへの倭文《しつ》の苧環《をだまき》いやしきもよきも盛りはありしものなり、よみ人しらず）
「いにしへの―」、常のはくり返すと云はん為に云。此歌のは賤《イヤシキ》と云はん為はかり也。賤者《イヤシキモノ》のとりあつかふ物也。高下共に過たる事は詮《セン》なき物なる程に、今のさかへを以ていにしへのおとろへをかくすへきやうなし。今はおとろへたりとても、いにしへのさかへを云はんやうもなし。昔の過き去りたる事はせんなしと云心也。
八八九（今こそあれ我もむかしは男山さかゆく時もありこしものを、よみ人しらず）
「今こそあれ―」、男山さかゆくと云は、むかしさかへたる時の事也。男山と云に男をもたせ、さか行に坂をもたせたる也。
八九〇（世の中にふりぬる物は津の国の長柄の橋とわれとなりけり、よみ人しらず）
「世中に―」、なからの橋は名高き也。それも古《フル》くなれは詮なし。いはんや我身のやうなる、用に立《タヽ》ぬ物はきょくなしと也。我やうなる物は、ふるされてはやうもなしと也。橋は人を渡す役あれとも我は何の役もなきと也。

八九一（さゝの葉にふりつむ雪のうれを重み本《もと》くだち行くわが盛りはも、よみ人しらず）

「さゝのはの―」、もとくたちは斜《ナヽメ》なると云字の心也。文選賈《カ》誼《ギ》鵩鳥賦「庚子旧斜（「庚子日斜」）（「斜」傍記「クタチニ」、又「チ」傍記「リ」）」とあり。もとくたち行とは次第にかたぶく心也。それをさゝの葉の雪に比して也。次第に雪のつもりてかたぶく心也。さかりは（「は」傍記「わ」）もの、もの字はやすめ字也。我がさかりのなゝめになるは、さゝの葉にふりつむ雪のことしと也。「ちる花は後の春ともまたれけり又もくるしきわかさかりはも」（続古今、清輔、四句「又も来まじき」）兼輔（ママ）。

八九二（大荒木のもりの下草老いぬれば駒もすさめず刈る人もなし、よみ人しらず）

「おほ（「ほ」傍記「ヲ」）あらぎ（「ぎ」ニ合点アリ。傍記「スム、イ」）の―」、ほの字不聞やうに読つけたる也。すさめすは不レ食《ハマ》也。としよれは人にうとまるゝ事を駒もすさめすと云たる事也。駒は何の分別なき物なる程に小人にとる。下草のおひたるを我にたとふ。裏の説、先王の事を云。かる人は道のあると云心也。おあらきはそうへう（「そうへう」傍記「宗廟」）を云。或抄、大荒木は先王の御事、恵へ思ふ也。駒は心なき物也。心なき人にも心ある人にも捨られたるよし也。又は（傍記「イ本也」）「さくらあさの―」、さくらあさと葉の赤を云との説。但、花のさくあさを云。

八九三（数ふればとまらぬものをとしといひて今年はいたく老いぞしにける、よみ人しらず）

「かそふれは―」、としをよひ出して、底の心は早き心也。年月をかぞへて今年は一入早く覚ゆる心也。是より三首は身・口・意の三業《ガウ》をよみたる歌也。是、身をよみたる歌也。

八九四（おしてるや難波の御津《みつ》にやく塩のからくも我は老いにけるかな、よみ人しらず）

「をしでるや―」、からくもは、いたくもの心也。をしてるは湖光《ヲシデル》と書。難波にて舟をつくり初て、をし出す心也。

からくも我は老にける哉とは難波の海のあまのやく塩は数にもあらず、からきでもなし。我老て苦しきは、以外からきと也。塩の味を知たる心にて口業の歌と云也。難波のみづ。おほとものみつ（「つ」傍記「スム」）と清也。

八九五（老いらくの来《こ》むと知りせば門《かど》さして無しとこたへてあはざらましを、よみ人しらず）

「おいらくの―」、老と云物がくると兼て知たらは門戸をとぢて無《ナシ》と云てかへすへき物なるをと也。あるまじき事をはかなく云たる也。意業の歌也。

八九五左注（このみつの歌は、昔ありける三人《みたり》のおきなのよめるとなん）

「このみつの歌はむかしありけん、みたりのおきなの―」、みたりのおきなは文武、人丸、聖武と云。又は聖武、人丸、赤人と云。又は人丸、黒主、業平と云。何も不用。伝受の奥義の時沙汰のある事也。

八九六（さかさまに年もゆかなんとりもあへず過ぐる齢や共にかへると、よみ人しらず）

「さかさまに―」、是はあるまじき事を云たる也。年よらぬ調法を思ふに何とぞして取かへし度と也。学文の時分はいたつらに為て、年よりて後悔する也。年を取かへし度《（タキ）》と也。

八九七（とりとむるものにしあらねば年月をあはれあな憂《う》と過ぐしつるかな、よみ人しらず）

「とりとむる―」、今年も又過た／＼と云て年々を過し来てそれをうらめしと云たる心也。あなうは、あらういと云心也。

八九八（とゞめあへずむべもとしとは言はれけりしかもつれなく過ぐる齢か、よみ人しらず）

「とゝめあへす―」、むへも、宜も也。げにもかな。としと云は頓《トイ》と云心也。それにつれて行身がかなしきと也。つれなく、ぶつしりとしてゐたる心也。しかもか心得にくし。けにも道理かなと云んか（「云んか」傍記「見へき歟」）。上にむへもとしとはと、其心あるほとに、さうもと云やうの心歟。然の字の心にて合点行かうなる。「都（古今九

八三、わが庵は都のたつみしかぞすむ世を宇治山と人は言ふなり、喜撰）のたつみ、しかそすむ」もその心也。

八九九（鏡山いざたち寄りて見てゆかん年へぬる身は老いやしぬると、よみ人しらず）

「鏡山―」、くろぬし歌は、さまいやしき程に余情の所思ひやりて見よと也。我身の老行をは不知物也。ひいきある故也。然る程に、かゝみ山と云から、老やしぬる歟、見てゆかんと也。

九〇〇（老いぬればさらぬ別れもありといへばいよいよ見まくほしき君かな、業平母）

「おいぬれは―」、老少不定とは云へとも、老定、少不定のならひ、定はなき也。さらぬ別はえさらぬ別也。辞退《ヂタイ》のならぬ物也。此わかれある程におなしくはいつも見まいらせたきと也。母のみこは伊豆内親王也。とみの事はい（詞書「とみの事とて」云々）そきの事也。頓の字也。

九〇一（世の中にさらぬ別れのなくもがな千代もとなげく人の子のため、業平）

「世中に―」、孝心のある歌也。子たる物の為に、親たる物のわかれなくもがなと也。伊勢物語には「ちよもといのる」とあり。なけくにていのる心あるへし。こゝには改たる也。目蓮の、母の為、一切衆生の盂蘭盆《ウラボン》経（「経」ニ濁点アリ）をはしめられたる心也。

九〇二（白雪のやへふりしけるかへる山かへるがへるも老いにけるかな、棟梁）

「しら雪の―」、八重とは八は数のかぎり、数多事をいはんとては八の字を云。いつもの事也。歳霜《セイザウ》を経《へ》て年のつもりたる心也。

九〇三詞書（おなじ御時のうへのさぶらひにて、をのこどもに大御酒《おほみき》たまひて、大御遊《おほみあそ》びありけるついでにつかうまつれる）

「おなし御時うへのさふらひにて―」、おほみあそひは御遊也。

九〇三（老いぬとてなどかわが身をせめぎけん老いずは今日にあはましものか、敏行）
「おいぬとて―」、せめきけんは、せめ来けん也。物には徳失《トクシツ》ある物也。年は身につもりて難勘《ナンガン》（「勘」傍記「艱歟」））なる物なれども、年寄らすは今日の御遊にめし出されましき也。物かは、物哉也。但、物かとうたかふ心にもあらん歟。うたがふが能《ヨ》さうなる也。
九〇四（ちはやぶる宇治の橋守汝《なれ》をしぞあはれとは思ふ年のへぬれば、よみ人しらず）
「ちはやふる―」、神と必つゝくる事なれとも是は何として宇治とつゝくるぞと云に、宇治の橋守は神なる程に也。道をまもる神也。なれをしぞは汝《ナンヂ》をしぞと也。我も年よりたると也。月・花の心もなき物になれと云事はわろしと俊成云。（行間書入）「私、或抄、我年のつもりたるをなけくあまりに橋守をもあはれと思と也」
九〇五（我見てもひさしくなりぬ住江の岸の姫松いくよへぬらん、よみ人しらず）
「我みても―」、ひめ松は小松、又は女松を云。当流、松の惣名也。大小まじはりたるを云。一本なとあるは云ましき歟。我見てもとあるを誰《タ》れが読たるぞと云に、誰とはなけれとも老者の読たる歌さうなる也。神代の事は不知、我見ても久しきと也。六十年七十年の事也。又の義、人王の初の事を云はんとて、それを我みてもと云。ごつ《（劫初カ）》初の我也。
九〇六（住吉の岸の姫松人ならばいく世か経《へ》しと問はましものを、よみ人しらず）
「住よしの―」、波間より出現ありし神のむかしをとはんする物をと也。
九〇七（梓弓いそべの小松たが世にか万代《よろづよ》かねてたねをまきけん、よみ人しらず）
「あつさ弓―」、あつさ弓はいそへと云はん為也。他流に、かねてを兼日の心、あらかじめの心と云、不用。行末をかねての心也。

九〇八（かくしつゝ世をや尽くさん高砂の尾上に立てる松ならなくに、よみ人しらず）

「かくしつゝ―」、かくのことくしつゝ也。世をやつくさんは一生をつくさん也。何の用にも不立、身を此分にて世をやつくさん也。いたつらに何の用にもたゝぬ身の、なからへたるを云也。高砂の松は久しき事のしるしにも成が、我は何のやうにも不立となげきたる心也。非ニ播州ノ名所ニ一、山の惣名をこゝにては云。又名所にても也。

九〇九（たれをかも知る人にせん高砂の松もむかしの友ならなくに、興風）

「たれをかも―」、松か久しき物なる程に友にせんと思ふに、それも真実の友に非す。松にもなぢみがなき程に友にも難シ成と也。是は浅き説也。我、年の寄て昔の事を云へとも、知たる物なし。松は久しき物なる程に友にせんと思へとも、それも真実に非す、とかく友なし。誰を友にして心をなぐさまんと也。

九一〇（わたつ海《うみ》の沖つ潮合《しほあひ》に浮かぶ泡の消えぬものからよる方もなし、よみ人しらず）

「わたつうみ―」、海の惣名也。沖つしほあひとは水と塩との間、又塩と塩との間也。消る物にしてをけは又不消、浮《ウカヒ》てある也。其の如くと我身の述懐を云。大海を世間に比して、消やすき身を以て世界に有度《アリタク》もなきと云心也。

九一一（わたつ海のかざしにさせる白妙の波もてゆへる淡路島山、よみ人しらず）

「わたつうみの―」、遠望の歌也。波をかさしと云たる也。白妙の波の上に淡路嶋のみゆるは波のい（「い」傍記「ユ」）ひたてゝをきたるやうなると也。是は海神のかさしならんと也。李白詩「誰知蓬莱石、元《モト》是レ巨鼇簪《キヨガウノカンザシ》」。鼇《ガウ》は大なる亀。

九一二（わたの原よせくる浪のしばしばも見まくのほしき玉津島かも、よみ人しらず）

「わたのはら―」、海の惣名也。「玉津嶋(万葉・風雅)みれともあかすいかにしてつゝみもたらむみぬ人のため」。しは／＼は数々に也。玉つ嶋は見あかぬ事に云。こゝを立かへらんかおしき、立かへりたらは又見たからんと也。

九一三（難波潟潮みちくらし雨衣たみのの島にたづ鳴きわたる、よみ人しらず）

「難波かた―」、こゝもとは皆遠望の歌也。難波津に塩がみつる物にてあらんと推量したる心也。雨気に成たる歟（傍記「此義難心得、後日仰」）。塩かみちさうなる、其子細は鶴か多く鳴と也。あま衣に雨の心をそへて也。みのゝたよりある也。

九一四詞書（つらゆきが和泉の国に侍りけるときに、大和より越えまうで来て、よみてつかはしける）

「つらゆきかいつみのくにゝ―」、定て和泉守にてあらん。

九一四（君を思ひおきつの浜に鳴くたづの尋ねくればぞありとだにきく、忠房）

「君をおもひ―」、おきつのはまは名所也。是は貫之を少恨たる心也。我尋ね来りたれはこそ、たつの声をもきけと也。我をはたつねぬと也。思ひをきつとは、君を思ひをくとつゝけて云たる心也。鳴たつのも、たつねくれはとつゝけたる也。貫之かありときくと也。

九一五（沖つ波たかしの浜の浜松の名にこそ君を待ちわたりつれ、貫之）

「おきつ波―」、おきつ波は高しと云はん為の事也。松と云名にこそ待たれ。はままつの名にひかれてこそ来たれ。我身のためには不レ可レ来と我身を卑下したる心也。所からによってこそ待えたれと述懐の心ある也。

九一六（難波潟おふる玉藻をかりそめのあまとぞ我はなりぬべらなる、貫之）

「なにはかた―」、是も貫之述懐の歌也。臣下と云物遠くありかぬ物也。遠くありくは不ス二本意ニ一。時にあはぬ物也。我は不用なる物也。なにはのあまに我なりつへしと也。自然かりそめに来て見るだにさひしきに、このやうなる海士と我はならんと也。此歌を以て、建保・建仁の比の歌は読たる物也。此歌の上に注をしたやうなる也。それ故一かとある歌ともあるやう也。後日仰、貫之は根本の海士にて無故、かりそめの海士と我はなりぬへきと云心也。

九一七（住みよしとあまは告ぐとも長居すな人忘れ草おふといふなり、忠岑）
「住よしと―」、わすれ草色々の説あり。萱草《クハン》（「草」ニ濁点アリ）、忘憂草《ボウユウ》、宜男草。つぐともは、あまがよき住所なるとまねくやう也。さあるともながゐすな、なれゐれは人は忘るゝ物なる也。人はつくともと云へき所なれとも、人忘草と末にある故、海士とある也。なが井の浦と云あり。此歌より出る歟。根本ある歟。住よしにもかぎらす。世界如此なる物也。万の心もちに成さうなる也。
九一八（雨によりたみのの島をけふゆけど名にはかくれぬものにぞありける、貫之）
「雨により―」、蓑《ミノ》と云より作り立たる歌也。蓑をそだてたる歌也。名にはかくれずとは、ぬるゝ心也。此歌は面白き所はなけれとも、きゝをとりのせぬ歌也。高遠か「逢坂《（拾遺）》の関の岩かとふみならし山立出るきりはらの駒」。此岩かとはおもしろきやうなれとも漸々にみをとりする也。貫之か「逢坂《（拾遺）》の関のし水にかけみえて今やひくらんもち月の駒」。此歌は聞どをりがする也。此やうの事は知時節あるへしと定家のいはれたる也。高遠か公任に、此歌の事問たる事あり。
九一九詞書（法皇西川におはしましたりける日、「鶴、洲に立てり」といふ事を題にてよませ給ひける）
「法皇にしかはに―」、法皇は宇多也。にし川は大井川也。根本は桂川也。
九一九（葦鶴《あしたづ》の立てる川辺を吹く風によせてかへらぬ浪かとぞ見る、貫之）
「あしたつの―」、白鶴の立たる体を波と見立て也。貫之歌也。題の体を真直《マツスグ》によむ。あいさつのなきは我身の浅官故、卑下にての事也。
九二〇詞書（中務のみこの家の池に舟をつくりて、おろしはじめて遊びける日、法皇御覧じにおはしましたりけり。夕さりつかた、帰りおはしまさんとしけるをりに、よみてたてまつりける）

「中務のみこ―」、敦慶也。宇多第八御子也。おろしはしめてとは舟を也。「ゆふさりづかた―」、つの字濁る。

九二〇（水の上にうかべる舟の君ならばこゝぞ泊りといはましものを、伊勢）

「水のうへに―」、「あねはの松の人ならは」（伊勢物語、栗原のあねはの松の人ならば都のつとにいざといはましを）と歌の心也。詞書にあらは也。伊勢は法皇の思人也。今夜はこゝにとまられよかしの心也。

九二一（宮こまでひゞきかよへるからことは浪の緒すげて風ぞひきける、真静）

「宮こまて―」、からことは同名の所多し。是は西国の也。波のひゞきは音也。所の名につきて、をさへてよむ也。後日仰、をさへてと云は波に響なとは無物也。無事をからことゝ云所の名に付て、をしつけて読と云事を、をさへてと云也。とゝき過たる歌也。

九二二（こきちらす滝の白玉ひろひおきて世のうき時の涙にぞかる、行平）

「こきちらす―」、「山田のいねのこきたれて」（古今九三二、かりてほす山田のいねのこきたれてなきこそわたれ秋のうければ、是則）の心也。数もなく散心也。滝の間断《ケンダン》もなく落ると我世をうれうると同事也。こきちらすは物をしごくなとやうの事也。行平、時にあはぬ程にいつも述懐の心ある也。

九二三（ぬき乱る人こそあるらし白玉のまなくもちるか袖のせばきに、業平）

「ぬきみたる―」、ぬのひき（詞書「布引の滝のもとにて」云々）は同し所也。同し所の事を詞書にならへて書たる。此前の歌の時分とは別の時の事也。行平歌は独見たる時の事也。此歌は、玉のをゝぬきて引みだしたるやう也。まなくもちるか袖のせはきにとは、此白玉は少々の袖にはうけがたし、我袖には猶々うけがたしと也。ちるかは哉也。

九二四（たがためにひきてさらせる布なれや世を経て見れどとる人もなき、承均）

「たかために―」、眺望の歌也。世をへてみれどは常住見れと也。滝を布と見たてゝ、誰《タガ》さらす布そと也。とり入る人もなきと也。滝とも不レ云、滝の歌也。題詠の歌也。世をへてを夜比、日比と見説もある也。

九二五（清滝のせゞの白糸くりためて山わけごろも織りて着ましを、神退）

「きよたきの—」、滝が白糸のごとくなるが、若、まことの白糸ならは、幸、似合敷山分衣織て着《キ》たきと也。此やうの事歌の寿命なると也。糸にてもなき、滝を糸と見立て、似合敷山分衣を織て着《キ》んと云也。山分衣は旅人の衣也。

九二六（たちぬはぬ衣《きぬ》きし人もなきものをなに山姫の布さらすらん、伊勢）

「立ぬはぬ—」、仙の岩屋と云て滝門にある也。それによりてかく読也。仙きやうも昔に成たる也。仙人も今はあるましと也。今は人間はたちぬはぬきぬは着《キ》ましき間、何のやうに山ひめの布さらすそと也。伊勢は心よはき者にて物を思ひたる人なる故に、惣別述懐の歌多読たる也。是も述懐の心にてあるらんと也。

九二七詞書（朱雀院のみかど、布引の滝御らんぜむとて、ふん月の七日の日、おはしましてありける時に、さぶらふ人々に歌よませ給ひけるによめる）

「朱雀院のみかと—」、寛平御門也。歌に七夕の事ある故、詞書に月日を書のせたり。

九二七（主なくてさらせる布をたなばたに我が心とやけふはかさまし、長盛）

「ぬしなくて—」、此ぬのひきの滝はいつもさらしてある物なれとも、今日の御幸ある程に、我物にして七夕にかさんと也。滝の眺望と今日の御幸とを兼て読也。

九二八（おちたぎつたきの水上年つもり老いにけらしな黒きすぢなし、忠岑）

「おちたきつ—」、みなかみを髪によする也。其外聞えたる也。

九二九（風ふけどところも去らぬ白雲は世を経ておつる水にぞありける、躬恒）

「風ふけと—」、滝のていを雲と見立て、雲ならはいつも如此はあるまひが、水にてこそあるらんと也。滝と云へき所を水と大やうに云面白し。

九三〇詞書（田村の御時に、女房のさぶらひにて、御屏風のゑ御覧じけるに、「滝おちたりけるところおもしろし。これを題にて歌よめ」と、さぶらふ人に仰せられければよめる）

「田村の―」、女房のさふらひ、大盤所也。

九三〇（思ひせく心のうちの滝なれやおつとは見れど音のきこえぬ、三条町）

「おもひせく―」、我思ひを滝によそへて也。思ひせく心と、絵にかける滝と同しやうなると也。法皇を恨たる也。

九三一（さきそめし時より後はうちはへて世は春なれや色のつねなる、貫之）

「さきそめし―」、絵に書ては変せぬ也。花の字不読。世間の体そのまゝ春のやう也。絵にせきとめられて世間のていもそのまゝ春のやうなるは、春もくれぬかと也。

九三二（かりてほす山田のいねのこきたれてなきこそわたれ秋のうければ、是則）

「かりてほす―」、秋の田のさまをもらさぬやうに読たる歌也。雁、又田刈てと云に雁をもたせたる也。述懐の歌也。畢竟《（ヒツキョウ）》は秋がういか、雁が鳴て渡るはと也。雁も秋かうい物にてこそあるらんと我身の述懐をよせて読たる歌也。

雑歌《ザツカ》の下　明暦三年二月四日、又「わか身からうき世中」（古今九六〇）の歌迄、先御文字読。次御講談今日の分也。

雑歌は数多故、二巻とす。述懐の歌多と云、不用。種々《クサ〳〵》雑《マジヘ》たるゆる（ママ）也。大てい題も読人も不知を雑と云。雑はそへ歌の心也。雑一部そへ歌には非す。

九三三（世の中はなにか常なるあすか川昨日の淵ぞ今日は瀬になる、よみ人しらず）

「世中は―」、淵瀬のかはる事、飛鳥河に不レ珍。世間の事は何事か常住なぞ。千変万化《ベンバンクワ》はたゝ飛鳥川の淵瀬のことくにてこそあれと云也。

九三四（幾世しもあらじ我が身をなぞもかくあまの刈る藻に思ひ乱るゝ、よみ人しらず）

「いく世しも―」、なそもかくは、なんぞ如此也。人生は万歳を経《フ》るとてもしばしの事なるに、人生《セイ》七十古来稀《マレナリ》とあれは、久しくはなき世に何事を少の間に思ひみたるゝそと也。あまのかるもは乱るゝ物也。たけ高き歌也。

九三五（雁のくる峯の朝霧はれずのみ思ひ尽きせぬ世の中のうさ、よみ人しらず）

「かりのくる―」、思ひつきせぬと云を、雁か行つかへりつして往来のたえぬと云説、不用。雁のくる時分の秋のかなしみに、しかも我思ひの霧のはれぬ也。拾遺には物名に入。

九三六（然《しか》りとて背《そむ》かれなくに事しあればまづ嘆かれぬあなう世の中、篁）

「しかりとて―」、ことしあれはとは善悪につけて也。しかりとては、さうありと云てもそむきもはてられぬに、時々刻々によろこひにもかなしみにも、事にふれてまつなけかるゝと也。事にさはがれぬやうに不反《（ヘン）》にして為《（ナサ）》いではと也。臨済録「人ハ役《エキセラレ》二天地ニ一、我ハ役ス二天地ヲ一」。篁が歌は罪にあたりたる者《モノ》ゆへにうれへあり。毎句心を付へし。

九三七（宮こ人いかにと問はば山高みはれぬ雲ゐにわぶとこたへよ、貞樹）

「宮こ人―」、甲斐（詞書「甲斐の守に侍りける時」云々）の白根の心こもりたる也。はれぬ雲井にわふとこたへよとは、都の恋しき心也。都恋しき故にはれぬ雲井にわふる也。行平か（古今九六二、わくらばに問ふ人あらば須磨の浦に藻塩たれつゝ詫ぶと答へよ）「もしほたれつゝわふとこたへよ」も此やうの心也。

九三八（わびぬれば身をうき草の根を絶えて誘ふ水あらばいなんとぞ思ふ、小町）

「わひぬれは―」、詞書（詞書「文屋のやすひでが三河の掾になりて」云々）の「みかはのぞう」は参河掾《ゼウ》也。守の下が介、介の下が掾也。目・掾《サツクワンゼウ》の掾《ゼウ》也。あがた見にとは国を一見しには下向あるましき歟と誘引《サソヒ》たる心也。我身の落着《ラクヂヤク》のない事を浮草《ウキクサ》にたとへて、いつかたへなりともさそふ人さへあらばと也。哀《アハレ》なる歌也。ねをたえてとは萍《ウキクサ》の事也。

九三九（あはれてふ言こそうたて世の中を思ひ離れぬほだしなりけれ、小町）
「あはれてふ―」、ことこそと句を切て、うたて世中と見たる歌也。ほたしとは身にまとはるゝほだし也。人のなさけなきとても世は捨かたし。ましてのあはれみをさりともと思が、用もなきほたしになると也。もしやと思ふより弥捨かたき也。なまなさけかある故也。
九四〇（あはれてふ言の葉ごとにおく露は昔を恋ふる涙なりけり、よみ人しらず）
「あはれてふ―」、染殿の内侍の歌也。滋春《シゲハル》か死したる時の歌也。其人あらはと思出てよみたる也。あはれてふは故人を思ひ出して也。源氏物語に「あはれ右衛門のかみといはぬ人なし」と云も同心也。いひ出さねは忘るゝひまあるが、いひ出すにて故人を思ふと也。
九四一（世の中のうきもつらきも告げなくにまづ知る物は涙なりけり、よみ人しらず）
「世中の―」、世間のうきもつらきもつげてはあるましきに、何として涙かしる、我身のうれへを知人はなくて、世のうき事もつらき事も涙はしると也。
九四二（世の中は夢かうつゝかうつゝとも夢とも知らずありてなければ、よみ人しらず）
「世中は―」、天武天皇の（書入「新田《ニイタ》の王子抄」）備中へなかされられたる時の歌也。夢といはんとすれは、うつゝ也。うつゝと思へは、又夢也。荘子斉《セイ》物論云、「覚テ而後知《シ》ル二其ノ夢ナル事ヲ一也。且ツ有テ二大ニ覚ル事一而後ニ知二此レ大夢ナル事ヲ一」。覚て其夢を知は、寝ての夢也。大覚は人間也。
九四三（世の中にいづらわが身の有りてなしあはれとやいはんあなうとやいはむ、よみ人しらず）
「世中に―」、いつくもとに我身はありて、ないぞ、あるぞと思へはなき也。あはれとやいはんは、あいする心也。栄花《エイグワ》かありてこそあるかひもあれ、数ならぬ者はあるかひもなし。是をありてなしと云也。よろこひにもたのしみにも定かたき也。裏の説、有無の二見を放《ハナレ》て、三諦《タイ》即是に住せよと也。

九四四（山里は物のわびしき事こそあれ世の憂きよりは住みよかりけり、よみ人しらず）

「山里は―」、物のわひしきと云は、一ぐ（「ぐ」傍記「隅」）を云には非す。山里のさま〳〵のうき事を云たる也。されとも世中のういよりは住よしと也。

九四五（白雲の絶えずたなびく峯にだに住めば住みぬる世にこそありけれ、惟喬親王）

「白雲の―」、惟喬は帝位にそなはられうずる人なるを不運にて、山林の住居也。玉楼金殿を住はなれても、すめはすまるゝ物なると也。隠岐院御製（後鳥羽院遠島百首）「かきりあれはかやか軒はの月もみつしらぬは人の行すえの空」此五文字、善のかきりあれは也。此歌の心也。

九四六（知りにけんきゝてもいとへ世の中は浪のさわぎに風ぞしくめる、今道）

「しりにけん―」、しりにけんは世のさはかしきさまはしりにけんと云たる心也。聞てもいとへとは人にも我心にも教訓《キャウクン》して也。しく（「く」傍記「スム」）めるは、しきりに吹しく心也。後日仰、しりもせん又きゝてもいとへ也。我にてもあれ、人にてもあれ也。後撰（白露に風の吹しく秋の野は貫きとめぬ玉ぞ散りける、朝康）「白露に風の吹しく」此歌のしくの心也。たゝ世中のていと云物は風のさはきに波のしくやうなる物也。それを定てしらん、聞てもいとへと也。

九四七（いづくにか世をばいとはん心こそ野にも山にも迷ふべらなれ、素性）

「いつくにか―」、世をいとふ時も、いつくもとにかこもりゐんと云心也。野にも山にも思ふ心かまよふと也。ことしけき世をのかれて身をやすくをかうと思ふ時の事也。立てとも引《ヒツ》きられぬ心也。

九四八（世の中は昔よりやは憂かりけんわが身ひとつのためになれるか、よみ人しらず）

「世中は―」、此昔とさすは人間の初の昔也。ずんどの最初《サイショ》からうい物ならは無是非。末世になりて如比うきは、我身独の為かと也。むかしよりやはのやはは、たゞや也。はの字、やすめ字也。続古今「をくれゐて我やは恋ん春霞たなひく山は君しこえなん」人丸。我身ひとりのためになれるかを引つめていへは、我身ひとり〳〵のうき世なると也。古歌に（草根集、正徹）「たれかくてすみよかるらんことゝへはひとり〳〵のためにうき世を」

九四九（世の中をいとふ山辺の草木とやあなうの花の色にいでにけん、よみ人しらず）

「世中を—」、草木とは卯花一つをいはん為に云。かやうの事は上古に何程もある也。大やうに見よと也。世をいとふ山里に卯花のさきたるを見て云たる也。いとふ山辺の草木なる程に、卯花の色に出たるかと也。世をいとふ山へなる程に卯花と名を付たるかと也。行孝（堯カ）は我世をいとふ山の草木なる程に、げにもかな、卯花の色に咲たるはことはりと也。

九五〇（み吉野の山のあなたにやどもがな世のうき時のかくれがにせむ、よみ人しらず）

「みよしのゝ—」、み吉野は深き山のかぎりにしたる。山のあなたに猶ふかくもとめたる心也。いたりて、うきをいはん為也。

九五一（世にふれば憂さこそまされみ吉野の岩のかけ道ふみならしてん、よみ人しらず）

「世にふれは—」、かけ（「け」傍記「スム」）道、かげ道、両様也。かげ道は陰の字の心也。かけ（「け」傍記「スム」）道、けはしき道の心也。ふみならしは踏に非す。馴る心也。あれはあるにつけて世はうき物なる程に、聞及たるみよしのゝかけ道をふみならして入らんと也。

九五二（いかならんいはほの中に住まばかは世の憂きことのきこえこざらむ、よみ人しらず）

「いかにならん—」、いはほの中と云は天竺《ヂク》に外道四人あり。死をのがれん為にあなたこなたかくれたると云古事あり。事長き事也。其古事にて読。岩ほの中と云、此心也。世に住わひていつくの山・浦へものかれたく思へとも、こゝもかしこも、のかれられさうもなき程に、なけきわひて岩ほの中と云。思案のあまりに也。

九五三（あしひきの山のまにまに隠れなんうき世の中はあるかひもなし、よみ人しらず）

「あしひきの―」、まに〳〵は山に随て也。又は間の心もあらん。山に身をうちまかせてゐんと云がよき也。世間うきほとに、住へきやうなし。人と云物は、ついの落着《ラクヂヤク》なくては不叶物也。

九五四（世の中のうけくにあきぬ奥山のこの葉にふれるゆきやけなまし、よみ人しらず）

「世中の―」、うけくはうき也。けくは寒けくなと云心、世上のうきに飽《アイ》たる也。うけくはうれへくるしむと苦の字をそへて見る説がある也。雪のごとく消て人にもしられじと也。木のはにふれるはかろき也。消やらぬにておく山を取出す也。

九五五（世のうきめ見えぬ山ぢへいらんには思ふ人こそほだしなりけれ、吉名）

「世のうきめ―」、山ちには山ちへの心也。古体の歌也。されとも同し文字なき故、へとをく（置）也。心のとまる事あらんは何とせんと也。裏の説、小智は菩提《ボタイ》のさまたげと也。

九五六（世をすてて山に入る人山にてもなほうき時はいづち行くらん、躬恒）

「世をすてゝ―」、「山のほうしのもとへ」（詞書「山の法師のもとへつかはしける」）とある詞書肝要也。うき世中の人はうき時は山へ入らん事もあるが、山の人はうき時はいつくへゆかんと、山を察して云也。我世をうく思から也。

九五七（今更になに生ひいづらん竹の子のうき節しげきよとは知らずや、躬恒）

「今さらに―」、世に述懐ある時の歌也。躬恒か子なるべし。（詞書「いとけなき子を見て」云々）我齢の末に生れて、うきふししけきに何とせんと云心也。

九五八（世にふれば言の葉しげきくれ竹のうき節ごとに鶯ぞなく、よみ人しらず）

「世にふれは―」、ことのはしけきとは、ことわざしけきと、物いひさがなきとを云。又は口舌諍論の事をも云たる也。鶯のなくを聞て、鶯も思やうにもなくて鳴か。花に鳴は時に逢心、竹に鳴は時を失たる心なり。宇多御門御遁世《トンゼイ》の時、もとよしの親王の歌也。此心にて歌猶面白し。

九五九（木にもあらず草にもあらぬ竹のよのはしにわが身はなりぬべらなり、よみ人しらず）

「木にもあらす―」、竹は、木部にも草の部にも不入。半（傍記「半物」）の字にて何方へも不入。桓武天皇の皇女高津内親王の、女御入内して時をえられぬ時の歌也。

九六〇（我が身からうき世の中と名づけつゝ人のためさへ悲しかるらむ、よみ人しらず）

「わか身から―」、此歌、義二つあり。物思ふ我身から、世中はうき世と名づけてをきて、人のためにも、うき世と成たると云。一つの義也。又、我身からは、世中の我身にしてをきて、我からうき世と名つげてをきて、人のためにまてうき世にあらするると云心也。此二首は、風体、ようもなき（傍記「不可然」）程に、似するやうにすまじき事と也。裏の説、かなしみの人にある時は我もかなしみ、たのしみのある時は我も悦へき事を、差別するが悪しと也。

明暦三年二月五日　此歌より雑下の分先御文字読、次御講談。又雑体、短歌、旋頭歌は御文字読なしに御講談。

九六一（思ひきやひなの別れに衰へてあまの縄たきいさりせんとは、篁）

「おもひきや―」、ひなの別は田舎の別也。是は羇旅部の（古今四〇七、わたの原八十島かけて漕ぎ出でぬと人には告げよあまの釣舟、篁）「やそしまかけてこき出ぬ」と云歌と同時に読たる也。あまのなはたきはたぐる義也。縄《ナワ》を焼《タキ》て、いさりすると云義不用。心は海士と身をひとしくしてゐると云義也。

九六二詞書（田村の御時に、事にあたりて津の国の須磨といふ所にこもり侍りけるに、宮のうちに侍りける人につ

かはしける）
「田むらの御時に事にあたりて―」、行平、左遷の事は但馬内侍に密通の事、露顕《ロケン》してと云説。又は節会の時、中納言朝行《アサユキ》と口論して訴《ウツタヘ》られてと云説と也。
九六二（わくらばに問ふ人あらば須磨の浦にもしほたれつゝわぶとこたへよ、行平）
「わくらはに―」、わくらはとは邂逅《カイコウ》（左傍記「タマサカ」）と云心也。此二字わくらはとよむ也。不慮の二字をもよむ。まれにも問人あらはもしほたれてわひてゐるとこたへよと也。問人はあるましと思へとも、もし問人あらはと也。
九六三（天彦《あまびこ》のおとづれじとぞ今は思ふ我か人かと身をたどる世に、春風）
「あまひこの―」、左近将監、解官《ケクワン》（「ケ」傍記「スム」）（詞書「左近将監とけて侍りける時に」云々）也。昇進をこそのそむ事なるに、解官したる程にかひなき身也。その所を我か人かと身をたとる也。あまひこはこたま也。あまひこの音信はあるかないかはかりかたき物也。それを我身に比して、今のあるかいもないやうすかなと也。人の音信をあまひこになすらへて也。解官也。官の字つかさと読。
九六四（うき世には門《かど》させりとも見えなくになどかわが身のいでがてにする、貞文）
「うき世には―」、（詞書「官とけて侍りける時よめる」）官を召上られなどしては浮世をはなれさうなる事なるが出やらぬは、門をさしたるとも不レ見に出かぬると也。
九六五（ありはてぬ命まつまのほどばかりうき事しげく思はずもがな、貞文）
「ありはてぬ―」、人間世界は有はてぬ物也。ありはつる物ならは祝《ヨロコビ》もかなしみもあるへき事なるに、世に住する事は少の間の事なるに、うき事のみあるは、かなしき事なると也。しけくと云所肝要也。我と我身を思はぬ物はなき物じゃが、身の上の事は、別《ベッシ》てしけく思たる也。

九六六（筑波嶺のこのもとごとにたちぞ寄る春のみやまの蔭を恋ひつゝ、潔興）

「つくはねの―」、（詞書「みこの宮の帯刀に侍りけるを、宮仕へつかうまつらずとて、とけて侍りける時によめる」）詞書のみこの宮は春宮也。たちわき、帯刀也。つかうまつらずとては奉公をせず。不奉公也。つくはねは東国の名所。春のみやは春宮也。春のみやまと云、春宮に奉公申たきと也。それをよせての下句也。後日仰、つくはねを春宮に比して也。

九六七詞書（時なりける人の、にはかに時なくなりて嘆くを見て、みづからの、嘆きもなく、喜びもなきことを思ひてよめる）

「時なりける人の―」、時に逢たる人の、俄に時をうしなひたる也。それを見て、をのれかなけきもよろこびもなきをよむ也。天道はみてるをかくと云。盛《ジャウ》者必衰のならひ也。此人誰ともなし。

九六七（光なき谷には春もよそなれば咲きてとくちるもの思ひもなし、深養父）

「ひかりなき―」、ひかりなき谷は日の影のもらぬ、ふかき谷の底の事也。我身のめぐみにあずからぬを云たる事也。花がさけは門前車馬もつどふ物なるか、時いたりて花か散れば人もたつねぬ。我は光なき谷なれは咲事も散事もなし。その思ひなき也。老子経「道可為道、非常道、名可為名、非常名」。後日仰、道の道たるへきと云は、春のくる所、常道と云は大道にて、咲てとく散、物思ひの無所也。

九六八（久方の中におひたる里なれば光をのみぞ頼むべらなる、伊勢）

「久かたの―」、久かたの中におひたるとは、（詞書「桂に侍りける時に、七条の中宮の」云々）かつらをいはん為也。中宮をは秋の宮と申によつて也。詞書に当りたると也。「月の内の桂の人をおもふよりたえすなみたの雨とのみふる」（新拾遺、七条后、三句より「思ふとて雨に涙の添ひて降るらん」）。寛平の桂に御座の時の、中宮の歌也。此御返事によみたると也。光をたのむとは中宮の御かけをたのむと也。月宮に比して也。「久かたの中なる川のう（新古今）

かひふねいかに契りてやみを待らん」定家。是も此歌より出る。
九六九（今ぞ知る苦しき物と人またん里をばかれずとふべかりけり、業平）
「今そしる―」、人を待て分別出来の心也。自問自答したる歌也。人の可待里をはかれず可レ問事と合点したると也。
九七〇（忘れては夢かとぞ思ふ思ひきや雪ふみわけて君を見んとは、業平）
「忘ては―」、少詞ちかひたれとも伊勢物語のごとし。惟喬親王は度々出る事也。帝位にそなはられん事なるに、時をうしなはれて小野に住給ふを、かくあるへき事にてはなきをと、忘れては夢かと思ふと也。
九七一詞書（深草の里に住み侍りて、京へまうでくとて、そこなりける人によみておくりける）
「深草のさとに住侍て―」、業平のよみてをくりける也。
九七一（年を経て住みこし里をいでていなばいとゞ深草野とやなりなん、業平）
「年をへて―」、女を憐愍《レンミン》して読たる歌也。年久しく住なれたる所を出て行ならは、女の心もかはらうず、心かはらすは待こそせめと也。(新古今)「あれわたる秋の庭こそあはれなれまして消なん露の夕暮」俊成。此やうの心也。
九七二（野とならば鶉となきて年はへんかりにだにやは君はこざらむ、よみ人しらず）
「野とならは―」、狩の事と云説、不可然。仮《カリ》の事也。応シレ有ル春魂ハ化シテ作《ナル》レ燕ト、年々飛テ入テ未央《ヒヤウ》ニ栖《スム》。
九七三（我を君難波のうらにありしかばうきめをみつのあまとなりにき、よみ人しらず）
「我を君―」、何ともちよっと聞えにくきやう也。我を君、何とも不レ思して、もてはやさいで也。うらには恨の心也。数ならぬ物と思たる心也。なにはのうらにありしかはとは、なにはの事に心をとむるさまもみえなんだ程に、うきめをみつのあまと成たると也。みつと歌にては清。詞にては濁。左注「なにはなるみづのてら」まつ濁。歌にては清也。

九七四（難波潟うらむべきまも思ほえずいづこをみつのあまとかはなる、よみ人しらず）

「難波かた―」、男が恨かへしたる也。我心を何と見定て恨たるぞ、何にても恨られうずる事はないにと云心也。

九七五（今さらにとふべき人も思ほえず八重葎して門《かど》させりてへ、よみ人しらず）

「今さらに―」、てへは、門させりと云へと云心也。染殿后のめい也。初は業平の妻にてありしが後、平貞文か妻に成たりと也。「我を君なには（古今九七二）」の時の返歌と云説、不用。こゝは此二首を以て返歌とする事もある程に也。八重葎にまかせて門させると云へと也。

九七六（水の面《おも》におふるさ月の浮草のうき事あれや根をたえてこぬ、躬恒）

「水のおもに―」、おふるさ月は、うき草のしけき心也。何としたる。こなたにあやまりありて人がうとく成たるそと也。先序歌也。心は別の事なし。根をたえてこぬはたとへ也。

九七七詞書（人をとはで久しうありけるをりに、あひうらみければよめる）

後日仰、人をとはて久しくありけるおりを、あひうらみけれはよめるとある。此あひは互の心なし。あひしりてのあひ也。

九七七（身をすててゆきやしにけん思ふより外なる物は心なりけり、躬恒）

「身をすてゝ―」、我心か我身にそふてあるならは、とはぬ事はあるましきが、心がよそへ行たるか。所存之外なると也。問はん／＼と思ふに不問と也。

九七八詞書（むねをかのおほよりが、越よりまうできたりける時に、雪のふりけるをみて、「おのが思ひはこの雪のごとくなんつもれる」といひけるをりによめる）

「むねをかのおほよりか―」、宗岳。をのか思ひは、我思ひと云心也。

九七八（君が思ひ雪とつもらばたのまれず春より後はあらじとおもへば、躬恒）

「君か思ひ―」、春になりては雪は消る物也。春は消てのけん程に、春より後は心さしなき物にてあらんと也。

九七九（君をのみ思ひこしぢの白山はいつかは雪のきゆるときある、大頼）

「君をのみ―」、陳しての返歌也。白山は雪のきゆる時はなしと也。

九八〇（思ひやる越の白山しらねどもひとよも夢にこえぬ夜ぞなき、貫之）

「思ひやる―」、白山を我見た事はなけれとも、朋友のしたしき心からしらぬ山路にも夢は往来する也。心にひかれて夢は往来する物也。

九八一詞書・作者（題しらず、よみ人しらず）

「題しらす、読人しらす」、此事一巻最初に長々と沙汰ありし事なれとも、何も爰にて沙汰する事也。後日仰、此事何の抄にも如此。こゝにて又沙汰有。此伏見の歌詮とする故、題不知、読人不知をも、又重て講談ある歟。「読人不知」は賤人の歌、神詠、貴人の歌なと、又歌数を多く集入たるを書事あり。左注も賞翫の事也。此集に当代御門御製不見、可レ有二子細一。其子細は、此集教誡《ケウカイ》（「カ」傍記「スム」）のはしとして、えらひをかれたる集也。此集を以て道とせんと見たるはわろし。それは大道にては無程に也。されとも仁徳をあらはし、治世の旨をたて、源をあらはしたる歌共なれは、貫之、伊勢、小町をはしめ此集の作者皆御製と見る也。なをきは君の御心也。君かしこけれは民も又なをしの心也。論語に「万方罪あらは我身にあらん」と舜のいはれたるも此心也。何事も上一人の心からをこる事也。仁徳かくれは、万民もうれへあり。仁徳をこなはるれは、万民にをこなはるゝ也。此心を以て一部の歌を御門御製と仕たてたる心也。

九八一（いざこゝに我が世は経なん菅原や伏見の里の荒れまくもをし、よみ人しらず）

「いさこゝに―」、伏見は山城、すかはらの伏見は大和也。神代にふして見出したる所なる故、伏見と云也。日本の惣名と也。勘たるに、ふして見出したると云事、神書にも何にも慥には不見。え見出さぬ歟。先こゝは其義也。名の高き所の荒廃するをいさ爰に荒《ア》れぬやうに住んと也。神代に天照太神の、下界に御孫を下されて、衆生のすむへきやうにしなせ給へとありし時のやうに、今もいさこゝに住して荒廃せぬやうにと也。裏の説、すかはらは人界の事也。すかはらは物のあつまりて、ことわざのしけき事也。あるゝとは、人の心のみたりかはしくて、他人と物をあらそふを云。じやうしきの発て、人・我の差別を立て物をあらそふ事を、あれまくもおしと云。心の不平なるをあるゝと云也。さあれとも、今爰に我世を経て邪をさけて正路に帰《キ》させんの心也。

九八二（わが庵《いほ》は三輪の山もと恋しくはとぶらひきませ杉立てるかど、よみ人しらず）

「わか庵は―」、此歌は日神の神詠とあり。人にたくして云《(イワ)》せられたるにてこそあらめ。又、三輪明神の神詠と云。同神と云、おくに沙汰あり。三輪明神はをたまきを云説、不用。わかいほとは、垂跡《スイシャク》の所をさす。三輪の山本とは衆生の貪瞋痴《トンヂンチ》の三毒《ドク》の厚《アツク》、高《タカク》、ぬけがたきを出よとおしへられたる心也。とふらひきませは、爰へ尋ね来てたにあらは教へんと也。煩悩即菩提《ボンナフソクボタイ》の道へ引入んと也。三毒の発所は五大也。心地の和光を以て三毒をやぶる。それ和光は慈悲、正直也。心地の和光は人々具足する也。人々の和光を以て三毒をやぶらは、明神の力をもかるまじと也。

九八三（我が庵は宮この辰巳しかぞすむ世をうぢ山と人はいふなり、喜撰）

「わかいほは―」、喜撰か宇治に世を遁《ノカレ》て隠遁《イントン》をして、安楽にして読たる歌なり。しかそすむは住得《エ》たる心也。まよふ者はういと思、さとる者はういとも不思心也。まよふものはういと思故に、うち山と人はいふ。我はすみ得たると也。すみ得たると云心残りたる也。我いほはと云は、天台の釈に即心王舎即五蘊と釈するやうの事也。我は人々具足の我、都は本覚法身の都也。世をうち山と云は、五蘊の内に六塵の山あり。是をさして云、畢竟《（ヒッキョウ）》、善悪一心にある事なる程にさとれと也。毘盧ノ心土ハ不レ超二凡下ノ一念ヲ一と云事あり。大日覚王も一心の着別なき也。道の至極は貴賤なき也。

九八四（荒れにけりあはれ幾代のやどなれやすみけん人の訪れもせぬ、よみ人しらず）

「あれにけり—」、面は、住人のなき心也。底《ソコ》は、人の心のあれたる心也。是も下の心は仁義等の五常をも忘れて本来の仏性も不知体也。前の歌の如し。

九八五（わび人のすむべきやどと見るなべに嘆きくはゝる琴のねぞする、宗貞）

「わび人の—」、みるなへにはみるからに也。見れはやかてと云やうの心也。あれた宿に琴を引を聞て、わひ人のすむと云心也。あれたる宿なる程に、わひ人のすまうずると見たれは、折ふし琴を引て琴の音になげく声あり。怨者ハ其吟悲の心也。是も又、下の心は、生死の二法とむすほゝれて、あやうき身のさかひを、あれたる宿とたとへて云たる也。其間になすことわざのやすくなきを、なけきくはゝると云也。

九八六（人ふるす里をいとひてこしかども奈良の宮こもうき名なりけり、二条）

「人ふるす—」、人ふるすは人に捨られし心也。里をいとひてこしかともとは、我居住の所をは、人にすてられて出て来たる也。こゝも又人の住捨たる故郷也。ならの都がうき名と云に非す。故郷がうき名也。これは定心のなき物が、爰をさり、かしこをさるをかなしむ心也。憎《ニクンデ》レ影《カゲヲ》 走《ハシル》と云語の心也。

九八七（世の中はいづれかさして我がならんゆきとまるをぞ宿と定むる、よみ人しらず）

「世中は—」、故郷と頼て住するにも、住はつる事なき事もあり。心とまらぬやうに思所にも、自然なからへて住事あり。かりの世にはいつくをさして我とさたむへきそと也。此歌は一身をかたとりたる也。世界と云ものは、常住にして、しかも方処《ホウジョ》のなき物也。一心来り住は、しはしの事也。しかも久しからす。十界こと〳〵く、其分に住所也。いつくを定て住所にはすへき用なしと也。生死の道理をしらしめん為也。

九八八（逢坂のあらしの風は寒けれどゆくへ知らねばわびつゝぞ寝《ぬ》る、よみ人しらず）

「相坂の―」、行ゑか何とあらんと云事を兼て不被知程に、相坂の嵐にもわひつゝもたへてすむ也。ぬるは経る也。此歌は心を云たる歌也。四大五蘊にも相合たる処を逢坂と云。嵐の風は無明の一念也。有為転変《ウヰテンペン》の嵐の風か有と也。世間のはげしくくるしきをたとへて也。此歌は心にとる。此心は初も果《ハテ》もなし。此心はいつからいつまでもある也。此境界はなれがたき物也。行ゑしらねはとは輪廻の事をたとへて也。嵐の風の寒きとは心のしる処なれは、此歌は心にとる也。

九八九（風のうへにありかさだめぬ塵の身はゆくへも知らずなりぬべらなり、よみ人しらず）

「風のうへに―」、我身ひとつのはかなく、かろく、数にもならぬ、より処なきを、風のうへのちりにたとふ。今生のより所なきを、来生も不知と云。此歌は穢身の二法を云。此以前の二首、心身の二を云也。風のうへにありかさためぬと云は、風大と地大との二を云。此二に四大なはる《(そなはるカ)》也。風大に水あり。息《イキ》を吹かくれは、しめる也。水ある故也。地大に火そなはれり。石より火出る也。此風大と地大とに四大そなはる。然れは風のうえにありかさためぬと云に、四大をそなへたる也。四大五蘊は一たんのあづかり物にて行ゑはしられぬ也。空と見るは二乗の見、是法住法位、世間相常住の理也。「いさこゝに我世はへなん」（古今九八一）の歌より是まて九首は心のある事を云。神道、仏法、今生後生の事をつらねて入。別々の事を沙汰するやうなれとも無二の理の外にはなし。此集の部立きびしくしたるは子細あり。雑部に一入《ヒトシホ》子細あり。「わかうへに露そをくなる」（古今八六三、雑上巻頭、わが上に露ぞ置くなる天河とわたる舟の櫂のしづくか）と云は一滴の露より云て、次に朋友の事を云。それから神道、仏法、人事、生死、恋、述懐、種々の事をのせて雑の部とす。生死の本末を顕す。此九首の歌肝要也。

仰神道王法全、欲世間仏法顕。

九九〇（あすか川ふちにもあらぬ我が宿もせに変り行く物にぞ有りける、伊勢）

「あすか川―」、冷泉家にはせにかはり行を銭の字と云。当流不用。此歌はあすか川をよひ出す、肝心也。あすか川は淵瀬にかはりやすし。天然《テンネン》の義也。昨日はさかへて家をつくり、今日はおとろへて家をうる。自然の理也。此歌は伊勢か女《ムスメ》の中務に伝授したる也。当座に家をうると云はかりに非す。世間の道理を云。如此、世間と云物は時の間に変する物と心得てをけは、人にも恨なしと、女《ムスメ》にしらせん為也。執心を残さぬ心也。肝要なると也。

九九一（ふるさとは見しごともあらず斧の柄のくちし所ぞ恋しかりける、友則）

「ふるさとは―」、晋《シン》の王質《ワウシツ》が古事也。薪を取に仙境へ入て、碁をうつを見て斧のえをくたしたる事也。みしことは碁をもたせたり。王質か故郷へかへりたる時のやうに、斧のえをくたしたる所恋しきと也。

九九二詞書（女ともだちとものがたりして、別れてのちにつかはしける）

「女ともたちと―」、女ともたちと云所、肝要也。執心ふかき故也。抄に、女ともたちと不レ云は歌の心ふるへきとあり。歌の心振《フツ》て恋の歌のやうになるへきとの心也。

九九二（あかざりし袖のなかにや入りにけんわが魂のなき心地する、陸奥）

「あかさりし―」、人を思ふもあまり過たるはうとくなる物也。我たましいのなき心ちすると云は、あまり過たると也。裏の説、わか玉しひは我思ふ所より外にはゆかす。浄土を願へは浄土へ行く心むけ肝心也。

九九三詞書（寛平の御時に、唐土の判官にめされて侍りける時に、東宮のさぶらひにて、をのこども酒たうべけるついでによみ侍りける）

「寛平御時―」、もろこしの判官は遣唐使の判官也。判官四人、副使《フス》と云者両人也。一合船（傍記「大使」）、二合船（傍記「副使《フス》」）、三合船（傍記「正使《シンス》」）、四合船と云事あり。是に判官まくばりて乗船遣事也。判官のはなむけ也。春宮に伺公する者をは坊官と云。坊官とものはなむけ也。寛平の時の春宮は延喜也。

九九三（なよ竹のよながきうへに初霜のおきゐて物を思ふころかな、忠房）
「なよ竹の―」、是は延喜の、寒夜に御衣をぬがれたる事あり。そのやうなる事を思て読歟。慈悲心のあまねき君につかへずして三千八百里の外へをもむくとなけく心也。なよ竹は親王を竹園と云へは也。よなかきは行末久しき帝位にもそなはられんと云心也。

九九四（風ふけば沖つ白波たつた山夜半にや君がひとりこゆらん、よみ人しらず）
「風ふけは―」、夜半（「半」傍記「羽」）、為家か云たる也。称名院は夜羽（「羽」傍記「半」）をは心にもちて夜わとよむへしと也。

九九四左注（ある人、この歌は「昔、大和の国なりける人の女に、ある人すみわたりけり。この女、親もなくなりて、家もわるくなり行くあひだに、この男、河内の国に人をあひしりて通ひつゝ、かれやうにのみなりゆきけり。さりけれども、つらげなるけしきもみえで、河内へいくごとに、男の心のごとくにしつゝいだしやりければ、あやしと思ひて、もしなきまに、異心もやあるとうたがひて、月のおもしろかりける夜、河内へいくまねにて、前栽のなかにかくれて見ければ、夜ふくるまで、ことをかきならしつゝうちなげきて、この歌をよみてねにければ、これをきゝて、それより、又外へもまからずなりにけり」となん言ひつたへたる）
「ある人―」、左注。少詞かはりたれとも伊勢物語に同し。おきつしら波は緑林白波の事、不用。たゞ立田と云はん為おきつ白波と云、おきつ白波と云はん為風ふけはと云と、顕昭が云たるを定家同心。今案可貴と也。（古今六九七、敷島や大和にはあらぬ唐衣ころもへずして逢ふよしもがな、貫之）「やまとにあらぬから衣」と云に同し。女は五障三従の事を思ひ知て、我身のおとろへたるをもうらみず、うとく成事をもかへりみす、立田山のなんがん（難艱）を思ひやりてよむ哀なる歌也。
九九五（たがみそぎ木綿つけ鳥か唐衣たつたの山にをりはへてなく、よみ人しらず）
「たかみそきー」、みそきは立田が在所也。おりはへてはうちはへて也。うちはへての心はしげくなく心也。から衣は立田と云はん為也。立田の鶏を聞て、立田はみそきの在所なるを、鶏も取持て鳴かと也。後日仰、たがみそぎのゆふを付るぞの心也。立田は御祓の在所、鶏も立田の鳥なれはとりもつかと也。
九九六（忘られん時しのべとぞ浜千鳥行くへも知らぬあとをとゞむる、よみ人しらず）
「わすられんー」、両義あり。人も見えぬあたりに文の落てあるを見てよむ歌歟。又我とふみかきてをきて云たる歟。人の文と見る時は、行ゑもしらぬ跡をとゞむるでこそあるらうと也。又我友なとへやる文をよむならは、うち付てあとをとゞむると云心也。
九九七詞書（貞観の御時、「万葉集はいつばかりつくれるぞ」と問はせたまひければ、よみてたてまつりける）
「貞観の御時ー」、ありするは清和の時分の者也。貞観は清和也。
九九七（神な月時雨ふりおける楢の葉の名におふ宮のふるごとぞこれ、有季）
「神な月ー」、神無月とは時雨ふりをけるとの事也。万葉には根本点無。天暦の時分、点仰て、させらるゝ。其後順、点をする也。ならの御門を他流には平城と云。当流には聖武也。
九九八（葦鶴《あしたづ》のひとりおくれて鳴くこゑは雲の上まできこえつがなん、千里）
「あしたつのー」、雲のうへまてきこえつがなんは、つぐと云心也。続の字の心也。官位にをくれたる述懐也。沢にゐて鶴の鳴声は天までもきこゆる。されとも我心を直《スグ》には如何なる程に上へきこえつがなんと也。昇進の時刻を待心也。「鶴鳴二九皐《カウ》一、声聞《キコウ》レ天」毛詩、此心也。

九九九（人知れず思ふ心は春がすみたちいでて君が目にも見えなむ、勝臣）

「人しれす―」、是も同時の歌也。此あたり皆述懐の歌。春霞とをく《（置）》は、霞はあはれむ物也。それにより立身をもして君か目にも見えよと也。其心は忠臣の身を立て道ををこなはんの心也。

一〇〇〇（山川の音にのみきくもゝしきを身をはやながら見るよしもがな、伊勢）

「山川の―」、寛平の御門、御脱屣《ヲダツシ》（「脱屣」左傍記「ヌグレワラグツヲ」）（「御脱屣」傍記「御位を去給ふ也」）後、伊勢も禁中を立去てよみたる歌也。禁中に伺公したるも昔に成ていつしかよそに聞と也。身をはやなからとは、もとの身に成て見度《（ミタキ）》と也。今の伊勢にては詮なしと也。伊勢は寛平の思人なる也。此歌、雑の軸に入る心は、撰集のある時に歌をまいらせよとありし、その当座によむ也。おくに引はなして書付たる、道に執心あるを感して入る也。心詞たけありてあはれふかき歌也。

雑体　明暦三年二月五日御文字読無。直に御講談、旋頭歌迄今日相済。

雑歌と云には、かはる。四季、旅行、色々さま／＼の歌をまじへ入るを雑歌と云。長歌、短歌等の一部々々の物を雑体と云。よりき／＼のあるやうの心也。根本歌《（混本歌カ）》は一句たゝぬ物也。根本歌は長歌にこめて此集に不入。短歌は古来穿鑿多し。万葉には長歌を短歌と書。長歌と云事は所見なし。崇徳院御代に長安《（久安カ）》の比人々歌めされし時、「短歌一首つゝそへよ」との仰也。俊成は長歌をそゆる。崇徳院「短歌をそへよ」とあるは此集の短歌とある故、以レ其レヲさやうに仰出しありたる歟。清輔、俊頼は「いか程もいひつゝけて心さしを遠くのへたる」を長歌と云。短歌は長きやうにはあれともいひきり／＼して、五句とも詞のつゝかぬ故に短歌と云。千載集に俊成が長歌を短歌と書たるを、此集の意恨《（遺恨カ）》と定家云しと也。崇徳院の時、おくに反歌を加。其時歌人十二人也。此集には反歌を加へたるは忠岑歌はかり也。反歌は長歌を引拘《ヒツクヽリ》たる心也。経の奥に偶のある心也。万葉には長歌と長所《（ナガキ）》を書て、反歌と短歌を書たる也。長歌のよみやうは上を引、下をおこして、或は枕詞、或はえんの詞にてつゝくる也。

一〇〇一（あふことの　まれなる色に　思ひそめ　我が身は常に　天雲《あまぐも》の　はるゝときなく　富士の嶺《ね》の　もえつゝとはに　思へども　あふことかたし　なにしかも　人を恨みん　わたつみの　沖をふかめて　思ひてし　思ひは今は　いたづらに　なりぬべらなり　ゆく水の　たゆる時なく　かくなわに　思ひみだれて　ふる雪の　けなばけぬべく　思へども　閻浮《えぶ》の身なれば　なほやまず　思ひはふかし　あしひきの　山した水の　木隠《こがく》れて　たぎつ心を　たれにかも　あひ語らはん　色にいでば　人知りぬべみ　すみぞめの　夕べになれば　ひとりゐて　あはれあはれと　嘆きあまり　せんすべなみに　庭にいでて　たちやすらへば　しろたへの　衣のそでに　おく露の　けなばけぬべく　思へども　なほ嘆かれぬ　春がすみ　よそにも人に　あはんと思へば、よみ人しらず）

「あふことの―」、恋はしむる心也。定家歌に（新勅撰）「あふことを忍ふの衣あはれなとまれなる色に思ひそめけん」逢恋の歌也。此歌は「あふことのまれなる色に」の一・二句を末まてとをして見る也。

「もえつゝとばに」、常住也。

「わたつみの」、ふかき心也。

「かくなわの―」、かくなわはなわのやうにして、くる〳〵とまとひたる物也。

「けなはけぬへく」、我身はやうにもなきほとに消は消へと也。

「えぶの身なれは」、閻浮《エンブ》の身也。人界の生をうけたる心也。

「猶やます」、思ましと思へとも不止心也。

「山下水の―」、水上はあさくて人の目には不見也。

「色に出は―」、色に出たらは名にたゝんと也。

「すみそめの夕になれは」、里《(黒カ)》色は物のおはりの色、五色内四色をうはう色也。黒色は夕の色也。夕とつゝけん為也。

「せんすへなみに」、せうするやうもなき也。

「庭に出て」、自然、気の慰事もあらんかと也。

「をく露の―」、我心からか、空からをくかと也。

「けなはけぬへく」、とにかくに消は消んと思へとも也。

「よそにも人にあはんと思へは」、かやうにつゝくやうに云はたす也。

一〇〇二詞書（古歌たてまつりし時の目録のその長歌）

「ふるうたたてまつりし時―」、ふるうた奉るとは撰集の御沙汰ある時、題をくばりて歌よませらるゝ事也。もとよりよみてをきたるをも奉る也。もくろくは部立の事也。四季、賀、哀傷、離別、恋なと云やうの事也。そのとは序也。「ふるうた―」、ぞ（傍記「濁。序也」）のながうた（傍記「元昌本に如此あり」）

一〇〇二（ちはやぶる　神の御代より　くれ竹の　世々にも絶えず　天彦《あまびこ》の　音羽の山の　春がすみ　思ひみだれて　さみだれの　空もとゞろに　さ夜ふけて　山ほとゝぎす　鳴くごとに　たれもねざめて　唐錦　たつたの山の　もみぢばを　見てのみしのぶ　かみな月　しぐれしぐれて　冬のよの　庭もはだれに　ふる雪の　なほきえかへり　年ごとに　時につけつゝ　あはれてふ　ことをいひつゝ　君をのみ　千代にといはふ　世の人の　おもひするがの　富士のねの　もゆる思ひも　あかずして　わかるゝ涙　藤衣　織れる心も　八千草の　言の葉ごとに　すべらぎの　仰せかしこみ　巻々の　中につくすと　伊勢の海の　浦のしほ貝　拾ひあつめ　とれりとすれど　玉の緒

の　短きこゝろ　思ひあへず　なほあらたまの　年をへて　大宮にのみ　ひさかたの　ひるよるわかず　仕ふとて

かへりみもせぬ　わが宿の　しのぶ草おふる　板間あらみ　ふる春雨の　もりやしぬらん、貫之）

「ちはやふる―」、根本歌《ウタ》は伊弉諾、伊弉冉よりをこりて今に不絶と云心也。

「あまひこの　音はの山の―」、あまひこは響《ヒヽキ》のある物なる故、音羽山とつゝくる也。音羽山とつゝけん為はかり也。あまひこに何の心もなし。

「はるかすみ」、是より四季を云、春也。

「思ひみたれて」、撰集事を云也。

「さみたれの―」、夏也。

「からにしき立田の山の紅葉ゝを」、秋也。からにしきは立田とつゝけん為はかり也。

「神な月」、冬也。

「庭もはたれに」、まだら也。班の字也。

「猶きえかへり」、存命て居る心也。

「千世にといはふ」、賀の心也。

「もゆる思ひも」、恋の部の心也。

「ふち衣」、哀傷の心。

「やちくさの―」、雑の部の心。

「ことの葉ことにすへらきのおほせかしこみ、巻々の中につくすと、いせのうみの」、是まて撰集の心也。

「玉のをのみしかき心」、短慮也。

「大宮にのみ」、仁寿殿にて此集をえらはれたる也。

「かへりみもせぬ―」、尚書、舜の、夏の禹《ウ》にこう水をおさめられたる時、三年まて門を通れとも不立寄し也。奉公に我宿をかへり見ぬをそれにたとへて也。

「しのふ草生る」、我やとのあれんと也。

「ふる春雨のもりやしぬらん」、人へきうたのもれん歟。心をくたきあつめたれとも、もるゝ事もあるへきと也。

一〇〇三詞書（古歌にくはへてたてまつれる長歌）

「ふるうたに―」、是も同時の撰者の時の也。

一〇〇三（くれ竹の　世々の古言　なかりせば　いかほの沼の　いかにして　思ふ心を　のばへまし　あはれ昔べありきてふ　人麿こそは　うれしけれ　身は下《しも》ながら　ことの葉を　天《あま》つ空まで　きこえあげ　末の世までのあととなし　今もおほせの　くだれるは　塵につげとや　塵の身に　つもれる事を　問はるらむ　これを思へばけだものの　雲にほえけん　こゝちして　ちゞのなさけも　思ほえず　ひとつ心ぞ　ほこらしき　かくはあれどもてる光　近きまもりの　身なりしを　たれかは秋の　くるかたに　あざむきいでて　御垣《みかき》より　外《と》のへもる身の御垣守　長々《をさをさ》しくも　思ほえず　九重《こゝのかさね》の　なかにては　あらしの風も　きかざりき　今は野山し　近ければ　春はかすみに　たなびかれ　夏はうつせみ　なきくらし　秋はしぐれに　袖をかし　冬は霜にぞ　せめらるゝ　かゝるわびしき　身ながらに　つもれる年を　しるせれば　五つの六つに　なりにけり　これにそはれる　わたくしの老いのかずさへ　やよければ　身はいやしくて　年たかき　ことのくるしさ《き》　かくしつゝ　長柄の橋の　ながらへて　難波の浦に　たつ波の　なみのしわにや　おぼほれん　さすがに命　惜しければ　越の国なる　白山の　かしらは白く　なりぬとも　音羽の滝の　音にきく　老いず死なずの　くすりもが　君が八千代を　若えつゝ見ん、

忠岑）

「くれ竹の―」、神代から也。

「いかほのぬまの―」、いかにしてと云はん為也。いかほのぬまは水のつまりたる故いかにして思ふ心をのはへましと云心也。後日仰、沢の水は行ゑ無故、つまりたると云、のぶる心也。思ふ心をのはへましとは、のばし手のなくては不被書也。

「人丸こそは」、人丸を感して也。

「身はしもなから」、人丸は三位まてはなりたれとも也。

「末の世までの―」、是まで人丸の事也。

「いまも仰の―」、当代仰の下る也。我撰者に加たる心也。

「ちりにつけとや―」、先人丸のあとをつ（「つ」傍記「継」）ぐ心、塵の字、あと〻よむ字の故の心也。和光同塵もあと〻よむ也。

「つもれることを」、数にもあらぬ我身を云。

「けた物のくもにほえけん―」、忠岑集には「これを思へは、いにしへに、くすりけかせるけたもの〻」とあり。難及道なれとも仰下て此撰者に加て集をえらふとよろこぶ心也。劉《リウ》安か仙薬を淮《ワイ》南王の服して登仙せられたる也。其仙薬の丹をねられたるか、鼎《カナヘ》に少残りたるを鶏犬か食して（「食して」傍記「甜《ネブリ》て」）雲に上りたる事あり。人丸の跡をなめて雲にのほる心也。

「ち〻のなさけも―」、是にましたる事あらじと也。一条禅閤の説、大方君のなさけは千々にかうふれとも、此撰者に加へられたるにましたる事はあらしと也。

「ひとつ心そ」、悦心也。

「てるひかり　近きまもりの―」、天子を日にたとへて也。近衛官なりしを、衛門の府生に成て、是か意恨《（遺恨カ）》也。近衛は下官なれとも御座所へ近くある也。右衛門は外衛にて外のまもり也。左衛門は春にとる。右衛門は秋にとる也。右衛門の府生に成て御座所へ遠さかるは迷惑也。誰がとりなしにて外衛に成たるそと也。

「あさむきいてゝ―」、偽があるかと也。たが御とりなしにて偽て外へ出たるそと也。

「みかきより」、ついかきの内也。

「とのへもる身の」、外衛也。衛士也。外程《（ホド）》、番はきぶき也。

「おさ〳〵しくも―」、うれしくも不思と也。けに〳〵しくも不思と云義也。

「こゝのかさねの―」、禁中にてはあらき風にもあたらさりし也。

「今はの山―」、外衛にゐる程に也。

「夏はうつせみ―」、物さはかしく也。

「秋は時雨に袖をかし」、涙の心也。

「いつゝのむつに」、三十に成たる也。奉公の臈也。卅年なると也。

「わたくしの老のかすさへ」、我年の事也。

「やよけれは」、いよ〳〵過る也。いやよぎる心也。可レ昇《ノボ》官には昇らすして年高く成也。

「なからのはしの―」、名にたつの心也。

「おぼゝれん」（「ぼ」右傍記「諸抄、濁」。左傍記「ヲ、桂光院殿あそはす」）、をほるゝ心也。濁へき也。

「さすかに命おしけれは」、このうえにても猶命をしきと也。

「おいす、しなすの―」、蓬莱、方丈、瀛州の不老不死の薬もがなと也。薬もかとは、がな也。

「わかえつゝみん」、わかゝへりて也。若変也。

一〇〇四（君が世に逢坂山の石清水木隠れたりと思ひけるかな、忠岑）

「君か代に―」、めぐみのある逢坂に木かくれて居ると思ひたれは、今撰集に召出されて満足したると云心也。思ひけるかなと云にて、よく聞えたる也。反歌は長歌の心を一首につゝめてよむ事也。

一〇〇五詞書（冬の長歌）

「冬のなかうた」、非㆓撰集ノ時ニ㆒。

一〇〇五（ちはやぶる　神な月とや　けさよりは　くもりもあへず　うち《はつ》しぐれ　もみぢとともに　ふる里の　吉野の山の　山あらしも　さむく日ごとに　なりゆけば　玉の緒とけて　こきちらし　あられみだれて　霜こほり　いや固まれる　庭の面に　むらむらみゆる　冬草の　うへにふりしく　しらゆきの　つもりつもりて　あらたまの
　年をあまたも　すぐしつるかな、躬恒）

「ちはやふる―」、

「うち時雨」、はつ時雨と云本あり。先くもるへき時節たかはす時雨たる心也。

「さむく日ことに―」、次第々々にさむくなる也。

「玉の緒とけて―」、玉の緒とけてとは、あられみたれてを云へき為也。

「いやかたまれる―」、次第々々に氷る体也。

「冬草の」、むら／＼見えし冬草も雪にうもれて見えぬ体也。

「年をあまたも―」、とかくして年のつもると也。世のやすくなき心也。

一〇〇六詞書（七条のきさき、うせたまひにける後によみける）

「七条の后―」、勘物のことし。七条の后のかなしみの歌也。

一〇〇六（沖つ波　荒れのみまさる　宮のうちは　年へてすみし　伊勢のあまも　舟流したる　心地して　寄らん方なく　かなしきに　涙の色の　くれなゐは　われらが中の　しぐれにて　秋のもみぢと　人々は　おのがちりぢり　別れなば　頼むかげなく　なりはてて　とまるものとは　花すゝき　君なき庭に　むれたちて　空をまねかば　初雁の　なきわたりつゝ　よそにこそみめ、伊勢）

「おきつなみ―」、人一人なければ宮中あるゝやうに思はるゝ也。

「舟なかしたる」、海士の舟をなかして、たよりのなき体也。

「われらかなかの―」、我袖もそめさうに成たる也。

「秋のもみちと―」、紅葉こそあれ、人々もちり〳〵に成たる也。

「とまるものとは花すゝき」、やう〳〵残りたる也。

「空をまねかは―」、魂魄をもまねきかへせと也。

「よそにこそみめ―」、伊勢か事也。是は長歌の手本にする歌也。

旋頭歌

文字の心は、かしらをめくらすと云心也。初《ハジメ》にかへる心也。五字にても七字にても一句入たるを云。歌によりて別の所へ入たるもある也。何の句を入んとも、まゝさう也。躬恒集に旋頭歌を仮名にて「かしらをめくらす歌」と書たる也。

一〇〇七（うちわたす遠方人《をちかたびと》にもの申すわれそのそこに白くさけるはなにの花ぞも、よみ人しらず）
「うちわたすー」、人の行体也。遠方人は常に云義也。何の花そもとは梅とは見たれとも、無《ナク》レ類《タグヒ》おもしろき程にたづねたる心也。異説に口なし、又夕顔なると也。此歌より源氏物語の夕顔の巻書たる也。歌は恋の歌也。作者は躬恒也。人を見度《（ミタキ）》と云心也。うちわたすは人の事也。いつも通る人を云。花そもは花ぞ也。もはそへ字也。
一〇〇八（春されば野辺にまづさく見れどあかぬ花まひなしにたゞ名のるべき花の名なれや、よみ人しらず）
「春されはー」、花まい《（ママ）》なしとは、花もいひなしに也。かろらかに我と花か名のりては出ましと也。阿保親王の歌也。花もいひなしにを、花まひなしにと云。君といへはを、君とへはといひ、物にそありけるを、物にさりけりといひ、消なは消ぬへしをけなはけぬへしと云類なるへきと也。
一〇〇九（はつせ川古川のへに二本《ふたもと》ある杉年をへてまたもあひ見ん二本ある杉、よみ人しらず）
「はつせ川ー」、うちわたすの歌に題不知とありて、又題しらすと有事、間に返しとある故也。行孝《（堯カ）》が、二もとあると切て、杉年をへてと読、杉の年経たる事を見せん為也。杉を賞翫して也。「又やみん《（千載、俊頼、初句「明日も来む」）》野路の玉川萩こえて色なる波に月やとりけり」「又や見ん《（新古今、俊成）》かたのゝみのゝさくらかり花の雪ちる春のあけほの」此二首も此歌より出る也。
一〇一〇（君がさすみかさの山のもみぢばの色かみな月しぐれの雨のそめるなりけり、貫之）
「君かさすー」、うち時雨るゝ時分に、みかさの山を見てよむ也。みかさは雨のえん也。みかさと云から、此時雨はいつかたからもりてそめたるそと也。軸にみかさ山の歌を入。是も君臣合体のやうに一部を仕立たるやうにと也。其心ありての事也。

（第二冊了）

古今集聞書下（明暦聞書）（東山御文庫蔵　勅封六二、九、一、二、三）

誹諧の歌　明暦三年二月六日、「かくれぬの下よりおほる」（古今一〇三六）の歌まで先御文字読、次御講談、又「ことならはおもはすとやは」（古今一〇三七）の歌より、誹諧の部皆先御文字読、次御講談。又物名部、「秋ちかうのはなりにけり」（古今四四〇）の歌迄御文字読、次御講談、又「ふりはへていさふるさと」（古今四四一）の歌より物名部皆御文字読、次御講談。今日の分也。

誹《ハイ》は、誹謗《ヒハウ》の誹の字にて、そしる也。諧《カイ》は、和也。合也。調也。偶《クウ》也。たま〳〵。当時のはいかいと云にはかはる。当時のはいかいと云は狂句、狂歌也。それには非す。是は非《シテ》レ道、教《ヘ》レ道、非《シテ》二正道一、教二正道《ヲ》一。誹諧は左伝の字なり。表《ヲモテ》はそむくやうなれとも、背《ソムカ》ぬ心なり。邪路から正道を顕す義也。崔淑か古文章に、「執《トテ》レ可《ヲ》レ令《シテ》二人笑一、顕《シテ》レ之謂《フ》二誹諧集《ト》一」。此文より出る。崔淑は周公旦の兄也。管淑《クワンシク》、崔淑《サイシク》。常には歌なとに不用、俗語のまじるを誹諧と云。十巻の物名は、たばかる義にて、ぬきでと云。十九巻誹諧は、道をたすくる義也。後日仰、非正道、教正道は道のたすけとなる義也。

此巻、短歌旋頭歌は数すくなく、此誹諧は歌数多あり。是も道をたすくる道理也。誹諧には部立無。一部を不立して、物にそへて入たる、重々子細あり。後日仰、正道になき故、以て開て部を不立子細也。

一〇一一（むめの花みにこそきつれ鶯のひとくひとくといとひしもをる、よみ人しらず）

「梅花—」、いとひをると云心也。しもの字は、てには也。時しもあれの類《タグヒ》也。歌の心は、鶯か人におそれて飛鳴《トビ》をして人来《ク》々と云やうに鳴事也。花をこそ見に来れ、鶯には手をもさゝぬに、何として人来《ク》々と鳴そと也。花を見に来るは鶯の為には悪しくなき物なるに愚痴《クチ》なると也。下の心は世上は皆如此、我心に邪があれは人を皆うたかふ物也。人を恨つゝ、をそれつする。此鶯の無子細類と也。此歌いつく誹諧と云に、風情過たる也。居るは愛する心也。

一〇一二（山吹の花色衣ぬしやたれ問へどこたへずくちなしにして、素性）

「山吹の―」、花の色の黄なるを、くちなしに見なしたる心也。世上の口さかなく善悪の事を云なすを、此口なしのやうに云はすしてゐるが真実なる物をと也。顔回が終日《ヒネモス》不スレ語《カタラ》ト云も其心也。詞多物は、しなすくなしの道理也。不シテレ云居ルに真実はこもる也。是は黄な花と云所、誹諧也。

一〇一三（いくばくの田を作ればかほとゝぎすしでのたをさを朝な朝なよぶ、敏行）

「いくはくの―」、してのたをさは郭公の別名也。田をつくる時分なく物なる故、その名を仰す。冥途《メイド》にかよふ故云。しては為と云を読。田長と云、田をつくると云から也。下の心は世上のしたりかほと云心也。田をつくらぬ物から、しての田長を名を付てよぶ也。道の教訓《ケウクン》の時は身に不叶事をするは悪き也。分ざいをしれと也。道を行ふ人の行ひ得たる事もなきを行はんとするの心也。道のをこなはれぬ時もあるへし。如此の時は、又退の心あるへし。行蔵《カウソウ》の二字可レ思と也。用則行《ヲコナフ》、捨則蔵《カクル》。三体詩下「杜宇呼名語、巴江学字流」。しでの田をさと云、郭公の別名なる故、名を名乗らんの心也。

一〇一四詞書（七月六日たなばたの心をよみける）

「七月六日《フヅキムイカ》たはなたの―」、（空白）

一〇一四（いつしかとまたく心を脛《はぎ》にあげて天《あま》のかはらをけふや渡らん、兼輔）

「いつしかと―」、左伝、速《マタケリ》の字をまだくとよむ。はぎ（傍記「足ノ事」）をかきあけていそく心也。文月六日なる程にあすあはんと思ふから、今日わたるは待かぬる事を云。いそくは短慮なる心也。一定成就する事をあまりいそけは、さわりが出来する物をと云心也。

一〇一五（睦言もまだ尽きなくに明けぬめりいづらは秋の長してふ夜は、躬恒）

「むつことも―」、心か誹諧也。秋の夜かわかむつこともつくるを待へき無子細。さあるに、逢ふ夜はたとへ短かくとも慰《ナグサム》へきを、あきたらぬやうに思心、誹諧也。裏の説、小欲知《ハ》レ足《ルタレル事ヲ》、此如くならは能からん物を、よろこひあれはいよいよ重《カサネ》んと思。さやうの事思所肝要也。夜の短き事は天地のことはりを、道理にまかせはせいで長の短のと愛にひかれて云、道理にそむく。かようの所ををしへ也。

一〇一六（秋の野になまめき立てる女郎花あなかしがまし花もひと時、遍昭）

「秋の野に―」、女郎花の、露の白玉をかざり立てなまめいたる姿を見て、花も一時と云也。野分が立、霜がをきたらは花もなかるへきをと也。なまめくは美、媚。優玄の二字をよむ。あなかしかましは、なんでうほとの事かあらんと也。こと／＼しき也。かしかましは女郎花のなまめいたる体をさへて云たる也。下の心は一生六十年の中也。無常の上に身をきなから身をかざりなとする事のをろかなるををしへて云。春の花、秋の野の一時を不知やうにと云也。

一〇一七（秋くれば野べにたはるゝ女郎花いづれの人か摘まで見るべき、よみ人しらず）

「秋くれは―」、たはるゝは、たはぶるゝ也。つまてみるへきは世俗に人をつむと云心也。それを花をつむにそへて云。ちよっと合点しにくき也。人をつむと云は、もてはやされ愛せらるゝ心也。「霞たつ春日の野へのわかなにもなりみてしかな人もつむやと」後撰春上、無作者。（古今一〇三二、興風）「春霞たなひくのへのわかなにもなりえてしかな人もつむやと」此集ノ歌也。此つむと同心也。女郎花と云名に付て誰かけさうぜぬ物はあらじと也。下の心は、実にも無人の、時に逢たる者のする事をそれに馴寄《ナレヨリ》、追従《ツイシヤウ》する心也。悪と見なから順《シタカフ》もあり。悪ヲ不知、悪事をそ《（添）》ゆるもありて、そうけう《（争競カ）》する也。おとろへのもと《（基）》ひともなる事也。よく心をつけて、かやうの所を思へと教訓する也。

一〇一八（秋霧のはれてくもれはをみなへし花の姿ぞ見え隠れする、よみ人しらず）

「秋霧の―」、はれてくもれはとは、見えは見えもはてす、かくれはかくれもはてす、見えつかくれつする事也。霧は世の不定にとりたる風《フウ》の歌也。世上のたのみかたく、たのみにならぬ事を風《フウ》したる心也。大江のたまぶちと云遊女の歌也。

一〇一九（花と見て折らんとすれば女郎花うたゝあるさまの名にこそありけれ、よみ人しらず）

「花と見て―」、うたゝはうたて也。あまりなると云たる心也。大かたの花見ておらんとすれは女の名がある程に隔心なると也。下の心は可然人と見てなれよれは、心もたしかになくてたのみかたき人也。先、人は心を見定て頼むへき事也。人は心が専用也。源氏物語の帚木巻「なよひかに女しとみれは、あまりになさけに引こめられて、とりなせはあためく」の心也。孔子盗泉の水を呑《ノム》まいといはれしも、ぬすびとゝ云名に付ての事也。史記列伝二十三雛陽が伝に云「縣名《ケンノナ》（「縣」左傍記「アカタ」）勝母而《セウホタツシカハ》、曽子不《サリキ》レ入。里ヲ名二勝母ト一、曽子不レ入、蓋シ以ナリ二名ノ不順ナルヲ一。邑（「邑」左傍記「サト」）ノ號朝歌而《ナテウカタツシカハ》、墨子廻《カヘセリ》レ車ヲ。朝歌者不《ハ》レレハ時ナラ也」。そのやうに女郎花と云名に付てをそれたる也。

一〇二〇（秋風にほころびぬらし藤袴つゞりさせてふきりぎりす鳴く、棟梁）

「秋風に―」、袴と云衣服にして也。さて色々の色なる物をつゝりと云。蛬の名をつゝりとも、させとも云。藤袴を蛬にぬはせんと也。なるまじき事を思やめとの教也。

一〇二一詞書（あす、春立たんとしける日、となりの家のかたより風の雪をふきこしけるを見て、そのとなりへよみてつかはしける）

「あす春たゝんと―」、是は節分の日也。

一〇二一（冬ながら春のとなりの近ければ中垣よりぞ花はちりける、深養父）
「冬なから―」、歌の心は詞書によく聞えたり。下の心は、一切世間の事は一事はてゝからうつるがよし。冬と云はんとすれは春、春と云はんとすれは冬のやうなる、あしき也。たとへは人の物いふ半に我物をいふ、あしゝ。無礼の義也。
一〇二二（石上ふりにし恋のかみさびてたゝるに我はいぞねかねつる、よみ人しらず）
「いそのかみ―」、いそ（「そ」傍記「スム」）ねかねつる。いそのかみはふるきと云はん為也。ふりにし恋の神さひてと云、神の字そたてゝよむ。恋の神さふると云事あるまじ。子細は、かみさふると云を源氏物語に源氏のもの音の事をほめたる事に云たるあり。たゝふるき事に云たるもあり。こゝはそれにても有へき歟。いそねかねつるは、神のたゝる事のをこたりをも申かぬる事と云。此分にても合点不行。わけの聞えにくき歌也。ふりにし恋の神さひてたゝるに我はいそねかねつると云は、久しく物を思入たる恋の年へたるあげくには、心もぼう〳〵となりて心も狂ずるやうに成。それをたゝると云。いそねかねつるとは、神をなごめかねたる心也。なごめはなためかねたる也。たゝる神をなだめかねたると云心と或抄にあり。是にて少聞えたる也。をこたりをも申かねたるとあるも其心也。申かねてなごめかねたると也。東野州は寝かねたる心にいぞねかねつると云。此声をさしたるも抄に自然にはある也。いそねかねつる、そのやうに聞ゆれとも大方はなごめかねたると云抄多き也。下の心は順路になき事を思ひもてゆけは我身にたゝる事ある物也。たゝりてからは後は、そのおきならひしにくし。これはいそねかねたるの所也。後には身かほろふる也。悪事も最初に改よとの教と也。
一〇二三（枕よりあとより恋のせめくればせんかたなみぞ床中にをる、よみ人しらず）
「枕より―」、是も仕立、誹諧也。思ひのしきりなるを云。枕よりも跡よりもせめくるやうなる也。せんかたなみも床中にあるやう也。後日仰、波の心なし。せんかたなき事か床中にをると也。此なみのみの字、かなしみ、月なみなとのみの字の心と也。下の心、枕よりは善、跡よりは悪也。恋は欲《ヨク》などの方へとりて、善の欲はせめてなれとも、それさへ過れは不可然。悪の欲には前後左右を亡《ボウ》ずる也。人は欲心より身をうしなふ物也。それを能用心せよと也。

一〇二四（恋しきが方もかたこそありときけ立てれ居れどもなき心地かな、よみ人しらず）

「こひしきが―」、ちよつと合点不行歌也。濁よし。清は何の心もなき、かの字也。濁は恋しきと云事がと云心也。かたもかたこそありときけとは、恋しきと云事も思ひあつる事がありてこそあれ、思ひにほれ／＼しく成て方処（処ニ濁点アリ）もなきやうなると也。思ひに心のほれ／＼しく成たるを、たてれをれともなき心ちすると也。立ても居ても方角なしと也。裏の説は恋は欲心にとる。貪欲に着して前後を忘《ボウ》したるを風《フウ》したる歌也。

一〇二五（ありぬやと心みがてら逢ひ見ねばたはぶれにくきまでぞ恋しき、よみ人しらず）

「ありぬやと―」、逢へは猶恋しく成程に逢はすして心みんと也。さやうにもありぬやと心みんと也。あはてもありぬやと心みかてら也。たはふれにくきまてそ恋しきとは、いよ／＼恋しくなる也。しはしは逢はずしみんと云もたはふれなるが、後にはたはふれにくゝなる也。是はたくみ過たるが誹諧也。裏の説、なま道心のある物がまつ身をすてゝ山居して、其後世間か恋しく成て身をもてそこなふ心也。くやし入道と世俗に云心也。帚木巻「仏も中々心きたなしとみ給つへし。にこりにしめるよりも、なまうかひにてはかへりてあしき道にもたゝよひぬへし」なと云心也。

一〇二六（耳なしの山のくちなしえてしがな思ひの色のしたぞめにせん、よみ人しらず）

「みゝなしの―」、よい恋のたとへ物也。みゝなしの山のくちなしは、きく事もなく、かたる事もなし。それを我思ひの下そめにしたきと也。下の心は、耳と口との二にて欲情、瞋恚もをこる。何事も貪欲、瞋恚、愚痴の三毒からおこるとのいましめ也。李斯《リシ》以二一人ノ手ヲ一、難レ覆コト得シ天下目ヲ一。後日仰、李斯は人の名也。後日仰、世間の人に聞つけられず、いはれぬやうの色をほしき。それを我思ひの色にせんと願心也。此義面白し。畢竟《（ヒツキヨウ）》思ひのなきやうにしたきの心也。

一〇二七（あしひきの山田のそほづおのれさへ我を欲しといふうれはしきこと、よみ人しらず）

「あしひきの―」、諸抄にさま〲にあれとも合点不行事共也。そうつと云は、鳥、鹿なとおとろかす人形也。玄《ゲン》賓《ヒン》僧都が仕初たる故に僧都と云。女なとに数ならぬ物が思ふと云を嫌心也。山田の僧都づれの者が我をおほしめすと云。かへりてうれはしき事と也。ごとゝ、この字濁、不用。当流清。又、山田の僧都をのれさへは、無心の物なると浦山しく思たるに、是にも役《ヤク》がありて鳥、鹿なとををふ。是もうれはしきと也。おほしとは多の心也。世間の苦は、はなれかたき物かなと也。下の心は、人と云者は宿しう《（執）》のある物也。宿しうは僧都に逢鳥獣にもあるがごとし。貧なる物はうれはし。福貴《（富貴）》なる者は財宝をたくはへて失ふし《（失はしカ）》いとする。いつれに付ても苦はあると也。

一〇二八作者（きのめのと）

「きのめのと」、紀氏のめのと（「紀氏のめのと」を墨滅し「無仰候故滅」と傍記）、陽成院の御めのと也。

一〇二八（富士の嶺《ね》のならぬ思ひにもえばもえ神だにけたぬむなし煙を、紀乳母《きのめのと》）

「ふしのねの―」、ちょつと聞えにくき歌也。ならぬ思ひと云処誹諧也。もえはもえと云は、もえうならはもえよと也。ふしのねには神かある。それも思ひのけふりは、昔から絶はてぬ程に、ましてならぬ思ひにもえうならはもえよ。神たにけちはてぬ煙なる程にと云心也。異説に竹とりの物かたりを引、不用。今も昔も思ひと云事はけちかたき事と也。むなし煙を無常の煙と云、不用。下の心は、思ひたつことの、くわたて《（企て）》のなり相《（サウ）》もなき事をうちふてゝ、神たにならぬ事なと云は悪し、身を損さすとの教也。

一〇二九（あひ見まくほしは数なくありながら人につきなみ惑ひこそすれ、有朋）

「あひみまく―」、月なみは月の無によそへて也。人につきなみとは、たよりなき事也。みまくほしはいか程もあれとも人にあはんたよりなし。それにより迷ふ也。下の心は、道のある人に物をとはん事は、みたれかはしき世にひかれてよそになる心也。悪事にはたよりよく、道に入けんとするにはたよりなきと也。

一〇三〇（人にあはんつきのなきには思ひおきて胸はしり火に心やけをり、小町）

「人にあはん―」、人にあはんするたよりなきによりて、むねかこかるゝ心也。はしり火はむねかこかるゝ也。下の心、欲に貪着《トンヂャク》して思ひをこがす事を云。それをしめす也。何時も恋の心は欲心の心に云也。

一〇三一（春霞たなびく野べの若菜にもなりみてしがな人もつむやと、興風）

「春霞―」、心も詞もともに誹諧也。若菜に成度《ナリタキ》と云所、誹諧也。人もつむやとは、若菜はつまるゝがやくなる故、つみはやす賞翫の心也。下の心は、人のする事をそばから何にてもさまたげて、をさゆるやうの事也。若菜はつまるゝがやく（「やく」傍記「役」）、人はつむがやく（「やく」傍記「役」）なるに、そばからつまれたいと云がさまたぐる心也。若なに身をなし度とならぬ事を望む心也。

一〇三二（思へどもなほうとまれぬ春霞かゝらぬ山のあらじと思へば、よみ人しらず）

「おもへとも―」、此五文字も思へとも〳〵と云心也。春霞かゝらぬ山もあらしと思へはとは、いつかたもおなしやうに霞也。とり分《ワキ》て霞やうの所ありたらはおもしろからんに、いつかたも同しやうなれは、したしまれぬ也。心のおほき人の事をうとましく、したしまれぬの心也。下の心は朋友なとの事也。誰をも分心《ワクル》なき、一段可然事に一旦《タン》はあれとも、又知音なとの差別なきはわろし。仏平等のうへにさへ縁ある者をすくうとあれは一かうに無差別はわろし。文王化も近きより遠に及ぼすとあり。
一〇三三（春の野のしげき草葉の妻恋ひに飛び立つきじのほろゝとぞなく、貞文）
「春の野の―」、草のつま恋とは、もえ出るを云。ほろゝとは涙のおつるを云也。ほろゝと云やうに涙かおつる也。
下の心はことわさのしけきに行住座臥やすからぬ也。
一〇三四作者（きのよしひと）
「紀淑人」、名大将也。
一〇三四（秋の野に妻なき鹿の年をへてなぞわが恋のかひよとぞ鳴く、淑人）
「秋のゝに―」、なそは何を思ひのかいよとなくと也。なんぞととがめたる詞也。妻なき鹿ならは年をへてかいなきとこそなかめ、かいあると鳴くを、なそとつめたてゝ云たる也。下の心、世をせばく住やうの物にたとへて云。妻恋ふは従類、眷属、家人の類也。広からん者がちいさくするは必わさわいをまねく也。分々にせばくも広くもなきが天道に叶也。心持肝要也。
一〇三五（蟬の羽のひとへにうすき夏衣なればよりなんものにやはあらぬ、躬恒）
「せみのはの―」、蟬の羽のひとへにうすき夏衣とはすゝしの事也。馴たらは、よりさうなる物を我恋はさもなし。したしまぬ心也。下の心は朋友の道をたとふ。善悪をよく見合せん事肝要也。遠慮のなき者は真実なきゆへに馴れは、やつるゝ物也。それをよく見よとの教也。
一〇三六（隠れ沼《ぬ》のしたより生ふるねぬなはのねぬなは立てじくるないとひそ、忠岑）
「かくれぬの―」、ぬは沼《ヌマ》也。水がくれたる体也。草しげくてみえぬ体也。ねぬなわは、根のあるぬなわ也。根なかきゆへ、くりとる物也。されは、くるないとひそと也。ぬるまての不及沙汰、くる事ないとひそと也。二人寝たと云、名はたてましき程に、くるないとひそと也。下の心は朋友の事を云。知音する人の事は悪き事云なと也。人の短をとく事なかれと云心也。古語也。短の字の心は其人の、くぼき心也。

一〇三七（ことならば思はずとやは言ひはてぬなぞ世の中の玉だすきなる、よみ人しらず）

「ことならは―」、如此ならは、したしうはすまじきと、なぜにいひはてぬそと也。玉たすきはかけてをくと云心也。かけてをくかくるしきと也。下の心は人になれうずるならは、理をあきらめ非をあらためて、善も悪もきっと云きったるよし、左様にもなくてぶらりとしてあるは、わざわいをひく物也。表裏たかふは悪しと也。

一〇三八（思ふてふ人の心のくまごとに立ち隠れつゝ見るよしもがな、よみ人しらず）

「おもふてふ―」、「しのふ山（新勅撰、業平）忍ひてかよふ道もかな人の心のおくもみるへく」の歌の裏也。思ふといへと人のをしらぬ程に、人の心に、くまもがな、たちかくれて見度《（タキ）》と也。しのふ山忍ひてかよふの歌とたかふたる所を知らせん為に、此歌誹諧に入たる也。下の心は思ふと人のいはゝ、さこそと打まかせてをきもせて、人を疑《ウタカフ》事の悪を制《セイ》したる歌也。「忍ふ山の《（マヽ）》―」歌は、表から入て人の心を見度と云。「おもふてふ―」の歌は裏から入て与風《（フト）》見付んと云。是をうらをもてと云歟。

一〇三九（思へども思はずとのみいふなればいなや思はじ思ふかひなし、よみ人しらず）

「思へとも―」、是も心は分明也。此やうにいへは、何を頼みにせんと也。君君たらずと云とも、臣以臣たらずんばあるへからずの心也。いなやは、さらば也。

一〇四〇（我をのみ思ふと言はばあるべきをいでや心はおほぬさにして、よみ人しらず）

「我をのみ―」、われを一すじに思ふとならはたのまんと也。誰にも心かかよはゝたのまれぬと也。下の心は表裏を人に云やうなる事をいさめたる歌也。言行《ゲンカウ》のそろはぬは悪とのいさめ也。心と詞とへち〳〵になるをいさめたる也。

一〇四一（我を思ふ人を思はぬむくいにやわが思ふ人の我を思はぬ、よみ人しらず）

「我を思ふ―」、むくひにはさま〳〵の品有り。順生業、順現業、順業々也。順生業と云は生をへたてゝの業也。縦へは源氏に柏木の業を薫のうけられたる心也。順現業は現世の業也。藤つほの事を女三宮にてむくひたる心也。順業々は千年万年後にもむくうを云。源氏一部にとる也。此歌は順現業也。下の心は因果の道理を思へと也。

一〇四二作者（一本ふかやぶ）

「ふかやぶ」、点を合、一本と云事、この作者、基俊本に無、一本あるによって難捨、定家書入たる也。

一〇四二（思ひけん人をぞともに思はましまさしや報いなかりけりやは、一本ふかやぶ）

「おもひけん―」、前から思ひ合たる人を思はんと也。人の念比《ネンゴロ》に云物を、こなたからも念比にせではむくひあらんと也。やはとは、やはや、さやうのむくひないと云事はあるましきと也。下の心は、当座みえぬやうなれとも、思ふ人を不思は天道のせめある也。心か誹諧也。まさしやは、たしかにたゝしき也。

一〇四三（いでてゆかん人をとゞめむよしなきに隣の方に鼻もひぬかな、一本よみ人しらず）

「いてゝゆかん―」、旅行の門出の時、鼻《ハナ》をひれは凶事《キヤウジ》なりとて立帰て祝ひなをす事あり。其心也。歌は猿丸大夫か歌也。鼻ひたらは立帰る事あらん、とゝめたき心也。

一〇四四（紅にそめし心もたのまれず人をあくにはうつるてふなり、よみ人しらず）

「くれないに―」、人の心の変しやすく、ふかき色も、何とやらんすれは（傍記「ヤヽモスレハ」）うつりやすく成を云。それを紅の衣にたとへて云也。うつるてふ也はつねに云（「云」傍記「アル」）と云也。べには、すにあへは色よくなり、あくにあへは、へにか、はぐる物也。紅にそめし心と云を、我に人のふかき心さしのある心也。

ふかき心さしのありしも不被頼。あく心の時節にはさっとうつる也。あくをあくによせたる也。下の心、おもてはよろつ見事さうにみゆる人も、何とやらんすれは心の変する事にたとへて也。
一〇四五（いとはるゝわが身は春の駒なれやのかひがてらに放ちすてつる、よみ人しらず）
「いとはるゝ―」、俗に野捨（捨ニ濁点アリ）にすると云事あり。秘蔵する馬は野にてはかはぬ物也。がてらは、ついで也。すてつるを云はん為也。歌は恋の歌也。下の心、とり用ひで不ㇾ叶物をしらで置捨は悪し。馬は用に立物也。捨まじき物を捨そとの義也。
一〇四六（鶯の去年のやどりのふるすとや我には人のつれなかるらむ、よみ人しらず）
「鶯の―」、我をふるすと云はん為也。前は一段とむつましかりし人のうとく成たる心也。下の心は、世にある間、人が見たやうにした物が、身が年より古く成たれは見たやうにもせぬ心也。小人の心をいさめたる也。
一〇四七（さかしらに夏はひとまね笹の葉のさやぐ霜夜をわがひとりぬる、よみ人しらず）
「さかしらに―」、やもめにて居る物の歌と可心得。夏はたれもうと〳〵しくして寝る物也。やもめならでも夏は独寝する物也。やもめは夏も思ひあれど人まねにさらぬかほにてかしこげにゐる。冬は誰を可ㇾ頼やうなし。それをなけく心ある也。冬になりてから篠の葉のうちさやき、さむき時分に独寝する程に、やもめのなけき一しほそうと也。下の心は、何事もかしこくと思ひたる事もはかなきを、くやしく思ひて身をなげく事也。思慮のなきをしらする歌也。
一〇四八（あふことの今ははつかになりぬれば夜ふかゝらではつきなかりけり、中興）
「あふ事の―」、逢事の稀に成たれは、たま〳〵の契も夜ふかきと也。廿日の月は夜更て出る也。はつかを廿日にそへて也。後日仰、今は逢事がうと〳〵しく成たる故に、宵から逢事なくて夜ふかゝらでは逢事もなき心也。下の心は、人はたゝ初もはてても無きよし。初ははなはだしくて後はうと〳〵しくなる、定心なきを戒たる也。
一〇四九（唐土の吉野の山にこもるともおくれんと思ふわれならなくに、時平）
「もろこしの―」、もろこしのよし野と云所、誹諧也。もろこしによし野と云はなし。吉野は陰遁《（隠）》する所也。そのよし野三千八百里よそにあるとも、我はをくれじとつよくいひたる也。此歌は伊勢か「三輪の山いかに待みん」《（古今七八〇、三輪の山いかに待ちみん年ふともたづぬる》と云たる歌の《人もあらじと思へば）》返歌也。下の心、思ひ立に何にてもあまりに遠き事を思ひ立はあしきと戒る也。
一〇五〇（雲はれぬ浅間の山のあさましや人の心を見てこそやまめ、中興）
「雲はれぬ―」、煙の事也。思ひのはてと云物いづくぞなれは、浅間さうなる也。人の心か我に順はんならは、此煙がやまんと也。又一義は、此山世界の山なるに、もゆるがあさましと也。人の順路なる心を見てこそやまめ也。みてこそやまめは、山が見てこそやまめ也。下の心は、両方に物は道理がある物なる程にかた落ては如何と也。
一〇五一（難波なる長柄の橋もつくるなり今は我が身をなにゝたとへん、伊勢）
「なにはなる―」、此つくるは尽《ツクル》也。弘仁九年に行基菩薩建立の橋也。久しきたとへに成へき物なるが、それもつきたる也。我身は何にたとへんと也。序のつくるは作る也。下の心は、人は其身をうしなふとも名を思はん事と也。
一〇五二（まめなれど何ぞはよけく刈る萱の乱れてあれどあしけくもなし、よみ人しらず）
「まめなれと―」、まめなるは真実也。かるかやはみたれたるか真実の体也。みたれたるがもとのすがたと也。下の心、実なと思ふ人も乱れたる人あり。実なき人と思ふにも可ㇾ然人ある也。よけくと云はよいにてあらん。うけくもういと云心なる程に也。世中は何と定めんそ。かるかやは乱てこそ見事なれと也。
一〇五三（何かその名のたつ事の惜しからん知りてまどふは我ひとりかは、興風）
「なにかその―」、恋歌也。といひ、かくいふ事は天下にある習也。知てまよふは我はかりにてはないと思ふが、真《マコト》の迷《マヨヒ》也。下の心は、無道の人をいましめたる心也。殷紂、夏桀を云ごとく、人か悪き程にとて我もと知て思ふは、悪きと也。見レ善思追、見不善如レ探《サグル》レ湯ヲ。

一〇五四作者（くそ）

「くぞ」、此作者勘物、作女《ツクルカ》、嵯峨源氏とあり。濁て読。重々の口伝也。光孝天皇御寵愛ありし者也。

一〇五四（よそながらわが身にいとのよるといへばたゞいつはりにすぐばかりなり、くそ）

「よそながら—」、いとこをいとにそへて云たる也。いとにはりをすくる物なる程に、いつはりにはりをもたせ、すぐはかりにすぐるをもたせたる也。我に契あるといへとも、さもなくて偽にすくるはかりに也。色々にもたせたる所誹諧也。

一〇五五作者（さぬき）

「さぬき」、勘物のことし。

一〇五五（ねぎ事をさのみ聞きけん社《やしろ》こそはてはなげきの森となるらめ、讃岐）

「ねきことを—」、神にいのる事也。それを恋にとりてあた〱しき女の事に云たる也。あなたへもこなたへも領《レウ》掌《ジヤウ》して心のさたまらぬものは、はてはなけきの杜なくては不叶。是はいづくとさしたる事にてはなし。杜は神の居所に用。此もりは土佐、和泉にあり。いつれとさしたる事には非す。下の心、理非《リヒ》を分かねて人の云事を、もたしかたくすれは、はては悪事出来する物也。

一〇五六（なげきこる山とし高くなりぬれば頬杖《つらづゑ》のみぞまづつかれける、大輔）

「なけきこる—」、世上のうい心也。我思ひか、なけきこる山のことく高くなる故、くるしさにつらづえをつきてなかむる也。山としとは、しはやすめ字也。又、山年と云説あり。下の心、ならぬ事を思ひて身をいたつらになすを比して云也。

一〇五七（なげきをばこりのみ積みてあしひきの山のかひなくなりぬべらなり、よみ人しらず）
「なけきをは―」、山は木を以てかざりとする物也。それをつよく切れは山かかひなくなる。我なりをそれにたとへて也。裏の説、我身の上の事を忘れて当意心にうかふ事に、はてもなき事にかゝるを云。

一〇五八（人恋ふる事を重荷とになひもてあふごなきこそわびしかりけれ、よみ人しらず）
「人こふる―」、清水の重海法師と云者の歌也。物を荷《ニ》なう、わうこと云木によせたる也。にないもてと云を、下知に見る異説不用。にないもつ程なれとも逢期《ゴ》なしと也。

一〇五九（宵のまにいでて入りぬるみか月のわれて物思ふころにもあるかな、よみ人しらず）
「よひのまに―」、われては、こなたかなたへわれて也。二つにわれてうとく成たる体也。われてをつねにはわりなき事に云。これはさには非す。下の心は、どちをどちとも分にくき事のあるを云たる也。

一〇六〇（そゑにとてとすればかゝりかくすればあな言ひ知らずあふさきるさに、よみ人しらず）
「そへにとて―」、そうじゃと云てもと云心也。おもにゝそへ《(添)》にの心に非す。とすれはかゝり、かくすれはとは、あなたへはたかひ、こなたへはたかふ也。あふさきるさとは行さま、きさま也。左へなり右へなり也。あな、いひしらすは、是は何としたる事そとなけく心也。世俗にといへはかしい《(かく歟)》ひ、かくいへは又といふ事を風《(諷)》したる心也。

一〇六一（世の中の憂きたびごとに身を投げば深き谷こそ浅くなりなめ、よみ人しらず）
「世中の―」、世中のうい時は渕川へも身をなけ度《(タキ)》物也。その度《(タビ)》ことに身をなけは谷は山とならん。裏説、無道の世を風《(諷)》したる也。

一〇六二（世の中はいかにくるしと思ふらんこゝらの人に恨みらるれば、元方）

「世中は―」、是も風《（諷）》の歌也。百人千人よれともうくないと云物はなし。此ことく思はるゝ世中はいかほとくるしと思はんと也。是か誹諧也。こゝらの人は多也。

一〇六三（何をして身のいたづらに老いぬらん年の思はん事ぞやさしき、よみ人しらず）

「なにをして―」、やさしきは、はつかしき也。万葉に「君をやさしみあらはさす」《（玉島のこの川上に家はあれど君をやさしみ表はさずありき）》とあり。是もはづかしき心也。年のおもはんと云、是も年にあてゝ云たる歌也。

一〇六四（身はすてつ心をだにもはふらさじつひにはいかゞなると知るべく、興風）

「身はすてつ―」、初五文字、身はおちふれたる也。はふらさじとは、はうらつにはせまい也。心をたゝしくもたんと也。身をすてゝ心をほうらつしては、ついのらくじゃく《（落着）》は何とせうするそと云心也。下の心は、五大は分散するとも、心は金剛の正体なるほとにほうらさし。その正体を何物とよく知れと也。

一〇六五（白雪のともに我が身はふりぬれど心は消えぬものにぞありける、千里）

「白雪の―」、雪も我身も同し心也。されとも雪は消るか人はもとの物也。下の心は、我一念は金剛不壊の心也。心境の法は一圓亡《ボウ》せぬ也。身と境界とはぼうすれとも心は不レ亡。心不消物と思は、心に落たる心也。即金剛不壊法身との心也。

一〇六六詞書（題しらず）

「題しらす」、前に題しらすとありて、又爰《（ココ）》にあり。行孝《（堯カ）》本にはなし。

一〇六六（梅の花さきての後《のち》のみなればやすきものとのみ人のいふらん、よみ人しらず）

「梅花―」、すき物は好色の事也。梅の実のやうなすき物と人申云。実《ジツ》かすきて花《クワ》がをくるれは世間の人の眉をそばむる程に花実相応可然と也。

一〇六七詞書（法皇西川におはしましたりける日、「猿山の峡《かひ》に叫ぶ」といふ事を題にてよませたまうける）
「法皇にしかはに―」、宇多法皇也。前にありし鶴立洲の題にて歌ありし時の事さうなると也。
一〇六七（わびしらにましらな鳴きそあしひきの山のかひある今日にやはあらぬ、躬恒）
「わひしらに―」、今日の御幸の事を、山のかひある今日にてはなき歟、猿は何事を思ふてさけふの心也。下の心は、御幸、行幸は国家の費《ツイヘ》に成程にそれをうれへて也。山のかひあるとはいへと、費をおほしめさぬかと也。国家のなやみをおほしめせと也。
一〇六八（世をいとひ木《こ》の下《もと》ごとにたち寄りてうつぶしぞめの麻の衣《きぬ》なり、よみ人しらず）
「世をいとふ―」、誹諧は大略、賦の歌の心也。うつふしとは衣はふしかねをもつて染る故也。うつふしとはうつぶく也。世を観して也。此歌を軸にをく心は、前は世間人々の上の善悪を教、聖道の深き道理を云て、ついには人間の道を放下《ハウゲ》して身を退へき事専用なりとしらしめん為也。功成《カウナリナ》名遂《トゲ》て身退（進退）が肝要也。此集教戒の端《ハシ》なる程にをき所よく分別せよと也。裏の説と云は、後に人の取付たると云説あれとも、部立よりある程に、貫之より分別しての事也。如此相承《サウジヤウ》し来りたる也。部立一々分別したる貫之か心也。

物名

明暦三年二月六日「きちかうのはな」（古今四四〇）の歌迄先御文字読。次御講談。又「しをに」（古今四四一）より物名部の分御文字読。次御講談。今日の分也。

部立の心は春夏秋冬は匂（「匂」傍記「かさり、色工と云心也」）なれは、先、入也。動部と云物かある故、別の部を入れ、人は一所に不居物なる故、羇旅部を入る也。十巻、肝要の巻なる故に物名を入る也。有㆑物先㆓天地㆒無《シテ》㆑形、本寂寥。此物の字、物名の物の字也。物名は、鳥獣・草木・名所・国名等あり。いつれの題にも無き世間の政《マツリコト》、仏法万物これより出来したると可二心得一。よみ出したる処はあらぬやうにて、其道理を云ふ。知ル物ハ知、不知物ハ不知也。物をはかるぬきての心也。以レ去《(虚カ)》ヲ実ヲ伝ル也。世間は以浅教へ、法性は以深教ゆる也。此物名は心浅、教深ル道理也。題の事は不顕して別の名をもってあらはす也。十巻に物名を置。廿巻神道の事を云。冷泉家には灌頂の巻と云て此巻は後に講談ある。当流廿巻を肝要とする也。此巻釈教、廿巻は神祇巻と云習也。

四二二詞書（うぐひす）

「うくひす」

四二二（心から花のしづくにそぼちつゝうくひずとのみ鳥のなくらん、敏行）

「心から—」、鶯ははるをつかさとる鳥也。それ故此巻の巻頭に入る也。喚起起《ヨヒヲコセバタツ》、催レ帰ヲ《モヨヲセバ》帰《カヘル》。喚起は鶯、催帰は郭公也。喚起セハ窓全曙《アケ》、催ハレ帰ヲ日未レ西《セイセ》。後日仰、此句、此歌の用に非す。鶯の事はかり也。下の心は、かいぎや（戒行）うによって生する事なるに愚痴なる心から云へき事に非す。広き野には不レ居してせばき花の中に居て心から鳴と也。世界如此なる物なると也。

四二三詞書（ほとゝすぎす）

「ほとゝきす」

四二三（くべきほど時すぎぬれやまちわびて鳴くなる声の人をとよむる、敏行）

「くへきほと—」、一首の心、時鳥を読。惣別は物名には題の物は不読。此歌は時鳥すきたると也。時鳥を待に、来へき時過ぬれはや、待わひたる所に、郭公のわかをこたりを思ひてしげくなくが人をとよむる也。くべき人の時過れはやとけんじょ（見証）から云也。待わひて鳴声はそばに居る人をもおとろかすほとなくと云心也。人をとよむる、此人はけんじょ（見証）の人也。

四二四詞書（うつせみ）
「うつせみ」
四二四（浪のうつ瀬みれば玉ぞ乱れけるひろはば袖にはかなからむや、滋春）
「波のうつ—」、波のうつ所を見れは玉が散るやうなる也。水の玉を取たらは乱れんと也。水眺望の歌也。誠の宝珠にてもとるへき道ならては取ましとの教也。はかなからんやとは、はかなからう（「らう」傍記「ルヘキ」）と也。
四二五（袂より離れて玉をつゝまめやこれなんそれとうつせ見むかし、忠岑）
「たもとより—」、袖の中《ナカ》から、うちうつせ見んと所望したる也。下の心は、人の偽の多をたとふ。
四二六詞書（うめ）
「うめ」、梅を云。此集奏覧の時分まて仮名遣《ツカヒ》なし。定家定めたる事也。此歌はかくし題にうめと読故、そのまゝをく。仮名遣不定さき也。万葉、烏梅、又、宇宙の宇字をも書。
四二六（あなう目に常なるべくも見えぬかな恋しかるべき香はにほひつゝ、よみ人しらず）
「あなうめに—」、常住にあり度《（タキ）》心の、常住に非すの心也。あなうと切て、めに常なるへくもと見るへしと也。下の心は、無明、法性をたゝかはしめて也。無明は取上られす。法性は常住也。無明払《ハラ》へは法性也。目前常ならぬを云。あなうとは観したる心也。
四二七詞書（かにはざくら）
「かにば（「ば」傍記「スン《（清）》テモ」）さくら」、かばさくら也。樺《カハ》、桜桃《ワウトウ》花をも云、常にくまかえと云、桜の事をも云。

四二七（かづけども浪のなかにはさぐられで風吹くごとに浮きしづむ玉、貫之）
「かつけとも―」、水のあわのつぶ〳〵と浮ふを玉と見て也。上に有歟と思へはなし。底を見れとも無。又底にも無と思へは風につれて上へ浮ぶ也。下の心は、人の心のしられぬを云也。
四二八詞書（すもゝの花）
「すもゝのはな」
四二八（今幾日《いくか》春しなければうぐひすも物はながめて思ふべらなり、貫之）
「いまいくか―」、鶯の物わひしくてうちなかめて鳴也。春の過るをかなしさうになくと也。
四二九詞書（からもゝの花）
「からもゝのはな」
四二九（あふからもものはなほこそ悲しけれ別れんことをかねて思へば、深養父）
「あふからも―」、かねて行末にあらん事を思ふやうの事也。逢へは別が頓《ヤガ》てなくては不叶也。会者定離の道理也。兼て定たる事は違物と也。
四三〇詞書（たちばな）
「山たちはな」
四三〇（あしひきの山たち離れゆく雲のやどり定めぬ世にこそ有りけれ、滋蔭）
「あしひきの―」、宿り定めぬと云、下句を旅のやうには不見。世間の事也。所を定めぬ雲のかはるやうに世間如此と也。下の心は、山は本分、雲は業障《ゴツシヤウ》にたとふ。天照太神御心の山は不動心と云。不動物也。
四三一詞書（をがたまの木）

「をか（「か」傍記「スム」）たまの木」、（僻案抄）「おく山にたつをたまきのゆふたすきかけて思はぬ時のまそなき」（物語二百番歌合）「谷ふかみたつをたまきは我なれや思ふおもひのくちてやみぬる」両首不用。をたまきは槙也。さ衣に真木と云。他流には年木と云。何も不合事也。榊の事也。木の中へ書入たる程に木とは慥無レ疑、後に子細ある事也。

四三一（みよしのゝ吉野のたきにうかびいづる泡をか玉のきゆと見つらん、友則）

「みよしのゝ—」、あわを玉と見たる也。玉はきえぬ物なるか消と見たる歟と也。

四三二詞書（やまがきの木）

「やまかき」

四三二（秋はきぬ今やまがきのきりぎりす夜な夜な鳴かむ風の寒さに、よみ人しらず）

「秋はきぬ—」、山柿は小き柿也。よな〳〵なかんは、夜な〳〵なけと下知するとは不可見。よな〳〵なかんずると云心也。

四三三詞書（あふひ、かつら）

「あふひ、かつら」、二色也。一色ならは一処にかくすへし。二所にかくしたる程に二色なると也。俊成歌に（新後撰）「いかなれはひかけにむかふあふひ草月のかつらの枝をそふらん」二色に云たる証拠也。

四三三（かくばかりあふ日のまれになる人をいかゞつらしと思はざるべき、よみ人しらず）

「かくはかり—」、恋の歌、義はあらは也。

四三四（人めゆゑ後《のち》にあふ日のはるけくはわがつらきにや思ひなされん、よみ人しらず）

「人めゆへ—」、次第々々に世をはゝかりて、逢事のとをくなる、然らは我つらきに思ひなさんと也。我つくり出して逢日のまれに成と思はんと也。下の心は、首尾のあはぬ事をいましめて也。我はさならずと也。

四三五詞書（くたに）

「くだに」、苦丹。牡丹の類、又、いは藤とも云。

四三五（散りぬれば後はあくたになる花を思ひ知らずもまどふてふかな、遍昭）

「ちりぬれは―」、てふかなは、飛ふ蝶也。後はあくたになる花を何と思てしたふぞと也。下の心は、世間の着相をはらさんとて風《（諷）》したる歌也。

四三六詞書（さうび）

「さうひ」、薔薇《シヤウビ》也。

四三六（我はけさうひにぞ見つる花の色をあだなる物といふべかりけり、貫之）

「われはけさ―」、ういにそとは初て花を見たると也。心をかへしてあだなる物をうか〳〵と見たる心かなと也。花をあだなと見て云に非す。花よりも我身のあだなる事を思ひて云たる也。花を初よりあたになきと云には非す。花はあだなる物と云てよく〳〵思かへせは、花よりも我身かあだなる也。我身に対しては、花はあたなる物にては無と也。花を見初ると着《ジヤク》がをこる。着は輪廻の初なる故也。神事に人の死をいむは輪廻の初と云心にて嫌也。仏法を被《ルヽ》レ嫌と云事に非す。別にしてをく心也。物のひとつに成事を嫌。山海珍物ひとつにして食すれは何の味なき心也。

四三七詞書（をみなへし）

「をみなへし」

四三七（しら露を玉にぬくとやさゝがにの花にも葉にも糸をみなへし、友則）

「しら露を―」、みなへしは経の字也。此字たてよこのたての字也。糸を経たる心也。

四三八（朝露をわけそぼちつゝ花みんと今ぞ野山をみなへしりぬる、友則）

「朝露を―」、みなへしりぬると云。へ（傍記「経」）しりは案内者に成心也。花を尋るとて朝夕野山をへて知ぬる心也。是も貪着をそしる心也。

四三九詞書（朱雀院のをみなへしあはせの時に、をみなへしといふ五文字を、句のかしらにおきてよめる）

「朱雀院のをみなへし―」、此朱雀院、非二承平一。宇多御門也。此をみなへし合の時、貫之か躬恒に九首までまけて、御門御気色悪て、其後勅判に改められて貫之勝し也。

四三九（小倉山みねたちならし鳴く鹿のへにけん秋を知る人ぞなき、貫之）

「をくら山―」、立ならしは立馴て也。いつの世から幾世の秋をへて、おもしろき紅葉のをくら山を見たそとおもしろき歌也。

四四〇詞書（きちかうの花）

「きちかうの花」、桔梗。きつきやうの、「つ」を「ち」にして、「きや」を「か」にして、きちかうと云也。

四四〇（秋ちかう野はなりにけり白露のおける草葉も色かはりゆく、友則）

「あきちかう―」、秋に頓《ヤガ》て成程に野はうらかれんと也。下の心、是は讒臣をいましめたる也。当座、夏の滋《シゲ》き如くなりとも、終には讒臣はうらかれんと也。歌には声《コヱ》に読物をかやうに云也。近くをちかうとは云まちき事なれとも物の名なれは、それにひかれてかく云也。

四四一詞書（しをに）

「しをに」、はぬる物を、にと云、常の事也。はんびをはにひと云、かんひをかにひと云、せんをぜにと云、くたんをくたにと云類也。

四四一（ふりはへていざふる里の花みんとこしをにほひぞ移ろひにける、よみ人しらず）

「ふりはへてー」、ふりはへては、わざと也。さしにさして、わざと来たれは花がうつろふた程に花を恨たる也。我来たる事を後悔せう事を花を恨たる也。下の心、是は約の変したるにたとふ也。花を見よと約したるに、さして（ママ）さして来るにうつろふを云。ふりはへては、源氏にも皆、わざとの心也。

四四二詞書（りうたんのはな）

「りうたん」、りんどう也。竜胆《リウタン》と文字には書也。

四四二（わがやどの花ふみしだくとりうたん野はなければやこゝにしもくる、友則）

「我やとのー」、ふみしたぐ（「ぐ」傍記「濁」）は花をふみちらす也。下の心は、主人の厭《イトフ》ふ所へしらで推参するをいましめて也。

四四三詞書（をばな）

「おはな」

四四三（ありと見てたのむぞかたきうつせみの世をばなしとや思ひなしてん、よみ人しらず）

「ありとみてー」、たのまれがたき心也。とかくあたなる世とも云ましき也。世はたゝ無と思なさんと也。下の心、有為の競界と也。

四四四詞書（けにごし）

「けに（「に」傍記「ん」）ごし」、けんこしは権実也。

四四四作者（やたべの名実）

「やたへの名実」、矢田部は姓也。

四四四（うちつけにこしとや花の色を見んおくしら露のそむるばかりを、名実《なざね》）
「うちつけに―」、こしとやとは花の色のこい事也。うちつけは頓《ヤガ》ての心也。初の心とも心得やうずると也。こければこそ人の心をもそむると也。かうばかりにても合点ゆかぬ。花の色をうちつけにうつくしと見る（「る」傍記「ウ」）へき事にてはなし。かく仕出したるも露のしわざと云心也。巧言令色は仁ある事すくなしと也。これにてもよく合点ゆかぬと也。
四四五詞書（二条の后、春宮の御息所と申しける時に、めどにけづり花させりけるをよませたまひける）
「二条の后―」、めとにけつり花は三ケの大事の一つ也。をかたまの木、かはな草と三色也。
四四五（花の木にあらざらめどもさきにけりふりにしこのみなる時もがな、康秀）
「花の木に―」、是は述懐の歌也。つくり花なれは如此也。我老も立かへりて若くなり度《タキ》と也。
四四六詞書（しのぶぐさ）
「しのふ草」
四四六（山たかみ常にあらしのふく里はにほひもあへず花ぞちりける、利貞）
「山たかみ―」、花をはやわらかにうつくしき人にたとへたり。仁義のない人の上には、やはらかになき人は堪忍しがたきと也。
四四七詞書（やまし）
「やまし」、しと云、草の名也。しの根と云物也。山のしと云草也。こまのひざ、うしのひざなと云物ともあり。
抄羊蹄草。
四四七（ほとゝぎす峯の雲にやまじりにしありとは聞けど見るよしもなき、篤行）

「時鳥―」、雲埋老樹空山裏、彷彿トシテ千声ニ一度飛。時鳥を耳にきけど目には不見心也。下の心、悪事をなす物もかたちは見ねとも、よくよそに聞、よそに知る物也。

四四八詞書（からはぎ）

「からはき」、はきの木也。榛。

四四八（空蟬のからはきごとにとゞむれど魂《たま》のゆくへを見ぬぞかなしき、よみ人しらず）

「うつせみの―」、一切衆生の住所にたとへたり。玉（傍記「魂魄」）はとゝまらぬ物也。下の心は無常を忘れなと也。

四四九詞書（かはなぐさ）

「かはな草」、三ケの大事一つ也。

四四九（うばたまの夢になにかはなぐさまんうつゝにだにもあかぬ心を、深養父）

「烏羽玉の―」、恋の歌也。夢に見ても何かなぐさまん。現《ウツヽ》に逢てさへあかぬにと也。下の心は、是も欲心《ヨクシン》のふかきをいさめて也。

四五〇詞書（さがりごけ）

「さがりこけ」、この字すむもあり。さがりこけは蘿。石、岩木なとにとり付てさがる也。蘿の字、つたと云字なる程につたの事ならん歟と也。

四五〇（花の色はたゞひとさかりこけれども返す返すぞ露はそめける、利春）

「花色は―」、花の色はこけれとも返々露がそむると註あれとも、或抄に花の色の一さかりこいと云は、花の色はたゝ一さかりあたな色とみゆれとも、露は返々随分情を出してそめたる心也。一さかりあたなるとの心也。下の心は、人の志《コヽロザシ》をはよくうけよ。花の色はこくてある程に露のこゝろさしをはうけまいと云はわろし。

四五一詞書（にがたけ）

「にがたけ」

四五一（いのちとて露をたのむにかたければ物わびしらになく野べの虫、滋春）

「命とて―」、虫の命のはかなきは露を命とする。それかはかなくて鳴らんと也。

四五二詞書（かはたけ）

「かは（「は」傍記「ワ」）たけ」、竹台と云て、禁中にも有。寺社にも有。私の家にもあり。清涼殿の前にかは竹、にが竹をうへらるゝ也。是をうゆるは雀をとめて其声を聞て朝居せまいと云事也。

四五二（さ夜ふけてなかばたけゆく久方の月ふきかへせ秋の山かぜ、景式王）

「さよ更て―」、中央過て西へ行月也。名残おしみて山風に吹かへせと也。

四五三詞書（わらび）

「わらひ」

四五三作者（真せい法師）

「真せい法師」、前のには濁てあり。是には清《スン》で声を付てあり。静の字を付猶濁さうなる事也。前のは衣の玉の詞書にあり。字付て無故不知と也。是は清て声あり。不審なる事也。前の人と同人歟、別人歟。猶可考也。

四五三（煙たちもゆとも見えぬ草の葉をたれかわらびと名づけそめけん、真静）

「けふりたち―」、題は蕨《ワラビ》。此歌は藁火《ワラノヒ》也。わらの火をたくと見て云たる事也。

四五四詞書（さゝ、まつ、びは、ばせをば）

「さゝ、まつ、ひは、はせう葉」
四五四（いさゝめに時まつまにぞ日はへぬる心ばせをば人に見えつゝ、紀乳母）
「いさゝめに―」、時まつは可トレ逢思時を待也。恋の歌也。いさめ（いさゝめカ）はしはしの間の事也。しはしの間も逢事のなくて日を経《へ》たる也。心はせをは人にみえつゝとは、少の間になましいに人に待と心ばやせ（心ばせカ）をしられて、待つけもせぬ也。下の心は、手にもとらぬ事を必と思なとのあしき事との教也。万葉に「いさゝめに今もみてしか秋萩のしなひにあらぬいもかすかたを」（万葉、二句「今もみがほし」四句「しなひにあるらむ」）
四五五詞書（なし、なつめ、くるみ）
「なし、なつめ、くるみ」
四五五（あぢきなしなげきなつめそうき事にあひくる身をば捨てぬものから、兵衛）
「あちきなし―」、思ひ入てみよと也。うき事に逢たる度々、身をはすてもせて何をなけくそと也。つめそは、積る心也。つもらかしそと云心也。
四五六（浪の音のけさからことにきこゆるは春の調やあらたまるらん、清行）
「浪のをとの―」、清行は大納言康人の子也。けさから、ことにはしつかにきこゆると也。
四五七詞書（いかゞさき）
「いかゝさき」
四五七（かぢにあたる浪のしづくを春なればいかゞさきちる花と見ざらむ、兼覧王）
「かちにあたる―」、うちしきりてかちにあたる波を見て、心か春に成たる程に花とみいではと也。
四五八作者（あぼのつねみ阿保経覧）

「阿保《アホ》（「保」左傍記「ヲ」）―」、「ほ」ともよめとも、「を」とよむよし。
四五八（かの方にいつからさきにわたりけん浪路はあとも残らざりけり、経覧）
「かのかたに―」、かのかたとは行へき方也。友舟のさきへ行たるに跡か残らぬと也。
四五九（浪の花おきからさきてちりくめり水の春とは風やなるらむ、伊勢）
「波の花」、波の花のおきから咲をおもしろいと見て、水の春をなす物は風の所行なると也。
四六〇詞書（かみやがは）
「かみや川」、今のかい川（川ニ濁点アリ）也。北野の辺也。紙すきの上手をきてすかせられし所也。
四六〇（むばたまのわが黒かみやかはるらん鏡のかげにふれる白雪、貫之）
「むはたまの―」、聞えたる分也。
四六一詞書（よどがは）
「よと川」
四六一（あしひきの山辺にをれば白雲のいかにせよとかはるゝ時なき、貫之）
「あし引の―」、山家の体也。雲なりともはれよかし。故郷を隔つる程にと也。
四六二詞書（かたの）
「かたの」
四六二（夏草のうへはしげれるぬま水のゆく方のなきわが心かな、忠岑）
「夏草の―」、心の行へき方もなきと云心也。沼水の行かたもなきといはん為の序歌也。後日仰、心の行へき方のなきとは、なぐさむ方のなき義也。

四六三詞書（かつらのみや）

「かつらのみや」、うつまさにある桂宮院也。秦《ハダ》氏の立たる寺也。

四六三（秋くれど月のかつらのみやはなる光を花とちらすばかりを、忠）

「秋くれは《（ママ）》―」、諸木共花がさけば実がなる物なるが、月の桂は光を花とちらしたるはかりにて実ならぬ也。みやはなるとは、ならぬ也。

四六四詞書（百和香）

「百和合《ヒヤクワカウ》」、あはせたき物の名也。漢、武帝の時、月氏国より初て進上の物也。

四六四（花ごとにあかず散らしし風なればいくそばくわがうしとかは思ふ、よみ人しらず）

「花ことに―」、一本二本などちらしたらは、さもあらんに、諸木ともにちらす程にうらみふかしと也。下の心は、物につよくかけしろふをいさめたる也。

四六五詞書（すみながし）

「すみなかし」、双紙の表紙なとにあり。墨を流したる物也。砂《ス》ながしは砂をなかす也。砂《ス》なかしより仕出したる物也。

四六五（春霞なかしかよひぢなかりせば秋くるかりはかへらざらまし、滋春）

「春霞―」、雁の名残ををしみて、霞の中のかよひちなくはかへらじと也。中しのしはやすめ字也。文字数たらぬ程にをきたる也。

四六六詞書（おき火）

「をき火」、火鉢の火也。

四六六作者（みやこのよしか都良香）

「都《ト》良香《リヤウカウ》」

四六六（流れいづる方だに見えぬ涙がはおきひむ時やそこはしられん、良香）

「流出る―」、ついに底の見えぬ涙川も塩干の時はそこかみえんと也。大かたの時は底がしられじと也。

四六七詞書（ちまき）

「ちまき」

四六七（のちまきのおくれて生ふる苗なれどあだにはならぬたのみとぞきく、千里）

「のちまきの―」、後にうへたる田也。種《タネ》をまく時がをそき程にうゝる時もおそし。惣別遅速ある物なるが何も後はひとつに成也。田の実をもたせたる也。下の心は、人の学文《（問）》なとするを云。晩学にても捨《（スツ）》なと也。

四六八詞書（「はをはじめ、るをはてにて、ながめをかけて時の歌よめ」と人のいひければ、よみける）

「はをはしめ―」

四六八作者（僧正聖宝）

「僧正聖宝」、正のわきによせて小書に書事は定家付たる事也。此集を奏覧の時は僧聖宝とあり。極官をあらはさん為にわきに付たる也。弘法第一の弟子、東大寺の別当にふせられたる者也。

四六八（花のなか目にあくやとてわけゆけば心ぞともに散りぬべらなる、聖宝）

「はなのなか―」、目に満足するかと分入れは、方々へ散て猶あかぬ事也。一切の事、それざんまいに成てならては、しられざる事也。

仮名序

明暦三年二月七日、「歌の心をもしれる人わつかにひとり、ふたり也き。しかあれと、これかれえたる所えぬところ、たかひになんある」。此所まで御講談。

(和歌《やまとうた》は、人の心を種として、万の言の葉とぞなれりける)

「やまとうたは－なれりける」、こゝまてか歌の大すちめを取て云たる也。大和に種々の義あり。やまとは此国の名、又、歌は此国の風也。此国をやまとゝ名付たる事は、天地いまた不レ定して泥土にてありし時、水土かはかず。皆人山にとゝまりたり。其故に山にとゝまる故に大和と云也。やまあとと云やうに云、可然。まの字の跡にあの字通する也。山は至誠の義也。いたりてまこと也。心さしあつくあつまりて高き心也。志のあつき処には一切の事成就する也。又、大和歌はおほいにやはらく也。小に対したる大に非す。三国に通する大也。月氏国の梵字を漢字に和け、それを又やはらくる故に大和と云也。天竺震旦の梵字漢字をさとりしる心也。

又、大和と云一義に、大は古より今に至る心、和と云は神代の和か今におよほす心也。乾坤一切に及す和を大と云也。山跡歌と云を面にして、大にやはらぐは、をのつから属《ショク》する也。歌は万のことはざの初也。心さしの行ところ也。風俗のをこり也。我国のことわざなる也。心にあるを志と云。言にあらはるゝを詩と云。志の行処か歌也。歌は万事のをこり也。人の心をたねとすと云は誰そと云に、国の常立の尊也。それより今日に至る歌也。人々具足したる歌なれとも、本来は法界の歌也。是により和歌にもるゝ事なし。万民の心、起居動静になる事もみな卅一字のことわさ也。無始かうかゝりより今日にいたるまて、皆人の心を種とする也。よろつのことのはとそなれりけると云は、一・生二《（二ヲ生ジ）》・二・生三・三・生万物《（万物ヲ生ズ）》より云。此一段大助目《（筋）》也。

（世の中にある人、事・業しげきものなれば、心に思ふ事を、見るもの聞くものにつけて、言ひいだせるなり）

「世中にある人―」、ことわしきけきとは、真名序に、人之在世不能無為心也。無為は大為也。卄一字に成たる事、歌のすたれたる心也。気に含てあるか天下にみち〳〵たる歌也。黒白をわかち五味をなめしりなとするも、ことわさ也。君の民を思、臣の君をうやまふはかりにてなくて、一切のことわさ皆歌也。さる間、見る物聞物につけていひ出せると也。云ひ出す事、皆歌也。

（花に鳴く鶯、水に住むかはづの声を聞けば、生きとし生けるもの、いづれか歌をよまざりける。）

「花になくうくひす―」、是は人倫にかきらす、生をうけたる有性のもの皆此ことわさ（「さ」傍記「リ」）ある也。生・非生共に也。鶯と蛙とをとり出す事は春来て其心さしを早く感する物なる故也。「初春の朝毎にきたれとも」（古今和歌集頓阿序注、初春のあした毎にはきたれども逢はでぞかへるもとのふるすに）なとの古事なとにかゝりて云に非す。たゝ鶯蛙の声、皆歌と云也。十界依正も皆一仏性也。さある程に愁楽にあつかる物、皆歌也。花の色、水の声、皆歌と也。

（力をも入れずして天地《あめつち》を動かし、目に見えぬ鬼神をもあはれと思はせ、男女のなかをもやはらげ、猛き武士《ものゝふ》の心をもなぐさむるは、歌なり）

「ちからをもいれすして―」、此段は歌の徳をあぐる也。事理の二あり。事はわさ、理は道理也。（金葉）「天河なはしろ水にせきくたせあまくたります神ならは神」能因此歌にて雨をふらし、（続後撰）「千早振神の北野に跡たれて後さへかゝる物や思はん」定家卿此歌にて式子内親王の虚名をゆるされたる也。チカタ将軍の事。（古今和歌集頓阿序注）「土も木も我大君の国なれはいつれか鬼のすみかなるへき」紀友則、此歌にて伊賀の国にて人をとりたる鬼こと〳〵く退散したる事あり。かやうの事、皆事にあらはれたる事也。理の義は、天の徳は地にあらはれ地の徳は人にあらはる。心に感する所か則、天地をうこかす也。天地は我をひらき、我は天地をひらきたる物也。天地人、隔なき也。志をのべ、心をせんとする事也。天地隔れは事不成就也。家の下に草木生も天地隔りて不成就故也。めにみえぬ鬼とは常の鬼に非す。鬼神は宗廟也。宗廟は魂也。魂は心の事也。心にあはれむか、鬼神のあはれむ心也。諸社にかけて云へは、日神は此国の宗廟、住吉玉津嶋人の祖神に非すと云事なき也。歌は諸神の納受する道なれは疑なし。又、悪鬼悪神と云物も人の心を不出物也。我心の邪をさくれは鬼神に通せずん（「せずん」傍記「ゼイデ」）は不叶。いかれは邪神、よろこべは善神と成也。おとこ女の中をもやはらぐると云は天浮橋の下にて事也。此外、例あまた有へし。たけきものゝふの心をもやはらくると云は、必兵革《ヘイカク》を帯《タイ》するはかりに非す。心の和せぬ者はものゝふ也。不和をやはらくるか、歌の徳也。泥中のむはら（茨）、笑の中にいかりをかくすやうの、胸中の和せぬ武士をやわらくるか、歌の徳也。為明卿歌に「思ひきやわかしき嶋の道ならてうき世のことをとはるへしとは」（太平記）と云歌にて、水火のせめをものがれたると云事あり。かやうの心か、ものゝふの心をもやはらくる心也。

（この歌、天地の開けはじまりける時より、いで来にけり。天の浮橋のしたにて、女神男神となりたまへることを言へる歌なり）

「この歌あめつちのひらけはしまりける―」、劫初《ゴッショ》の義さうなれとも、劫初の義に非す。歌の、詞にあらはれたる時の事也。天の浮橋の下にてうましおとこにあひぬと云より、ことをこりたる也。

小（傍記「左」）注に「あまの―」、小注の事は先世間沙汰には四条大納言公任卿注と云。当流には貫之作と云。女《ムスメ》に書てやる時に細《コマカ》に書てやらんとて、此注を書たると也。それを書伝てあり。奏覧の本には無。他流義、紀貫之は不書、子細は注に兼盛か歌ある程に、公任卿作と云よし也。貫之承平の比まて居たる。其比廿はかり也。されとも六義に叶たる歌なる程に兼盛歌を小注に貫之書入たる也。惣して古今は貫之心にまかせて書たる也。御門崩御の後、歌なと書加る程に貫之小注無子細。公任と云説も其分にして不捨して可シレ直（置カ）と也。

（然《しか》あれども、世に伝はることは、久方の天《あめ》にしては下照姫《したてるひめ》に始まり、下照姫とは、あめわかみこの妻《め》なり。兄《せうと》の神のかたち、丘谷《をかたに》にうつりてかゞやくをよめるえびす歌なるべし。これらは、文字の数も定まらず、歌のやうにもあらぬことどもなり。）

「しかあれと―」、此歌の以前、天浮橋の下の歌ある。然れとも世につたはる事はの心也。しかあれともとは、そうあれとも也。伊弉諾、伊弉冉の歌はあれとも、あめわかみこの歌を用る事は、人の世に二神の御歌はあまり遠き故、人に近きを用ると也。天地《アメツチ》の初るは天神七代の初を云。天稚みこの事、抄にも日本紀にある分を仮名に和けて書てあり。日本紀を見れはすむ事也。長き事不入事也。

「せうとの―」、味耜高彦《アチスキタカヒコネ》の神也。抄に歌とものせたり。

（あらがねの地《つち》にしては、すさのをの命《みこと》よりぞおこりける。ちはやぶる神世には、歌の文字も定まらず、すなほにして、言の心わきがたかりけらし。人の世となりて、すさのをの命よりぞ、三十文字あまり一文字はよみける。すさのをの命は、天照大神のこのかみなり。女と住みたまはむとて、出雲の国に宮造りしたまふ時に、その処に八色の雲のたつを見て、よみたまへるなり。や雲立つ出雲八重垣妻ごめに八重垣作るその八重垣を）

「あらかねのつちにしては―」、天地人の歌を云たる心也。天《アメ》の歌は下照姫の歌、あらかねの土にしては地の歌、いつもの国八雲立歌也。すさのをのみことは日神の兄也。女は稲田姫《イナダビメ》也。女とすまんとて出雲国に宮つくりし給ふ也。千早振神代には、至て神代には心はかり通《トウ》して、よくきこえぬ也。文字の数も不定也。然間こゝには書のせず。天地人の内の人の歌、人の世と成てと云、人の歌也。神代なれとも人の世となりてと云也。八色の雲とは前にも奇瑞の雲立たる。今も又、立たる也。漢高祖の所へ呂大后の尋てをはしまゝ（「ゝ」傍記「しゝ歟」）時、何として御尋ありたると尋給時、季《キ》の所レ住、常有雲気、それを見て参たると答え申されたると也。此古事其やうなる心也。素盞鳴尊のすみ給ふ所によつて八色の雲立と云。職分の八職にあてゝ云事あり。神道に沙汰の無事也。八雲立の歌は一二句は序分也。序歌の心也。三句より其意趣ををこす。「つまこめに八重かきつくるその八重かきを」とかさねて云たるは念比に云はんため也。八重かきつくるは宮室をつくるを云。玉葉恋二(大津皇子)「あしひきの山のしつくにいも(「いも」傍記「君、抄」)まつとわれ立ぬれぬ山のしつくに」大伴(ママ)皇子。此歌例也。

(かくてぞ、花をめで、鳥をうらやみ、霞をあはれび、露をかなしぶ心・言葉おほく、様々になりにける)

「かくて花をめて―」、すさのをのみことの卅一字の歌から、をこりて也。昔は其事にあたりて心を述るはかり也。其後心万端になりて、花鳥をあはれみ露をかなしむ心を発《ハツ》して也。世のくたる体也。

(遠き所もいでたつ足もとより始まりて年月をわたり、高き山も麓の塵土《ちりひぢ》よりなりて天雲たなびくまで生ひのぼれるごとくに、この歌も、かくのごとくなるべし)

「とをき所も―」、千里始レ自二足下一、高山起於微塵と云心也。人の心をたねと云事、花をめてとりをうらやみ、かすみをあはれみ露をかなしふ(「ふ」傍記「ム」)より道のさかひさま〳〵になる也。ちりひち(ひち中間ニ傍記「ン」)、ひの字少はぬるやうによむ也。六塵の心あるへき歟と也。

(難波津の歌は帝の御初めなり。おほさゞきの帝、難波津にて、皇子ときこえける時、春宮をたがひに譲りて、位につきたまはで三年になりにければ、王仁といふ人のいぶかり思ひて、よみてたてまつりける歌なり。「この花」はむめの花をいふなるべし)

「なにはつの歌は―」、仁徳の初め也。小注に「おほさゝきのみかとの―」。応神天皇の崩御之後、御代を宇治のみこにゆつらんと申給也。大さゝきのみこは宇治のみこよりは兄なれともゆつりなきによりてつかれましきとて、御位につかれず。宇治のみこは兄をさしをきてはつかれましきとて、つかれす。此間三年に成ぬ。さて宇治みこ我あれはこそとて神変を以てかくれられたる也。其後も猶御位につかれ給はて有けれは、天下のなけきを王仁いふかしく思ひて此歌をよむ也。宇治のみこの薨せられたる時、難波のみこ行て棺《イカレ》をたゝきて詞をかはされたる事、神変の子細也。

「なにはつにさくや此花―」、歌の心はそへ歌の所に沙汰あり。王仁は応神天皇の時、高麗より来、我朝の文道の師也。此者のかやうに歌よむ事、此道の本意也。来りと来り、生れと生れたる者歌をよまぬはなし。聖徳太子の「い（拾遺、しなてるや片岡山にいひに飢ゑて臥せる旅人あはれ親なし）ひにうへて」もさやうの事也。

（安積山の言葉は采女のたはぶれよりよみて、葛城王を、陸奥へつかはしたりけるに、国の司事おろそかなりとて、設けなどしたりけれど、すさまじかりければ、采女なりける女の、かはらけとりてよめるなり。これにぞ、おほきみの心とけにける）

「あさか山のことのはゝ―」、小注に子細くはしくあり。（万葉、安積山影さへ見ゆる山の井の浅き心をわが思はなくに）此歌は為相嘉禄本に書入たると云子細ありて不二書のせ（「のせ」傍記「載」）」。

「あさか山―」、此詞、此井はみる所はあさきやうなれとも深き也。田舎《イナカ》人のならひにて志のあさきやうなれとも、あさく思はぬと也。右に水を以て左に盃をもつて、大君のひざをたゝくに心とけたる也。是か此道の和の道也。

（この二歌は、歌の父母のやうにてぞ、手習ふ人のはじめにもしける）

「此ふたうたは―」、父母とは天神地神の歌をこそ云はんを、此二首の歌を入る事、徳のいたりたる故如此云。又、男女のよみたる故に父母にあたりたる也。父母の子を思ふに、父はをもんばかり遠くて、つゐには身をおさめ世をたもたん事をいさめ、母はふかきいたりなし、一旦《タン》のいさめ也。王仁、君をいさめたるは天下のいさめ、采女は一旦のいかりをやめて一国のにて、当意の心をなくさめたる也。しばらくの事也。是か父母に叶也。昔は色葉の奥に此二首を書。源氏若紫に、また「難波津をたにはか〳〵しくつゝけ侍らぬ」とあり。しか〳〵手習もせぬの心也。これらにていろはの奥に書事しれたる也。こゝまては人の心をたねとしてより次第に道ひろくなりて徳のたかき事を云たる也。

（そもそも、歌の様六つなり。唐の歌にも、かくぞあるべき。その六種《むくさ》の一つには、そへ歌、おほさゞきの帝をそへたてまつれる歌、「難波津に咲くやこの花、冬ごもり今は春べと、咲くやこの花」と言へるなるべし）

「そも／＼歌のさまむつなり」、六也は六義也。勿論毛詩六義。からの歌にも、詩に六義ある事也。

「そへうた」、第一がそへうた也。風の歌也。日本にそへ歌と云。毛詩、風は諷也。風を以てをしへたる心也。風はかたちも色も無《ナイ》物なるが、ふく物にしたかひてあらはるゝ也。毛詩序に、上以風化下、下以風刺（「刺」右傍記「ソシル也」左傍記「シ」）上。たとへば初て国をたもつ人か、ありやうのことはりのまゝでは、人民の心をなびかせがたき也。調法《テウホウ》をして人の心をやはらぐる也。下から上をいさむるは其恐《ヲソレ》ある程に以《スレ》風と也。王仁かいさめたるも上を風したる也。

「なにはつにさくやこの花―」、なにははよろつの事と云はん為。「つ」は人民のあつまる所、里と云やうの事。一天下ををさめられん君也。梅のしはし冬こもりて不咲やうの心也。春の気をうけて波風ををさめ、うれへをやめられよとのいさめ也。宇治御子は冬にたとへ、難波のみこは春にたとふ。冬尽れは必春に成るといさめて也。定家卿、御門の御気色少あしかりし時、青雲天上にはありなから時にあはぬ事をかなしみて、（千五百番歌合）「あはれにもそらにさへつるひはりかなしばう（「しばう」傍記「芝生」）のすをは思ふ物から」俊成卿のそへ歌也。

（二つには、かぞへ歌、「咲く花に思ひつくみのあぢきなさ、身にいたづきのいるも知らずて」と言へるなるべし。これは、たゞごとに言ひて物にたとへなどもせぬものなり。この歌、いかに言へるにかあらん。その心えがたし。五つにはたゞごと歌と言へるなん、これにはかなふべき）

「ふたつにはかぞへ歌」、賦。賦は量《リヤウ》也。称《シヤウ》也。秤《ハカル》同字はからひかそふる心也。又くばるともよむ。かそへ歌と何として云そなれは、物にたとへもせで我ことはりをつぶ／＼と云をかそへ歌と云。

「さく花に思ひつく身の―」、此歌を小注によくかなへりともみえず。第五に云へる「いつはりのなき世なりせは」の歌かなふへしと也。尤叶そうなる也。此歌も我身と花とをかそへあけてつふ／＼と云たる。我身をはかるほとに叶へき也。

（三つには、なずらへ歌、「君に今朝あしたの霜のおきていなば、恋しきごとに消えやわたらん」と言へるなるべし。これは、物にもなずらへて、それがやうになんあるとやうに言ふなり。この歌、よくかなへりとも見えず。「たらちめの親のかふこのまゆごもり、いぶせくもあるか、妹《いも》にあはずて」かやうなるや、これにはかなふべからん）

「みつにはなすらへ歌」、比。比は類也。方《ハウ》也。并《ヘイ》也。たくらぶる、なぞ（「ぞ」傍記「す」）らふるなとよむ。類をとつて云。あいてを取出してなすらへる心也。

「君にけさ―」、霜のきゆると我身のきゆるとを云。

小注「たらちめの―」、物にもなすらへで（「で」右傍記「濁他」左傍記「清当」）、前のかそへ歌の小注にこれはと云所をうけてこれはと云。かうことといはん為におやと云、まゆこもりのやうに家の内にゐるやうの心也。これをなすらへて也。此歌なすらへによく叶。たゝし、「君にけさ―」、此歌も霜のをくを我身のおき行比《(に比しカ)》、霜の消を我身のきゆるに、二ところまてなすらへたる也。此歌も叶へき也。

（四つには、たとへ歌、「わが恋はよむとも尽きじ、荒磯海《ありそうみ》の浜の真砂はよみ尽すとも」と言へるなるべし。これは、万の草木鳥けだものにつけて、心を見するなり。この歌は、隠れたる所なむなき。されど、はじめのそへ歌と同じやうなれば、すこし様をかへたるなるべし。「須磨のあまの塩やく煙、風をいたみ、思はぬ方にたなびきにけり」、この歌などや、かなふべからん）

「よつにはたとへ歌」、興也。ほめつ、そしつ《(りカ)》つ也。風はかくしてそしる。興は少かくして云心也。

「わか恋はよむともつきし—」、小注にこれは万《ヨロツ》に草木鳥獣につけて心をみするなりとあり。何事にもたとへて云也。

小注「この歌はかくれたる所なんなき」。この詞何ともきこえにくゝ合点しにくき事なると也。「此歌はかくれたる所なし」とは、我恋はの歌の事也。此歌かくれたる所なし。興は少かくすによりてかくれたる所なしと云也。されともすこしさまをかへたると云事、心得にくき事也。毛詩注に比は顕に、興はかくるとあり。此わか恋の歌、かくれたる所なし。され共此歌のせたる事は第一のそへ歌とたとへ歌と同しやうなる故、かくれたるたとへをもっていはんすれ共、同しやうなる故、あらはなるをもって云と也。是かあたらぬを「されと」ゝ云也。貫之序を書時分、不㆓見出㆒ゆへ、さある程にたとへのある歌を書也。たとへに叶へとも十分に非す。そのとかを云歟。

「すまのあまの—」、恋の歌にて、しかも恋の歌とあらはには不見。たとへ歌もよく叶たる也。風の歌はいたりてふかき歌ゆへ、ちよつとは不聞。それゆへ大さゞきの御門をそへたてまつれると子細を注して書。

六義の内、初の三はいたりてふかし。後の三は少ふかし。風は外物にたとへ、比はならべてとる。興は風景にすがりたる心也。詩の六義と歌のとは各別也。歌のは詩からは出ぬと也。難心得事也。

(五つには、たゞごと歌、「いつはりのなき世なりせば、いかばかり人の言の葉うれしからまし」といへるなるべし。これは、事のとゝのほり正しきをいふなり。この歌の心、さらにかなはず。とめ歌とやいふべからん。「山桜、あくまで色を見つるかな、花ちるべくも風ふかぬ世に」)

「いつゝにはたゝことうた」、雅は正也。素也。あらはにいさきよく物のそのまゝにてくもらぬ心也。

「偽のなき世なりせは—」、小注はとめ歌とやいふへからんとあり。とめ歌は文字の上をとめて書たるやう也。それを書たると思ふやうの事也。雅をたゝことうたと云は、たとへをもからぬ也。かそへ歌は一切の恋、述懐をたゝことによむ事也。此たゝこと歌は、君のまつりことなとな（「な」傍記「あ歟」）りかたき事をよむを云。

小注「山桜あくまて色を―」、平兼盛歌。たとへもからす、まつすぐによむ時代のめてたきをよみたるほとに叶。

定家卿心には偽の歌をよきと思。風かふけともちらぬか根本、花かちらぬかとうたかひあるほとにあしきと也。

（六つには、いはひ歌。「この殿はむべも富みけり、さきくさの三葉四葉に殿造りせり」と言へるなるべし。これは、世をほめて神に告ぐるなり。此歌、いはひ歌とは見えずなんある。「春日野に若菜つみつゝ万世《よろづよ》をいはふ心は、神ぞ知るらん」、これらや、すこしかなふべからん。おほよそ、むくさにわかれん事は、えあるまじき事になん）

「むつにはいはひ歌」、頌はうたひあぐると云心也。

「このとのはむへもと云けり―」、小注に、「これは世をほめて―」、毛詩に美《ホメテ》二盛徳ノ形容ヲ一、以テ二其成功ヲ一、告《マウ》ス二神明一者也。此心也。此とのはの歌、神に申ところみえす。それによりていはひ歌とは不レ見と也。さき草は檜の木の異名也。みつはよつは、三棟四棟也。玉楼金殿の事也。

小注「かすか野にわかなつみつゝ―」、此歌神につぐる心ある也。此とのはの歌もいはふ所ふかき程に神につくる事、をのつからこもらんと也。

小注「おほよそむくさにわかれん事は―」、此心はちよつときゝたる所は、六くさのわかれん事はなりかたき事と難じたるやうなれとも、さには非す。何の歌も六くさをはなれては別にはあるましいと云心也。此小注は先は貫之か書之。公任書たるにしても、聖人作して賢人述すと云事あり。大かた聖人の云たる事は、賢人述たる事もある程に其類なるへし。

（今の世の中、色につき、人の心、花になりにけるより、あだなる歌はかなき言《こと》のみいでくれば）

「いまの世中色につき―」、今の世中と云は、人の心をたねとしてと云、いにしへより時くだりて、今の世中に色になりて、正道かすたれて世のみたれかはしく成たるをなけく也。当代をさすに非す。かやうになりくだりたるに、此聖代に道をえらまれたると云はん為也。此集をえらまれ教戒のはしとなりたる心と也。巧言令色の心也。真実なく云ちらすを云。地《（持）》統文武の時分、盛なりしか、やう〳〵すたれて、又当代道をこさるゝ也。あたなる歌は実のなき歌、はかなきは思慮もなきの歌也。

（色好みの家に埋《むも》れ木の人知れぬ事となりて、まめなる所には、花すゝきほにいだすべき事にもあらずなりにたり）

「いろこのみの家に―」、色このみは実もなくなり、まめなる所には和の道がかくるほとに、道のたえたる事をなけく心也。花実闕《カケ》ては道のおこなはれぬ事也。まめなる所にはいひ出しもせぬ也。時にあはぬ道なる程に云いたさすと也。巻て懐にしたる心也。

（その初めを思へば、かゝるべくなむあらぬ）

「そのはしめを思へは―」、上古の事也。まへはかくはなかりしと也。上古の人の心は、をのつから正直にて、歌の道も教戒のはしたる事をまもる。遊宴好色のかたには不用。

（いにしへの世々の帝、春の花の朝《あした》、秋の月の夜ごとに、さぶらふ人々をめして、事に付けつゝ歌をたてまつらしめたまふ）

「いにしへの代々の御門」と云は当代もこもる事也。ことにさふらふ人と云は、ことにを毎の字は不用。殊の字也。ことさらにの心也。

（あるは花をそふとて便《たより》なき所にまどひ、あるは月を思ふとてしるべなき闇にたどれる心々を見たまひて、さかし、おろかなりと、知ろしめしけむ）

「あるは花をそふとて―」、花をそふは花を尋ぬる心也。花を尋ね月をもてあそふにも、人の心の賢愚有へし。只大方に尋ね惜むは世のことはり也。花ゆへたよりもなき山に入、しるへもなき所にまよふは愚痴の人のする所也。月花の歌よまむ人のたよりもなく詮もなき名所なとよみ入る事愚痴也。世をまもらん臣下も雪月花をみて、それにてんぜられて身をかへりみぬは、愚痴なる人間なるほとに、賢愚をしられん為也。月花の折々に歌をよまさせられて、人の心を分別ありて、相応々々にめしつかはれん為也。君の臣をえらはるゝ道也。歌は心の発する所にて、人の本心をあらはす所也。もろこしにも詩文をつくらせ及第をさせ、政をさせ給と也。歌人は情欲をはなれて執《シウ》をとゝめぬ事也。月花の当意一念々々にて二念をとゝめさる事也。然れは情欲をはなれたる物也。

（然《しか》あるのみにあらず、さゞれ石にたとへ、筑波山にかけて、君をねがひ、喜び身に過ぎ、楽しび心に余り、富士の煙によそへて人を恋ひ、松虫の音《ね》に友をしのび、高砂・住江の松も相生ひのやうにおぼえ、男山の昔を思ひいでて、女郎花の一時をくねるにも、歌をいひてぞなぐさめける）

「しかあるのみにあらす」、是より此集の事を云。君の臣をしろしめすのみにあらすと云事也。又、臣下たるものも、物々にわきまへさとり知らん事と也。

「さゝれ石に―」、千秋万歳をよろこふ也。

「つくは（「は」傍記「清」）山に―」

さゝれ石（古今三四三、わが君は千世にやちよにさゞれ石の巌となりて苔のむすまで）「君か代は千世にやちよに―。」つくば山（古今一〇九五、筑波嶺のこのもかのもに蔭はあれど君がみかげにます蔭はなし）「つくはねのこのもかのも―」。此二首、此集に入たる歌也。

此二首の事共也。さゝれ石、つくは山と云は二つを対にして云たる也。

「よろこひ身にすき―」、心は君をあふけは如此、悦なると也。臣下たる人の一生の作法也。悦身にすき（古今八六五、うれしきを何につゝまん唐衣たもとゆたかにたてといはましを）「うれしさをなにゝつゝまむ―」。よろこひ身にすき、たのしみ心にあまりたる心也。

「ふしの煙によそへて―」、思ひのふかき時は、をよひなきふしの煙にたとへて心をくたく也。ふじの山（古今五三四、人しれぬ思ひをつねにするがなる富士の山こそわが身なりけれ）「人しれぬ思ひをつねに―」。

「松むしのねに―」、はかなき物につけて友を忍ふ也。大小のたとへ也。松むしのねに（古今二〇〇、君しのぶ草にやつるゝふるさとは松虫の音ぞかなしかりける）「君忍ふ草にやつるゝ―」。

「高砂住江の松も―」、大海をへたてゝあいをひのやうにと云は、あいをひにてなき事、あいをひのやうなると云所よく聞えたり。海山対にして也。あいをひのやうにはさかへたる也。「末あいをひになひくわか草」宗祇。相生の心は二条家に無、相遂也。（古今九〇八、かくしつゝ世や尽くさん高砂の尾上に立てる松ならなくに）「かくしつゝ世をやつくさん」（古今九〇五、我見ても久しくなりぬ住江の岸の姫松幾代経ぬらん）「我みても久しくなりぬ」（未詳）「きしに生てふ松ならねとも」。

「おとこ山のむかしを―」、男と女とを対して書たる也。文章の匂ひと云物なると也。男女もおとろへ行ならひ也。何にもいたつらになるならひなるほとに、はかなき事に成行にも歌をよみてなくさむと也。（古今八八九、下句「をとこ山さかゆく時も有りこしものを」）「今こそあれ我も昔は―」（古今一〇一六、秋の野になまめきたてる女郎花あなかしがまし花もひと時、遍昭）「秋の野になまめきたてる―」（古今二三七、女郎花うしろめたくも見ゆるかな荒れたる宿に一人立てれば、兼覧王）「女郎花うしろめたくも―」此等之心也。男山に女郎花子細あると云事、こゝには不用也。

（また、春の朝《あした》に花のちるを見、秋の夕ぐれに木の葉の落つるをきゝ、あるは、年ごとに鏡の影に見ゆる雪と波とを嘆き、草の露、水の泡を見て、我が身をおどろき、あるは、昨日は栄えおごりて、時を失ひ、世にわび、親しかりしもうとくなり、あるは、松山の波をかけ、野中の水をくみ、秋萩の下葉をながめ、暁の鴫の羽がきを数へ、あるは、呉竹のうき節を人に言ひ、吉野川をひきて世の中を恨み来つるに、「今は、富士の山も煙たゝずなり、長柄の橋も造るなり」と聞く人は、歌にのみぞ心をぞなぐさめける）

「又、春のあしたに―」、春のあしたに花のちるを見とは、以前によのことわさを云たる。それを猶くはしく云はん為也。飛花落葉を見ても常見をいさめたる也。不定の恨也。世の不常を云。こゝはいつれの歌にても。

「あるはとしことに―」、わか身のほとなくおとろへたるをなけく也「行年のおしくもあるかな―」（古今三四二、ゆく年の惜しくもあるかなます鏡見るかげさへに暮れぬと思へば、貫之）。

「草の露水のあはを―」、消を待間の程ない事を云たる也。草の露、水のあは等を我身になすらへて也。此まてうらめしき物のことはり也。「露をなとあたなる物と―」（古今八六〇、露をなどあだなる物と思ひけんわが身も草に置かぬばかりを、惟幹）。

「あるはきのふは―」、盛者必衰のことはりをなけく也。世にわひと切て、したしかりしと読へし。

「あるは松山の―」、松山の波は世の変化の心、人の心のかはる事也。末の松山の事を、心にもちて也。

「野中の水を―」、むつましき人のうとく成たる人をしたふ心也。「いにしへの野中のし水ぬるけれと―」（古今八八七、いにしへの野中の清水ぬるけれどもとの心を知る人ぞ汲む）此歌の心也。

「秋はきのした葉を―」、「秋萩の下葉色つく今よりそ―」（古今二二〇、秋萩の下葉色づく今よりや、人ある人のいねがてにする）。我いねかての時、人を思ひやりてあはれむ心也。

「暁のしきのはねか（「か」傍記「清」）きを―」、こゝにては、はねかきのかの字清てよむ。こぬ夜の数をかそへて身を恨たる事、「暁の鴫の羽が（「が」傍記「濁」）きも」（古今七六一、暁の鴫の羽がき百羽がき君が来ぬ夜は我ぞ数かく）―」の心也。

「あるはくれ竹の―」、人の心か口舌かましく、うきふしをなやますを云。「今さらに何生出ん竹のこの―」（古今九五七、今更になに生ひいづらん竹の子のうき節しげきよとは知らずや、躬恒）。此等の心也。

「よしの川をひきて―」、春の花、秋の木はの落るをみて無常をうらみたる心也。此詞の下は無常を観したる心也。うらむるはなくさむ也。うらみをはれてなくさむ心也。「流てはいもせの山の中に落る―」（古今八二八、流れては妹背の山の中に落つる吉野の河のよしや世の中）。

「いまはふしの山も―」、煙たゝすの所、冷泉家、当流（傍記「二条家」）のかはりあり。冷泉家には不立也。当流には不断也。煙立やます、つきぬ心也。「ふしのねのならぬ思ひにもえはもえ―」（古今一〇二八、富士の嶺のならぬ思ひに燃えば燃え神だにけたぬ空し煙を、紀乳母）。

「なからのはしも―」、聞えにくき事也。橋を作る事也。尽の字に非す。なからの橋のくちはてたるを作り改て中興の義也。道ある世にてかやうに不レ改事もある程に、よろこばしく思て歌をよみて心をなくさむと也一覧。ふしの山の煙は昔は人の思ひのある時は立。無時は不立也。今は人の思不絶故は不断の煙なる程に思の支証に難成。なからのはしは身のふるき事のたとへに云が、是も新く成程にかひなくてたゝ歌にのみなくさむと也。よしの川をひきかけてうらみとはなくさむ心也。たゝ歌より外に心をなくさまんやうなしと也。東常縁は不立・不断両義を用。為家よりうけたる故也。為家は不立事何としたる魔しゃうか云出したるそと申たる也。二説共に伝へたるは、本説異説共に伝へたる心也。基俊不立申説分明候也と被書たり。続古今恋五「人しれす恋わたるまにくちにけりなからの橋も又やつくらん」前大納言隆房。作り改たる心なるへしと也。此序には此集の歌を以て書たる事多けれ共、ことはりは序を以て云。本歌を以てあらぬ事を云か歌也。歌をよむ心也。序を本にすへしと也。

（いにしへよりかく伝はるうちにも、奈良の御時よりぞ広まりにける）

「いにしへより―」、いにしへより今まてつたはりたる道也。此ならは文武也。惣してなら七代と云は元明天皇より光仁まて也。元明天皇和同（銅）三年に奈良へ都うつされて、それより奈良の都と云。聖武は東大寺を建立し給也。万葉集をえらまれ給。仏法歌道共御そう（崇）敬にて徳いかめしくましますに故、聖武を奈良のみかとゝ云。されとも是は文武天皇也。

（かの御代《おほむよ》や、歌の心を知ろしめしたりけむ）

「かの御代や―」、人丸、聖武の時には不逢也。然間、文武と見る。文武と見る也。人丸か道を聖武にさつけたると云事なし。文武の時、師範として道をこされたる事かくれなき事也。立田川行幸の時、文武、人丸同やうの歌ありし事証拠也。文武は元明より先なる故、奈良へ都をうつされぬ以前の事也。文武は奈良の内にてはなけれとも、元明より一代さきなる故なすらへて也。又、淡路廃帝《ハイタイ》を除て文武より七代と云。人丸は和歌の大聖也。君臣合体の政をさせられたる也。是文武也。定家は奈良を文武と云。俊成古来風体、ならと云は大仏を作られたる聖武とあり。

定家は此古来風体を俊成作には非と云。為家は古来風体にはあやまりあると云たるは、定家の亡父の作には非すと大やうに云たるには、一きはをとりたると也。

（かの御時に、正三位《おほきみつのくらゐ》柿本人麿なむ、歌の聖なりける）

「おほきみつのくらゐ―」、金紫光録大夫也。生のあつて死のなきは弘法、死のあつて生のなきは天神、生死共に無は人丸也。人丸歌道を天下に発する事、釈尊出世して説法をなすか如し。貫之又人丸を師とする事、此仏法を龍樹菩薩、釈尊を師とするか如し。しからは貫之を龍樹菩薩に比する也。

（これは、君も人も身をあはせたりといふなるべし）

「君も臣《ヒト》も―」、君臣合体の事よき時節に生れ逢たると也。

（秋の夕べ竜田河に流るゝ紅葉をば、帝の御目には錦と見たまひ、春の朝《あした》吉野の山の桜は、人麿が心には雲かとのみなむおぼえける）

「秋の夕、立田川になかるゝ紅葉をは、みかとの御めにはにしきと―」、にしきと見給事、勿論也。文武「立田川（古今二八三、竜田河もみぢ乱れて流るめり渡らば錦中やたえなむ）紅葉みたれてなかるめり―」此御製也。

「春のあした、よしのゝ山のさくらは人丸か心には雲かと―」、花を雲かと云歌は必なけれとも、帝の御歌に対して合体をあらはさん為也。文章のにほひに書。猶奥にて沙汰あり。文武、人丸は於和歌、大聖也。紅葉を押て錦と見、桜をさゝへて雲と見るは偽る心あるやう也と難あり。偽にては無。錦、雲に似たるを見たる也。聖人は不三凝一滞セ於物ニ二、而能与レ世推シ移ルと云如く、似たる所そのまゝ詠し出す事大聖也。

（又、山の辺の赤人といふ人ありけり。歌に、あやしく妙なりけり。人丸は赤人が上《かみ》に立たむ事かたく、赤人は人麿が下《しも》に立たむ事かたくなむありける。奈良の帝の御歌、「竜田川もみぢ乱れて流るめり、渡らば錦中や絶えなん」。人麿、

「むめの花それとも見えず、久方の天《あま》ぎる雪のなべて降れれば」「ほのぼのと明石の浦の朝霧に島隠れゆく舟をしぞ思ふ」。赤人、「春の野にすみれつみにとこし我ぞ、野をなつかしみ一夜《ひとよ》ねにける」「和歌の浦に潮みちくれば、潟をなみ、葦辺をさして鶴《たづ》鳴きわたる」）

「山辺の赤人―」、此二人、於歌道等同の義也。たへなるは奇妙なる也。人丸は文武の御師範にて正三位になりたり。位にをいては差別あれとも、歌の位には等同と云義也。

小注「立田川―」、此五首内当意即妙の歌也。

「梅花―」、疎句の歌。梅雪共賞したる也。

「ほの〳〵と―」、筆を下すに不及。

「春のゝに―」、野遊の心也。

「和歌のうらに―」、かたをなみは、水辺の潟と方の字いつれも用。作意は方の字まさらんと也。赤人歌は自然めつらしき也。人丸歌は、たまき（傍記「環」）のはし（「はし」傍記「端」）なきかことしと也。

（この人々をおきて、又、すぐれたる人も、呉竹の世々にきこえ、片糸のよりよりに絶えずぞありける）

「この人々を―」、ならの御門の時分の大むねの歌人の事也。此人々とさすは、人丸、赤人也。より〳〵にたえぬ也。

（これよりさきの歌を集めてなむ、万葉集と名づけられたりける）

「これよりさき―」、さき不審。未決と定家勘ものにあり。何《イツ》よりの事とも不知也。古今よりさき相なると云心と見えたり。万葉集と名つけられたりける。是は「名におふ宮のふることそこれ」（古今九九七、神無月時雨降りおけるならの葉の名におふ宮のふるごとぞこれ、有季）の歌の所にて聞えたり。

（こゝに、いにしへのことをも歌の心をも知れる人、わづかに一人二人なりき。然《しか》あれど、これかれ、得たる所

・得ぬ所、たがひになむある）

「こゝにいにしへのことをも歌の心をもしれる人わつかにひとりふたりなりき―」ひとりふたりとはあれとも、遍昭を初て六人の事也。六人をほめて云たる也。其内にも、えたる所えぬ所、人々に得失ある也。

（かの御時よりこの方、年は百年《もゝとせ》あまり、世は十継《とつぎ》になん、なりにける）

「かの御時よりこのかた―」、万葉集をえらはれたる時分のやうに聞ゆれとも、さうではなし。文武の時分を指して也。冷泉家には継帝《ケイタイ》を十代に合て年は百年あまりに定て此時分と云。当流に文武。延喜より継帝《ケイタイ》を十代にして年百年也。文武より十九代、年は百年あまりと云へとも、二百年あまり也。然共、代十九代、年は二百千《フタモヽチ》なと云はゝ、文章の匂ひなくて宜からす。然間、大やうに十つぎ百年あまりと云。僧正遍昭以下六人の事を一人二人と云。真名序には二、三人と書。其類也。「年は―」、文武をさす。

（いにしへのことをも歌をも、知れる人よむ人、多からず）

「いにしへのことをも―」、歌のをこり、上古の事を知たる人多くはなしと也。

（今この事を言ふに、官位《つかさくらゐ》高き人をば、たやすきやうなれば入れず）

「今このことを云に―」、高位の人なとは、をそれある程に批判を用捨したる。殊勝の事也。

（そのほかに、近き世にその名きこえたる人は、すなはち、僧正遍昭は、歌のさまは得たれども誠すくなし）

「近き世にその名きこえたるは、すなはち僧正遍昭は―」、近き代の作者を論する也。遍昭は歌のなりすがた残所なく、しかも花をもかねて有へき程の事はたらいたるやうなれとも、少まことすくなし。定家に後鳥羽院の、此六人の内にてはいつれかと御尋ありし時、遍昭を取出して申。真少《マコトスクナ》きを如何と仰なれは、それこそ歌と申物なれ、物いはぬ花紅葉に物をいはするを歌と申、定家勅答。尤と也。

（たとへば、絵にかける女《をうな》を見て、いたづらに心を動かすがごとし。「浅みどり糸よりかけて、しら露を玉にもぬける春の柳か」「蓮葉《はちすば》の、にごりにしまぬ心もて、何かは露を玉とあざむく」「嵯峨野にてむまより落ちてよめる、名にめでて折れるばかりぞ、をみなへし、我おちにきと人に語るな」）

「ゐにかける―」、何共御講なし。

「あさみとり―」、此作者の歌を上《アゲ》て、まことすくなき事を見せたる心也。此歌当意即妙の事也。柳かは、哉也。

「はちすはの―」、あさむくは愛する事也。

「さかのにて馬―」、馬より落とこゝにては書は、此やうなるいそかはしき折にも歌道の事を忘れぬ事見せん為也。

論語「造次必於ㇾ是、顚沛必於是」。歌人は如此あるへき事也。

（在原業平は、その心あまりて言葉たらず。しぼめる花の、色なくてにほひ残れるがごとし。「月やあらぬ、春や昔の春ならぬ、我が身一つはもとの身にして」「おほかたは月をもめでじ、これぞこの積れば人の老いとなるもの」「ねぬる夜の夢をはかなみ、まどろめば、いやはかなにもなりまさるかな」）

「在原のなりひらはその心あまりて―」、余情の事也。詞たらすは少いひとゞけぬやうの事也。詞たらすは詞次になりたる心也。是も歌をよむ人の教也。遍昭が詞を以、業平よみたらは上手たるへし。此六人の失をあげたるは人丸を本にして云。人丸の歌をほめん為也。人丸は環《タマキ》の端無きか如し。それにたくらへて各一つ宛闕《カケ》たる事を批判したる事也。

「月やあらぬ―」、此歌恋部心きこえたる也。大かた此雑の歌と沙汰ありし也。大かた此歌、業平歌の内にては一生涯の内の一首とも云へき歌と也。俊成は、月やあらぬの歌をほうびしたる也。

「ねぬる夜の―」、恋部に沙汰あり。

（文屋康秀は、言葉はたくみにて、そのさま身におはず。いはば、商人《あきひと》のよき衣《きぬ》きたらんがごとし。「吹くからに野べの草木のしをるれば、むべ山風をあらしといふらむ」「深草の［帝の］御国忌に、草深き霞の谷にかげかくし照る日のくれし今日にやはあらぬ」）

「ふむやのやすひては―」、あき人（傍記「アキンドトヨムヘシ」）。詞たくみにして物をかまへて云たる所は尤是に不過。うらみ所はどこぞなれは、さまがいやしき也。あき人の衣服は相応可然也。よききぬを着《キ》たるは不相応也。

「吹からに―」、こゝにては、野へと也。秋の部の時は秋とあり。秋部になをして入たるを見せん為に、こゝにては野へと書分る也。是はたくみに余情ある体なれども尋常《ヨノツネ》には無歌也。

「草ふかき―」、是はたくみにも余情もある歌也。

（宇治山の僧喜撰は、言葉かすかにして、初め終りたしかならず。いはば、秋の月を見るに、暁の雲にあへるがごとし。「わが庵は都のたつみ、しかぞ住む、世を宇治山と人はいふなり」よめる歌多く聞えねば、かれこれを通はしてよく知らず）

「うち山の僧きせんは―」、心はさやかなる秋の月をみるに、暁かた俄なる雲のかゝりたることし。思ひところありと云は、初終たしかならすとは、「人はいふなり」の、結句のやうなる事也。

「我いほは―」、前にくはしくあり。

「よめるうた―」、一首をもつて批判する事如何なれとも、先以之、云也。末の集きせん歌と云て多入てある。あやまりなるへし。

（小野小町は、いにしへの衣通姫の流なり。あはれなるやうにて、強からず。言はば、よき女《をうな》の悩めるところあるに似たり。強からぬは、女の歌なればなるべし。「思ひつつぬればや人の見えつらん、夢と知りせばさめざらましを」「色見えで移ろふものは、世の中の人の心の花にぞありける」「わびぬれば身をうき草の根を絶えて、誘ふ水あらばいなんとぞ思ふ」。衣通姫の歌、「わがせこが来べきよひなり、さゝがにのくものふるまひかねてしるしも」）

「小野の小町は―」、此六人の内にては此作者難無様《ナンナキ》也。つよくなき女の様なる。尤なつかしき所、物すこき所も尤也。されともとゞかぬやうの所あり。たとへはよき女のなやむ所あるやうなると也。

「思ひつゝぬれはや―」、「色みえて―」、「わひぬれは―」、此三首恋部雑部に注くわしく聞えたり。

「我せこか―」、是はいにしへの衣通姫の流なりとある証拠に書。衣通姫は応神天皇の御孫、允恭《インゲウ》天皇の御寵愛ありし人也。

（大伴黒主は、そのさまいやし。いはば、薪負へる山人の、花のかげに休めるがごとし。「思ひいでて恋しき時は、初雁のなきてわたると、人は知らずや」「鏡山いざたち寄りて見てゆかむ、年へぬる身は老いやしぬると」）

「大伴のくろぬしは―」、心はあはれふかくやさしくて詞いやしき所あり。子細は道理をひし／＼と云つめたるやう也。道理にたらねは無心所着也。思ふ所をゆる／＼と幽《ユウ》に云か能姿也。此所肝要也。

「思ひ出て―」、「鏡山―」、鳴てわたると人はしらすやの下句いやし。上句は幽玄なる也。鏡山はいさ立よりてみてゆかんの所、少いやしと也。此六人の色々のたとへにのせたる歌、こと／＼く叶には非す。六人よみたる歌の大むねばかりに云のべたる也。山谷詩の序に詩人をあげて色々にひゃうじたる事あり。山谷の序を以て、此古今の序書と云、さには非す。時代遥に後の事也。きょいんと云物、書也。然とは同心に書事奇妙也。和漢通したる心也。

（このほかの人々、その名きこゆる、野辺に生ふるかづらのはひ広ごり、林にしげき木の葉のごとくに多かれど、歌とのみ思ひて、そのさま知らぬなるべし）

「この外の人々―」、此外のとは六人の事はかりをあげて書たる程に、この外の人、かづら・木のはのことくにおほかれどとは、六人の外の人也。これらは一向に歌悪きと云に非す。前に「世中、色につき、人の心花になり」なとある。耳目のもてあそびはかりにて、教誡の端となる真実の道理は無しと也。

（かゝるに、今、天皇《すべらぎ》の天下《あめのした》知ろしめすこと、四時《よつのとき》こゝのかへりになんなりぬる）

「かゝるに―、九かへり―」、当代の在位九年になる事を云。昨日今日の様なれとも、はや九年になる。徳が天下におほふと也。四の時は四季也。九かへりは九年也。

（あまねき御慈愛《おほんうつくしみ》の波、八洲《やしま》のほかまで流れ、ひろき御恵みのかげ、筑波山の麓よりもしげくおはしまして、万《よろづ》の政務《まつりごと》をきこしめすいとま、もろもろの事を捨てたまはぬあまりに、「いにしへの事をも忘れじ、古りにし事をも興《おこ》したまふ」とて、「今もみそなはし、後の世にも伝はれ」とて、延喜五年四月十八日に、大内記紀友則、御書の所の預り紀貫之、前《さき》の甲斐の少目《さうくわん》凡河内躬恒、右衛門の府生壬生忠岑らに仰せられて、万葉集に入らぬ古き歌、自らのをもたてまつらしめたまひてなん）

「あまねき御うつくしみ―」、くんをん《（君恩）》の博愛《ハクアヒ》也。聖徳をほめて云たる也。

「よろつのまつりこと―」、万《バン》きの政也。こゝに不審の立る事あり。和歌は教誡の端と云に、和歌の事を、もろ〳〵の事すて給はぬいとまとあるほとに、真実の事にはあらじと云へとも、遊ひたはぶるゝ事には非す。和歌は政の第一なれは、政たゝしき時は歌道もいらず。道をこなはせうずる為なれば也。歌道は万物のをこり、諸道の初め也。聖道の盛の時は和歌は不入也。「行有余力、則以学文」意也。余力ある時はもてあそばるゝ也。もてあそばるゝは政の為也。「あまりに」とは、行末にとゝまりて道の教へとなさん為に、集を残さるゝ事也。

「いにしへのことをも―」、歌は大道の時から始てをこりて二神、すさのおのみことも、以和歌、夫婦の和あり。

万葉以後撰集なき程に其道を発《ヲコ》して也。君子は、人の為国の為、用なき事をはもてはやされぬ物也。撰集なとも尤大要の心也。唐に十三経のあるも同心也。詩は政の名なりとある程に、歌も又、如其と也。聖道なるとて行ひごとも、其ていはかりは実に非す。心に仁があれは、をこなはぬとても行ふ道理也。仁をあらはす物は歌道也。

「延喜五年―」、此集の奏覧の年に非す。事の初りたる年也。さて集を撰《エラマ》らるゝ時は其前に打聞と云事あり。此古今集の打聞は続万葉集と云。真名序にあり。其集の名をは不レ云、別の名を云て、其後事調りて名かはる事也。何の集にもある事也。

「万えう集にいらぬ―」、かくはあれとも万葉に入たる歌古今に少々あり。延喜の時分まては万葉しか〳〵世に不二流布一。村上の時分、源順に仰て点をさせられたるより世にひろまる。古人の家の集を見て此集に入たる也。万葉に入たるを見て入たるに非す。然間、をのつから万葉と両方へ入也。

「みつからのをも―」、撰者何《(イヅレ)》もの、上へもかゝらふずれとも、先貫之申事也。御門の別勅によりて、袖ひちてなとの歌入たる、其様の事なるへし。

（それが中に、梅をかざすより始めて、ほとゝぎすを聞き、紅葉を折り、雪を見るにいたるまで、又、鶴亀につけて君を思ひ人をも祝ひ、秋萩夏草を見て妻を恋ひ、逢坂山にいたりて手向けを祈り、あるは、春夏秋冬にも入らぬ種々《くさぐさ》の歌をなん、えらばせたまひける）

「それか中に―」、えらませ給と云が聞よけれとも、はと濁付たる也。それかなかとは、古き歌自《ミツカラ》のをも奉る内。梅をかざすと云より、部立の事也。此くさ〳〵の歌をえらはせ給也。

（すべて千《ち》歌《うた》二十巻《はたまき》、名づけて『古今和歌集』といふ。かく、この度集めえらばれて、山下水の絶えず、浜の真砂の数多く積りぬれば、今は、飛鳥川の瀬になる恨みもきこえず、さゞれ石の巌《いはほ》となる喜びのみぞあるべき）

「すべて―」、あつめられたるを也。

「千歌―」、千首廿巻也。

「古今和歌集といふ」、毛詩序、周南関雎《クワンシヨク》詁訓伝とあり。其心にて名付られたる也。基綱筆の砂の外題、詁訓伝の字也。其外此二字種々の沙汰あり。題号の時ありし也。奥にても沙汰あり。詁は古也。古の字を以て今の事を明すと註あり。金へんにも書。

「山下水のたえす」、わづかの水も次第にあつまりて大になるは水也。如レ其此道もかすかなる所から末遠く絶まじと也。

「はまのまさこのかすおほく―」、つもりぬれはとは此集の千歌まてもあつめ調へられたる心也。

「今はあすか川―」、道は時いたりて、わたくしなく集なとえらひをかるれ、世の変化に逢ても此道は絶まし。然れはさゝれ石の巌となることの祝あるへしと也。

（それ、まくらことは、春の花にほひすくなくして、空しき名のみ秋の夜の長きをかこてれば、かつは人の耳に恐《おそ》り、かつは歌の心に恥ぢ思へど、たなびく雲のたちゐ、鳴く鹿の起きふしは、貫之らがこの世に同じくむまれて、この事の時にあへるをなむ、喜びぬる）

「それまくらことは―」、真名序には臣等とあり。貫之卑下の詞也。詞の匂ひなきを云はん為也。秋の夜のなかきとは、むなしき名のなかくとまらんと云はん為也。其長きをかこつ心也。

「かつは人のみゝにおそり―」、人の耳にとは、人の聞ををそるゝ也。

「歌の心に―」、これはおろかな分才《ブンザイ》にて此集をえらひたる事なと、恥《ハヂ》思ふ身をはゞかりたる卑下の心。又歌の心にはち思ふとは、歌は神明に通《トウ》する程に、恥思我身を卑下して也。

「たちゐなく—」、おきふしと云はん為、なく鹿と云。たちゐなくと云はん為、たなひく雲と云。たちゐ・おきふしと云はん為、たなひく雲・なく鹿は出たる也。皆文章のかざり也。かやうの枕詞のやうの物何程もあり。文章のつやに書事也。

「つらゆきらか—」、此君に逢て此やうなる集をえらひたるやうの事を、行住座臥、起居動静によろこふと云也。

「おなしくむまれて—」、撰者五人の心ある也。

（人麿なくなりにたれど、歌のこととゞまれるかな。）

「人丸なくなり—」、歌の道の人丸以後にも残たる、当朝をほめたる也。文王既没《ホツ》シヌレトモ、文不在斯の心也。さて貫之なくなりても、又歌は残らんと云心こもれり。

（たとひ、時移り事去り、楽しび哀《かな》しびゆきかふとも、この歌の文字あるをや）

「たとひ時うつり—」、此集の事を聖代の道か顕れて君臣合体して此集をえらはれたる程に、たとへ今の世かうつりて、いにしへに成共、此集末代までとまりたるへき也。

（青柳の糸絶えず、松の葉のちり失せずして、まさきのかづら長く伝はり、鳥のあと久しくとゞまれらば、歌のさまを知り、ことの心を得たらん人は、大空の月を見るがごとくに、いにしへを仰ぎて今を恋ひざらめかも）

「歌のさまをしり—」、花実をかねて道のたゝしきさまを知るを云。

「ことの心えたらん人は—」、此道相承したる人を云。此道相承したる人は、貫之か心にもかはらしと也。

「大空の月を—」、月をとり出すは一切のやみを照し、然も和する心ある程に也。又誰も月は翫ふ物なるほとに云出したる也。

「いにしへをあふきて—」、いにしへをあふくは天地未分以前、天照太神、すさのをの尊、今は文武也。臣は人丸より貫之にいたる心也。今は当朝をさす也。しかも古今の二字をあらはす也。

大歌所御歌

此巻は子細あつて廿の巻の終に置。十九巻の雑体も子細あり。余集にかはる事也。神道、王道、差別なく君も臣《ヒト》も一同にて天真也、独朗也。日月ト倶《トモ》ニ懸《カヽ》ツテ、与ニ鬼神一争《アラソ》フレ奥《フカ》キコトヲ文選。明ナル事ヲ如日月、深如鬼神ノ、是則天真と云理也。賀の部にも君を祈る心はあれとも、まさしく真実に祝。其故は天照太神の御孫瓊々杵尊《ニニギノ》を、此土のあるじとして、三種珍宝の内、鏡、我を見ることく思食《（オボシメス）》とありし。岩戸の前にて鋳たる鏡也。此界に悪神ありて従《シタガ》ひ不レ申時、春日大明神、先駈《サキガケ》をしてやめらる。天照太神は天子、春日は大臣になりて天下をまもらるゝ也。何時も合殿にくわんじやう（勧請）する事也。日神、天《アマ》の日嗣《ヒツギ》をうけて即位《シヨクヰ》ありて、新年の米穀を手自《テヅカラミヅカラ》供せられ、神をおろし奉られ天下安全を祈らるゝを新掌（嘗）会と云。天岩戸の開かれたる―、此事日本紀可勘知。王道の肝《カン》心也。神道・王道、歌道より出ざると云事なし。真心（天真カ）独朗は真実也。

此集に神祇、釈教部なし。十巻釈教、物の名と云声、仏名と云声通す、声をかりて也。廿巻は神祇の巻也。垂跡（迹）、和光の心なるへし。此巻を神祇と云子細は神を祝《イハヒ》、君を祝《イハ》ふ。真実の差別なき所、神の心也。その故神祇と心得る也。大歌所と云は、一条禅閣の唐に采詩《サイシ》と云官《クワン》をかれて風俗の詩を書集て献する役也。それに同し。風俗童謡をあつめ一国々々の治乱をしられん為也。所は壬生の東、土御門にある也。大嘗会、新嘗会、五節なとの舞姫《ブキ》を出す所也。舞ならはせらるゝ事也。

一〇六九詞書（大直毘《おほなほび》のうた）

「おほなほひのうた」、大直日。多大直。日の字無しにも大直とも。先此心は日神の御名也。是もやそまかつひの日、神なをひの日、大なをひの日と云。日の時節によりてかはる也。歌と云心はすなをなる歌と云心也。神の正直、すなをなる所を写し学ひたる故、心すなを也。万民のあをく天の日神を天子のうつされたる。それを万民うつしたる也。千歌廿巻も此外は不出事也。

一〇六九（新しき年の始めにかくしこそ千歳《ちとせ》をかねてたのしきをつめ）

「あたらしき―」、聖武、天平《ビャウ》十四年、正、十六、踏歌の節会に大黒殿《(ママ)》に出御ありて舞姫を御覧の時、大たの人が琴を弾したる時うたふ。あたらしきは年の始のみに非す。君か千とせの初と也。かくしこそは、如レ此こそ也。たのしきをつむ心也。行末を祝したる也。異説に正、十五日に宮内卿に郡臣か御薪《ミカマギ》をつむ。其木をつむと云説不用。日本紀の下句にて異説と云事あらはれたる也。

一〇七〇詞書（ふるき大和舞のうた）

「ふるきやまとまひの歌」、一国々の風俗也。駿河より出るはするかまひと云也。ふるきは延喜以前のやまとまひと云心也。一条禅閤の説、諸社神主が榊を取て舞、それを云と也。

一〇七〇（しもとゆふ葛城《かづらき》山にふる雪のまなく時なく思ほゆるかな）

「しもとゆふ―」、初五文字木の枝の事也。しもとゝ云は物を結鬘《イフカツラ》（「鬘」傍記「葛」）也。やまとまいの故にかづらきを云。拾遺に「しもとみるにそ身はひえにける」（拾遺集、老い果てて雪の山をば戴けどしもと見るにぞ身はひえにける）はそれはむちをもって咎人《トガ》をうつ事也。咎によって数があってうつ事五刑にあり。そのうつ杖をしもとゝ云也、此歌、表は恋の歌、下の心は君臣の事を云たる也。君を郡臣《(群)》が思ふ道隙無し。君も臣をめぐまるゝ隙なき事を云下句也。

一〇七一詞書（近江ぶり）

「あふみふり」、是は近江の歌也。ふりは曲の字。触の字は異説、不用。

一〇七一（近江より朝たちくればうねの野にたづぞ鳴くなる明けぬこの夜は）
「あふみより―」、是は、歌は羇中眺望也。朝とく起《ヲキ》て調物《ミツキ》を運《ハコブ》体也。鶴《ツル》が鳴程に夜か明たると也。郡臣の君へ奉公をするに、霧をはらひて起《ヲキ》て辛労をする心也。
一〇七二詞書（みづぐきぶり）
「みつくきふり」、あふみふりと云迄は一国の事也。是より一郷《ガウ》の風也。
一〇七二（水ぐきの岡のやかたに妹と我《あれ》とねての朝けの霜のふりはも）
「水くきの―」、ねての朝けは寝《ネ》た朝也。ふりは（「は」傍記「スム」）は霜の降《フリ》ざま也。霜のふりまてにて、「は」の字はたすけ字也。「わも」と云説あり。其時はふりまて也。いもとあれとは、妹《イモ》と我と也。わがと云事をあがと云。古歌にある事也。恋の歌と云説、旅の歌と云説あり。恋ならは起《ヲキ》出る時節の寒き事也。下の心は、君を思へは又御恩にあづかる程に妹とあるもやすきと云也。
一〇七三詞書（しはつ山ぶり）
「しはつ山ふり」、是も一郷の風俗也。近江にも豊前にもありと云。
一〇七三（しはつ山うちいでて見ればかさゆひの島こぎ隠る棚なし小舟）
かさゆひの嶋、所の名也。眺望の歌也。かさと云より、かくると云。下笠は身をかくす物也。たなゝし小舟は徳のなき身にたとへて也。君のとくのあまねきに、ふしやうの身を以て退く所を思と也。
「神あそひのうた」、是より神祇の神楽也。神あそひは神の自在にある也。
一〇七四詞書（とりもののうた）
「とりものゝ歌」、とりもの、九種あり。榊杖等也抄にあり。諸尊の持物に同し。不動・愛染なとの心也。

一〇七四（神垣のみむろの山の榊葉は神のみ前にしげりあひにけり）
「神かきの―」、みむろはみむろ山の名所に非す。神のむろ也。名所の山も是より名付たり。社頭にある山也。榊葉は神木也。神さひて物深き体也。感のある歌也。
一〇七五（霜やたびおけどかれせぬ榊葉のたち栄ゆべき神のきねかも）
「霜やたひ―」、八たひは数の多き也。何時も八つは数のかぎりにて、数の多に云。心は霜の深きに榊のかれぬを人の堪忍の心にたとふ。神のきねかもは神職の人を祝したる也。霜にいたまぬを神人の祝義也。
一〇七六（まきもくのあなしの山の山人と人も見るがに山かづらせよ）
「まきもくの―」、あなしの明神の神詠とあり。あなしの神は春日大明神の御ふくろと也。此あなしの山か嵐かはげしくて、参詣の人頭《カシラ》をかづらにてつゝむ也。風をふせぐ用也。かつらをもつて、まひて也。是へ参詣の人は何もかつらをかけよとの下知也。
一〇七七（み山には霰《あられ》ふるらし外山《とやま》なるまさきのかづら色づきにけり）
「み山には―」、是は日吉の神詠也。歌を撰て九品を立る時、上品の中の中品に撰ふ。中道の心を詠せられたる也。み山にはあられは、あらはるゝ心也。ふるらしは、世にふる心、まさきのかつらは、寿命長遠の心也。み山には霰降《フリ》て色付とも、不ㇾ動《ウゴカヌ》所、中道実相也。
一〇七八（陸奥《みちのく》の安達《あだち》のまゆみわがひかば末《すゑ》さへよりこしのびしのびに）
「みちのくの―」、是は八幡の御歌也。面はまゆみの木にて弓をそだてゝ也。取物の歌なる程に弓を詠する也。末は行末の事、忍ひ〳〵により来れ也。恋の歌也。
一〇七九（わが門《かど》の板井の清水さと遠み人しくまねば水草《みくさ》おひにけり）

「我門の―」、是はひさこ也。あんせん（「せん」傍記「前」）にひさこを参らするはとり物の心也。下の心はあまりに水清けれは、人か知らぬ道理也。みくさ生すれは徳あらはれず。ひとにくまるれは辛労なる心也。然れはくまれぬが徳也。又、或抄にひとにくまるゝはをだやかになし。我門は浮生の境界を放たる処也。里遠みとは、去紫陌紅塵之心也。水を心中にたとへたる也。徳と顕るゝは非徳、無事の境界を云。荘子に「才《サイ》全ケレハ徳不《ス》レ形《アラハレ》」。此歌まて、弓、ひさこ（傍記「杓」）、榊、かつら四色也。榊は不変。かつらは物に託《タク》せねは、そたゞ（ママ）す。弓は人にしたかふ。したかふ故に人にしたはるゝ也。杓《ヒサコハ》、物を憶持《ヲクヂ》する心也。たもつ義也。

一〇八〇詞書（ひるめのうた）

「ひるめの歌」、天照太神の別名也。

一〇八〇（さゝのくまひのくま河に駒とめてしばし水かへ影をだに見ん）

「さゝのくま―」、神楽は諸神をおろし申子細也。天照太神を勧請して、天へあがり給をしたふ心也。又神楽本歌に、(袖中抄)「いかはかりよきわさしてかあまてらすひるめの神をしはしとゝめん」此歌は聞えたる也。さゝのくまの歌はおもてに子細不聞。それにより、ひるめの歌と題に書也。さゝのくまは、さゝの生る所、ひのくま川は駒に水をかうべき所、駒は神馬と云て神の乗らるゝ也。日神の正直をしたふ心也。我心を神とひとしくと也。下句はしゐてしたふたる心也。

一〇八一詞書（返しもののうた）

「かへしものゝ歌」、是は呂の律へうつるを云。催馬楽、律の歌也。源氏物語に「あをやき、をりかへしうたひて」とあり。かやうの事也。

一〇八一（青柳を片糸によりてうぐひすの縫ふてふ笠はむめの花笠）

「あをやきを―」、此やうの事を云て鶯におふするか、歌と云物のすかた也。かやうに、はかなく云が、無事自然の理に叶事也。

一〇八二（まがねふく吉備《きび》の中山帯にせる細谷川の音のさやけさ）

「まかねふく―」、きびつ宮の神詠也。きびは備中、備の字斗《（バカリ）》を和名にきびと訓す。きびは鉄をふく所也。くろがね也。おひにせる、山のこしをめぐるか帯に似たると也。さやけさは清《キヨ》き心也。神の徳いたれは国（「国」傍記「君」）の徳いたる也。神楽（「楽」傍記「祝《ノット》」）の詞に「あはれ、あな面白、あななし、あなさやけ、をけ〳〵」と云事あり。さやと云はいさきよく心にくもりなき所を云。昔はかく大方に云て心に深く物をこめて云たる也。神国（傍記「深谷歟」）に徳の不至事無。世くたりて詞に祝をさきとしていへる事也。末世には詞はくはしく云やうなれとも、心にこめたる事すくなき故に心あさき也。

一〇八二左注（この歌は承和の御《おほん》べの吉備の国のうた）

「このうたは承和の御へ《ヲヽンベ》の」、御《ヲヲン》べは大嘗会のにへ（「にへ」傍記「贄」）をまいらせらるゝ事也。

一〇八三（美作《みまさか》や久米の佐良《さら》山さらさらにわが名は立てじ万代《よろづよ》までに）

「みまさかや―」、大嘗会の歌は名所にならす。此集のをは用也。歌の心は万代無事の心也。善悪共に名を立《タテ》ましき、無事の事也。

一〇八三左注（これは水の尾の御べの美作の国のうた）

「水のおの―」、清和也。此歌は悠紀方の歌也。悠紀方は管絃、主基方は一献也。

一〇八四（美濃のくに関の藤川絶えずして君につかへん万代までに）

「みのゝくに―」、歌は別の事なし。

一〇八四左注（これは元慶の御べの美濃のうた）
「元慶の御へ」、陽成院。是も悠紀方の歌也。
一〇八五（君がよは限りもあらじ長浜の真砂のかずはよみつくすとも）
「君か代は｜」、歌は聞えたり。
一〇八五左注（これは仁和の御べの伊勢の国のうた）
「仁和｜」、光孝天皇也。仁和のも黒主か歌とあり。
一〇八六（近江のや鏡の山をたてたればかねてぞ見ゆる君が千歳は、黒主）
「あふみのや｜」、おふみのやの、の文字はそへ字也。あふみやと云心也。是も延喜の時の歌也。たてたれはとは、つみたてたるやうの事也。聖徳の事を云はんならは、鏡の山をもとから立をきたるやうなると也。風の歌、こゝに黒主と作者を書は、当代を見せん為也。
一〇八六左注（これは今上の御べの近江のうた）
今《コン》上。きん上と云者もあると見えたり。きん上桂光院。慥不知事也。
「東《アツマ》歌」、此東歌は、神楽のも国ふりも交《マジ》りて此内にあり。仏法東漸《ゼン》とて東へすゝむ。日本武《ヤマトダケ》（ママ）の尊の東国をしづめ給て、神道も東漸したる也。花ハ落チ根ニ帰スと聖徳太子の御詞也。天竺は花、唐は実、日本は根也。
一〇八七詞書（陸奥歌）
「みちのく歌」、一国の風俗也。
一〇八七（あぶくまに霧たちくもり明けぬとも君をばやらじ待てばすべなし）
「あふくまの（「の」傍記「に」）｜」、恋の歌也。あふくまは名所也。逢所のくまに霧をしたる也。待か大義なる程に君をはやるまし。すへなしは、たよりなしと也。

一〇八八（陸奥はいづくはあれどしほがまの浦こぐ舟の綱手かなしも）

「みちのくの―」、此国に何程ありとも、たゞ爰《ココ》ぞと云心也。かなしもは愛する心也。舟を愛して也。

一〇八九（わがせこを都にやりてしほがまのまがきの島のまつぞ恋しき）

「わかせこを―」、まかきの嶋。待遠なれは恋しきと也。松を待の字にしたる也。恋の歌也。

一〇九〇（をぐろ崎みつの小島の人ならば宮このつとにいざといはましを）

「おくろさき―」、みつ（「つ」傍記「にこる」）の小嶋。人ならても岩木にも心をとむれは床しきと也。「人な（続古今）らぬ岩木もさらにかなしきはみつ（「みつ」傍記「水」）の小嶋の秋の夕暮」順徳院御製。

一〇九一（みさぶらひ御傘《みかさ》と申せ宮城野のこの下露は雨にまされり）

「みさふらひ―」、みさふらひは侍臣也。宮木野を禁中にしたる也。みやき野は勿論露のふかき所也。

一〇九二（最上川のぼればくだる稲舟《いなぶね》のいなにはあらずこの月ばかり）

「もかみ川―」、出羽国にあり。のほれはくたるは、水かはやくて舟のせかれて、舟のかしらのふるをいなと云やうなる也。此月はかりは一ケ月と云事に非す。いやではない、いかさま行末にと云心也。

一〇九三（君をおきてあだし心をわがもたば末のまつ山浪もこえなん）

「君をきて―」、松山に波の事は事ふりたる事也。此歌より初る。此七首は、或説、融公、河原院、塩竈を移して奥州名所を恋の歌によせてよまされたると云。いかさまも国ふりの歌也。此巻を天真と習つたへたるは、凡慮のはからるゝ事には非されとも、日月星も眼前にあれとも実所不被知。此巻の歌、或は風俗、或神楽、或恋、或は旅の歌也。恋の歌かとみれは君臣のことはり、神明の心をいへり。はかりがたき所を日月鬼神にたとへて定家卿かゝれたり。大方に思はん事に非す。第一の歌は天子の初を云。終の歌は天子の徳いたれる所を云。此集の眼目《ゲンモク》也。天真独朗の理をあふくならは此集はわきまへ知んと也。

一〇九四詞書（相模歌）

「さかみうた」

一〇九四（こよろぎの磯たちならし磯菜つむめざしぬらすな沖にをれ波）

「こよろきの―」、めさしは磯菜つむ器物也。うつは物を持によりて海士乙女を云。不レ至《イタラヌ》所なく君恩いたる故、あまのしわざまて心やすくする、かやうの時は浪も沖にをれと下知したる也。

一〇九五詞書（常陸歌）

「ひたち歌」

一〇九五（筑波嶺のこのもかのもに蔭はあれど君がみかげにます蔭はなし）

「つくはねの―」、このもかのもは、こなたかなた也。つくはねはかりにかきらす何方にも云。御かけ、陰の字を書。影の字は御影《ゴエイ》に似てあしゝ。

一〇九六（筑波嶺の峯のもみぢ葉おち積り知るもしらぬもなべてかなしも）

「つくはねの―」、滋《シゲ》き山のさまを見て、名を知も不知、あまねく愛する心也。上一人の心也。主君の心は遠近によらす、日の影の如く隔なくめくみある心也。

一〇九七詞書（甲斐歌）

「かひ歌」

一〇九七（甲斐が嶺をさやにも見しがけゝれなく横ほり臥《ふ》せるさやの中山）

「かひかねを―」、雪のいつもある所也。さやにもみしかは、さやかにもみてしかな也。みたきと思へともさやの中山かよこたはりてみえすと也。けゝれなくは、心なく也。かきくけこの相通也。「れ」は「ろ」也。よこほりを四郡と云説不用。土佐日記に八幡山よこほりと云、能証拠也。

一〇九八（甲斐が嶺をねこし山こし吹く風を人にもがもや言《こと》つてやらん）

「甲斐かねを―」、ねこし山こしは峯をこし山をこし也。上は旅の歌、故郷をしたふ也。風を人になして我思ふ事をことつてやり度《（タキ）》と也。下の心は君徳のありかたき所はをのつからつたはらんが、猶世上へ伝へたき也。誰もしらんずれとも也。

一〇九九詞書（伊勢歌）

「いせうた」

一〇九九（をふの浦に片枝さしおほひなる梨のなりもならずも寝てかたらはん）

「おふのうらに―」伊勢うたを東歌へ入る事、伊勢は東海道の初也。面は恋の歌也。実字は有もせよ、なくもあれ、先《（まづ）》寝てかたらはんと也。下の心は和の道を云。人には先和したき也。不レ和は何事も成就せぬ。君臣夫婦朋友いつれも和なくては也。和光同塵も其心也。

一一〇〇詞書（冬の賀茂のまつりのうた）

「冬のかものまつりの歌」、是は臨時のまつり也。宇多御門いまた王侍従と申ける時、賀茂のあたりにて鷹をつかひ給しに俄に霧ふりて道前後不見時、老人出て臨時祭をし給はゝ道しるべせんと云。我は王侍従と云て、位につかぬものなれは不知とて御りやうじやう《（領状）》なし。御領掌《（状）》ならは何共可レ成と有しに、霧はれてもとの道にかへり給。其後御位に付給て寛平元年十一月廿一日己酉《ツチノトノトリ》日始此祭あり。御使は時平公也。

一一〇〇（ちはやぶる賀茂のやしろの姫小松万世《よろづよ》ふとも色はかはらじ、敏行）

「ちはやふる―」、此歌を臨時の祭の時に舞人にうたはせられたる也。東あそび也。此歌軸に入たる事は延喜御門、此集えらひ給。然れは父御門神慮に叶はれたるを万代を祝したる也。かやうにある程に変《(約)》やくは有まじと御代を祝したる心也。

（家々称証本之本乍書入以墨滅歌　今別書之）

「家々称証本之本―」、他本は如此ありしを定家卿捨がたくて也。俊成相伝の時には此ことなし。

一一〇一（そま人は宮木ひくらしあしひきの山の山彦よびとよむなり、貫之）

ひくらし「そま人は―」、そま人の声に山ひこが答へたる心也。

一一〇二（かけりても何をかたまのきても見ん骸《から》は炎となりにしものを、勝臣）

おかたまの木「かけりても―」、かけるは天《アマ》かける也。魂の通する心也。魂のかける心也。

一一〇三（こし時と恋ひつゝをれば夕ぐれの面影にのみ見えわたるかな、貫之）

くれのおも「こし時と―」、歌心はいつも来りつけたる時分に待心也。

一一〇四（おきのゐて身を焼くよりもかなしきは宮こ島べの別れなりけり、小町）

をきのゐ、みやこしま「をきのゐて―」、火の中にゐて身をやくよりもかなしと云也。宮こ・嶋へと、嶋を切てみる也。宮こを出た時と、只今の別とかなしきの義也。

一一〇五（うきめをばよそめとのみぞのがれゆく雲のあはたつ山の麓に、あやもち）

そめとの、あはた「うきめをは―」、雲のあはの如くな也。山に住めはうき世の事はのかるゝ也。「月のかつらの宮はなる」（古今四六二）下。

一一〇六（けふ人をこふる心は大井川ながるゝ水におとらざりけり、よみ人しらず）
「けふ人を―」、しきりに恋しき心也。水のたぎるにおとらぬ也。
一一〇七（わぎもこに逢坂山のしのすゝきほにはいでずも恋ひわたるかな、よみ人しらず）
「わきもこか《（ママ）》―」、忍恋の心也。ほにには出すもと也。
一一〇八（犬上のとこの山なる名取川いさとこたへよわが名もらすな、よみ人しらず）
「いぬかみの―」、名取川此一首也。いさや川いさら川とはあり。若《（モシ）》まぎれたる歟と也。義無仰。
一一〇九（山科の音羽のたきの音にだに人のしるべく我がこひめやも、近江の采女）
「山しなの―」、我名聞《メウモン》かましく名は立まじと也。此歌は十三に入て有。こゝに又定家書入たる子細はと云に、前のいぬかみの返歌と云事をしらしめん為に書入たる歟。
一一一〇（わがせこが来べきよひなりさゝがにの蜘蛛のふるまひかねてしるしも、衣通姫）
「わかせこか―」、くものふるまひは蜘蛛のなすわざ也。手をさむるは凶、ひらくはよろこび也。蛛《クモ》のふるまいにて御門も御尋あるへきと也。衣通姫也。此御門は允恭《インゲウ》天皇也。御寵愛の姫也。
一一一一（道しらば摘みにもゆかむ住江のきしに生ふてふ恋忘れぐさ、貫之）
「道しらは―」、忘草は昨日まて有て今日はなき草也。
真名序は宣下なき故に不用。されとも難ㇾ捨て奥書のやうに書。用事は皆仮名序にあり。さしてやうはなけれとも也。
真名序

古今和歌集序　紀ノ淑望《ヨシモチ》

（夫和歌者、託其根於心地、発其華於詞林者也）

「夫」は発端の詞、根は初の心也。根は元也。

「心地」、梵網経に心地戒品とてあり。三業の内、意業を本とする故也。

「発其華―」、梅、桜、桃李も花不開、其木不被知。いはんや人倫にをいてをや。千草万木は色かはりうつろへとも、詞林は色かはりうつる事なし。人間―。

（人之在世、不能無為、思慮易遷、哀楽相変。感生於志、詠形於言。是以逸者其声楽、怨者其吟悲。可以述懐、可以発憤）

「人之在世―」、五ぎやう《(行)》の気あつまり身分をうけてより、このかた也。非生のものも天地のめくみうくる事は同しやうなれとも、人は五臓ある程に、はたらかいでは不叶也。下の詞に思慮易遷――相変と也。世間の所作なくては不叶。哀楽相変はたのしみ去、かなしみ来る心也。

「感生《ナリ》（「生」傍記「シャウジト云モアリ」）二於志一―」、歌の心の出来する事を云。感と云は、雪月花のおもしろきなと思ひよる故は感から生る也。

「逸」とは無事を云。うれいも無くかなしみも無が逸也。あながちたのしまんと思はね共、をのつから其声楽ム也。

「怨」、此字の心は一旦《タン》のあさき怨《ウラミ》也。恨の字は世々生々に不尽うらみ也。心にうらむる事あるは、かくせとも顕るゝ也。

「可《ヘク》二以テ述ツ一レ懐ヲ―」、歌は重宝の物にて心をあらはす物也。

（動天地、感鬼神、化人倫、和夫婦、莫宜於和歌）

「動天地―」、歌は我心の真実から出る程に正直也。さる間、鬼神の感もある也。
「化人倫和二夫婦一―」、男女の間、艶書の歌と云て有。女を嫁するに、先三年は女の親の所に聟に成て居て、後に男の方へ向へとる。其時歌をよむ。返歌の時親初て知。それを露顕の艶書と云。それより親ゆるす。伊弉諾伊弉冉尊のうき橋の下にての詠歌をうつす心なり。

（和歌有六義。一曰風、二曰賦、三曰比、四曰興、五曰雅、六曰頌）

「一曰風―」、風事を歌ふを云。賦義を布を云。比類を取を云。興物に感を云。雅政事を云。頌成功を云。

（若夫春鶯之囀花中、秋蟬之吟樹上、雖無曲折、各発歌謡。物皆有之、自然之理也）

「若夫春鶯―」、仮名序には鶯・蛙を書て、こゝには蟬を書。何も鳥虫しも歌をよまざると云事なき道理に叶ふ。何と云差別なし。それ故かへて書也。鶯・蟬の春秋の気《キ》を我知たるかほにもせす。をのつから鳴か自然の歌也。人には情があるによりて金言妙句も行道《カウ》に不叶、鶯・蟬にをとると也。

（然而神世七代、時質人淳、情欲無分、和歌未作。逮于素盞烏尊、到出雲国、始有三十一字之詠。今反歌之作也。其後雖天神之孫、海童之女、莫不以和歌通情者）

「神世世《（七）》代―」、七代には情欲《セイヨク》の分別なし。それをたとへて云はゝ、二葉にて花実を如《シ》レ不《ルカ》レ知。それ故和歌不《ス》レ興《ヲコラ》と也。
「素盞烏尊―」、伊弉諾・伊弉冉尊の事を素盞烏尊にふくませたる也。天照太神とは御兄弟也。実の夫婦に非す。夫婦の子細あり。邪正一如の所にて、煩悩を放れて菩提なき子細あり。悪神の口から出たる歌を末代の軌則（「軌則」傍記「矩範《キハン》」）となる。然れは善悪不二の所しれたる也。
「天神孫―」、彦火々出見尊也。一夜に生れられたり。孫は子孫の心也。

「海童之女《ノジョ》─」、豊玉姫也。以和歌通せられたる事、日本(日本紀)に子細あり。(日本書紀、神代下)「奥つもはへにはよれとも、さにとこもあたらゆかもよ、はまつちとりよ」

(爰及人代、此風大興、長歌短歌旋頭混本之類、雑体非一、源流漸繁。譬猶払雲之樹、生自寸苗之煙、浮天之波、起於一滴之露)

「爰及人代─」、歌の初めを立るは浅き様なれとも、払雲之樹、生㆑自㆓寸苗之煙㆒。歌も如此と也。

(至如難波津之什献天皇、富緒川之篇報太子、或事関神異、或興入幽玄。但見上古歌、多存古質之語、未為耳目之翫、徒為教戒之端)

「至如㆓難波津之什㆒─」、大さゞきの御門、王仁か、そへし歌の義也。

「富緒川─」、太子、達磨贈答の事也。

「神異」は神変の心也。

「入幽玄─」、歌はうつくしくなくてはと也。

「但─存古質之語」、古詩の事也。

「教誡─」、実の過たる心也。

(古天子、毎良辰美景、詔侍臣預宴莚者献和歌。君臣之情、由斯可見、賢愚之性、於是相分。所以随民之欲、択士之才也)

「古天子─」、文武を下心にふくませて也。かく云事、定家相伝也。

「良辰美景─」、雪・月・花・紅葉の折々也。

「宴莚」、和歌宴むしろ也。君の歌を読給也。臣の奉るも賢愚のわかるゝ道理也。

「随二民之欲一―」、諸人をさす。民百姓に非す。人発するを御覧あらん為也。

(自大津皇子之初作詩賦、詞人才子慕風継塵、移彼漢家之字、化我日域之俗。民業一改、和歌漸衰)

「自二大津皇子一―」、天武天皇也。天智・天武の間は大唐へしたしくて諸賦の作文、もっぱらにありし也。文学もっぱらにして、世間、詩なともてあそぶ。唐士の文学を以て日本を化渡《ケド》(化度カ)せんと思はれたる也。

「民業一《タビ》改―」、百姓に非す。諸人の業をさして也。世中、文字に成て歌道すたれたる也。

(然猶有先師柿本大夫者、高振神妙之思、独歩古今之間。有山辺赤人者、並和歌仙也。其余業和歌者、綿々不絶)

「然猶有先師柿本大夫―」、人丸を先師と云は、金剛仏弟子と云心也。千年万年隔ても心か一なれは師弟と云也。

「振神妙之思―」、凡慮をはなれたる所也。

「独歩古今之間」、跡にも先にも無事也。

「有山辺赤人―」、赤人をほめて人丸に相ならぶと也。

「其余に―」、(以下空白)

(及彼時変澆漓、人貴奢淫、浮詞雲興、艶流泉涌、其実皆落、其華孤栄、至有好色之家、以此為花鳥之使、乞食之客、以此為活計之謀。故半為婦人之右、難進大夫之前)

「変二澆漓《ケウリ》一」あぢはい、うすくなる事也。

「人貴フ二奢淫《シャイン》ヲ一―」、奢はをこり。淫は淫乱也。大友皇子以来、詩賦盛なれとも歌をすく物あり。綿々とは綿を引ごとくに不絶事也。彼時とは大友皇子の時也。

「浮詞」は根もなき詞也。

「艶流」はうつくしからする事也。

「其花孤栄《ヒトリサカフ》」とは艶流をさきとする義也。

「至有好色之家ー」、歌を花を結ひつけて艶なる文にする也。

「乞食《コツシヨク》の客ー」、家道の徳をあらはさぬ心也。

「難レ進二大夫之前一」、大夫の前とは五位已上の事を云。ぎゝとしたる所へは不被出と也。

（近代、存古風者、纔二三人。然長短不同、論以可弁）

「近代存古風ー」、撰者の内、二三人也。

（華山僧正、尤得歌体。然其詞華而少実。如図画好女、徒動人情）

「華山ノ僧正……其ノ詞ハ花《クハ》ニシテ」、仮名序に聞えたる也。

（在原中将之歌、其情有余、其詞不足。如萎花雖少彩色、而有薫香）

「在原中将ー」、是も仮名序の如し。彩色はさいしきの事也。

（文琳巧詠物。然其体近俗。如賈人之着鮮衣）

「文琳ー」、康秀也。

（宇治山僧喜撰、其詞華麗、而首尾停滞。如望秋月遇暁雲）

「喜撰ー」、何も仮名序に同し。停滞は、不首尾心也。暁と云所、肝要也。今少の所にて月の雲にあふ義也。

（小野小町之歌、古衣通姫之流也。然艶而無気力。如病婦之着花粉。大友黒主之歌、古猿丸大夫之次也。頗有逸興、而体甚鄙。如田夫之息花前也）

「小野小町ーー大友黒主」、仮名序にかはらず。別の事なし。

（此外氏姓流聞者、不可勝数。其大底皆以艶為基、不知和歌之趣者也。

「氏姓流聞」、氏々姓々也。流聞は其名きこゆる者也。

「皆以レ艶―」、歌をうつくしくして実を不知也。

（俗人争事栄利、不用詠和歌。悲哉々々。雖貴兼相将、富余金銭、而骨末腐於土中、名先滅世上。適為後世被知者、唯和歌之人而已。何者、語近人耳、義慣神明也）

「俗《ショク》人争テ事トシテ二栄利《エイリ》ヲ一―」、歌を読ても不入物と云て、世を渡らん事斗《（バカリ）》を詮《セン》にする者也。

「兼二相将一―」、相は大臣、将は大将也。官の至極也。大臣大将をかねても名は不残也。高位富貴は不入物也。名はくちやすしと也。

「適為ニ二後世一―」、歌人のみ後世に残す。其故は誰《タガ》耳にも近く入る物也。義慣《カナフ》二神明ニ一とは正直の道り《（理）》也。

（昔平城天子、詔侍臣令撰万葉集。自爾来、時歴十代、数過百年。其後、和歌弃不被採。雖風流如野宰相、軽情如在納言、而皆以他才聞、不以斯道顕）

「昔平城《ゼイ》ノ―」、弃不被採用と用の字の入たるもあり。仮名序に見えたり。和歌弃不被採とは、花鳥風月のもて遊《アソ》び物に成て、道のすたれたる心也。何も仮名序のことし。

「野宰相篁也、在納言行平也」、何も他才にて和歌にては名不顕と也。

（陛下御宇于今九載。仁流秋津洲之外、恵茂筑波山之陰。淵変為瀬之声、寂々閇口、砂長為巌之頌、洋々満耳。思継既絶之風、欲興久廃之道）

「伏テ惟《ヲモンミレハ》」、陛下《ヘイカ》は天子の御事也。御即位あつてより九年と云也。延喜御門也。

「仁」、慈悲の方也。

「茂二筑波山之陰一」、忍徳也。ほめて書たる也。

「渕変為瀬之声、寂々閇口」、訴《ウツタヘ》のなき程に閇口と云。渕変瀬と成とは道のなき所も道の出来てわたりよき心也。

「砂長―」、小ものゝ大に成心也。徳のいたりたる心也。頌の声は世の治《ヲサマリ》たる声。

「洋々満耳」、溢《アフレ》あまる程一はいに満《ミチ》たる心也。

「思レ継事ヲ二既絶之風一―」、当代をほめて也。

（爰詔大内記紀友則、御書所預紀貫之、前甲斐少目凡河内躬恒、右衛門府生壬生忠峯等、各献家集并古来旧歌、曰続万葉集。於是重有詔、部類所奉之歌、勒為二十巻、名曰古今和歌集）

「続万葉集―」、打聞の時は古今を如此云たり。打聞の名也。

「部類―」、四季恋雑と部立したるは、古今集初也。延喜御所望によつて也。勒《ロクシテ》と云は馬の轡を引たつるやうの事也。万葉は打聞の体にて部立なし。

（臣等、詞少春花之艶、名竊秋夜之長。況哉、進恐時俗之嘲、退慙才芸之拙。適遇和歌之中興、以楽吾道之再昌。嗟乎、人丸既没、和歌不在斯哉。于時延喜五年歳次乙丑四月十五日、臣貫之等謹序）

「臣等詞《マクラコトハ》少春―」、卑下の詞。

「嘲―」、世上の褒へん《（貶）》あらんと也。

「退慙―」、抄、世にほうへんせられんも理なると也。

「適テ二和歌之中興ニ一―」、再昌とは文武・人丸之後、当御代・貫之逢たる心也。君臣合体の心也。

「嗟乎」、さたん《（嗟嘆）》の詞。「文王既没、文不在斯」よく合たる語也。如此ある上は貫之後も絶ましきと也。

（此集家々所レ称。雖レ説々多一。且任二師説一。又加二了見一。為レ備二後学之証本一。不レ顧二老眼之不一レ堪。手自書レ之。

近代僻案之好士。以㆓書生之失錯㆒。称㆓有識之秘事㆒。可㆑謂㆓道之魔性㆒。不㆑可㆑用㆑之。但如㆑此用捨。只可㆑随㆓其身之所㆒㆑好。不㆑可㆑存㆓自他之差別㆒。志同者可㆑随㆑之。貞応二年七月廿二日癸亥　戸部尚書藤判。同廿八日。令㆓読合㆒訖。書㆓入落字㆒了。伝㆓于嫡孫㆒。可㆑為㆓将来之証本㆒。）（奥書は新日本古典文学大系本による）

「此集家々―」、本々不同也。

「且任師説」、基俊ヨリ俊成へ伝へ、俊成ヨリ定家へ伝。コレヲ云。

「又加了見」、相伝ノ本ニ無事ヲ書加タル事アルヲ云。墨滅歌ナト一所ニアツムル等《トウ》ノ事也。

「老眼」、七十斗《（バカリ）》ノ事也。

「失錯《セキ》」（左傍記「シッシャク、三藐院」）、書損ノ事也。いさ桜ヲイトサカリト書アヤマリタルヤウノタクヒ也。

「但、如此用捨―」、広大ノ書ヤウ也。ナンヂハ、ナンヂヲセヨ、我ハ我ヲセンノ心也。此本、為氏ニサツケタル本也。

（巻末余白に）

そへ、かそへ、なすらへ、たとへ、たゝことや、いはひ歌とそ六くさをはいふ

（第三冊了）

古今集御聞書（寛文聞書）（東山御文庫蔵）

寛文聞書凡例

一、底本は東山御文庫蔵『古今集御聞書』（勅封六二、一一、一、一、五、一〜二）写本二冊である。第二冊目（五の二）が法皇御講釈当日の書留（清書本）であり、第一冊目（五の一）は追記と思われる。追記は、他書からの転記（三八紀氏系図等）と法皇仰（七八二「祇抄宜歟」等）と思われる部分を含む。第二冊を「当座書留本」として先に載せ、第一冊を「追記本」として後に載せた。

一、翻刻方針は明暦聞書に準じるが、次の点が異なる。

①原文は、古今集歌を平仮名で、解説を片仮名平仮名の混淆文で書くが、解説部分を片仮名に統一した。

②濁点を私に付し（古今集歌を除く）、原本にある濁点は傍点（●）を付して示した。振り仮名の清濁は原本のママ。

③訓点は私に補足した。

一、寛文聞書（当座書留本）での講釈進行に関する記事は、原文が細字の場合も本文の大きさに統一した。

一、寛文聞書（当座書留本）は、古今集歌の欠字をカッコ付きで補った。寛文聞書（追記本）は、部分的歌句の提示であるので、カッコを付して古今集歌全文を補った（岩波文庫本による）。

一、カッコを付した注記等は私意によるものである。

一、寛文聞書（追記本）一〇〇三「おぼゝれん」など若干の語に圏点があるが、翻刻では省略した。

一、部立名・巻名に私に〈　〉を付した。

一、判読不能の字を□で示した。

古今集御聞書（寛文聞書〔当座書留本〕）（東山御文庫蔵　勅封六二、一一、一、一、五、二）

寛文四年五月十二日　先御文字読五首。

此集題号古今之二字ニ、サマ〴〵ノ義アリ。先第一義ニハ、ナラノ御門ヲ古ノ字ニアテ、延喜御門ヲ今ノ字ニアテヽカク也。其心ハ、文武天皇、此道ニ御志フカクマシ〳〵テ、人丸ヲ御師範トシテ道ヲ学バレタリ。今又延喜、貫之ヲ御師範トシテ此道ヲ御再興シ給。文武・延喜ヲ古・今ノ二字アツル事是第一義也。其外サマ〴〵義アリ。題号之事ハ、後〳〵モ沙汰アル事也。和歌ノ和ノ字ハ、此国ノ和国ノ和ノ字也。歌ハ風ノ心也。和歌ノ二字ハ此国ノ風義ト云心也。集ハアツムル也。古今風義ノ宜歌ヲアツムルト云心也。巻第《クワンダイ》ハ、第一第二ト次第ヲタテヽ、法度ヲマモル心也。惣ジテ此集ハ、ヨク法ヲマモル事、眼目也。

〈春ノ歌《ウタ》ノ上〉

春、上・中・下トワケタル時ハ、正月・二月・三月ト也。上・下ノ時ハ、上ハ正月ヨリ二月中旬マデノ事也。下ハソレヨリ末ノ事也。

一、年の内に春はきにけり一とゝせをこぞとやいはんことしとやいはん

此集ハ物ノ法度ヲタヾシクスルニ、サシムカヒタル立春ノ歌ヲハ不レ入シテ、何トシテ年内立春ヲ入タルゾト云ニ、君子ノ聖徳ノ早ク発スル心也。春ノ来ヲ恵ノ来ニ比スル也。年ニ先ダチテ春ノハッスル心ガ、聖徳ノハヤク発スル心也。歌ノ心ハ分明也。元方家集ニハ、「コゾトヤ思フコトシトヤ思フ」トアリ。貫之ガ古今ヘ入ル時、「コゾトヤイハンコトシトヤイハン」トナヲシテ入タル也。撰集ノ時、撰者ノ歌ヲアラタメテ入ル事、常事也。「コゾトヤ思フコトシトヤ思フ」トハ莫大ノ差別サウ也。

二、春たちける日よめる
是ガ元日ノ立春也。
二、袖ひちてむすひし水のこほれるを春たつけふの風やとく覧《ラン》
主上ニハ貫之ガ歌ヲ第一ノ巻頭ニ入ラレタク思召テ、此歌ヲ御所望也。サアレバ、マヘノ「年ノ内」ノ歌ヲ序分トミテ、此貫之ガ歌ヲ巻頭トミルガ●、此集ノ習也。ヒチテハ、ヒタス心也。当時ハヨマヌ詞也。心ハ、夏ノ間ハ専水ヲ愛スル事也。光陰ウツリテ水ノ氷タルガ面白カリシニ、又東風イタリテ、ソノムスビシ水ノ氷ヲ吹トク、言語道断ナル心也。惣ジテ古今ノ歌ニハ表裏ノ説アリ。此歌ノ裏ノ説ハ、聖徳ガ●アマネクイタリテ、氷ニトヂラレタルヤウナル、ナンガ●ンナル者ヲモ、聖徳ヲ以テ融通スルヤウノ心也。陽気ノ氷ヲ解ゴトクナルト云也。
三、題しらず、よみ人しらず
アマタノ義アレドモ、何ニモ書載事ナレバ、ナガ〳〵シサニ、サシヲク。御省略也。
三、春霞たてるやいつこみよしのゝよしのゝ山に雪はふりつゝ
春ノ気色ヲバ、先吉野山ニヲキテコソ、ナガメウスル事ジャニ、余寒ノ雪ガ降ホドニ、霞ノタツハイヅコモトゾト也。「ツヽ」トマリノ歌ハ、中々ノ五文字ノタグヒニテ、セウ〳〵ニテハヨマヌ事也。
四、雪の内に春はきにけり鶯のこほれる涙いまやとくらん
鶯ノコホレル涙ハ、ナカヌ心也。鶯モヲノガ時節ヲ待得テ、ウレヘヲ散ズル心也。
五、梅か枝にきゐるうくひす春かけてなけともいまた雪は降つゝ
此歌ヲバ、隔句ニミヨトナリ。梅ガ枝ニ鶯ハナケドモ、イマダ春カケテ雪ハ降ツヽト云心也。梅ヲモ、雪ヲモ、鶯ヲモトモニ興ジタル歌也。

六、春たては花とやみらん―

此歌ヨリ春ノ下ノ端五首、「空蝉の世にも似たるか」マデ御文字読。

〈春ノ歌ノ下〉

六九、春霞たなひく山のさくら花うつろはんとや色かはりゆく

ウツロフト云ハ、散ニテハナシ。盛ニカハリテ、チル事ノチカクナル事也。霞ガ花ニ映ジテ、霞ガフカクナルハ、春ガフカクナルホドニ、チル事モ程ハアルマジキト也。

七〇、まてといふにちらてしとまるものならは何をさくらに思ひまさまし

是ハ散ヲ愛シタル心也。マテトイフニ、トマル物ナラバ、諸人ノ惜ム物ナルホドニ、散期ハアルマジキ也ガ（ナル）、サアラバ花ニ思マス事ハ有マジキガ、ザット散故ニ、年々花ニ思ノソフ也。

七一、のこりなく散そめてたき桜花ありてよの中はてのうけれは

是モザット散テノクルガ花デコソアレ、何事モ逗留ノ過テ、ハテハウイ物ナルホドニ、散ガメデタキト也。命ナガキ者ハヂ多ノ心也。

七二、此里にたひねしぬへし桜花ちりのまかひに家路わすれて

チリノマガヒニ、立カヘルベキ道ヲモワスレテ、ソレヲタヨリニテ、下臥ヲモセント也。

七三、うつせみの世にも似たるか花桜さくとみしまにかつちりにけり

ヨニモ似タルカハ、哉也。花桜ト桜花トハ、差別ハナキ也。似タル哉花トツヾケンタメ也。初桜ガ、ヤウ〳〵サキソメタルト思フニ、ハヤ散ヨト也。程モヘズシテ散也。

七四、桜花ちらはちらなん―

此歌ヨリ夏歌「さ月まつ花たち花の―」マデ御文字読。

〈夏ノ歌〉

惣ジテ此集ハ、部立ノタヾシキ集ナルガ、夏ノ部ハ、部立ガ少タジロクヤウナルガ、ソレモ面白也。夏ハ道具ガスクナキ故也。

一三五、我やとの池の藤なみさきにけり山ほとゝきすいつかきなかむ

サキニケリハ、只今サキタルニテハナシ。花ハトク、サキタル也。池ノ藤サキテ、ヤウ／＼郭公ノナクベキ時節ニナリタルト、光陰ノウツリタルヲ感ジテ也。

一三六、あはれてふ事をあまたにやらしとや春にをくれてひとりさくらん

アハレテフハ、愛スル心也。其愛心ヲ、アマタニワケテ、ヤルマジキヤウニ、春ノ類多キ時ハサカデ、春ニヲクレテ一木サクヨト也。

一三七、五月待山郭公うちはふき今もなかなんこそのふる声

此五月待ハ、卯月也。夏ニナリテ、ヲノガ五月ヲマチテ、徒ニアラウズルヨリハ、只今モナケカシト也。

一三八、五月こはなきもふりなん時鳥またしきほとの声をきかはや

サツキニナリタラバ、世上ニアマネクナカウズル程ニ、ソレハ聞テモ、カヒナシ。鳴テモ詮ナシ。マダ世ニナレヌ忍音ヲ、キヽタキト也。ソレコソ本意ナルベキト也。

一三九、さ月まつ花たち花のかをかけはむかしの人の袖のかそする

此五月待ハ、五月也。五月ニモ五月待ト云事也。花橘ノ昔人ノ故事ハ、タジマモリノ事ニテ事旧《フリ》タル事也。心ハ昔ノ人ノ事ナド思出シタル時節、橘ニフレテカクヨミタル也。

一四〇、いつのまにさ月きぬらん―
此歌ヨリ秋ノ歌ノ上端五首マデ、御文字読

〈秋ノ歌ノ上〉

一六九、秋きぬとめにはさやかにみえねともかせのをとにそおとろかれぬる
秋ノ来ル事ハ、目ニハタシカニ見エヌ物ナレドモ、キノフマデハ残暑ノ気モノコリタルガ●、今日ハ新涼イタリテ、物スヾシキ風ノ音ニ、秋ノ来リタルヲ、心ニタシカニ覚ユル心也。

一七〇、川かせのすゝしくもあるか打よする波とともにや秋は立らん
アルカハ、是モアルカナ也。尤、打ヨスル波ニ乗ジテ、秋ガ来リテコソアルラメト也。

一七一、わかせこか衣のすそを吹かへしうらめつらしき秋のはつかせ
ウラメヅラシキハ、何トナウ珍敷心也。ツメタチテイヘバ、初ト云字、心アル也。衣ノスソヲ吹カヘシテ、涼シキ秋ノ初風ガ、ウラメヅラシキ也トイフニ、少秋ノ初カゼヲ愛スル心ガアリサウナ、ト也。

一七二、きのふこそさなへとりしかいつのまにいな葉そよきて秋かせのふく
スグル物ハスギ、キタル物ハキタル道理ニテ、光陰ノウツリタルヲヨム也。キノフハ、昨日今日ノキノフニテハナシ。キノフノヤウニ覚ユルト云心也。

一七三、秋かせの吹にし日より久かたの天のかはらにたゝぬ日はなし
去年七月八日以後、ケフヲマタヌニテハナケレドモ、秋風ガ吹タチテカラハ、心《（焦）》イラレカシテ、天河ニタヽヌ日ハナシト云義也。

一七四、久かたの天のかはらの―

此歌ヨリ秋ノ歌ノ下端五首マデ御文字読

〈秋ノ歌ノ下〉

二四九、吹からに秋の草木のしほるれはむへ山かせをあらしといふらん

吹カラニハ、吹当位、吹ニシタガッテノ心也。冬ガレニナレバ、風ニ力ノナキモノ也。秋ノ木ノ葉ノアル内ハ風ニ力ガアル物也。其秋風ノ吹トウヰニ、風ニ一アタリアタレバ、木ノ葉ノ色モ各別ノ物ニナルホドニ、尤山風ハアラシト云覧、アラキト云心也。

二五〇、草も木も色かはれともわたつ海の波の花にそ秋なかりける

草木コソ秋ノ色ニヲカサルレ、ワタツウミノ浪ノ花ハ、秋ノ色ヲモシラヌ也。花モ紅葉モナキ比ナルホドニ、波ノ色一色ニミエテ、コト方ヘハ目モウツラヌ景気也。

二五一、紅葉せぬときはの山は吹かせのをとにや秋をきゝわたるらん

常盤里ニスム人ノ事也。トキハ山ハ紅葉モアルマジキホドニ、ハゲシキ風ノ音ニテ秋ト知ベキト云心也。

二五二、霧たちて雁そなくなる片岡の朝の原は紅葉しぬらん

此歌ハ、時節ヲヨクミタテタル歌也。霧モ立、雁モナキワタル時節ナルホドニ、片岡ノアシタノ原ノ紅葉モソメツラント云義也。

二五三、神無月しくれもいまたふらなくにかねてうつろふ神なひの森

神ナミノ森、時節ニ先ダチテウツロフヲミテ、時雨ノ時節ハ神無月ジャガ●、其時節ニ先ダチテ、カネテウツロフト云義也。

二五四、ちはやふる神なひ山の―

此歌ヨリ冬歌ノ端五首マデ御文字読。

春上下、夏、秋上下、冬ト、此分四季ノ分ヲ、六義ニ表シタルト也。惣ジテ、古今ハ五巻ニテ、残ハ并《（ナラビ）》トミル也。春上下ヲ一巻、夏一巻、秋上下一巻、冬一巻、恋部五巻ナレドモ（「ナレドモ」傍記「ヲ一ニシテ」）一巻、以上五巻也。

〈冬ノ歌〉

三一四、竜田河錦をりかく神無月しくれの雨をたてぬきにして

嘉禄本ニハ竜田山トアレドモ、山ニテハ織カクトハイハレズ。川ニチリカヽリタルヲ、錦ヲリカクトイヒタルニヨリテ、山ニテハイヒガタシ。時雨ト云物ハ、秋カラフレドモ、当季ノ冬ノ時雨ヲ、タテニモヌキニモシタルト、ホメタル歌也。

三一五、山里は冬そさひしさまさりける人めもくさもかれぬとおもへは

山里ノサビシサハ、四季ニワタル事ナレドモ、春夏秋ハ花紅葉ノタヨリニ、人メヲミル事モアレドモ、冬ハタマサカノ音信モナキホドニ、ソコヲヨクミヨト也。カレヌノ「ヌ」ハ、「畢ヌ」ニテハナシ。「了ヌ」ナレバ、カレタル草ナル故ニ、初冬ノ歌ニハ入ガタシ。冬ハ草モカルヽトカネテノ事ニミル也。

三一六、大空の月の光しきよけれはかけみし水そ先氷ける

月ガ、水ヲコホラセントモセズ、水ガ月ヲコホラセウトモセズシテ、水月一体ニ相映ジタルヲ、氷ノゴトクニミタテタル歌也。竜田河ヨリ此歌マデ三首、歌ノ士代ト云物也。カヤウノ事、後ニクワシク沙汰アリ。

三一七、夕されは衣手さむしみよしのゝよし野ゝ山にみ雪ふるらし

是ハタグレノ衣手サムキ時分、吉野ゝ山ヲ思ヒヤリタル歌也。

三一八、今よりはつきてふらなん我やとのすゝきをしなみふれる白雪

是ハ薄ヲヲシナビカスホド、フカクツモリタル雪トハミルマジキ也。ウス雪ノ、ソトフリテ、ヲシナビカセタルヲ興ジテ、相続テ又モフレト也。

三一九、ふる雪はかつそけぬらし―

此歌ヨリ冬部皆御文字読。

十三日　先御文字読五首。

〈賀《ガ》ノ歌〉

●ガノ祝ノ歌也。

三四三、我君は千世にやちよにさゝれ石の巌となりてこけのむすまて

千世ニ八千世ト、八千歳ノ心ト云ハ、他流ノ説也。千世〳〵トカサネテイヒタル也。サヾレ石ハ、チイサキ石也。ソノチイサキサヾレ石ノ、磐石トナリテ万劫ヲヘテ苔ノムスマデト、君ヲ祝タル心也。巌ノ字、当時ハ書用。磐石ノ磐ノ字ヨキ也。

三四四、わたつうみのはまのまさこをかそへつゝ君かちとせのありかすにせん

此歌義ナシ。聞エタル分也。ハマノマサゴヲ、千年ニ一ヅヽカゾヘテ、君ガ千ト世ノ有数ニセント也。

三四五、しほの山さして（の）いそにすむちとり君か御代をは八千世とそなく

シホノ山、サシデノ磯、イヅレモ甲斐ノ国ノ名所也。千鳥ノナク声ヲ、千世々々トキヽナシテ、ヨミタル歌也。惣ジテ鳥ノ声ハ、我思フ心ヨリ、如此ハキヽナス也。

三四六、我よはひ君か八千世にとりそへてとゝめをきてはおもひいてにせむ

トリソヘテト云トコロ、君臣合体ノ歌也。臣下ノ歌ニテハナシ。帝王ノ、臣下ニ賀ヲ給トキノ御歌也。我身ノ御事ヲ、君トノ給ハ、我ナガラ御身ヲ聊爾ニナサレヌ故ニ、自称ニ君トアソバシタル也。世俗ニ、人ヲサシテ我トイフニハアラズ。其人ニナリテ、我ト云也。ヲノレ、ヲノガナド云類也。

三四七、かくしつゝとにもかくにもなからへて君か八千世にあふよしもかな

是モ賀ヲ給時ノ御歌也。七十ノ賀ナルホドニ、行末ハルカニモアルマジキホドニ、何トゾシテナガラヘヨト思召（「思召」傍記「アソハシタル」）也。君ガ八千世、コレモマヘノ歌ノゴトク、帝王ノ御事也、御自称也ト、堯孝モタシカニ申シ也。「カクシツヽ」ノ五文字、此歌ニヨクアタレリ。大カタニテハヨムマジキ五文字也。

三四八、ちはやふる神やきりけん―

此歌ヨリ離別歌ノ端五首ノ御文字読。

〈離別《リベツ》ノ歌〉

別ノ字、清テヨミタルガヨキト也。濁声ハナキ字ト也。サヤウノ事申サレドモ、リヘツトスミテヨムハ、コト〳〵シクキコヱテ、キヽニクキ也。濁声ナキ字ナリトテモ、ヨミツケタルゴトク、ニゴリテ可レ然歟。サテ離別ハ、心カラワカルヽニテハナク、大ヤケ事、任ナドノ事也。又左遷ナドノ心モアリ。

三六五、立わかれいなはの山の峰におふる松としきかは今かへりこん

イナバノ山ノ国ノ事、説々アリ。マツ人ダニアラバ、ヤガテカヘリコントナリ。マツ人ハアルマジキトヒゲノ心也。

三六六、すかるなく秋のはきはら朝だちてたひゆく人をいつとかまたん

スガル説々アリ。定家抄物ニ、少年之昔、説ヲウケ侍シ時、スガル、鹿ノ別名ナリトアソバサレシト也。歌ノ心

ハ、鹿モナキ、秋ノハギハラノサカリノ時節ニサヘ心ヲトメズシテ、ワカレ行人ヲイツトカマタント也。

三六七、かきりなき雲井のよそにわかるとも人を心にをくらさんやは

是ハ我タビニイデヽ、トマル人ニイヒヲク歌也。雲井ノヨソハ、千里万里ヲヘダテタル所也。イク千万里ヲヘダテヽ、ワカレ行トモ、我ハ心ヲアトニノコシヲカント云心也。

三六八、たらちねのおやのまもりとあひそふる心はかりはせきなとゞめそ

ミチノクノスケニ行ホドニ、公役ナレバトヾムル事モナラヌ也。サアレバ親ノ心ヲアヒソヘテヤルホドニ、ソノ心バカリハ、セキナトヾメソト也。親ノマモリトハ、オヤノ心ヲアヒソヘテヤルガ、純一専心ノ心ニテ、守護トモナル也。純一専心ト云ハ、ソトモ他事ナク其事ニナルガ、純一専心也。一心、根元一物モナキ所ニ生ジタル一念ハ、純一専心也。其親ノ、子ヲ思心ハ、必守護トナラデハナカハヌ（カナハヌ歟）也。相添ル心ハ、純一専心ノ親ノ思也。其相ソフル、必ハ親ノ守リトナルト也。恨ル心アレバ、ソノ人ノアダトナル、カヤウノ心也。

三六九、けふわかれあすはあふみとおもへともよやふけぬらん袖の露けき

近江ノ国ハ近国ナルホドニ、ワカルヽトモ、ヤガテアハフズル程ニ、袖ノヌルヽ事ハアルマジキカト也。袖ノ露ケキヲバ、涙ヘヤラヒデ心得タルガヨキ也。涙トミレバ、●優ガナキホドニ、袖ノヌルヽハ夜ノフケタル故ナラント云心也。涙ニヤラヒデトハ、袖ノヌルヽヲ涙ニシテミレバ、誠ニ優ガナキホドニ、ヨモ涙ニテハアルマジキトイフ也。

三七〇、かへる山ありとはきけと―

此歌ヨリ羇旅歌、端五首御文字読。

〈羇旅《キリヨ》ノ歌〉

羈旅ハ旅ノ惣名也。旅ノ中路ナリ。旅行、旅泊、旅宿等ノ心コモル也。歌ノ出題ニモ羈旅出タレバ、旅行、旅泊等ノ題ハ出サヌ也。

四〇六、あまの原ふりさけみれは春日なるみかさのやまにいてし月かも

フリサケミレバニ、アマタノ義アリ。先フリアフグ、提《ヒツサクル》ノ心也。手ニ取ヤウノ心也。大唐ニテミル月ノ、千里万里ノ外マデ、スミワタリタルヲ、フリアフギテミレバ、故郷ノ三笠山ノ月ト同光ナレバ、一天下ヲ手裏ニ入タルヤウナルト也。此歌ハ何ニモ、ヨクサイ〳〵出タル歌也。

四〇七、わたの原八十島かけて漕出ぬと人にはつけよ蜑のつり舟

篁ガ流罪ノ事モ、種々説アリ。歌ノ心ハ、此国ノサカイノ外ヘモ、漕出ルヤウニ覚ユル故、カナシミガフカキ也。其心中、知音ニ告タケレドモ、只今ワレニ対スルモノハナケレバ、蜑ノツリ舟ニイヒカケタル也。

四〇八、宮古いてゝけふみかの原泉川かはかせさむし衣かせ山

泉川ジャホドニ、都イデヽ、マタ幾モナクテ、ハヤサムキ心地スレバ、衣カセ山トイフ也。衣ヲカセ（「カセ」傍記「借」）トイヒカケタル也。

四〇九、ほの〳〵とあかしの浦の朝霧に島かくれゆく舟をしそ思ふ

ホノ〴〵トハ、幽玄体也。サテ、アカシノ浦トツヾケン枕詞也。サテ、此下ノ四句ハ、此五文字ノ注トミル也。時トイヘバ、秋ノ朝霧ノ時節、舟ヲ出シテ行旅ノ体也。此歌ハ当流ニ秘スル事ハ心詞トヽノホリテ、シカモ幽玄体ナルト也。猶口伝アル事ナリ。

四一〇、から衣きつゝなれにしつましあれははる〳〵きぬるたひをしそ思ふ

キツヽナレニシハ、年ヲヘテナレタル妻也。思ヤル心ノ切ナル故ニ、旅ヲシヅ思フト也。此旅ヲシヅ思ニ、心ヲ

ツケテミルベキ也。

四一一、名にしおはゝ―

此歌ヨリ旅部ノ分、御文字読。

〈物名ノ部〉不レ被レ遊。

〈恋ノ歌ノ一〉　先御文字読五首。

此十一巻カラヲ、下巻ト云事ハナシ。惣ジテ此集ハ一帖也。丁数多故ニ二帖ニシタルモアレドモ、上下トイフ事ナシ。

四六九、ほとゝきすなくやさ月のあやめ草あやめもしらぬ恋もする哉

人ヲ恋ル時ハ、心ガ本心ニテナク、ホレ〴〵シクナリテ、モノヽアヤメモワカレヌ心也。アヤハ、キヌ、錦、ヌイモノヽ紋ノ心也。メハ、衣目、布メ、ウチメナドノメナリ。心ガホレ〴〵シクナリテ、本心ニアラザル時ハ、物ノアヤメモワカレヌ心也。

四七〇、音にのみきくのしら露よるはおきてひるは思にあへすけぬへし

キクヲ、聞ニヨセタリ。アヘズハ、タヘズナリ。音ニキクヨリ昼夜ノ思切ニナリテ、ツヰニ我思モト●ゲイデ、消ハテウカトナゲク心也。

四七一、よしの野（川歟）岩波たかく行水のはやくそ人を思ひそめてし

岩波タカクトハ、思ノタギル心也。ハヤクゾ人ハ、コシカタカラカク思キタル心也。ソレヲ吉野川ニタクラベタル心也。思キタリタル事ナレドモ、トリワキ只今思ノタギル心也。

四七二、しら浪の跡なき事に行舟も風そたよりのしるへなりける

清輔説ニハ、万里ノ波ノウヘニ行舟ガアルガ、是ハ風ヲタヨリトスル、タヨリモアルガ、我恋ノ道ニハタヨリガナキト也。定家義ニハ我タヨリモガナト思フトコロヘ、フトタヨリノ出来シタル心也。跡ナキ波ノウヘニ、風ニフカレテ行舟ノゴトクニ、タヨリノナキモノガ、フトヨキタヨリヲ聞イダシタル心也。

四七三、音羽山音にきゝつゝあふさかのせきのこなたに年をふる哉（カナ）

相坂ト云ヲ、アフト云字ニスガリタルハワロシ。イヅレノ関ニテモ也。音羽山ノコナタニキヽテ年ヲフル心也。アフサカモ、自然ニ用ニタヽヌニテハナキナリ。イカナリトモ〳〵ト思ヒテ年ヲフル心也。

四七四、立かへりあはれとそ思ふ―

此歌ヨリ恋二、端六首、御文字読。

〈恋ノ歌ノ二〉

五五二、思ひつゝぬれはや人のみえつらん夢としりせはさめさらましを

思ヒツヽハ、思ヒ〳〵テ也。心ノツカレテマドロムウチニ、ミヱタル夢也。思ノ切ナルトキハ、マドロマレヌ物ナレバ夢モナキ也。是ハ、アマリ思ノ切ナル故ニ、ツカレテマドロミテコソアルラメ、夢ノウチハ夢トモシラデ、サメテ後カクイフ歌也。恋ノ二巻ニハ、次第ニ恋ノフカクナリタル歌ヲ入タル也。

五五三、うたゝねにこひしき人をみてしより夢てふものはたのみそめてき

ウタヽネハ、カリネ也。夢ニ人ニ逢タホドニ、ソレカラ夢トイフモノハタノモシキ物カト也。如レ此イフウチニ、歌ノオクニ、ハカナイ事カナ、トイフ心有。

五五四、いとせめて恋しき時は烏羽玉のよるの衣をかへしてそきる

「イサ桜我モチリナン一サカリ」ヲ顕注密勘ニ顕昭カ、イトサカリト釈シテ最ノ字ヲ用タルヲ、定家、密勘ニ此

（古今七七、いざ桜我も散りなむひとさかり有りなば人にうきめ見えなん、承均）

集ニアルベカラスト注シ給フニヨリ、此イトセメテモ、モットモトイフ最ノ字トハ、沙汰セヌ也。密勘ノ詞ヲ憚故也。衣ヲカヘス事、本説慥ニナキ事也。サレドモ陰陽道ニ沙汰アル事也。ソレヲ思ヒテイフカ。是マデ三首小町ガ歌也。小町ハ初瀬ノ観音ノ化身ニテ夢ノ歌ヲ多ヨミタルト也。

五五五、秋かせの身にさむけれはつれもなき人を（そ）たのむくるゝよことを

秋カゼガヤウ／＼心ニシム時節、恋シサモマサルホドニ、今マデコソ人モツレナケレ、サリトモ人モカナシミノアルベケレハ、クルヽ夜ゴトニ、シダヒニ人ヲタノムト也。（愚秘抄・桐火桶）「身ニサムク秋ノサヨ風吹ナヘニフリニシ人ノ夢ニミエツヽ」人丸歌也。此歌ヲ思ヒテヨミタル也。

五五六、しもついづもでら

是ハ今ノ下御霊アタリ、アリタル寺ナリ。

五五六、人のわざは

人ノ追善也。

五五六、だうしのいへることば、

トハ、衣ノ玉ノ事也。

五五六、つゝめとも袖にたまらぬしら玉は人をみぬめの涙なりけり

衣ノ玉ハ人ヲミヌメノ涙ナルト也。

五五七、をろかなる涙そ袖に玉はなす我はせきあへすたきつせなれは

此歌ハ贈答ノ最上也。ソナタノ涙ハヲロカナル故ニ玉トミユル也。我ハ滝ノゴトクナルト、一カドウヘヲイヒタル也。

五五八、こひわひてうちぬる中に―

　此歌ヨリ恋ノ二ノ分、皆御文字読。

十四日、先御文字読五首。

〈恋ノ歌ノ三〉

六一六、おきもせすねもせてよるをあかしては春のものとてなかめくらしつ

　思ノ切ナル心ヲフカクイヒタル歌也。春ノ気色ノラウ／＼トウチカスミテ、物ノアヤメモワカレヌ時節、モノオモヒノ有者ハ、別而ナガメガチナルモノ也。伊勢物語ニハ、ナガメニアメヲソヘテミヨトアリ。此集ニテハ、詞書ニ雨モアレドモ雨ナラデミヨト也。オキモセズ、ネモセデ夜ヲアカス思ノ体ハ、逢後ノヤウナレドモ、此集ニテハ不逢恋ノ歌也。此集ハ、部立ノタヂ●ロカヌヤウニシタル故ニ、コヽモトハ不逢恋ノ歌也。

六一七、つれ／＼のなかめにまさるなみた河身さへなかるときかはたのまん（袖のみぬれてあふよしもなし歟）

　是モナガ雨ニテハナシ、タヾナガムル心也。思ノ切ナルマヽニ、ツク／＼トナガメヲレハ、イトヾ涙ノ切ナル心也。下句ハ、袖ノミヌルヽ事ヲコトワザニシテ、逢事ハナシト也。

六一八あさみこそ袖はひつらめ涙河身さへなかるときかはたのまん

　涙ハ心ザシニシタガウ物ナルホドニ、袖ノミヌルヽハ不足ナリ。「身サヘナガルトキカバ頼マム」、身サヘナガルノアタリ、詞ガ優ナルト也。是モ贈答ノテ本ニスベキ歌也。

六一九、よるへなみ身をこそとをくへたてつれ心は君かかけとなりにき

　ヨルベトイフハ、惣ジテ頼●ム縁ノアルガ、ヨルベナリ。マタ、コヽモトハアハヌ恋ノ歌也。人ニサシハナタレテ許容モナケレドモ、心ハカゲトナリテ人ニソフ心也。

六二〇、いたつらに行てはきぬるものゆへにみまくほしさにいさなはれつゝ
何トゾシテアハント思フ心ガ、イザナフテツレテ行也。ミマクホシキ心ニイザナハレテ行也。ソレニテモ逢事ハナキホドニ、往ツ還ツスル心也。

六二一、あはぬよの―
此歌ヨリ恋ノ四、端五首、御文字読。

〈恋歌四〉

六七七、みちのくのあさかの沼の花かつみかつみる人にこひやわたらん
是ヨリミル恋ノ歌也。「花カツミ」、カツミハ、コモノタグヒ也。歌ノ心ハアキラカ也。ソットミテ恋ヤワタラント也。

六七八、あひみすは恋しき事もなからまし音にそ人をきくへかりける
恋慕愛執ノ道ハ、連々増長スルモノナルホドニ、タヾ音ニキヽテバカリアランズル事ジャトナリ。

六七九、いその神のふる（の）中道中々にみすは恋しとおもはましやは
ミズハ恋シト思ハマシヤハトイフニテ、一度モ逢ミタルヲ、クヤシキ心コモルベキ也。是ラハ、ホノカニアフテ逢ミテ後ノ歌也。

六八〇、君といへはみまれみすまれふしのねのめつらしけなくもゆる我恋
歌ニハ義ナシ。「ミマレミズマレ」ハ、ミテモアレ、ミデモアレ也。「君トイヘバ」トイフトコロニ、心ヲツケテミヨト也。モユル我恋トトマリタルハ、ヨクモナキガ、「ミマレミズマレ」ナドイフ、古キ詞ガアルホドニ、下ニ手ヲツケデ、ザツトヲキタル也。此歌ニテハトガナキ也。

六八一、夢にたにみゆとはみえし朝な〳〵わかおもかけにはする身なれは

女ノ歌ジャホドニ、朝ナ〳〵鏡ノカゲニハヅル心也。オトロヘユク姿ヲミテ、タトヘ人ノ夢ニミユル事アリトモ、我ガミユルトハ、ミエマジキト也。

六八二、いしま行水のしらなみ立かへりかくこそはみめあかすもあるかな

此歌ヨリ恋ノ五、端五首、御文字ヨミ。

〈恋ノ歌ノ五〉

七四七、五条のきさいの宮―

此詞書ナガ〳〵トノセタルハ、歌ニカンヲアラセウヤウジャト也。

七四七、月やあらぬ春やむかしの春ならぬ我みひとつはもとの身にして

コゾヲ思イデヽト云トコロ、詮也。月モモトノ月ニテハナキカ、春モ昔ノ春ニテハナキカ、我身ハモトノ身ナレドモ、サモ覚ヌ也。ソノ人ヒトリノナキ故也。月モ春モ所モ、皆アラヌヨノモノヽヤウニ覚ユルハ、ソノ人ノナキ故也。余情無限歌也。

七四八、花すゝき我こそしたに思しかほにいてゝ人にむすはれにけり

仲平ハ、本院ノオトヾ時平公ノ兄也。仲平ノ契リガアルトモシラデ、時平公ノ、伊勢ニモノイハレタルヲ恨テノ歌也。ワレハ人ノタメニコソシノビテアリタルニ、時平公ノアラハレテ、契リヲムスバルヽホドニ、曲ナク思ヒテノ歌也。

七四九、よそにのみきかましものを音羽川わたるとなしにみなれそめけん

来レドモ無実恋ノ歌也。「ミナレ」ハ、水ナルヽ心也。人ヲミナルヽ心ニヨセテ、イヒタル也。逢事ハナクテ、

ミナルヽバカリヲ恨テ、ヨソニノミキヽタラバ、思ヒアルマジキモノヲト也。ワタルトナシニハ、不レ逢シテ也。
七五〇、わかことく我をおもはん人もかなさてもやうきとよを心みん
我ガ人ヲ思ガ一段トウキ事也。我ゴトクニ我ヲ思人ガアラバ、思ハレテモ世ハウキモノカト、世ヲコヽロミテミタキト也。種々義アレドモ、イヅレモウンマリトハキコエヌ也。
七五一、久かたのあまつそらにもすまなくに人はよそにそ思ふへらなる
人ノ、我ヲヨソニナスニタトヘテ、イヘル也。天津空ハ遠キモノジャホドニタトヘタル也。イトハルヽ、恋ノ歌也。

同ジ下界ニスミナガラ、天地懸隔ニ思ハルヽ事ハイカヾシタル事ゾト也。
七五二、みても又またもみまくの―
此歌ヨリ哀傷歌端五首、御文字読。

〈哀傷《アイセウ》ノ歌〉

此アイセウノ巻ニハ部立ナシ。ソノ子細ハ老少不定ノ道、又貴賤上下共ニ死スル道ハ、隔ナキ道理ナレバ如レ此也。
八二九、なく涙雨とふらなんわたり川水まさりなはかへりくるかに
「ワタリ川」ハ、三ズノ川也。涙ガ雨トフリテ、三ズ川ノ水ガマサリタラバ、カヘリクル事モアランズルジャホドナリ。三ズノ川ハ、三所ニワタリガアル故ニ、三ズ川トイフ也。
八三〇、さきのおほゐまうちきみ
サキハ前官ノ事ニアラズ。延喜ノ太政大臣、両人也。前後ヲアラハサンタメニ、サキトカク也。是ハ忠仁公也。
八三〇、ちのなみたおちてそたきつ白河は君か世までの名にこそありけれ

君ガ世マデハ、忠仁公ノ在世ヲサシテイヒタル也。白河モ、血ノ涙ニテソメカヘテ、色ヲ変ズルホドニ、白河ト云ハ忠仁公ノ在世ノウチノ名ニテアルヨト也。歌タケタカク（以下ナシ）。

八三一、空蟬はからをみつゝもなくさめつふかくさの山けふりたにたて
「煙ダニ」ノダニガ、肝要ノ字也。空蟬ハモヌケテ後モ、カラハトマルモノナリ。其ヤウニ後マデトマルカタミハナクトモ、セメテ煙ナリトモタテト也。火葬ニテナキ心也。

八三二、深草の野への桜し心あらはことしはかりは墨染にさけ
必花ニ服衣ヲ着セヨト云ニテハナシ。何事モアリシニカハル世ナレバ、花モ心アラバ墨染ニサケト也。サカセタキト云心也。

八三三、ねてもみゆねてもみえけり大かたは空蟬の世そ夢には有ける
ネテモミユハ、常ノ夢也。ネデモミエケリハ、世間ノ無常ノ夢也。大カタハ、夢ジャトイフ事ヲツヨクイハンタメ也。

八三四、夢とこそ—
此歌ヨリ雑歌上、端五首、此御文字ヨミ。

〈雑歌《ザツカ》ノ上〉
雑ノ字ハ、マジハルトヨム字也。四季ノ歌、述懐ノ歌、恋ガマシキ歌ノ、マジハリタル心也。サアルホドニ、此巻ニモ部立ガナキ也。

八六三、（紫明抄・河海抄、万葉は下句「はや漕ぐ舟の櫂のちりかも」）わかうえに露そをくなるあまの河とわたる舟のかひのしつくか
「此夕フリクル雨ハヒコホシノトワタル舟ノカイノ雫カ」。此歌ヨリ出タル歌也。伊勢物語ノ歌トハ、此集ニテ

ハ少義カ違也。上《カミ》ヨリノ恵ノ露ヲ以テ生長スル心也。恩露ヲウクルハ、人間ノ露ニテハナシ。天上ノ露ト也。ソレヲ天河トワタル舟ノカイノ雫トイフ義也。サテ、此ワレハ、主仁公ノワレニテ本文ノ義ト也。

八六四、思ふとちまとゐせるよはからにしきたゝまくおしき物にそ有ける

マヘノ歌ハ上ノ徳ヲアゲタルホドニ、是ハ又朋友ノ事ヲイフ也。部ヲバタテネドモ、類ヲ以テ入タル也。カラ錦ハ外国ノ錦、東京錦《トウキヤウキン》ナドノ重宝ノモノナル故ニ、タヽマクオシキト云也。心ノヒトシキ友トマドヒスルハ、唐錦ノゴトク、タヽマクオシキト云也。

八六五、うれしきをなにゝつゝまんから衣たもとゆたかにたてといはまし

袖ニ物ヲツヽムトイフハ、常ノ事ナレドモ、是ハ別而一段ト常翫《（ママ）》シタル也。袖ニハ寸法ガアルホドニ、常ノ袖ニテハ、ツヽマレマジキホドニ、タケナガク、タテトイハンモノヲト也。舞踏ノ、左右左ノ袖ヲヒルガヘスハ、ウレシキヲツヽムトイフ心也。

八六六、かきりなき君かためにと折花は時しもわかぬ物にそ有ける

是ハ業平ノ歌也。忠仁公ノ歌ニナシタルハ名誉。我タノムトイフ、業平ノ歌ナレドモ、忠仁公歌ニハチイサキホドニ、カギリナキト、アラタメテイレタル也。

八六七、紫の一もとゆへにむさしのゝ草はみなからあはれとそみる

武蔵野ハ紫ガ有故ニ、アリトアラユル草ニアイガアルト也。裏ノ説、人トイフモノハ、ソノ人ヒトリヲオモヘバ、アタリマデモ思ノ心也。丈人屋上烏、人好烏モ亦好ノ心也。ソノルイニヨリテ、アヒスマジキ人ヲモ、愛スル事ガアルナリトイマシメタル歌也。其心ヲオモヘト也。

八六八、むらさきの―

此歌ヨリ雑歌上、皆御文字読。

十五日　先御文字読五首。

〈雑ノ歌ノ下〉

雑ノ歌ノ数ガアマタアルホドニ、二巻トシタル也。雑歌ノ大底（抵カ）ハ、題シラズ、ヨミ人シラズガ、雑ノ歌ノ根元也。

九三三、世中は何かつねなる飛鳥川きのふのふちそけふはせになる

世中ハ何モ常住ナル事ハナシ。明日香川ノ淵瀬ノゴトク変ジヤスキモノ也。常住ナル事ハナキ習也。

九三四、いく世しもあらしわか身をなそもかくあまのかるもに思ひみたるゝ

人生七十古来稀也。ナガヽラヌ世ニ、トテモカクテモアルニマカセイデ也。ナゾモカクハ、何ゾカクノゴトク也。

此歌ノ心ハ、人々思フベキコトハリジャトアル。下ノ句ノ、アマノカルモニ思ミダルヽガ、タケタカウ珍重ナルトアリ。

九三五、雁のくる峰の朝霧はれすのみおもひつきせぬよの中のうさ

是ヲ他流ノ説ニ、雁ノアナタコナタヘ往来ノ絶ヌト云、不用。タヽ雁ノ来ル時分、シカモ感情ノフカキ時節、シカモ霧ノフカキヲ、我思ニ比シテ、イヒイダシタル也。拾遺集、物名之部ニイリテ、クルミノ歌也。

九三六、しかりとてそむかれなくにことしあれはまつなけかれぬあなうよの中

シカリトテハ、サウアレバトテナリ。サウジャトイフテ、ソムキモハテラレヌ事ナレバ、何事ゾ事ニフレテ、先ナゲカルヽ也。サウアレバ、ソムカレサウナル事ナレドモ、ソムキハセデ、何事ゾ指当テハ、先ナゲカルヽト也。

九三七、みやこ人いかにととはゝ山たかみはれぬ雲井にわふとこたへよ

詞書ニテ、ハヤ義理ハ、アラハ也。甲斐ノシラネノ心ガコモル也。都コヒシキ故ニ、ハレヌ雲井ニワブル也。

「モシホタレツヽ、ワブトコタヘヨ」トイヘル類也。（古今九六二、わくらばに問ふ人あらば須磨の浦にもしほたれつゝわぶとこたへよ、行平）

九三八、わひぬれは身をうき草の—

此歌ヨリ雑体、短歌、端一首「あふ事の」、御文字読。

〈雑体《ザツテイ》　短歌《タンカ》〉

雑体ハ、雑ノ歌ト云ニハ、カハリタリ。雑歌ハ、四季・旅・述懐・恋ナドノマジリタル也。雑体ハ、長歌・短歌・旋頭歌・混本歌・誹諧等、一部〳〵ノ物カハルナリ。混本歌ハ、卅一字ノ歌ニ一句タラヌ物也。此長歌ノ内ヘコメテ此集ニハイレヌナリ。長歌ノ事ハ、古来サマ〴〵沙汰アリ。清輔・俊頼説ハ、イカホドモイヒツヾケテ、志ヲトヲクイヒノベタル也。短歌ト云ハ、ナガウアレドモ五句トモトヲリテ、アトヲヒカザル故ニ短歌トイフナリ。カヤウ義ハサマ〴〵アレドモ、奥ニテ沙汰ノアル事也。千載集ニ俊成ノ、短歌トカヽレタルヲハ、此集ノ遺恨ト定家ハイワレタルト也。反歌トイフハ、●卅一字ノ歌也。此長歌ノ心ヲ、ヒックヽリテイヒタルガ、反歌也。此集ニモ一トコロニアリ。一トコロニテ惣ニ及ボス事也。経ノ奥ニアル偈トイフ物ノヤウナルト也。俗重宣二此義一、而説二偈言一トアリ。

一〇〇一、あふことのまれ—人を恨みんマデ

勿論恋ノ歌也。サテ長歌ノ読様ハ上ヲヒキテ、下ヲオコス事也。或ハ枕詞、或ハ縁ヲ以テ、ツヾケタル也。又ツヾカヌ所モアリ。此歌ハ、逢ノマレナル色ト云ヲ、末マデトヲシテ其心トミヨト也。

一〇〇二、わたつみの

「ワタヅミノ」●、チト「ヅ」ヲヒクヤウニヨム也。

一〇〇一、かくなはに

カクナハ丶、ナハメニシテ、クル／＼ト、マトヒタルヤウノ物也。其ヤウ成物ガ今モアル也。

一〇〇一、えふの身なれは

基俊説ニ、エンブノミナリ。人界ニ性ヲウケタル者、思フマイト思フコトモ、必思ハル丶也。

一〇〇一、すみそめのゆふへになれは

枕詞也。ユフベトイハンタメ也。

一〇〇一、せんすへなみに

セウスルスベガナキ也。

一〇〇一、庭にいて丶

モシ思ヒヲナグサムル事モアランズルカト、気ヲテンズベキタメニ、庭ニ出テ、空ヲナガムル心也。

一〇〇一、よそにも人にあはんとおもへは

此ヤウニツヾクヤウニ、トムル事也。

一〇〇五、千早振神無月とや―

此歌ヨリ短歌ノ分、皆御文字読。

〈旋頭歌〉

文字ハ、頭ニメグルトイフ字也。ハジメヘカヘルヤウノ心也。五字七字ノ内ヲ、イヅレノ句ニテモ、一句多入レタル歌也。躬恒集ニハ、カウベヲメグラス歌トアリ。イヅレモハジメヘカヘルヤウニヨム歌也。

一〇〇七、うちわたす遠方人に物申す我そのそこにしろくさけるはなにの花そも

ウチワタスハ、人ノ行也。何ノ花ゾモハ、梅ジヤガ、梅ジヤトイフ事ハシリタレドモ、比類モナク面白キホドニ、

ソコヲ何ノ花ゾモトイヒタル也。

　　返し

一〇〇八、春されは野へに先さくみれとあかぬ花まひなしにたゝなのるへき花のなゝれや

花マヒナシトイフハ、花モイヒナシ《（ト歟）》、イフ心也。カロラカニ、イカヾ花ガナノラント也。花ガ、ワレトハナノリテイフマジキト也。

一〇〇九、はつせ川―

此歌ヨリ旋頭歌ノ分、誹諧歌一首御文字読。

〈誹諧歌〉

道ニアラズシテ、道ヲ教ユルトイフ心也。邪路カラ正道ヲ教ユル心也。史記ニ、コッケイ。コッケイハ、リ口《カウ》ヲイフヤウノ心也。十ノ巻ノ物ノ名ハタバカルヤウノ心也。●ソデナキモノヽヤウニイヒナスガ、タバカル心也。此巻（傍記「誹諧」）ハ、道ヲタスクル義也。十ノ巻ト十九巻ト一同也。面ハヨコシマニシテ、裏ハ正道也。此巻ハ道ヲタスケ、十ノ巻ハ道ヲアラハスハカリゴト也。長歌・旋頭歌ハ数スクナキニ、誹諧ハ六十首ニアマリテアル《（ママ）》タルハ、道ヲタスクルハカリゴト也。一部ヲタテズシテ、物ニソヘテ入ル事、甚深ノ義也。六義ヲタツルトキニ、風ヲ第一ニシタルゴトクニ、世ハ風ニシタガッテ、治乱ガアラハルヽ事ト也。

一〇一一、梅の花みにこそきつれ鶯のひとく／＼といとひ（しも）をる

イトヒシモノ、シモハ、テニヲハノ字ニテ、タヾイトヒヲルナリ。時シモナドハ、心ノアル、シモ也。鶯ガ、人ガクレバ人ニヲソレテ飛ナキヲスルガ、●ヒトク／＼トキコユルヤウナレバ、カクイフ也。我ハ花ヲコソミニキタレ、鶯ニハ手モサスマジキ物ヲト、ナゼニ人ク／＼トイトヒシモヲルゾ、花ミニクルハ、鶯ノタメニハアシカラヌ人ゾ

トシラヌハ、鶯ノ愚ナル心也。裏ノ説ハ世上ノ人ガ皆サウアル物ナリ。我心ガヨコシマナルニヨリテ、人ヲ色々ニウタガフ心也。サテ此歌ハ、ナニトシタル所ガ、誹諧ニナリタルゾトイヘバ、風情ガ過タリ。ソコガ誹諧也。

一〇一二、山吹の花色衣―

此歌ヨリ誹諧ノ歌皆御文字読。

〈物名〉　端五首御文字読

此巻ヲ物名ト号スル。物ノ字ノ心ハ傅大士ノ頌ニ有レ物先《タツ》二、天地ニ一、無《クシテ》レ形本寂寞《カタモトセキハク》。能ク為二万象主《マンザウシユ》一、逐《ヲツテ》二四時一不《ス》レ凋《シホマ》。有レ物ノ物ナリ。此物ガ、トクト合点ガイケバ、一理ノ根元ニテアルトコロデ、三教トモニ源ヲシル事也。是ガシリニクキ物也。サアルホドニ、鳥獣、諸国ノ名所、草木ナドノ名ヲ題ニシタリ。タトヘバ、鶯トイフ事ヲ鶯トハヨマデ、ソノ名ヲツヾケタリ。サラヌアラヌ事ニテ其理ヲイヘリ。知者ハシリ、シラヌ者ハシラヌ也。其物トアラバ、サテ心得サスル道理也。禅ノ手段《シユダン》ニ、学者ヲシメスニモ其様ナル事アリ。

扨、花鳥風月、君臣父子朋友、治世撫民ノ道理マデ、此巻ガコト〴〵ク道理ニ叶也。サアルホドニ肝要ノ巻トシテ、第十ノ巻ニヲキタル也。第廿ノ巻ハ神祇也。此物名ヲ釈教トシ、二十ノ巻ヲ神祇ノ巻トナラフ也。神祇・釈教ト十・二十ト対シタル心也。此集ノ大事、大ガイ此巻ニアリ。

四二二、心から花のしつくにそほちつゝうくひすとのみ鳥のなくらん

鶯ハ、春ヲツカサドル鳥也。サアルホドニ、第一ニ入タル也。花ニタワブル、鳥ノ、我カラシヅクニヌレテ、ウゥヒヌト恨テナキ（ク歟）義也。此鳥ハ無名ノトリ也。

四二三、くへきほと時すきぬれや待わひてなくなる声の人をとよむる

ホト、ギストイフ物名ヲヨムトキハ、郭公ノ心ヲヨマヌ事ジャカ、此歌ハ、ホト、ギスメキタリ。クベキホドハ、

来ランズル人ヲ待ニ、時スグレバ、其人ヲ待ワビテナク声ガ、人ヲ動ゼサスルヤウ也。

四二四、浪のうつ瀬みれは玉そみたれけるひろはゝ袖にはかなからんや

浪ノウツ所ヲミレバ、玉ガチルヤウナリ。水ノ玉ヲトラバ、ミダレント也。ヒロヒエラレマイ也。サテ、是モ下ノ心ハ、マコトノ宝珠ナリトモ、トルベキ道ナラデハ、トルマジキト也。教訓也。

四二五、たもとよりはなれて玉をつゝまめやこれなんそれとうつせみんかし

ツヽミヲキタル玉ヲ、袖ノウチヨリウツセミント所望シタル也。下ノ心ハ、人ノ偽多ヲタトヘタル歌也。

四二六、あなうめにつねなるへくもみえぬかなこひしかるへきかはにほひつゝ

アナウト、句ヲ切テ、目ニト、ヨメトアリ。香ハニホヒツヽト云ハ、花ナドノ匂ヒノ、ワスレガタキ心也。恋シカランズル、カハニホヒテ、常ニモナキガウキト也。下ノ心ハ、無明、法性ニ対シタル心ニ注シタル也。宗祇ガ注ナドニ、無明、法性ノ沙汰シタルガ、ヨリガッテンモイクマジ。其上コヽニトリアハセタルガ、アマリウンマリトモセヌホドニ、先ソノサタヲサシヲク也。

四二七、かつけとも波の―

此歌ヨリ物名ノ部皆御文字読。次、序。

〈仮名序〉　「先いつれか歌をよまさりける」マデ御文字読。

「やまとうたは」

ヤマトウタト云ニ、種々ノ義アリ。ヤマトハ此国名。ウタハ此国ノ風也。山ノアトヽイフ心也。山ノアトトイフ事ハ、神書ニ又書」之。事旧テナガキ事ナリ。

「人の心をたねとして」

カノ根本心也。此根本心カラ万象ヲバ生ズル物ナリ。今日ノ歌モ、根本心カラヨミタルガ、誠ノ歌ニテアラフ。

「ことわさしけき」

真名序ニ、人之在レ世、不レ能ニ無為一ト云、同ジ心也。無為ハ大道也。人間ノアリトアラユルコトワザハ、此無為ノ境界カラヲコルナリ。此無為ノ境界ノウヘニテ、ミル物キク物ニツケテ、イヒイダセル也。其イヒイダス事ハ、皆和歌也。サアルホド、花ニナク鶯、水ニスム蛙ノ声、天地ノ間ニ生ヲウクルモノハ、声モ色モ匂モ皆歌也。必人間ニカギラズ、此ノ道理ハナル丶物ハ、アルマジキホドニ、イヅレガ歌ニアラズト云事ハナキ也。

「ちからをもいれすして―」

是ヨリカナ序、皆御文字読。

十六日

〈古今和歌集巻第二十《コキンワカシウクワンダイニジウ》〉

〈大歌所《オウタトコロ》ノ御歌《ヲホンウタ》〉

「おほなひ《（ママ）》（「ひ」傍記「イ」）のうた」

一〇六九、あたらしき年のはしめにかくしこそちとせをかねてたのしきをつめ、此分御文字読。

此巻ハ、一段子細アル巻也。神道、王道カネテ、アミタル巻也。此巻ヲ天真獨朗トナラフ也。定家は此巻ヲ、日月ト倶《トモ》ニ懸《カヽ》ッテ、与ニ鬼神一争レ奥《アラソフフカキ事ヲ》ト云。文選ノ辞ニテイヘル也。此文ノ心ハ、アキラカナル事ハ日月ノゴトク、フカキ事ハ鬼神ノゴトシ。是則天真ノ道理也。賀ノ部ニモ、君ヲ祈心ハアレドモ、正シク君ヲ祝心ハ、此巻ニアリ。

「大歌所《オホタトコロ》ノ御歌《ヲンウタ》」御歌ノ御ノ字ハ神ヲウヤマフ心也。大歌所ハ和歌所ナド云ヤウノ事也。壬生ノ東、土御門ドヲリ也。神楽・催馬楽・ウタヒ物ナドヲ司ドル所也。

「おほなほひのうた」、大直也。下ニ日ト云字ヲ加ヘタルハ、大直日ハ、天照大神ノ御名也。オホナホヒ（「ヒ」傍記「イ」）ハ歌ノ名也。スナホナル歌ト也。日本紀ニハ多ノ字ヲ加ヘテ書タル也。臣下万民ノ、上一人ヲアガメルハ、ナニトシテアガメルナレバ、日神ノオホナホイヲ、天子ノウツシ給也。天子ノオホナホイヲ万民カウツシタル故也。此集ノチウタハタマキモ、コレヲイハント也。

一〇六九、あたらしき年のはしめにかくしこそ千とせをかねてたのしきをつめ

此歌ハ、聖武天皇天平十四年正月十六日ニ、大《オホ》安《ア》殿ニ出御有テ、大歌所ノ舞姫ヲメシテ、舞姫ヲ御覧ノ時、此歌ヲウタハサセラレタリ。今ノ踏歌節会、コレヲウツス也。アタラシキ年ハ勿論、新年ヲイフ。又御代ノ始ヲ祝シタル也。カクシコソハ、カクノゴトクコソ也。千トセヲカネテハ、只今ヨリ千秋万歳ヲイハヒタル也。タノシキヲツメハ、祝ニヨロコビヲソフ義也。

一〇七〇、しもといふかつら（き）山

此歌ヨリ、アブクマニノ歌マデ、御文字読。

「東歌《アヅマウタ》」、アヅマハ東国ノ惣名也。

「みちのくうた」、一国ノ風俗《フゾク》也。

一〇八七、あふくまにきり立くもりあけぬとも君をはやらしまてはすへなし

恋ノ歌也。アブクマハ名所也。逢所ノクマ也。待コトノ大義ナル程ニ、君ヲハヤルマジキト也。スベナシハ、タヨリナシト也。センスベナミノ心也。

一〇八八、みちのくはいつくはあれと

此歌ヨリ終マデ御文字読。「千早振かものやしろ」の歌一首、御講談。

一一〇〇、ちはやふる賀茂のやしろの姫小松万代ふとも色はかはらし

コレハ賀茂ノ臨時ノ祭ノ時、ウタハセラレタル歌也。此歌ヲ軸ニアム事ハ、神慮ニ叶ハレタル王道ノ徳、是ニ過タル事ナケレバナリ。臨時ノ祭ノ濫觴ノ事ハ、事旧タル事也。当代延喜ノ御門ノ勅ニテ、此集ヲ撰ブ。然バ延喜ノ父御門ノ、神慮ニ叶ハン事ナルホドニ、此歌ヲ入テ、万代ヲ祝シタル也。万代ヲフルトモ変事ハアルマジキト也。

此歌ニハ、猶口伝モ有サウナト也。

「家々称証本」、コレハ、家々ノ本本《ホンボン》ニ不同ガ多キホドニ、其本々ノ書入ハシテ、墨ヲ以テケシタルガ、ステガタクテ、コ丶ヘ書アツメタル也。

墨滅ノ歌ノ分、御文字読。

〈奥書〉

「此集家々所称、雖説々多」、是モサキノ本々ノ不同ヲイヘリ。

「旦任師説」、基俊カラ俊成へ、ツタハリタル也。

「又加了見」、定家加二了見一タル也。墨滅ノ歌ナドヲ書アツメタルヤウノ事ナドサウナ。

「不顧老眼之不堪」、定家七十斗《（バカリ）》時ナレバ、如レ此ナリ。

「書生之失錯」、書アヤマリ等ノ事也。一サカリヲ、イトサカリト書誤タルヲソタテ丶、イトサカリトイフ物ノアルヤウニ、顕昭ナドガイヒタルヤウノ事也。

「不可存自他差別」、是ガ、大ナルイヒヤウニテ面白也。ナンヂハ、ナンヂヲセヨ、我ハ我ヲセント、抄ニアル心、少モノシタルヤウナレドモ、先其分。

「志同者」、コヽロザシ同ジキ者ハ、定家所存ニシタガヘト也。

「伝于嫡孫」、為氏ヘツタヘラレタル本也。

〈真名序〉　詞林者也マデ御文字読。

此真名序ハ、二条家ニハ奏覧ナキ物ナル程ニ、用マジキ事ナリ。サアレドモ捨ガタキホドニ、奥書ノヤウニノセタル也。用ヒラルヽ事ナラバ、端ニアルベキ事ナリ。

「夫和歌者託其根於心地」、ソレハ、発端ノ詞。根ハ初ト云義也。老子経ニ、根ヲ始トクンジタリ。根ハ元ナリ。根元トツヾク字也。心地ハ、梵網経ニハ心地戒品ト云アリ。

「発其華於詞林者也」、其ハナハ、和歌也。詞林ハ、文選ヨリ出タリ。花ナラバ詞林ニヒラカイデハ也。

「人々在世不能無為」、四大アツマリテ、人身ヲウクルカラハ、無為ノミニシテハ、アラレヌモノナリ。万境ニタイシテ思慮生ズル事ナレバ、対スルモノニ思慮ウツリヤスキナリ。思慮ウツリヤスケレバ、アイ楽ナクテハ叶ハヌ也。思慮分別アルウヘニハ、尤情ガ動ゼイデハ叶ハザル也。サアレバ物ニ感ガアルナリ。感ガアレバ詠ガアル也。コヽモトガ心ノヲコルハジメ也。

「是以逸者其声楽」、逸者ハ、カナシミモナク、ヨロコビモナキガ、逸セル者也。ヲノヅカラ其声タノシム也。

「怨者其吟悲」、遺恨ノフクム事ノアル者ハ、ヲノヅカラ其声カナシム也。

「動天地感鬼神」、歌ノトクヲイヒタテタル也。歌ハ真実、本心カラヨムガ歌也。サアルホドニ、正直ノ道ナレバ、天地モ感応シ、鬼神モ感ゼズシテハ叶ザル也。サレバ、人倫、父子、夫婦ヲモヤハラグル也。

「和歌有六義」

是ヨリ奥、御文字読。

古今集御聞書（寛文聞書〔追記本〕）（東山御文庫蔵　勅封六二、一一、一、一、五、一）

古今和歌集

「題号」、又、一ノ義ニハ、古トハ天地未分ノ時ヲトレリ。天地未開、万物未興、只本分ナル所ヲ古ト云、今トハ国常立尊ヨリコナタ、今日マデ一切衆生ノ境界ヲ今ノ字ニトル也。又、正直ノ二字ヲ古今ノ二字ニアテヽイヘリ。正ハ自性言語ノ及所ニアラズ。サレバ、正直ノ二字ノ釈ニ、中ナラズシテ、中ナルヲ、正ト云、曲《マカッテ》不レ曲ヲ直ト云、正ハ天照太神ノ御心也。直ハ其御心ヲウツス所ノ義ナリ。正直ノ正ヲ古ノ字ニアテヽ、直ヲ今ノ字ニアテヽ、天照太神ノ御心ヲ正ノ字ニアテヽ、其御心ヲ学ブヲ直ノ字ニアツル。正直ノ二字ナクテハ何ノ道モ不レ立事也。此集ハ殊ニ正直ヲタテ、歌道ハ正直ヲ本トス。万事ノ上ニ古今ノアル事也。前念ノ去ル所、古也。当念ノ起所、今也。刹那ノ内ニモ、古今ノ二字ハアル事也。

「和歌」、和スル心也。論語・学而有「子曰、礼之用、和為貴」。万端ノ事和ヲ以テ専トスル事也。人ノ心モ和スル時ナラデハ真実ノ歌ハ出来セザル也。

「題しらす」、題シラズト云ハ、当座ノ景気ニノゾミテヨメル事モアリ、又会所ノ斟酌ナドニヨルコトモ有、又題ハアレドモ心アラハレザレバ、イヘル事モアリ、不定事也。

「読人しらす」、先当代ノ御門御歌、高家ノ人、勅勘ノ人、凡下ノ人又ハ一段古キ世ノ人、又アナガチ貴人ナラデモ、一段作者本走ノ人、又ハ仏神ノ慥ナラヌ御歌、真実作者不知モアルベシ。祇抄、但此歌ノ作者口伝有。コレハ勅勘ノ人。勅勘ナレドモ、此集ノ第三番ニ入ル事、貫之ガ名誉也。又直ナル義也。貫之ガ女、内侍歌也。

〈（春上）〉

一〇「春やとき花やー」（春やとき花やおそきときゝわかん鶯だにも鳴かずもあるかな）

此花ハ何ノ花トモサスベカラズ。只初春歌也。心ハ花ト春トノ遅速ヲ鶯ニテ知ラムト思ヘバ、鶯モナカズモ有カナト云心也。鶯ダニモト云ニ、少鶯ニハヤクナケト云心アルニヤ。面白注ナリ。

二一「君かため」（きみがため春の野にいでてわかなつむ我が衣手に雪はふりつゝ）

仁明ノ親王アマタノ内ニモ御年タケラレテ、御位ニモツカセ給ケルトゾ。其故ニ、□モカケネトテ。

二二「春日野ゝわかなつみにや白妙のー」（春日野の若菜つみにやしろたへの袖ふりはへて人のゆくらん）

此集之内六首秀逸トテ、口伝スル事アリ。六首之内也。

二四「源宗于朝臣」、系図マチ〳〵、不レ慥。

百人一首御抄

光孝天皇——是忠親王——正明
　　　　　　　　　　├女——大和物語ニアリ 南院今君
　　　　　　　　　　└宗于——続古今作者 閑院今君

三六「鶯の笠にぬふてふ」（鶯の笠にぬふてふ梅の花折りてかざさむ老かくるやと）

テフト云ハ、トイフト云詞ナリ。モトアル事ヲ云也。笠ニヌフテフハ催馬楽ノ歌事也。笠ハ人ノカホヲカクス物也。サレバ、鶯ノ笠ニヌフト云、梅花ヲ折テカサヽント也。老ガカクルヽヤト云心也。

三八「紀氏系図」、　孝元天皇—此間十五代—諸人

—麻呂—飯麿《ヲモノ》—麿名—真人—国守—貞範—長谷雄（儒者）

長谷雄　左大弁宰相時遣唐使
承和十一年五月十五日夜懐妊於長谷寺
同十二乙丑年二月　日誕生
延喜二年　月　日参議
左大弁如元五十八歳
同十年正月十三日中納言六十六
同十二年壬申三月十日薨六十八
男子淑望以下八人

長谷雄—淑望
　　　—淑人
　　　—淑信
　　　—淑光《テル》
　　　—淑行《ツラ》
　　　—淑間《マ》
　　　—淑方
　　　—淑久

麻呂—猿取—船守—梶長—興道—本道—望行—貫之—時文
　　　　　　　　　　　　　　　　　　　　　　　　—女子（助内侍）
時文—輔時
　　—時継
　　—文正（能書）
　　—時実
望行—宗定—行広—勝延
　　　　　　　　—承均—行尊
本道—有友—友則

五九「桜花咲にけらしも足曳の」（桜花さきにけらしも《な》あしひきの山の峡《かひ》より見ゆるしら雲）
歌タテマツレトアルハ、五十首百首ノ歌事ニアラズ。手本ニナル様ナル歌タテマツレトアリシ也。此

集ノ内外秘歌廿四首有。其内也。此歌別而子細有也。後ニ口伝有レ之事也。ケラシモノ、モ文字、俊成卿殊ニ面白シト褒美也。勿論、心ハナキ、ヤスメ字也。称名院右府ハ幽玄体ノ歌ナリト申候シトナリ。山ノカヒハ峡《カフ》ノ字也。カヒハ両山ノ間也。水ノアルヲ云トアレドモ、此歌ニテ、水ノ事ハ少モ用ナシ。峡ノ字、字訓ニ、山峭シテ夾《サシハサム》レ水ヲ曰レフ峡トアル也。

六八「みる人もなき山里の」（見る人もなき山ざとのさくら花外のちりなん後ぞさかまし）

五句卅一字ニ心アマリタル歌也。底ニ述懐ノ心アリ。歌ノ心ハ、何方モ花ノ時節ニハ、カヽル片山里ノ花ハミル人モアルマジキ事、尤道理也。サアラバ、外ノ散ハテタル後ニ、サキタラバ、ミル人モアラントノ義也。

〈春下〉

七七「いさ桜我もちりなむ」（いざ桜我もちりなむひとさかり有りなば人にうきめ見えなん）

イザハ、サソフ詞也。我ハ世ニアリトモ、人ニシラレズ。人ノオシム花サヘチル程ニ、我ハオシゲナキ身ナレバ、諸共ニチリナントナリ。一サカリヲ顕昭ハイトサカリト云。最ノ字也。アリナバ人ニウキメミエナン我ナルホドニ、トモニチリナントノ義也。

八五「帯刀」、撰二重代侍一補レ之。東宮坊ノ官也。東宮マシマサヌ時、此号有マジキ也。

九八「花のことよのつねならは過してし」（花のごと世のつねならばすぐしてし昔は又もかへりきなまし）

花ノゴトク也。花ハチリテモ、又咲ク物也。人ハ過シテシ昔ニカヘリアフ事ハナキ程ニ、帰リキナマシト云ニ、花ヲウラヤム心アル歟。ヨノツネハ、尋常ニアラズ、常住ナラバノ心歟。

一〇〇「待人もこぬ物ゆへにうくひすの」（まつ人もこぬものゆゑに鶯のなきつる花を折りてけるかな）

花ヲ折ツルハ、待人ノタメニテコソアレ、待人モ来ラヌ物故ニ、鶯ノ鳴ツル花ヲ折ケル事ヨト云義也。

一〇二「春霞色のちくさに」（春霞色のちぐさに見えつるはたなびく山の花のかげかも）
花ノ色ノウツロフ比《コロ》ノ山ノ端ニ、花ニ映ジテタナビク霞ノ色、景気面白シ。只遠望ノ歌也。

一〇八「仁和の中将のみやすん所」
仁和ノミカドハ光孝天皇也。中将ノミヤスン所ハ、中将ナリケル人ノ娘也。歌合セントシケル、アラマシ也。

一〇八「花のちることやわひしき」（花のちることやわびしき春がすみたつたの山の鶯のこゑ）
心ハ、春霞ノタツ立田山ニ、ウグヒスノナクハ、花ノチルコトヤ、ワビシキナルラントイヒタル心也。理ヲ不レ付シテ見ヨト也。面白歌也。

一一三「花の色はうつりにけりな」（花の色はうつりにけりないたづらに我が身世にふるながめせしまに）
此集之内、六首ノ秀逸ノ内也。

一一七「やとりして春の山へに」（やどりして春の山辺にねたる夜は夢の内にも花ぞちりける）
山寺ニ一宿シテヨミタルナリ。花ノチル此、春ノ山デラニ宿シテ、花ヲオシト思ヒ寝ニミシ夢ナレバ、夢中ニモ、花ハチルトナリ。万葉、橘諸兄ガ歌ヲトレリ。有《イツレニアル》レ何レノ歌トモ不レ知。「ワカヤドニサケルナデシコ（万葉、橘諸兄宴の真人の歌。及び袖中抄）マヒハセム、ユメ花チルナイヤヲチニサケ」

一一八「吹風と谷の水とし」（吹く風と谷の水としなかりせばみ山がくれの花を見ましや）
花ハチルベクモアラヌ体。深山ガクレノ花ヘイタリテトイフニ。

一二二「春雨にゝほへる色も」（春雨ににほへる色もあかなくに香さへなつかし山吹の花）
サカリノ山吹ニ、春雨ノ露ヲフクメルサマ、思ヒヤルベシ。匂ト云ハ、惣別ハキトナク、オボツカナキヤウナル所歟。眉ノ匂ヒナド云モ、ハキカケタルヤウナル所ヲ云歟。香サヘナツカシハ、常ノ花ノ匂ナリ。

一二五「たち花の清友」
（右傍記）仁明天皇母后、皇后嘉（「嘉」傍記「賀」）智子。内舎人贈太政大臣、正一位橘清友女。
（左傍記）嵯峨天皇母（「母」ニ見せ消ちアリ）后ノ父ト云々。紹運録ニハ、嵯峨天皇母同平城トアリ。平城天皇母后、藤原乙牟漏。贈太政大臣良継女。
一二七「あつさ弓春たちしより年月の」（梓弓春たちしより年月のいるがごとくもおもほゆるかな）
アヅサ弓ハ、ハルトイハンタメノ枕詞也。但、下句イルガゴトクモ、トイヘルモ、弓ヨリ云タル程ニ、タヾ枕詞バカリモミルベカラズ。春ノ程ナク暮行ヲ思ヘバ、年月ノ速ニ過ルハ、イルガゴトクモ、オモホユルカナト云義也。
一二九「花ちれる水のまに〳〵とめくれは」（花ちれる水のまにまにとめくれば山には春もなくなりにけり）
ツゴモリ方ハ、近クト云心也。明方夕方ナド云ガゴトシ。花ハチリテ水ニウカミテ、水ノマニ〳〵ナガルヽ、程ニ、山ニハ春モナク成ニケルト也。
一三二「とゝむへき物とはなしに」（とゞむべきものとはなしにはかなくもちる花ごとにたぐふ心か）
タグフハ相共スル心也。カハ哉也。チル花ヲシタヒテ、心ヲタグヘヤルトテ、トマルベキ物ニテモナケレドモ、心ヲタグ●ヘテ、シタフハ、ハカナキ事カナト云タル也。詮ナキ事ヲシタフヤウナル事、世間多事也。
〈夏〉
一三五「我やとの池の藤波」（わがやどの池の藤なみさきにけり山郭公いつかきなかむ）
廿四首ノ内也。
一三六「あはれてふことをあまた」（あはれてふことをあまたにやらじとや春におくれてひとりさくらん）
アハレテフハ、愛スルト云心也。春ノアヒダハ、類多時ナルホドニ、愛心ヲワケテヤラジトヤ、独春ニヲクレテ

咲ト云也。「利貞」、大内記貞守子、従五下弾正少弼、河内守。
一四七「ほとゝきすなかなくさとの」（郭公汝が鳴く里のあまたあればなほうとまれぬ思ふものから）
ウトマレヌハ、置字ノ矣《イ》字也伝心抄真名伊勢物語ニハ将被疾《ウトマレヌ》。疾ノ字アリ。ナガナクハ、汝ガナク也。ナガナク里ノアマタアレバ、思物カラ猶ウトマレヌトナリ。「ヌ」ハ、ヲハンヌ也。（古今八八〇、貫之）「カツミレドウトクモ有カナ月影ノイタラヌ里モアラジト思ヘバ」、此歌ニテ可レ思。
一四八「思ひいつる常磐の山」（思ひいづるときはの山の郭公唐紅のふりいでてぞなく）
真雅僧正（傍記「弘法大師弟子也」）歌也。業平童ノ時、寺ヲ被出時読ル歌ナリトナリ。常磐山ハ、思ヒイヅル時ト、ツヾケタル物也。カラ紅ノフリイデヽ、ゾナクハ、血鳴ノ事也。楚魂ト云ハ、猿ノ名也。蜀魂ト云ハ郭公也。血鳴之事ハ、此二ツニ限リタル事也。紅ノフリイデヽト云、物ニ染付テ置テ、フリ出シ／＼物ヲ染ル也。万葉十一、「紅ノ花ニシアラバ衣袖ニ染《テ》ツケモチテ行ベクゾオモフ」。歌心ハ、或抄ニカラ紅トハ、花ヤカナル声ノ色ヲソヘテナク也。我思フ人ヲ思ヒ出シタル折フシ、郭公ノナキタル声ニテ思ヒノ一入マサル心ナリ。
一五一「今さらに」（いまさらに山へかへるな郭公こゑのかぎりは我がやどに鳴け）
山ヤ今カヘリテ初音郭公、宗祇
一五二「三国ノ町」
仁明天皇ノ更衣。貞ノ登ガ母也。貞登、母更衣三国氏。承和賜二源朝臣姓一、依二母過一被レ削レ籍、出家、名深舜、貞観依二兄弟親王以下奏一、賜二貞朝臣姓一還俗。

仁明天皇―文徳天皇┬惟喬親王┬兼覧王
　　　　　　　　　│　　　　└古今作者 三国町
　　　　　　　　　└清和天皇

一五二「やよやまて山郭公」（やよや待て山郭公ことづてんわれ世の中にすみわびぬとよ）

是、廿四首内外秘歌内也。

一五四「夜やくらき道やまとへる」（夜や暗き道やまどへる郭公わがやどをしも過ぎがてに鳴く）

我宿ヲシモ、過ガテニ鳴郭公ハ、夜ヤクラキカ、道ヤマドヘルカト也。サアラズハ、我宿ヲシモ、過ガテニハナクマジキガト云也。●

一五八「紀秋岑」

紀善岑ガ三男。春枝・夏井・秋岑、兄弟三人。

一六〇「さみたれの空もとゝろに」（五月雨の空もとゞろに郭公なにをうしとか夜たゞ鳴くらん）

トヾロハ響動。空モトヾロクヤウニ鳴也、誰モ曇ノアル時ハ、空モトヾロクヤウニナカマホシキニ、郭公ノ我バカリノヤウニ、何ヲウシトカ鳴ラントノ心也。

一六五「はちす葉のにこりに」（蓮葉のにごりにしまぬ心もてなにかは露をたまとあざむく）

アザムクハ愛スル方、一説アザケルト云。サレドモ欺瞞ノ二字、アザムクナリ。欺《キ》ノ字一字モアザムクナリ。謾《アナトル》心也。心ハ偽リハカルヤウノ心ナリ。清潔ノ水ニモ不レ生、泥中ニ生ジテ、清キ心、無明即明、煩悩即菩提ノ心也。ニゴリニシマヌ心モテハ、潔白ノ蓮ノ心ヲ以テ、露ヲ玉トハ、何トシテ人ヲアザムクゾト也。

一六七「ちりをたにすへし」（ちりをだにすゑじとぞ思ふ咲きしより妹とわが寝《ぬ》るとこなつの花）

詞書ニテ、ヨク聞エタリ。妹ト我ヌベキ床トミルハ、ワロシ。花ヲ愛シミル心カラ、咲ショリ塵ヲダニスヘジト、妹ト我ヌル床ノヤウニ思、床夏ノ花ニテコソアレト云ニヤ。床ニ塵ノヰルハ、アハヌ夜ノカサナル事ニイヘリ。サレバ、床夏ノマセニ塵ヲダニスヘジト、カキハラフニ、トリ合テ、面白、イヒナセルナリ。

〈秋歌上〉

是モ上下。上ハ七月ヨリ八月半。下又同ジ。

一七〇「河かせの涼しくもあるか」（河風のすゞしくもあるかうちよする浪とともにや秋はたつらん）

廿四首内外秘歌之内也。晴ノ歌ノ体也。「アルカ」ノ「カ」ハ哉。ツヨクアタリテ見ルベカラズ。心ハ、ウチヨスル波ニ乗ジテ、秋ガ来ルランノ心也。

一七六「恋〳〵てあふ夜はこよひ」（恋ひ恋ひてあふ夜はこよひ天の川霧立ちわたりあけずもあらなん）

一年ノ間、恋〳〵テ逢今夜ナルホドニ、川霧モ渡リテ、不レ明モアレカシ、トイヘルニヤ。

一七七「天河あさせ白波たどりつゝ」（天の河あさせしら浪たどりつゝ渡りはてねばあけぞしにける）

顕昭ハ、此歌不二心得一、伊勢大輔本ニハ「ワタリハツレバ」トアリ、「ハテネバ」トアルニテ、不レ逢ヤウナルトナリ。「天河瀬ヲハヤミカモ、ウバ玉ノ夜ハ明ニツル、アハヌ彦星」（万葉、四句「夜は更けにつつ」。古今秘注抄）ト云、万葉ノ歌ヲ引テ、不レ逢歌也ト云。

他流ノ義、不用。当流ノ心ハ、天河浅瀬モシラヌ白波ヲ、コナタカナタタドル間ニ、明ゾシニケルト云也。不レ逢シテ明タルト云ニハアラズ、タヾ逢トモ覚エヌ程ノ心也。明ゾシニケルト云テ、明果ヌヤウノ事、何程モアル事也。此結句ノ「シニケル」、俗難アリテ、当時ハ不レ読事也。

一九三「月みれは千々に物こそ」（月みればちゞにものこそかなしけれわが身ひとつの秋にはあらねど）

千々ハ、「且千」ニカキテ、文選貌読《カタチヨミ》、千々バカリナリ。日ハ陽ニテ人心和スル。月ハ陰気ニテ人心ヲ愁シムル也。打ムカフカラ、何トナク、アハレノスヽム物也。故アル事ハ、カナシキ者、カナシクナキ者アルナリ。何ノ故トモナク、カナシキハ、万人ノカナシキ事ナレバ、ソレヲ我独ガ身ノ上ノヤウニ思ナリ。秋来只為独長ノ心ナリ。

一九四「久かたの月のかつら」（久方の月の桂も秋はなほもみぢすればやてりまさるらむ）

桂花秋白ト詩ニモ作タレバ、秋サクゾト聞エタレド、尋常ノ花・紅葉ニ准ズト顕昭ハイヘリ。定家ハ桂花ハ月ノ名ナリ。必、秋咲ニハアルベカラズ。月ノ光ノマス心也。月ノ桂モ紅葉スレバヤ照マサルト也。紅葉橋ノ類也。

一九七「秋のよのあくるもしらす」（秋の夜のあくるも知らずなく虫はわがごと物やかなしかるらん）

前後萩ノ歌也。此歌モ萩トミルベキ。明ルモシラ《（シラズ歟）》ハ、我思ノアル故、ネモセデアカス也。其ゴトク、萩モ鳴アカスハ、我ゴトク物ヤカナシカルラント也。

二一三「うき事を思ひつらねて」（うきことを思ひつらねてかりがねのなきこそわたれ秋の夜な夜な）

ウキ事ヲ思ヒツラネテ、夜ナ〳〵、カリノワタルコトヽキケバ、我コシ方、行末思ヒツヾケテナゲク寝覚ノ心カラ、雁ノウヘニ、ウキ事ノ有ヤウニキヽナス也。裏説―（以下空白）。

二一五「奥山に紅葉ふみ分」（奥山に紅葉ふみわけ鳴く鹿のこゑきく時ぞ秋はかなしき）

秋ノ至リテ悲シキ時節ハ、イツ比ゾトイヘバ、奥山ニ散シ紅葉ヲフミ分テ、鹿ノ鳴時分計《（バカリ）》ノ、アハレノ山路ナラント也。声聞人ノ秋バカリニテナシ。世間ノ秋興体、言語道断。

二一七「秋萩をしからみふせて」（秋萩をしがらみふせて鳴く鹿の目には見えずて音のさやけさ）

柵フセテハ、秋ノ萩原ヲ、鹿ノ我物ニ領シテ、イタハル心モナク、押分〳〵踏シダク体也。音ノサヤケサヲ鹿ノ音ト云、如何ト有。然ハ、遙ニ声ヲ聞シ鹿ノ、近クナリテ、萩ノ中ヲ分行方ノシルキヲ、目ニコソ見エネ音ノサヤケサト云ニヤ。

二一九「秋はきの古枝にさける花」（秋萩の古枝にさける花みれば本《もと》の心はわすれざりけり）

顕昭ハ、ハギハ榛ノ字ナルベシ、草ノ萩《シウ》ニ古枝アルベカラズト云。草ノ萩カラデ置ケバ、古枝ヨリ目立テ、花サク物也。歌心ハ、萩ノ咲時節、本見シ友ニ行逢テ、所ハ秋野、物語ナドシテヨメルトアレバ、古枝ニサケル花ニヨセテ、本ノ心ヲ忘ズト云也。メヅラシキニモ、昔恋シキ心ナルベシト、祇注ニモ有也。

二三八「花にあかて何かへるらん」（花にあかでなに帰るらん女郎花おほかる野べにねなましものを）
花ニアカデ、女郎花オホカル野ベニネナマシ物ヲ、何カヘルラント云義也。詞書ニ「蔵人所ノヲノコドモ」トアリ。女郎花ヲ女ニ比シテ、ネナマシ物ヲトハ思ヘドモ、宮仕人ナレバ、心ニマカセヌヲ打ナゲク心有歟。裏説――（以下空白）。

二三九「何人かきてぬきかけし」（なに人かきてぬぎかけし藤袴くる秋ごとに野べをにほはす）
キテ、ヌギカケシハ、来ノ字、着ノ字カネタリ。歌心ハ「誰袖フレシヤトノ梅ソモ」（古今三三、色よりも香こそ哀れと思ほゆれたが袖ふれし宿の梅ぞも）ト云シ勿論也。大方ノ人ノウツリ香ニテハアラジ、来ル秋ゴトニ、如レ此野ベヲ匂ハスハ、ト云心也。

二四〇「やとりせし人のかたみか」（やどりせし人のかたみか藤袴わすられがたき香ににほひつつ）
詞書ニ「人ニツカハシケル」トアルハ、思人ニツカハシケルナルベシ。歌心ハ、カクワスラレガタキ香匂フハ、ヤドリセシ人ノカタミカトテ、ツカハシタルナリ。人ト云ハ、ソナタノカタミカト、ツカハシタル人ヲサシテ云也。

二四六「百種の花のひもとく」（もゝくさの花のひもとく秋の野に思ひたはれむ人なとがめそ）
●千種ト云ヨリハ、同事ナガラ、詞ヲトリタルナリ。タハレンハ、タハブレンナリ。風流ノ字ヲヨマセタリ。百草ノ、何レ／＼ト一ツヲ、取分テトニハアラズ。百草ノ花ノ紐トク秋野ノ体、ウツクシサ、言語道断ノ景気ヲメデ、、思ヒタハレンホドニ、主アル所ニモアラズ、人ナトガメソト云也。

〈秋歌下〉

二七九「仁和寺に」、寛平ノ御治世ノ後、シバシ仁和寺ニマシ〳〵ケル時ノ事也。
二八二「関雄」、日野家、真夏ガ子、号東山進士。
二八五「恋しくはみてもしのはむ」（恋しくは見てもしのばんもみぢばを吹きなちらしそ山おろしの風）
恋シクハトハ、木ノ下ニ散シ紅葉ノ事也。梢ヨリ散シ紅葉ノ猶恋シクハ、木ノ下ヲミテモシノバム、紅葉ヲヨソヘ吹ナチラシソ、山オロシノカゼ、ト云心也。祇抄、此恋シクハ、紅葉ノ事也。木ノ本ノ落葉ヲ、風ノ猶吹チラスヲミテ、ヨメルニヤトアリ。
三一二「夕月夜をくらの山」（夕づくよ小倉の山になく鹿のこゑのうちにや秋はくるらん）
詞書ニ大井ニテトアル（古今一五六、夏の夜の（ママ）臥すかとすれば郭公鳴く一声に明くるしののめ、貫之）ホドニ、ヲグラ山ヲヨメルニヤ。夕月夜ハ、ヲグラノ枕詞也。夕月夜ノ時節トハ、ミルベカラズ。夏歌ノ「時鳥ナク一声アクルシノヽメ」ノ類也。タトヘバ、秋冬モ花ノ事ニヨメル類ナルベシ。
〈冬歌〉
三一五「山里はふゆそさひしさ」（山ざとは冬ぞさびしさまさりける人めも草もかれぬと思へば）
廿四首秘歌。
三一九「降雪はかつそけぬらし」（ふる雪はかつぞけぬらしあしひきの山のたぎつせ音まさるなり）
フル雪ノ、カツ消テ滝ノ音マサルト云。サモ可レ有事也。連歌ニ、雪ノ消ルトスレバ春ニナルトノ事故、色々ノ義出来スル事也。
三二四「しら雪の所もわかす」（白雪のところもわかずふりしけばいはほにもさく花とこそ見れ）
雪ノフリシケバトアル程ニ、降ウヅミタルトイフヨリハ、ウスキ雪ニヤ。所モワカズトアル故、岩ホニモサク花トコソ見レ、ト云ニヤ。

三二六「浦近く降くる雪は」（浦ちかくふりくる雪は白波の末のまつ山こすかとぞ見る）ウラ近クミル雪ノ体也。末ノ松山ハ、磯嶋ノ松ナドノ雪ノ景気、末松山ニ波ノ越ト云ハ、如レ此事ニヤ、ト思ヒヨソヘタルニヤ。末松山ニテ、ヨミタルニテハナシ。

三四一「昨日といひ」（昨日といひけふとくらしてあすか川流れて速き月日なりけり）

廿四首秘歌。

三四二「ゆく年のおしくも」（ゆく年の惜しくもあるかなます鏡みる影さへにくれぬと思へば）

六首秀逸。

〈賀〉

三五一「いたつらに過る月日《ママ》」（いたづらにすぐす月日はおもほえで花みてくらす春ぞすくなき）

三六一「千鳥なくさほの川霧」（千鳥なく佐保の河ぎり立ちぬらし山のこのはも色まさりゆく）

廿四首秘歌。

〈離別〉

三六六「スガル」ハ、サヽリハチ・シカ、二説。

三七〇「かへる山ありとはきけと」（かへる山ありとはきけど春霞たちわかれなば恋しかるべし）

歌ノ心ハ、帰山トイフ名ガアルホドニ、必定カヘルベキ事トハ思ヘ共、帰山トイフ名ノコシ路ニハアリトキケド、立ワカレナバ恋シカルベシ、トイフニヤ。春霞ハ、立トイハン為歟。霞ハ物ヲヘダツル物ナレバ、猶心アルベキ歟トアレドモ、ソレマデハ如何。

三七二「わかれては程をへたつと」（別れてはほどをへだつと思へばやかつ見ながらにかねて恋しき）

程ヲヘズバ、帰マジキト思人トアレドモ、タヾワカレテハ、物遠ク、程ヲ隔ノ心歟。月日ヲ経ニテハアルマジキ歟。

三七三「いかこのあつゆき」

作者部類、伊香古（「古」傍記「子ノ字、伝心抄」）淳行

三七四「なにはの万雄《ヨロツヲ》」

作者部類、六位ノ所ニアリ

三七六「寵」

従四位上大和守源精《クハシ》女

三七九「白雲のこなたかなたに立わかれ」（白雲のこなたかなたにたちわかれ心のぬさとくだくたびかな）

コナタカナタハ、此方彼方也。祇抄ニ、我・人、ワガサレバ、二方ヘナル也。此方彼方ト、立ワカレテハ、思ヲクダク心ナリ。手向ノヌサニヨソヘテ書ルナリ。ヌサハ幣帛ナリ。ソノ幣ガゴトク、クダ〳〵ニ心ヲ思クタル(思クダクル歟)心ナリ。

三八三「よそにのみ恋やわたらむ」（よそにのみ恋ひやわたらん白山のゆきみるべくもあらぬわが身は）

雪ト行トヲカネテイヘル也。白山ノ雪ヲ、行テミルベキ、我ニテモナキホドニ、ヨソニノミ恋ヤワタラムト也。

下句感アル歌ナリ、祇注。

三八五「もろともになきてとゝめよ」（もろともになきてとゞめよきりぎりす秋のわかれはをしくやはあらぬ）

歌心ハ、「長月ノツゴモリ」トアルホドニ、キリ〴〵スモ、暮秋ノ別ヲオシミ、我モ今日人ニワカルヽ別ノオシキヲ、モロトモニナキテトヾメヨ、トイヘルニヤ。秋ノ別モ人ノワカレモ、トヾメラレヌ別ナル故ニ、ナキテトヾ

メヨト、キリ〲スニモ、力ヲソヘヨト、イヒカケタルニヤ。シカラバ、トヾメントイヒサウナル所ニテモナキ歟。

〈恋歌一〉

恋部五巻ハ、人ノ五大ニアテヽ也。此集ノ奥義ノ心、人ノ五大ハ、恋ト云物ハ、恋ヨリ事興《ヲコル》ノ謂也。

四六九「ほとゝきす鳴やさ月の」（ほとゝぎす鳴くやさ月のあやめ草あやめも知らぬ恋もするかな）

人ヲ恋ル時ハ心モ――。祇抄、アヤメシラズハ、一向ニ何トモシラヌ。イタリテ初ノ恋ナレバ、分別モナキ也。アヤメトイハントテ、「ホトヽギス鳴ヤ五月」トヲキタル也。

四七一「よしの河いはなみたかく」（吉野川いはなみたかく行く水のはやくぞ人を思ひそめてし）

ハヤクハ、コシカタヨリ思ヒソメシ中ニ、トリワキシキル心也トアリ。然共タヾ、ハヤクゾハ、速ニナド云ヤウノ心歟。

四八一「初かりのはつかに」（初雁のはつかに声をきゝしよりなかぞらにのみ物を思ふかな）

聞恋ノ歌ニテ、コヱヲキクト云ニハ、アラザル歟。タヾ、キヽシヨリ、中空ニ物ヲ思フトバカリニテ、初カリノコヱハ、中空ニ物ヲ思フ縁ニ、ヨリキタレルニヤ。

四八二「逢事は雲井はるかに」（あふことは雲ゐはるかに鳴る神の音にきゝつゝ恋ひわたるかな）

コレモ、音ニ聞ツヽ恋ワタルト云、落着ニヤ

四八三「かたいとをこなたかなた」（片糸をこなたかなたによりかけてあはずは何をたまのをにせん）

祇注ノ分、面白シ。

四八四「夕くれは雲のはたて」（夕ぐれは雲のはたてに物ぞ思ふあまつそらなる人を恋ふとて）

此雲ノハタテモ、天ツ空ナル人ヲコフ、トイフヨリ云事ナラン。御抄云、雲ノハタテトハ、日ノ入ヌル山ニ、ヒ

カリノムラ〳〵タチノボリタルヤウニミユル雲ノ、ハタノテニ似タルヲ云也。又、蛛ノ手ノヨシ、カキタル物モアレド、アマツ空ナルトヨメル歌、雲ナラデ、ウタフベキ事ナシ。重之、「蛛ノハタテノサハグカナ」（俊頼髄脳、ささがにの雲のはたての騒ぐかな風こそくもの命なりけれ）トヨミタルモ、雲ノハタテナレド、蛛ニソヘテヨマム、ナカルベキ事ニアラズ。猶、雲ノハタテトハ、思ヒミダル丶由也。天ツナル人トハ、ヲヨビナキ人ヲイフ也。

四八六「つれもなき人をやねたく白露の」（つれもなき人をやねたく白露のおくとはなげき寝《ぬ》とはしのばん）

夜昼間断ナク心ニカケテ、オキテハナゲキ、ネテハ忍ブ心也。ネタクハ妬ノ字心、ネタキ事トイフモ、心ニカケテ思フ也。ツレナキ人ヲネタク、心ニハナレズ、シウ（「シウ」傍記「強」）ネク思フ心也。

四九二「よしの河岩切とをし」（吉野河いはきりとほし行く水の音には立てじ恋ひは死ぬとも）

祇注、岩キリトヲル水ノゴトクノ、思ヒハアリトモ、音ニハタテジノ心也。ヨシ、サテ恋ハシヌトモ也。

四九五「思ひいつる時はの山の」（思ひいづるときはの山のいはつゝじ言はねばこそあれ恋しきものを）

思ヒ出ル時ト、ツヾケタル歌也。ツ丶ジハ無用。タヾ岩マデ也。惣ノ心ハ、忍テ切ナル恋ノ心也。

四九六「人しれす思へはくるし紅の」（人しれず思へばくるし紅のすゑつむ花の色にいでなん）

末ツム花ハ、紅（二）ノ花トイヘリ。末ヨリ花ノ咲物也。サケバ其マ丶摘物也。紅ハ色ニ出テ、次第ニフカクナル物ナレバ、色ニイデント云也。心ハアラハ也。人シレズ思フ思ヒハ、クルシキ程ニ、紅ノ末ツムノ花ノゴトクニ、色ニイデント也。

五〇二「あはれてふことたになくは」（あはれてふ言だになくは何をかは恋のみだれの束ね緒にせん）

祇抄、人ノアハレトイフ事ダニナクハ、何ヲ思ノミダレノツカネヲニセント也。又云、我トイフ、アハレ也。アハレトハ、思ヒノ切ナル時、コレモ又オモシロシナド、時トシテ打イヘルタグヒ也。思ヒアマル時ノコトグサ也。

忍恋ノ心也。部立ニモカナヒ侍ベシヤ。恋ノミダレノツカネヲ、メヅラシキ物也。ツカネ緒、束緒トカケリ。
五〇七「思ふともこふともあはん物なれや」（思ふとも恋ふともあはんものなれやゆふ手もたゆく解くる下紐）
物ナレヤハ、物ナルヤナリ。心ツヨキ女ノ歌ナルベシ。又ノ義、心ニモマカセヌ心也。

〈恋歌二〉

五六〇「我恋はみ山かくれの草なれや」（わが恋はみ山がくれの草なれやしげさまされど知る人のなき）
祇抄、義ナシ。心ハアラハ也トアリ。木ナラバ人ニシラレンガ●、草ハ人ニ知ラレヌト云。少、入ホガナル歟。
五六一「よひのまもはかなくみゆる」（よひのまもはかなく見ゆる夏虫にまどひまされる恋もするかな）
マドヒマサレルニ、火ヲモタセタルト有、イカヾ。
五六三「さゝの葉にをく霜よりも」（笹の葉におく霜よりもひとりぬる我が衣手ぞさえまさりける）
ヒトリ寝ノ衣手ハ、サエマサル、トイハン為ニ也。サヽノ葉ニ置霜ヨリモ、サエマサルトイフ義也。
五七三「世とも《（ママ）》になかれてそゆく涙河」（世とともに流れてぞゆく涙河冬もこほらぬみなわなりけり）
ミナハハ、水ノアハ也。冬モコホラヌハ、涙ノタギル心也。
五七八「我ことく物やかなしき時鳥」（わがごとく物やかなしき郭公時ぞともなくよたゞなくらん）
夜タヾハ、夜ヒトヨナド云ヤウノ心也。
五七九「さ月山梢をたかみ」（さ月山こずゑをたかみほとゝぎすなくねそらなる恋もするかな）
梢ヲタカミトハ、ナクネ空ナルト、イハムタメ也。ナクネ空ナルトハ、ムナシキ思ヒノ心ナリ。カヒナキ心也。
五八二「秋なれは山とよむまてなくしかに」（秋なれば山とよむまでなく鹿に我おとらめやひとりぬる夜は）
契リヲキタル人ノ、コヌ也。逢テ後ノ事ニハアラズ。物思フ時ハ、秋ノ時分也。鹿ハ、妻恋ヲ音ニ立テ、山トヨムマデナクガ、●独ヌル夜ハ、我オトラメヤトイヘル心也。

五九三「よひ〳〵にぬきて我ぬるかり衣」（よひよひにぬぎて我がぬる狩衣かけて思はぬ時のまもなし）

祇抄、カケテ思フ心ノ、タユミナキ心也。カリ衣ハ、カリギヌ也。

〈恋歌三〉

六二四「あはすしてこよひ明なは」（あはずしてこよひあけなば春の日の長くや人をつらしと思はん）

コレモ、人ノモトヘユキテ、心ヲツクシ、イタヅラニコヨヒモ明バ、ナガキ恨ナラントイフ心也。春ノ日ノハ、ナガキトイハンタメノ詞也。

六二五「有明のつれなくみえし」（有明のつれなくみえし別れより暁ばかりうきものはなし）

又云、定家卿ハ、カヤウノ歌一首ヨミタランハ、此世ノ思出ナルベシト、イハレシト也。イカバカリノ事ニカ。

六二九「あやなくてまたきなきなのたつた川」（あやなくてまだきなき名のたつた川わたらでやまんものならなくに）

ワタラデヤマムハ、物ナラナクニハ、ヤムマジキトイフ心也。アヤナクテハ、アヂキナクテ也。

六三四「恋〳〵てまれにこよひそあふさかの」（恋ひ恋ひてまれにこよひぞあふ坂の木綿《ゆふ》つけ鳥はなかずもあらなん）

此歌ヨリ逢恋ノ歌也。伊勢物語ニ逢恋ノ心モアル、「人シレヌ」（古今六三二、人知れぬ我が通ひ路の関守は宵々ごとにうちも寝ななん、業平）ノ歌ヲバ、不逢恋ノ歌ニシテ、此ハジメニ入。

此歌ヨリ逢恋ノハジメ也。部立ヲミル事、此集第一ノ習也。歌ノ心ハ、サマ〴〵ニ心ヲツクシ、恋〳〵テ、マレニコヨヒゾアフ夜ナルホドニ、アフ坂ノユフツケ鳥モナカズモアレトイフ也。コヨヒゾアフ坂ノハ、アフ（「アフ」傍記「逢」）相坂ノト云心也。

六五九「おもへとも人めつゝみのたかけれは」（思へども人めつゝみの高ければかはと見ながらえこそわたらね）
此五文字ハ、ウッカトハ、ヲカヌ五文字也。人メツヽミハ、人メヲ憚《ハバカル》心也。堤ノ高ケレバ、川トハ見ナガラ、エワタラヌト也。恋ノ歌詞、川ハ渡ル、山ハ越ルトイフガ、逢事也。

六六六「しら川のしらすともいはし」（白川の知らずともいはじ底きよみ流れて世々にすまんと思へば）
人ガ我思フ人ノ事ヲ、何カトイフトモ、シラ《ママ》トモイハジ也。底清ミハ、タヾ今ハ何事モナキ程ニ、ソコ清ミ。ナガレテ世々ニトハ、ナガラヘテ後、此女ニス《住》マント思ヘル也。伊勢物語ニ、男スマズナリニケリ、ナドイフ詞ニ同ジ。

〈恋歌四〉

六九五「あな恋し今もみてしか」（あな恋し今も見てしが山がつのかきほにさける大和撫子）
逢後ノ恋也。アナハ、アヽ也。今モミテシガナハ、当意切ナル心也。タヾ、花ヲ人ニ比シテ、大和ナデシコノ様ニ、人ヲ恋シク思ト也。

七一一「いて人はことのみそよき月草の」（いで人は言のみぞよき月草のうつし心は色ことにして）
イデハ発語也。心ヲヲコシテイフ也。ウツシ心ハ、ウツル心ハ、イチジルクミユル也。コトニシテトハ、色、各別ニシテノ心也。思ヒ異ノ心也。

七一五「蟬のこゑきけはかなしな」（蟬のこゑきけばかなしな夏衣うすくや人のならんと思へば）
我身ニ思ノ有時ハ、其物〳〵ノ気ガツクモノ故ナリ。畢竟《ヒッキョウ》、人ノ心ノウスクヤアラント、カネテカナシキ也。

七一〇「たか里に夜かれをしてか郭公」（たが里によがれをしてか郭公たゞこゝにしも寝たるこゑする）
女ノ歌也。夫ノ心変シテ、イツトナク外ヘ行ガ、タマ〳〵コヽニアル時イヘル也。夜ガレハ、夜離トカケリ。抄ノ義モアレド、古抄ノ趣、如レ此ノ心トミエタリ。

七一七「あかてこそ思はむ中は」（あかでこそ思はんなかは離れなめそをだに後《のち》の忘れがたみに）

義アシク也。下ノ心、十分ヲコノマジキノ、ヲシヘ也。ソヲダニハ、ソレヲダニ也。

〈恋ノ五〉

此巻ハ、雑ノ恋也。乍去、初恋ハナシ。聞恋、見恋、忍恋、逢恋、別恋、此五ガ柱ナリ。心ハ五形（「形」見せ消ち、傍記「大歟」）カタドル。圏蔵巻モ五巻ナリ。

恋歌五

七五四「花かたみめならふ人の」（花がたみめならぶ人のあまたあれば忘られぬらんかずならぬ身は）

花ガタミハ、ウツクシキ籠ナリ。籠ノ目ハナラブ物ナレバ、カクイヘリ。メナラブ人ノアマタアレバ、カズナラヌ我ヤウナルモノハ、ワスラレント也。

七五七「秋ならてをくしら露は」（秋ならでおくしら露はねざめするわが手枕のしづくなりけり）

露、秋ノ物ニイヘバ、秋ナラデト五文字ニヲケルニヤ。今ハ秋ニアラデ、置白露ハ、物思ヒニ寝覚スル、我手枕ノ雫トイヘル歟。

七六九「ひとりのみなかめふるやの」（一人のみながめふるやのつまなれば人を忍ぶの草ぞおひける）

ヒトリナガメテ、年ヲフル（「フル」傍記「経」）古屋ノツマナレバ、人ヲ忍ノ草ガ生ルト也。

七七二「こめやとは思ふ物から」（こめやとは思ふものから蜩《ひぐらし》のなく夕ぐれは立ち待たれつゝ）

人ハツレナケレバ、来ラントハ思ハヌ物ナガラ、日グラシノ鳴夕暮ハ、日グラシニモヨホサレテ、マタルヽト也。此ツヽハ、マタレ／＼シツヽノ心歟。然バ、程ヲフル、ツヽ歟。

七八二「人（ママ）はとて我身しくれに」（今はとてわが身時雨にふりぬれば言の葉さへに移ろひにけり）

同じ事ナガラ詞ツヾキ以下、祇抄宜歟。

七九〇「時過てかれゆく」（時すぎてかれ行く小野の浅茅には今は思ひぞたえずもえける）

詞書ニ、ヤケタル茅ノ葉ト有。只枯タルチノ葉ナドニヤ。思ヒノモユルトイハンタメニ、ヤケタルトカキタルニヤ。歌ノ五文字ニ、「時過ギテカレユク」トアレバ、タヾカレタル茅、可ㇾ然ニヤ。

七九一「冬かれの野へと我身を」（冬がれの野べとわが身を思ひせばもえても春を待たましものを）

野ハ野火ニテヤケバ、又春ノ草ノモエ出ル也。伊セガ、我身ヲ冬枯ノ野ヘト思ヒセバ也。思ヒナバノ心也。思ヒニモエテモ、春ヲマタマシ物ヲ、トイヘルニヤ。

八一五「夕されは人なき床を」（夕されば人なき床をうちはらひ嘆かんためとなれるわが身か）

我コトワザノハカナキヲサヘ、思ヒツヾケテ、ナゲカンタメト、我身ハ成ケルヨトイフ也。アサカラヌ歌ト也。我身カハ、哉也。

〈雑歌《ザツカノ》上〉

八六三「我うへに露そおくなる」（わがうへに露ぞおくなる天の川とわたる舟のかいのしづくか）

伊勢物語トハ、少心カハレリ。我ウヘニ露ゾ置ナルハ、上ヨリノ恵ノ露ニテ、生長スルノ心也。聖恩ノウクル露ハ、天上ノ露ト云。ソレヲ、天河ト渡ル舟ノカヒノ雫カト云義也。「此夕降来雨ハ彦星ノト渡ル舟ノカイノ雫カ」（紫明抄・河海抄、万葉は下句「はや漕ぐ舟の櫂のちりかも」）此歌ヨリ出タリ。

〈雑歌下〉

九四六「しりにけんき〻てもいとへ」（知りにけんき〻てもいとへ世の中は浪のさわぎに風ぞしくめる）

シリニケンハ、シリタルカ也。独シラズハ、キヽテモイトヘ、タヾ世中ハ風サハギ波ノシクヤウナル、サハガシキ事ニコソト、イヘルニヤ。

九四七「いつくにか世をはいとはむ」（いづくにか世をばいとはん心こそ野にも山にも迷ふべらなれ）

九四八「世中はむかしよりやは」（世の中は昔よりやは憂かりけんわが身ひとつのためになれるか）

一〇〇三「けたものゝ雲にほえけむ」（—あはれ昔べ　ありきてふ　人麿こそは　うれしけれ　身は下ながら　ことの葉を　天つ空まで　きこえあげ　末の世までの　あととなし　今もおほせの　くだれるは　塵につげとや　塵の身に　つもれる事を　問はるらむ　これを思へば　けだものの　雲にほえけん　こゝちして　ちゞのなさけも思ほえず　ひとつ心ぞ　ほこらしき—）

　及ガタキ道ナレドモ、カヤウニ仰ノクダリテ、カヽル道ヲエラビタテマツル、此事ヲヨロコブヨシ也。タトヘバ、獣ハノボリガタキ空ニモ、クスリノ力ニテ、ノボルゴトク、人丸ノ道ニヒカレテ、此道ニイタル事ヲヨロコブニ、千々ノナサケモオボエズト也。

〈（旋頭歌）〉

一〇〇七「うちわたす」（うちわたす遠方人に物申す我その其処に白く咲けるは何の花ぞも）

　行人ノサマ也。イヅクニテモ行ナリヲ云。

一〇〇八「花まひなし」（春されば野辺にまづ咲く見れど飽かぬ花まひなしに唯名乗るべき花の名なれや）

　花モイヒナシ也。「マ」ハ、モイヒ也。

一〇〇三「おぼゝれん」（—年たかき　ことのくるしさ　かくしつゝ　長柄の橋の　ながらへて　難波の浦に　たつ波の　なみのしわにや　おぼほれん—）

一〇一四「またぐ」（いつしかとまたく心を脛にあげて天のかはらをけふや渡らん）
一〇二二「いぞねかねつる」（石上ふりにし恋のかみさびてたゝるに我はいぞねかねつる）
一〇二四「こひしきが」（「恋しきが方もありときけ　立てれ居れどもなき心地かな）
一〇二七「我おほしといふ」（足引きの山田のそほづおのれさへ我を欲しと言ふ憂はしきこと）
イヤシキモノニ恋ラルヽトアリ、奥義抄。

〈物名〉


冷泉家ニハ、此巻ヲ灌頂ノ巻ト云。ソレ故、後ニヨム事也。当流ニテハ、廿巻ノ巻ナル程ニ肝要トス。

四二二「くべき程時過ぬれや」（くべきほど時すぎぬれやまちわびて鳴くなる声の人をとよむる）

惣別、其物ハヨマズ。是ハ郭公メキタリ。歌心ハ来ルベキ人ノ時過タレヤ、待侘テ鳴声ノ人ヲ動ゼサスルト也。

トヨムハ俗ニ云、ドヨム也。サレドモ、清テヨム、トヨマムハ驚動ノ二字ヲトヨムト云也。

四二七「かにばさくら」

カバ桜也。カンバサクラ也。常俗ニ、クマカヘト云桜也。又、桜桃トモ云。

四三五「くだに」

草ノ名也。牡丹ノ類ト云ヘリ。紫ノ花ノ咲草也。岩藤トモイヘリ。

四三七「やまし」

知母也。和名抄ニ夜万之トアリ。

四五三「真せい法師」、雑上、ぜい（「ぜ」傍記「桂光」）

平興機王ノ孫。恋二衣ノ玉ノ歌詞書、真せい（「せい」傍記「静」）法師。作者部類ニハ真静トアリ。

〈二十巻〉

与二日月ト一倶ニ懸テ、与二鬼神ト一争レ奥《フカキ事ヲ》。此巻、王者道ノ事、コヽニアラハル。イカントナレバ、日神ノ御代ヨリ、天日嗣ヲウケテ、天子即位、大嘗会ノ事有。神楽ハ、日神岩戸ヲ出給シ歌瑞ヲウツシテ、ヒルメノ神ヲオロシ奉リテ、舞曲ヲ奏シテ、天下安全、宝祚ヲ祈奉ル。是上国ニスグレタル道也。誠ニ五道ノ肝心、王道、神道、歌ノ徳ニアラハルヽ也。此集ニ神祇・釈教部ナシ。十巻ノ物名ヲ釈教トシ、此二（二十巻歟）巻ヲ神祇ノ巻トス。君モ臣モ真実無ニ差別一道ナレバ、神祇ノ心ニ、御歌トアリ。大歌所ハ大内ノ間、西壬生ノ東、西土御門南トアリ。此所ハ漢国―（以下空白）。大歌所別当ハ、親王以下納言補レ之。

一〇六九「おほなほひ」（大直毘《おほなほび》のうた）

即、我国治世ノ本也。

一〇七〇「やまとまひ」（ふるき大和舞のうた）

大和ヨリ出タル舞也。国ノ風俗也。スルガヨリ―（以下空白）

一〇七一「うねの〻に」（近江より朝たちくればうねの野にたづぞ鳴くなる明けぬこの夜は）

一〇七三「しはつ山―」（しはつ山うちいでて見ればかさゆひの島こぎ隠る棚なし小舟）

事ハ四首、身体一期ノ同事也。

一〇八二「まかねふくきひの中山」（まがねふく吉備《きび》の中山帯にせる細谷川の音のさやけさ）

真金ハ、クロガネ（「クロガネ」傍記「鉄」）ヲホリ出シテ、フク所也。マガネハ、コガネヲイヘド、クロガネヲモ、アラガネニ対シテ、イフベキ也。キビハ、吉備国也。備前、備中、備後也。コレハ備中也。ムカシ此山ニテ、カネヲホリテ、吹アゲシ事アリ。クロガネニテ、アリケルトナン。マガネハ、土金ノ精トテ、イヅレニモ通用スレドモ、黄金、真金ト書、皆金《こかね》也。吉備津宮神詠也。

〈（奥書）〉

「又加了見」

「春霞タヽルヤイヅコ」ヲ「タテルヤイヅコ」トカキ、僧聖宝ニ、正ノ字入様ノ事候歟。

「伝于嫡孫」

為氏也。是二条家、又証㆓規模㆒也。為氏令㆑計㆓誕生㆒也。祝言ノ心モアルベシ。

〈真名序〉

無㆓奏覧㆒。無㆓宣下㆒故、成㆓不用㆒。然ドモ難㆑捨貞応本文。依㆑之無㆓伝授㆒。

日記二種

古今伝受御日記（東山御文庫蔵）

古今集講義陪聴御日記（東山御文庫蔵）

日記二種　凡例

一、漢字・片仮名・平仮名の区別は原本のままである。
一、字体は通行字体とした。（例）講尺↓講釈、哥↓歌、才↓歳。
一、畳字は通行用法とした。
一、合字は開き、片仮名とした。促音箇所は小字で表記した。
一、句読点、訓点を私に付した。
一、闕字は省略した。
一、割書は細字の一行書きとした。
一、「でんじゅ」の語の表記は原本の通り。本書の題名は目録による。
一、振り仮名、清濁は原本通り。
一、文頭に記事要約を記した。

古今伝受御日記（東山御文庫蔵　勅封六二、一一、一、一、一）

寛文四甲辰年

五月

御伝受之事明日開始

年齢三十已上

和歌之灌頂之先例

伝受前三十首詠

十一日癸酉、日野前大納言弘資卿烏丸大納言資慶卿等来対面。内々申入、古今和歌集御伝受之事、弥以明日ヨリ御講釈可レ被レ始之旨、珍重大慶不レ過之由申退出。其後以二女房文一、法皇へ窺二明日之義并時刻等之義一。御返事、弥明日必定、時刻可レ有二御左右一之由也。誠以祝着満足不レ過之者也。申刻斗行水、強雖レ非二神事一、為レ清レ身也、仍而重軽服之者、月水之女房等不レ出二院中一、如レ常。抑、今度予、古今和歌集伝受之事、内々大望之旨、法皇へ申入之処二、年齢卅歳未満之者、灌頂可レ憚事也。其上、法皇御老年御気力無レ之。去明暦三年春比、照高院宮被レ伝了。年齢三十已上之節、必従二照門一、可レ被レ授之旨、仰有。曽以、無二御領状之御気色一。其後、度々此大義、照門被二申入一之処二、予年齢未満之事、被レ仰了。其時、資慶卿年齢卅歳未満、和歌之灌頂之先例、考出。故式部卿宮智仁親王、桂光院、廿三歳。此年古今和歌集伝受。光広卿故烏丸前大納言、廿五歳。卅歳未満之近例如レ此。以二此旨一、去正月比、照門達又法皇へ対、申入之處二、先例如レ此之上ハ、予今年廿八歳、年齢無二不足一之間、早沙汰可レ然之旨、仰有。観（ママ）喜之至、祝着満足、誠以和歌之冥加、大慶不レ過之者也。即被レ下二三十首之題一法皇御伝授之時之三十首之題也。是即為二吉例一。去正月十九ヨリ詠レ之。二月七日、法皇へ愚詠持参。中院大納言通茂卿、日野前大納言弘資卿、烏丸前大納言資慶卿、同持

南都幸徳井へ日次勘文

参。其後連々御覧之以後、御添削共在レ之、被レ加二御点一、可レ被レ下之旨、仰也。去六日法皇本院御所ヘ御幸。予同参レ於二彼御所一。此大義可レ為二何比一哉、来月闕月ニ候条、願者、今月中御沙汰可レ在レ之哉之旨、申入之処ニ、内々十六日吉日也、可レ被レ始、被二思召一之由、御返答在レ之。近日猶以祝着之由、申入了。翌日南都幸徳井方ヘ、日次之事、被二尋遣一之処ニ、十二日、十八日為二吉日一之由、幸徳井勧進之間、自二十二日一可レ被レ始之旨、去七日之夜被二仰下一了。猶以近々、大慶不レ過レ之、悦入候由、御返事申入了。即中院、日野、烏丸等ヘ示遣了。

法皇御所で御講談

十二日甲戌 早旦行水。巳刻斗、法皇ヨリ可レ参之旨、御左右有。即参。照高院宮、飛鳥井前大納言伺公也。於二御書院一、御講談。聴衆、通茂卿、弘資卿、資慶卿等也。

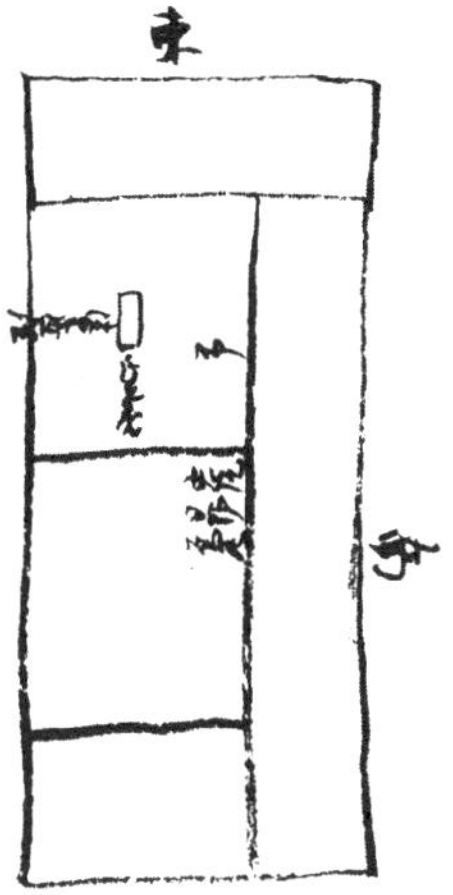

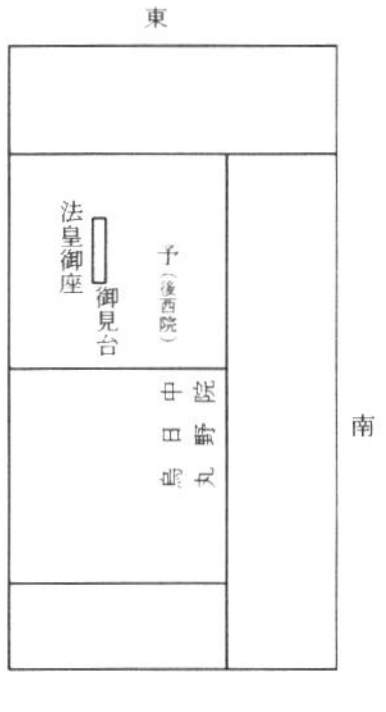

饗応後、女院へ参ず

御講談之後、於二常御所一、御饗応之事有。照門御相伴也。先レ是女院ヘ参。今日之祝着申入了。申刻斗各分散。愚亭ニ帰之後、照門、中院、烏丸、日野等入来。今日之祝義賀了。

照高院宮へ不審を質す

各対面、即照高院宮ニ申入、今日聞書之散不審、令清書了。

法皇御所で御講談

三十首詠返却延期

十三日乙亥天晴、早旦行水。巳上刻斗、法皇ヘ参。昨日之人数不残伺公。於御書院、御講談有之。其後御菓子一献。各分散。今日又照門愚亭透行、聞書不審之分散、令清書了。今日法皇仰。内々進三十首之愚詠、御点猶以御吟味可在之。御講談以前、可被下義也。雖然、俄ニ事始故、不及于儀。内々被下分可心得也。此趣、中院、烏丸、日野等ニ可申聞之旨、仰也。

照高院宮同道

十八日切紙伝受始行

十四日日丙子　天晴。早旦行水。巳刻斗、法皇ヘ参。照門被立寄、令同道了。伺公之人数、如昨日。御書院ニテ御講談。其後一献、如昨日。各分散。来十八日為吉日、切紙御伝受可被遊之旨仰也。十六日之晩ヨリ可構神事也。今日照門同道帰宅、令聞書清書了。烏丸大納言入来。聞書之不審共相談也。此次申云、来十八日御切紙御伝受之事。誠ニ以大慶不過之由賀了。

照門持病により不参

照門本復し伺候

十五日丁丑　天晴。早旦行水。巳刻斗参。今朝従照門、有書状。披見之処ニ、今暁ヨリ持病指発、今日伺公難叶。不相待、可参之由也。即法皇ヘ参、此旨申。其外人数、如昨日。御講談初。雑歌下、雑体二巻被遊。御休息之間、照門伺公。例之事ニ而早速本腹（マヽ）云々。其後又被遊。未下刻、各分散。照門、烏丸、今日又愚亭ニ参会。令聞書清書

講談終了
烏丸・中院伝受箱を開函
伝心抄を借りる
夜神事を構える
伝心抄書写
切紙御伝受
御盃一献あり

了。

十六日戊寅　天晴。早旦行水。辰下刻斗、照高院宮入来。即同道、参二法皇一。小時御談、御講談初マル。聴衆如二昨日一。今日一部御講談相済。大慶不レ過レ之者也。其後御休息アリ。烏丸内々入二見参一、古今伝受之箱之中御覧。伝心抄被二取出一。烏丸披見可レ仕之由也。二箱幽斎伝受之箱一、光広卿伝受之箱一、今日被二返遣一了。次中院箱被レ披。法皇御二覧伝心抄一。且又、被レ出レ取、可二披見一之由也。予、伝心抄一部、書写望之由申二入之旨一。幽斎自筆之本三光院奥書、式部卿宮所持被二借下一了。祝着之至也。一献之後、各退出了。今日又照門招請、聞書清書了。烏丸同参。今日御講談相済、珍重大由申。中院、日野同前。各対面。夜入テ構二神事一重軽服者、月水ノ女房等、出二院中一了。洗髪、行水、神事ニ入也。

十七日己卯　天陰。晩頭雨下。夜入甚雨。今日伝心抄書写始レ之。七枚書レ之。

十八日庚辰　雨降。早旦行水。辰上刻参二法皇一。今日古今御伝受之故也。着二衣冠直衣一、尋常、三陪多須幾。紅打衣単、あや指貫鳥襷。下括、清閑寺中納言勤二仕之一。下括之事、先日永敦卿相伝云々。辰刻御伝受之剋限也。於二弘御所一、其儀有レ之。御座敷之指図有二別紙一。予伝受事終之後、於二常御所一、御盃一献参コフアハ。其後烏丸前大納言切紙

其後、烏丸前大納言受く

被レ伝雖二中院当官一、烏丸先輩也。其上光広卿薨之後、別而此道之事、可レ窺二法皇へ一之由申ヿ置之一故、廿余年之歳、詠草相ヿ備叡覧一、久敷御弟子也。仍而先烏丸参入也。衣冠直衣白キ綾ノ衣、単等カサヌ。

次、中院大納言受く

次中院大納言雖二日野先輩一、烏丸・中院等累代也。日野此度初也。且又光廣卿・通村公等へ久々和歌相談。次、旁以ヱシャクアリ。仍而中院也。

日野前大納言受く

次、日野前大納言也。中院・日野両人共ニ衣冠、袍・単ヲカサヌ。中院襪、懸緒等無レ之。各御伝受了之後、於二弘御所一、各御礼ヲ申。

進物の披露

先予進物披露ト云々。次各進ヿ上御礼一云々。此義不レ及レ見。予休息所之間也。此間着二烏帽子・小直衣等一。今日女院御所参、今日之祝着申入。未下刻帰了。照門、日野、烏丸、中院等入来。今日之義各賀了。各対面。即退出。夜入、伝心抄三枚書写了。

進物品目録

今日各進上之物

予進物

御太刀包家	一腰
御馬代黄金	二百両
白綿	百把
昆布	一箱
鯣	一丶
鶴	一丶
大樽	一荷

已上

烏丸進上之物

御太刀　一腰 常ノツカヒ太刀

御馬代黄金　五十両

塩雁　一箱 二羽

中院進上

御太刀　一腰 同前

御馬代黄金　三十両

□子　二巻

日野進物

御太刀　一腰 同前

御馬代黄金　五十両

鮭塩引　一箱 二尺

以上

古今集講義陪聴御日記（東山御文庫蔵　勅封六二、一一、一、一、二）

講義座敷の見取図

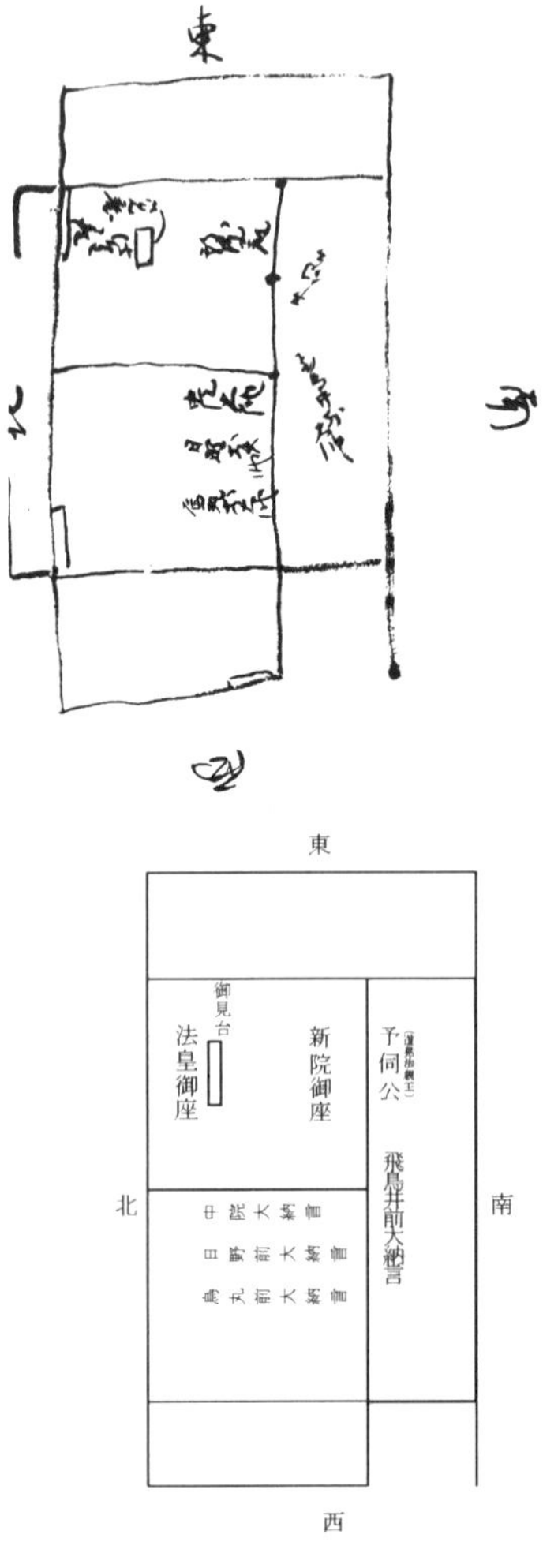

御伝受の作法

寛文四年五月十二日戊晴、午刻ヨリ細雨。未刻ヨリ甚雨。新院古今集御伝受之作法、御上壇ニ法皇、南向ニ御座。御見台、伝心抄一冊、古今集一冊。御覚書御手ノ裏ニアリ。新院北向ニ御座。次ノ間、中院大納言、日野前大納言、烏丸前大納言北向ニ伺公。庇ニ飛鳥井前大納言、予伺公シテ聴聞。巳上刻、御幸。各々伺公。春上初ヨリ五首、御文字読、御講談。六首目ヨリ春上分御文字読斗也、春下端五首、御文字読御講談。六首目ヨリ春下ノ分、御文字読斗也。夏、此間、暫御休足。サテ秋ノ上・下、冬、此四巻分、春下ニ同シ。未刻還幸。各退出。

春より冬まで各端五首講義

賀・離別・羇旅・恋一・恋二を講義

十三日亥晴、巳刻御幸。各伺公。御座昨日ニ同シ。賀ノ部、端五首、御文字読御講談。六首目ヨリ賀ノ部ノ分、御文字読バカリ。次ニ離別ノ端五首、御文読(マヽ)御講談。六首目ヨリ離別ノ部ノ分、御文字読バカリ。次、羇旅部端五首、御文字読御講談。六首目ヨリ羇旅ノ分、御文字読ハカリ也。此間暫御休息。サテ恋一、恋二。賀、離別、羇旅等ニ同シ。未刻還幸。各退出。

恋三・恋四・恋五・哀傷・雑上を講義

十四日子晴。巳刻御幸。各伺公。御座同㆓前日㆒。恋三、恋四、恋五、御文字読御講談、如㆓春上ノ㆒。此間暫御休息。サテ哀傷、雑上、被遊。御文字読御講談如㆓春上ノ㆒。未刻斗還幸。各退出。

雑体・短歌・旋頭歌・誹諧歌・物名・仮名序を講義

十五日丑晴。巳刻御幸之由、雖㆑被㆓仰下㆒、予依㆓所労㆒遅参。午刻斗法皇へ伺公。雑下、御文字読御講談等、如㆓春上㆒。雑体ハ短歌一首、旋頭歌二首、誹諧歌一首、御文字読御講談。其外ハ御文字読ハカリ之由、新院仰、後ニ承ル。御休息ノ内ニ、予伺公。暫アッテ、物名ノ部、端五首、御文字読御講談。次ニ、六首目ヨリ御文字読ハカリ。次、仮名序端、いつれかうたをよまさりけるト云所マテ六行、御文字読御講談。ちからをもいれすしてト云所より、仮名序ノ分御文字読。未刻斗還幸。各退出。何ノ部モ、端五首ツヽ、御講談。サレトモ贈答ノ歌アレハ、返歌迄六首ノ所モアリ。
十六日寅晴。辰下刻御幸。伺公。廿巻・題号被レ遊。
古今和歌集巻第二十《コキンワカシウクワンダイニシウ》
　大歌所御歌《ヲホタトコロノヲンウタ》
　　おほなほひ《ヒ予聴聞ノ時》《イ新院御伝受ノ時》のうた
あたらしき年の始にかくしつゝちとせをかねてたのしきをつめ
　　　日本紀にはつかへまつらめよろつ世までに
是マテ御文字読御講談。二首目ノふるきやまとまひのうたと云ヨリ、あふみのやノ
歌ノ左注マテ、御文字読ハカリ。
　東歌、みちのくうた
あふくまに―、此歌御講談。ちはやふる―、此軸ノ歌御講談。
　家々称二証本一―、此一行御講釈。以下御文字読斗。
次「此集家々所称―」此奥書御講談、次古今和歌集真名序、題号ヨリ「莫宜於和
歌」、是マテ御文字読無シニ御講談。此以下ヲハ御文字読斗也。今日悉皆御成就。
切紙御伝受ハ可レ為十八日之由、被二仰出一。予モ御座敷ノシツラヒ、可二見合一之由
にて可二伺公一之旨、被二仰出一也。暫アッテ中院、烏丸、古今箱被二返下一、各退出。

解説

明暦聞書解説

（一）明暦の古今集講釈

古今伝受は、中世に宗祇から三条西実隆に伝わり、その孫の実枝から細川幽斎に伝わり、幽斎から智仁親王に伝わった。寛永二（一六二五）年に、後水尾院が伯父にあたる智仁親王から古今伝受を受けた。後水尾院は後陽成天皇の第三皇子で文禄五（一五九六）年生。慶長十六年に即位し、元和六年徳川秀忠女和子を入内させた。院は元和期に幕府の要請を受け、いわば公家としての各種の教養の勉強会である御学問講を宮中で開いたが、とくに和歌に熱心であった。元和八（一六二二）年からは烏丸光広、三条西実条、中院通村の三人を師とする（1）禁中稽古御会に参加し研鑽を積んだ。寛永二年古今伝受以後、寛永六年に　明正天皇に譲位して上皇となり、慶安四（一六五一）年落飾して法皇となり、法名を円浄と称した。寛永十五年光広、同十七年実条、承応二（一六五三）年通村と、三人の師の死後は、自ら歌壇の指導者として、稽古御会を開き若手を指導した。明暦三（一六五七）年と寛文四（一六六四）年に、古今伝受を行ったことが知られている。家集『鷗巣集』のほか、歌学・注釈などの著作がある。

後水尾法皇は明暦三年、六十二歳の時に、妙法院堯然法親王、聖護院道晃法親王、飛鳥井雅章、岩倉具起の四名に対して古今伝受を行った。この時期の古今伝受は、比較的短期間に古今集の講釈があり、最後の日に切紙の伝受がある。この古今集御講釈の聞書を「明暦聞書」と称し翻刻する。

この明暦の古今集講釈については、次のような資料がある。

京都大学付属図書館蔵中院本（2）『古今集講談座割』に、

明暦三年法皇御講談。堯然法親王、道晃法親王、雅章卿、具起卿等へ御伝授之時。

初座正月廿三日、春歌上。
第二座廿四日、春歌下。
第三座廿五日、夏歌より秋歌上「かく許」の歌まで。
第四座廿六日、秋歌上「白雲に」の歌より。
第五座廿七日、秋歌下。
第六座廿八日、冬部、賀歌。
第七座廿九日、離別歌、羇旅歌。
第八座晦日、恋歌一。
第九座二月朔日、恋歌二、同三。
第十座二日、恋歌四、同五「ひとりのみ」の歌まで。
第十一座三日、恋歌五「わかやとは」の歌より哀傷。
第十二座四日、雑歌上、同下「わか身から」の歌まで。
第十三座五日、雑歌下「おもひきや」の歌より雑体旋頭歌まで。
第十四座六日、雑体俳諧歌より物名。
第十五座七日、仮名序「えたる所えぬ所たかひになんある」まで。
第十六座八日、同「かの御時よりこのかたとしは」より。
第十七座九日、大歌所御歌、墨滅歌、真名序。
二月廿一日甲午、切紙。

　妙法院宮、紅鈍色指貫、不用袈裟。聖護院宮同上。飛鳥井前大納言四十七歳。岩倉前中納言五十七歳。

正月二十三日より二月九日にかけて十七回にわたって講釈があり、切紙伝受が二十一日にあったこと、また受講者名がわかる。

次に鹿苑寺（金閣寺）第九十五世住持であった鳳林承章の日記(3)『隔蓂記』の明暦三（一六五七）年二月二十一日条には（以下訓点私）

　今日之御振舞者、古今集之御伝授今日相済故、妙法院御門主宮（堯然）・聖護院御門主宮（道晃）・飛鳥井前大納言雅章卿・岩倉前中納言具起卿、此四人御伝授之御祝振舞也。為㆓御相伴㆒、勧修寺前大納言経広卿與予被㆑召者也。（中略）終日細雨下也。今日之御客衆、聖門主・妙門主・飛鳥井大・岩倉中・勧修寺大・某、此六人、紅葉傘一柄充奉㆓拝領㆒者也。軽傘無類也。

の記事がある。承章は勧修寺晴豊の子で、叔母の新上東門院が後水尾院の祖母であったので、御所に参上して、詩歌会などに参加することも多かった。この日四人に対しての伝受が終了し、饗応があり、鳳林承章と勧修寺経広が相伴に預かったのである。また明暦三年三月十一日条に

　令㆓院参㆒、則御対面、於㆓瓢界御殿㆒、而妙門主・聖門主・飛鳥井大納言・岩倉中納言、今度御伝授之古今集之抄之御不審之御穿鑿、仙洞亦毎日被㆑為㆑成故也。予亦於瓢界、而被召連、終日致伺公。

とあり、講釈の終わった後、講釈の不審箇所について、四人と院との間での質疑応答が行われていたことが窺われる。

明暦講釈の受講者について概説する。堯然法親王は後陽成帝の第六皇子で慶長七（一六〇二）年生。翌年妙法院に入室し、同十八年親王宣下。元和二（一六一六）年得度し、法名を堯然という。寛永十七（一六四〇）年から天

台座主に三度補せられ、明暦元（一六五五）年に辞した。寛永二（一六二五）年二十四歳から宮中御会始に詠進、明暦三年には五十六歳であった。

道晃法親王は後陽成天皇の第十三皇子。慶長十七（一六一七）年生。元和七年聖護院入室、寛永三年親王宣下、万治元（一六五八）年に法嗣道寛法親王の得度に伴って照高院に隠居した。和歌に熱心で寛永五年の十七歳から宮中御会始に詠進した。その文学的業績は日下幸男編『近世初期聖護院門跡の文事』に詳しい。明暦三年には四十六歳である。

飛鳥井雅章は、慶長十六年生。権大納言飛鳥井雅庸の三男で、十一歳年長の兄雅宣の猶子となり、飛鳥井家を継ぐ。『飛鳥井雅章卿詠草』『飛鳥井卿千首』『芳野紀行』などの著があり、『尊師聞書』（心月亭孝賀記）など弟子による聞書がある。中世以来の歌道の家柄であるが、また、蹴鞠の家柄を継いで『蹴鞠之記』なども残した。寛永五年、十八歳より宮中御会始に詠進、明暦三年には前権大納言、四十七歳である。

岩倉具起は、村上源氏久我家庶流の権大納言久我晴通の子、木工頭具堯を父とする。具起より岩倉姓を称した。慶長六年生。寛永元年二十四歳から禁中御会始に詠進した。明暦三年には前権中納言、五十七歳と四人のうちで最年長であった。

この四名がなぜ講釈の受講者となったかが問題となるが、『近代御会和歌』（内閣文庫蔵）によると、承応三（一六五四）年から明暦二年にかけての三年にわたって、禁中・仙洞御会に、飛鳥井雅章・岩倉具起はほぼ皆勤で参加する。道晃法親王・堯然法親王も出席がよい。また、年齢的な面で四人が四十代半ばを過ぎていることも伝受を急がれる背景であったであろう。

そして、明暦二年九月二十四日、十一月二十四日の禁中月次御会では百首歌が詠まれるが、これは翌年の古今伝受を意識したものかと思われる。四人とも詠進している。十一月の百首は後撰集の歌句を題とするものであった。
四人の詠を挙げると、

「年もこえぬる」長閑しな関の戸さゝて道広く年もこえぬる逢坂の山（道晃）

「秋のなぬかの」をりにあふ秋の七日のなゝ草をふたつの虫《（星カ）》の空にたむけん（堯然）

「花もてはやす」百敷や花もてはやす宮人の袖の香そへて匂ふ春風（雅章）

「三世の仏に」思へたゝ三世の仏にへたてなきこゝろをつたふこゝろこそあれ（具起）

また、古今伝受前には受講者は三十首を詠むのが恒例であるが、道晃、雅章、具起の三十首と思われるものが『仙洞和歌御会』（宮内庁書陵部蔵）に残る。各人の冒頭歌を掲げる。後水尾院による添削が記される。

江上霞　長閑なる《〽朝またき》入江こき出るつり《てゆく》舟のなみの千里にかすむ程なき（道晃）

立春　〽もろこしの空もしられ《へた》て《ぬ》。日本のけふのひかりに春や立つらむ（雅章）

霞満山　〽いつしかとまたるゝこころも咲はなやちかくて遠くかすむ山の端（具起）

講釈の初日の、明暦三年正月二十三日に雅章亭で会始があった。法親王らの出席はないが、亭主雅章の外、具起の詠が見られる。鶯有慶音の一首題である。次のように受講の喜びを歌い、また寛文四年に講釈を受けることになる烏丸資慶が参加しており、寿ぐ歌を詠んでいる。（内閣文庫蔵『近代御会和歌集』）

うくゐすの百よろこひもあひにあひて菊にかひある宿の初《春イ》風（雅章）

うつりきて四本の松の千世の色に声あやをなす宿の鶯（具起）

さかへ行くやとのことはのはなになく春やうれしきうくゐすの声（資慶）

（二）底本の講釈日付注記

翻刻をした底本は、東山御文庫蔵『古今集聞書』上中下（宮内庁書陵部蔵マイクロフィルムによる）、写本三冊。函架番号は勅封六二・九・一・二・一〜三である。

本書は、古今集歌の聞書であるが、講釈の日付が明記される。たとえば、巻頭の「古今和歌集巻第一」の所に、「明暦三年正月廿三日御講釈初」と書き込まれ、七番歌左注の所に「題号より此左注迄、御文字読、御講釈」とある。文字読とは、本文の清濁・声調を示すため、読み上げることだろう。七番歌左注まで文字読・講釈があった。次に八番歌の詞書に「此詞より、鶯の笠にぬふてふの歌（三六）迄、御文字読、御講談」とある。そして春上巻軸六八番歌「見る人もなき山里の桜花」の歌の後には、「明暦三年正月廿三日是まて御講釈」とある。

その丁裏より「明暦三年正月廿四日」として春歌下の解説、巻頭六十九番歌注が始まる。一〇〇番歌後に「是マテ御文字読御講釈」とあり、一〇一番歌注直前に「是ヨリ春ノ下ノ分皆御文字読」と記され、春下末の一三四番歌の注までがある。そして、廿五日は日付のあとに、「夏ノ分、御文字読、サテ御講談」とある。この表現は、夏一三五番歌から一六八番歌まで、まず通しての文字読があり、次いで夏の始めにもどっての一首ずつの講談（講釈と同じ意味であろう）があったと考えられる。

二十六日の記述には「先御文字読、御講談」、明暦三年二月三日には「悉皆御文字読。次御講談」などと見える。指導方法は、始めからこのようなやり方と思われる。数十首をまとまって読み、そのあと、読み始めに戻って一首ずつ講釈したと思われる。

また、この二月三日は哀傷部の講釈であったが、禁中にては哀傷部は不読事也。所望などとなれは後日重而講談ある事なると也。

などと注記される。しかし注聞書は残されており、一応の講釈があった。

次に日付注記によりわかる進行状況を記す。（数字は歌番号）

明暦三年				講釈合計
正月廿三日	題号・巻一春上	一~七左注（七首）	文字読・講釈	
		八~三六（二九首）	文字読・講釈	
		三七~六八（三二首）	（文字読）[4]講釈	計六八首
正月廿四日	巻二春下	六九~一〇〇（三二首）	文字読・講釈	
		一〇一~一三四（三四首）	文字読・（講釈）	計六六首
正月廿五日	巻三夏	一三五~一六八（三四首）	文字読・講談	
	巻四秋上	一六九~一九〇（二二首）	文字読・（講談）	計五六首
正月廿六日	同	一九一~二二四（三四首）	文字読・講談	
	同	二二五~二四八（二四首）	文字読・講談	計五八首
正月廿七日	巻五秋下	二四九~二八四（三六首）	文字読・講談	
	同	二八五~三一三（二九首）	文字読・講釈	計六五首
正月廿八日	巻六冬	三一四~三四二（二九首）	文字読・講釈	
	巻七賀	三四三~三六四（二二首）	文字読・講釈	計五一首

正月廿九日	巻八離別	三六五～四〇五（四一首）	文字読・講釈	
	巻九羇旅	四〇六～四二一（一六首）	文字読・講釈	計五七首
正月晦日	巻十一恋一	四六九～五一五（四七首）	文字読・講釈	
	同	五一六～五五一（三六首）	文字読・講釈（以上第一冊）	計八三首
二月朔日	巻十二恋二	五五二～六一五（六四首）	文字読・講談	
	巻十三恋三	六一六～六四六（三一首）	文字読・講談	
	同	六四七～六七六（三〇首）	文字読・講談	計一一五首
二月二日	巻十四恋四	六七七～七二〇左注（四四首）	文字読・講釈	
	同	七二一～七四六（二六首）	文字読・講釈	
	巻十五恋五	七四七～七六九（二三首）	文字読・講釈	計九三首
二月三日	同	七七〇～八二八（五九首）	文字読・講談	
	巻十六哀傷	八二九～八六二（三四首）	文字読・講談	計九二首
二月四日	巻十七雑上	八六三～九〇三（四一首）	文字読・講談	
	同	九〇四～九三二（二九首）	文字読・講談	
	巻十八雑下	九三三～九六〇（二八首）	文字読・講談	計九八首
二月五日	同	九六一～一〇〇〇（四〇首）	文字読・講談	
	巻十九雑体・短歌・旋頭歌	一〇〇一～一一〇〇（一〇〇首）	（文字読）・講談	計五〇首

（以上第二冊）

二月六日	巻十九誹諧歌一〇一一～一〇三六（二六首）文字読・講談	
	同　一〇三七～一〇六八（三二首）文字読・講談	
	巻十物名　四二二～四四〇（一九首）文字読・講談	
	同　四四一～四六八（二八首）文字読・講談	計一〇五首
二月七日	仮名序「やまとうたは～然あれどこれかれ得たる所得ぬ所たがひになむある」講談	仮名序前半
（二月八日）	仮名序「かの御時よりこのかたとしは～今を恋ひざらめかも」	仮名序後半
（二月九日）	巻二十大歌所御歌一〇六九～一一〇〇（三二首）	
	墨滅歌（一一首）	計四三首
	真名序	
	奥書	

（以上第三冊）

なお、この表には省略したが、各巻巻頭では巻名についての短い講釈を行っている。この注記は、講釈の最後の順序が、巻十九、物名、仮名序であったことを示している。注記は二月七日で終わるが、その後は、聞書の内容から、仮名序の後に、巻二十、墨滅歌、真名序、奥書という順序で進行したことがわかる。前記資料『古今集講談座割』により、日付をおぎなった。

二月五日には、巻十九に入るが、「雑体、短歌、旋頭歌は御文字読なしに御講談」とある。また、二月七日の仮名序は講談とだけあり、文字読はなく講釈だけだったかもしれない。

以上のことから、一つは本書が聞書日時に沿った当座聞書（ただしその場での走り書きではなく、一度は清書された本と思われるが、墨消ちによる訂正箇所があり、さらに後から書き込みするための空白箇所があるなど完成された本ではない）であることがわかる。

また、今ひとつは、寛永二（一六二四）年十一月〜十二月に、後水尾院自身が智仁親王より受けた古今講釈と、進行過程と時間的経過においてほぼ同じであることがわかる（5）。寛永二年には十一月九日から十二月八日にかけて、断続的に十四回にわたって講釈が行われ、十二月十四日に切紙伝受があった。明暦の場合は連続した十七日間で、秋上、恋一に時間がかかった。

物名（巻十）と仮名序が巻十九と巻二十の間で講釈されるのは、三条西実枝から細川幽斎の講釈において、すでにそのように行われていた。これは書陵部本『伝心抄』（6）中の「御講釈之次第」で判る。また、三条西実隆の永正十二年八月書写『古今集聞書』（書陵部日・五二）は、仮名序及び巻十物名、巻二十大歌所御歌、奥書（定家）のみの聞書であり（図書寮典籍解題続文学篇）、宗祇から実隆への講釈順序もほぼ同様であったことを示すと思われる。巻十物名については、底本の巻十巻頭部に次のような記述がある。

十巻、肝要の巻なる故に物名を入る也。（中略）十巻に物名を置。廿巻神道の事を云。冷泉家には灌頂の巻と云て此巻は後に講談ある。当流廿巻を肝要とする也。此巻尺教、廿巻は神祇巻と云習也。

巻十物名を釈教部に、巻二十大歌所御歌を神祇部になぞらえて肝要なものとする。冷泉家では物名を灌頂の巻と言って最後に講談するが、当流二条家流では、二十巻の方を重要なものとするという。物名・仮名序とはさんで、最後に巻二十を講釈する理由も、神祇になぞらえる大事な巻だからであろう。

（三）明暦聞書の三系統と底本の作者

底本とした東山御文庫本は、昭和十九年刊『宸翰英華』（7）に巻頭部が霊元天皇の宸翰として紹介され、一部分が翻刻される。また平成十一年刊『東山御文庫御物Ⅰ』（8）に一部分写真を掲示する。その解説では、尭然親王・道晃親王・飛鳥井雅章の三名のうちで、道晃親王の筆意と通じるものがあるという。

田村緑「〈こまなめて・こまなへて〉考」（9）は、明暦の古今講釈には、講釈を受けた三人がそれぞれに聞書を残し、尭然法親王・道晃法親王・飛鳥井雅章による三系統の聞書が存在するとした。それによると、

尭然系—①陽明文庫甲本（陽明文庫未整理伝受資料の内）、巻十一まで。
　　　　②東山御文庫本
道晃系—③今治市河野信一記念文化館本『後水尾院古今集御抄』（一一〇・七二四）烏丸光栄奥書
　　　　④陽明文庫乙本（陽明文庫未整理伝受資料の内）近衛基熙写。天和三書写奥書
雅章系—⑤国立国会図書館本『古今集御講尺聞書』（ｗａ一八・一〇）飛鳥井雅章、明暦三年奥書

という。

（1）尭然系統聞書

①の陽明文庫甲本（10）は、妙法院尭然法親王の中書本聞書という。田村説によると延宝六（一六七八）年の近衛基熙の日記『基熙公記』に、基熙が妙法院尭恕（尭然の法嗣）から尭然の古今聞書を給わった記事があり、そして東山御文庫本の『宸翰栄華』引用の本文を比較すると、陽明文庫甲本と類似しており、したがって尭然系と考え

られるとする。『基熙公記』の記事を田村論文より引用する。

『基熙公記』妙門主（尭恕）来給㆓物語㆒、当月護持之事、不㆑被㆓仰出㆒如何之由也、此事先日㆓予勘例㆒献㆑之、御沙汰不審千万之次第也、且又、従㆓妙門㆒、伊勢物語・詠歌大概・古今等聞書給㆑之、是又先年法皇（後水尾院）御講釈之時、先師慈恩院宮（尭然）聞書也　（延宝六年七月三十日条）（訓点私）

伊勢物語、詠歌大概と共に古今の聞書を送られ、それは、後水尾院の講釈の時の尭然聞書とある。

尭然聞書の原本が近衛家に譲られて、それが陽明文庫甲本であるとすると、底本はその書写本ということになる。底本には私注や「〜歟」とある後人注が見られるので（後述）、いずれにしても転写本である。

（２）道晃系統聞書

今治市河野信一記念文化館蔵『後水尾院古今集御抄』には、次の烏丸光栄の奥書がある。（以下奥書訓点私）

右、後水尾院御説聞書之躰也、霊元院御抄ニ此書之義ヲ御抄ト被㆑載㆑之。借㆓賜官庫御本道晃親王御筆㆒書㆓写之㆒、不㆑堪㆓感荷至㆒深可㆑秘㆓函底㆒者也。

延享二年仲冬下澣　光栄

御本

一　序

二　自一至六

三　自七至十六

四　自十七至真名序

以上四冊也。私合為㆓一冊㆒

すなわち後水尾院御説の聞書と思われる、道晃法親王筆の官庫蔵本を書写したことが記される。分量が多いことから明暦の聞書と思われる。光栄の奥書に花押などはなく転写本と考えられる。④本は未見。

（３）雅章系統聞書

国会図書館蔵『古今集御講尺聞書』には次の飛鳥井雅章の奥書がある。

此古今集聞書四冊者、法皇此集御講談、令㆓聴聞㆒之尅、於㆓其座㆒、早卒馳㆑筆訖。聞誤書落等之事数多可㆑有㆑之。堅禁㆓外見㆒者也。

明暦三年二月吉辰　　雅章

後水尾法皇の明暦の講釈の当座聞書であることが記される。雅章奥書に花押はなく転写本であろう。

今、①東山御文庫本、②今治本、③国会本を比較すると、

分量では、①三冊、②二冊（元四冊）、③四冊

配列では、①講釈順序通り。②は仮名序を巻頭に置く（ただし、光栄が二冊本としたとき、巻頭に配置されたかもしれない）。③仮名序を別冊（題簽『古今集御講尺序聞書』）とする。

歌の記述法では、①初句、②③全歌

であり、①は当座聞書、②③は清書本と考えられる。

本書の作者は、堯然と考えられるが、内容の検討において、それが妥当であるか次に三本を比較する。

（四）三系統本文の比較と整理

（1）東山御文庫本（堯然系）における記述欠如箇所とその意味

明暦三（一六五七）年に講釈を受けた四人のうち、万治三（一六六〇）年に岩倉具起が、寛文元（一六六一）年に堯然法親王が薨去した。寛文四年の講釈時には、四人の中で雅章と道晃法親王が、陪聴という形で講釈を再度聴講した。道晃系と雅章系では寛文講釈が混じっている事が考えられる。堯然系にはそれがないであろう。三本を比較したとき、堯然系本における、記述欠如箇所に注目する。巻第十物名の冒頭部解説に次の例がある。また、参考のために、寛文聞書（東山御文庫本、後西院著）を収載する。（ＡＢ記号私、訓点・振り仮名原文通り）

①東山御文庫本	②今治本	③国会本	寛文聞書
（Ａ）部立の心は春夏秋冬は匂（傍記「かさり、色工と云心也」）なれは、先、人也。動部と云物かある故、別の部を入れ、人は一所に不居物なる故、羇旅部を入る也。十巻、肝	（Ｂ）此巻ヲ物名ト号スル事ハ傅大士ノ頌ニ有物先天地無形本寂寥、能為万象主遂四時不凋トアリ。此心ニテ立タル巻ナリ。此物ヲトクト合点スレハ一理ノ根元ナル故ニ三教ト	（Ｂ）此巻ヲ物名ト号スル事ハ傅大士《フタイジ》ノ頌《ジュ》ニ有レ物先タツ二天地ニ一無シレ形本寂寥能ク為リ二万象《ザウ》ノ主一、遂《ヲツテ》二四時ヲ一不レ凋《シホ》トアリ。此心ニテ立タル巻也。此物ヲトクト合点スレハ一理ノ根元	（Ｂ）此巻ヲ物名ト号スル。物ノ字ノ心ハ傅大士ノ頌ニ有レ物先タツ二天地ニ一無レクシテ形《カタチ》本寂《モトセキ》寞《ハク》。能ク為二万象主《マンザウシュ》一、逐《ヲツテ》二四時一不《ス》レ凋《シホ》。有レ物ノ物ナリ。此物ガ、トクト合点ガイケバ、一

要の巻なる故に物名を入る也。
（B）有レ物先ニ天地ニ一無シテレ形本寂寥。此物の字、物名の物の字也。
（C）物名は、鳥獣草木名所国名等あり。いつれの題にも無き世間の政《マツリコト》、仏法万物これより出来したると可ニ心得一。よみ出したる処はあらぬやうにて、其道理を云ふ。知ル物ハ知、不知物ハ不知也。物をはかるぬきての心也。以レ去ヲ実ヲ伝ル也。世間は以浅教へ、法性

モニ源ヲ知ル事也。少合点ノイキニクキ事也。
（C）然ハ種々ノ鳥獣草木諸国名所等ヲ名ヲ題トセリ。サレトモ読イツル心ハ更ニアラヌ事ソ。タトヘハ鶯ト云事ヲ鶯トハヨマテ、ソノ名ヲツヽケタリ。サラニアラヌ物ニテ其理ヲイヘリ。知者ハシリ不知者ハ不得也。其事ヲアラハサテ、心得サスル義也。禅ノ手段ニ学者ヲシメスニモ其様ナル事アリ。扨、花鳥風月ノ道、君臣朋友ノ

ナル故ニ三教トモニ源ヲシル事也。少合点ノイキニクキ事也。
（C）然ハ種々ノ鳥獣草木諸国名所等ヲ名ヲ題トセリ。サレトモ読イツル心ハ更ニアラヌ事ヲ、タトヘハ鶯ト云事ヲ鶯トハヨマテ、ソノ名ヲツヽケタリ。更ニアラヌモノニテ、其理ヲイヘリ。知者ハシリ不知者ハ不得也。其義ヲアラハサテ、心得サスル義也。禅ノ手段ニ学者ヲシメスニモ其様ナル事アリ。扨、花鳥風月ノ道、君臣朋友

理ノ根元ニテアルトコロデ、三教トモニ源ヲシル事也。是ガシリニクキ物也。
（C）サアルホドニ、鳥獣、諸国ノ名所、草木ナドノ名ヲ題ニシタリ。タトヘバ、鶯トイフ事ヲ鶯トハヨマデ、ソノ名ヲツヾケタリ。サラヌアラヌ事ニテ其理ヲイヘリ。知者ハシリ、シラヌ物ハシラヌ也。其物トアラバ、サテ心得サスル道理也。禅ノ手段ニ、学者ヲシメスニモ其様ナル事アリ。扨、花鳥風月、君

は以深教ゆる也。此物名は心浅、教深ル道理也。題の事は不顕して別の名をもってあらはす也。 （D）十巻に物名を置。廿巻神道の事を云。冷泉家には灌頂の巻と云て此巻は後に講談ある。当流廿巻を肝要とする也。此巻尺教、廿巻は神祇巻と云習也。	交、治世撫民ノ媒、生死始末ヲ思ハンニモ其理アルニヨリテ肝要ノ巻トシテ十巻ニ置也。 （D）サテ第廿巻ニ神道ヲ置合セタル也。此物名ヲ尺教トシ、第廿巻ヲ神祇トシテ十巻廿巻ト対シタル心也。此集ノ大事秘説等大概此巻ニアリ。	ノ交、治世撫民ノ媒、生死始末ヲ思ハンニモ其理アルニヨリテ、肝要ノ巻トシテ十巻ニ置也。 （D）扨第廿巻ニ神道ヲ置合タル也。此物名ヲ尺教トシ、廿巻ヲ神祇トシテ十巻廿巻ト対シタル心也。此集ノ大事秘説等大概此巻ニアリ。	臣父子明友、治世撫民ノ道理マデ此巻ガコト〴〵ク道理ニ叶也。 （D）サアルホドニ肝要ノ巻トシテ、第十ノ巻ニヲキタル也。第廿ノ巻ハ神祇也。此物名ヲ釈教トシ、二十ノ巻ヲ神祇ノ巻トナラフ也。神祇・釈教ト十・二十ト対シタル心也。此集ノ大事、大ガイ此巻ニアリ。（濁点私）

内容をA・B・C・Dと分類してみると、次のようである。

（A）別部・羇旅部を置く理由

（B）傅大士の頌

（C）鳥獣などの名を題としてあらぬ物によむこと

（D）巻十物名を釈教、巻廿を神祇として肝要に扱うこと

①東山御文庫本はAからDと内容が多く、Dでは冷泉家の名も挙がるが、これは伝心抄と同内容である。伝心抄は、細川幽斎が三条西実枝の古今集講釈を受けたときに聞書したもので、智仁親王に伝えられ、その後、後水尾院に伝えられた。寛文の講釈の時に、後水尾院が伝心抄を見台に置いて講義したことが、古今集講義陪聴御日記に記される。いわば御講釈の教科書と考えられるものであり、明暦聞書の場合も用いられたと考えられる。

今伝心抄の物名の記述を示すと（句読点・AB記号私）、

（A）部立ノ心ハ、春夏秋冬、匂ナレハ先入也。動アルニヨリテ別ノ部ヲ入也。人カ一所ニ居ヌニヨリ羇旅ヲ入也。十ノ巻ニ物名ヲ入事ハ、肝要ノ巻タルニヨリテ也。（B）(11)傅大士頌ニ

有〈リ〉レ物先《サキ》ニ天地ニ一無シテレ形《カタ》、本寂寥《セキレウ》

能ク為リ二万象ノ主一、遂テ二四時ヲ一不レ凋《シホマ》

此頌ノ、物ト云ヲ以テ、物名ト号シテタテタル也。（C）題ニ鳥・ケタモノ・国ノ名ナトアリ。又イツレノ題ニモナキ世間ノ政・仏法・万物カコレヨリ出来スルト意得ヘシ。サレトモ読出ル所ハ、更アラヌ事ニテ其理ヲ云ヘリ。知者ハシリ不知者ハ不得也。是物ヲハカル哥也。虚ヲ以テ実ヲ伝ル理也。世簡以浅《セン》名、法性表深号、コノ心也。アサキ事ヨリフカキ事ヲ教ノ道也。其題ノ事ヲ云テ、イハヌ理也。其事ヲアラハサテ、名ヲカリテ心得サスル義也。（D）十ノ巻ニ此物名ヲ置テ、二十ノ巻ニ神ノ道ナトヲ置合タル也。冷泉家ニハ此巻ヲクワンシヤウノ巻トス。ソレニヨリテ後ニ読也。当流ハ廿ノ巻カ神ノ巻ナレハ、肝要トスル也

＊〔頭注朱書〕口伝　此物名ヲ釈教ノ巻トシ、廿ノ巻ヲ神祇ノ巻トナラフナリ

とあり、①本は伝心抄にかなり忠実な内容となっている。明暦講釈全体がそうであったものと思われる。

一方、②今治本・③国会本はB・C・Dを内容とする点でも、書き出しの部分や文章においても寛文講釈と類似する。傍線部はかなり特徴のある部分で、これが①東山御文庫本にないことは、この系統の作者が寛文講釈を聞いていないことを意味し、堯然と見て妥当なことを意味するように思われる。

当該個所では、②③本は文章も同一であり、一方が他方を転写した可能性も考え得る程類似する。その理由については一層の検討が必要であろう。また、比較のため前後部分を見ると、当該個所直前は巻十九雑体の最後一〇六八番歌注に当たる。寛文講釈はない所で、①②③本はほぼ同文であるが、②と③は微妙な異同が見られる。一方、この後には物名一首目の四二二番歌注が来るが、②本は寛文聞書と類似し、③本は前半寛文聞書に類似し、後半は明暦聞書の後半と似る。両方を取り合わせた内容である。したがって、前後の部分ではとくに②③の類似があるともいえない。

（２）今治本（道晃系）における記述欠如箇所とその意味

①本と③本に比較して、②今治本の記述が少ない箇所がある。寛文聞書と比較すると類似する。たとえば春上三番歌注を比較すると、

①東山御文庫本	②今治本	③国会本	寛文聞書
「題しらす」、種々の心あり。当座の景気に望てよみたる歌。又さ	題しらすよみ人しらす 読人不知ノ事数多ノ義アリ。何ニモ書ノセタ	題しらず 此題不知ハアマタノ心アル也。一ツハ景気ニ	題しらず　よみ人しらず アマタノ義アレドモ、

したる所にてもなき所にての歌。又題に不合歌。又、事多て何の題とも定かたき歌。又実に題不知、勿論。「読人不知」、是も種々の心あり。当代御門の御製。高家の人の歌。勅勘の人の歌。凡下の人の歌。古人の歌。後々の集には初て集に入作者を読人不知と書、不謂事也。

「春霞―」、霞の字、清。朝霞、夕霞は濁る。此歌貫之女《ムスメ》の内侍歌なり。其時勅勘の人

レハ、事ナカ〳〵シクナルホトニ、サシヲカル丶也。

春霞たてるやいつこみよしの丶芳野丶山に雪はふりつ丶

春ノ気色ハ、先芳野ノ山ニコソ、見メトナカムレハ、雪フリテ其気色モオホツカナキ程ニ春霞タテルヤイツコト云也。つ丶トマリノ歌ハ、中〳〵ノ五文字ノタクヒニテ、セウ〳〵ニテハヨマヌ事也。

望テ読事モアリ。又ハ何レノ題ニテ読タルトモシラヌ心也。又ハ子細アリテ、ヨミシヲカクサントテ也。又ハイツレノ歌トモシラヌ也。

よみ人しらず

当代ノ天子ノ御製、又勅勘ノ人、又サシテモナキ人、実ニ名ヲシラサルモアリ。又ハ仏神ノ歌、後々ノ集ニハ神歌ヲモ入タル也。此読人不知ハ貫之カ女ノ内侍也。此人、勅勘ヲ蒙リシ人也。然ルヲ三番メニ入タル所名誉ノ事

何ニモ書載事ナレバ、ナガ〳〵シサニ、サシヲク。御省略也。

春霞たてるやいつこみよしの丶よしの丶山に雪はふりつ丶

春ノ気色ヲバ、先吉野山ニヲキテコソ、ナガメウスル事ジャニ、余寒ノ雪ガ降ホドニ、霞ノタツハイヅコモトゾ申也。

つ丶トマリノ歌ハ、中々ノ五文字ノタグヒニテ、セウ〳〵ニテハヨマヌ事也。

（濁点私）

也。貫之心には少も私無く歌の可然を入る也。守覚法親王へ俊成書て進する時、我かたらひたる女の贈答の歌を書載たる心同しき也。此集には「題しらす、読人不知」と書。後撰集には「題しらす、よみ人も」とあり。拾遺集には「題・読人しらす」とあり。定家卿、三代集を書て備叡覧時、同しやうに「題しらす、読人不知」と書改て進上。奏覧に略する不可然との義也。

也。内々ハ主上ニモ御存知アリテノ事也。後撰・拾遺ニハ《後撰》題しらす・よみ人も、又題・よみ人しらすトアリ。

春霞たてるやいつこみよしの丶吉野丶山に雪はふりつ丶

朝かすみ、夕かすみハ濁る。たてるやいつこハいつく也。たてるやヲた丶ルヤト書タル本モアル也。心ハ同し事也。たてるよろし。つ丶ハ惣而余情ノ詞也。心ヲ残シタル詞也。万葉ニハ乍ト書。

歌の心は、霞の立かと見れはよしの山は高山ゆへ雪ふりたる也。霞の立はいつこもとそと也。つゝは余情の詞也。心を残す也。万葉にも筒の字、乍の字と二あり。是は乍也。たてるをたゝるとある本あり、同心也。たてるとある可然と也。		コヽハ乍也。ミヨシノハ上吉野・中吉野・下吉野トテ、三吉野アル也。つゝトマリノ歌ハ中々ノ五文字ノタクヒニテ、セウ／＼ニテハヨマヌ事也。此五文字今時ハヨマサル事也。	

傍線部は①本と③本の類似箇所、二重傍線部は②本と寛文聞書の類似箇所である。

三番歌は題しらず、よみ人しらずの歌で「春霞たてるやいづこみ吉野の吉野の山に雪はふりつゝ」である。歌の注の前に、この題知らず、よみ人しらずの表記についての講釈があった。これが①本③本には記されるが、寛文講釈では省かれて聞書に「御省略也」とある。②本は寛文聞書と同様省略し、文章も類似する。

この表により、すぐ気付くことは、①本と③本に類似が多く、②本が寛文聞書と類似することである。また、③本は、①と大半類似するが、寛文聞書とも類似する箇所を持つ。また③本には伝心抄にもない独自文「ミヨシノハ上吉野・中吉野・下吉野トテ、三吉野アル也」がある。（「ツヽ」の説明の中間に割り込む形なので、後人の傍注が本文化した可能性もあろう）

以上の対照表により、わかることは

1，②本（道晃系）は明暦講釈を全く採らず、もっぱら寛文講釈に従っていると思われる。

ところで、寛文講釈は、法皇が老齢のためであったため、各巻巻頭五首の講釈であった。もっぱら寛文講釈に従う②本の場合も、寛文講釈の無かった歌の注を見ると、これは明暦聞書によっている。②本（道晃系）は寛文講釈のある歌は全くそれに従い、ない歌は明暦講釈によったのである。

2，寛文講釈にある「つゝトマリノ歌ハ、中々の五文字ノタグヒニテ、セウ〳〵ニテハヨマヌ事也」の部分は、②本③本にあるが、①本（堯然系）にはない。これは、前節で取り上げたのと同じ理由、すなわち①本系作者が寛文講釈を聞いていないためと考え得る。

3，③本（雅章系）は主として明暦講釈を採るが、寛文講釈をも併せて採る。

（3）「実条」の表記と国会本の性格

三条西実条（一五七五〜一六四〇）は三条西公国の子で、慶長九年に細川幽斎から古今伝受を受け、後水尾天皇初期歌壇の実力者であった。その三条西実条の説が秋下、二五三番歌注に引用される。

①東山御文庫本	「神な月――」、時雨の時節をも不待してうつろふと也。神なひならは神な月を待ん事なると也。抄に昔は「神なみ」と云、今は「神なび」と「ひ」の字濁て読とあり。実条公に、仙洞御尋の時、「び」とも、「み」とも無やうにと也。さもあるへきと也。裏の説、人の行ゑは不知物也。悪き事を兼て可レ知ならは覚悟あるへき事なる也。必、末に降へき時雨を知て、兼てあらかじめうつろふと也。
②今治本	神無月時雨もいまたふらなくにかねてうつろふ神なひのもり 神ナミノ森ノ時節ニ先タチテ、ウツロフヲミテ、時雨ノ時節ハ神無月ナルカ、其時節ニ先立テ、カネテウツロフト云心也。
③国会本	神無月しくれもいまたふらなくにかねてうつろふ神なひのもり 時雨ノ時節ハ神無月ニテアルニ、其時分ヲマタスシテウツロフ心也。神なひ、モトハひ(傍記、ミトヨム)、チカキ比ハびト云ヤウニよむト也。三西被申上ハ、びトモみトモナキヤウニ読トイヘリ。人無二遠慮一、必有二近憂一トイヒシヤウニ、必末ニフラン時雨ヲシリテ、兼テアラカシメウツロフ心也。
寛文聞書	神無月しくれもいまたふらなくにかねてうつろふ神なひの森 神ナミノ森、時節ニ先ダチテウツロフヲミテ、時雨ノ時節ハ神無月ジャガ、其時節ニ先ダチテ、カネテウツロフト云義也。 (濁点私)

神南備の森の読み方についての「抄」（伝心抄と考えられる）の記述に関連して、①本に「実条公に、仙洞御尋の時、「び」とも、「み」とも無やうにと也。さもあるへきと也」③本に「三西被申上ハ、びトモみトモナキヤウニ読トイヘリ」とある。寛文講釈には言及がなく、これは明暦講釈で言及されたと思われる。

①本は「実条公に仙洞（後水尾院）御尋の時、〜にと也」とあり、「実条公」としながら、述部に敬語がない。一方、③本は「三西被申上ハ（三西申し上げられるは）」とし、主語を「三西」と三条西を略して呼びながら、敬語「被」を使う。この三西という表現は、中院通村が三条西実条に御会詠進歌を見せ返却を受けた詠草に(12)、「合点、三西大」（三条西大納言に合点を受けたの意）などと用いている。詠草の宛先には三条殿西殿と書くので、これはあくまで、手元に戻った詠草へメモ書きの場合などの略した呼び方と思われる。仲間内での呼び方とも思われるので、公家仲間の飛鳥井雅章が書いたと見てよいのではないか。この聞書は人に見せるものではなく内々の、私的なものとしての意識で書かれていることを物語るものでもあろう。敬語「被（らる）」を用いるのは、実条は内大臣を極官とし、前大納言の雅章より、身分が上になるからである。こうした表現の相違から、国会本は雅章系として妥当と思われる。

（4）底本（東山御文庫本）の性格〜朱墨書入と後人注記

○朱墨の使用について

底本には朱墨による書入がある（九八、一四三、一五六、一六九、一七五、一九四、一九五、二一五、二三〇、二八八、三五二）。朱墨も親本通りに転写されたという可能性もないわけではないが、一応、転写後の営為と見ておく。朱墨使用の意図は、一般的に言って加筆時期・筆者などを区別するためと考える。朱墨部分の性格を考える上で役に立つ次の例をあげる。

二三〇（女郎花秋の野風にうちなびき心ひとつをたれによすらん、時平）

「女郎花秋の〻風に―」、摂政関白の歌に（朱書入「似合たる風体也。野風といふ詞おもはしからねとも惣の歌よき也。此歌に二義あり」）。女郎花を女と見て、心もをかす、たれになひきたると云義一つ。又心一つを誰にかはしてなひくそと云義もあり。心ひとつをと云は専といふ義也。

朱書入の部分は、講釈を書きかけで空白となった所に書き込まれている。これは、伝心抄の該当部分と一致するので、伝心抄を使用した講釈が書き取れず、あとから伝心抄に拠り補入されたように窺える（今治本・国会本には有り）。一六九も同様なことが窺える。これを朱墨で書くのは、聞書作者ではなく、後人（転写者など）の営為だろう。このように補入と思われるが、伝心抄による補入は、一四三、一五六、一六九、一九五、二一五、二三〇で、一七五、一九四は顕注密勘に拠る補入である。また、九八、二八八、三五三は、伝心抄・顕注密勘には同様の記述がなく、今治本・国会本にも言及がない。独自の補入のように思われる。そして、この補入は上巻三〇〇番半ばまで。以上、朱墨は後人による補入と思われる。

○「〜歟」注記について

九、二一五、三三五、九〇三にある。

九、薫徳《クントク》（「薫」傍記「君歟」）のあまねき心也。

三三五、梅不ハレ匂、いづれ雪いづれ梅と分へきやうなし。然間、香をたに匂へと也。（中略）花と梅（傍記「雪歟」）とわかる〻やうに匂へと也。

九〇三、（前略）年は身につもりて難勘《ナンガン》（「勘」傍記「艱歟」）なる物なれども（後略）。

いずれも単純な書き違いを訂正するもので、作者であれば見せ消ちにするものと思われ、従ってこれらの「〜歟」注は転写者などの、おそらく転写時の営為と考えられる。また、二一五は、朱墨である。

　二一五、宗祇（「祇」朱傍記「長歟」）発句に「おそ紅葉は山は雪の下葉哉」。（中略）此歌猿丸歌と云説如何。惟（朱傍記「是」）貞のみこの歌合とある程に。（後略）

「宗祇」とある墨字の「祇」に傍記して朱で「長歟」とするもので、宗祇ではなくて、弟子の宗長であろうと疑義を呈している。字の間違いではなく内容についての疑義である。伝心抄に「宗長」とあるので、これにより訂正されたものであろうか。「是貞」は字の訂正であるが、伝心抄に是貞とあるので共に訂正されたか。これらの朱墨は前述の朱書入と時期を同じくするものと思われる。

○「私〜」注記について。「私」と付す注記のことであるが、一般的には「法皇」注に対して後人による「私」の注を意味すると考えられる。二四八詞書の注に次のようにある。

　「仁和のみかと—」、前にもありし光孝天皇也。大和のふるの滝—、光孝天皇五十八（「八」右傍記「通村、私五歟」左傍記「五十七崩歟」）歳にて御即位也。それ以前の事なるへし。（傍線部は墨色の異なる書入れ）

すなわち、「光孝天皇五十八歳ニテ御即位也」という部分に、即位が五十五歳ではないかという疑義がまず注される。（本朝皇胤紹運録では、光孝天皇は五十五歳即位、五十八歳崩御とある。）五十八歳即位は伝心抄の記述のままであり、法皇はそのまま講義したのを、本朝皇胤紹運録などにより誤りに気付いた者（聞書作者か）が、「五歟」の注記を入れたと思われる。なお、顕注密勘には関連の記述はない。「〜歟」注記であるが、前述のものと性格が違う。また筆致から見て「五歟」の注記は親本にあり本文と共に転記されたもののように考えられる。その上に更に墨色の異なる書入で（筆跡は本文と類似する）「五歟」注記へ「通村、私」と注し、左傍記で「五十七崩歟」

と注する。中院通村は後水尾院前期歌壇の重鎮であったが、明暦御講釈の四年前にあたる承応二（一六五三）年二月にすでに薨去していて、講釈は受けていない。しかし、「五歟」注記を通村の営為と思い誤った者が、後から「通村、私」と注し、また、光孝天皇の薨去年齢を加えたものか。

この私注についての意味はそのように考えられ、「五歟」とした人物（聞書作者、尭然か）と「通村、私」と付した後人（転写本の筆者か）とが想定される。なお、この箇所が、他系統ではどうあるかを見ると、

今治本（道晃系）では「光孝天皇ハ五十五歳ニテ御即位也」

国会本（雅章系）では「此天皇ハ五十八歳ニテ御即位也」

とあり、今治本と関係があるかもしれないが、各々独自の訂正かも知れず、はっきりしない。

また、「私〜」注記は、二四八詞書のほかに六六六、九〇四の二例がある。

六六六、（白川の知らずともいはじ底きよみ流れて世々にすまんと思へば、貞文）

「白河の―」、人は何と云とも堅固に不知と云はんと也。さりなから底に疵《キズ》がある程に不知ともいはじと也。末にも又逢事あらんと也。偽て能事もあれとも正直に云はんと也。私すまんと思へはと云は伊勢物語に男すますなりにけりと云詞の心歟。

この「私」注の内容は、伊勢物語に拠り語釈を付加したもので、該当部分の文頭に「私」と小さく付すが、書入ではなく本文となっている（筆跡・墨色は前後と同一）。今治本・国会本でも、ほぼ同じ文が本文として有るので、法皇講釈があったと思われるが、しかしこの二本では、「私」とは付記していない。該当部分は伝心抄にはない一文なので、「私」はそのことを指すと考えられる。伝心抄は、三条西実枝より古今集講釈を受けた細川幽斎が記した聞書で、幽斎より智仁親王へ、親王より後水尾院に伝えられ、院の御講釈の時のテキストであったと考えられる。

（『古今集講義陪聴御日記』には寛文講釈時に伝心抄が法皇の見台上に置かれていたことが記されるので明暦講釈時においても同様と推測される。）しかし、だれが、「私」と付記したのか。後人が法皇講釈に付すにしては不適当な注と思われる。考え得ることは法皇が「私の考えだが」と言われたことを受けて記されたのかと思われる。聞書作者（尭然か）の当座の書き込みではないか。道晃法親王や雅章においては省略されたのではないか。

九〇四は墨色が異なる（朱墨とも断言できない）細字の行間書入である。「私、或抄、〜」として両度聞書の説を引用する（筆跡は前後と同一）。

九〇四（ちはやぶる宇治の橋守汝《なれ》をしぞあはれとは思ふ年のへぬれば、よみ人しらず）

「ちはやふるー」、神と必つゝくる事なれとも是は何として宇治とつゝくるぞと云に、宇治の橋守は神なる程に也。道をまもる神也。なれをしぞは汝《ナンヂ》をしぞと也。我も年よりたると也。月・花の心もなき物になれと云事はわろしと俊成云。

（行間書入）「私、或抄、我年のつもりたるをなけくあまりに橋守をもあはれと思と也」

主文の内容は伝心抄とほぼ同じものである。今治本・国会本でも同様であるが、この二本では主文の後に「祇鈔云」として両度聞書の全文（片桐洋一『古今集注釈書解題三』所収本とほぼ一致）を付加し、「私」とは記さない。両度聞書（『古今集注釈書解題三』所収本）では、

御注、ちはやぶるとは、神とつゞけねどもかやうにもつかふ詞也。万葉に此たぐひあり。橋守は橋姫明神なり。我年の老ぬる事を歎あまりに橋もりの年へぬるをあはれと思ふ心也。橋守はむかしより道をまもる神也。此歌は道ある人のいたづらに老ぬる後、我身をはしもりになずらへてよめる歌なるべし、尤心おもしろくや。

とある。底本は祇鈔を「或抄」として傍線部分の内容を取り入れた説を述べ、「私」と付す。これは六六六の場合

と同様に、伝心抄以外の説であることを指して「私」とするものと思われる。一部分を咀嚼した引用であることは当座の聞書であることを示し、全文引用であることは後に両度聞書を見て補われたことを意味するか。今底本では書入であるが、今治本・国会本にも言及があるので、御講釈で触れられたのであろう。親本にあったものが転写時の事情などで書入となったのではないだろうか。

以上、後の二例では、「私」とは「伝心抄にない注である」ことを意味するもののように思われる。これは後人の注とは考え難い。一方、二四八詞書注は、後人注記を意味する「私」と思われる。

以上、本文と同筆の後人注記があるので、したがって底本は転写本であると考えられる。

（5）三本についてのまとめ

以上、三本について、以下のことが判明する。

一、底本とした東山御文庫本は、尭然法親王系の伝本と思われる。（転写本であり、後人による勘考注記が付される。）内容は、明暦講釈のみの聞書である。

一、今治本は道晃法親王系の伝本と思われる。内容は、明暦講釈に寛文講釈を加えたものである。その追加方法は寛文講釈の行われた部分は、寛文講釈の内容だけを取っている。

一、国会本は飛鳥井雅章系の伝本と思われる。奥書は明暦三年とあるが、内容は両度の講釈内容を集成して含む。また、後人によるとも思われる補足を有す。

（付記1）脱稿後に、書陵部蔵『古今和歌集法皇御鈔』を見た。写本四冊。内一冊は仮名序注である。四冊の配列は記されず、仮名序を巻頭と巻末のどちらに置くことを意図したかは不明。巻十九の後に巻十物名・巻二十・墨滅歌・真名序・奥書と配列する。本文の内容的特徴（前表の春三番歌、秋二五三番歌）は今治本（道晃系）と一致する。奥書を次に掲げる（日下幸男『近世初期聖護院宮当座院門跡の文事』にすでに紹介されるが、私に訓点を付す）。

先年、法皇召三妙法院宮堯然、聖護院宮道晃、岩倉黄門具起、与二雅章一、有二古今集之御講釈一。事畢此集之奥義秘説忝承二御相伝一。其後、新院此集御伝授之時、又被レ召二加雅章一。最前御相伝之趣、令二再校合一訖。以二蒙昧之生質一、窺二歌道之奥秘一、誠住吉・玉津嶋之神慮難レ測者歟。天恩之深重如レ海如レ山、不レ耐二感荷一。剰此御抄全部四冊被レ許二拝借一、不レ日成二書写之功一。我家之至宝、何物如レ之。深納二函中一、固加二襲封一。不レ得二此集之伝授一者、雖レ為二我子孫一、必勿レ開二函封一。可レ秘々々。

この奥書によれば、雅章が、「御抄」の拝借を許されて書写したものであり、雅章自身が作成した聞書ではない。今治本（前記②本）の光栄奥書の中に、その親本は官庫蔵本で、霊元院御抄中に御抄と呼ぶ本とある。光栄の書写と雅章の書写は同一祖本によるもので、両者は兄弟本となると考えられる。

（付記2）脱稿（平成十九年一月）後に、国立歴史民俗博物館蔵の高松宮家伝来禁裏本の調査報告により、古今伝受の際の三十首詠が一括して存在することを知った。『灌頂三十首』資料番号H－六〇〇－六四〇、ゐ函三七五号である。（「中世近世の禁裏の蔵書と古典学の研究－高松宮家伝来禁裏本を中心として－」、研究調査報告1」、平成十九年三月十五日、国文学研究資料館・国立歴史民俗博物館発行。森田帝子氏の翻刻）。そこには明暦古今伝受時の堯然の歌が含まれるので、第一首めのみ掲示する。

初春霞　〽春の日の光まち出るうれしさを《や》かすみの袖に今朝つゝむ《あまる》らし（堯然）

傍記は後水尾院による添削と思われる。この時の伝受前三十首は、四人の受講者が全く異なる組題百首を詠んでおり、これは師の指示によるのであろうが、興味深い。寛文四年の古今伝受の場合は、四人の受講者は同題の百首を詠んでおり、その内容は、後水尾院自身の伝受前三十首と同題である。

【注】
（1）拙稿「後水尾天皇在位時代の禁中和歌御会について」研究と資料四九輯
（2）日下幸男『近世初期聖護院門跡の文事』に中院通躬筆とある。通躬は通茂の子。『古今集講談座割』の内容は正徳四年の通躬の講釈聴聞までを収める。
（3）昭和36年、鹿苑寺発行。旧漢字を新漢字に私に改めた。
（4）カッコを付したものは記述がなく推定による。講釈、講談は同じことだが、もとの表記のままとした。
（5）小高道子「細川幽斎から後西院へ」『古今集の世界』世界思想社、一九八六年
（6）古今集古注釈書集成『伝心抄』（笠間書院）による。
（7）帝国学士院編。三〇四頁。
（8）毎日新聞社編集・発行
（9）国語国文、昭和六十一年八月
（10）新井栄蔵「陽明文庫蔵古今伝授資料」国語国文、昭和五十二年一月
（11）貼り紙による傅大士頌は同文なので省略に従った。
（12）高梨素子編『中院通村詠草』古典文庫六六五、四三頁

寛文聞書解説

（一）寛文の古今集講釈

寛文四（一六六四）年後水尾法皇は、後西上皇の要請に応じて、後西上皇、烏丸資慶、日野弘資、中院通茂に対して、古今伝受の古今集講釈を行った。五月十二日から十六日まで五日間講釈、中一日おいて、十八日に切紙伝受があった。明暦三年に伝受を受けた道晃法親王と飛鳥井雅章も陪聴した。この講釈については、東山御文庫に後西上皇・道晃法親王関係の資料が、京都大学図書館に中院通茂関係の資料が、また書陵部に日野弘資の聞書（零本）がある。この伝受がどのように行われたかについては、海野圭介「後水尾院の古今伝授－寛文四年の伝授を中心に－」（1）がよくまとまっている。また、拙稿『烏丸資慶集』解説中にも触れているのでその部分を、後に付載する。

京都大学図書館『古今集講談座割』により、寛文四年古今伝受の項を引用すると次のようである。

寛文四年法皇御講談

依御老年有被省略之事

新院、通茂卿、弘資卿、資慶卿等へ御相伝之時、道晃法親王、雅章卿等同聴聞。

初座、五月十二日

春上初ヨリ五首御文字読、御講談。六首目ヨリ春上分御文字読斗也。春下端五首御文字読、御講談。六首目ヨリ春下ノ分御文字読斗也。此間暫時御休息之後、夏・秋上下・冬此四巻、春下ニ同シ。

第二座、十三日、

賀部端五首御文字読、御講談。六首目ヨリ賀部分御文字読斗也。離別端五首御文字読、御講談。六首目ヨリ離別部ノ分御文字読斗也。次羇旅部端五首御文字読、御講談、六首目ヨリ羇旅部ノ分御文字読斗也。此間暫時御休息之後、恋一・恋二、賀・離別・羇旅等ニ同シ。

第三座、十四日

恋三・恋四・恋五御文字読、御講談。春上ノコトシ。此間暫御休息之後、哀傷・雑上、御文字読、御講談、如春上。

第四座十五日

雑下御文字読御講談等如春上。雑体ハ短歌一首、旋頭歌二首、誹諧歌一首御文字読御講談。其外御文字読ハカリ也。此間暫御息之後、物名部、端五首御文字読御講談、六首目ヨリ御文字読斗也。次、仮名序端いつれかうたをよまさりけるト云処マテ六行、御文字読御講談。ちからをもいれすしてト云所ヨリ御文字読。何レノ部モ端五首ツヽ御講談。サレトモ贈答ノ歌アレハ返歌マテ六首ノ所モ有。

第五座、十六日

廿巻題号ヨリ端一首。日本紀にはつかへまつらめよろつよまてにと云マテ御文字読御講談。二首目ノふるきやまとまひの歌ト云ヨリあふみのやノ歌ノ左注マテ御文字読ハカリ。東歌、みちのくうた、あふくまに、此歌御講談。ちはやふる、此軸歌御講談。家々称証本、此一行御講談、以下御文字読ハカリ。次、「此集家々所称―」、此奥書御講談。次、真名序、題号ヨリ「莫宜於和歌」、是マテ御文字読ナシニ御講談。此巳下ヲハ御文字読斗也。

五月十八日庚辰切紙

新院廿八歳、御冠直衣尋常三陪多須幾、紅打衣単、御指貫烏襷、下括
次、烏丸前大納言四十三歳、衣冠直衣、白綾衣単
次、中院大納言卅四歳、衣冠、単、懸緒并襪等無之
次、日野前大納言四十八歳、衣冠単

この講釈を受けた人々について、簡単に説明すると、後西上皇は寛永十四（一六三七）年生。後水尾院の第七皇子で、後水尾天皇譲位のあと明正・後光明に継ぎ、明暦二（一六五六）年正月天皇となり、寛文三（一六六三）年に弟の霊元天皇に譲位して上皇となり新院とよばれた。慶安五（一六五二）年ころより仙洞御会始に詠進している。天和二（一六八二）年に霊元院と近衛基熙に古今伝受を行った。自撰の御集『水日集』がある。

烏丸資慶は元和八（一六二二）年生。細川幽斎より慶長八年に古今伝受を受けて歌道の家を興した大納言烏丸光広の孫にあたる。寛永十五年十七歳のとき、祖父光広と父光賢（三十九歳）を失い、後水尾院に歌道の訓育を受けた。寛永十五年から禁中御会始に、寛永十八年から仙洞御会始に詠進している。歌論書『資慶卿口授』『資慶卿口伝』『資慶卿消息』、家集『秀葉和歌集』などが残る。寛文九年祖父光広の家集『黄葉集』の編纂を終え、十一月に薨去した。門人細川行孝による聞書『続耳底記』がある。

中院通茂は寛永八（一六三一）年生。慶長九年に幽斎より曾祖父中院通勝が古今伝受を受けた。祖父の内大臣通村は後水尾院の青年期から歌を添削をするほどの実力者であり源氏物語講釈も行った。承応二（一六五三）年二十三歳の時、祖父と父通純（四十二歳）が薨去した。現存資料では承応四年ころから禁中御会始に詠進がみられる。家集『老槐集』、聞書に松井幸隆記の『渓雲問答』などがある。

日野弘資は元和三（一六一七）年生。通村の後を受けて武家伝奏となった大納言日野資勝の孫である。寛永十八

年ころより禁中御会始に詠進している。父光慶は寛永十七（一六四〇）年の祖父の死より早く寛永七年に四十歳で薨去した。歌道の家の人ではないが、万治二（一六五九）年より始まった後水尾院指導の点取和歌御会（万治御点）の主要メンバーとして和歌の研鑽を積んだ（２）。『日野弘資六十首』『日野弘資詠草留』（３）などの歌と、門人の聞書『日野殿三部抄』（近世歌学集成）、また、書陵部に『日野弘資古今集聞書留』（写本二冊）がある。これは寛文四（一六六四）年の聞書だが、春夏と巻十九以降の残闕本で、不審条々をも含む内容のものである。研究論文では柳瀬万里「日野弘資―彼の和歌とその環境」（４）がある。

この中で、後西上皇（花町宮とも）と烏丸資慶は、承応二（一六五三）年に行われた『褒貶和歌』と呼ばれる月次和歌稽古会に参加している。また万治二年から寛文二年にかけて行われた『万治御点』と呼ばれる後水尾院勅点の稽古会には四人とも参加し、古今伝受に向けて歌道の研鑽を積んでいる（５）。

（二）寛文講釈の指導方法

明暦三年の時には全歌に講釈があったのが、寛文講釈は巻十八までは各巻五首ずつ（恋一は返歌を含め六首）、巻十九が四首、巻二十が三首、墨滅歌が標題のみ、奥書は「伝于嫡孫」まで、真名序は巻頭「和歌有六義」までであり、あとは文字読だけであった。文字読は声調・清濁などを教えるものである。指導法は、各巻毎に、まず始め五首の御文字読があり、その講釈を行い、続いて同巻残余を文字読する。次の巻の始め五首まで文字読を続けて、そこで五首の講釈を行う。残余は文字読で、その文字読は次巻五首目まで続けるというやり方であった。

進行日程は、五月十二日は巻一～巻六、三四二番歌まで。十三日は巻七～十二（除巻十）、六一五番歌まで。十四日は巻十三～巻十七、九三二番歌まで。十五日は巻十八～十九、一〇六八番歌までと、物名四二二～四六八番歌、仮名序。十六日は巻二十、巻軸の一一〇〇番歌までと、墨滅歌十一首、奥書、真名序まで。一日平均三百首だが講釈は三十首程度の進行で、仮名序・真名序を含めて五日間で終了させている。これは、法皇が六十九歳と高齢であったためと考えられる。前掲『古今集講談座割』にも「依御老年、有被省略之事」と見える。講釈の順序では、巻十九と巻二十の間に物名と仮名序が来るのは明暦聞書と同様である。しかし、墨滅歌に続いて奥書が講釈され、最後が真名序であった。聞書の内容だけでなく、道晃法親王の日記にもそのように記載がある。これは明暦講釈が真名序、奥書の順であるのとは違う点である。どちらの講釈の場合も、奥書の「伝于嫡孫（為氏）」に関わる記述が見られ、これは、貞応二年七月廿二日の定家の奥書にある文言（6）なので、貞応二年本古今和歌集に準拠すると考えられる。冷泉家時雨亭叢書の影印本『古今和歌集貞応二年本』（定家孫覚尊書写）や今治市河野美術館蔵『詁訓和歌集』（文保二年為定書写本の転写本。岩波新日本古典文学大系『古今和歌集』底本であり、校注者新井栄蔵氏の解題によると、明暦三年の伝授の折に使われたものという）によれば、真名序の後に奥書がある（寛文伝受時使用の梅沢本も同様）。寛文講釈では真名序と奥書の順序が入れ替えられたのであろう。

（三）聞書の作成

法皇の講義の場において、後西上皇は、当座での聞書を行い、帰宅後、照高院宮道晃法親王の助言を得ながら、聞書を清書した。道晃法親王は明暦三年に法皇より古今伝受を受けており、今回は陪聴者として参加していた。後西上皇筆の記録である『古今伝受御日記』に、次のような記述がある。

講釈初日の十二日に「愚亭ニ帰之後、照門（照高院宮道晃法親王）、中院、烏丸、日野等入来。今日之祝儀賀了。各対面。即照高院宮ニ申入、今日聞書之散㆓不審㆒、令㆓清書㆒了。」

十三日「今日又照門、愚亭透行。聞書不審之分散、令二清書一了。」
十四日「今日照門同道帰宅、令二聞書清書一了。烏丸大納言入来。聞書之不審共相談也。」
十五日「照門、烏丸、今日又愚亭ニ参会、令二聞書清書一了。」
十六日「又照門招請、聞書清書了。烏丸同参。」

十二日に後西上皇は、訪問した道晃法親王に申し入れて、聞き取りの不審箇所（書き落としや聞き取れない所などか）を質しながら、聞書の清書を終えた。十三日も同様であり、十四日には、道晃法親王を同道して帰宅し、清書を終えた。烏丸資慶が尋ねてきて、聞き取りの不審箇所について相談があった。十五日には、道晃法親王のほか資慶も始めから上皇御所に参会して、聞書の清書があった。上皇と資慶は道晃法親王の助言を得ながら、それぞれに清書したものと思われる。十六日も同様であった。

現在、中院通茂の聞書が京都大学図書館中院文庫に、日野弘資の聞書が書陵部に存在する。烏丸資慶の寛文聞書の所在は知られていない。

（四）東山御文庫蔵書と底本

（1）東山御文庫蔵書

寛文四年古今伝受の関係書は、書陵部東山御文庫蔵、勅封六二・一一・一・一に収められ、十三点の書類である。各本は外題・内題ともに無いため、書名は目録用に付けられた書名と思われる。その内訳は、

①六二・一一・一・一・一　古今伝受御日記寛文四年五月　一冊
②六二・一一・一・一・二　古今集講義陪聴御日記　一冊

③六二・一・一・一・三　古今集御聞書　五冊
一寛文四年五月十二日　春・夏・秋・冬
二寛文四年五月十三日　賀・離別・羈旅・恋一・恋二
三寛文四年五月十四日　恋三・恋四・恋五・哀傷・雑上
四寛文四年五月十五日　雑下・雑体・短歌・旋頭歌・俳諧歌・物名・仮名序
五寛文四年五月十六日　大歌所御歌　墨滅歌　奥書　真名序
④六二・一・一・一・四　古今集御備忘　二冊
⑤六二・一・一・一・五　古今集御聞書　二冊
一（冒頭）「古今和歌集、題号」
二（冒頭）「寛文四年五月十二日」
⑥六二・一・一・一・六　古今集御備忘　一冊（表紙「竊事」）
⑦六二・一・一・一・七　古今集御備忘　一冊

①古今伝受御日記は後西上皇著、②古今集講義陪聴御日記は道晃法親王著と考えられる。③⑤は後西上皇の聞書だが、③は当座での走り書きであり、⑤がその清書本と考えられる。⑤は二冊に別れており、⑤二が清書本にあたる。⑤一は異なる性格の本である（後述）。④⑥⑦はメモ風の断簡である。⑥の表紙には「竊事」とあり、不審箇所を書き留めたものである（後述）。このうち、⑤一、⑤二の聞書と①、②の日記を翻刻する。

（2）聞書③、⑤の関係

聞書③は五冊本で春上から真名序を含む。⑤二と記述範囲・内容がほぼ一致する。次に③と⑤二の冒頭部を比較する。

③冒頭部
寛文四年五月
此集題号、古今二字サマ〳〵義アリ。
先一義、ナラノ御門を古字ニアテ延喜――、
文武天皇、此道ニ御志フカク、人丸ヲ御師範、
貫之、
　文武、延喜――第一義也。

和歌、和ハ此国ノ和国ノ和字之心、
歌は風の心也。和歌ノ二字ハ此国ノ風――。
集ハアツムル也。
巻第ハ第一第二次第ヲたて、、
此集――、

---

⑤二、冒頭部
寛文四年五月十二日　先御文字読五首
此集題号古今之二字ニ、サマ〳〵ノ義アリ。

先第一義ニハ、ナラノ御門ヲ古ノ字ニアテ、延喜御門ヲ今ノ字ニアテヽカク也。其心ハ、文武天皇、此道ニ御志フカクマシ〳〵テ、人丸ヲ御師範トシテ道ヲ学バレタリ。今又延喜、貫之ヲ御師範トシテ此道ヲ御再興シ給。文武・延喜ヲ古・今ノ二字アツル事是第一義也。其外サマ〳〵義アリ。題号之事ハ、後〳〵モ沙汰アル事也。

和歌ノ和ノ字ハ、此国ノ和国ノ和ノ字也。歌ハ風ノ心也。和歌ノ二字ハ此国ノ風義ト云心也。

集ハアツムル也。古今風義ノ宜歌ヲアツムルト云心也。

巻第《クワンダイ》ハ、第一第二ト次第ヲタテヽ、法度ヲマモル

心也。
惣ジテ此集ハ、ヨク法ヲマモル事、眼目也。

③は書きかけの部分があるが、⑤二はその箇所を補っている（傍線部）。⑤二は③の文章を整え、清書したものと思われる。講釈進行状況を示す「御文字読」などの記述が加わる。そのほか、講釈のあった歌はその注の始めに、歌全文が掲示されるなどの手が入る。文字読だけの箇所では、講釈がないため⑤二には記述がないが、③本では歌の清濁・音調を示す差声や難読字の読みを書きとめた箇所が見られる。

故に、③が講義場での聞書、⑤二がその清書と考えられる。ただし、清書本といっても、墨で無造作に消して書き直している所など散見しており、完全な意味での清書本ではない。

（3）聞書⑤の詳細

さて聞書⑤は二冊に分かれる。

⑤一は、仮綴。外題内題なし。墨付き五十五丁。

⑤二は、仮綴。外題なし。内題「古今和歌集」。墨付き三十八丁

両者は収載歌が異なるので、その差異を見るため、取りあげられた歌を歌番号（新編国歌大観による）で対照すると次の通り。

古今集の歌番号	⑤一	⑤二
題号のこと	アリ（論語、祇抄）	アリ
巻一春上1－68	10、21、22、24作者(百人一首御抄)、36、38(紀氏系図)、59（字訓）、68（計8首）	1～5（5首）
巻二春下69－134	77、85詞、98、100、102、108詞・歌、113、117（万葉）、118、122、125左注(紹運録)、127、129、132(計14首)	69～73（5首）
巻三夏135－168	135、136、147(伝心抄、真名伊勢物語)、148（万葉）、151、152作者・歌、154、158作者、160、165、167（計11首）	135～139（5首）
巻四秋上169－248	170、176、177（万葉）、193(文選)、194、197 213、215、217、219（祇注）、238、239、240、246（計14首）	169～173（5首）
巻五秋下249－313	279詞、282作者、285(祇抄)、312（計4首）	249～253(5首)
巻六冬314－342	315、319、324、326、341、342（計6首）	314～318(5首)
巻七賀343－364	351、361（計2首）	343～347(5首)
巻八離別365－405	366、370、372、373作者(伝心抄、作者部類)、374作者（作者部類）、376作者、379(祇抄)、383(祇注)、385（計9首）	365～369(5首)
巻九羇旅406－421	ナシ	406～410(5首)
巻十一恋一469－551	469(祇抄)、471、481、482、483、(祇注)、484（御抄）、486、492(祇注)、495、496、502(祇抄)、507（計13首）	469～473(5首)
巻十二恋二552－615	560(祇抄)、561、563、573、578、579、582、593(祇抄)（計8首）	552～557（6首）
巻十三恋三616－676	624、625、629、634（伊勢物語）、659、666（伊勢物語）（計6首）	616～620(5首)
巻十四恋四677－746	695、711、715、710(抄)、717（計5首）	677～681(5首)
巻十五恋五747－828	754、757、769、772、782(祇抄)、790、791、815（計8首）	747～751(5首)
巻十六哀傷829－862	ナシ	829～833(5首)
巻十七雑上863－932	863（伊勢物語）(計1首)	863～867(5首)
巻十八雑下933－1000	946、947(項目のみ)、948(項目のみ)（計3首）	933～937(5首)
巻十九雑体1001－1068	1003、1007、1008、1003(清濁のみ)、1014(清濁のみ)、1022(清濁のみ)、1024（清濁のみ)、1027(奥義抄)（計8首）	長歌1001、旋頭歌1007、1008、誹諧歌1011
巻十物名422－468	423、427、435、437（和名抄）、453作者(作者部類)(計5首)	物名422～426
仮名序	ナシ	仮名序
巻二十大歌所御歌他1069-1100	1069、1070、1071（項目のみ）、1073、1082（計5首）（総計127首）	大歌所御歌1069 東歌1087、1100（巻軸歌）
墨滅歌1101－1111	ナシ	墨滅歌（「家々称証本」）
真名序	ナシ	奥書
奥書	アリ　［（　）内は引用書・歌数等］	真名序

⑤二は、法皇の御講釈の進行と一致するのに対して、⑤一は、講釈のなかった歌についての注を主としている。冒頭部題号のことは双方にあるが、言及する内容が異なる。次に掲げる（濁点私）。参考のため、伝心抄と明暦聞書（東山御文庫本、堯然系）をも挙げる。伝心抄は、講釈のテキストであったと思われるからで、法皇の見台の上に、伝心抄と古今集があったと道晃法親王が記している。（ＡＢＣは内容を分類して私に付した記号である）

伝心抄	⑤二寛文聞書	⑤一聞書	明暦聞書（東山本）
古今二字事 （Ａ）古とは文武御宇、人丸之時をいふへし、今とは醍醐御門、貫之、此集之時なるへし、和哥道は聖武御宇、尤被ㇾ賞といへとも、文武御代、人丸合体之臣として盛なりし時なる故ニ、古を文武・人丸之時といへり、其以来代ゝの中に、延喜御時にいたりて此道	（Ａ）此集題号古今之二字ニ、サマ〳〵ノ義アリ。 先第一義ニハ、ナラノ御門ヲ古ノ字ニアテ、延喜御門ヲ今ノ字ニアテヽ、カク也。其心ハ、文武天皇、此道ニ御志フカクマシ〳〵テ、人丸ヲ御師範トシテ道ヲ学バレタリ。今又延喜、貫之ヲ御師範		（Ａ）古今二字に付、重々の子細を沙汰候。第一、文武天皇と当代延喜御門とを二字にあつる也。文武は人丸を師範とし、延喜御門は貫之を師範として道をおこさるゝ也。此故、二代の御門を古今二字にあつる也。貫之は人丸をしたひて道を学ふ。遙に世をへたてたる人丸、貫之を師弟と

を興しましま す故ニ、西西（醍醐）・貫之の時を今とさす也（略）
（B）裏説
　又云、古者大易天地未分之処也、今者太初以来国常立之（ママ）、延喜御宇貫之之時、又は今日に至へし（略）
（C）裏
　又云、古今二字者正直也、正は自性言語不及ニあらす、中而不中、曰正、中者无極之称也、曲而不曲、曰直、正は天照大神の御心也、彼御心を学ふは即直也、是我朝之風也、直は正よりいつる

トシテ此道ヲ御再興シ給。文武・延喜ヲ古・今ノ二字アツル事是第一義也。
其外サマ〳〵義アリ。題号之事ハ、後〳〵モ沙汰アル事也。
（濁点私）

古今和歌集
題号
（B）又、一ノ義ニハ古トハ天地未分ノ時ヲトレリ。天地未開、万物未奥、只本分ナル所ヲ古ト云、今トハ国常立尊ヨリコナタ、今日マデ一切衆生ノ境界ヲ今ノ字ニトル也。
（C）又、正直ノ二字ヲ古今ノ二字ニアテ、イヘリ。正ハ自性言語ノ及所ニアラズ。サレバ、正直ノ二字ノ釈ニ中ナラズシテ、中ナルヲ、正ト云、曲《マカッテ》不曲ヲ直ト云、正ハ天照太神

云へき子細なき事なれとも、道をしたひて人丸の跡を学ふ故、師弟の心也。（略）
（B）又の義、天地未分の処を古の字、国常立尊より今日迄を今の字にあつる也。
（C）正直《セイチョク》（「正」傍記「清歟。猶可尋」）の二字をあつる。セイの字を古の字にあて、直の字を今の字にあつる。曲《マケテ》不ルヲレ曲ラ、今とセイの字にあて、其御心をまなふを、直の字にあつる也。正直の二字なくては何の道も不

也、

此集は正直をすかたとせり、天下モ正直にて治へし、歌も正直を可守也、尤歌人用心也、以上三説也、此外説有といへとも相伝之次第あるへし、

又万事ニ古今の理有事ニ、過ぬるは古也、当信《（ママ）》は今也、刹那も如此、天地人ヲ正直ニトル、天地は正也、人は直也

（古今集古注釈書集成による、文明十三年宗祇講釈部分。読点私）

ノ御心なり。直ハ其御心ヲウツス所ノ義ナリ。

正直ノ正ヲ古ノ字ニアテヽ、直ヲ今ノ字ニアテヽ、天照太神ノ御心ヲ正ノ字ニアテヽ、其御心ヲ学ブヲ直ノ字ニアツル。正直ノ二字ナクテハ何ノ道モ不立事也。此集ハ殊ニ正直ヲタテ、歌道ハ正直ヲ本トス。万事ノ上ニ古今ノアル事也。前念ノ去ル所古也。当念ノ起所今也。刹那ノ内ニモ古今ノ二字ハアル事也。（濁点私）

レ立。此集は殊に正直を立。歌道は正直を本とす。万事の上に古今の二字ある事也。前念の去る処古、当念を今の字とす。刹那の内にも古今の二字はある事也。

伝心抄（文明十三年宗祇講釈部分）の「古今二字事」では正説（A）、裏説（B）（C）と記述されるが、そのうちで、⑤二は（A）の内容があり、⑤一は（B）（C）の内容がある。講釈時の聞書⑤二は、第一義だけを紹介し、「その外サマ／＼義アリ」として他説の詳細に言及しない。省略された部分を、⑤一は補足すると思われる。ところで何に拠って補足されたのだろうか。（C）の複線傍線部の部分は、伝心抄（文明十三年宗祇講釈部分）の記述に似ており、単線傍線部は明暦聞書に似ているが、その転記とは思われない。別の機会に後水尾院の講釈を受けたものではないか。明暦講釈後に不審の箇所について質疑応答があったことが、『隔蓂記』で知られる。寛文講釈の場合も質疑応答があり、そうした場で補われたものという可能性があろう。

また、⑤一には、前記の表中に示した通り、百人一首御抄、伝心抄、紀氏系図、紹運録、作者部類、祇抄、奥義抄などの書名が見える。紀氏系図などの系図はその書からの抜き書きであろう。群書類従五所収『紀氏系図』と部分的に一致する。祇抄とあるのは宗祇の両度聞書（7）と思われる。一八五は両度聞書の引用であるが、四六九は両度聞書に基づく講釈の聞書と考えられる。

中院通茂の『古今伝受日記』末尾に「不審条々」として廿四首秘歌・六首秀逸の項目が挙がり、「此等口伝無候之由不審也」と記す（海野圭介「後水尾院の古今伝授」）。これは、古今集歌のうちで、内外秘歌と呼ばれる特別な二十四首、秀逸とされる六首について、口伝が行われず不審とされたことを意味する。伝心抄には内外秘歌二十四首と六首秀逸に印が付され、明暦聞書にも若干の記述がある（一一三番歌）。寛文聞書には記述はなく、これに関わる講釈は無かったものだろう。

ところで⑤一では五九、一三五、一五二、一七〇、三一五、三四一、三六二の七首に二十四首秘歌の言及、二二、一一三、三四二の三首に六首秀逸の言及がある。五九歌には次の記述が見られる。

（五九）「桜花咲にけらしも足曳の」（桜花さきにけらしも《な》あしひきの山の峡《かひ》より見ゆるしら雲）

歌たてまてれと仰られし（詞書）トアルハ、五十首百首の歌事ニアラズ。手本ニナル様ナル歌タテマツレトアリシ也。此集ノ内外秘歌廿四首有。其内也。此歌別而子細有也。後ニ口伝有之事也。（略）

この歌が内外秘歌にあたることと、内外秘歌が「手本になるような歌」であることが説明される。また一七〇番歌注には「廿四首内外秘歌之内也。晴ノ歌ノ体也」との記述がある。

一方、六首秀逸については、二二番歌に

（二二）「春日野丶わかなつみにや白妙の―」、（春日野の若菜つみにやしろたへの袖ふりはへて人のゆくらん）此集之内六首秀逸トテ、口伝スル事アリ。六首之内也。

とある。これらは受講者の不審に答えての追加講釈であった可能性があろう。

以上、⑤二が寛文講釈の当座聞書の一応の清書本であり、⑤一は後水尾院の追加講釈と系図などによる補注を歌順に整理したものと考えられる。これは一応後西院の営為と考えておく(8)。⑤二を寛文聞書（当座書留本）と名付け、また⑤一を寛文聞書（追記本）として、翻刻ではその順に配列した。

（4）古今集御備忘④⑥⑦の性格

④は仮綴じ二冊。外題内題ともになし。

第一冊（勅封六二―一―一―一―四―一）。六丁の内、墨付五丁。一丁表に「訝《イブカリ》」と大きく書いて、「羽かき」など六語について主に清濁の言及がある。不審箇所を挙げ、又解答を得て記したと思われる。また古今集切紙の内容に関わる数項目の記述を含む。

第二冊（勅封六二―一―一―一―四―二）。墨付六丁。表紙見返しの端に「三体和歌ノ事」とあるが、内容は古今集題号について二項目、春歌上の歌について二〇項目、春歌下の歌について九項目についての不審と解答と思

われる。たとえば、

一、「梅の花―」、鞍馬ノ事、暗部別所歟。（別行）一所二名也。

とあるのは、三九番歌詞書「くらぶ山にてよめる」についての不審であり、それを書き留めた後で、その答えを聞いて「一所に二つの名がある」と書き足したものと思われる。三九番歌は寛文聞書では、講釈されなかった歌であり、追記本にも記載がない。明暦聞書によると、「くらぶ山は鞍馬なり」との講釈があった。しかし伝心抄にも「くらふ山ハ鞍馬ノ事ヲ云。又別ノ所ヲモ云ヘシ」の記述があるので、それに関わるものかもしれず、この書の性格を見極めるためには、精査が必要である。猶、其の後の検討により、本書は寛文講釈時の作成と思われる（『研究と資料』五九輯に翻刻を掲載）。

⑥は仮綴じ一冊（勅六二―一―一―一―六）。墨付は見返しより二丁表まで。表紙中央に「窺事」とある。巻二十の歌などについて一三項目の不審箇所を記したものである。一〇七六番歌、一〇九五番歌には合点があり、この二項目は合点により答えを書き込まれたと思われる。興味深いのは一〇九一番歌の部分で、

（一〇九一）「みさふらひ―」、宮木野ハ所（「所」傍記「此字ノ事可窺、岩聞書同」）フカキ所ニシテ云也。

とある。これは傍線部のように「所フカキ」と書き留めた記述に後日疑問を抱いて、不審箇所としたものであろう。岩聞書にも同様「所フカキ」であったというのだが、岩聞書とは岩倉具起の聞書を意味し、したがって明暦聞書の時の不審事項と思われる。ここに該当する記述では、現在残る明暦聞書の三系統本すべてで「露のふかき」となっているので、露と直されたものであろう。また、一〇六九番詞書について、

二十「おほなほひのうた」、是もやそまかつ日の日、かみなほひの日、おほなひの日、時節ニヨリテ名かはる也。此事可窺。

とある。明暦聞書に以下の記述がある。

（一〇六九詞書、大直毘《なほなほび》のうた）

「おほなほひのうた」、大直日、（中略）是もやそまかつひの日、神なをひの日、大なをひの日と云。日の時節によりてかはる也。

この部分に対する不審事項と思われる。したがって、この一冊は、明暦聞書の時の成立と考えられる。

⑦は、一紙（勅六二―一―一―一―一―七）。内容は賀の部の歌、羇旅の部の歌、巻二十の歌などの註であるが、墨滅部分もある。四〇九番歌への言及「ほの〳〵と―、親句ノ中ニヲキテ句（私、ママ）ノ親句ノ歌也」を他書と比較すると、寛文聞書には四〇九番歌の講釈はあるがこの記述がなく、明暦聞書・伝心抄に似る。

明暦聞書「親句の中の親句也」

伝心抄「親句ノ中ニヲキテ句ノ親句ノ歌也」

伝心抄の表記が近いので、伝心抄などから抜き書きした資料か。書き留めた一紙がはぐれたものであろう。

以上『御備忘』④⑥は、不審箇所について質疑応答を記したもの、⑦は他書を抜き書きしたものと思われる。

【注】

（１）講座平安文学論究一五号、平成一三年二月、風間書房

（２）拙稿「烏丸資慶家集解説」（『烏丸資慶家集下』古典文庫五四一、平成三）

（３）島原泰雄「日野弘資詠草集（自筆）」（『国文学未翻刻資料集』昭和五六）に所収。

（４）国文学論叢、昭和五三年一月

（５）鈴木健一「後水尾院とその周辺」（『近世堂上和歌論集』平成元）

（６）久曽神　昇『古今和歌集成立論研究編』参照

（7）片桐洋一『中世古今集注釈書解題』三、資料編所収、近衛尚通本「両度聞書」による。

（8）ただし⑤一の筆跡は⑤二と少し異なるようにも思われる。たとえば「年」の字のくずし方は『古今集講義陪聴御日記』（道晃法親王）の字に似ており、⑤一が道晃法親王の作成である可能性もある。

日記二種解説

二種ともに、外題・内題はなく、書名は目録の書名である。表紙は本文共紙で、紙捻による仮綴。

一、『古今伝受御日記』（東山御文庫蔵、勅封六二、一一、一、一、一、）

寛文四（一六六四）年五月十一日より十八日にわたる日記である。内容は、後西院が日野弘資、烏丸資慶、中院通茂らと共に、後水尾院から古今和歌集御伝受を受けた際の記録である。伝受を受けるに至った経緯、十二日からの講釈の様子、帰宅後の聞書清書のこと、十八日の切紙伝受の様子、進物のことなど、古今伝受に関わる事だけが記される。記述内容から後西院の著である。平成十一年毎日新聞社刊『東山御文庫御物Ⅰ』に後西天皇宸筆として一部分の写真の記載がある。

一、『古今集講義陪聴御日記』（東山御文庫蔵、勅封六二、一一、一、一、二、）

寛文四年五月十二日から十六日の記述で、法皇（後水尾院）より新院（後西上皇）への古今集御伝受の際の記録である。冒頭に座敷模様が図示され、講義の場の様子、進行状況が主に記される。

十二日条に「庇に飛鳥井前大納言、予伺公シテ聴聞」とあり、記述者は庇の間で飛鳥井雅章とともに講釈を聴聞しており、道晃法親王と考えられる。また、十五日の記述中に、所労のために遅参とあるが、後西院の『古今伝受御日記』の照合すると、この人が照門（照高院宮道晃親王）であることが判明する。また、十六日条に、古今和歌集巻二十の大歌所御歌、おほなほひの歌の「ひ」の字に注記があり、「ヒ、予聴聞ノ時」とあり、「イ、新院御伝受ノ時」とする。これは、予が聴聞の際には、「ヒ」と読まれ、今回後西院伝受の際は、「イ」と読まれたという事を意味すると思われる。予とは明暦三年に後水尾院より古今伝受を受けた道晃法親王のことと考えられる。御文字読御講談の箇所など、講義内容の進行状態は後西院より詳しい。

それによれば、五月十二日より十六日の五日間にわたる講釈の進行状況は

十二日　春上・春下・夏・秋上・秋下・冬（端五首の文字読・講談、後は文字読ばかり）
十三日　賀・離別・羇旅・恋一・恋二（右と同様のやり方）
十四日　恋三・恋四・恋五・哀傷・雑上（同様のやり方）
十五日　雑下・雑体（短歌一首、旋頭歌二首、誹諧歌一首、文字読・講談、その外は文字読ばかり）・巻十物
　　名（雑下・物名は先と同様のやり方）
　　仮名序端六行、文字読・講談。その後は文字読ばかり。
十六日　巻二十大歌所御歌端一首、文字読・講談、後は文字読ばかり。
　　同　東歌端一首、講談
　　同　巻軸歌一首、講談
　　家々称証本の一行、講釈、以下文字読ばかり。
　　此集家々所称の奥書、講談。
　　真名序、題号より「莫宜於和歌」まで講談、以下文字読ばかり。

そして、十七日は休息日で、十八日に切紙伝受と進物進上が行われた。

一日のうちでは、巳の刻（午前十時）に法皇御所へ参上。また講義終了時刻は、未の刻（午後二時）頃であった

ことがわかる。

なお、十五日は所労のため、昼頃御所に参候して、午前中の講釈は聞いていないはずであるが、明暦聞書（道晃

系）の雑下冒頭歌の解説は、後西院聞書と類似する。後西院の講釈聞書を見たり、話を聞いたものであろう。『古今集講義陪聴御日記』とは後人の付けた書名と思われるが、まさに陪聴時のことを記録した日記である。

（付）寛文四年の古今伝受（拙稿『烏丸資慶家集』解説、平成三年刊古典文庫五四一より）

『古今伝授御日記』（東山御文庫本、後西著と考えられる。）によると、道晃らが古今伝受を受けた明暦三（一六五七）年頃より、後西にもその希望があったが、三十歳未満の若年であるゆえに許されなかった。資慶が三十歳未満の先例（智仁二十三歳、光広二十五歳）のことを考え出したので、寛文四年正月に道晃を通じ此旨を申入れた所、許可が出たという。後西はこの年二十八歳であった。正月十九日に、伝受時には詠むことが通例であった三十首和歌の歌題が示された。通茂の『古今伝受日記』（京大本）によると、その歌題は、後水尾院自身が伝受を受けた時の歌題であり、寛文二年正月に、資慶・通茂が石清水に奉納した法楽三十首の歌題と偶然にも同一であった。早春鶯を初めとし、社頭祝を末とする。その後、二月七日かえ歌（代替歌）を含めて、各自が六十首を詠進、院の指導により四・五月頃詠み直しが行われ、古今伝受以後に返却された。この三十首は六十首のものも、添削合点後の三十首のものも残っており、『秀葉集』、『日野弘資詠草』など各自の歌集にも入る。また後に、資慶は四人分百二十首に加注し、細川行孝に送った（拙稿「烏丸資慶加注『三十首和歌』の翻刻」、『研究と資料』一九輯所収）。

二月十二日、通茂は、中院家に伝来する古今伝受箱を法皇の所望により進上した。これは曽祖父通勝が幽斎より古今伝受を受けたときの伝受資料を収めていたと思われる。進上する前に、通茂は中を改めるが、切紙十八通、玄旨証明状、誓状下書、『僻案抄』、『顕注密勘』などが収められていた。資慶においても、事情は同様であったと思われる。五月六日に後西が院に古今伝受を督促し、七日に南都幸徳井方へ日次の勘文があり、十二日十八日が吉日との返答により、十二日開始が決定、七日夜に後西へ通達があった。

五月十二日、巳刻過に仙洞御書院において、後西・通茂・弘資・資慶に対する法皇の『古今集』御講談開始。庇間に前回の伝受者である道晃、雅章も伺候した。『古今集講義陪聴御日記』（東山御文庫本、道晃著と考えられる。）によると、この日の講義は、春上・春下・夏・秋上・秋下・冬まで、途中、休憩を挟み、未刻までであった。いずれも初めの五首は文字読みと御講談があり、残余は文字読みのみであった。法皇は上段に南向きに座し、見台を前にし、『伝心抄』一冊、『古今集』一冊を置き、覚書を手にされていた。その前に北向きに後西、次の間に通茂、弘資、資慶が北向きに伺候していた。

十三日は、同様のやり方で賀・離別・羇旅、休息後に恋一・恋二。巳刻より未刻まで。

十四日は、同じく恋三・恋四・恋五・哀傷・雑上。同時刻まで。

十五日は同様に雑下、また雑体の短歌一首、施頭歌二首、誹諧歌一首を文字読みと講談、以後文字読みのみ。休息後に物名を春などと同じやり方で、次に仮名序は「いつれかうたをよまさりける」という所まで文字読みと講談、以下文字読みのみ。同時刻まで。

十六日は、やや早く辰下刻より始まり、大歌所御歌「あたらしき」の歌、東歌「あふくまに」、巻軸歌「ちはやふる」、墨滅歌の前の識語の文字読みと講談があり、他は文字読みばかり。その後、奥書の講談（補記１）。真名序は「莫宜於和歌」までは講談だけあり、以下は文字読みのみ。休息の後に古今箱の返却（補記２）があった。これについては、後西の日記に詳しい。法皇はまず烏丸の箱をご覧になり、『伝心抄』を取り出されて、披見するように言い、烏丸家の二箱を返却された。次に中院の箱を開かれて、同様に『伝心抄』を取り出されて、資慶に披見を命じた。『伝心抄』は三条西実澄（実枝）の古今集講釈を細川幽斎が聞書したものと言うが（和歌大辞典）、烏丸、中院の両家に写本が伝わっていることになる。光広、通勝の伝受の際に書写されたものと思われる。後西は『伝心抄』の書写を望み、幽斎自筆の本を借り受けた。これは三光院（実枝）の奥書があり、八条宮穏仁親王所持の本ということであった。したがって幽斎より智仁親王に伝わった本と思われる。

十七日は仙洞への参集はなく、一日おいて十八日、辰上刻より仙洞弘御所で、後西、資慶、通茂、弘資の順に一人ずつ、切紙伝受があった。通茂の日記によると、臣下の三人の順序は、三人の申し立てによって決まった。臣下の三人は、官位では通茂が現職の大納言、資慶・弘資が前大納言。年齢では、弘資四十八歳、資慶四十三歳、通茂三十四歳であった。弘資は烏丸・中院が累代の伝受であり、かつ日野家は光広・通村の弟子筋に当たることから、順を譲り、資慶は日野は年長で中院は現職ということで譲り、通茂は、資慶が長年法皇の弟子であったことから一番を譲った。

（前行破損）然而本位上首也、又年老也、今日之義格別之間、両人之者、先可被召出歟之由申入了、暫而照門其通申入法皇之処、尤事也、奇特被思召也、相語、如何様にもすへきよし仰云々、新院召日野大納言、此旨被仰ノ間、日野談、其右旨予申之歟、内々此事雖存寄、存憚不申入之、烏丸予等累代之事也、且日野和歌之事、相談光広之後、相談後十輪院殿也、両人之已後、可罷出之由也、烏丸申云、年老日野、上首中院也、如何様にも両人之内参可然之由、被申之、其旨可被申入之由也、予申云、烏丸者、自幼少詠歌之事、得叡慮之間、又各別歟之由申入了、依召烏丸参了、（通茂『古今伝受日記』）

雖中院当官、烏丸先輩也、其上光広卿薨之後、別而此道之事、可窺法皇ヘ之由、申置之故、廿余年之歳、詠草相備叡覧、久敷御弟子也、仍而先烏丸参入也、（後西『古今伝授御日記』）

雖日野先輩、烏丸・中院等累代也、日野此度初也、且又光広卿、通村卿等ヘ久々和歌相談、旁以ヱシャクアリ、依而中院也、（同）

古今伝受の累代の家柄ということが大きな重みをもっていたこと、資慶・法皇の関係が、光広薨去以後の長年の師弟として、歌人たちの間で位置付けられていたことを知ることができる。

通茂の日記によると、切紙伝受のあった部屋のしつらえは、次の通りであった。十二帖敷で、北中央に人丸の像を掛け、その前に立机を一脚置いた。机中央に円鏡と小筥を乗せた広蓋、南に金作りの剣、東西に洗米と酒、机東端の北方に香炉を置いてあった。机の南側に文台を置き、その西側に御座があった。通茂は資慶の伝受後、小休止の後、照高院宮の先導により、この座敷に導き入れられ、法皇の近くに伺候した。法皇は文匣《はこ》の蓋を開いて切紙を取り出し、傍らに置いて、かけ守りを掛け、切紙一通を文台上で披見し、少々言及があったのち、通茂がこれを受け取り、巻いて、文匣の蓋中に収めた。このようにして、全切紙が終了して後、これを頂戴して退出した。かけ守りについては、通茂の日記中に三条西実教（実条孫）の談として記事がある。

かけ守トテアリ、伝受之時節弟子共ニカクル事也、白キ布の袋ニ入、此上官なと灌頂之時、大同ニナリテ伝ルヤウノ心也、恐凡身マモリヲカケソノ身ニナリテ伝受ル事也、此事先刻之古今秘伝抄ニアル事也、幽斎流伝受無之、前右府（三条西実条）伝受之時、従此方用意、幽斎にかけさせられし時、三光院伝受之時、何やらんしらすといへとも、被懸之、二度又懸之由あいさつありしと也、右府伝受最末、皆以右府以前伝受云々（二月十一日条）

かけ守りは幽斎流の伝受にはないことで、三条西実条が幽斎より伝受を受けた時に、実条側で用意して、幽斎に掛けさせた。幽斎は実枝より伝受の時に何か知らないが掛けた、これで二度目だと言ったというのである。実条の伝受は、幽斎の行った伝受では最後のものであったので、幽斎流には、他にないと実教はいう。これが真実であれば、智仁親王も知らず、後水尾自身の伝受時には掛けなかったかもしれない。たしかに書陵部蔵の智仁親王関係の古今伝受資料には、かけ守りというものは見られないようである。また実教談として、かけまもりの事者、仙洞御存知也、此事此度可有之歟、誰流他事あれとも、なくてもとて、をかるゝやうなる事あるへし、不知といふを恥辱にあそはして、ならはれても、用いあそはされぬ事、御すき也、それにては何事をゝしへでて無詮也、畢竟為道邪魔也、仍不申入也、（二月十四日条）

とあるので、後水尾院はこの時には、かけ守りのことを承知していたが、それは実教が教えたものではなく、また、院がもし知ったとしても今回行わないかもしれないと、実教は考えていた。かけ守りについては後述する。

伝受終了後、四名の者からの進物が披露された。後西の進物は、太刀一腰、馬代黄金二百両、白綿百把、昆布一箱、鯣一箱、鶴一箱、大樽一荷。資慶のそれは、太刀一腰、馬代黄金五十両、塩雁一箱二羽入。通茂は、太刀一腰、馬代黄金三十両、緞子二巻。弘資は、太刀一腰、馬代黄金五十両、鮭塩引一箱二尺入。

なお、古今伝受終了後に弟子から師に提出されるはずの誓紙は、通茂の日記によると、五月十四日頃に通茂、弘資、資慶が案文を写している。全員が同内容のものを提出したと思われる。弘資の自筆誓紙が書陵部に残っている。

古今集一部之説、二条家正嫡流、御伝受
畏入候、被仰聞候儀理口伝故実等、曽
以不可有聊爾候、此旨若於令違背者、
大日本国神祖神井天満天神
梵釈四王、殊和歌両神之冥罰忽
弘資身上可罷蒙者也、但誓状如件
寛文四年五月十八日　正二位藤原弘資
（『古今伝授誓紙等　全』二六五・一一五五）

このようにして古今伝受が終了した。毎日の講談後、後西は聞書を清書した。疑問の点は照門に尋ね、また資慶も後西を訪れて不審の点を相談した。後西はこの間に『伝心抄』を書写している。講談は、法皇が老体ということもあり、省略されたものであったが、実質的には、『伝心抄』の拝見を許可されたことで、各自の勉強により、それを補ったと思われる。

古今伝受の神秘性は、座敷のしつらえや、かけ守りの着用などにより強められており、後西は休息日の十七日以外は毎朝行水をし、切紙伝受を控えて十六日夜には神事を構え、洗髪行水して神事に入るなど、受ける側もその心構えを要求された。通茂も期間中、十七日を除いて神拝、看経を行っており、他の者も多分ほぼ同様であろう。のちに資慶は『三十首和歌』の自詠

社頭祝　神もさそ日嗣のまゝにつたふへき出雲八雲の道まもるらん

に対して、

日嗣は帝位を云、日神の譲うけ嗣給国なれは也、此度の道御伝授は、法皇より新院へ伝らる事、帝位を譲られたる新院へ、又此道をもゆつらるゝを祝し奉る也、此道は王法神道の伝授也、（九大蔵『聞書』所収本）

と注し、古今伝受を王法神道に関わる伝受として意義づけている。

さて、後西の日記によると、烏丸家の古今箱は二箱であり、「幽斎伝受之箱一、光広卿伝受之箱一」という。幽斎が三条西実枝より伝受した時の伝受資料の箱と、光広が幽斎より伝受した時の伝受資料の箱の意味かと思われる。前者について考える手掛りがある。宮城県図書館蔵、別本『秀葉集』によると、

細川法印玄旨、古今伝授の人々の誓紙を、玄旨より前亜相光広卿に遣しける、光広卿あつかり置て家にありけるを、細川行孝此文章を書写したまはれ、と資慶卿に念望ありけれは、書写し二巻とし、行孝に遣し

ける、其奥に読て書つけゝる、

世にひろく雲のうへまで聞えあけてつかへし家の道そたゝしき

すなわち、幽斎が弟子より受けた誓紙を、たぶん其死後光広が預り、烏丸家に伝わっていたことが判る。こうしたものを含めて幽斎関連の古今伝受資料が入った箱が烏丸家にあったのであろう。資慶は光広孫であり、幽斎曽孫の行孝の望みを入れて誓紙を写して送ったが、『細川家記』（九大細川文庫蔵）には、資慶から写し送られた誓紙等の全文が収録される。その内容は、幽斎の実枝への誓状と、実枝からの伝受証明状、幽斎に対する公国・智仁・通勝・実条・島津竜伯の誓状、幽斎から公国・光広・通勝・実条への伝受証明状である。本来細川家にあって当然の資料が、烏丸に残っていたのは、幽斎が光広を「門弟之中第一」と見て託したものと考えられる（拙稿「烏丸家の人々」『近世堂上和歌論集』所収）。そして、資慶が行孝に書写して送ったのは、伝受箱の開函を認められた、伝受以降のことと思われる。

烏丸家の古今伝受資料というものが、書陵部に現存する（『古今伝受資料、細川藤孝伝烏丸光広受等』五〇二・四二四）。二箱入、十括、三巻、百通。その内容は、①目録、②切紙十八通（智仁親王御筆）、③切紙六通、①近衛太閤様御自筆（二巻）、③内外口伝歌共（一巻）、⑥カケ守りノ伝受（四通）、⑦切紙十八通（有欠、十七通）（玄旨筆）、⑧切紙六通（玄旨筆）、⑨近衛尚通古今切紙廿七通（天正十二年四月七日玄旨自筆添書添付）、⑩夢庵宗訊相伝古今集切紙（廿一通）（天正十四年正月十八日玄旨自筆添書添付）であるが、現在は、前記の二箱、すなわち幽斎・光広関連の物と、さらに資慶関連の物が、混在していると思われる。

①は旧来の目録だが、その内容は、

（一）　カケ守りノ伝授、資慶卿御筆、一包（現存⑥に照応すると思われる）

（二）カケ守リノ袋、一包

（三）切紙十八通、玄旨筆、一包（⑦に照応）

（四）切紙六通、一包（⑧に照応か）

（五）切紙十八通、智仁親王御筆、一包（②に照応）

（六）切紙六通、一包（③に照応か）

（七）古今切紙廿七通、宗祇ヨリ近衛殿へ伝受ノ写也　一包（⑨に照応）

（八）夢庵宗訊相伝、古今集切紙、十五通七通、一包（⑩に照応）

（九）五通、切紙ノ料紙以下数々中五六枚合寸法者也、一包（⑨の一部分）

（一〇）誓状証明状等之写、三てう大なこん……、一括、

（一一）近衛太閤尚通公筆、二巻、一包（④に照応）

（一二）神道大意、一巻

（一三）内外秘歌書抜、一包（⑤に照応）

（一四）古今箱入目録、智仁親王御筆、一包

（一五）後西院宸筆御文二通、一包

（一六）同二通、横折一通、一括

（一七）二枚、書目録、文二枚、一包

（一八）宸筆勅書、一包

（一九）古今御伝授仰女房奉書、四通、一括

この目録の作成時期は不明だが、この目録の（一）、（三）～（九）、（一一）、（一三）の十点が現存し、他の九点が現在失われたと思われる。ただし、（一四）の智仁親王御筆の「古今箱入目録」が、書陵部の『古今伝受之目録』（五〇三・八六）の内にある「古今相伝之箱入目録、智仁親王御筆」に照応するかと思われるように、他資料の中に含まれ現存している可能性もある。

この旧目録を分析して見ると、（一）（二）及び（一五）以下は資慶関連で、寛文四年の伝受により付加したもの、（三）は光広関連で光広伝受箱の中身、（七）（八）（九）（一〇）（一一）が幽斎関連で、恐らく幽斎が光広に預けた箱の中身と思われる。（一〇）は資慶が行孝に写しを送ったものの原本であろう。

このうち、⑥カケ守りノ伝授という現存資料には、

寛文八年六月七日、於法皇御座前奉受之畢　正二位藤原資慶

とする書き付け一通と

寛文八年資慶卿御筆也、コレハ伝受了後、少間アリテ又伝之云々、

と注記する付箋一枚、神名を記す一通、袋の仕様と料紙・寸法の概略を示す四通がある。先の一通が、かけ守り伝受を証した自筆添状、付箋は後人の注記、神名の一通が伝受の内容、その他の四通は内容に関わる注記と思われる。それによると、

面唐綾、紫色、裏平絹、浅黄、

の袋に、「伊勢太神宮、住吉明神、玉津嶋明神、柿下朝臣、紀貫之、女内侍」と列記した紙を入れて掛けたらしい。神名を書いた紙片は、二通（正一通・直一通）が用意された。仕様を書いた紙に

相伝於人時、二通共ニ入此袋テ掛之、与三神一身ニシテ伝是者也、是可伝人之免許証拠也、

と注記されており、伊勢、住吉、玉津嶋の三神と一体となって、伝受を行うための儀式と認識されていた。「可伝人之免許証拠也」というのは、このようにかけ守り伝受を受けることは、かけ守りを掛けて、さらに人へ古今を伝受することを許された免許の証拠であるということか。なお、ここでは二枚の紙片を一つの袋に入れたように受け取れるが、前述の通茂の日記中の三条西実教談では、師弟が掛けたようであり、二つの別の袋に入れたかもしれない。ただし、寛文四（一六六四）年の伝受時には、院だけが掛けたようであり、後水尾流では、師だけが着したとも思われる（補記3）。なお通茂の日記に、資慶がかけ守り伝受を受けた寛文八年六月七日の記事が残る。

七日、早朝衣冠、直衣、単、参院、先申御礼、依召参御前、給掛守頂戴之。入御之後、於御書院写之、守之袋拝借之、於私宅模写之、無□如委以終其功。自愛被給者歟、（京大蔵『古今伝受日記』）

とあり、この日、通茂も又、かけ守り伝受を受けたことと、その様子が判明する。おそらく、後西も弘資も受けたに違いない。通茂は前夜、神事を行っているが、袋を借り出して自宅で模写するなど、儀式性の低いものであった。

かけ守り伝受は、かけ守りの内容である神名などについて教え、将来師として古今伝受を指導する事に免許を与えたものかと思われる。この神名は当流切紙二十四通などに含まれるものではなく（京都大学国語国文資料叢書四〇『古今切紙集』）、かけ守りは従来の伝受の必要条件ではなかったかもしれない。（通茂の記す実教の記述以外の記録が得られない）。寛文四年の古今伝受より四年後の八年になって行われたのは、おそらく弟子側の要請によるのではないか。ただし、宮内庁書陵部には後桜町天皇の用いたと伝えられるかけ守り伝受の袋が残されており、この後の御所での古今伝受の際には、かけ守りが用いられたと考えられる。（補記4）

補記1

後水尾院が寛文講釈のテキストとして用いた古今集は貞応二年七月奥書本と考えられる。寛文聞書には、「伝于嫡孫、為氏ヘツタヘラレタル本也」とあるが、久曽神昇『古今和歌集成立論研究編』によれば、承応二年七月奥書に「伝二于嫡孫一可レ為二将来之証本一」の部分があり、それに該当する注と思われるためである。

補記2

中院通茂の『古今伝受日記』（京都大学図書館蔵）によると、寛文四年二月十日条に

禁中御会始参之処、新院有レ召。仍参二常御所一。出三御於二廊下一、仰云、古今御抄、先年焼失之間、被二御覧食一度之間、可二進上一歟。法皇必懸二御目一よとも難レ被レ仰。新院仍先内証御尋之由也。申云、下官未二伝受一、不二披見筥進上如何。但御伝受等之上、残二心底一不二進上一も如何、迷二是非一之由言上、暫而、仰之上者不レ及二是非一、可二進上一之由申入了」（以上句読点・訓点私）

とあり、古今御抄など伝受のための資料を焼失したため（万治四、一六六一年正月の大火で禁中・仙洞が焼失したため）、法皇は中院家に伝わる古今伝受箱を見ることを望まれた。しかし命令することには遠慮があり、新院（後西上皇）を通じて内緒で打診を行う。通茂は自身が未伝受のため箱の中を見ていないのに、進上してしまうことはどうかとためらうが、仰せがあった上はやむをえないと応諾した。そして一月十二日条に「古今箱持参法皇、以東久世木工頭進上之」と進上している。烏丸資慶の場合も光広以来家に伝わる古今伝受箱を同様に進上していたことになろう。

補記３

かけ守りについて、中院通茂の『古今伝受日記』寛文四年五月十八日条に次のごとくある。（読点・訓点私）

切紙共入二御文匣一、在二御座傍一、被レ開レ蓋、指二出之一、給レ之、置レ傍、扨御守令レ懸レ之給、御一人也、次開二切紙一通一、被レ置二文台上一、披見了、（中略）御掛守、紫ノ綾、有裏、予参進着座之後被レ開二御文匣一被レ掛レ之了、

傍線部の記述により後水尾法皇のみが懸けたように受け取れる。

補記４

寛文四年六月朔日に、新院（後西上皇）は玉津島社と住吉社に御法楽詠五十首和歌を奉納した。これは飛鳥井雅章が出題した五十首組題を伝受を受けた四名と陪聴者二名、ほかに八条宮穏仁親王や鷹司房輔など、宮家、門跡、公卿が参加して詠んでいる。烏丸資慶が奉行を務めた。題詠ではあるが、古今伝受をすませた喜びが歌に窺われ、伝受終了のお礼の奉納と思われる。

玉津島社奉納和歌（『紀州玉津島神社奉納和歌集』平成四年玉津島神社刊による）

浦霞　おもふそよ霞もはれてたまつしま光にあたる和歌のうら人（後西上皇）

帰雁　なにの道もむかしの跡にいさなひてかへれ雲井の春の雁かね　弘資

春曙　あかすなをみぬたかためと玉津しまかすみの袖につゝむあけほの　通茂

祝言　このみよに光をそへて玉津嶋古今の道まもるらし　資慶

述懐　敷島の道のさかへのうれしさをせはき袖にはいかゝつゝまむ　道晃

暁螢　ともし火はかけうすくなるあけかたにまとのひかりと飛ほたるかな　雅章

住吉社奉納和歌（以下、内閣文庫蔵『近代御会和歌集』による）

立春　住吉やあふくめくみの春たちて咲いてむ花をまつのことの葉（後西上皇）

落葉　吹のこすあともかしこし家の風　木の葉ふりにし庭のおしへも　資慶

社頭祝　君により今そさかへむすみよしの神代の松のことの葉の道　弘資

なお、同じ寛文四年六月朔日には、新院により水無瀬宮御法楽二十首も奉納された。この時代では水無瀬法楽は二月二十二日に二十首で行われるのが通例で、六月に行われていない。やはりお礼の奉納であったかと思われる。また、同年六月二十五日には毎年恒例の聖廟御法楽五十首（北野天満宮奉納）が行われているが、その題が「古今かなの題」である（出題雅章）。主に古今集の歌の一句を題としたものである。たとえば、巻頭は、

春立つけふの　（後西上皇）

一よあけて春立つけふの神垣に名におふ松もかすみあひつゝ

古今集二番歌「袖ひちてむすびし水のこほれるを、春たつけふの風やとくらん」の一句を取っている。これも祝意と感謝を込めてのことであろう。

（付記）再録にあたり内容を少し訂正した。

あとがき

平成元年（一九九一）年に、故吉田幸一先生主宰の古典文庫から、『烏丸資慶家集上・下』を翻刻出版して頂いた。これは烏丸光広の孫で後水尾院後期歌壇の有力歌人であった烏丸資慶の家集の翻刻であった。その解説を書くに当たって、資慶が寛文四年に後水尾院に伝えられた古今伝受について調査し、東山御文庫蔵の後西院著『古今伝受御日記』、道晃法親王著『古今伝受陪聴日記』などの写真は、その時入手して参考資料とした。

その後、平成二年度国文学研究資料館の共同研究「南北朝期古今集注釈書の研究」に参加して、『耕雲聞書』を対象として研究を行い、その成果は笠間書院『古今集古注釈書集成』の第一冊として平成七年刊行（耕雲聞書研究会編）となった。共同研究に参加していた武井和人氏より、寛文四年の後水尾院御講釈を『古今集古注釈書集成』に翻刻してはどうかというお話を頂いた。この聞書には、東山御文庫蔵本で後西院著と思われる本があるので、早速資料を手に入れたが、後水尾院が老齢のため短期間の講釈であり講釈部分は少ないもので、一冊にするには分量の少ない本である。後水尾院は明暦三年にも古今伝受を行い、その聞書があることがわかったので、併せて翻刻をすることとした。記述は短いが全歌の講釈があり、当時当事者以外には秘密とされた古今伝受の内容について知り得る資料である。筆者は不明だが、同じ東山御文庫蔵書で、堯然法親王聞書系の内容である。

二つの聞書の原文は、漢字の他は片仮名平仮名混淆文である。混淆文は活字にした場合に読み難いので、どちらかに統一することを考えた。明暦聞書から翻刻を始めたが、平仮名にするか片仮名にするかで悩み、清濁を付けるかどうかで試行錯誤をくり返し、翻刻を止めてしまった時期が長くあった。結果的に明暦聞書は平仮名に統一した。

歌の句に平仮名を用いるなど平仮名の使用率が比較的高い本であり、平仮名が読み易いと考えたためである。清濁は、濁点を付加する作業が困難であったため原文通りとした。また、寛文聞書は片仮名に統一し清濁を付した。特に当座書留本は、片仮名の多い本であり、記述量も少ないので片仮名のままとし、濁点の付加がさほど困難ではなかったので、意味の理解を容易にするため加えた。追記本も同様とした。

平成十八年頃、入稿があまりに遅れたため、武井氏から最後通告とも言える督促を頂き、一方、還暦を迎える頃から、近世の字に慣れて判読が早くなってきたことから、原稿化を急ぎ、平成十九年一月に脱稿した。はじめ科研費を申請する予定であったが、翻刻に対して厳しい環境となったため申請を取り止め、その代わり、武井氏がPDF形式に変換し、そのまま入稿することで費用を抑え出版にこぎ着けた。武井氏のお勧めと助力がなければ、本書は刊行されなかったと思う。深く感謝する次第である。

資料を管轄する宮内庁に対して複写写真の頒布、翻刻許可について深く御礼申し上げる。また、笠間書院の大久保康雄氏、重光徹氏に対しては大変お待たせしたことをお詫びし、出版して頂くことを心より御礼申し上げる。

最後に約二十年間の成果をまとめた博士論文『後水尾院初期歌壇の歌人たち―烏丸通村・三条西実条・中院通村―』が埼玉大学での審査を通り、平成二十年九月末に学位を授与された。振り返れば、二十年をかけて後水尾院に深く関わることとなったことに感慨一入である。

平成二十年十月

高梨素子

編者紹介

高梨　素子（たかなし　もとこ）（戸籍名　清水素子）

略　歴　1944年11月12日東京生まれ
　　　　1976年3月早稲田大学大学院文学研究科修士課程修了
　　　　1983年3月早稲田大学大学院文学研究科博士課程満期退学
学　位　博士（学術）（埼玉大学、2008年9月）
現　在　いわき明星大学表現文化学科　非常勤講師
編著書　『烏丸資慶家集上下』（古典文庫、1991年7月9月）
　　　　『中院通村家集上下』（古典文庫、2000年5月6月）
論　文　「烏丸家の人々—光広を中心に—」
　　　　（『近世堂上和歌論集』、1989年4月）
　　　　「東山御文庫蔵『耕雲聞書』（序注）について」
　　　　（『研究と資料』第43輯、2000年7月）
　　　　「三条西実条の歌道初学期」
　　　　（『研究と資料』第55輯、2006年7月）
　　　　「古今伝受という用語について」
　　　　（『研究と資料』第57輯、2007年7月）

古今集古注釈書集成　後水尾院講釈聞書《ごみずのおいんこうしゃくききがき》

平成21（2009）年9月1日　初版第1刷発行

編　者　高梨　素子

発行者　池田つや子

発行所　有限会社　笠間書院

〒101-0064　東京都千代田区猿楽町2-2-3

☎03-3295-1331（代）FAX 03-3294-0996

NDC分類：911.1351　振替00110-1-56002

ISBN978-4-305-60114-8

モリモト印刷

渡辺製本

落丁・乱丁本はお取りかえいたします。

（本文用紙：中性紙使用）

出版目録は上記住所までご請求下さい。

http://kasamashoin.jp